HEYNE <

Das Buch

Zwar sind die Sprößlinge mittlerweile dem Kindesalter entwachsen und befinden sich in Ausbildung oder Beruf, aber im Hause Sanders wird es nie langweilig – dafür sorgen schon die noch nicht ganz erwachsenen Kinder. Ob es sich um Wohnungssuche, Liebeskummer oder Examensvorbereitung handelt, die Mutter bleibt Dreh- und Angelpunkt der Familie. Mit einer herzerwärmenden Portion Witz und Humor erzählt Mutter Sanders darüber hinaus von ihrer abenteuerlichen Lesereise in den »Wilden Osten«. Eine Reise ganz anderer Art unternimmt die unternehmungslustige Mutter, als sie – zur Empörung ihrer Familie – vor ihrem 60. Geburtstag flüchtet. Eine undichte Badewanne sorgt schließlich dafür, daß die Aufregungen und Turbulenzen im Hause Sanders nicht abreißen.

Die Autorin

Evelyn Sanders, Hausfrau und Mutter von fünf Kindern, gab für die große Familie ihre redaktionelle Tätigkeit auf. Das Schreiben ist dennoch ihre große Passion geblieben, und so versucht sie seit Jahren beharrlich, ihre Aufgaben und ihre schriftstellerische Tätigkeit unter einen Hut zu bringen. Unerschöpfliches Thema ihrer Romane ist das Leben mit vielen Kindern und was man so alles mitmacht, bis sie endlich erwachsen sind. Mit ihrem berühmten Buch »Mit Fünfen ist man kinderreich«, dem zahlreiche weitere Titel folgten, erreichte Evelyn Sanders ein Millionenpublikum. Seither zählt sie zu den erfolgreichsten Autorinnen heiterer Familienromane in Deutschland.

Im Wilhelm Heyne Verlag liegen vor: *Pellkartoffeln und Popcorn* (01/7892);

Familie-Sanders-Romane: *Radau im Reihenhaus* (01/8650), *Mit Fünfen ist man kinderreich* (01/9439), *Jeans und die große Klappe* (01/8184), *Das hätt' ich vorher wissen müssen* (01/8277), *Werden sie denn nie erwachsen?* (01/8898), *Muß ich denn schon wieder verreisen?* (01/9844), *Schuld war nur die Badewanne* (01/10522);

Tinchen-und-Florian-Romane: *Bitte Einzelzimmer mit Bad* (01/6865), *Das mach' ich doch mit links* (01/7669), *Hühnerbus und Stoppelhopser* (01/8470), *Hotel Mama vorübergehend geschlossen* (01/13014).

EVELYN SANDERS

SCHULD WAR NUR DIE BADEWANNE

Roman

WILHELM HEYNE VERLAG
MÜNCHEN

HEYNE ALLGEMEINE REIHE
Nr. 01/12546

Umwelthinweis:
Dieses Buch wurde auf
chlor- und säurefreiem Papier gedruckt.

Taschenbuchausgabe 01/2004

Der Wilhelm Heyne Verlag ist ein Verlag der
Ullstein Heyne List GmbH & Co. KG
Printed in Germany 2004
Umschlagillustration: ARTelier, München
Umschlaggestaltung: Hauptmann und Kampa
Werbeagentur, München – Zürich
Druck und Bindung: GGP Media, Pößneck

ISBN: 3-453-87461-7

http://www.heyne.de

Inhalt

Familiengeplauder

»Düdellüdellüt … düdellüdellüt … düdellüdellüt …«

Warum, um alles in der Welt, muß dieses verflixte Telefon immer gerade dann bimmeln, wenn ich im Keller die Waschmaschine füttere oder, wie jetzt, oben in der Mansarde die Fenster inspiziere, ob man die längst überfällige Reinigung nicht doch noch eine Woche hinausschieben kann? In der Beliebtheitsskala unerläßlicher Hausarbeiten kommt Fensterputzen bei mir gleich hinter Wäschebügeln!

Das Telefon steht 24 Stufen tiefer im Erdgeschoß. Bis ich die zwei Treppen hinuntergespurtet bin, hat der Anrufer entweder aufgegeben, oder die Konserve hat sich eingeschaltet. Sofern ich nicht wieder vergessen habe, auf den entsprechenden Knopf zu drücken. Seit meinem letzten Geburtstag besitze ich sogar ein transportables Telefon, familienintern »Knochen« genannt, aber der hat auch seine Tücken. Entweder habe ich versäumt, den Akku auszuwechseln, dann geht überhaupt nichts, oder – was meistens der Fall ist – ich finde den Hörer erst gar nicht. Mal ist er unter der aufgeschlagenen Zeitung vergraben, mal liegt er im Wohnzimmer zwischen den Sofakissen, doch meistens buddle ich ihn in Rolfs Zimmer aus. Aber auch nur dann, wenn es gerade läutet und ich das Teil akustisch orten kann. Früher konnte man sich in chaotischen Haushalten wenigstens mit Hilfe der Zuleitungsschnur zum Apparat vorarbeiten, bei den strippenlosen Dingern geht das auch nicht mehr. Wen also wundert es, wenn ich von den technischen Fortschritten nicht immer gleich begeistert bin?

Nach Ansicht meiner Nachkommen, denen ich das nützliche Geschenk zu verdanken habe, soll ich den Knochen ständig mit mir herumtragen. Nun bin ich jedoch ein entschiedener Gegner von Kittelschürzen mit ihren unbestritten praktischen

Taschen (ihre Aufnahmekapazität erstaunt mich immer wieder; unsere Putzfrau stopft sogar den Inhalt eines halben Papierkorbes hinein), doch ich trage meistens Jeans. Und bei denen wiederum sind die Taschen lediglich Dekoration. Deshalb räume ich sie auch nie aus, und deshalb habe ich unlängst Svens Mini-Geldbeutel samt Führerschein und Scheckkarte versehentlich mit in die Maschine gesteckt. Das Waschpulver hat auch prompt gehalten, was die Werbung versprochen hatte: Die Papiere sind hinterher so weiß gewesen, daß wir sie nicht mehr lesen konnten.

Das Telefon bimmelt immer noch. Ich beschließe also, daß die Fenster noch nicht geputzt werden müssen – man kann noch deutlich erkennen, daß draußen ein bißchen die Sonne scheint –, und jage die Treppen hinunter. Zu spät. Meine leiernde Stimme teilt dem Anrufer gerade mit, daß ich nicht zu Hause bin. Inzwischen dürfte er das ohnehin gemerkt haben. Den Text sollte ich auch mal ändern. Diesen dämlichen Spruch, ich sei gerade unterwegs, um das Geld aufzusammeln, das bekanntlich auf der Straße liegt, kennen mittlerweile alle Freunde. Zwischendrin quäkt Katja: »Nun geh doch endlich ran, ich weiß ja, daß du da bist!«

Kann sie überhaupt nicht! Sie hat jetzt im Hörsaal zu sein und sich mit den Werken von Pestalozzi und Frau Montessori herumzuschlagen. Angehende Lehrer müssen auch das lernen, was dank unzähliger Schulreformen und neuer psychologischer Erkenntnisse längst überholt ist.

Endlich habe ich den Hörer in der Hand. »Wieso bist du nicht in der Uni?«

»Weil die letzte Vorlesung mal wieder ausgefallen ist. Sitzt du?«

Nein, ich sitze nicht. Den einzigen erreichbaren Stuhl hat Hund Otto belegt, der meine Aufforderung, den Platz zu räumen, stoisch ignoriert. Nicht umsonst ist er ein gebürtiger Bayer. Wahrscheinlich hat er es uns nie verziehen, daß er in einen preußischen Haushalt geraten ist. Notgedrungen lehne ich mich also gegen den Eßtisch. »Ich bin darauf trainiert, Katastrophenmeldungen auch stehend entgegenzunehmen. Raus mit der Sprache, was ist passiert?«

»Sei nicht immer so destruktiv«, kichert Katja, »freu dich lieber! Du wirst nämlich Oma!«

»Bei wem? Etwa bei dir?«

Katja ist Studentin im siebten Semester und sollte eigentlich hinreichend aufgeklärt sein. Außerdem nimmt sie die Pille. Sie wiegelt auch sofort ab. »Im Augenblick reichen mir die Kids, mit denen ich mich im Praktikum herumärgern muß. Nein, Vicky ist schwanger.«

»Woher weißt du das?«

»Sie hat es Steffi erzählt, und die hat mich gerade angerufen.«

Die Kommunikation innerhalb unserer Familie klappt immer noch hervorragend.

»Konnte sie sich das nicht früher überlegen?« jammert Katja. »Ich habe doch meine Weihnachtsgeschenke schon alle zusammen. Was meinst du, ob ich ihr einen Gutschein für fünf Packungen Pampers schenke? Den brauche ich erst im Herbst einzulösen. Momentan bin ich nämlich total pleite.«

Das ist sie meistens und nicht nur zwei Wochen vor Weihnachten. »Wann soll denn das Baby kommen?«

»Na ja, September oder so. Ich nehme doch an, daß auch Engländerinnen die gleiche Tragezeit haben wie normale Frauen. Oder glaubst du, daß die später werfen?«

»Vicky ist kein Elefant!«

»*Noch* nicht«, gluckst Katja. »Ach ja, noch etwas: Du weißt natürlich nichts von dem Familienzuwachs. Vicky hat es Stefanie unter dem Siegel der Verschwiegenheit erzählt.«

»Und deshalb hat sie dich auch gleich angerufen?«

»Na klar. Aber ich soll's nicht weitersagen. Wahrscheinlich wollen sie dir die Neuigkeit als Weihnachtsgeschenk präsentieren. – Du, ich muß Schluß machen, es klingelt. Das wird Nicki sein. Die hat mal wieder ihren Schlüssel verbummelt. Bin neugierig, was sie sagt, wenn sie hört, daß sie Tante wird.«

Vielen Lesern dieses Buches wird meine Familie schon bekannt sein, und manche von ihnen haben den Werdegang meiner Nachkommen quasi vom Windelalter an verfolgt, doch es soll immer noch einige Menschen geben, die den Sandersschen Familienclan nicht kennen. Und bevor sie das Buch entnervt zur Seite legen, weil ihnen der Durchblick fehlt, sei mir eine kurze Rückschau gestattet:

Die Silberhochzeit habe ich seit etlichen Jahren hinter mir, was den Schluß nahelegt, daß ich noch immer mit demselben Mann verheiratet bin. Rolf ist Werbeberater (heute heißt das *public relations manager* oder wenigstens *art director*, seinerzeit reichte die deutsche Bezeichnung) mit zunehmender Tendenz zum Ruhestand – eine Entwicklung, die ich mit Besorgnis verfolge. Doppelt soviel Ehemann mit halb soviel Geld! Er hat zwar viele Hobbies, aber die machen ja nur Spaß, solange man keine Zeit dafür hat. Wie hatte sich das früher immer angehört? »Ich würde ja wirklich gern mal wieder im Garten wursteln, ich kriege es bloß zeitlich nicht auf die Reihe. Der Prospekt für Meier und Schulze muß wieder geändert werden, die Kaffeetassen sollen doch lieber weiß bleiben, zur Druckerei soll ich kommen, und der Steuerberater hat auch schon zweimal angerufen.«

Jetzt hätte Rolf Zeit für die Hobbies, nur hat er keine Lust mehr. »Rasen mähen? Der ist doch noch ganz naß!«

Dieser mitunter etwas turbulenten Ehe sind im Laufe von zehn Jahren fünf Kinder entsprossen. Sohn Nr. 1 ist Sven. Aus dem naturbegeisterten Knaben, der meinen Kühlschrank mit Gläsern voll toten Spinnen, Regenwürmern und ähnlich Eingemachtem zu füllen pflegte, ist ein Landschaftsgärtner geworden, der sich ganz in unserer Nähe etabliert hat und sein Leben als Junggeselle zu beenden gedenkt. Bis jetzt wenigstens!

Sohn Sascha, zwei Jahre jünger, hatte ähnliches im Sinn gehabt, reduzierte die Zeitspanne später auf »vor meinem dreißigsten Geburtstag heirate ich auf keinen Fall!« und wurde dann doch mit siebenundzwanzig Ehemann besagter Vicky, die eigentlich Victoria heißt und noch immer englische Staatsbürgerin ist. Kennengelernt hatte er sie auf der QUEEN ELIZABETH II, jenem Kreuzfahrtschiff, auf dem er als Steward zwei Jahre lang um die Welt gefahren war. Vicky ist ausgebildete Tänzerin und gehörte zur Showtruppe des Riesenkahns. Seine Verlobung hatte uns Sascha telefonisch irgendwo aus dem Indischen Ozean mitgeteilt, und kennengelernt habe ich meine Schwiegertochter erst bei der Hochzeit in England.

Wenige Tage später importierte Sascha seine Gattin nebst einem Lieferwagen voll Möbel und Hochzeitsgeschenken nach Deutschland, quartierte vorübergehend alles bei uns ein, weil die angemietete Wohnung noch nicht fertig war, und überließ es mir, der jungen Ehefrau sowohl die deutsche Sprache als auch die Grundbegriffe von Haushaltsführung beizubringen. Deutsch kann sie inzwischen!

Eine Zeitlang hatte er noch in seinem erlernten Beruf als Restaurantfachmann gearbeitet, dann jedoch das Silbertablett an den Nagel gehängt mit der Begründung, daß dieser Job ausgesprochen familienfeindlich sei. Unregelmäßige Arbeitszeiten, Dienst auch an Feiertagen und so weiter. Bis dahin war ihm das nie aufgefallen, seine jeweiligen Freundinnen waren alle aus der Hotelbranche gekommen. Jedenfalls eröffnete er uns eines Tages, er habe einen ihm genehmen Posten in der Industrie gefunden, womit allerdings ein Umzug nach Mainz verbunden sei, aber eine Wohnung gebe es bereits. Er informierte eine Umzugsfirma und zog mitsamt Ehefrau, Hund Mäx sowie inzwischen vergrößertem Hausrat nach Norden. Seitdem steigt er die Karriereleiter stetig aufwärts, aber da Vicky sich beharrlich weigert, den Führerschein zu machen und auf diese Weise selber mobil zu werden, sehen wir uns relativ selten. Die Telekom verdient jedoch ganz gut. Vicky ruft grundsätzlich tagsüber an.

Als Sascha das Kindergartenalter erreicht hatte und nur noch nachmittags mit dreckbeschmierten Gummistiefeln durchs Haus marschierte, entschlossen wir uns zu einem dritten Kind, das hoffentlich ein Mädchen werden und mit Puppen statt mit verbeulten Blechbüchsen spielen und keine halbtoten Mäuse in den Taschen herumschleppen würde. Es wurde tatsächlich ein Mädchen – zumindest optisch. Kinderbilder zeigen ein niedliches Gör mit großen dunklen Augen und einem fast schwarzen Lockenkopf. Nur bei der Erziehung müssen wir etwas falsch gemacht haben. Stefanie entwickelte sich zum dritten Jungen, schmiß die Puppen aus dem Puppenwagen und setzte Nachbars einäugige Katze rein, klaute ihren Brüdern die Matchbox-Autos und wünschte sich zum Geburtstag Fußballschuhe. Ihre Freunde waren überwiegend männlichen Geschlechts, mit denen sie sich herumprügelte und dabei meistens die Oberhand behielt. Die letzte Keilerei erlebten wir, als sie elf war und sich mit Busenfreund Manuel in den Haaren lag. Diesmal siegte männliche Kraft über weibliche Finessen, und soviel ich weiß, haben die beiden Kontrahenten seitdem nie wieder ein Wort miteinander gewechselt.

Meine Vorstellung von einem Mädchen hatte aber ganz anders ausgesehen! Statt pastellfarbener Kleidchen kaufte ich robuste Lederhosen für Steffi, statt Lackschühchen feste Treter mit Lkw-Bereifung, und das kleine silberne Armband, Geschenk von Oma zum vierten Geburtstag, hing schon am nächsten Tag zerrissen an einem Ast vom Mostapfelbaum.

Also ein letzter Versuch, die männliche Vorherrschaft in unserer Familie zu brechen. Nicole sollte unsere Tochter heißen, einen Jungennamen hatten wir erst gar nicht parat. Einen zweiten Mädchennamen aber auch nicht! Wer rechnet schon mit Zwillingen??? Bei der ersten Begutachtung seines doppelten Nachwuchses meinte Rolf denn auch: »Welche von den beiden ist denn nun der Mengenrabatt?«

Seit jenem Tag sind 23 Jahre vergangen. Die Zwillinge studieren in Heidelberg, haben eine kleine Dachgeschoßwohnung, sind fest mit jeweils einem Thomas verbandelt, was sie aber nicht hindert, an den Wochenenden häufig und grundsätzlich ohne Vorwarnung im Elternhaus aufzutauchen, oft genug mit Kommilitonen im Schlepptau, die genauso abgebrannt sind wie sie selber, den Kühlschrank halb leer fressen und mit den verbliebenen Resten im Kofferraum zwei Tage später wieder abziehen.

Dackel Otto wurde bereits erwähnt. Laut Stammbaum heißt er »Zorro von der Frankenhöhe«, doch trotz der adeligen Herkunft lassen seine Manieren sehr zu wünschen übrig. Hundedamen gegenüber verhält er sich ausgesprochen chauvinistisch, und von Heldenmut kann auch keine Rede sein. Seine Vorfahren haben Pokale eingeheimst und sogar Prüfungen abgelegt als Stöberhund und Kaninchenschleppe-Herauszieher, was immer das auch bedeuten mag, doch Otto türmt schon winselnd unter den nächsten Stuhl, sobald er nur Katjas Goldhamster wittert.

Womit die Familie vorgestellt wäre und das Buch endlich anfangen kann.

Alle Jahre wieder

»Wenn die in den nächsten zehn Minuten nicht einreiten, fangen wir an«, moserte Sven, »mein Magen hängt schon in den Kniekehlen!«

»Da wäre er eine Zeitlang ganz gut aufgehoben.« Katja warf einen vielsagenden Blick auf Svens Taille. »Als ich dir den Gürtel zum Geburtstag geschenkt habe, hat er noch im dritten Loch gepaßt.«

»Alle Säugetiere der nördlichen Hemisphäre legen sich Winterspeck zu, das hat die Natur so vorgesehen«, behauptete er grinsend, »aber ich fange ja schon an, ihn wieder abzubauen.«

»Wie denn?«

»Mit einer Joghurtdiät.«

Jetzt wurde Steffi aufmerksam. »Davon habe ich noch nie was gehört. Was darfst du denn da essen?«

»So ziemlich alles. Außer Joghurt.«

»Idiot!!!«

Heiligabend. Fest des Friedens und der Familie. Die Familie war fast vollzählig versammelt, doch die friedliche Stimmung geriet bereits ins Wanken. Die ersten zwei Würstchen waren auch schon geplatzt. Ich schaltete den Herd ab und sah auf die Uhr. Halb acht. Zwei Stunden maximal braucht man von Mainz bis zu uns, wo also blieben Sascha und Vicky?

»Otto kratzt an der Tür«, meldete Nicole, »muß der etwa jetzt noch raus? *Ich* gehe jedenfalls nicht schon wieder. Vorhin habe ich ihn bloß hinter mir hergezerrt.«

Stimmt. Otto ist ausgesprochen lauffaul und dürfte der einzige Hund sein, dem die Leine grundsätzlich längs über der Schnauze hängt. Normale Dackel rennen vorneweg, Otto schleicht im Zeitlupentempo hinterher. Rolf öffnete die Terrassentür. Der Hund steckte den Kopf ins Freie, befand den

Schneeregen als für ihn unzumutbar, drehte um und verkroch sich unterm Schaukelstuhl, nicht ohne vorher einen anklagenden Blick in meine Richtung geworfen zu haben. Die vielen Leute gingen ihm ganz offensichtlich auf die Nerven. Außerdem war kein Sessel mehr frei, und sein Lieblingsplatz auf dem Sofa war ebenfalls belegt.

Wer hat eigentlich behauptet, wenn man in die mittleren Jahre käme und die Kinder so nach und nach aus dem Haus gingen, würde bei den gestreßten Eltern allmählich Ruhe einkehren? Aus dem Haus gehen sie ja wirklich, doch nach kurzer Zeit kommen sie wieder und sind zu zweit. Früher hatten sich außer uns allenfalls noch eine und einmal sogar alle beiden Omas zum Ansingen der Edeltanne eingefunden, doch jetzt ähnelte unser Wohnzimmer immer häufiger einem Theaterfoyer kurz vor Beginn der Vorstellung. Gesungen wird auch nicht mehr.

»Wenn das so weitergeht, müssen wir anbauen«, hatte Rolf erst unlängst überlegt. »Stell dir bloß mal vor, hier tummeln sich noch zwei bis sieben Enkelkinder und wollen Ostereier suchen.«

Im Augenblick hatten sich allerdings erst die eventuellen Erzeuger dieser Enkelkinder eingefunden, nämlich Steffis Dauerfreund Horst Hermann sowie die beiden Thomasse. Katja legt übrigens großen Wert darauf, daß ihr Thomas Tom genannt wird, um jede Verwechslung mit Nickis Thomas auszuschließen. Die Gefahr ist allerdings sehr gering, denn die beiden ähneln sich überhaupt nicht, und daß Thomas im internen Kreis bei uns nur noch »der Schwabe« hieß, hat Nicki erst erfahren, als ich mich in ihrer Gegenwart mal verquasselt hatte. Darauf hatte sie mich drei Wochen lang nicht angeguckt, obwohl ich ihr begreiflich machen wollte, daß diese Bezeichnung nichts mit seinem Charakter zu tun hätte, sondern lediglich mit seiner Herkunft. Sehr überzeugend kann ich nicht gewesen sein!

Lediglich Sven hockte unbeweibt auf dem Boden und ärgerte Otto. Die Eltern seiner Freundin pflegten die Feiertage immer in ihrem Ferienhaus bei Marbella zu verbringen, hatten ihn auch zum Mitkommen aufgefordert, doch das hatte er abgelehnt. »Im Kofferraum 'ne Plastiktanne und im Hinterkopf ein ellenlanges Vergnügungsprogramm einschließlich Silvesterball in so einem Schickimicki-Laden. Nee, danke. Ohne mich!«

Bremsen quietschten, ein Hund bellte, drinnen antwortete Otto – die Nachzügler waren endlich da. Ich öffnete die Tür. »Wo bleibt ihr denn so lan ... Mäx, olles Ferkel!!!« Nichts ist so anschmiegsam wie ein nasser Hund! Da hatte dieses Wollknäuel erst einen kurzen Inspektionsgang durch den Vorgarten unternommen, das frisch angehäufelte Mandelbäumchen bepinkelt, und jetzt hing das Vieh an meiner hellen Hose. »Die habe ich erst gestern aus der Reinigung geholt! Könnt ihr diesen verrückten Handfeger nicht festhalten?«

»Der freut sich doch bloß«, informierte mich Sascha. Als ob ich das nicht wüßte! Otto freut sich ja auch dauernd, wobei es völlig gleichgültig ist, ob ich aus dem Keller komme oder auf der Gästetoilette eine neue Rolle Klopapier eingesetzt habe. Sobald ich länger als zwei Minuten aus Ottos Blickfeld verschwunden bin, führt er bei meinem Wiederauftauchen einen Freudentanz auf.

Jetzt begrüßte er quiekend und jaulend seinen Halbbruder, wälzte sich mit ihm auf dem Teppich herum, entdeckte die noch offenstehende Haustür, ein kurzer Blickkontakt genügte, und prompt verschwanden beide Hunde ins Dunkle. Wir hörten es bloß noch rascheln und fauchen. Die Katze von gegenüber, seit Jahren Erzfeind unseres Vierbeiners, war noch unterwegs und nunmehr auf der Flucht. Die Hunde hechelnd hinterher.

»Seht zu, wie ihr die wieder einfangt. Ich ziehe mich erst mal um.«

Es war fast neun Uhr, als ich das letzte Würstchen – jetzt waren sie alle geplatzt! – aus dem Topf fischte und die Platte auf den Tisch stellte. Dazu gibt (und gab es seit jeher) Kartoffelsalat. Das ist Tradition. Nur weiß kein Mensch mehr, woher die eigentlich stammt. Rolf meint, ihr Ursprung sei wohl in jenen Jahren zu suchen, als unser Nachwuchs mehr an dem Inhalt der bunten Teller interessiert gewesen war als an einem Drei-Gänge-Menü und beides hintereinander selbst die Aufnahmekapazität von Teenagermägen überfordert hätte. Ich kann mich auch noch gut an etliche Weihnachtsmorgen erinnern, die speziell bei den Jungs mit Zwieback und Kamillentee begonnen hatten.

Während wir auf den reichlich verwässerten Würstchen herumkauten – die frisch geduschten und trockengefönten Hunde lagen schmollend in einer Ecke –, erklärte Sascha ausführlich, weshalb sie so spät gekommen waren. Demnach hatte er erst den größten Verkehrstrubel abwarten wollen, dann habe jedoch Schneegestöber eingesetzt, außerdem dürfe er mit Vicky als Beifahrerin nie schneller als hundert fahren, und auf den letzten Kilometern Landstraße habe es noch einen Unfall gegeben. »So'n Heizöl-Ferrari hat mich überholt, aber zwei Kilometer weiter hing er an 'ner Fichte. Der Fahrer hat bloß ein paar Schrammen abgekriegt, nur die Karre ist einen halben Meter kürzer geworden. Autos sollten sich eben nie auf einen Zweikampf mit Bäumen einlassen, die haben die bessere Bodenhaftung«, schloß er mit einem ironischen Seitenblick zu seinem Vater, der auch schon mal versucht hatte, an einer Rotbuche zu bremsen. Allerdings hatte ihn das nur einen neuen Kotflügel gekostet und mich den Wäschetrockner, den ich endlich hätte kriegen sollen und dann doch wieder nicht bekam. Ein ramponiertes Auto fällt eben mehr auf als ungebügelte Hosen, wenn sie nicht rechtzeitig trocken geworden sind!

»Na, du wirst dir wohl auch bald einen Kombi zulegen müssen«, sagte Steffi beiläufig, »in deinen Wagen kriegst du doch keinen Kind … äh, ich meine, der hat doch inzwischen weit über hunderttausend Kilometer drauf, und du hast immer gesagt … äh, wolltest du nicht schon damals einen Kombi haben?«

»Nein, nie!«

Steffi lief dunkelrot an, wir anderen sagten gar nichts, weil wir offiziell nicht wissen durften, was wir inzwischen doch alle wußten, aber schließlich war es Vicky selber, die das ungemütliche Schweigen brach. »Eigentlich wollten wir es euch erst nachher sagen, doch nun ist es egal. Ich bin nämlich schwanger.«

Einem unbeteiligten Zuschauer wäre so viel gekünstelte Überraschung wahrscheinlich aufgefallen, die künftige Mutter sonnte sich jedoch in der allgemeinen Aufmerksamkeit, nahm Glückwünsche entgegen und beantwortete bereitwillig alle Fragen von »Wann ist es denn soweit?« bis zu »Habt ihr schon einen Namen für das Baby?«

»Yannik oder Tabea«, sagte Vicky.

»O Gott«, murmelte Sascha bloß. Mit seiner Rolle als werdender Vater schien er ohnehin noch erhebliche Schwierigkeiten zu haben, denn als Tom ihn ein bißchen auf die Schippe nahm, winkte er sofort ab. »Hör auf mit dem Quatsch, ihr geht mir alle auf den Geist! Und du ganz besonders!«

»Wenn wenigstens was da wäre, wo ich drauf gehen könnte ...«

Auch über das Geschenk konnte Sascha nicht lachen, das Steffi als vermeintlich einzige »Eingeweihte« noch in letzter Minute besorgt hatte und nun stolz präsentierte: einen Marienkäfer auf Rädern. Sobald man die Flügel entfernte, kam ein Töpfchen zum Vorschein. »Etwas noch Dußligeres hast du wohl nicht gefunden?«

Steffi war beleidigt, Tom hatte sich achselzuckend abgewandt, Sascha sagte auch nichts mehr – der Abend drohte ein Desaster zu werden. Aber es gab ja noch Mäx und Otto. Nach ihrem »Festtagsmenü für kleine verwöhnte Hunde« – ich war so lange von der Werbung berieselt worden, bis ich tatsächlich zwei Packungen gekauft hatte – hatten sie uns das verhaßte Duschen verziehen, eine Runde geschlafen, und nun waren sie im Gegensatz zu uns putzmunter.

»Wer kommt mit auf die Pipi-Runde?« Eine Frage, die normalerweise von jedem Familienmitglied mit dem Hinweis unaufschiebbarer Tätigkeiten mit »Ich nicht! Außerdem ist es ja *dein* Hund!« beantwortet wird. Diesmal fanden sich aber so viele Freiwillige, daß ich zu Hause bleiben konnte.

»Also gut, die Männer ziehen los, wir anderen räumen mal ein bißchen auf«, schlug ich vor, doch das mußte wohl keine so gute Idee gewesen sein. Das Geschirr stand schon wieder im Schrank, die letzten Überreste der Goldfolienschlacht waren beseitigt (ja, ich weiß, inzwischen benutze ich auch recycelbares Geschenkpapier, doch vor ein paar Jahren waren glitzernde Verpackungen noch nicht mit einem Tabu behaftet gewesen), sogar die Geschenke hatten wir schon zusammengestellt – nur die Gassigehkolonne war noch nicht wieder aufgetaucht.

»Sind die eingeschneit?« Katja öffnete die Haustür und streckte die Hand hinaus. »Höchstens abgesoffen – es gießt in Strömen. Bei dem Wetter bleibt doch keiner länger draußen, als er muß.«

»Schon gar nicht Otto«, ergänzte Nicki. »Der traut sich ja nicht mal bei dreißig Grad im Schatten in die Nähe vom Rasensprenger.«

»Vielleicht sind sie in einer Kneipe gelandet?«

»Heute? Da hat doch alles zu!«

Eben das war unser Irrtum! Ein Kneipier, erst unlängst von seiner Frau geschieden, hatte seine Wirtschaft offengehalten, vermutlich in der nicht unberechtigten Hoffnung, daß Leidensgenossen und Ehemänner auf der Flucht vor Schwiegermüttern oder sonstigen Verwandten bei ihm Zuflucht suchen würden. Jedenfalls waren unsere Männer, angelockt von der erleuchteten Bierreklame, zwecks äußerlicher Trocknung und innerlicher Erwärmung dort eingekehrt und hängengeblieben. Die Hunde hatten Frikadellen bekommen und waren selig eingeschlafen, den Herren der Schöpfung war es nach dem vierten Grog so ähnlich ergangen. Schließlich hatten sie sich doch noch für den Rückweg entschieden und standen nun tropfnaß vor der Tür.

Eine Übernachtung sämtlicher Gäste war eigentlich nicht vorgesehen gewesen. Genaugenommen sollten nur Sascha und Vicky bei uns schlafen, alle anderen hatten nach Hause fahren wollen, doch beim Anblick der Jammergestalten war das kein Thema mehr. Und wozu gibt es Luftmatratzen, Schlafsäcke und diese platzsparenden, weil zusammenklappbaren Gästebetten, die man allerdings nur solchen Gästen zumuten sollte, die man nie wiedersehen möchte? Egal, Improvisation ist alles. Die klatschnassen Mäntel kamen in den Heizungskeller, alle verfügbaren Kissen und Decken wurden zusammengetragen, das Wohnzimmer zum Feldlager für die männlichen Schläfer ernannt, die weiblichen verteilten sich in den oberen Stockwerken – nur die Hunde waren etwas frustriert. Ihren angestammten Platz auf dem Sofa hatte Tom belegt, und bei seinen 1,97 m Gesamtlänge hatten sie keine Chance mehr.

»Ich kann mir nicht helfen«, sagte Steffi später, den Mund schon voll Zahnpasta, »aber früher ist Weihnachten irgendwie gemütlicher gewesen.«

Zwei Wochen danach rief mich Sascha an. Wir plauderten über dies und das und hatten uns schon verabschiedet, als ihm noch etwas einfiel: »Ach ja, ehe ich es vergesse: Den versprochenen Kinderwagen brauchst du vorläufig nicht zu kaufen. Vicky ist gestern beim Arzt gewesen. Die Schwangerschaft war bloß eine Hormonstörung.«

Westöstlicher Briefwechsel und seine Folgen

Seitdem der antifaschistische Schutzwall, wie diese Mauer quer durch Deutschland von ihren Erbauern bezeichnet wurde, demontiert worden ist, bekomme ich auch Leserbriefe aus der ehemaligen DDR. Der allererste kam von einer Dame aus Wandlitz.

»Wo is'n das überhaupt?« wollte Steffi wissen, deren Geographiekenntnisse der östlich gelegenen Länder sich seinerzeit noch auf Städte wie Moskau, Warschau oder allenfalls Leipzig beschränkt hatten. So ganz genau wußte ich das aber auch nicht. Also Atlas her! Der stammte noch aus der Mauerzeit und wies eine offenbar recht dünn besiedelte DDR aus. Wandlitz war nicht drauf.

»Jetzt erst recht!« Steffi klappte den Atlas zu und empfahl mir den baldigen Ankauf eines neuen. Bei den ständig wechselnden politischen Gegebenheiten könne man zwar nicht immer auf dem laufenden sein, doch daß es jenseits der Elbe auch noch Städte mit deutschen Namen gebe, habe sich ja inzwischen herumgesprochen. Nur von Wandlitz hatte sie noch nichts gehört. »Im Wagen habe ich einen nagelneuen Autoatlas, erst vorige Woche gekauft.« Sie trabte ab, und wenig später saßen wir, ich mit Brille, sie mit Lupe bewaffnet, am Tisch und suchten Wandlitz. Wir fanden es in der Nähe von Berlin.

»Na ja, wenn man so dicht dran wohnt, kommt man sicher auch mal in eine Westberliner Buchhandlung, oder woher sonst soll dein neuer Ossi-Fan deine Bücher kennen?«

»Vielleicht deshalb, weil man sie jetzt auch in den Neubuläs kaufen kann.«

»In – was???«

»In den NEUen BUndesLÄndern!«

Steffi kicherte. »Stammt diese Wortschöpfung von dir?«

»Was soll man denn sonst sagen? Ehemalige DDR ist viel zu lang, und Ossiland finde ich auch nicht so doll.«

»Dein – wie war das noch? – Neubulä hört sich aber auch ziemlich bescheuert an. Was will dein neuer Fan denn überhaupt von dir?«

»Lies doch selber!« Ich schob ihr den Brief hinüber und formulierte in Gedanken schon eine Antwort.

»Du sollst da 'ne Lesung abhalten?« Kopfschüttelnd gab mir Steffi das Schreiben zurück. »Manche Leute haben wirklich merkwürdige Einfälle. Für nur einmal lesen ist der Weg doch viel zu weit.«

Frau S. hatte mir mitgeteilt, daß man ihr schon früher einige Bücher von mir hinübergeschmuggelt habe, und momentan würde jenes Opus vor ihr liegen, in dem ich die Erlebnisse auf einer Lese-Tournee geschildert hatte. Jetzt wollte sie fragen, ob ich solch eine Reise nicht mal in den neuen Bundesländern unternehmen und natürlich auch in Wandlitz Station machen könnte. Für Unterkunft, zumindest bei ihr, sei gesorgt.

Nun ist das mit Lesungen ja nicht so ganz einfach. Da erkundigt sich zum Beispiel ein Buchhändler beim Verlag, ob dieser oder jener Autor sich bereitfinden würde, nach Kassel, Würzburg, Castrop-Rauxel oder in einen Ort, den manchmal nur seine Einwohner kennen, zu einem Leseabend zu kommen. Der Verlag erkundigt sich beim Autor, und der sagt erst mal NEIN. Weil er keine Lust hat, weil die betreffende Stadt fünf Autostunden weit entfernt ist, weil Frau, Kinder, Hund, Katze krank sind oder das Pferd in Kürze fohlen wird. Außerdem arbeitet er gerade an einem neuen Werk, hat also gar keine Zeit, und in Urlaub will er auch noch fahren. Der Verlag sieht das ein und vertröstet den Buchhändler auf einen späteren Termin. Irgendwann wird sich schon eine Möglichkeit ergeben.

Dann kommt die Buchmesse, auf der der Autor sein neues Werk präsentiert hat, und nun ist er auch zu anderen Taten bereit – besonders zu solchen, die dem Verkauf seines Werkes förderlich sind. Der Verlag hat inzwischen die Anfragen weiterer Buchhändler gesammelt und ist bemüht, eine Route zusammenzustellen, die sowohl die potentiellen Gastgeber als auch die Wünsche des Autors berücksichtigt. Der will nämlich nicht nach Bayern, weil er da mal schlechte Erfahrungen gemacht hat, nach Flensburg aber auch nicht, das ist zu weit weg. Schließlich einigt man sich. Zwei Abende in Hessen, dann Ruhrgebiet, da liegen die Orte so schön dicht beeinander, und den Abschluß in Hamburg. Dort gibt es sogar drei Interessenten. Außerdem wohnt der Bruder des Autors ganz in der Nähe. Ein Besuch bei ihm geht also auf Spesen.

In gemilderter und ausführlicherer Form teilte ich Frau S. die Präliminarien einer Lesereise mit, bestätigte jedoch, daß ich sehr gern in die ehemalige DDR kommen würde, steckte den Brief in den Kasten und vergaß die ganze Sache.

Nicht so Frau S. Kurz nach Neujahr fand ich unter meiner Post ein Schreiben der »Staatlichen Fachstelle für öffentliche Bibliotheken« in Frankfurt an der Oder. Eine Frau Wagner teilte mir mit, sie habe auf Veranlassung von Frau S. ein rundes Dutzend Büchereien ausfindig gemacht, die an einer Lesung mit mir interessiert seien – und ob ich denn nun auch wirklich kommen würde? PS.: Welche Kosten würden wohl entstehen? Man habe leider nur einen sehr geringen Etat.

Mein erster Gedanke war: Was haste dir da bloß eingebrockt? Das biegst du aber ganz schnell irgendwie ab. Und gleich danach der zweite: Warum eigentlich nicht? Zumindest solltest du mal darüber nachdenken.

Nun habe ich keine Ahnung, inwieweit es in der früheren DDR Autorenlesungen gegeben hat und wie die ausgesehen haben. Wurden die Autoren zwangsverpflichtet, abkommandiert, bekamen sie Honorar, oder liefen derartige Veranstaltungen unter dem Oberbegriff *Freiwilliger Arbeitseinsatz*? Autoren konnte man ja kaum zum Kartoffelbuddeln schicken, aber zum Gemeinwohl haben sie bestimmt auch beitragen müssen, warum also nicht in Form von Lesungen? Wo mögen die überhaupt stattgefunden haben? Gab's da drüben nicht solche hübschen Betonklötze, die man Kulturhaus nannte und die meistens den Charme eines Wartesaals ausstrahlten?

Mein Ehemann, Meister im Erfinden glaubhafter Ausreden, wenn er irgendwohin muß und keine Lust hat, schüttelte nur den Kopf, als ich ihn um Rat fragte. »Wer A sagt, muß auch B sagen!« Eine dämliche Redensart und völlig unlogisch. Wie viele Wörter gibt es denn, bei denen auf das A ein B folgt? Doch nur solche, die mit Ab ... anfangen, also Abstand, Absolution, Absage ...

Der Familienrat wurde einberufen. Er war einstimmig dagegen. Von Sibirien war die Rede und von »die Ossis gucken doch jetzt abends lieber RTL und SAT, statt sich was vorlesen zu lassen. Bücher haben die auch früher schon gehabt!« Die zum Teil absurden Argumente, weshalb ich mich auf diese Reise nicht einlassen sollte, gipfelten schließlich in Svens Meinung, wonach sowieso kein Mensch zu einem Leseabend kommen würde. »Die sorgen sich um Betriebsschließungen, um Arbeitslosigkeit, um Mieterhöhungen – da hat doch keiner Sinn für deine Familienstories. Hätte ich auch nicht, wenn ich nicht wüßte, wovon ich im nächsten Monat meine Kinder ernähren soll.« Dabei hat er gar keine!

Irgendwann hatte Rolf die Nase voll. »Jetzt laß dir erst mal genaue Informationen schicken, wie die in Frankfurt sich die Sache vorstellen, und dann kannst du immer noch einen Rückzieher machen.«

Doch das hatte ich schon nicht mehr vor.

Frau Wagner antwortete postwendend. Daß ich für die Lesungen kein Honorar nehmen würde, überraschte sie gar nicht (also doch Arbeitseinsatz??!), die Fahrtkosten würde man selbstverständlich erstatten, um Unterkünfte würde man sich kümmern, auch wenn das manchmal etwas schwierig wäre, und anliegend eine Liste jener Büchereien, die auf meinen Besuch warteten. PS.: Ob ich gegebenenfalls auch mit einem Privatquartier einverstanden sei?

Karte her! In weiser Voraussicht hatte ich mir inzwischen selbst eine besorgt. Die erste Station meiner Reise sollte Templin sein, nördlich von Berlin gelegen und mitten in der Uckermark. Die kannte ich noch nicht. Dann würde es weitergehen nach Prenzlau, von dort nach Gramzow (nie gehört!), anschließend nach Eberswalde und zum Schluß nach Wandlitz. Daß es sich bei diesen Angaben nur um die jeweiligen Übernachtungen handelte und ich später in Dörfern landete, die ich nur mit Hilfe von Ortskundigen fand, ahnte ich damals noch nicht. Frau Wagner fand übrigens, daß der Mai doch ein herrlicher Monat für solch eine Reise sei, die Mark Brandenburg präsentiere sich gerade dann in ihrer ganzen Schönheit, und ob ich mich mit diesem Termin anfreunden könne?

Was Fauna und Flora anbelangt, so mag ich den Mai auch am liebsten, doch erfahrungsgemäß wird um diese Jahreszeit auch in Wald und Flur geackert, von den heimischen Gemüsegärten ganz zu schweigen. Wer aber acht Stunden und länger Rüben gehackt oder Unkraut gezupft hat, der dürfte für eine abendliche Dichterlesung, zu der man sich notgedrungen auch noch umziehen muß, wenig Begeisterung zeigen. Aber vielleicht war das in den Neubuläs ja ganz anders! Ausgehungert nach westlicher Literatur – schließlich hatte man den armen DDRlern jahrzehntelang nur politischen oder linientreuen Lesestoff verordnet –, würden die Zuhörer in Scharen kommen, dankbar, daß sich sogar jemand in die tiefste Provinz vorwagt. Hatte ich gedacht.

Ungefähr vier Wochen vor Beginn der Reise eröffnete mir Steffi, daß der unter Ausschluß eines Stimmberechtigten tagende Familienrat beschlossen habe, mich nicht allein fahren zu lassen. »Erstens wirst du den halben Tag auf Landstraßen verbringen, weil du selten auf Anhieb dort landest, wohin du willst, und zweitens kriegst du ja Depressionen, wenn du vierzehn Tage lang mutterseelenallein durch die Pampa driftest.«

Davor hatte ich auch schon einen Bammel gehabt, aber das sagte ich natürlich nicht. Im Gegenteil, ich protestierte sofort. »Ich brauche keinen Babysitter! Und überhaupt – wer von euch würde denn freiwillig mitkommen wollen?«

»Na ja, das ist ein bißchen schwierig«, gab Steffi zu, »ich habe nämlich nur eine Woche Urlaub gekriegt, und die Zwillinge stecken mitten im Prüfungsstreß.«

Das war nun wieder maßlos übertrieben. Es stimmte zwar, daß im Oktober das erste Staatsexamen beginnen würde, doch von Streß war den beiden nichts anzumerken. Hin und wieder erwähnten sie zwar mal die Zulassungsarbeiten, deren Fertigstellung in erster Linie im Nachschlagen pädagogischer Werke und dem Zitieren ihrer Verfasser bestand (Kommentar Katja:

»Das Wichtigste sind die Quellenangaben. Je länger später der Abspann ist, desto größer die Überzeugung der Prüfungskommission, daß du diese ganzen Wälzer auch tatsächlich gelesen hast!«) – aber von rauchenden Köpfen und durchgeistigter Stubenhockerblässe hatte ich bei den Mädchen noch nichts bemerkt.

»Ja, also wir hatten uns das so gedacht«, nahm Steffi den Faden wieder auf, »in der ersten Woche fahre ich mit und in der zweiten Nicki. Die kommt dann rauf.«

»Seid ihr verrückt? Wie stellt ihr euch das denn vor? Bis Berlin sind es ja bloß schlappe 700 Kilometer!« Ich hatte vorgehabt, am Sonntag vor der ersten Lesung nach Berlin zu fahren, dort bei Freundin Irene zu übernachten, und am nächsten Morgen gemütlich nach Templin zu tuckern. Bis zum Abend würde ich die hundert Kilometer wohl geschafft haben. Am Freitag wollte ich wieder nach Berlin zurückkommen, das freie Wochenende bei Irene verbringen und von dort zur letzten Etappe nach Eberswalde und Wandlitz starten. Wie es schien, wollten meine Töchter den Austausch in Berlin vornehmen. »Das ist doch heller Wahnsinn«, erklärte ich denn auch, »kommt überhaupt nicht in Frage. Ich schaffe das schon allein.«

»Wir haben aber alles schon abgemacht. Thomas bringt Nicki rauf und nimmt mich mit zurück.« Sie seufzte. »Die Vorstellung, mit diesem Langweiler stundenlang im Auto sitzen zu müssen, hätte mich beinahe von meinem edlen Vorsatz abgebracht, aber was tut man nicht alles aus töchterlichem Pflichtgefühl?«

Von wegen! »Gib doch zu, daß dich die pure Neugier treibt! Du hast noch nie einen Fuß in die DDR gesetzt, kennst lediglich die Transitautobahn und hast bis vor kurzem geglaubt, daß man jenseits der Mauer nur russisch spricht.«

»Jetzt übertreibst du aber!« empörte sie sich.

»Findest du?«

Eine Rückfrage bei Frau Wagner, ob man die gebuchten Einzelzimmer in Doppelzimmer umwandeln könnte – selbstverständlich würde ich die zusätzlichen Kosten selber tragen –, erregte nur gelindes Erstaunen. Es ständen sowieso immer zwei Betten drin, Einzelzimmer gäbe es gar nicht. Ach so?!

Als nächstes der längst überfällige Anruf bei Irene. Nach dem üblichen Geplauder über das Wohlergehen der Enkelkinder und der Blumenzwiebeln (sie handelt damit) kam ich zum Kernpunkt. »Hast du am elften Mai mal wieder ein Nachtquartier für Steffi und mich?«

»Immer«, lautete die Antwort, »bloß bin ich dann nicht da.«

Damit hatte ich nun überhaupt nicht gerechnet. »Warum nicht?«

»Weil ich mit Katharina in die Toskana fahre. Die muß mal raus und ich auch.«

Durchaus begreiflich. Katharina ist Irenes Tochter und arbeitet als Kinderpsychologin.

»Aber du kannst ja trotzdem kommen, du kennst dich doch aus, und wo du den Hausschlüssel findest, weißt du ebenfalls. Also wo liegt das Problem? Ich muß nur Janka Bescheid sagen, sonst alarmiert sie das Überfallkommando.«

Janka ist Irenes Putzfrau und während ihrer Abwesenheit zuständig fürs Blümchengießen und die Fütterung der Raubtiere in Gestalt dreier schon etwas betagter Katzen.

»Warum hast du denn nicht früher gesagt, daß du kommen willst? Dann hätten wir die Reise um ein paar Tage verschoben.«

»Der Termin hat sich erst jetzt ergeben.« Fünf Minuten lang Erläuterung meiner geplanten Exkursion.

»Du bist ganz schön mutig«, meinte Irene nur.

»Weshalb denn? Die Kriminalitätsrate ist in Ossiland wesentlich geringer als bei uns.«

»Das habe ich auch nicht gemeint, aber wir Wessis sind bei unseren Brüdern und Schwestern zur Zeit wenig beliebt. Soll ja innerhalb der Verwandtschaft gelegentlich vorkommen.«

Mit der Zusage, mich noch mal zu melden, legte ich den Hörer auf. Was nun? Irenes Angebot, trotz ihrer Abwesenheit in ihrem Haus einzufallen, annehmen oder nach einem Ausweichquartier suchen? Wer oder was käme denn da in Frage? Kunzes Laube? Freunde von uns bezeichnen ihr gar nicht mal so kleines und einschließlich Küche gemütlich möbliertes Wochenendhaus mit beharrlicher Untertreibung als »Laube«, obwohl es mit den unter diesem Begriff bekannten Schrebergarten-Bretterbuden nicht die geringste Ähnlichkeit hat.

Allerdings liegt besagte Laube jott-we-de. Außerdem gibt's da keinen Boiler, und wenn ich etwas hasse, dann ist es die morgendliche Kaltwasserdusche.

Tante Annelies? Nein, lieber nicht. Sie würde zwar mit Freuden Möbel rücken und in ihrer ohnehin blitzsauberen Miniwohnung einen Großputz veranstalten, um uns entsprechend beherbergen zu können, doch die Jüngste ist sie nun wirklich nicht mehr. Außerdem hat sie Rheuma.

Wer bleibt denn noch? Richtig, Dagi! Warum bin ich nicht gleich darauf gekommen?

Dagi habe ich quasi geerbt. Unsere Eltern waren Jugendfreunde gewesen. Wir Kinder nicht. Ich konnte Dagi nicht ausstehen, und diese »Zuneigung« beruhte auf Gegenseitigkeit. Beide wurden wir von Omas aufgezogen. Unsere Väter standen an der Front, die Mütter waren »kriegsdienstverpflichtet«, und es war damals völlig normal, daß die Aufzucht des Nachwuchses häufig Großeltern oder anderen, meist älteren Verwandten überlassen blieb. Im Gegensatz zu meiner eigenen, die mich streng preußisch erzog, war Dagis Großmutter eine richtige Bilderbuch-Oma: klein und rund mit Knoten im Nacken und geblümter Schürze vorm Bauch, gutmütig, nachgiebig und ihrer temperamentvollen Enkelin hoffnungslos unterlegen. Außerdem gab es da noch Tante Idchen. Die war noch ein bißchen kleiner als Oma Emma und noch ein bißchen toleranter. Platzte Emma tatsächlich mal der Kragen und sie verhängte über Dagi eine drakonische Strafe, die in der Regel aus ein paar Stunden Stubenarrest bestand, dann versüßte Tante Idchen dem bedauernswerten Kind die Haft mit Bonbons und sicherte ihm für den nächsten Tag einen Kinobesuch zu.

Dabei war Dagi wirklich ein ausgemachtes Ekel! Statt sich wie ein normales Kind fair zu prügeln, kratzte, biß und spuckte sie, brüllte wie am Spieß, wenn sie nicht das bekam, was sie gerade wollte, und stand mal wieder ihr Besuch in Aussicht, dann räumte Omi vorsichtshalber alles Zerbrechliche weg. Seitdem Dagi ihre große Kristallschale zertrümmert hatte, weil sie unbedingt die darin aufbewahrten Rosenblätter essen wollte, haßte Omi dieses »unerzogene Scheusal« beinahe so sehr wie ich.

Als wir von Berlin nach Düsseldorf übersiedelten, verlor ich Dagi aus den Augen. Ich erfuhr zwar, daß sie sehr früh geheiratet und nach anderthalb Jahren Sohn Harry in die Welt gesetzt hatte, nur war der Mann ihrer Träume wohl doch nicht das gewesen, was sie erwartet hatte. Also Scheidung und einige Jahre danach ein neuer Versuch. Diesmal war es ein Arzt, in den sie sich Hals über Kopf verliebt hatte. Nach der Hochzeit entpuppte er sich als Säufer, worauf Dagi erneut ihren Anwalt bemühte und seitdem kaum noch Alkohol trinkt.

Über den Weg gelaufen sind wir uns erst wieder, als ich während einer Berlinreise ihre Mutter besuchte und Dagi unverhofft in der Tür stand. Aus dem widerlichen Kind war eine selbstbewußte, blendend aussehende Frau geworden, die ihr Leben fest im Griff hatte. Wir verstanden uns auf Anhieb und sehen uns jetzt, sooft sich eine Möglichkeit ergibt. Unsere regelmäßigen und nicht eben kurzen Telefonate sind Rolf seit Jahren ein Dorn im Auge. »Meinst du nicht, es wird billiger, wenn Dagmar mal wieder herkommt?«

Geheiratet hat sie nicht mehr, doch es gibt Victor. Victor ist ein Workaholic mit viel Geld und wenig Zeit. Als er Dagi damals einen Antrag machte, hatte sie ihm einen Korb gegeben; Jahre später hätte sie ihn ganz gern genommen, aber nun wollte *er* nicht mehr – jedenfalls nicht amtlich mit Brief und Siegel. Trotzdem kommt einer ohne den anderen nicht klar, und so leben die beiden seit ewigen Zeiten miteinander oder auch nebeneinander, je nachdem, ob es mal wieder Krach gegeben hat oder das Barometer auf Sonnenschein steht.

Victor hat mit Immobilien zu tun, und dank dieser Tatsache besitzt Dagi eine kleine Wohnung in einer ruhigen Ecke von Schöneberg mit viel Grün drumherum und recht honorigen Nachbarn. Ich war allerdings noch nie dort gewesen, doch das ließe sich ja ändern. Schließlich brauchte ich ein Nachtquartier.

Dagi war sofort einverstanden. »Na klar könnt ihr kommen! Gemeinsam werden wir es schon schaffen, diese verdammte Ausziehcouch zum letzten Mal in ein Doppelbett zu verwandeln. Die klemmt nämlich und fliegt bei der nächsten Sperrmüll-Abfuhr raus. Bloß wenn ich jetzt eine neue kaufe, weiß ich nicht, wohin mit der anderen. Der Keller ist voll.«

»Ist das etwa immer noch das alte Ding von Oma Emmchen?«

»Aber sicher! Ist ja schließlich Vorkriegsware und noch gute deutsche Wertarbeit. Deshalb habe ich auch schon mal versucht, das Möbel einem Bekannten als Antiquität unterzujubeln und vorher ein paar Holzwurmlöcher reingebohrt. Sah auch richtig echt aus, hat aber leider nur beinahe geklappt.«

Berlin ist bekanntlich eine Reise wert – man muß bloß erst mal hinkommen! Wohnt man im südwestlichen Zipfel der Bundesrepublik, dann muß man halbschräg durch dreiviertel Deutschland. Eine passende Autobahn querdurch gibt es jedoch nicht, also fährt man ca. zweihundert Kilometer Umwege. Steffi hatte sich für die südliche Route entschieden, da sei weniger Verkehr. Das war der erste Irrtum!

Der zweite stellte sich heraus, als wir die frühere Grenze passiert hatten und einsehen mußten, daß wir unseren Zeitplan nie würden einhalten können. Wo damals überwiegend Lastwagen und Autos mit westdeutschen Kennzeichen im Hundertkilometertempo langgeschlichen waren, herrschte jetzt ein Verkehr wie am Frankfurter Kreuz zur Rush-hour. Vom verbeulten Opel Baujahr 79 bis zum nagelneuen Renommierschlitten schoben sich endlose Kolonnen über den ramponierten Asphalt, und fast jedes Auto gehörte nach Ossiland. Die vereinzelten Trabis mittendrin fielen schon richtig aus dem Rahmen.

Es ist ja kein Geheimnis mehr, daß viele ehemalige Trabifahrer mit den vermehrten Pferdestärken gewisse Schwierigkeiten hatten und immer noch haben. Nach der dritten Vollbremsung, weil es vor uns mal wieder gekracht hatte, und einem leichten Bumsen gegen die rückwärtige Stoßstange meinte Steffi nur: »Hier drüben könnte man dringend eine Bremse brauchen, mit der man den Wagen des Hintermannes zum Stehen bringen kann.«

Endlich Dreilinden. Wie oft hatte ich hier in der Autoschlange gewartet, bis mein Paß von den Vopos kontrolliert, fotografiert und mit irgendwelchen Listen verglichen worden war! Und einmal hatte ich sogar in die taghell erleuchtete Halle fahren müssen, wo man den Wagen buchstäblich auseinandergenommen hatte. Außer einem alten Exemplar des *Playboy*, der von einem männlichen Familienmitglied wohl mal liegengelassen und nun sofort konfisziert worden war, hatte man allerdings nichts gefunden.

Es war schon ein merkwürdiges Gefühl, an diesem Kontrollpunkt so einfach vorbeifahren zu können, doch Steffi kurvte trotzdem auf einen Parkplatz. »Du mußt hier nicht mehr halten!« erinnerte ich sie.

»Ich habe keine sentimentalen Gefühle, ich brauche den Stadtplan!«

Ach so.

»Jetzt setz mal deine Brille auf, sonst erkennst du wieder die blauen Striche nicht, und dann sag mir genau, wie ich fahren muß!«

Kein Problem, den Weg zur Rosenheimer Straße hatten wir schon zu Hause sorgfältig markiert. Das Problem entstand erst dadurch, daß ich zwar zum Lesen eine Brille brauche, zum normalen Sehen jedoch nicht. Und bis jetzt habe ich mich einfach noch nicht dazu durchringen können, mir eine dieser ausnehmend kleidsamen Lesebrillen zuzulegen, die so elegant auf der Nasenspitze thronen und immer aussehen wie gewollt und nicht gekonnt. Bis ich – Brille ab! – das Straßenschild entziffert und – Brille auf! – auf der Karte gefunden hatte, waren wir schon wieder zwei Straßen weiter.

»Da vorne kommt so 'ne Art Platz«, warnte Steffi rechtzeitig.

»Wie heißt der denn?«

»Woher soll ich das wissen? *Du* bist doch in Berlin aufgewachsen.«

»Aber nicht in dieser Gegend.« Ich beugte mich wieder über die Karte. »Hier scheint es eine Menge Plätze zu geben.«

»In der Mitte steht ein Denkmal.«

»Jeder Platz, der was auf sich hält, hat ein Denkmal. Kannst du erkennen, was es ist?«

»Ein Mann auf einem Pferd«, sagte Steffi lakonisch.

»Dann ist es wahrscheinlich Bismarck, also stehen wir logischerweise vor dem Bismarckplatz, und wenn ich mich nicht irre, liegt der in Schmargendorf.«

»Wollen wir dahin?«

»Nein!!!«

»Was soll ich denn jetzt machen?« Die Ampel sprang gerade auf Grün.

»Fahr erst mal geradeaus weiter!«

»Geht nicht. Einbahnstraße.«

Nach ungefähr zwei Stunden hatten wir endlich unser Ziel gefunden, weitere zwanzig Minuten vergingen mit der Suche nach einem Parkplatz. »Die müssen hier alle Drittwagen haben«, seufzte Steffi, als wir zum x-ten Mal an Dagis Haustür vorbeifuhren. »Wieso gibt es nirgends eine Lücke?«

»Als diese Häuser in den fünfziger Jahren gebaut wurden, brauchte man Wohnungen und keine Garagen. Wer hatte damals denn schon ein Auto?«

»Siehste, und nu isses umgekehrt! Jetzt baut man zehnstöckige Garagen und bezeichnet sie als Wohnungen. – Guck mal, da drüben fährt einer raus. Ich kann hier aber nicht wenden. Steig schnell aus, nimm meine Reisetasche mit und stell dich genau in die Mitte. Und wehe, du rührst dich von der Stelle, bis ich wieder da bin! Ich fahre nur schnell einmal um den Pudding.«

Wie ein zerrupftes Mauerblümchen kam ich mir vor, als ich Dagi in der geöffneten Wohnungstür stehen sah, gut frisiert und in einem schicken apricotfarbenen Fummel. Würde ich so etwas anziehen, hätte ich allenfalls auf einem Kostümfest Erfolg, etwa als Gespenst von Canterville oder so ähnlich. Abgesehen davon, daß mir Apricot überhaupt nicht steht, könnte ich auch keine Schlabberkleider tragen. »Wie machst du das eigentlich, daß du immer noch aussiehst wie höchstens fünfundvierzig?«

»Wandleuchten mit 25-Watt-Birnen«, lautete die lapidare Erklärung. »Aber jetzt kommt erst mal rein, und macht es euch gemütlich. Ich habe schon gedacht, ihr seid unterwegs verlorengegangen. Wollt ihr 'n Kaffee haben, Tee oder lieber etwas Gehaltvolleres?«

»Tee klingt gut«, meinte Steffi, »aber kann ich mir erst mal die Hände waschen?«

»Erste Tür links.«

Ich hörte sie nur noch »Wow!« sagen, bevor sie verschwand. Später wußte ich auch, weshalb. Das Bad war nicht sehr groß, aber ein Traum in Pink. Marmorboden, Marmorwanne, eingebautes Waschbecken, indirekte Beleuchtung und viel Grünzeug. »Nach sozialem Wohnungsbau sieht das nicht gerade aus.«

»Ist es aber«, sagte Dagi, »allerdings hat Victor ein bißchen die Finger dazwischen gehabt. Wenn ich bei ihm in der Villa schon unbezahlte Putzfrau spiele, kann er ja auch mal was für mich tun.«

Richtig, die Villa! In Nikolassee steht sie, also in Berlins Nobelviertel, ein bißchen sehr heruntergekommen und für eine Person viel zu groß, doch der arme Mann hat ja keine Zeit zum Renovieren. Gerade mal drei Zimmer bewohnt er, edel eingerichtet, und zu einer neuen Einbauküche hatte Dagi ihn auch noch überreden können, doch wenn er duschen will, muß er ganz nach unten, wo der Swimmingpool ist. Da gibt es eine.

Nach Besichtigung der übrigen Wohnung einschließlich der großmütterlichen Antiquität, die statt des mir noch bekannten Großblumendessins nun einen altrosa Bezug hatte und ganz passabel aussah, sowie insgesamt fünf Tassen Tee wollte Dagi wissen: »Habt ihr eigentlich keinen Hunger?«

Doch, und wie! Seitdem auf den Speisekarten der Autobahnraststätten genau aufgelistet ist, welche Chemikalien in welchen Gerichten enthalten sind, vergeht mir meistens schon vorher der Appetit. Es wäre doch wesentlich einfacher, nur die paar Speisen zu kennzeichnen, die *nicht* gesundheitsschädlich sind. Ein Omelette jedenfalls braucht weder Ameisensäure noch Emulgatoren, dafür war es zäh gewesen, und die frischen Waldpilze hatten größtenteils aus getrockneten Lamellen bestanden.

»Ich hab' mir gedacht, wir essen einen Happen in meiner Stammkneipe. Ist nur zwei Ecken weiter. Einverstanden?«

Natürlich waren wir einverstanden. »In Ordnung, dann rufe ich schnell an, damit sie einen Tisch freihalten.« Sie holte ihr Telefonverzeichnis, blätterte darin und sah sich suchend um. »Habt ihr irgendwo eine Brille liegen sehen?«

Ich stutzte. Dagmar und Brille? Sie hatte doch immer abgelehnt, solch ein »entstellendes Monstrum« auch nur in Erwägung zu ziehen. »Seit wann hast du denn eine?«

»Seitdem ich neulich beim Kuchenbacken zwei Rosinen mit der Fliegenklatsche erschlagen habe. – Wenn ich bloß wüßte, wo ich das Ding wieder liegengelassen habe.«

Eine hektische Suche begann, die schließlich im Bad endete. »Richtig«, erinnerte sie sich, »ich wollte vorhin mal ausprobieren, ob mir falsche Wimpern stehen. Geht aber nicht, die schleifen an den Brillengläsern.«

Die Kneipe war klein, voll, verräuchert, aber urgemütlich – und die Küche hervorragend. Außer bei meiner Großmutter habe ich nie wieder solch einen köstlichen Wirsingeintopf gegessen. Gesättigt und auch hinreichend mit »Berliner Kindl« abgefüllt, zogen wir zwei Stunden später von dannen.

»So, und jetzt kommt Mütterchens Heimwerkerstunde«, meinte Dagi, nachdem wir gemeinsam die Betten bezogen hatten. »Das letztemal habe ich die halbe Nacht gebraucht, bis ich dieses verdammte Ding auseinander hatte.«

»Wo fängt man denn da an?« wollte Steffi wissen, mißtrauisch das rosa Möbel begutachtend.

»Erst mal gar nicht. Wir brauchen noch einen Hammer, eventuell ein Stemmeisen und mit Sicherheit Heftpflaster.«

Soweit ich mich erinnere, mußte unten etwas herausgezogen und oben etwas drübergeklappt werden, nur waren im Laufe der Jahrzehnte die Metallteile angerostet und verbogen. Es knirschte und quietschte, als wir mit vereinten Kräften an dem sperrigen Unterteil zerrten. Auf der einen Seite schlug Steffi mit dem Hammer auf die Eisenstrebe, auf der anderen bearbeitete Dagi das verklemmte Pendant mit dem Stemmeisen, und nach zehn Minuten Geziehe und Geschiebe sah das Sofa tatsächlich wie ein Bett aus.

»Da vorne fehlt was!« Steffi wies auf die linke Ecke, die sich bedenklich nach unten neigte.

»Ach ja, der Fuß«, meinte Dagi gleichmütig, »der ist schon lange ab. Er wird jetzt irgendwo drunterliegen. Wenn man bloß drauf sitzt, hält er, aber zum Schlafen nehme ich immer etwas anderes.« Aus dem Regal zog sie einen dicken Wälzer heraus, dessen Ledereinband schon tiefe Dellen aufwies. »Das ist ein altes Kochbuch von Emmchen. Benutzen kann ich es sowieso nicht, weil so ziemlich jedes Gericht anfängt mit: ›Man nehme acht Eier und ein Pfund gute Butter‹, aber es hat genau die richtige Höhe.«

Geschlafen habe ich übrigens prima, nur nicht lange genug. Als der erste Dieselmotor zu hämmern anfing und immer mehr Autotüren zuklappten, wachte ich auf. Da war es kurz nach sechs. Großstadtlärm bin ich eben nicht mehr gewöhnt. In meiner ländlichen Kurort-Idylle, wo Ruhe die erste Bürgerpflicht bedeutet, werde ich ja schon nervös, wenn in unserer Nachbarschaft mal ein fremder Hund bellt.

Aller Anfang ist schwer

Meteorologie ist die Wissenschaft, die uns aufgrund komplizierter Hoch- und Tiefdruckberechnungen genauestens darüber informiert, wie das Wetter hätte sein sollen. Gestern abend hatte der Herr vom Berliner Wetteramt Regen prophezeit, und dieser Meinung war er um acht Uhr morgens immer noch. Draußen schien die Sonne.

»Ziehe ich nun was Langärmeliges an oder bloß ein T-Shirt?« überlegte Steffi vor der geöffneten Tasche.

»Das kommt darauf an, ob du dich auf den Wetterbericht verläßt oder auf dein Knie.«

Seitdem Stefanie im Teenageralter ihre sportliche Phase gehabt und vom Voltigieren bis zum Kugelstoßen alles ausprobiert hatte, womit man seine Knochen ruinieren kann, hat sie zwei Operationen hinter sich, und ihr linkes Knie sieht jetzt aus wie die tektonische Landkarte von Spanien. Aber es ist ein zuverlässiger Wetterprophet. Andere müssen sich auf ihr Rheuma verlassen, Steffi befragt ihr Knie. »Da merke ich nichts«, erklärte sie denn auch, »also gibt es keinen Wetterumschwung.«

Die Sonne begleitete uns, bis wir uns aus Berlin herausgewurstelt hatten, und sie war auch noch da, als wir auf der Landstraße nach Norden tuckerten – ganz gemütlich, wir hatten ja genug Zeit.

»Wenn wir wieder zu Hause sind, brauchst du neue Stoßdämpfer«, konstatierte Steffi, nachdem sie ein Schlagloch umrundet, das nächste jedoch übersehen hatte. »Bis zu den Straßen scheint der Aufbau Ost noch nicht vorgedrungen zu sein.«

»Erst mal sind die Autobahnen dran. Sonst hätten die Bewohner der Neubuläs keine Möglichkeit, ihre neuen Wagen mal richtig auszufahren, also würden sie erst gar keine mehr kaufen, wodurch wiederum die westdeutsche Autoindustrie …«

»… stagnierte und die Zulieferfirmen Pleite machten. So kann man die soziale Marktwirtschaft auch definieren.«

Je weiter wir uns von Berlin entfernten, desto unberührter wurde die Landschaft. Rechts und links Wiesen, die noch wie richtige Wiesen aussahen, durchsetzt von Wildblumen, über denen Schmetterlinge tanzten. Dann wieder ein schilfbewachsener See oder ein Bach, der sich durch die Felder schlängelte und bestimmt noch keine Abwässer gesehen hatte. Doch am meisten beeindruckten mich die herrlichen alten Bäume am Straßenrand, deren Kronen ein fast geschlossenes Dach bildeten, so daß die Sonnenstrahlen nur vereinzelte Kringel auf den schattigen Asphalt malen konnten – ein kilometerlanger lichtdurchfluteter Dom.

»Wetten, daß diese Buchen in spätestens zwei Jahren …«

»Die Buchen sind Linden«, verbesserte ich.

»Also schön, daß diese Linden dann abgehackt, die Straßen begradigt und doppelt so breit sind und alle hundert Meter ein Verkehrsschild steht? Wo gibt es denn bei uns noch solche Alleen? Nach westdeutschen Kriterien sind sie in höchstem Grade verkehrsgefährdend; die vielen Bäume, nicht mal 'ne Parkbucht, und fluoreszierende Kilometersteine habe ich auch noch nicht gesehen.«

Dafür sahen wir an einer Wegkreuzung eine alte Frau unter einem Sonnenschirm sitzen, vor sich einen Klapptisch und darauf mehrere Blecheimer mit selbstgebundenen Feldblumensträußen. »Halt mal an!«

Steffi trat auf die Bremse. »Du willst doch nicht etwa was von dem Suppengrün kaufen? Bis wir im Hotel sind, ist es welk.«

»Die Hälfte der Strecke haben wir doch schon hinter uns. Außerdem zeichnen sich die meisten Hotelzimmer durch gleichbleibende Tristesse aus, da kann ein bißchen Frühling in der Vase bestimmt nicht schaden.« Weil sie so hübsch aussahen, kaufte ich gleich zwei Sträuße.

»Müssen Sie noch weit fahren?« fragte die Frau, während sie die Blumen erst in eine feuchte Zeitung und dann in braunes Packpapier wickelte.

»Nur nach Templin.«

»Bis dahin werden sie sich halten, doch dann sollten sie gleich ins Wasser. Feldblumen sind empfindlich.«

»Was hast du denn jetzt dafür bezahlt?« wollte Steffi wissen, als ich meinen Einkauf auf dem Rücksitz deponiert hatte.

»Vier Mark zusammen.«

»Dafür hätt'ste bei uns nicht mal die Margeriten gekriegt. – Hoppla, das wäre beinahe schiefgegangen!« In letzter Sekunde hatte sie noch das Steuer herumgerissen, sonst hätte sie die Ente plattgefahren. »Wo kam die denn plötzlich her?«

»Frag sie doch!«

Grimmig sah sie mich an. »Du bist auch schon mal komischer gewesen! – Apropros Ente: Langsam kriege ich Hunger.«

»Ich auch, aber wir müssen ja bald da sein. Sollten wir nicht überhaupt mal links abbiegen?«

»Erst in Mümmeldorf oder wie das Kaff heißt. Bisher ist es noch nicht aufgetaucht.«

Das Kaff hieß Milmersdorf und wurde renoviert. Zumindest hörte plötzlich die Straße auf. Rotweiße Schranken signalisierten Bautätigkeit, von der allerdings nichts zu sehen war. Der Ort schien menschenleer.

»Mittagspause«, vermutete Steffi. »Bis die zu Ende ist, möchte ich eigentlich nicht warten.«

»Weshalb solltest du?«

»Weil ich partout keine Ahnung habe, wie ich jetzt weiterfahren muß. Siehst du vielleicht irgendwo ein Schild? Na also! Und bevor wir eventuell an der Ostsee landen, würde ich doch lieber einen Eingeborenen fragen.«

»Wie stellst du dir das vor? Willst du an der nächsten Haustür klingeln?«

»*Ich* nicht!« kam es prompt zurück.

Ich sah in ihr erwartungsvolles Gesicht und schüttelte den Kopf. »Denk erst gar nicht daran!« Andererseits hatte ich auch keine Lust, bis zum Erscheinen des ersten menschlichen Wesens auszuharren. Die Länge der Mittagspausen hängt bekanntlich vom Arbeitseifer der jeweiligen Vorgesetzten ab, speziell bei Bauarbeitern, und von denen will der Polier auch erst mal in Ruhe seine Bildzeitung lesen. »Fahr doch einfach weiter! Am besten nach links, da müssen wir sowieso hin.«

»Auf diesen Trampelpfad? Na, wenn du meinst ...«

Es mußte wohl der richtige gewesen sein. Plötzlich waren wir wieder auf einer Straße und wenig später am Ortseingang von Templin. Genau in diesem Augenblick fing es an zu regnen.

»Scheint ja ein reizendes Städtchen zu sein.« Steffi deutete auf die trostlosen Wohnblocks mit ihren abblätternden Fassaden, die den ersten und letzten Anstrich während der Ulbricht-Ära bekommen hatten. Dazwischen eine Jugendstilvilla, heruntergekommen, beinahe schon baufällig. Neu waren lediglich die Satellitenschüsseln, mal neben dem Fenster montiert, mal auf dem Balkongitter befestigt, selten auf dem Dach – ein Meer von runden Scheiben.

Bevor wir uns auf die Suche nach der Kreisbibliothek machten, steuerte Steffi ein am See gelegenes Restaurant an. »Die hier scheinen von unserem Solidaritätszuschlag schon was abgekriegt zu haben.«

Vielleicht war das hübsche Holzhaus früher mal eine HO-Gaststätte gewesen – direkt am See gegenüber von einem Angelsteg gelegen –, ein bißchen sah es noch danach aus, doch hatte man es offensichtlich renoviert und ein kleines Restaurant daraus gemacht. Der verlockende Duft nach Gebratenem trieb uns hinein.

»Ich nehme die Kohlrouladen«, entschied Steffi nach einem flüchtigen Blick auf die Speisekarte, »du machst ja nie welche!«

Stimmt. Seit meiner letzten Blamage, die allerdings schon etliche Jahre zurücklag, hatte ich mich an diese sperrigen Dinger nicht mehr herangewagt.

»Kohlrouladen haben aus Kohl zu bestehen und nicht aus Hackfleisch!« hatte mein Ehemann gemeckert, als ich ihm das erste Produkt meiner damals noch sehr unzulänglichen Kochbuch-Kenntnisse vorgesetzt hatte. Seitdem mußte ich immer mindestens fünf Kohlblätter um die Füllung wickeln, aber dann hält die Klammer nicht, und mit Zahnstochern braucht man gar nicht erst anzufangen. Die Methode unserer Altvorderen ist in diesem Fall die beste. Omi hatte früher immer eine

Rolle Nähgarn in der Küchenschublade gehabt, ich nehme lieber Zwirn, der reißt nicht so schnell.

An jenem bewußten Tag – Rolf war nicht da, statt dessen hatte Sascha mal wieder zwei Freunde an den kostenlosen Mittagstisch geschleppt – klingelte das Telefon, als ich gerade das Essen aufgetragen hatte. Während ich noch an der Strippe hing, hörte ich plötzlich aus dem Nebenzimmer die Kommandostimme meines Sohnes: »Eins, zwei, drei! Und ziehen … rollen … ziehen … rollen …« Ich warf den Hörer hin und stürzte ins Nebenzimmer. Da stand doch die ganze Meute auf den Stühlen und spulte zwei Meter Zwirnsfaden auf die Gabeln. Ich hatte ganz einfach vergessen, ihn vor dem Servieren zu entfernen. – Seitdem habe ich etwas gegen Kohlrouladen!

Ganz genau hatte uns die Kellnerin den Weg zur Friedrich-Engels-Straße beschrieben. Die hatten wir auch gleich gefunden, nur die Bücherei suchten wir vergebens. Es gab kein Haus mit der Nummer sieben.

»Eigentlich kann es nur der Schuppen da hinten sein«, meinte Steffi, nachdem wir ein zweites Mal die Straße rauf- und wieder runtergefahren waren, »etwas anderes steht doch hier gar nicht.«

Ich sah zu dem zurückliegenden, wellblechgedeckten Flachbau hinüber, betrachtete den aufgeweichten, von Pfützen übersäten Weg und befand, daß er keinesfalls zu einer kulturellen Stätte führen könne.

»Wetten, daß …?« fragte Steffi grinsend.

»Wetten, daß nicht …?«

Den Wagen ließen wir vorsichtshalber auf der Straße stehen, es genügte, wenn unsere Schuhe im Matsch versanken. »Hat's denn im Arbeiter- und Bauernstaat nicht mal ein paar Eimer Schotter gegeben?« schimpfte Steffi, mit einem Papiertaschentuch den Lehm von ihren Tretern wischend. »Und sieh dir mal meine Hosen an! Wenn ich die nachher ausziehe, stehen sie untenrum von alleine.«

Wenigstens waren wir auf dem richtigen Weg gewesen. Steffis Gemecker hatte die Bibliothekarin vor die Tür gelockt. Offenbar fiel ihr ein Stein vom Herzen, als sie uns sah. »Sie sind doch Frau Sanders, nicht wahr? Wir hatten schon Angst, daß Sie gar nicht kommen. Das wäre für unsere Leser eine große Enttäuschung geworden.«

Na, so furchtbar viele würden das bestimmt nicht werden. Die beiden Räume waren nicht groß und würden selbst nach einigen Umbauten Platz für maximal zwei Dutzend Stühle haben. Mich wunderte allerdings, daß man damit noch gar nicht angefangen hatte. Ich hatte nämlich festgestellt, daß die einzelnen Regale keine Rollen hatten, und wenn man die erst würde ausräumen müssen, um sie zur Seite schieben zu können ...

Frau Bort mußte Gedankenleserin sein. »Die Veranstaltung findet natürlich nicht hier statt, sondern im Gemeindesaal. Der ist aber ganz einfach zu finden. Gleich das zweite Haus rechts am Marktplatz, und da im ersten Stock. Unten ist die Kindertagesstätte drin.«

Das hörte sich schon besser an. »Vorher würden wir noch gern ins Hotel fahren.«

»Ja, natürlich«, sagte Frau Bort, »das ist nicht weit weg. Bis zur Unterführung, da biegen Sie links zum Wald ab, und dann sehen Sie es schon.« Bevor wir uns verabschiedeten, drückte sie mir ein Kuvert in die Hand. Den Absender kannte ich schon: Staatl. Fachstelle für öffentliche Bibliotheken. »Frau Wagner war sich nicht sicher, ob der Brief Sie vor Ihrer Abreise noch erreichen würde, deshalb hat sie ihn hierher geschickt. Ich glaube, da hat es ein paar Änderungen gegeben.«

Die hatten Zeit bis später. Ich wollte endlich raus hier und im Hotel unter die heiße Dusche.

»Es fängt an zu regnen«, bemerkte Steffi ganz richtig, während wir bei noch geöffneten Türen im Wagen saßen und den klebrigen Lehm von den Schuhen kratzten. »Wären wir später angekommen, hätten wir wahrscheinlich schwimmen müssen.« Sie deutete auf die Pfützen, die sich zusehends zu einem See vereinten. »Im Winter wird man Schlittschuhe brauchen.«

Selbst bei Sonnenschein würde diese Stadt nicht gerade einladend aussehen, bei Regen wirkte sie einfach trostlos. Grauer Himmel, graue Häuser, Farbtupfer höchstens durch ein beleuchtetes Schaufenster oder frisch gestrichene Fensterrahmen. Dazwischen immer mal wieder die verblichenen Buchstaben eines ehemaligen HO-Geschäfts.

»Hier sieht es ja noch aus wie vor fünfzig Jahren«, murmelte Steffi, »und ich habe gedacht, daß man wenigstens schon ein paar Anzeichen des kommenden Wohlstands erkennen kann. Wenn ich da an Ostberlin denke ...«

»Berlin ist Hauptstadt und hier tiefste Provinz. Von den Solidaritätsmillionen kommen wahrscheinlich bloß ein paar Tausender an.«

»Und die haben nicht mal für 'ne Kneipe gereicht! Oder hast du schon ein Etablissement entdeckt, wo wir nachher was zu essen kriegen?«

Darauf hatte ich noch gar nicht geachtet, und außerdem schadet zweimal Essengehen der Taille. »Am besten hältst du vor dem nächsten Supermarkt.«

»Nach kalter Küche ist mir aber gar nicht«, meckerte sie, »und überhaupt haben Chauffeure Anspruch auf angemessene Verpflegung.«

»Die kannst du dir ja zusammensuchen!«

Wenig später hatte sich unser Gepäck um eingeschweißte Landjäger, Joghurt, eine Tüte Obst und zwei Flaschen Orangensaft vergrößert. »Damit du's gleich weißt«, warnte Steffi, »*ich* trage die Tüte nachher nicht quer durch das Hotel! – Da hinten ist übrigens die Unterführung. Ich sehe bloß keine Straße, die links abgeht.«

Die sah ich auch nicht. Es gab nur einen Waldweg, freigegeben für landwirtschaftlichen Verkehr. »Na ja, so, wie das Auto und wir momentan aussehen ...« Wenig später eine Schranke mit Vorhängeschloß. Also Rückwärtsgang rein und zurück. »Guck mal, da drüben schimmert was Grünes durch die Bäume. Vielleicht ist es das!«

Steffi folgte dem ansteigenden Weg, und dann standen wir auch schon vor einem riesigen langgestreckten Kasten mit unendlich vielen Fenstern und einem ebenso riesigen Parkplatz, auf dem allerdings kein einziges Auto zu sehen war. »Das ist kein Hotel, das ist ein Verwaltungsgebäude, und die haben jetzt alle Feierabend«, entschied Steffi. »Wenigstens kann man hier problemlos wenden.«

Der Mann unten auf der Straße stieg nur zögernd von seinem Fahrrad, was ich ihm bei diesem Nieselwetter auch nicht verdenken konnte, aber dann erklärte er uns doch den Weg zum Hotel. Es war genau derselbe, auf dem wir eben erst zurückgefahren waren.

»Kannst du mir mal verraten, weshalb man ausgerechnet in dieses öde Nest ein 300-Zimmer-Hotel hingeklotzt hat?«

Nein, das konnte ich nicht, aber irgend jemand mußte sich ja wohl etwas dabei gedacht haben. Später erfuhren wir, daß es keine 300, sondern 500 Zimmer hatte, und neu war lediglich das Schild über dem Eingang: HOTEL AM BURGGRABEN stand drauf. Seitlich neben der Klingel hing noch eins, sogar aus Messing: »FdGB-Heim Salvador Allende«. Daß das Buchstabenkürzel einmal *Freier deutscher Gewerkschaftsbund* bedeutet hatte, konnte Steffi nicht wissen, aber von dem füsilierten chilenischen Präsidenten und Sozialistenführer sollte sie doch schon mal etwas gehört haben.

»Ach, *der* ist gemeint? Ich habe bloß nicht gewußt, wie sein Vorname war.«

In der Empfangshalle hätte bequem ein ganzer Gewerkschaftskongreß Platz gefunden, doch außer einem kleinen Tresen in der rechten Ecke war sie leer. »Hübsch häßlich«, meinte Steffi nach einem kurzen Rundblick, und dann, etwas lauter: »Hallo, ist hier jemand?«

Die Frage war überflüssig, man hatte unser Kommen bereits bemerkt. »Sie sind Frau Sanders und Tochter, nicht wahr?« sagte die junge Dame, die irgendwo aus dem Hintergrund erschienen war und nun ihren Platz hinter der Theke einnahm. »Für Sie ist ein Doppelzimmer bestellt worden.«

»Das ist richtig.« Die Bemerkung, ob eine Reservierung angesichts des großen Zimmerkontingents und der offensichtlich geringen Nachfrage überhaupt nötig gewesen wäre, verkniff ich mir aber doch.

»Sie haben Nummer 202 im ersten Stock. Frühstück gibt es ab sieben Uhr. Ich wünsche Ihnen einen angenehmen Aufenthalt.«

»Danke schön. – Ach ja«, fiel mir ein, »haben wir Telefon auf dem Zimmer?«

Die Dame bedauerte.

»Macht ja nichts, dann kann ich sicher hier unten telefonieren?«

»Das geht leider nicht, der Apparat ist noch nicht angeschlossen.« Ihr vielsagender Blick deutete zur gegenüberliegenden Wand. Da hing zwar eine moderne Plexiglasmuschel, nur die Hauptsache fehlte – das Telefon. Der rangeklebte Zettel *Demnächst in Betrieb* war auch schon leicht vergilbt. Trotzdem gab ich nicht auf, immerhin hatte ich fest versprochen, gleich nach meiner Ankunft zu Hause anzurufen. »Sie haben doch bestimmt hier an der Rezeption ein Telefon? Kann ich das nicht benutzen?«

Nun wurde die Dame unsicher. »Ich weiß nicht, ob das geht. Ich muß nämlich jedes Gespräch aufschreiben.«

»Das können Sie auch, ich will ja nicht umsonst telefonieren. Was kostet denn eine Einheit?«

Ein kurzes Zögern, dann platzte sie heraus: »Das weiß ich nicht, wir hatten das nämlich noch nie.«

Die ganze Zeit schon hatte Steffi verhalten gegluckst, jetzt brach sie in schallendes Gelächter aus. »Laß doch, Määm, auf dem Marktplatz habe ich eine Telefonzelle gesehen, dann rufen wir nachher eben von dort aus an.«

Ein Fahrstuhl war nicht vorhanden, Hausdiener hatte es im realen Sozialismus nicht gegeben, gab es im beginnenden Kapitalismus aber auch noch nicht, also schleppten wir unser Gepäck selber die breite Steintreppe hinauf. Sie führte zu einem großen quadratischen Flur, der auf zwei Seiten in einen endlos langen Gang mündete. Möbliert war er mit einigen Sitzgruppen aus volkseigenem Plaste sowie mehreren Blumenkübeln, die aber nur mit Sand gefüllt waren. Hellem Sand.

Unser Zimmer war gleich das zweite. Steffi öffnete die Tür und blieb wie angewurzelt stehen. »Wow! Das reinste Luxus-Appartement!«

»Nun geh doch mal weiter!« drängte ich. »Staunen kannst du immer noch.« Doch dann staunte ich auch. Maximal zehn Quadratmeter groß, enthielt das Zimmer zwei Betten nebst Nachttischen, einen schmalen Kleiderschrank, einen Tisch und einen Stuhl. »Hier ist ja nicht mal Platz für die Koffer! Wenn das früher ein Ferienheim gewesen ist, Määm, dann möchte ich mal wissen, wie die Gäste das 14 Tage lang in so einer Zelle ausgehalten haben. Sobald einer rumläuft, muß der andere aufs Bett, sonst tritt man sich gegenseitig auf die Füße.«

»Er kann ja so lange auf den Gemeinschaftsflur gehen.« Ich setzte mich auf den Bettrand und zog Steffi neben mich. »Schon vor der Abreise habe ich dir gesagt, daß wir Abstriche machen müssen. Nach einem halben Jahrhundert Mißwirtschaft kannst du doch keine Wunder erwarten! Wohnungen sind erst mal wichtiger als Hotels, also greift man auf das zurück, was schon vorhanden ist. Das Zimmer hier ist sauber, und zum Schlafen reicht es. Betrachte die Sache einfach mal von der komischen Seite!«

Sie grinste ein wenig schmerzlich. »Der Humor vergeht mir aber, wenn mir buchstäblich die Decke auf den Kopf fällt. Guck mal nach oben!«

Direkt über dem Kopfende des Bettes hatte sich ein großes Stück Putz gelöst. Wie lange es da halb abgebrochen schon hing, weiß ich nicht, doch es sah aus, als würde es jeden Augenblick herunterfallen. »Unter diesem Schafott schlafe ich jedenfalls nicht!« erklärte Steffi kategorisch.

Ich wuchtete den Koffer aufs Bett und klappte ihn auf. »Kannst du mal nachsehen, ob die Dusche funktioniert?«

Sie öffnete die gegenüber dem Kleiderschrank befindliche kleine Tür. Erst hörte ich gar nichts, dann die von verhaltenem Lachen begleitete Frage: »Welche Dusche?«

»Wieso? Ich hatte ausdrücklich um Zimmer mit Bad gebeten.«

»Na, dann sieh dir das Bad am besten mal an!« Sie trat einen Schritt zurück, weil ich sonst gar nicht hineingekommen wäre, und dann stand ich auch schon direkt vor der Toilette. Auf der Wand dahinter zeichnete sich ein prachtvolles Gemälde ab. Noch nie hatte ich eine so schöne und vor allem so große Schimmelkultur gesehen. Zum »Bad« gehörten noch ein Waschbecken von Vogeltränkengröße und unter dem Spiegel eine schmale Ablage mit zwei Plastikbechern. Das war alles. Mehr wäre auch gar nicht hineingegangen. Auf dem Klodeckel lagen zwei Handtücher Marke VEB Kombinat Weißwäsche oder so ähnlich.

Wir sahen uns beide an, und dann brüllten wir vor Lachen los. »Heute ist Montag«, gluckste Steffi, als sie sich endlich beruhigt hatte, »zum Wochenende sind wir wieder in Berlin, also was soll's? Früher hat man auch bloß samstags gebadet.«

Ich konnte mir allerdings nicht vorstellen, daß es in diesem riesigen Kasten nicht irgendwo eine Duschgelegenheit geben sollte. »Jetzt gehst du mal nach unten und erkundigst dich! Und bring eine Blumenvase mit!«

Steffi trabte ab, und ich fing an, wenigstens einen Teil des Koffers auszupacken. An der Innentür des Schranks entdeckte ich ein »Inventar-Verzeichnis«, auf dem bis zum Wäschetrockner alles genau aufgelistet war, was sich in diesem Apartement befand – einschließlich Toilettenbrille, beige, und Gemälde mit Blumen, bestehend aus einem kunststoffgerahmten Kalenderblatt. Nur den Wäschetrockner hatte ich noch nirgends entdeckt, dabei müßte so ein Möbel doch zuerst ins Auge fallen. Ich fand ihn schließlich in Form eines fünfarmigen Plastikhalters über der Toilette. Die stammte wohl auch noch aus den Gründerjahren des Arbeiter- und Bauernstaates; wer zieht denn heute noch an einer Kette, wenn er die Spülung betätigen will?

Steffis unterdrücktes Gekicher hörte ich schon von weitem. Kaum hatte sie die Zimmertür hinter sich geschlossen, warf sie sich aufs Bett und brach in unbändiges Gelächter aus. Sie konnte sich gar nicht beruhigen.

»Jetzt hör endlich auf mit dem blöden Gegacker! Sag lieber, was los ist! Gibt es eine Dusche, oder müssen wir unter die Pumpe im Hof?«

»Nein«, kicherte sie, »oder doch. Den Gang runter und da irgendwo in der Mitte. Gemeinschaftsdusche Frauen soll dranstehen. Aber das andere ist ja viel komischer ...« Sie bekam einen neuen Lachanfall. Es dauerte lange, bis sie einen halbwegs verständlichen Satz zusammenbrachte. »Die Rezeptionstante hat mich nämlich gefragt – hihihi –, ob wir die Frühstücksbons – hahaha – extra bezahlen, oder ob sie die mit – hihihi – auf die Rechnung setzen soll.«

»Die – was???«

»Genauso habe ich auch geguckt«, nickte sie, die Tränen aus den Augen wischend. »Frühstück bekommt man nämlich nur mit einem Bon, und den muß man sich für fünf Mark an der Rezeption holen. Hast du so was schon mal gehört?«

Ich schüttelte den Kopf. »Andere Länder, andere Sitten!« Eine logische Erklärung fiel mir aber doch noch ein. »Wenn das Haus früher voll belegt gewesen ist, und daran zweifle ich keine Minute, dann müssen ungefähr tausend Urlauber hier durcheinandergequirlt sein. Wie soll da ein Mensch den Überblick behalten?«

»Ach, du meinst, es haben welche zweimal gefrühstückt?«

»Hältst du das für ausgeschlossen?«

»Na ja«, gab sie zu, »so gesehen hatten diese Bons wohl ihre Berechtigung. War es nicht überhaupt Genosse Lenin, der mal gesagt hat: Vertrauen ist gut, Kontrolle ist besser? Aber das ist doch jetzt nicht mehr nötig. Soviel ich gesehen habe, sind wir die einzigen Gäste.«

»Na wenn schon! Das hat man seit Jahrzehnten so gemacht, und dabei bleibt es eben. Gewohnheiten sind ein beliebter Ersatz für's Nachdenken.«

»Du hast ja recht«, sagte Steffi, sich endlich vom Bett aufrappelnd, »jetzt gib mir mal zehn Mark, damit ich die Dinger holen kann. Wenn ich schon kein vernünftiges Abendessen kriege, will ich wenigstens richtig frühstücken können. – Ach ja«, fiel ihr noch ein, »eine Blumenvase haben sie auch nicht.«

Die Duschen fanden wir noch. Es waren insgesamt fünf, die nebeneinander aufgereiht an der Wand hingen, und erstaunlicherweise funktionierten. Das Bügelbrett in der Ecke hielt ich so lange für eine gute Idee, bis ich feststellen mußte, daß kein Eisen da war.

»Dafür mußt du dir wahrscheinlich an der Rezeption einen Bon holen, und im dritten Stock kriegst du es dann ausgehändigt«, ulkte Steffi. »Sag mal, wie soll man sich denn mit diesem Küchenhandtuch abtrocknen? Das reicht ja gerade für die Haare.«

»Der kluge Mann baut vor.« Ich gab ihr eins der beiden mitgebrachten Badetücher. »So was Ähnliches habe ich schon geahnt.«

Frisch geföhnt und auch sonst halbwegs restauriert stiegen wir wieder ins Auto, um den vermutlich schon zahlreich Versammelten westdeutsches Kulturgut zu Gehör zu bringen! Drei Bücher hatte ich mir unter den Arm geklemmt, wollte erst abchecken, welche Lektüre denn wohl angebracht sein würde, doch genaugenommen hätte ich gar keine gebraucht. Kaum hatten wir uns die schlecht beleuchtete, knarrende Holztreppe bis zum ersten Absatz hinaufgetastet, als sich oben eine Tür öffnete. »Fallen Sie bloß nicht hin!« sagte Frau Bort.

Der Gemeindesaal war möbliert mit langen Tischen nebst vielen Stühlen, von denen tatsächlich drei besetzt waren. Zusammen mit unserer Gastgeberin waren es also schon vier weibliche Zuhörer. Wenig später kamen noch zwei, doch zehn Minuten nach acht mußte ich einsehen, daß sich mein Auditorium wohl nicht mehr vergrößern würde.

»Schick sie wieder nach Hause!« wisperte Steffi. »Vorher kannst du ja jeder ein Buch in die Hand drücken, dann sollen sie selber lesen!«

»Das kann ich nicht machen«, flüsterte ich zurück, »jetzt sind sie schon mal da, und nun muß ich ihnen auch etwas bieten. Bloß was?«

»Sei'n Sie mal nicht traurig, daß wir so wenige sind«, sagte plötzlich die gemütlich aussehende Frau hinten in der Ecke, »das liegt bestimmt an dem Mistwetter.« Sie stand auf und reichte mir die Hand. »Ich bin Frau Gutebrodt, und ich freue mich, daß Sie zu uns gekommen sind. Ihre Kollegen gehen nämlich immer bloß in die Großstädte wie Dresden, Leipzig und Berlin. Da kommt unsereins doch gar nicht hin.«

»Wir klatschen nachher auch doppelt so laut!« versprach eine andere. Die übrigen fünf nickten eifrig und fingen auch gleich damit an.

Lange gelesen habe ich nicht an jenem Abend, statt dessen mußte ich unzählige Fragen beantworten, von denen die wenigsten etwas mit Büchern zu tun hatten. Wie denn die Stimmung in Westdeutschland sei, wo doch alle so viel für den Osten bezahlen müßten, wer diese blöden Bananen-Witze aufgebracht habe, und ob in Spanien wirklich immer die Sonne scheine. »Wir fliegen nämlich im August nach Mallorca«, erzählte Frau Gutebrodt stolz. »Waren Sie schon mal da?«

Ausgerechnet diesen Alptraum des europäischen Pauschaltourismus hatte sie sich ausgesucht! »Nein, Mallorca kenne ich nicht, aber die Insel soll landschaftlich sehr schön sein, man darf nur nicht an den vollen Stränden klebenbleiben.« Vielleicht verstand sie den kleinen Wink.

»Wir wollen sowieso viel wandern«, sagte sie denn auch. Und so kann ich nur hoffen, daß ihr die berühmte Strandmeile »Ballermann 6« nebst ihren trinkfreudigen und geistig nicht eben flexiblen Stammgästen entgangen ist.

Nach zwei Stunden und einer *standing ovation* (hatte ich bis dato noch nie gehabt!) verabschiedeten wir uns in dem Bewußtsein, das Image der angeblich so arroganten Wessis ein bißchen aufpoliert zu haben. Oder weshalb sonst hatte mir Frau Gutebrodt beim Hinausgehen versichert: »Wenn man mit Ihnen redet, glaubt man gar nicht, daß Sie aus'm Westen kommen.«

Die Telefonzelle auf dem Marktplatz war kaputt, bei der zweiten, die wir nach längerem Suchen entdeckten, hatte jemand den Hörer demontiert, eine dritte fanden wir nicht. »Morgen früh schicke ich ein Telegramm«, sagte ich erbittert, als wir in unserem heimeligen Hotelzimmer auf der Bettkante saßen und trockne Landjäger kauten, »vorausgesetzt, es gibt überhaupt ein Postamt.«

Frühstücksbons und Seniorenkaffee

»Deine Blumen kannst du wegschmeißen!« gurgelte Steffi aus der Naßzelle, wo sie sich mit kaltem Wasser die Zähne putzte. »Der Stöpsel vom Waschbecken war nicht dicht.«

Noch mehr Abfall! Wir hatten nämlich ein Müllproblem! Einen Papierkorb gab es im Zimmer genausowenig wie einen Aschenbecher, deshalb häuften sich die Überreste unseres frugalen Abendessens samt den in einem Cremedosendeckel gesammelten Zigarettenkippen auf dem Tisch. Wenigstens die Spuren unseres Lasters würden wir loswerden können. Steffi hatte das Geheimnis der leeren Blumentöpfe entschlüsselt. »Ich glaube, hier darf man bloß auf dem Flur rauchen, und diese komischen Sandkübel sind Aschenbecher.«

Ich sammelte den ganzen Abfall zusammen und stopfte ihn in eine leere Plastiktüte. »Die nehmen wir mit. Vielleicht finden wir unterwegs einen Papierkorb.«

»Optimist!« Steffi schloß die Zimmertür ab. »Hast du die Frühstücksbons?«

»Wieso ich? *Du* hast sie doch gestern geholt.«

»Ich habe sie aber auf den Tisch gelegt.«

Wir fanden sie schließlich, und wo? In unserer Plastiktüte natürlich! Sie sahen aus wie angefettete Kinokarten und berechtigten zur Einnahme von 1 Frühstück.

An der Rezeption hatte Schichtwechsel stattgefunden. Das junge Mädchen wünschte uns einen guten Morgen, wollte wissen, ob wir gut geschlafen hätten (»Danke, ausgezeichnet!«), informierte uns über die derzeitige Wetterlage (den blauen Himmel hatten wir aber auch schon gesehen), und dann fragte sie mit einem fröhlichen Lachen: »Jetzt wollen Sie bestimmt wissen, wo Sie frühstücken können?«

»Genau!« bestätigte Steffi. »Ich habe einen Bärenhunger.«

Das war begreiflich. Drei Landjäger und ein Becher Joghurt fallen bei meiner Tochter in die Rubrik Zwischenmahlzeit.

»Die Restaurationsräume befinden sich leider nicht im Haus. Sie müssen um das ganze Gebäude herumgehen, dann können Sie sie schon sehen.«

Wir bedankten uns und taten wie befohlen. Statt der erwarteten Baracke fanden wir eine Art Chalet, von Grund auf renoviert und bereit, kommende Touristenströme angemessen zu bewirten. Frau Gutebrodt hatte mir nämlich erzählt, daß der Templiner See nur der Anfang einer ganzen Seenkette sei, daß es »früher mal« Ausflugsdampfer gegeben habe, eine Wiederaufnahme des Schiffsverkehrs jedoch geplant sei. Baden könne man natürlich auch, die Seen seien noch ganz sauber. Bis zu den westdeutschen Touristen schien sich die »unberührte Natur der Mark Brandenburg« (Anzeigentext in einer Illustrierten) bloß noch nicht herumgesprochen zu haben. Das Restaurant war leer.

»Wir nehmen den Tisch da drüben, okay?« Steffi setzte sich ans Fenster und griff sofort zur Speisekarte.

»Wir haben Bons«, erinnerte ich sie.

»Weiß ich. Ich will doch bloß gucken, was ich heute abend essen werde. – Hört sich gut an«, stellte sie nach flüchtigem Durchblättern fest, »Krabbencocktail, Cordon bleu, Ente à l'orange ... na ja, jetzt kriegen sie hier ja auch welche, Mousse au chocolat ... Und wir Trottel setzen uns drüben in dieses Sammelquartier und kauen trockne Würstchen. Warum hat uns denn kein Mensch was gesagt?«

»Hast du jemanden gefragt? – Na also. Da kommt übrigens unser Frühstück.«

Ein bißchen verblüfft war ich schon, als die Kellnerin zwei gefüllte Kaffeetassen vom Tablett lud, je eine Portionsdose Milch sowie zwei kleine Zuckerwürfel danebenlegte und zum Schluß zwei identische Teller hinstellte. Darauf lagen jeweils zwei Brötchen, eine Zehngrammpackung Butter, eine Miniportion eingeschweißte Marmelade, eine Scheibe rosa Wurst und ein Blättchen Scheiblettenkäse. Als Krönung obendrauf zwei Radieschen. »Guten Appetit«, wünschte sie uns, bevor sie in den hinteren Gemächern verschwand, aus denen sie während der nächsten zwanzig Minuten auch nicht mehr hervorkam.

Steffi inspizierte das Angebot auf ihrem Teller, schob ihn aber gleich wieder von sich. »Das kriege ich nicht runter.«

Nun sollte ich vielleicht erwähnen, daß wir eine ganz süße Familie sind; jedenfalls morgens und auch nur auf die Eßgewohnheiten bezogen. Da müssen drei Sorten Konfitüre auf dem Tisch stehen, Honig, Schokocreme und Fruchtquark. Vorausgesetzt, es ist nicht wieder mal die gesundheitsbewußte Phase ausgebrochen. Dann gibt es keine Teller, sondern Schüsselchen, auf denen *Müsli* steht, in die jedoch jeder irgendwelches Knusperzeug kippt. Während der Mahlzeit hört es sich immer an wie bei Kaninchens. Aufschnitt wird nur hingestellt, wenn Besuch da ist, und der traut sich meistens nicht. Statt dessen greift er zum Marmeladenglas und schielt nur sehnsüchtig auf die Schinkenplatte, sobald er sich unbeobachtet glaubt.

»Iß wenigstens ein Marmeladenbrötchen!« Eine hungrige Stefanie kann verkehrsgefährdend sein. Statt auf die Straße guckt sie in die Schaufenster von Konditoreien, und Autohupen kann sie angeblich auch nicht hören, weil ihr Magen noch lauter knurrt.

»Ich hasse Pflaumenmus!« Sie schob ihre Packung herüber. »Tauschst du mit mir?«

Das ging nicht, ich hatte ebenfalls Pflaume. »Wir halten nachher beim ersten Bäckerladen.«

»Was nützt das, wenn ich jetzt Hunger habe«, erwiderte meine Tochter, lustlos Butter auf ihr Brötchen schmierend. »Die sind übrigens von gestern.«

In jedem anderen Hotel hätte ich nach dem Geschäftsführer oder zumindest nach dem Oberkellner verlangt, hier hielt ich den Mund. Besserwessi, Kotzbrocken, Kapitalistenschweine ... Es gab und gibt immer noch eine ganze Menge wenig schmeichelhafte Bezeichnungen für westdeutsche Besucher. Auf die Zunge beißen mußte ich mir allerdings, als ich um eine zweite Tasse Kaffee bat. »Die kostet eine Mark fünfzig extra«, sagte die Kellnerin mit einem verlegenen Lächeln.

»Wie bitte?«

»Es tut mir ja selber leid, daß ich Geld verlangen muß, doch so lautet die Anweisung.«

Ich legte zwei Mark auf den Tisch, bekam fünfzig Pfennig zurück und erst danach meinen Kaffee. Steffi griente bloß. »Kein Kommentar!«

Zehn Minuten später war die Welt für sie wieder in Ordnung. Sie saß an einem kleinen Marmortisch, trank heiße Schokolade und frühstückte ofenfrische Croissants. »Wieso haben wir das Café gestern nicht gesehen?«

Ich zeigte auf das Schild neben der Theke: Montags Ruhetag. »Nun beeil dich ein bißchen, sonst kommen wir zu spät zur Schule.«

In dem Briefumschlag, der mir gestern von Frau Bort ausgehändigt worden war, hatte tatsächlich ein völlig neuer Zeitplan gesteckt. Zwei Abendveranstaltungen waren gestrichen worden, statt dessen hatte man mir tagsüber einige Termine reingedrückt, unter anderem drei Schulen. Zwar hatte mich Frau Wagner gefragt, ob ich auch mal vor Jugendlichen lesen würde, doch dabei hatte ich mehr an Jugendgruppen gedacht und nicht an Schulklassen. Kritiker haben mich ja schon in alle möglichen Schubladen gesteckt, aber ich glaube nicht, daß mich einer von ihnen als Pflichtlektüre für den Deutschunterricht vorgeschlagen hätte.

Studienrat Werding nahm uns in Empfang. Der Herr Direktor sei in einer wichtigen Konferenz (das sind Direktoren meistens, wenn sie jemanden nicht sehen wollen), lasse mir jedoch die besten Grüße ausrichten. Treuherzig fügte er hinzu: »Es ist ohnedies *meine* Zehnte, in die wir gleich gehen werden.«

Na bravo! Genau die Altersstufe, die ich am meisten liebe – irgendwo zwischen sechzehn und null Bock. So sahen sie auch aus: gelangweilt, uninteressiert, zum Teil fast feindselig. Der Geräuschpegel bewegte sich in Disco-Lautstärke.

»Jetzt setzt euch und haltet eure Klappe, damit wir unsere Gäste begrüßen können!« brüllte der Herr Studienrat.

»*Wir* ha'm se ja nich einjeladen!« kam es aus einer Ecke zurück.

»Robert, du fliegst gleich raus!«

»Ick jeh ooch von alleene!« Der bezopfte Knabe griff nach seiner Mappe und machte Anstalten, den Raum zu verlassen.

»Hinsetzen!!!« Robert setzte sich wieder.

Halbwüchsige kann man am besten ködern, wenn man ihnen die Schandtaten Gleichaltriger vorliest; vermutlich hoffen sie, noch etwas lernen zu können. Eingedenk dieser Erfahrung hatte ich den *Leitfaden zur Aufzucht und Pflege von Teenagern* herausgesucht, schon vor anderthalb Jahrzehnten in einem meiner Bücher aufgestellt und immer noch aktuell. Bisher war ich damit überall gut angekommen, doch hier merkte ich bereits nach den ersten Minuten, daß ich in ein riesengroßes Fettnäpfchen getreten war. Wie sollten denn die vor mir herumlümmelnden Jugendlichen meine Klagelieder über die bei uns ausgebrochene Telefonitis verstehen oder den Verzweiflungsakt eines begüterten Vaters, der seiner Tochter zum fünfzehnten Geburtstag einen eigenen Telefonanschluß hatte legen lassen? Es war doch sogar mir bekannt gewesen, daß man in der DDR jahrelang darauf warten mußte. Während der Schilderung von Saschas Kellerfete kamen die ersten Zwischenrufe, doch am schlimmsten wurde es, als ich über die Auswüchse der Teenagermode zu räsonieren begann. Da hatte es sonst immer Beifall gegeben, hier war es flammende Empörung.

»Erzählen Sie das mal meiner Mutter!« unterbrach mich ein Mädchen. »Die ist nämlich froh gewesen, wenn wieder mal ein Paket von meiner Tante aus dem Westen kam mit abgelegten Klamotten meiner Kusinen.«

»*Wir* hatten keine Jeans, in die man Löcher schneiden mußte«, schrie eine andere, »die waren nach dem Waschen von selber da.«

An ein Weiterlesen war nicht mehr zu denken. Mein hilfloser Blick wurde von dem Herrn Studienrat ignoriert, ihm schien die Situation sogar Spaß zu machen. Das konnte ich ihm nicht mal verdenken, ich hatte mich ja selbst in die Nesseln gesetzt. Wenigstens hatte die angriffslustige Meute inzwischen ein anderes Opfer gefunden. Zwei oder drei Schüler hatten Partei für mich ergriffen, versuchten zu vermitteln, wurden niedergebrüllt. Und ich thronte da oben hinter meinem Katheder (hier gab es wirklich noch dieses auf einem Podest stehende Relikt aus den Anfangszeiten der allgemeinen Schulpflicht), starrte auf den Sekundenzeiger meiner Uhr (noch dreieinhalb Minuten!) und verwünschte meine Gedankenlosigkeit. Hätte ich nicht eine weniger brisante Textstelle heraussuchen können, oder – andersherum – hätte ich mir nicht vorher überlegen müssen, welche Reaktionen ich eventuell auslösen würde? Ein Idiot war ich, ein ausgemachter Trottel ...

... Warum, zum Kuckuck, klingelte es nicht endlich? Die dreieinhalb Minuten müßten doch längst herum sein? Mehr durch Zufall entdeckte ich gleich neben der Tür einen Mann, der vorher noch nicht dagestanden hatte. Herr Lehmann selig, seinerzeit Portier bei uns in Berlin, hatte während der Arbeitszeit auch immer so einen grauen Kittel getragen. Sollte hier etwa ein pflichtvergessener Hausmeister ...?

»Ich will ja nicht drängen«, meldete ich mich zu Wort, »aber könnte es sein, daß wir das Läuten überhört haben? Nach meiner Uhr müßte die Stunde schon seit fünf Minuten vorbei sein.«

»Mit einem »Ach Jottchen, ach Jottchen« entfloh der Graubekittelte, und kurz darauf bimmelte es.

Noch nie hatte eine Schulglocke in meinen Ohren so melodisch geklungen wie diesmal, ausgenommen vielleicht nach jener entscheidenden Mathearbeit, als ich beim Abschreiben nicht erwischt worden war und wußte, die nunmehr garantierte Zwei würde mich vor dem endgültigen Sitzenbleiben bewahren.

Im Handumdrehen war die Klasse leer. Nur der Herr Studienrat saß noch auf seinem Stuhl und wußte nicht so recht, was er sagen sollte. Dann war ihm aber doch etwas eingefallen: »Hätte es sich bei der Lesung um einen Aufsatz gehandelt, dann würde ich jetzt drunterschreiben: Thema verfehlt.« Er grinste mich von unten herauf an, und dann endlich löste sich die Spannung. Ich fing an zu lachen, und die beiden anderen fielen nur zu gern ein.

»Das ist ja wohl komplett in die Hose gegangen«, sagte Steffi, Buch und Tasche auf den Rücksitz werfend. »Soll ich an der nächsten Kneipe halten, oder kaufen wir im Supermarkt lieber gleich eine ganze Flasche Kognak? – Der Müll liegt übrigens immer noch da.« Sie zeigte auf die sanft vor sich hinmüffelnde Plastiktüte, dann sah sie mich aufmunternd an. »Nu werd bloß nicht trübsinnig! Du weißt doch, auch ein Tritt in den Hintern kann ein Denkanstoß sein.« Vorsichtig kurvte sie rückwärts vom Parkplatz. »Jetzt fahren wir erst mal zu den Omas! Die sind bestimmt friedlicher.«

Senioren mag ich, und das nicht nur, weil ich diesen Status inzwischen auch erreicht habe. Senioren freuen sich, wenn man ihnen etwas vorliest, sie lachen an den richtigen Stellen, und vor allem sehen sie nicht dauernd auf die Uhr. Außerdem haben die meisten von ihnen Enkelkinder. Zwischenrufe wie »Wenn ich es nicht besser wüßte, dann würde ich behaupten, Sie haben gerade unseren Kevin-Carlos beschrieben!« sind nicht selten.

Gerswalde ist ein Dorf, aus dem man schon wieder draußen ist, wenn man gerade erst reinfährt. Klein und verträumt lag es in der Mittagssonne, im Schatten einer blühenden Kastanie plätscherte der Dorfbrunnen, drumherum standen Bänke – eine richtige Lesebuch-Idylle. »Bist du beleidigt, wenn ich nachher hier draußen warte, oder muß ich wieder mit rein?«

Natürlich war ich nicht beleidigt, ich hätte mich auch lieber in die Sonne gesetzt, aber die Senioren warteten. Sie warteten im »Rat der Gemeinde«. Den fanden wir nicht. Nach der zweiten Ortsdurchquerung parkte Steffi erneut vor dem Brunnen. »Rat der Gemeinde, was soll das überhaupt sein? Ein Gebäude, eine Institution? Oder bloß wieder so ein Relikt aus DDR-Zeiten? Wahrscheinlich heißt das inzwischen ganz anders.«

Aus dem gegenüberliegenden Fachwerkhaus stürmte eine Dame mittleren Alters heraus. »Dann habe ich doch richtig geguckt!« rief sie schon von weitem. »Wenn hier ein Auto zweimal durchfährt, kann es nur ein fremdes sein. Sie sind doch Frau Sanders, nicht wahr? Wir warten alle schon sehnsüchtig auf Sie!«

Na, wenn das keine Begrüßung war! Wie viele Personen mich so sehnsüchtig erwarteten, wollte ich gar nicht erst wissen, aber vielleicht hatten sich diesmal ein paar mehr eingefunden. Ich bleibe immer Optimist! Wenigstens so lange, bis mich die Realität eingeholt hat.

Lautes Stimmengewirr vernahm ich schon, bevor ich den Fuß auf die unterste Stufe gesetzt hatte. »Das hört sich ja ganz vielversprechend an.«

Meine Begleiterin lächelte nur. »Warten Sie erst mal ab, bis wir drin sind!« Sie öffnete die Tür, und dann sah ich nur noch Gesichter. Die zwei ineinandergehenden Räume waren bis zum letzten Winkel mit Stühlen vollgestellt, und alle waren besetzt. Nicht mal ein Weg zum Durchgehen war freigeblieben.

»Wir haben schon befürchtet, Sie würden uns nicht finden«, rief eine alte Dame mit Kringellöckchen, »dabei freuen wir uns schon seit Tagen auf Ihren Besuch.«

Das war nicht zu übersehen. Ich hätte Affenarme gebraucht, um alle entgegengestreckten Hände schütteln zu können, meine reichten nur bis zur dritten Reihe. »Und was ist mit uns?« kam eine unsichtbare Stimme aus dem Nebenraum, »wir können Sie ja gar nicht sehen.«

»Hier, nimm mal meinen Taschenspiegel, Herta«, empfahl eine zweite.

»Nachher wird Frau Sanders bestimmt auch zu Ihnen kommen«, versprach meine Gastgeberin, wobei mir allerdings nicht klar war, wie ich das wohl bewerkstelligen sollte. »Ach ja, noch etwas: Wer noch mal auf die Toilette will, sollte es jetzt tun, während der Lesung kommt nämlich keiner durch.«

Niemand wollte. Also schlug ich mein Buch auf, und als ich es nach einer Stunde wieder zuklappte, ertönte sofort Protest. »Nur noch ein paar Seiten!« – »Ach bitte, noch zehn Minuten.« – »Haben Sie nicht noch ein bißchen Zeit?«

Ich gab mich geschlagen. »Na gut, für ein kurzes Kapitel reicht sie, doch um sechs Uhr muß ich wieder in Templin sein.«

»Frau Sanders soll doch noch mit uns Kaffee trinken!« tönte es aus dem Nebenzimmer.

»Das schafft sie dreimal«, behauptete der einzige Mann im Raum, mit Sicherheit des Autofahrens kundig, »die paar Kilometer …«

Nach einer weiteren Viertelstunde waren meine Zuhörer endlich zufrieden. Geschirrklappern unterbrach den langanhaltenden Beifall, und während ich auf allgemeinen Wunsch Stefanie heraufholte, wurde eine Kaffeetafel aufgebaut. Ich weiß nicht, woher plötzlich die Tische gekommen waren. Dicke altmodische Kaffeekannen standen darauf, Tassen mit Blümchenmuster oder auch mal ganz moderne, und dazu gab es Kuchen, wie ihn nur richtige Omas backen können. Ich glaube, zu diesem Kaffeeklatsch hatte jeder etwas beigesteuert.

Nur schwer habe ich mich von dieser gemütlichen Runde getrennt, doch die nächsten Senioren warteten schon. In Templin. Im Altenheim.

»Wenn das so weitergeht, können wir uns ganz gut durchfressen«, sagte Steffi, immer noch kauend, auf der Treppe. »Ich habe mir von der weißhaarigen Dame das Rezept für den Streuselkuchen geben lassen.« Sie zog einen Zettel aus der Hosentasche. »Meinste, daß du den auch so hinkriegst?«

Ich sah kurz auf das Gekritzel und schüttelte den Kopf.

»Warum nicht?«

»Bei uns gibt es keinen Rahm zu kaufen, da steht immer *Sahne* drauf.«

Im Gegensatz zu den hiesigen Verwahranstalten, die als »Wohnheim« oder – noch hochtrabender – als »Seniorenstift« apostrophiert werden, heißen sie in der ehemaligen DDR immer noch Altenheim. Und genauso sah dieser triste Plattenbau auch aus. Zusätzlich beherbergte er die Kreispflegeanstalt. »Hier in der Gegend muß ein gesundheitsförderndes Klima herrschen, oder wo kommen sonst so viele alte Menschen her?« Steffi musterte den riesigen grauen Kasten von oben bis unten, dann druckste sie ein bißchen herum. »Moralische Unterstützung brauchst du doch nicht, oder? In der Zwischenzeit könnte ich nämlich einiges erledigen. Erst in die Post zum Telefonieren, tanken muß ich, und vielleicht kann ich ja sogar eine Haarbürste auftreiben. Meine habe ich nämlich vergessen.«

»Sieh zu, daß du endlich die Mülltüte los wirst, sie fängt an zu stinken!« Ich raffte meine Bücher zusammen und stieg aus. »In spätestens anderthalb Stunden kannst du mich wieder einsammeln.«

»Roger.« Sie schlug die Tür zu, kurbelte aber sofort das Fenster herunter. »Was ich noch sagen wollte: Guten Appetit!«

???

»Fürs Abendessen!« Weg war sie.

Schon beim Betreten des »Veranstaltungs-Saales« wurde mir klar, daß diese Senioren keine Ähnlichkeit hatten mit dem munteren Kaffeekränzchen vom Nachmittag. Hier saßen abgestumpfte, resignierte Menschen mit größtenteils leeren Gesichtern um einen langen Tisch herum. Bei manchen hatte ich den Eindruck, daß sie gar nicht wußten, weshalb sie gekommen waren. Zwei Schwestern paßten auf, daß niemand den Raum verließ, eine dritte spulte die Begrüßung herunter.

Diesmal hatte ich einen Text herausgesucht, der den Besuch meiner etwas anstrengenden Tante Lotti schilderte, seinerzeit auch den Senioren zuzurechnen. Schon nach dem zweiten Satz wurde ich unterbrochen. »Ich habe auch eine Tante«, murmelte es von links, »aber die ist tot.«

Hm, na ja. »Tante Lotti lebt auch nicht mehr«, beeilte ich mich zu erklären. Dann las ich weiter. Die Ernährungsgewohnheiten von Tante Lotti forderten die nächste Unterbrechung heraus. Ein alter Mann schlug plötzlich mit der Faust auf den Tisch. »Ich will jetzt mein Abendessen haben!«

»Aber, aber, Opa Müller, wir haben doch schon gegessen«, erinnerte eine der Schwestern.

»Ich will mein Essen haben!« beharrte Opa Müller. Er trommelte so lange mit beiden Fäusten auf den Tisch, bis er hinausgeführt wurde. Jetzt waren es noch neunzehn Personen, die mehr oder weniger – meist weniger – aufmerksam zuhörten. Wenig später linste ich über den Rand meines Buches und mußte feststellen, daß das halbe Auditorium bereits schlief. Die andere Hälfte war dicht davor.

Irgendwie kam mir die Situation bekannt vor. Richtig, damals in der Gegend von Würzburg, wohin mich der Landfrauenverband eingeladen hatte, um seinen Mitgliedern einen fröhlichen Abend zu gönnen. Nur hatte man die Landfrauen schon am Vormittag zwecks Besichtigung einer Großmolkerei durch die Gegend gekarrt, am Nachmittag hatten sie eine Schnapsbrennerei besucht, und nun sollten sie noch einen

»literarischen Abschluß« bekommen. Zur Unterstützung der geistigen Aufnahmefähigkeit, die aufgrund der vorangegangenen Eindrücke schon reichlich strapaziert gewesen war, wurde neuer Wein ausgeschenkt. Der hatte den ohnehin ermüdeten Landfrauen dann endgültig den Rest gegeben.

Obwohl ich sicher sein konnte, daß die vor mir schlummernden Senioren stocknüchtern waren, hatte die Schläfrigkeit sie übermannt. »Sie müssen das verstehen«, flüsterte die andere Schwester, »die meisten unserer Patienten gehen um diese Zeit ins Bett.«

Um halb sieben? Und wieso Patienten? Die sahen doch alle recht gesund aus. »Ich glaube, es ist besser, wenn ich Schluß mache, meinen Sie nicht auch?«

Die Schwester nickte zustimmend, bedankte sich im Namen aller Anwesenden für mein Kommen, und dann war ich entlassen. Nach genau 35 Minuten. Und Steffi würde frühestens in einer Stunde da sein! Zum Glück war das Wetter schön, doch nachdem ich zum sechsten Mal die Straße bis zur Kreuzung hin- und wieder zurückgepilgert war und jeden Blumentopf auf den Fensterbrettern der umliegenden Wohnblocks hätte beschreiben können, wurde ich unruhig. Wo, zum Kuckuck, blieb Steffi? Selbst unter Zubilligung des akademischen Viertels hätte sie längst dasein müssen. – Endlich ein rotes Auto! Nein, ist bloß ein Wartburg. Aber da hinten, das muß sie sein! Wieder nicht, biegt nach links ab. Aller guten Dinge sind bekanntlich drei, der nächste rote Wagen *muß* also meiner sein! Es kamen gleich zwei hintereinander (noch nie war mir aufgefallen, daß es so viele rote Autos gibt), aber beide fuhren vorbei. Da *mußte* doch etwas passiert sein!!!

Mit genau 51 Minuten Verspätung schoß sie um die Ecke und blieb mit knirschenden Reifen neben mir stehen. »Wartest du schon lange?«

Es gibt auch heute noch bei mir Momente, in denen die niedrigen Instinkte durchbrechen; am liebsten hätte ich meiner sechsundzwanzig Jahre alten, fröhlich grinsenden Tochter eine runtergehauen! Vielleicht hätte ich es sogar getan, wäre die Tür nicht noch verriegelt gewesen. »Würdest du mir mal verraten, wo du so lange …«

»Mach' ich«, sagte sie, räumte den Beifahrersitz von irgendwelchen Papieren frei und ließ mich einsteigen. »Fällt dir nichts auf?«

Ich sah mich um, konnte aber nichts entdecken. Oder doch. »Der Müll ist weg.«

»Den habe ich am Marktplatz in den Papierkorb geschmissen. Nein, ich meine doch, von außen.«

»Wie soll ich außen was sehen, wenn ich drinsitze?«

»Der Wagen ist wieder sauber!« verkündete sie stolz. »Ich habe ihn durch die Waschanlage gejagt.«

»Und das hat zwei Stunden gedauert?«

»Wenn vierzehn Autos vor einem stehen - ja!«

Ich hatte gerade tief Luft geholt, um in einem Atemzug das sagen zu können, was ich ihr an den Kopf werfen wollte, als sie schon losblubberte: »Am besten erzähle ich von Anfang an. Als ich in der Post endlich ein intaktes Telefon hatte, ging zu Hause keiner ran (der bereits erwähnte Anrufbeantworter ist erst neueren Datums). Da habe ich eben ein Telegramm geschickt, sonst glauben die wirklich, wir sind verschüttgegangen. Danach habe ich eine Tankstelle gesucht und sogar gefunden. Daneben war eine funkelnagelneue Waschanlage. Zeit genug hatte ich ja, und der Wagen hat es wirklich nötig gehabt. Also habe ich mich angestellt.«

»Hinter vierzehn andere Autos?«

»Die habe ich doch gar nicht gesehen! Das heißt, gesehen habe ich sie schon, aber ich habe gedacht, die wollen bloß tanken. Am Anfang lief nämlich alles nur einspurig. Dann stellte sich hinter mich ein Wagen aus Wuppertal, wir sind ins Quatschen gekommen, und da habe ich einfach nicht mehr auf die Zeit geachtet. Biste nu sehr böse?«

»Es geht.« Dabei war ich froh, daß nichts passiert war.

»Ob du's glaubst oder nicht, Määm, da sind Autos durchgefahren, auf denen nicht ein Staubkrümel zu sehen war. Die Fahrer wollten nur die Waschstraße ausprobieren. Hat es so was hier früher wirklich nicht gegeben? Ich habe mich bloß die ganze Zeit gewundert, daß die Trabis nicht alle aufgeweicht sind.«

»Sei nicht so aufgeblasen! Es stimmt ja, daß mit diesen Plastikautos nicht viel los ist, aber wasserdicht sind sie schon immer gewesen.«

Schnell wechselte sie das Thema. »Erzähl doch mal, wie es bei dir gewesen ist. Hat das Abendessen geschmeckt?«

Sie begriff gar nicht, weshalb ich plötzlich vor mich hin kicherte, doch nachdem ich sehr blumenreich meinen Auftritt im Altenheim geschildert hatte, fing sie ebenfalls an zu lachen. »Soll ich mal ganz ehrlich sein? Das Benzin hätte morgen noch gereicht, aber als ich vorhin auf der Hinweistafel auch das Wort *Psychiatrie* gelesen habe, da hat's bei mir ausgeklinkt. Nur deshalb habe ich mich abgeseilt.«

»Und du hast mir nichts davon gesagt?« Irgendwie mußte mir das Schild entgangen sein, aber wenigstens erklärte es einiges.

»Wärst du denn trotzdem hingegangen?«

»Natürlich, nur hätte ich hinterher nicht eine Stunde lang grübeln müssen, weshalb ich plötzlich so einschläfernd wirke und ob ich statt zu Lesungen nicht besser zum Rundfunk gehen sollte. Als Sandmännchen.« Hatte nicht erst unlängst eine Leserin geschrieben, sie habe immer einige Bücher von mir auf ihrem Nachttisch liegen? Das sollte eigentlich zu denken geben!

Unser Abendessen nahmen wir diesmal nicht auf der Bettkante ein, es wurde uns vielmehr im »Chalet« von einem höflichen Kellner nach allen Regeln der gehobenen Gastronomie serviert. »Ich habe mich schon gewundert, daß das Restaurant so voll ist«, sagte Steffi beim Hinausgehen, »doch vermutlich ist es das einzige Lokal, in dem man anständig essen kann. Ob man hier auch ein normales Frühstück kriegt? Ich meine, eins ohne Bon.«

Das würde sich ja klären lassen. An der Rezeption stand immer noch dasselbe junge Mädchen, das uns schon morgens verabschiedet hatte.

»Für Sie existiert der Achtstundentag wohl auch nur auf dem Papier?« Irgendwas muß man ja reden, während man auf seinen Schlüssel wartet.

»Über Mittag habe ich ein paar Stunden frei.« Sie hatte den Schlüssel gefunden und schob ihn über den Tresen. »Ich arbeite ja gern, nur, wenn kaum Gäste da sind, ist es manchmal etwas langweilig.«

Keine Gäste, aha. Ob ich da mal so ein ganz kleines bißchen einhaken sollte? »Wir haben eben in Ihrem Restaurant drüben ganz hervorragend gegessen, und dabei ist mir der Unterschied zu heute morgen aufgefallen. Da bin ich mir nämlich vorgekommen wie in einer Werkskantine. Iß, was man dir auf den Teller packt, und wenn's dir nicht schmeckt, hast du eben Pech gehabt.«

Erschrocken sah sie mich an. »Hatten Sie etwas zu beanstanden?«

»Nicht direkt.« Jetzt machte ich schon wieder einen Rückzieher. »Oder doch. Ich habe den Eindruck, Sie servieren das Frühstück noch genauso, wie Sie es früher gemacht haben, als dieses Haus ein staatliches Ferienheim gewesen ist, aber Hotelgästen können Sie das nicht mehr zumuten.«

»Was machen wir denn falsch? Sagen Sie es ruhig, wir sind für jeden Tip dankbar.«

Na, wenn die Sache so aussah! Jetzt wurde ich richtig mutig. »Üblich ist ein Frühstücksbüfett, von dem sich jeder das holt, was er möchte, doch dieser Aufwand lohnt sich erst dann, wenn man genügend Gäste hat. Aber Sie sollten wenigstens ein Glas Saft anbieten, verschiedene Marmeladensorten und einen separaten Aufschnitt-Teller.«

»Nimmt dann nicht jeder alles mit, was er nicht aufessen kann?« fragte sie erstaunt.

Ich war genauso verblüfft. »Meinen Sie etwa, als Marschverpflegung?«

»So was Ähnliches. Oder für zu Hause.« Sie schüttelte den Kopf. »Sie glauben ja gar nicht, was früher hier alles weggeschleppt worden ist. Die Leute haben uns sogar die Toilettenbrillen abgeschraubt.«

»Iiihhh!« brüllte Steffi los. Mehr konnte sie nicht sagen, weil sie ihr Schienbein reiben mußte.

»Ich bin ziemlich viel unterwegs«, nahm ich den Faden wieder auf, »aber ich habe noch in keinem Hotel gesehen, daß jemand die Käseplatte abgeräumt oder eine Handvoll Marmeladen-Packungen in die Tasche gesteckt hat. Diese Zeiten dürften endgültig vorbei sein.«

»Meinen Sie wirklich?«

»Ja!« versicherte ich so glaubhaft wie möglich, dabei hatte ich in Israel selbst erlebt, wie Mitglieder einer deutschen Reisegruppe stapelweise Stullen geschmiert und als Proviant für den geplanten Tagesausflug eingepackt hatten. Dann fiel mir aber noch etwas ein. »Sie sollten Ihren Gästen nicht nur eine bereits gefüllte und folglich lauwarme Tasse Kaffee hinstellen. Es ist üblich, daß ein Kännchen serviert wird, und wer noch mehr Kaffee möchte, bekommt ihn selbstverständlich. Und zwar ohne Aufpreis. Außerdem gehören Zucker und Sahne auf den Tisch, aber nicht einzeln abgezählt.«

»Und das alles für fünf Mark?« fragte sie entsetzt.

»Bei entsprechender Leistung können Sie den Preis natürlich hinaufsetzen. Bei uns – äh, ich meine in Westdeutschland zahlt man ja auch entschieden mehr für ein Frühstück.«

So richtig überzeugt hatte ich sie nicht. »Das muß ich erst mal durchrechnen.«

War ich zu direkt gewesen? Hätte ich nicht doch besser den Mund halten sollen? »Hoffentlich nehmen Sie mir meine Offenheit nicht übel.«

»Ganz im Gegenteil«, beteuerte sie. »Ich bin zwar mal drüben gewesen, gleich nachdem die Mauer gefallen war, aber da habe ich bei Verwandten gewohnt und gar keine Gelegenheit gehabt, in ein Restaurant zu gehen. Das Geld dazu allerdings auch nicht. Ich fand nur alles furchtbar teuer.«

Ein paar Minuten lang unterhielten wir uns noch über weniger verfängliche Themen, doch dann gähnte Steffi so betont unauffällig, daß es schon wieder auffällig war. Wohlversehen mit den besten Wünschen für eine angenehme Nachtruhe stiegen wir die Treppe hinauf. Mein erster Blick galt der Zimmerdecke. »Was meinst du, Steffi, irre ich mich, oder ist das Loch größer geworden?«

Sie kletterte aufs Bett, um den fraglichen Bereich genau zu überprüfen. »Du hast recht. Der Abstand zwischen dem Verputz und der Stelle, wo er eigentlich dransitzen sollte, hat sich vergrößert. Vielleicht solltest du mit dem Kopf am Fußende schlafen. Wenn da was drauffällt, ist es nicht so schlimm, *ich* fahre ja das Auto.«

Geburtstagsparty im »Löwen«-Haus

»Ab heute wohnen wir privat«, tröstete ich Steffi, die fluchend vor der Toilette stand und versuchte, die abgerissene Kette zusammenzuknoten.

»Mir egal. Schlimmer, als in dieser Kaserne kann es woanders auch nicht sein. Gib mir mal die Nagelschere, vielleicht kann ich die Ösen etwas auseinanderbiegen ...« Sie fummelte so lange herum, bis die Spülung wieder intakt war. Zumindest optisch. »Am liebsten würde ich jetzt mit dem Kleiderbügel noch den Putz abkloppen.« Tatendurstig sah sie an die Zimmerdecke. »Ob die hier versichert sind? Ich meine, wenn du nachher ein bißchen humpelst ...?«

Als wir wenig später unsere Koffer über den Flur zogen, fiel ihr noch etwas ein. »Was glaubst du, lassen die uns so raus, oder müssen wir erst durch die Gepäckkontrolle? Die Klobrille hat doch noch ganz passabel ausgesehen und die Nachttischlampe auch. – Hast du unseren Behelfsaschenbecher mitgenommen?«

Gestern hatten wir die Zigarettenkippen in einem der Sandkübel entsorgt, heute ging das nicht mehr. Unübersehbar prangte ein Schild daneben: *Nur zur Brandbekämpfung*!

»Man sollte ihnen vielleicht mal sagen, daß es inzwischen solche handlichen Geräte gibt, die man Feuerlöscher nennt.« Steffi nahm mir den Dosendeckel ab, grub eine Vertiefung in den Sand, kippte die Asche hinein und buddelte sie zu. »Man muß sich nur zu helfen wissen.«

Die Rezeption war nicht besetzt, die Rechnung hatte ich schon gestern bezahlt, also verließen wir die gastliche Stätte ohne Abschied.

»Wollen wir nicht besser gleich in das Café am Markt fahren?«

Eine gebürtige Schwäbin bin ich nicht, wohne jedoch schon

seit zwei Jahrzehnten im Land der Sparsamkeit, und das hat abgefärbt. Getreu der Devise »Des hemmer zahlt, des esset mer au!« lehnte ich Steffis verschwenderisches Ansinnen rundheraus ab. Zum Glück! Uns erwartete nämlich ein hübsch gedeckter Tisch, auf dem alles das stand, was ich gestern aufgezählt hatte. »Donnerwetter!« staunte meine Tochter. »Sogar Honig ist da.«

Als sie den Kaffee brachte (zwei Kännchen!), zwinkerte uns die Bedienung zu. »Wenn Sie noch mehr möchten, sagen Sie es nur.«

»Vielen Dank, aber zwei Tassen sind genug.« Sie verschwand, und Steffi griff in den Brotkorb. »Siehste, ich wußte doch, daß du gestern was ausgelassen hast! Die Brötchen! Diesmal sind es aufgebackene von vorgestern. Warum haben sie keine von heute?«

»Die gibt's morgen.«

Unser erstes Ziel hieß Gramzow. »Schon wieder 'ne Schule«, stöhnte meine Chauffeuse, »da muß doch jemand auf'm falschen Dampfer gewesen sein! Sein wann schreibst du Kinderbücher?«

Mich hatte dieser abgeänderte Veranstaltungsplan ebenfalls gewundert. Zugegeben, die Titel meiner Bücher können manchmal etwas irreführend sein, doch ich hatte eigentlich vorausgesetzt, daß jemand auch mal reingeguckt hatte, bevor er mich offenbar in die Kategorie »geeignet für die Maul- und Meckerphase« einordnete.

Diesmal waren es Vierzehnjährige, die lärmend ins Klassenzimmer stürmten, größtenteils mit Walkman in der Tasche und Knopf im Ohr, nicht gewillt, auf die Musikberieselung zu verzichten. Eine Lehrerin griff ein. »Wenn ihr nicht wollt, geht es auch anders! Ich schlage vor, Frau Sanders geht spazieren, und ihr schreibt inzwischen eine Grammatikarbeit. Bis zum Ende der großen Pause habt ihr Zeit.«

Das wollten sie nun doch nicht. Dann schon lieber zuhören, auch wenn's einen gar nicht interessiert. Bald stellte ich fest, daß sie doch ganz lustig fanden, was Sven und Sascha im Ferienlager erlebt hatten, und das Chaos während der Wohnungsrenovierung konnten sie auch nachempfinden. Als es zur

Pause läutete, hörte ich sogar ein mehrstimmiges »Schade! Gerade jetzt, wo es so spannend wird.«

»Ihr könnt euch das Buch ja in der Bibliothek ausleihen«, empfahl die Lehrerin, und sofort ging eine lebhafte Debatte los, wer es zuerst bekommen würde.

»So, jetzt möchte ich Sie erst einmal richtig begrüßen«, sagte sie, während sie uns nach draußen begleitete, »ich bin Frau Löwe, und ich freue mich, daß Sie während der kommenden zwei Tage mein Gast sein werden. Sie haben ja so herrliches Wetter mitgebracht, da können wir heute abend auf der Terrasse grillen – natürlich nur, wenn Sie einverstanden sind.«

Und ob ich einverstanden war! »Aber ich habe doch heute abend noch einen Termin. Steffi, gib mal bitte die Liste raus!« Als Reisemarschall war sie für die planmäßige Abwicklung der Tour verantwortlich. Nach längerem Suchen (Ordnung ist das halbe Leben, sie entscheidet sich häufig für die andere Hälfte!) hatte sie den Zettel gefunden. »Abendveranstaltung in gemütlicher Runde mit Lehrern und Interessierten in Gramzow«, las sie vor.

»Richtig«, nickte Frau Löwe zustimmend, »die gemütliche Runde findet bei mir im Garten statt.«

»Keine Lesung?«

»Nein, keine Lesung.«

»Das finde ich großartig«, sagte ich dankbar, »nachher muß ich nämlich noch mal ins Rampenlicht, dabei habe ich keine Ahnung, wer diesmal nicht kommen wird. Ich weiß lediglich, daß wir nach Prenzlau müssen.«

»Machen Sie es so kurz wie möglich, um so mehr Zeit haben wir hinterher.«

Inzwischen hatten sich noch andere Lehrkräfte zu uns gesellt. Steffi hatte gerade die detaillierte Schilderung unseres Luxushotels beendet und schallendes Gelächter ausgelöst, als die Schulglocke läutete.

«Warum bin ich bloß Lehrer geworden?« Der junge Mann neben mir trat seine Zigarette aus und wandte sich zum Gehen. »Ein normaler Arbeitnehmer hat eine halbe Stunde Frühstückspause!«

»Aber nicht alle fünfundvierzig Minuten«, konterte Steffi.

»Jetzt hätte ich beinahe was vergessen«, sagte eine der um mich herumstehenden Damen und nestelte ein Buch aus der Tasche. »Heute abend kann ich leider nicht kommen, und deshalb wollte ich Sie bitten, mir jetzt schon etwas hineinzuschreiben.« Den Kugelschreiber hatte sie vorsichtshalber gleich mitgebracht. Mit einem Mauervorsprung als Unterlage schreibt es sich nicht besonders gut, trotzdem bemühte ich mich um eine halbwegs leserliche Schrift, doch als ich das Datum druntersetzen wollte, zögerte ich. »Den wievielten haben wir heute eigentlich?«

»Den vierzehnten«, kam es mehrstimmig zurück.

»O nein«, schrie Steffi los, »das darf doch einfach nicht wahr sein!« Sie fiel mir stürmisch um den Hals. »Ich war fest davon überzeugt, daß heute erst der dreizehnte ist.« Ich übrigens auch.

»Ist das so wichtig?« erkundigte sich Frau Löwe besorgt.

Der Tritt ans Schienbein kam zu spät. »Meine Mutter hat nämlich heute Geburtstag.«

Die nächste Schulstunde fing mit zehnminütiger Verspätung an!

Prenzlau. Eine Stadt, der man den beginnenden Aufschwung schon etwas ansehen konnte. Zwischen den grauen Fassaden fielen die frisch gestrichenen Häuser zwar immer noch aus dem Rahmen, doch vor vielen anderen standen wenigstens schon Baugerüste. Die Stadtbücherei hatte noch keins bekommen. Wer kümmert sich schon um einen Hinterhof? Den sieht man ja nicht.

»Weißt du, Määm«, sagte Steffi, die Hinterhofholztür mit einem Fußtritt hinter sich zuschlagend, »langsam finde ich es eine Frechheit, was man dir zumutet. Du glaubst doch wohl nicht im Ernst, daß sich nachher auch nur ein einziger Zuhörer hierher verirrt?«

Verirren war der richtige Ausdruck. Nicht umsonst hatten wir -zig Mal fragen müssen, bis wir endlich diesen Hof und dort den Dienstboteneingang gefunden hatten. Wir wurden auch gleich wieder hinauskomplimentiert. Die Lesung finde natürlich ganz woanders statt, Frau Krimmel würde uns begleiten, und überhaupt sei es ja wohl schon ein bißchen sehr spät.

Wohin uns Frau Krimmel begleiten würde, wußte ich noch immer nicht, obwohl sie inzwischen schnaufend im Wagen Platz genommen hatte. »Erst mal gradeaus«, informierte sie Steffi, »ich sag' schon, wie's weitergeht.« Dann wandte sie sich an mich. »Sie dürfen das nicht persönlich nehmen, ich meine, das von eben, aber wir haben heute alle die Kündigung gekriegt. Nur vorsorglich, bloß wissen wir schon jetzt, daß sie uns den Hahn zudrehen.«

Dunkel war der Rede Sinn. »Könnten Sie mir das mal genauer erklären?«

»Is' ganz einfach. Früher waren wir staatlich, nu sind wir kommunal. Die Stadt hat aber kein Geld, also woll'n se die Bücherei zumachen. Und wir steh'n auf der Straße. – Frollein, hier hätten Se links abbiegen müssen! Na, nich so schlimm, da hinten kommt gleich Aldi, die hab'n so'n großen Parkplatz zum Umdrehen.«

»Erst kommt das Fressen und dann die Kultur«, murmelte Steffi, »ist zwar nicht originalgetreu, stimmt aber trotzdem. Was meinst du, Määm, wenn wir schon vor diesem Konsumtempel stehen, sollten wir dann nicht für heute abend ein paar Flaschen Wein mitnehmen.

»Könn' Se das nich nachher machen? Wir sind sowieso schon zu spät dran.«

Das war mir nur recht. Ich habe nichts gegen Aldi, aber ich habe sehr viel gegen unbekannte Weine.

Wir hätten uns gar nicht zu beeilen brauchen. Mein Auditorium saß draußen in der Sonne und machte nicht die geringsten Anstalten, die bequemen Korbstühle mit dem Plastikmobiliar in der Gemeindebaracke zu vertauschen. »Warum bleiben wir nicht hier?« fragte eine der vier anwesenden Damen. »Oder möchten Sie lieber reingehen?«

Das nun bestimmt nicht, zumal ich mich selbst mit einem ausgewachsenen Katarrh hier draußen hätte verständlich machen können, aber wollte ich das überhaupt? Sogar Frau Krimmel war irritiert. »Das verstehe ich nicht. Wo sind denn die anderen alle?«

»Auf'm Ausflug mit dem Herrn Pfarrer«, kam es prompt zurück. »Ich wollte ja auch mit, aber mein Bein macht wieder Scherereien.« Mit anklagender Miene zeigte die schon recht betagte Dame auf ihren dick umwickelten Fuß. »Dabei soll's Kaffee und Kuchen geben, ganz für umsonst.«

Einen Moment lang überlegte ich, ob ich das Kleeblatt nicht kurzerhand in die nächste Konditorei einladen sollte, doch gesetzt den Fall, es würde eine geben, wie sollten wir dort hinkommen? Mit nur einem Auto war das unmöglich.

»Willst du jetzt tatsächlich vorlesen?« wisperte Steffi, als ich meine Bücher aus der Mappe zog. »Die sehen überhaupt nicht kulturbeflissen aus.«

»Aber erwartungsvoll!«

»Du gibst wohl nie auf?«

Steffi hatte recht. An einer Lesung waren die vier alten Leutchen wirklich nicht interessiert, sie suchten Unterhaltung, ein bißchen Abwechslung in ihrem tristen Rentnerdasein, und es war ihnen völlig egal, in welcher Form jemand dazu beitrug. Man hatte ihnen einen »vergnüglichen Nachmittag« versprochen, also waren sie gekommen. Daß ich mit dem konkurrierenden Herrn Pfarrer nicht mithalten konnte, der seine Schäflein nicht nur per Bus durch die Gegend karren, sondern zusätzlich noch abfüttern ließ, war nur zu begreiflich. Und genau dieses Thema schien das Kleeblatt besonders zu beschäftigen.

»Die Magda is nich echt, das habe ich schon immer gewußt«, teilte die mit dem umwickelten Bein ihren interessiert lauschenden Freundinnen mit, »sie hat mir extra gesagt, daß sie nich fährt, sondern herkommt, und nu isse doch wieder mit.«

»Aber bloß, weil sich der olle Zausel aus'm Altersheim auch angemeldet hat«, wußte eine andere zu berichten. »Ich möchte bloß mal wissen, wie sie das rausgekriegt hat.«

»Die steckt doch immer mit der Paula vom Pfarramt zusammen«, sagte die erste Greisin sofort, »da isses doch ganz klar, woher sie immer die ganzen Sachen weiß. Na ja, und hinter dem Sawatzky mit seiner schönen Rente isse ja schon lange her.«

Jetzt griff Frau Krimmel ein: »Also, ich glaube nicht, daß die Frau Sanders eure Tratschereien interessiert. Soll sie nu lesen, oder soll sie wieder nach Hause fahren?«

Nein, das nun auch nicht. Die etwas verhuschelten alten Mädchen setzten sich in Positur, eine holte sogar ihre Brille aus der Schürzentasche, und dann versuchte ich es noch mal mit Tante Lotti. Beifälliges Nicken nach jedem dritten Satz und Randbemerkungen wie: »Meine Kusine is genauso; immer hat sie's mit'm Magen, aber fressen kann sie wie'n Scheunendrescher!« oder »Ich hab mal 'ne Tante gehabt, die hat einen ›von‹ geheiratet, und denn hat se ihre ganze Verwandtschaft nich mehr gekannt, weil wir ja nich standesgemäß waren«, zeigten mir, daß ich nicht nur aufmerksame Zuhörer, sondern auch noch das richtige Kapitel ausgesucht hatte. Doch später erzählte mir Steffi, daß eine der vier Grazien zwischendurch mal kurz weggenickt, von ihrer Nachbarin mittels kräftiger Rippenstöße jedoch sofort wieder zur Ordnung gerufen worden war.

Nach einer Dreiviertelstunde fanden sowohl meine Zuhörerinnen als auch ich selber, daß der Kultur Genüge getan war und wir uns nunmehr profaneren Dingen zuwenden könnten. Ich wollte weg, die Damen wollten noch warten, bis der Fritz sie abholen würde. »Aber der kommt bald, da müssen Sie sich man nich drum kümmern.«

Das hatte ich – ganz ehrlich gesagt – auch nicht vorgehabt. Irgendwie mußten sie ja zu dieser Baracke gekommen sein, also würden sie auch wieder wegkommen. Um es ganz deutlich auszudrücken: Ich hatte die Nase voll! Nicht nur von Seniorentreffs, sondern von dieser ganzen Lesetour. Was, um alles in der Welt, hatte sich Frau Wagner in Frankfurt an der Oder bloß dabei gedacht, als sie diese Reise zusammenstellte? Hatte sie sich überhaupt vorher erkundigt, ob es genügend Interessenten gäbe, oder hatte sie mich den Büchereien quasi aufgedrängt, und die hatten mich dann mangels Nachfrage an Schulen und Altenheime weitergereicht? Oft hatte ich das Gefühl gehabt, daß die jeweiligen Gastgeber gar nicht so richtig wußten, was sie mit mir anfangen sollten. Kein Wunder, denn als die neuen Bundesländer noch DDR geheißen haben, hatten Autorenlesungen fast nur in größeren Städten stattgefunden und nicht in Orten, die man bloß auf Wanderkarten findet.

Nun konnte man Prenzlau eigentlich nicht zu den elfhundertundetwas Einwohner zählenden Dörflein rechnen, andererseits haben die wenigsten Mütter mit schulpflichtigen Kindern – und aus denen rekrutieren sich die meisten meiner Leser – nachmittags um drei Uhr Zeit, sich in eine Bücherei oder sogar einen Veranstaltungssaal zu setzen und jemandem zuzuhören, dessen Name ihnen absolut nichts sagt. Seinerzeit war mein Bekanntheitsgrad jenseits der Elbe gleich null gewesen! Zwar habe ich während der ganzen zwei Wochen kaum eine leere Buchhandlung gesehen ganz im Gegenteil, sie waren meistens ziemlich voll gewesen, nur interessierten sich die Kunden kaum für Belletristik, sondern fast ausschließlich für Reiseführer. Und wer nach zwanzigmal Urlaub am Plattensee endlich mal nach Rimini oder Rhodos fahren kann, will sich vorher natürlich gründlich informieren. Also kauft er statt Konsalik und Stephen King, von denen er bestimmt schon mal was gelesen hat, lieber Polyglott oder Merian. Die kosten zwar auch Geld, aber wenigstens nicht so viel.

Ich habe es wirklich keinem übelgenommen, der meinen Lesungen ferngeblieben ist (vielleicht hatte er auch nur die meist winzig kleine Anzeige in der Tagespresse gar nicht gesehen), aber ich finde auch heute noch, daß die ganze Reise miserabel organisiert oder – was wahrscheinlicher ist – mindestens zwei Jahre zu früh anberaumt worden war. Warum nur hat mir Frau Wagner nicht ganz klar geschrieben: »Liebe Frau Sanders, wir freuen uns, wenn Sie kommen, aber warten Sie noch ein bißchen, im Augenblick haben wir alle noch mit den veränderten Verhältnissen und vor allem mit uns selbst zu tun.«

Als wir Frau Krimmel vor der Hinterhofholztür wieder abgesetzt hatten und uns verabschieden wollten, forderte sie mich zum Mitkommen auf. Wegen der Abrechnung, wie sie betonte. Welche Abrechnung denn bloß??? Würde ich das nicht später pauschal mit Frau Wagner abwickeln? Offenbar nicht. Man hatte bereits genau ermittelt, wie viele Kilometer ich zwischen Gramzow und Prenzlau zurückgelegt hatte zuzüglich der Fahrt zur Gemeindebaracke, das Ganze mit zwei multipliziert ergab soundsoviel mal Kilometerpauschale, jedenfalls bekam ich sechzehn Mark und zweiundsiebzig Pfennig ausgehändigt, die ich auch noch ordnungsgemäß quittieren mußte. Normalerweise hätte ich das Geld der Kaffeekasse spendiert, nur sah ich nirgends das unerläßliche Utensil auf einem Fensterbrett stehen, wo es ja hingehört, hatte auch nicht den Eindruck, daß man hier überhaupt Kaffee kochen würde, eine Möglichkeit, das Geld einfach zu »vergessen«, ergab sich nicht, denn sechs Augenpaare beobachteten mich ..., so schob ich die Münzen schließlich in die Hosentasche, nickte freundlich in die Runde (hoffentlich hat es so ausgesehen) und verließ die wenig gastliche Stätte. Irgendwie hatte ich den Eindruck, daß die Zurückbleibenden genauso froh waren, mich verschwinden zu sehen, wie ich, als die Hinterhofholztür ein letztes Mal hinter mir ins Schloß fiel.

»Na, haben sie sich wenigstens bei dir entschuldigt für die Panne von vorhin?« empfing mich Steffi, an einer wunderbar duftenden Mohnschnecke kauend.

»Wo hast du die her? Laß mich mal abbeißen!« Im Hinblick auf den geplanten Grillabend hatte ich das Mittagessen gestrichen und eine Tüte Obst gekauft, aber Äpfel zählen bei Stefanie nicht zu den Nahrungsmitteln, sondern höchstens als Überbrückungshilfe zwischen zwei Mahlzeiten. »Falls du unter ›Panne‹ den enormen Zulauf verstehst, dann ist diese Bezeichnung falsch. Solange überhaupt jemand kommt, muß man hierzulande die Veranstaltung offenbar als erfolgreich betrachten und kann erst dann von Panne reden, wenn sich gar keiner blicken läßt. Nach unseren bisherigen Erfahrungen ist ein Auditorium von vier bis sechs Personen also völlig normal. Sollten es mal weniger als drei sein, würde ich die Sache allerdings als Flop bezeichnen.«

Natürlich meinte ich diesen Anflug von Galgenhumor nicht ernst, ich ärgerte mich im Gegenteil ganz gewaltig über die verschwendete Zeit und mein vergebliches Engagement, doch zum Glück ahnte ich noch nicht, wie recht ich mit meiner Prognose haben sollte.

Während ich oben meine Spesen kassierte, hatte Steffi zusammen mit der Mohnschnecke Informationen eingeholt. Sie wußte, wo man anständigen Wein kaufen konnte und vor allem die unerläßlichen Accessoires wie Chips, Flips, Sticks und was es sonst noch an derartigen Kalorienbomben gibt. »Du mußt doch zugeben«, meinte sie, eine Packung Crackers in den Einkaufskorb legend, »daß die Supermärkte schon recht gut bestückt sind. Von den Textilgeschäften kann man das allerdings nicht behaupten. In Templin bin ich mal in einem drin gewesen. Grauenvoll, was da angeboten wird! Man könnte glauben, die westdeutschen Kaufhäuser haben ihre gesamten Ladenhüter hierher nach Ossiland gekarrt, wo sie den Ramsch noch richtig teuer verhökern können. Bei uns werden sie den Kram nicht mal mehr im Ausverkauf los, aber hier ziehen sie die Kunden mit den ollen Plünnen regelrecht über den Tisch. Das ist eine riesengroße Schweinerei!«

Ich nickte zwar zustimmend, enthielt mich jedoch jeglichen Kommentars, denn mit Steffi über die Ungerechtigkeiten des Lebens im allgemeinen und dann unter Berücksichtigung einzelner besonders Benachteiligter zu debattieren, artet gewöhnlich in ein abendfüllendes Kolloquium aus!

Mit einer ganzen Tüte voll Knabberzeug und einem Strauß Maiglöckchen, die – legt man den Preis zugrunde – hier offenbar wild wuchsen, zogen wir von dannen, bereit, der »gemütlichen Runde im Kreise von Lehrern und Interessierten« entgegenzusehen.

Frau Löwe wohnt in einem recht geräumigen Haus am Ortsrand. Ein herrlich verwilderter Garten, der erst weit hinten an einem Bach endet, gehört dazu. Als erstes begrüßte uns ein Hund mit sehr ungewissem Stammbaum. Ihm folgte ein zweiter, in dem man doch schon ein Mittelding zwischen Collie und Geißbock erkennen konnte – übrigens keine so abwegige Kombination, denn zum Haushalt gehörte auch eine Ziege, die sich tapfer durch das überall wuchernde Gras futterte. Das Schaf Hildegund half dabei. Eine Entenfamilie kam watschelnd vom Bach zurück, wo der noch ganz flaumige Nachwuchs Schwimmunterricht bekommen hatte, zwei Gänse spazierten ungeniert an uns vorbei und gönnten uns lediglich einen hochnäsigen Blick, bevor sie hinter einem Schuppen verschwanden. Die Katze, dösend auf der Terrassenbrüstung liegend, hob nicht mal den Kopf, als wir um die Ecke bogen. Bienen umsummten uns, Vögel zwitscherten ... es roch nach Blumen, nach beginnendem Sommer – und nach Spiritus. Peter, der achtjährige Sohn des Hauses, kämpfte bereits mit den Grillkohlen. Das könne er hervorragend, beruhigte mich seine Mutter, als sie meinen erschrockenen Blick sah (Messer, Gabel, Schere, Licht ... und so weiter), er habe bereits seine Gesellenprüfung abgelegt und strebe nunmehr die Meisterwürde an. »Manchmal sind die Würstchen sogar nur noch halb verkohlt.«

Mit meinen kümmerlichen Maiglöckchen kam ich mir reichlich albern vor, doch wie hätte ich ahnen können, daß Frau Löwe nur die Hand auszustrecken brauchte, um irgend etwas von dem zu pflücken, was im Mai so alles blüht. Maiglöckchen waren sicher auch dabei, wahrscheinlich weiter hinten am Bach. Sie freute sich trotzdem über mein bescheidenes Sträußchen.

»Hast du gewußt, daß es hier ein Kind gibt?« flüsterte Steffi, während uns Frau Löwe ins Haus führte. »Ich habe noch eine Tafel Schokolade im Auto, soll ich sie schnell holen?«

»Lieber nicht. Bei dieser Hitze ist die längst Kakao geworden.« Allerdings ärgerte ich mich auch. Kinder erwarten doch immer, daß man ihnen irgend etwas mitbringt, wobei die Altersgrenze nach oben hin offen ist. Sockenfetischistin Katja ist selig, wenn ich ein besonders ausgefallenes Paar für sie finde, während Nicki eine Vorliebe für eine ganz bestimmte Maus hat (nein, es folgt keine Werbung!). Beide freuen sich aber auch über eine Tüte Gummibärchen.

Ein richtiges Gästezimmer erwartete uns, renoviert und neu möbliert, die weit geöffneten Fenster gaben den Blick frei auf eine Blümchenwiese, man hörte den Bach gluckern und die Bienen summen. »Ach, ist das hübsch!« sagte Steffi sofort. »Wie im Urlaub!«

»Dafür ist das Zimmer auch gedacht«, bestätigte Frau Löwe. »Sie sind ein paar Wochen zu früh dran, denn das Bad ist noch nicht komplett.« Sie öffnete die angrenzende Tür, doch statt einer Baustelle sah ich ein ganz modernes, weinrot gekacheltes Badezimmer mit doppeltem Waschbecken und Duschkabine. Sehr intelligent muß ich wohl nicht ausgesehen haben, denn Frau Löwe beeilte sich zu erklären, daß dieses Bad selbstverständlich fertig sei, nur leider zur Zeit noch von der Familie mitbenutzt werden müsse, weil deren eigenes ebenfalls renoviert werde. »Bis zum Sommer werden wir es wohl geschafft haben, und dann hoffen wir auf Feriengäste.«

Es ist mir heute noch ein Rätsel, wie es Frau Löwe gelungen ist, innerhalb weniger Stunden eine regelrechte Geburtstagsparty zu organisieren. Zweifellos war dieser Abend der amüsanteste und vor allem informativste der ganzen Reise, denn ich erfuhr mehr Einzelheiten über die Zustände in den neuen Bundesländern, als mir sämtliche Medien in den vergangenen anderthalb Jahren vermittelt hatten. Wer wußte denn schon, daß nicht nur wir Wessis den Solidaritätsbeitrag zahlen mußten, sondern auch die dortigen Arbeitnehmer? Von den Arbeitsbeschaffungsmaßnahmen, im Behördenkürzel ABM genannt, hatte ich zwar gehört, mir jedoch nichts Näheres darunter vorstellen können. Ob es sehr sinnvoll ist, einer ehemaligen Fließbandarbeiterin beibringen zu wollen, wie man Bewerbungsschreiben aufzusetzen hat, erscheint mir genauso fragwürdig wie der Versuch, arbeitslosen Buchhalterinnen Kochkurse anzubieten. »Die meisten machen sowieso bloß mit, weil sie sonst überhaupt kein Geld kriegen«, wurde ich informiert, »und nach sechs Monaten, wenn die ABM ausgelaufen ist, können sie erneut reguläre Arbeitslosenunterstützung beantragen, damit kommen sie wieder eine Zeitlang über die Runden.«

»Könnte man das Geld für die ABMs nicht etwas effektiver einsetzen?« überlegte Steffi laut. »So, wie Sie das alles schildern, klingt dieses ganze Unternehmen ziemlich unausgegoren.«

»Nicht nur das«, kam es aus einer anderen Ecke, »hier treiben die zweckgebundenen staatlichen Finanzspritzen mitunter absonderliche Blüten. Ich glaube, die neuerbaute öffentliche Bedürfnisanstalt mit Marmorwänden und Musikberieselung ist sogar in der westlichen Presse als Paradebeispiel kommunaler Verschwendungssucht erwähnt worden.«

»Kann man die besichtigen?« wollte Steffi sofort wissen.

»Das nehme ich doch an. Allerdings steht dieses Luxuspissoir nicht hier bei uns, und ich kann Ihnen nicht mal sagen, wo genau.«

Immer neue Fragen fielen mir ein, die auch geduldig beantwortet wurden, und schließlich brachte Steffi die ganze Sache auf einen Punkt. »Diese Wiedervereinigung kommt mir ein bißchen so vor wie eine Urlaubsreise in ein fremdes Land. Monatelang freut man sich darauf, und wenn man hinkommt, ist man enttäuscht, weil man sich alles ganz anders vorgestellt hatte.«

Als Antwort kam das verhaltene Kichern einer jungen Frau. »Na ja, eigentlich hatten wir ja auch bloß mal ein bißchen verreisen wollen dürfen ...«

Gegen Mitternacht, als die Mücken gelernt hatten, die Windlichter zu ignorieren, und sich direkt auf uns stürzten, zogen wir nach drinnen in die gemütliche Eßecke, doch erst gegen zwei Uhr löste sich die Runde auf. Es kam auch wirklich kein Tropfen mehr aus den Weinflaschen.

Obwohl ich hundemüde und das Bett äußerst bequem war, konnte ich nicht einschlafen; zu viel ging mir im Kopf herum. Die Ossis waren doch gar keine unselbständigen, anspruchsvollen Schmarotzer, die darauf warteten, daß ihnen die gebratenen Tauben in den Mund flogen! Sie wollten nur die Chance und die Voraussetzung bekommen, ihr Leben selbst gestalten zu können, und damit liegt es vielerorts noch im argen. Hatte Frau Löwe nicht erzählt, ihr Mann sei LKW-Fahrer und für eine westdeutsche Spedition ständig zwischen Stuttgart und Lissabon unterwegs? Ein-, höchstens zweimal im Monat käme er nach Hause, aber sein Antrag, eine eigene Spedition aufzumachen, werde immer wieder abgelehnt, obwohl er von seinem derzeitigen Chef die schriftliche Garantie habe, mit Aufträgen eingedeckt zu werden.

»Womit wird denn die Ablehnung begründet?« hatte ich empört gefragt.»Ich denke, jeder hat das Recht, ein Gewerbe anzumelden?«

»Eben nicht! Uns wurde gesagt, es gebe hier im Landkreis mehrere Speditionen, die alle rote Zahlen schrieben, und eine weitere brauche man nicht. Die alteingesessenen hätten Vorrang.« Klang das nicht ein bißchen sehr nach Behördenwillkür oder sogar Vetternwirtsch …

»Kannst du nicht mal das Fenster zumachen?« murmelte Steffi. »Wer soll denn bei dem Krach schlafen?«

Krach? Wo denn bloß? »Ich höre nichts! Wahrscheinlich hast du geträumt.«

»Ich finde, dieses Froschkonzert ist ziemlich real!« Sie kroch aus dem Bett und schlappte zum Fenster. »Außerdem muß sich da draußen eine ganze Kompanie Heimchen versammelt haben!« Krachend flog der Fensterflügel zu. »Man kommt sich ja vor wie im Urwald! Ich bin Autohupen und quietschende Bremsen gewöhnt. Das Grillengezirpe macht mich wahnsinnig!« Sie krabbelte ins Bett zurück und zog sich die Decke über den Kopf. Minuten später war sie eingeschlafen, und dann machte ich ganz leise das Fenster wieder auf. Wann hatte mich denn zum letztenmal ein Frosch in den Schlaf gequakt?

Eselspfade und andere Umwege

Wegen des Schlafdefizits noch reichlich neben der Kappe, öffnete ich lauthals gähnend die Tür zum Bad und – blieb erst mal stehen! So viel hatte ich gestern doch wirklich nicht getrunken! Andererseits hätte ich jeden Eid geleistet, daß der Knabe, der am Abend so unermüdlich das Grillfeuer in Gang gehalten hatte, mindestens vier Jahre älter gewesen war als dieses Bürschlein hier. Mit runtergelassenen Hosen thronte es auf der Toilettenbrille und brach bei meinem Anblick in ein fürchterliches Geschrei aus. »Ich tu dir doch nichts!« stammelte ich, bevor ich ganz schnell die Tür zumachen wollte. Dafür öffnete sich die auf der gegenüberliegenden Seite. Frau Löwe schoß herein und nahm den kleinen Schreihals in die Arme. »Das ist unser Jüngster«, stellte sie ihn vor, »der ist gestern bei der Oma gewesen.«

Das Knäblein schniefte ein paarmal, ehe es mich von der sicheren Warte aus musterte. »Die Tante hat Hosen an!« stellte es ganz richtig fest. Wahrscheinlich schlief die Mama immer im Nachthemd.

»Das ist ein Pyjama«, sagte Frau Löwe, hob ihren Sprößling von seinem Thron und entschuldigte sich wortreich. »So etwas sollte nicht vorkommen! Es ist auch allein meine Schuld, ich hätte nicht vergessen dürfen, den Riegel der Verbindungstür zuzuschieben. Der Philipp hat ja nicht gewußt, daß wir Gäste haben.«

»Armer Kerl! Das nennt man dann Schreck in der Morgenstunde.« Bevor ich die Tür endgültig schloß, hörte ich noch das Löwenjunge piepsen: »Ich will auch einen Pipischama!«

Wenig später klopfte es an die Tür. »Das Bad ist frei! Wenn wir noch zusammen frühstücken wollen, müßten Sie sich ein bißchen beeilen. Ich habe heute zwar erst zur dritten Stunde Unterricht, aber vorher muß ich den Philipp noch bei meiner Schwiegermutter abliefern.«

Richtig, Frau Löwe war ja Lehrerin, das hatte ich total vergessen. Ich brachte Steffi auf Trab, die sich bisher lediglich durch unterschiedliche Grunztöne gemeldet hatte und nicht die geringsten Anstalten machte, ihr kuscheliges Bett zu verlassen. »Kannst du mir einen einzigen vernünftigen Grund sagen, weshalb ich aufstehen soll?«

»Ja. Du willst mich nachher nach Dedelow fahren!«

»Wollen??? Bis dahin sind es 21 Kilometer Landstraße, die schaffst sogar *du* allein!« Sie überlegte sich die Sache aber doch noch, denn kurz darauf saßen wir auf der Terrasse, von der sämtliche Spuren der gestrigen Fete schon beseitigt waren. Sogar frische Brötchen standen auf dem Tisch.

»Du meine Güte, seit wann sind Sie denn auf den Beinen?« Irgendwie hatte ich ein schlechtes Gewissen.

»Seit sechs.«Frau Löwe schob ein Marmeladenschälchen in meine Richtung. »Probieren Sie die mal! Spezialität meiner Schwiegermutter.«

Wir bekamen nicht nur selbstgekochte Konfitüre, sondern sogar ganz frische Eier, denn zu der hauseigenen Menagerie gehörten selbstverständlich auch mehrere Mistkratzer, nämlich Henne Berta nebst einigen Anverwandten, die aber gestern alle schon schlafen gegangen waren. Nur Berta hatte das Recht, uns beim Essen zuzusehen und die herunterfallenden Krümel aufzupicken; erstens war sie Stallälteste, und zweitens legte sie als einzige Eier mit brauner Schale. »Mit ihrer politischen Einstellung hat das aber nichts zu tun«, versicherte Frau Löwe todernst, »soviel ich weiß, tendiert sie mehr zu grün.«

Steffi hatte unseren Fahrplan mitgebracht und studierte die Landkarte. »Dedelow habe ich gefunden, aber wo ist K.?«

»Nordöstlich davon.« Mit dem Finger deutete Frau Löwe auf ein winziges Pünktchen, das abseits aller größeren Straßen mitten in der Pampa lag. »Haben Sie da etwa auch eine Lesung?«

Ich nickte bedrückt. »Schon wieder in einer Schule! Hätte ich das vorher gewußt, würde ich mich auf dieses ganze Unternehmen niemals eingelassen haben. Leider habe ich die geänderten Termine erst dann bekommen, als es für einen Rückzieher schon zu spät gewesen ist. Dabei weiß ich gar nicht, *was* ich den Schülern vorlesen soll, ich schreibe nun mal keine Kinderbücher!«

Nach meinem mißglückten Auftritt in Templin hatte ich zusammen mit Steffi überlegt, welche Passagen aus den mitgenommenen Büchern denn wohl am ungefährlichsten sein würden. »Du darfst nichts nehmen, was im weitesten Sinne mit Reisen, Mode, Autos, Neuanschaffungen und moderner Technik zu tun hat«, hatte Steffi gesagt.

»Was bleibt denn da noch übrig? Höchstens ein paar Seiten aus meinem kinderreichen Muttertum. Da seid ihr alle noch ziemlich klein und weder an modischem Outfit noch an exotischen Urlaubszielen interessiert gewesen.«

»Aber du beschreibst sehr ausführlich den Zehnzimmer-Luxusschuppen, in dem wir damals gewohnt haben, und vor allem Wenzel-Berta. Weißt du denn nicht, daß man in Ossiland jahrelang sogar auf eine Zweizimmerwohnung warten mußte? Da kannst du doch nicht von so einer Kapitalistenbleibe schwafeln! Und eine Haushaltshilfe hat's im realen Sozialismus bestimmt nicht gegeben, da sind doch alle Menschen gleich gewesen.«

»Wenzel-Berta war keine Angestellte im üblichen Sinn, die hat zur Familie gehört.«

»Und wenn schon. Ihr habt sie doch bezahlt, oder nicht?«

Seufzend hatte ich das erste Buch zur Seite gelegt und das zweite gleich dazugepackt. Nicht umsonst hatte ich mich mit dessen Inhalt schon einmal gründlich in die Nesseln gesetzt. Die Schilderung meines Grüne-Witwen-Daseins in einem Vorort-Reihenhaus kam auch nicht in Frage, weil für Jugendliche nicht unbedingt geeignet. Was blieb denn dann noch übrig? Allenfalls die »Pellkartoffeln«, meine Kriegskindheit in Berlin, doch dieses Buch hatte ich erst gar nicht mitgenommen, und die Wahrscheinlichkeit, es hier irgendwo kaufen zu können, war kaum gegeben.

»Warum lesen Sie nicht einfach ein Kapitel an und *erzählen* es dann weiter?« schlug Frau Löwe vor. »Fordern Sie die Kinder zu Fragen heraus! Stellen Sie selber welche! Geben Sie ruhig zu, daß sie nicht wissen, wie der Alltag von Jugendlichen hier bei uns ausgesehen hat, welche Musik sie gehört und welche Bücher sie gelesen haben. Suchen Sie nach Parallelen zu Ihren eigenen Kindern, lassen Sie auch Ihre Tochter zu Wort kommen, sie ist ja nicht auf den Mund gefallen und außerdem jung genug, den richtigen Umgangston zu finden.«

Zwar winkte Steffi sofort ab, doch was Frau Löwe sonst noch vorgeschlagen hatte, klang wirklich vernünftig. Ich nahm mir vor, künftig nicht mehr mit einem vorgefertigten Programm in eine Lesung zu gehen, sondern erst mal abzuwarten, wie sich mein Publikum zusammensetzte. Und ob überhaupt eins da sein würde! Schulklassen kann man abkommandieren, Senioren kommen freiwillig, aber was ist mit den Altersstufen dazwischen?

Die Dichterlesung in Dedelow ging schief. Die Herren und Damen Hauptschüler hatten zwar dankbar akzeptiert, daß meinetwegen eine Mathestunde ausfiel, waren jedoch weder an meinem gelesenen noch an meinem gesprochenen Wort interessiert. Sie ließen sich kaum mal aus der Reserve locken, vielmehr dösten sie vor sich hin und warteten – genau wie ich! – auf das Ende der Stunde. Als es endlich kam, schieden wir in dem gegenseitigen Bewußtsein, daß man sich diese Dreiviertelstunde auch hätte ersparen können.

»Idioten!« schimpfte Steffi, die Schultür hinter uns ins Schloß donnernd. »Bornierte Affen allesamt! Anstatt dankbar zu sein, daß sich mal ein Besucher in diese Einöde wagt, sitzen sie da wie die Ölgötzen und halten es offenbar noch für großmütig, wenn sie überhaupt zuhören. Warum läßt du nicht einfach den Rest der Reise sausen, und wir fahren nach Hause?«

Genau das hätte ich am liebsten auch getan. Aber ich bin nun mal von meiner Großmutter in preußischem Sinn erzogen worden, und weil das nicht genügte, hatte ich auch noch einen preußisch beamteten Großvater gehabt, für den »Pflichtbewußtsein« die wichtigste Vokabel gewesen war. So was färbt ab! Außerdem hatte ich mich freiwillig auf dieses Unternehmen eingelassen, also würde ich es auch zu Ende bringen. Egal, wie!

»Da ich annehme, daß K. über nicht mehr als fünfunddreißig Häuser und eine Kneipe verfügt, schlage ich vor, wir verbringen die Zeit bis zu deinem Auftritt in Prenzlau«, meinte Steffi, als vor uns das Ortsschild auftauchte.

»Und was sollen wir da?«

»Weiß ich doch auch nicht«, erwiderte meine Tochter. »Mal sehen, was sich bietet. Ein bißchen herumbummeln, irgendwo was essen, vielleicht sogar Schaufenster begucken, in denen etwas anderes liegt als Brötchenattrappen oder eine angeschnittene Salami ... Irgendwo *muß* es doch mal ein paar Boutiquen geben, Schuhgeschäfte, Krimskrams-Läden ...«

»Du meinst eine Fußgängerzone?«

»Genau! Mir ist bloß das Wort nicht eingefallen!«

Nach einer halben Stunde Herumkurverei kannten wir zwar sämtliche Ausfallstraßen Prenzlaus, nur das Zentrum hatten wir nicht gefunden. Dabei sollte es eins geben, das hatten uns sowohl der Tankwart als auch die Dame mit Schleierhut versichert, die eine Tüte mit der Aufschrift »Modebasar« in der Hand getragen hatte. »Jetzt stellen wir den Wagen hier auf dem Parkplatz ab und versuchen es mal ohne Auto. Fußgängerzonen heißen deshalb so, weil man sie zu Fuß betritt!«

»Da drüben ist ein Restaurant. Komm, laß uns mal sehen, was die haben.«

Das Etablissement machte einen recht ordentlichen Eindruck, nur mit der Speisekarte kamen wir nicht so ganz klar. Die Brathähnchen hießen nämlich immer noch Broiler, unter »Krusta mit versch. Belag« hatte man wahrscheinlich eine Abart von Pizza zu verstehen, doch was sich unter den übrigen Bezeichnungen versteckte, blieb rätselhaft. Es gab jedoch auch Schnitzel und Sauerbraten. »Willst du denn jetzt wirklich schon wieder was essen?«

Steffi sah auf die Uhr. »Halb zwölf ist noch zu früh, aber nun weiß ich wenigstens, daß es hier eine akzeptable Futterquelle gibt.«

Die Fußgängerzone fanden wir auch noch. Sie erstreckte sich über zweieinhalb Straßen (eine halbe deshalb, weil die gegenüberliegende Seite keine Geschäfte mehr aufwies), die in der Länge zwar nicht mit dem Kurfürstendamm konkurrieren konnten, aber doch eine ganze Menge Läden zeigten. Die meisten Gebäude hatten sogar schon einen frischen Anstrich bekommen, und wer noch keine Markise über dem Schaufenster hatte, konnte wenigstens mit einem Sonnenschirm glänzen. Ohnehin hatte ich den Eindruck, daß so ziemlich alle Getränkehersteller und sämtliche Zigarettenfirmen ihren Bestand an Reklameschirmen nach Ossiland geschickt und dort kostenlos verteilt hatten. Egal, ob vor einem Obstladen oder einem Wäschegeschäft etwas beschirmt werden sollte, Cola und Camel waren immer dabei.

Wir besuchten eine Buchhandlung, deren Inhaberin bedauerlicherweise kein Werk von Evelyn Sanders vorrätig hatte, es jedoch gern besorgen würde (»Siehste«, flüsterte Steffi, »hier kennt dich sowieso kein Mensch, weshalb soll dich also jemand kennenlernen wollen?«), kauften im Spielwarengeschäft eine Wasserpistole für Peter und eine Benjamin-Blümchen-Kassette für seinen Bruder, fanden weder im Modebasar noch in den anderen Läden etwas, das uns gefallen hätte, und landeten schließlich auf der Terrasse einer hübschen Eisdiele, die wohl hauptsächlich von Jugendlichen frequentiert wurde. »Zu meiner Zeit sind es die Milchbars gewesen«, erinnerte ich mich wehmütig, »Eis gab es damals nur vom Wagen – Schokolade, Vanille und Erdbeer – oder in einem richtigen Café. Ich kann dir nicht mal sagen, wann der Übergang von der Milchbar zur Eisdiele eigentlich stattgefunden hat.«

Das wollte Steffi ohnehin nicht wissen. Schon seit einigen Minuten starrte sie zu der Sparkasse hinüber, vor der ungefähr ein Dutzend Leute standen. »Was ist denn da los? Banküberfall?«

»Quatsch! Dann wäre längst Polizei da.«

»Vielleicht ist es ja eben erst passiert«, meinte sie hoffnungsvoll. »Jedenfalls sollten wir die Augen offenhalten, es könnte ja sein, daß wir wichtige Zeugen werden.«

»Du siehst zu viele Krimis!« Außer uns kümmerte sich niemand um den Menschenauflauf, und soweit ich das beurteilen konnte, rückte die Schlange zwar langsam, aber kontinuierlich vorwärts. »Da ist überhaupt nichts passiert, die Leute wollen lediglich Geld holen.«

»Und deshalb stehen sie bis draußen?«

»Na ja, vielleicht hat bloß ein Schalter auf.«

»Das will ich genau wissen!« Sie lief über die Straße, baute sich vor dem Schaukasten auf und studierte scheinbar den Aktienmarkt. Nachdem sie noch einen Blick durch die Tür ins Innere der Bank geworfen hatte, kam sie zurückgeschlendert. Allerdings konnte sie sich nur mühsam das Lachen verbeißen. »Wenn ich die Gesprächsfetzen richtig interpretiere, dann gibt es dort drüben seit zwei Tagen einen Geldautomaten. Jetzt wollen alle ausprobieren, ob das Ding auch wirklich funktioniert. Eben hat ein Mann bloß einen Zwanziger rausgeholt.«

»Na und? Vielleicht braucht er nicht mehr.«

Sie ließ sich wieder auf ihren Stuhl fallen. »Du weißt doch genau, was ich meine, Määm! Ich hab durch die Tür gelinst, der Schalterraum ist gähnend leer. Aber niemand geht rein, lieber stehen sie sich draußen die Füße platt.«

Steffi konnte das nicht verstehen. Sie ist das typische Wohlstandskind! Zwar weder verwöhnt noch verzogen, aber aufgewachsen in den Sechzigern und Siebzigern, als Krieg und Nachkriegszeit überwunden waren und der Nachholbedarf weitgehend gestillt war. Sie ist groß geworden mit Waschmaschine, Farbfernseher, Urlaubsreisen und Dreigang-Fahrrad, die erste Mikrowelle war für sie nichts anderes als ein Herd en miniature, in dem aber alles wesentlich schneller warm wurde, und Automaten, aus denen sie vom Nelkenstrauß bis zur Strumpfhose alles nur Denkbare ziehen konnte, waren eine Selbstverständlichkeit für sie. Den ersten Bankomat hatte sie denn auch nur folgerichtig mit: »Das wurde auch langsam Zeit!« kommentiert. Im Gegensatz zu mir kann sie sich nicht in die Lage derer versetzen, die jahrzehntelang hinterm Zaun gelebt haben, höchstens mal rübergucken durften und erst jetzt so allmählich das bekommen, was sie bisher nur von weitem gesehen hatten. *Ich* kann sie nur zu gut verstehen. Wie hatte ich damals den Kasten bestaunt, der die Fahrkarten automatisch entwertete und den U-Bahn-Schaffner überflüssig machte. Ich staune ja auch heute noch, und zwar immer dann, wenn ich einen Computer sehe, auf dessen Bildschirm je nach Bedarf die Börsenkurse erscheinen, das örtliche Telefonbuch oder der Grundriß vom Kölner Dom. Am meisten bestaune ich aber jene intelligenten Menschen, die mit Computern umgehen können. Doch das ist ein anderes Thema.

Nach dem Rieseneisbecher hatte Steffi nun doch keinen Hunger mehr auf Krusta mit versch. Belag, statt dessen kaufte sie drei Spreewälder Gurken, süßsauer eingelegt, und verspeiste sie gleich aus der Tüte. Mir wurde schon vom Zusehen schlecht. »Sag mal, du bist nicht eventuell schwanger?«

»Wieso?« fragte sie mampfend. »Nur weil ich nach dem süßen Zeug was Herzhaftes brauche?«

»Ich finde diese Kombination etwas ungewöhnlich. Ein Leberwurstbrötchen könnte ich noch verstehen, aber saure Gurken ...?«

»Rollmöpse hatten sie ja nicht.«

Im Innern des Wagens herrschte Saunatemperatur. Er hatte fast zwei Stunden in der Sonne gestanden. »Klimaanlage im Auto wäre keine so schlechte Idee!« Steffi riß alle vier Türen auf. »Warum kaufst du nicht endlich mal ein Cabrio?«

»Wenn du mir mindestens fünfzig regenfreie Tage pro Jahr mit Temperaturen über 25 Grad garantieren kannst, tu ich es.«

»Hahaha«, machte sie bloß, »dazu müßtest du auswandern.«

»Eben!«

Die Ausfallstraße nach Norden fanden wir gleich, den Abzweig in Richtung K. erst nach intensivem Suchen. Es war ein besserer Feldweg. »Selbst eine Landstraße dritter Ordnung sollte ausgeschildert sein«, meckerte Steffi, die Ideallinie durch ein bettlakengroßes Schlagloch suchend. »Hältst du es für möglich, daß die Erde *doch* eine Scheibe ist und da hinten bei der Kurve plötzlich aufhört? Von hier sieht es so aus, als ob danach nichts mehr kommt.«

Die Gefahr, unverhofft ins Nichts zu stürzen, war wesentlich geringer als die Wahrscheinlichkeit, irgendwo mit dem Auto liegenzublieben, und da wir schon seit etlichen Kilometern keinen Menschen mehr gesehen hatten, würde uns so bald auch niemand finden. »Dreh um!«

»Wie denn?« schrie sie mich an. »Soll ich etwa in dem Kartoffelacker wenden? Oder ist dir der Weizen lieber?«

Der Weizen entpuppte sich bei näherem Hinsehen als Gerste, aber sonst hatte sie recht; zum Wenden war der Weg zu schmal, und in den Feldern würden wir rettungslos steckenbleiben.

»Ich versuch's mal rückwärts, vielleicht kommt ja irgendwo eine etwas breitere Stelle.« Ein paar hundert Meter zockelten wir im Rückwärtsgang, dann endlich zogen sich Treckerspuren durch die Kartoffeln, und dort gelang es Steffi, die Schnauze unseres Wagens wieder in die gewünschte Richtung zu bugsieren. Kurz darauf standen wir auf einer Landstraße zweiter Ordnung, die auch nicht viel besser aussah, doch wenigstens etwas breiter war.

Die Landkarte fiel schon von allein an der richtigen Stelle auseinander, so oft hatten wir sie benutzt. Gemeinsam beugten wir uns darüber, und prompt knallten unsere Köpfe zusammen. »Wir sollten uns wirklich mal einigen, wer zuerst guckt!« Ich befühlte meine linke Stirnhälfte, doch für eine Beule war die Kollision zum Glück zu schwach gewesen.

»Ich natürlich«, sagte Steffi, »du siehst doch ohne Brille sowieso nichts.« Minutenlang studierte sie die Karte. »Es gibt keinen anderen Weg nach K. als diesen Trampelpfad, auf dem wir eben schon langgerutscht sind.«

»Und wenn wir's mal von der anderen Seite versuchen und zunächst auf dieser Straße bleiben?«

»Dann kommen wir in Polen raus«, meinte sie lakonisch, auf die dicke rote Grenzlinie deutend. »Wäre vielleicht gar keine schlechte Idee. Soll es da nicht besonders billige Zigaretten geben?«

Ein Radfahrer wurde unsere Rettung. Lange bevor er uns erreicht hatte, stieg Steffi aus dem Wagen und breitete die Arme aus. Der junge Mann hielt auch sofort an.

»Hoffentlich keine Panne?« Seine Stimme klang richtig besorgt. »Die nächste Reparaturwerkstatt gibt es erst in Prenzlau.«

»Noch sind alle vier Räder dran«, antwortete Steffi, »aber bestimmt nicht mehr lange, wenn dieser durchlöcherte Eselspfad da drüben der einzige Weg nach K. ist.«

Er grinste. »Nach K. wollen Sie? Warum fahren Sie nicht lieber woanders hin?«

Sie nickte zustimmend. »Das frage ich mich ja auch. Aber es geht nun mal nicht anders.« Vorsichtig sah sie sich nach allen Seiten um, bevor sie im Flüsterton weiterredete. »Wir sind nämlich mit Lech Walesa verabredet.«

Nur einen kurzen Augenblick stutzte ihr Gegenüber, dann lächelte es verstehend. »Also habe ich mich doch nicht geirrt! Der ist eben an mir vorbeigefahren. Neben ihm saß Gorbatschow!«

Steffi lachte laut los. »Gut pariert!« meinte sie anerkennend. »Aber nun mal im Ernst: Wir müssen wirklich nach K. und wissen nicht, wie wir hinkommen. Entweder stimmt die Karte nicht, oder die markierte Straße ist plötzlich abhanden gekommen.«

Der junge Mann lehnte sein Rad an einen Baum. »Zeigen Sie mal her!«

Nachdem er sich in das Gewirr von braunen, gelben und weißen Linien vertieft hatte, schmunzelte er. »Die Karte stimmt, nur die Dimensionen nicht! Die Straße, die Sie völlig zu Recht Eselspfad nennen, ist tatsächlich der kürzeste Weg nach K., nur nicht der beste. Wenn Ihnen Ihre Stoßdämpfer lieb sind, nehmen Sie einen Umweg in Kauf und fahren über C.«

Das taten wir denn auch, und damit wäre das aufregendste Erlebnis dieses Nachmittags bereits erzählt. Vielleicht sollte ich noch erwähnen, daß sich auch in Ossiland die Schüler nicht mehr so einfach abkommandieren lassen! Jedenfalls nicht nachmittags!

»Ich bin ja schon damals nicht gern zur Schule gegangen, aber jetzt weiß ich wenigstens, warum nicht!« sagte Steffi später. »Da hat sich in den letzten zehn Jahren auch nichts getan. Und wenn du morgen vormittag wieder den Pausenclown spielen sollst, dann ohne mich! Ich weigere mich strikt, auf dieser Reise noch mal ein Schulhaus zu betreten!«

»Ich auch!« Wütend warf ich die beiden Bücher auf den Rücksitz und steckte mir eine Zigarette an. »Pausenclown ist der richtige Ausdruck! Hab' ich es denn nötig, mich von diesen halbstarken Rotzlöffeln zur Minna machen zu lassen? Kommt nicht mehr in Frage! Die restlichen Schulveranstaltungen werden abgesagt. Basta!«

»Jawoll!« bekräftigte Steffi und kramte auch gleich in ihren Unterlagen. »Hoffentlich stehen hier nicht nur die Adressen, sondern auch die Telefonnummern drin. Darauf habe ich noch nie geachtet.«

»Das wäre nun wirklich das geringste Problem. Sogar in Ossiland hat's Telefonbücher gegeben.«

Endlich hatte Steffi das Gesuchte gefunden. »Glück gehabt, morgen hast du nur einen Auftritt am Nachmittag. In Eberswalde.«

Eberswalde? Da konnte doch etwas nicht stimmen! Diese Stadt mit dem einzigen Namen, der mir aus welchen Gründen auch immer noch aus meiner Kindheit bekannt war, würde doch erst nächste Woche an die Reihe kommen. Dazwischen sollte der Fahrerwechsel stattfinden, denn Nicki hatte sich extra die zweite Woche ausgesucht, weil wir dann schon weiter südlich sein würden und vielleicht einen Abstecher in den Spreewald machen könnten. »Ich hab' neulich in der Glotze einen Bericht gesehen ..., also das muß da ganz toll sein. Autos gibt's nicht, die Leute fahren alle mit so komischen Kähnen rum, und die Landschaft ist auch noch richtig urwüchsig. Bist du da schon mal gewesen?«

»Vielleicht als Kind, doch daran kann ich mich nun wirklich nicht mehr erinnern.« Ich weiß zwar noch, daß mich Omi seinerzeit überallhin mitgeschleppt hatte und ich mindestens ein halbes Dutzend Mal auf den dicken Filzpantoffeln durch Schloß Sanssouci gerutscht war – ein Vergnügen, das diese gräßlichen Besichtigungstouren wenigstens ein bißchen erträglicher gemacht hatte –, doch der Spreewald, so ich denn dort gewesen sein sollte, muß wohl keinen nachhaltigeren Eindruck bei mir hinterlassen haben. Trotzdem hatte ich Nicki einen Besuch dieser in Deutschland einmaligen Landschaft zugesichert.

»Du irrst dich, mein liebes Kind«, sagte ich mit der lässigen Überheblichkeit, die wir Frauen so gerne an den Tag legen, wenn wir uns absolut im Recht fühlen, »Eberswalde ist erst in der kommenden Woche dran. Du mußt die Zettel vertauscht haben.«

»Ich habe überhaupt nichts vertauscht«, wehrte sie sich sofort, »es sind doch immer bloß zwei Blätter gewesen.«

Das allerdings stimmte. »Gib den ganzen Krempel mal her!« Es hatte sich schon eine Menge Papierkram angesammelt, den ich einfach in eine Plastikhülle gestopft hatte mit dem Vorsatz, ihn zu Hause auseinanderzusortieren. Meine Steuerberaterin hat mich nämlich schon recht gut im Griff. Früher hatte ich ihr Quittungen, Benzinrechnungen, Kontoauszüge und was sonst noch alles für das Finanzamt interessant sein könnte, auf den Schreibtisch gekippt und sie gebeten, sich das für sie Brauchbare selbst herauszusuchen. Anfangs hatte sie das sogar getan. Immerhin war ich ihre erste Klientin, die das später zu zahlende Honorar als Buchautorin verdiente, folglich in die Rubrik *Künstler* eingestuft wurde und eine gewisse Narrenfreiheit genoß. Das änderte sich allerdings sehr schnell, als wir uns nicht mehr nur über Gewinnermittlung und Vorsteuerabzug unterhielten, sondern auch über Teenagerliebe und daraus resultierende Versetzungsgefährdung. Frau Grießbach hatte zwei Söhne und alles das noch vor sich, was bereits seit etlichen Jahren hinter mir lag. Jedenfalls kam sie wohl im Laufe unserer Gespräche zu dem Schluß, daß ich trotz meines »Künstlerstatus«, offenbar ein ganz normaler Mensch mit einer normalen Intelligenz bin, dem man gewisse Auflagen in bezug auf Ordnung durchaus zumuten kann. Fortan verweigerte sie die Annahme meiner Schuhkarton-Buchhaltung, was zur Folge hatte, daß ich spätestens in der ersten Novemberwoche eines jeden Jahres auf dem Fußboden meines Zimmers inmitten eines Papierchaos sitze und versuche, zur Lesereise A die passenden Quittungen zu finden. Die sind natürlich nicht da, aber dafür entdecke ich zwei Hotelrechnungen, die ich mir nicht erklären kann, weil ich nicht mehr weiß, was ich im April auf der Schwäbischen Alb machte. Im Terminkalender steht auch nichts. Also lege ich die Rechnungen vorerst zur Seite, und wenn mir endlich eingefallen ist, daß ich ja in dieses kleine Kurstädtchen zu einem Kongreß gefahren war, dann sind die Quittungen schon wieder in dem ganzen Papierwust verschwunden, und das Spiel geht von vorne los.

Es muß wohl Katja gewesen sein, auf deren Schreibtisch es jahrelang so ähnlich ausgesehen hatte wie bei mir auf dem Fußboden, denn sie machte mich mit den Plastikhüllen bekannt. Die sind nur oben offen und haben an der Seite zwei Löcher, damit man sie abheften kann. Da sie erfreulicherweise auch durchsichtig sind, kann man schon von außen erkennen, was man mal reingesteckt hat. Man braucht sie also nicht mehr auszukippen. Trotzdem dauerte es noch eine ganze Weile, bis mich Katja von der Notwendigkeit überzeugt hatte, immer eine ausreichende Menge dieser Hüllen im Auto zu haben. Wenn ich mir nun auch noch angewöhnen könnte, für jede »dienstliche« Fahrt eine neue Hülle zu verwenden, wäre diese Methode des Vorsortierens sicher äußerst hilfreich. Andererseits bin ich ein sparsamer Mensch, dem es widerstrebt, für nur zwei klitzekleine Zettelchen eine ganze Tüte zu verschwenden. Da ist doch noch so viel Platz ...

Auf dieser Reise hatte aber Steffi die provisorische Buchhaltung übernommen, und sie behauptete weiterhin steif und fest, außer diesen beiden Schreibmaschinenblättern keine weiteren Unterlagen zu haben. »Hier steht ganz klar und deutlich: Am 18. 5., 15.00 Uhr, eine Veranstaltung in Eberswalde.«

»Und welchen haben wir heute?«

»Den Fünfzehnt ...« Sie stutzte, dann sah sie mich völlig entgeistert an. »Heißt das, wir haben morgen frei? Und können tun, was wir wollen?«

Mir kam das auch etwas seltsam vor, denn soweit ich mich erinnerte, hatte ich bis einschließlich Freitag einen vollen Terminplan gehabt. Andererseits hatte ich die späteren Änderungen nicht allzu gründlich studiert, und auf das Datum hatte ich sowieso nicht geachtet.

»Warum haben wir nicht vorher nachgeguckt«, jammerte Steffi, »jetzt haben wir natürlich unsere Klamotten nicht dabei. Aber wenn wir uns beeilen, können wir in einer Stunde auf der Autobahn und spätestens um sieben in Berlin sein.«

Dieser Gedanke war mir auch sofort durch den Kopf gegangen, doch meine Euphorie verflog gleich wieder. »Das geht nicht, Steffi, wo sollen wir denn übernachten? Dagi erwartet uns erst morgen zurück, Irene ist nicht da, und nur, um ein paar Stunden eher in Berlin zu sein, bezahle ich bestimmt kein Hotelzimmer. Wir fahren morgen gleich nach dem Frühstück los, bummeln ein bißchen durch die Stadt, gehen irgendwo essen, und nachmittags treffen wir uns, wie vereinbart, bei Dagmar.«

»Bummeln könnten wir auch heute abend schon«, maulte sie enttäuscht. »Wollen wir nicht mal anrufen? Vielleicht ist Dagi ja zu Hause.«

Natürlich war sie nicht daheim, aber damit hatte ich auch nicht gerechnet. Wahrscheinlich saß sie in Nikolassee und wartete, daß der dritte Durchlauf der Spülmaschine endlich fertig war. Victor kauft zwar alle zwei Jahre einen neuen Computer, weil der vorherige seinen Ansprüchen nicht mehr genügt, doch die Handhabung der Spülmaschine stellt ihn vor unlösbare Probleme. Seine erste hatte er nach zwei Monaten reklamiert, angeblich würde sie nicht ordentlich arbeiten. Ein Abgesandter des Kundendienstes kam, überprüfte das Gerät, präsentierte dem Besitzer die vorher eingefetteten und nunmehr tadellos gespülten Teller, nahm dankend das Trinkgeld in Empfang und zog wieder ab. Drei Wochen später wurde Dagi beauftragt, die Maschine zurückzugeben und statt dessen ein anderes Modell zu ordern. Was Victor mit überhöhter Lautstärke versucht und selten schafft, gelingt Dagi mit Charme und Augenaufschlag meistens mühelos. Schon am nächsten Tag stand eine neue und um etliches teurere Maschine in der Küche. Doch auch dieses Luxusmodell weigerte sich nach relativ kurzer Zeit, die Gläser vorschriftsmäßig klar und die Teller einwandfrei glänzend zu spülen, und weil Dagi es begreiflicherweise ablehnte, auch dieses Gerät wieder zu reklamieren, beschloß sie, der Sache erst mal selber auf den Grund zu gehen. Den hatte sie auch sehr schnell gefunden. Ihre Frage, wo Victor denn das Salz stehen habe, beantwortete er etwas irritiert mit: »Im Gewürzschrank, wo sonst?«

Damit war die Sache klar gewesen. Niemand hatte ihm gesagt, daß so ein Automat außer einem Spülmittel auch Reinigungssalz braucht, und in die Betriebsanleitung hatte er selbstverständlich gar nicht erst hineingeschaut, das hat er nämlich nicht nötig. Mit Technik kennt er sich ja aus!

Einige Zeit später ein erneuter Hilferuf. Die halbe Küche stünde unter Schaum, er quelle pausenlos aus der Maschine, da müsse ein Rohr geplatzt sein, und was denn jetzt wohl zu tun sei. Dagi empfahl als Sofortmaßnahme das Herausziehen des Steckers, worauf Victor gefahrlos mit dem Abtragen des Schaumes beginnen könne – am besten unter Verwendung von Eimer und Kehrschaufel. Und was er denn eigentlich für ein Spülmittel verwendet habe?

»Das in der blauen Packung ist alle gewesen, aber im Besenschrank habe ich noch eine halbvolle Flasche gefunden. Die stand da wohl noch von früher.«

Jetzt hat Victor auch gelernt, daß Geschirrspüler nicht jedes Mittel schlucken, sondern im Gegenteil manches wieder regelrecht auskotzen. Trotzdem ist ihm dieses schaumspeiende, gelegentlich streikende Ungetüm suspekt, und deshalb stapelt er das benutzte Geschirr so lange übereinander, bis Dagi wieder aufkreuzt und sich der Sache annimmt. »Früher ist er bestenfalls vier Tage ausgekommen«, hatte sie mal erwähnt, »doch seitdem er das ganze Porzellan von seiner Mutter geerbt hat, kann er sich auch nach zwei Wochen noch saubere Teller aus dem Schrank nehmen, und ich sitze dann den ganzen Nachmittag in der Küche und jage einen Spülgang nach dem anderen durch die dämliche Maschine.«

Steffi fand sich also notgedrungen damit ab, ein weiteres Mal bei einem Froschkonzert einschlafen zu müssen, und als wir uns am nächsten Morgen verabschiedeten, taten wir es mit der Zusage, uns ganz bestimmt wieder zu melden. Steffi versprach unserem kleinen Grillmeister, ihm ihre ganzen alten Puzzles zu schicken, was sie auch wirklich getan hat, und wenn der geplante private Besuch bisher auch immer wieder aufgeschoben worden ist, so schreiben wir uns wenigstens einmal im Jahr einen ausführlichen Brief. Deshalb weiß ich auch, daß die Ferienwohnung inzwischen sogar noch eine kleine Küche bekommen hat und sich die Gäste im Löwenzwinger immer sehr wohl fühlen. Manche kommen sogar jedes Jahr wieder. Verständlich, denn uns hatte es ja auch großartig gefallen.

Fahrerwechsel

»Guck mal, Määm, gleich hängen wir in einem richtig schönen Stau! Die Zivilisation hat uns wieder.«

Es mag Auffassungssache sein, ob man in einem Verkehrsstau den Inbegriff der Zivilisation sehen will, aber auch ich fand es keineswegs frustrierend, im Schneckentempo von Ampel zu Ampel kriechen zu müssen. So hatte ich doch Gelegenheit, mich über die bunten Reklameschilder zu freuen, über den Trubel und über die vielen Menschen, die die Straßen bevölkerten. Wir waren wieder in Berlin! In Westberlin!

Schon lange vor dem Fall der Mauer war ich häufiger in Ostdeutschland gewesen, allerdings immer nur bei Freunden in Erfurt, und dort ist mir die Tristesse von Ossiland nie so recht zu Bewußtsein gekommen. Genau wie Berlin, Dresden und Weimar gehörte auch Erfurt zu den Touristenzielen und genoß Privilegien, die es für andere Städte nicht gegeben hatte. Die Häuser in den Fußgängerzonen hatten nie so heruntergekommen ausgesehen wie die anderen, für sie muß wohl immer genügend Farbe dagewesen sein, Cafés und Restaurants hatten sich speziell im Sommer, wenn man draußen sitzen konnte, kaum von den hiesigen Gaststätten unterschieden, und auch die Geschäfte waren meistens besser bestückt gewesen als üblich. Trotz aller Unzulänglichkeiten haben diese Städte *gelebt*, während ich woanders immer das Gefühl gehabt hatte, sie würden lediglich *existieren*.

Mit Sicherheit ist dieser Eindruck falsch gewesen. Trotzdem kam es mir beim Anblick des quirligen Betriebs rund um die Gedächtniskirche vor, als sei ich nicht vier Tage, sondern mindestens vier Wochen lang durch das graue Einerlei der ostdeutschen Provinz gefahren. Ein bißchen hatte mich die ganze Atmosphäre an die Zeit unmittelbar nach dem Krieg erinnert, als die Menschen fast alle mit stumpfen, grauen Gesichtern herumgelaufen waren. Sie hatten damals auch nicht gewußt, wie es weitergehen würde, sie hatten nur hoffen können.

Steffi schien ähnliche Empfindungen zu haben. Sie trällerte etwas vor sich hin, das man mit viel gutem Willen als »Pretty Woman« identifizieren konnte (wir können ja alle nicht singen!), und schimpfte nicht mal, als ihr ein dicker Daimler die Vorfahrt nahm. »Meinetwegen brauchen wir nicht großartig essen zu gehen«, sagte sie plötzlich, »mir genügt 'ne Frittenbude.«

Diese ungewohnte Bescheidenheit überraschte mich denn doch, aber die Begründung kam sofort: »Ich dachte mir, daß wir vielleicht heute abend alle zusammen …«

»Heute abend« bedeutete mindestens fünf Personen, denn selbstverständlich würde auch Dagi mitkommen, was den Schluß nahelegte, daß dann Victor ebenfalls mit von der Partie sein würde. Also sechs! Dagis Stammkneipe war zwar recht gemütlich, Wirsingkohl leider nicht jedermanns Sache, und ob das Finanzamt die Rechnung als Reisespesen anerkennen würde, blieb auch noch dahingestellt …

Steffi schien zu ahnen, was sich in meinem Kopf abspielte. »Nu' gib dir mal einen seelischen Ruck! Immerhin sparst du doch die Hotelkosten für uns alle.«

Damit hatte sie wiederum recht. Schließlich hatte uns Dagi für die kommenden zwei Nächte ihre ganze Wohnung zur Verfügung gestellt, während sie selbst in Nikolassee schlafen würde; das sollte man ja auch honorieren. »Also gut, wir gehen essen, und ich lade euch alle ein. Fragt sich nur noch, wohin.«

Selbst darauf wußte Steffi sofort eine Antwort. »Du hast doch immer von diesem japanischen Restaurant im Europa-Center geschwärmt! Können wir da nicht hingehen?«

Jetzt war sie total übergeschnappt! Es stimmte, daß ich dort mal ausgezeichnet gegessen hatte, doch das lag mindestens acht Jahre zurück, und außerdem hatte der Verlag die Freßorgie bezahlt als Belohnung für zwei Tage »Öffentlichkeitsarbeit«, worunter ein total verpatztes Rundfunkinterview zu verstehen ist und drei Signierstunden, die auch nicht gerade das gehalten hatten, was ihre Initiatoren sich erwartet hatten. Gegen Straßenbauarbeiten vor der Ladentür, kombiniert mit einem zünftigen Landregen, ist auch der rührigste Buchhändler machtlos.

Nach Ansicht der meisten Verleger lassen sich frustrierte Autoren am besten dadurch besänftigen, daß man sie erst mal abfüttert. Ich kann mich zwar erinnern, daß ich seinerzeit weder frustriert noch besonders hungrig gewesen war, doch die als Babysitter abkommandierte Begleitmannschaft hatte auf einem angemessenen Ambiente bestanden und mich ins »Daitokai« eskortiert. Daß es ein recht amüsanter Abend geworden war, habe ich schon irgendwann mal erzählt, doch wie teuer er gewesen ist, weiß ich nicht, denn es brauchte mich nicht zu interessieren. *Ich* mußte ja nicht die Scheine aus der Tasche ziehen!

Eingedenk der Tatsache, daß es schon damals wahrscheinlich eine ganze Menge gewesen waren, appellierte ich an Steffis Vernunft. »Geht's nicht eventuell etwas billiger?«

»Sei nicht so geizig, Mami«, schmeichelte sie. »Wann kommen wir Landeier schon mal in die große weite Welt? Bei uns gibt es doch so etwas Exotisches nicht.«

Wer hat behauptet, daß Töchter nur ihre Väter um den Finger wickeln könnten? Unsere schaffen es auch bei mir! »Also gut, essen wir eben die Vier Jahreszeiten oder das Menü Blaue Lagune oder die Fische aus dem Teich der Freuden ... Japanische Speisekarten sind immer sehr blumenreich, man weiß bloß nie, was sich dahinter versteckt.«

»Wir machen es einfach wie beim Chinesen. Jeder bestellt etwas anderes, und dann futtern wir uns quer durch.«

Bisher waren wir etwas ziellos herumgefahren in der Hoffnung, irgendwo eine Parklücke zu entdecken, doch nun steuerte Steffi ein unterirdisches Parkhaus an. Es war übrigens erstaunlich leer. Aus gutem Grund, wie sich später herausstellte, denn welcher Trottel zahlt schon zehn Mark pro angefangener Stunde? Außer mir natürlich.

»Jetzt reservieren wir erst mal einen Tisch für heute abend«, bestimmte Steffi, meine stille Hoffnung begrabend, es würde sich doch noch eine preiswertere Futterquelle finden lassen.

Der deutsche Oberkellner musterte uns von Kopf bis Fuß, ehe er sich dann doch bequemte, seinen Reservierungsplan zu holen. Offenbar war es unüblich, daß man selber auf der Matte stand, statt anzurufen oder ein Fax zu schicken. Sechs Personen? Hm, etwas schwierig, wird sich jedoch machen lassen, allerdings erst zur zweiten Schicht.

»Was habe ich darunter zu verstehen?«

Er sah mich an, als hätte ich ihn gefragt, wo Tokio liegt. »Wenn Sie gegen 21 Uhr kommen, wird der Tisch wieder frei sein.«

»Das habe ich ja noch nie gehört«, wunderte sich meine Tochter, als wir wieder draußen standen. »Du vielleicht?«

»Ja. Im Speisewagen von der Bundesbahn!«

Vier Stunden später war ich fußlahm. Wir hatten so ziemlich alle Boutiquen im Umkreis von zwei Kilometern inspiziert, das KDW durchwandert und uns, wie üblich, hoffnungslos darin verlaufen, hatten ungefähr vierzehn Paar Schuhe anprobiert und dann doch keine gekauft, hatten meine Bluse mit Eis bekleckert, eine Ansichtskarte an Irene geschrieben und bei jeder Telefonzelle versucht, Dagi anzurufen. Schließlich mußte ich mich damit abfinden, daß sie wohl nicht zu Hause war. »Wer wen mißverstanden hat, weiß ich nicht, doch jetzt bleibt uns nichts anderes übrig, als schleunigst nach Schöneberg zu fahren und Wache zu schieben. Wenn Nicki und Thomas nicht schon da sind, können sie jede Minute einreiten. Vielleicht sitzen sie bereits vor der Haustür.«

»Glaube ich nicht«, winkte Steffi sofort ab, »die müssen ja auch erst mal die Straße finden.«

Hätte ich nicht automatisch auf die Klingel gedrückt, obwohl das bei einer leeren Wohnung eigentlich sinnlos ist, dann wären wir wahrscheinlich auf den Treppenstufen hockengeblieben und hätten gewartet. So aber öffnete sich sofort die Tür. »Ich wollte gerade den Mülleimer runterbringen«, sagte Dagi, ihn gleich wieder abstellend, »aber nun habe ich einen triftigen Grund, das erst mal zu verschieben. Und so richtig voll ist er ja noch gar nicht.«

»Gib her, das kann ich doch machen.« Steffi bückte sich, doch Dagi beförderte den Eimer mit einem Fußtritt in die Ecke. »Eben nicht! Da sind nämlich drei verschiedene Abteilungen drin, alle rausnehmbar, und für jede braucht man eine andere Tonne. Wehe, wenn da was verwechselt wird! Unser Hausmeister hat einen Lehrgang in Müllologie mitgemacht, glaube ich wenigstens, denn um das Unkraut im Vorgarten kümmert er sich nicht mehr, aber er kann dir genau sagen, wer vorgestern den Joghurtbecher in den falschen Container geschmissen hat.« Sie zog uns in die Wohnung und schloß die Tür. Plötzlich kicherte sie. »Wenn das Emmchen noch erlebt hätte ...!«

»Was erlebt?«

»Daß man seine Brille aufsetzen muß, um eine Heringsdose in den Mülleimer zu werfen.«

»Verstehe ich nicht«, sagte Steffi.

»*Noch* nicht! Du kannst ja noch mit bloßem Auge erkennen, was unten drunter steht, und ob die leere Quarkpackung nun zu PP, PE oder PS gehört. Was haben übrigens Autos mit Müll zu tun? PS heißt doch Pferdestärke?«

Bald saßen wir auf dem Balkon, tranken Kaffee, gabelten Erdbeertorte und erstatteten Bericht. Im Gegensatz zu uns, die wir zum erstenmal mit den neuen Bundesländern konfrontiert worden waren, war für Dagi das Gebiet um Berlin herum inzwischen vertrautes Revier. »Ich hab' das ja auch alles nicht gekannt, aber jetzt bin ich schon oft einfach ins Blaue gefahren, allein oder mit Victor, wenn er mal dazu aufgelegt war. Ihr hättet gleich nach der Wende herkommen müssen, da hat alles noch viel trostloser ausgesehen. Jetzt erkennt man doch überall schon Fortschritte!«

»Ja, und wie!« sagte Steffi sofort. »Auf der einen Allee, ich weiß nicht mehr, wie die hieß, haben sie von den herrlichen Bäumen die ganzen Kronen gekappt.«

Dagi nickte. »Ich weiß. Aber mit jedem gefällten Baum verringert sich auch die Waldbrandgefahr«, meinte sie trocken. »Will noch jemand Kaffee?«

Nach nur gut sieben Stunden Fahrzeit (angeblich!) trudelte die Ablösung ein. Übrigens war sie zu dritt. Horst Hermann war auch mitgekommen. Also noch einer mehr beim Japaner! Oder vielleicht doch nur sechs? Victors Zusage fehlte noch.

»Laß den bloß zu Hause!« hatte Dagi empfohlen, nachdem ich ihr unser Abendprogramm unterbreitet hatte. »Der nervt seit heute morgen! Was glaubst du wohl, weshalb ich nicht ans Telefon gehe?«

»Ehekrach?«

»Nee, Eifersucht! Er bildet sich doch ein, daß ich mit euch heute um die Häuser ziehe! In dem Glauben habe ich ihn ja auch gelassen, und jetzt will er dauernd kontrollieren, ob ich noch da bin.« Sie bleckte die Zähne. »Der ist wie 'ne Milchflasche! Läßt man ihn mal stehen, wird er sauer!«

»Eben! Weshalb soll er denn nachher nicht mitkommen? Soll ich ihn mal anrufen?«

»Nicht nötig. Wenn es gleich wieder klingelt, gehst *du* einfach ran.«

Victor raspelte Süßholz. Am Telefon kann er das am besten, weil ihm sein Opfer nicht direkt gegenübersteht. Mein letztes Buch habe ihm hervorragend gefallen, sagte er, es sei ganz große Klasse. Dabei weiß ich genau, daß er noch nie eins von mir aufgeschlagen hat, sich höchstens von Dagi davon erzählen und ein paar Passagen daraus vorlesen läßt. Daß ich Bücher schreibe, findet er nicht sonderlich bemerkenswert, doch daß ich damit Geld verdiene, imponiert ihm. Letztendlich bin ich eine Frau, wäre ohne Mann also gar nicht überlebensfähig, und es beunruhigt ihn immer wieder, daß seine Vorstellung von einer Ehefrau und Mutter auf mich so gar nicht zutrifft. Daß sie auch zu Dagmar nicht paßt, scheint er nicht wahrhaben zu wollen.

Victor ist ein Macho par excellence, aber ich mag ihn trotzdem. Oder gerade deshalb, denn diese Spezies stirbt allmählich aus, und Prachtexemplare wie er haben in unseren Breitengraden wirklich schon Seltenheitswert.

Meine Einladung für den Abend lehnte er erst einmal ab. Nicht etwa deshalb, weil er sich von einer Frau nicht das Essen bezahlen läßt, sondern weil ich – und vor allem Dagi – auf die Idee kommen könnten, er habe nichts Besseres zu tun. »Vielen Dank, doch das geht auf keinen Fall. Ich stecke bis über beide Ohren in Arbeit.«

Verständlich. Er ist nicht umsonst Unternehmer geworden. Nun darf er freiwillig sechzehn Stunden pro Tag arbeiten, weil er nicht mehr länger acht Stunden täglich für einen anderen hatte arbeiten wollen. »Ich hätte wenigstens eine etwas originellere Ausrede erwartet.«

»Das ist keine Ausrede, das ist eine Tatsache«, protestierte er.

»Als Tatsachen bezeichnen wir Dinge, denen wir nicht mehr weiter auf den Grund gehen wollen. Aber eins kannst du mir trotzdem verraten: Ist sie blond?«

»Hältst du mich für so phantasielos?« kam es sofort zurück. »Was soll ich denn mit zwei Blondinen?«

Richtig, Dagi ist ja auch eine. »Na gut, dann amüsiere du dich mit der Brünetten, und ich werde versuchen, deine Blondine den lüsternen Blicken unserer männlichen Begleiter möglichst fernzuhalten.«

Jetzt wurde er hellhörig. »Ich denke, da ist nur der Freund von deiner Tochter mitgekommen.«

»Der Freund hat aber noch einen Freund mitgebracht.« Thomas und Horst Hermann als Freunde zu bezeichnen war blanker Hohn. Wenn man die zwei in ein Becken mit einem Hai steckt, kriegt der Hai eine Identitätskrise! Davon mal ganz abgesehen, hatten die beiden Männer ihre Gastgeberin zwar artig begrüßt, sich dann aber nicht weiter um sie gekümmert.

»Wo wollt ihr überhaupt essen gehen?« fragte Victor scheinbar nebenbei. »Du kennst dich doch hier gar nicht mehr aus.«

»Ins Daitokai.«

»Das ist doch 'ne typische Touristenfalle«, meinte er abfällig, »Berliner gehen da gar nicht hin.«

»Warst du denn schon mal dort?«

»Natürlich nicht.«

»Siehste, aber ich! Und ich kann mich erinnern, eine ganze Menge Berliner gesehen zu haben. Mich eingeschlossen. Aber du mußt ja nicht mitkommen! Ist vielleicht auch besser; hinterher wollen wir noch ein bißchen bummeln gehen, und über so was bist du sicher auch erhaben. Das machen nur Touries. Solltest du es dir aber doch noch anders überlegen, dann sei wenigstens pünktlich. Der Tisch ist für neun Uhr reserviert.«

»Das ist sowieso viel zu spät«, hörte ich ihn noch räsonieren, bevor ich den Hörer auflegte.

»Und ob der kommt!« sagte Dagi nur.

Sie behielt recht. Wir bekamen gerade die obligatorischen

großen Lätzchen umgebunden, als Victor auch schon das Bonsai-Gärtchen durchschritt, die kleine Brücke überquerte und sich suchend umsah. Er hatte uns sofort entdeckt und kam mit großen Schritten näher. »Guten Abend.«

Nun erfordert es die Etikette, daß man zur Begrüßung aufsteht. Zumindest die Herren sollten das tun, und unsere beiden gaben sich auch redliche Mühe, der Höflichkeit zu genügen, nur ist das in einem japanischen Restaurant nicht so ganz einfach. In der Regel sitzt man auf fest installierten Bänken, der Tisch ist ebenfalls angeschraubt, und wer einmal Platz genommen hat, sollte nach Möglichkeit nicht mehr aufstehen müssen. Tut man es doch, steht man mit eingeknickten Knien und devot vorgebeugtem Oberkörper da. Den Japanern scheint das nichts auszumachen, sie begrüßen sich immer so. Europäer erwecken in dieser Haltung einen leicht debilen Eindruck. Victor war entschieden im Vorteil, er stand aufrecht und konnte seine volle Länge von 1,78 m entfalten.

Nur einen kurzen Blick hatte Dagi auf ihren Lebensabschnittsbegleiter geworfen, als sie sich zu mir herüberneigte. »Sieht er nicht schon wieder aus, als sei er gerade aus dem Bett gestiegen?«

»Leinen knittert edel«, zitierte ich den Slogan bundesdeutscher Textilhersteller, der mich trotz – oder gerade wegen! – zweier eigener Leinenblazer nie überzeugt hat. Auch Victors heller Anzug schrie förmlich nach einem Bügeleisen, das Oberhemd hätte zwei Nuancen dunkler sein müssen, und die Krawatte paßte schon überhaupt nicht, doch was er anhatte, war nicht billig gewesen, und folglich mußte es Dagi besorgt haben. »Für sich selber gibt er nie Geld aus«, hatte sie mir mal erzählt, »für offizielle Anlässe hat er seinen Smoking, und sonst ist es ihm völlig Wurscht, wie er herumläuft. Wenn er einen Hundertmarkschein wechselt, hat er bereits Angst, demnächst unterhalb der Armutsgrenze leben zu müssen. Dabei könnte er sich schon morgen zur Ruhe setzen und seinen Hobbies frönen.«

»Hat er denn welche?«

»Ja. Langbeinige Stewardessen.«

Nachdem er seine vermeintlichen Rivalen um Dagis Gunst in Augenschein genommen und als ungefährlich eingestuft hatte, wurde Victor zusehends umgänglicher. Er stellte für Horst Hermann und Thomas eine »Berlinanfänger-Besichtigungstour« zusammen, die auch so wichtige Stationen wie Transvestiten-Show und Billard International enthielt, empfahl Havelrundfahrt und Alexanderplatz, wußte, wo man preiswert und trotzdem gut essen kann … Das Jungvolk hörte ihm aufmerksam zu, und Victor genoß es. Schließlich war er es sogar, der sich unternehmungslustig erkundigte, was man denn mit dem angebrochenen Abend noch machen könnte. Da war es kurz vor Mitternacht.

»Gar nichts«, sagte ich sofort. »Jedenfalls, was mich betrifft. Alte Leute gehören um diese Zeit ins Bett.«

Der erhoffte Protest blieb natürlich nicht aus, aber ich war tatsächlich müde und hatte nicht die geringste Lust, in einem Stripteaseschuppen zu landen. Nach Ansicht von Großstadtbewohnern sind Besucher aus der Provinz für diese Art von Vergnügungen immer zu haben. Man braucht sich ja nur das Programm der offiziellen Omnibusrundfahrt *Berlin bei Nacht* anzusehen. Und was das Schlimmste ist: Diese Tittentouren sind meistens ausgebucht!

Zum Glück ließ sich Victor überzeugen, daß ein kühles Bier in einer zünftigen Kneipe jedem Cocktail vorzuziehen sei. Er kannte auch die richtige, und dann wurde es doch zwei Uhr, ehe wir uns auf den Weg zu unseren verschiedenen Nachtquartieren machten.

»Ich habe alles rausgelegt, was ich an Decken und Kissen gefunden habe«, sagte Dagi, »sogar eine alte Luftmatratze. Irgendwie werdet ihr schon klarkommen. Und zum Frühstück treffen wir uns, wie abgemacht, am Winterfeldplatz. Ist halb zehn zu früh?«

»Zu spät!« behauptete Nicki. »Wir haben doch morgen so viel vor!«

»Also gut, sagen wir neun Uhr, einverstanden?«

»Viel zu früh«, murmelte ich, aber das hatte sowieso niemand gehört. Woher hatte Dagmar bloß diese Energie? Sooo viel jünger als ich war sie ja nun auch wieder nicht!

Frühstückscafés gibt es inzwischen in den meisten Städten, aber garantiert nicht so viele wie in Berlin. Und die meisten davon müssen in Schöneberg liegen. Daß man an jeder dritten Ecke eine Kneipe findet, war mir schon in der vergangenen Woche aufgefallen, daß man in den meisten außer Bier und Bockwurst auch ein komplettes Frühstück bekommen kann, merkten wir erst, als wir uns auf die Suche nach dem von Dagmar favorisierten »Café schräg gegenüber vom Markt« machten. Der Marktplatz war nämlich riesig, hatte vier Ecken, an jeder gab es ein Lokal und in der Mitte auch noch zwei. »Schräg gegenüber« konnte jedes sein, es kam nur darauf an, ob man die ganze Sache vom Käsestand aus betrachtete oder von Brokkoli und grünen Bohnen.

»Weißt du denn wirklich nicht, wie das Lokal heißt?« fragte Nicki zum nunmehr sechsten Mal, denn sie hatte Hunger, und die verlockenden Düfte nach frischen Backwaren wirkten nicht gerade besänftigend.

»Nein, ich weiß es wirklich nicht«, antwortete ich zum ebenfalls sechsten Mal, was ihre Laune keineswegs verbesserte.

»Dann bleibt uns wohl nichts anderes übrig, als die ganzen Schuppen der Reihe nach abzuklappern«, entschied Horst Hermann. »Irgendwo wird Dagmar ja sitzen.«

Er kannte sie zuwenig, sonst hätte er gewußt, daß Pünktlichkeit nicht zu ihren hervorstechendsten Eigenschaften gehört, und die Vermutung, sie würde bereits auf uns warten, völlig illusorisch war. »Am besten nimmt sich jeder von uns ein Lokal vor, und wenn sie nicht drin ist, muß er davor Posten beziehen.«

»Wie sollen wir uns denn verständigen? Durch Rauchzeichen?« Die Ironie in Nicoles Stimme war nicht zu überhören. Sie mußte jedoch zugeben, daß mein Vorschlag einleuchtend klang. Wir verteilten uns, und schon zehn Minuten später erlöste mich Steffi von den Büstenhaltern. Es war die einzige Marktbude gewesen, die ich zusammen mit dem mir zugeteilten Bistro im Auge behalten konnte.

Das richtige Café war es angeblich nicht, in dem wir endlich zusammentrafen, aber das war überfüllt gewesen, und dieses hier sollte auch ganz gut sein, behauptete Dagi. Sie beharrte weiterhin darauf, gestern die grünweiße Markise erwähnt zu haben, auf die wir achten sollten, doch nun saßen wir unter einer roten, und die andere wäre blauweiß und folglich auch verkehrt gewesen. »Na und?« meinte sie gleichmütig. »Wir haben uns doch auch so gefunden.«

Es ist schon erstaunlich, was Männer zum Frühstück verdrücken können! Das fängt bei Müsli an, setzt sich über Eier, Schinken, Wurst und Käse fort, danach folgt eine Quarkspeise, die notfalls durch Joghurt ersetzt werden kann, ein bißchen Obst wäre auch genehm, und als Abschluß dann etwas Süßes, vielleicht ein Stück Streuselkuchen oder eine Cremeschnitte. »Wolltest du nicht mal wieder eine Vier-Wochen-Diät machen?« Ungläubig sah Steffi zu, wie Horst Hermann zwei Salamischeiben auf seine Brötchenhälfte packte und sie mit Emmentaler Käse dekorierte.

»Mach ich auch«, sagte er kauend, »demnächst. Das Abnehmen muß sich doch lohnen.«

Wir anderen waren schon fast fertig, nur Steffi wartete immer noch auf ihre bestellten Eier, obwohl sie die schon zweimal reklamiert hatte. Als die Kellnerin wieder einmal an unserem Tisch vorbeihuschte, hielt sie sie am Schürzenzipfel fest. Ihre Stimme klang etwas lauter als üblich: »Ich wollte die Eier doch bloß gebraten, nicht gebrütet!«

Wenig später waren sie da.

»Was habt ihr denn für Pläne«, erkundigte sich Dagi, »sofern ihr überhaupt welche habt.«

Thomas sah Nicki an, Horst Hermann zuckte die Achseln, Steffi beschäftigte sich mit ihrem Spiegelei – niemand sagte etwas.

»Die werden sich nicht einig«, vermutete ich.

»Dann lassen wir sie eben sitzen.« Sie griff zu ihrer Handtasche, wühlte darin herum und zog schließlich zwei einzelne Schlüssel heraus. Einen bekam Nicki, den anderen Stefanie. »Damit könnt ihr jederzeit in die Wohnung und seid nicht voneinander abhängig. Ich weiß ja nicht, wann ihr morgen die Heimfahrt antreten wollt, aber ich schlage vor, wir frühstücken hier noch mal zusammen. Einverstanden?«

»Natürlich«, sagte Steffi sofort, »und vielen Dank für den Schlüssel.«

»Kommst du mit?« Die Frage galt mir, und da ich nicht die geringste Lust hatte, mit meinen Nachkommen und deren Anhang Berlin zu besichtigen – ich kannte es ja schon –, stand ich sofort auf. »Wohin denn?« Dabei war mir das völlig egal.

»Laß uns erst mal verschwinden«, sagte Dagi, wünschte den etwas ratlos Zurückbleibenden viel Spaß, und dann standen wir auch schon draußen. »Jetzt gehen wir ein bißchen bummeln, und später machen wir uns einen ganz faulen Nachmittag in Nikolassee. Vorigen Monat habe ich neue Gartenliegen gekauft, es wird Zeit, daß die mal eingeweiht werden.«

Das klang gut. Ich sah auf meine Füße, die sich von dem gestrigen »bißchen Bummeln« noch gar nicht richtig erholt hatten, und dann zu Dagi. »Könnten wir mit dem Faulenzen nicht sofort anfangen?«

Frau Schmitt mit Doppel-T

»Da vorne wird's ja schon wieder einspurig! Wenn das so weitergeht, sind wir irgendwann zwischen Mitternacht und Morgen in Eberswalde!« Nicki nahm den Fuß vom Gaspedal und fädelte sich rechts zwischen zwei Lastwagen ein.

Natürlich war ihre Prognose übertrieben, aber die rege Bautätigkeit auf der Autobahn Richtung Osten war wirklich bemerkenswert. Endlich konnte ich selber sehen, was mit meinem Solidaritätsbeitrag geschah: Er wurde in Leitplanken investiert! Auf DDR-Autobahnen hatte es nämlich keine gegeben, zumindest nicht in der Mitte. Da wuchs Gras, mitunter auch Gebüsch, aber dann gab es noch gelegentlich diese asphaltierten Flächen, deren Zweck so lange rätselhaft blieb, bis ein Auto mit ostdeutschem Kennzeichen nach links ausscherte und sich auf der Gegenfahrbahn wieder einordnete. Das war kurz vor Eberswalde, und bis dorthin war die Baukolonne noch nicht vorgedrungen.

»Ist der betrunken, oder was? Hast du das gesehen, Mami? Der hat doch tatsächlich mitten auf der Autobahn gewendet!« Fassungslos hatte Nicki das Manöver im Rückspiegel verfolgt. »Wenn der erwischt worden wäre ... Ich glaube, es gibt nur *ein* Vergehen, das noch mehr Punkte in Flensburg bringt.«

»Und das wäre?«

»Wenn du einen Geisterfahrer überholst!«

Es dauerte ein paar Sekunden bis ich die Pointe kapiert hatte. »Die gibt es hier nicht. Bevor sie zu Geisterfahrern werden, stehen sie auf dem Grünstreifen und anschließend auf der richtigen Fahrbahn.«

»Das hat was für sich«, stimmte meine Tochter mir zu, »wird sich aber bei uns bestimmt nicht durchsetzen!«

»Schon wegen der Leitplanken nicht!« fiel mir ein. »Wir haben ja überall welche. Macht man die nicht neuerdings aus recycelten Milchtüten? Soviel ich weiß, kann man den Rohstoff sonst bloß noch zu Parkbänken verarbeiten.«

»Das wäre doch *die* Lösung!« kicherte sie. »Die Leitplanken demontieren, statt dessen Bänke in die Mitte! Dann müssen die Zuschauer bei Verkehrsunfällen nicht mehr die Fahrbahnen blockieren.«

»Diese Vorstellung ist ziemlich makaber!«

»Aber realistisch!« behauptete sie. Wahrscheinlich hatte sie recht.

Eberswalde ist sogar über seine provinziellen Grenzen hinaus bekannt, und zwar wegen des Schiffshebewerks. Normale Schleusen kennt jeder, die haben fast alle Kanäle, auf denen Schiffe verkehren, seien es nun Ausflugsdampfer oder Lastkähne. Damit gleicht man Höhenunterschiede aus. Das Schiff fährt in die Schleuse hinein, die wird geschlossen, dann wird Wasser je nach Bedarf rein- oder rausgepumpt, das Schleusentor geht wieder auf, und das Boot kann weiterfahren. Das hatten wir nicht nur in der Schule gelernt, sondern auch in natura an der Havel beobachten müssen, und folglich hatte ich die ganze Sache in vollem Umfang begriffen.

Nicht so ein Schiffshebewerk! Dessen Funktion hat was mit Archimedes zu tun, und der ist mir schon immer suspekt gewesen. Auf alle Fälle ist so ein Hebewerk etwas nicht Alltägliches, angeblich gibt es in Deutschland nur drei davon, aber das von Eberswalde-Finow ist das älteste. Man begegnet ihm auch ständig, und sei es nur in Form von Hinweisschildern.

Die Stadtbibliothek von Eberswalde befindet sich in der Goethestraße. Nomen est omen! Daß ihre Leiterin ausgerechnet Schiller hieß, war Zufall und ihre Berufung nicht etwa einer Marketingstrategie zu verdanken. Ihr Vorname lautete denn auch nicht Friederike, sondern schlicht und einfach Inge. Beigeordnet war ihr eine Frau Schmitt. Schmitt mit Doppel-T. Vorname Edeltraut.

Frau Schmitt war Mitte Zwanzig, leicht übergewichtig, lebhaft, kontaktfreudig, und daß sie während des Erzählens immer wieder in den Berliner Dialekt verfiel, machte sie mir sofort sympathisch. »Ich bin Ihr Kindermädchen«, klärte sie mich gleich nach der Begrüßung auf. »Sie sehen ja nich so aus, als ob Sie eens brauchen, aba ick bin wenigstens ortskundig, und ehe Sie nu mit'n Stadtplan durch de Jejend irren ... Ham Se uns denn jleich jefunden?«

»Gleich nicht, aber bald«, sagte Nicki.

»Ja, gleich nach dem fünften Mal fragen«, ergänzte ich.

»Ebent! Deshalb bringe ick Sie ooch erst mal zu Ihrer Unterkunft. Die liegt so'n bißchen versteckt oben am Wald, aba nur, wenn man den Weg nicht kennt.« Bevor sie sich neben Nicki auf die Beifahrerseite setzte, erkundigte sie sich besorgt: »Sie wissen doch, daß Sie privat wohnen? Hotels ham wir nämlich noch nich.«

Ich erzählte begeistert von Frau Löwe und ihrer Ferienwohnung und dann von der Hotelkaserne in Gramzow. »Ich wohne sowieso lieber privat als in diesen funktionellen, unpersönlichen Bettenburgen.«

»Na, denn wird Frau Schiller aba froh sein. Sie hatte doch richtig Angst, det Ihnen der gewohnte Komfort und det janze Drumherum fehlen wird.«

Bevor ich fragen konnte, was sie mit »Drumherum« meinte, dirigierte sie Nicki in eine steil aufwärts führende Straße. »Die bis kurz vors Ende und denn rechts einbiegen! Aba vorher schalten Sie am besten in den ersten Gang zurück!«

Ein weiser Ratschlag. Kopfsteinpflaster ist ohnehin nicht sehr autofreundlich, Kopfsteinpflaster mit zusätzlichen Schlaglöchern schadet nicht nur Stoßdämpfern, sondern auch Wirbelsäulen. Nur gibt es für letztere keine Ersatzteile. Der miserable Belag dieser relativ kurzen Straße war aber auch das einzige, was an den früheren Materialmangel noch erinnerte, denn die Häuser auf beiden Seiten, ausnahmslos Vorkriegsmodelle, hatten sich schon richtig herausgeputzt. Bei ihnen gab es keine notdürftig geflickten Dächer mehr, keine verfallenen Treppen und schon gar keine abblätternde Farbe. In verschiedenfarbigen Pastelltönen strahlten die Fassaden mit den Vorgartenblumen um die Wette, sogar die Gartenzäune sahen aus, als würden beim Berühren die Finger noch am frischen Anstrich kleben bleiben.

»Da drüben das weiße isses!« Frau Schmitt deutete auf ein Haus mit verschnörkeltem Giebel, mit Erker nach vorne und

Wintergarten an der Seite. »Am besten fahren Sie bis zum Ende der Straße und wenden da. Sonst stehen Sie auf der falschen Seite, und nachher müssen Sie sowieso wieder hierher zurück, da hinten is Einbahnstraße.«

Offenbar hatten wir es mit einer Autofahrerin zu tun. Wenn man sich nämlich in einer fremden Stadt von einem Fußgänger den Weg beschreiben läßt, steht man irgendwann vor einer Einbahnstraße, die natürlich in die entgegengesetzte Richtung führt, oder vor einer Sackgasse, aus der man hinten nur über eine Treppe wieder rauskommt. Nicht umsonst erkundige ich mich am liebsten bei jemandem, der an einer Zapfsäule gerade sein Auto auftankt; vorausgesetzt natürlich, sein Nummernschild weist ihn als Einheimischen aus.

Noch bevor wir unser Gepäck aus dem Kofferraum gehievt hatten, öffnete sich die Haustür, und eine nicht mehr ganz junge Dame eilte die Stufen herab. Erst beim Näherkommen merkte ich, daß sie die Fünfzig auch schon überschritten haben mußte. »Herzlich willkommen!« rief sie schon von weitem. »Lassen Sie die Koffer ruhig stehen, die holt mein Mann gleich herein.«

»Ach wo«, sagte Nicki, »die sind nicht schwer, das schaffen wir schon allein. Vielen Dank.« Frau Flöß griff aber doch mit zu, hob den Rucksack an und – ließ ihn sofort wieder fallen. »Du lieber Himmel, was haben Sie denn da drin? Die Reste der Berliner Mauer?«

»Nein, Bücher«, beeilte sich Nicki zu erklären, »ich muß ein bißchen was tun.«

»Sie büffelt fürs Examen«, ergänzte ich, »zu Hause hat sie dazu offenbar keine Zeit.« Schon heute früh hatte mir meine Tochter eröffnet, daß sie mich selbstverständlich überall hinfahren werde, sich allerdings weigere, an den Lesungen teilzunehmen. »Die Zeit kann ich nun wirklich besser nützen!« Dem konnte ich schlecht widersprechen, und so lagen künftig auf dem Rücksitz neben meinen Büchern auch gelehrte pädagogische Werke. Sie waren nicht nur inhaltsschwerer als meine, sondern vor allem gewichtiger.

Unsere Gastgeberin führte uns in den ersten Stock ihres Hauses und dort in ein großes Zimmer mit zwei bequem aussehenden Betten, einer gemütlichen Sitzecke und sogar einem Waschbecken. »Gleich gegenüber ist das Bad«, sagte sie, »und wenn Sie schnell mal mitkommen, dann zeige ich Ihnen auch das Frühstückszimmer.« Dazu mußten wir eine Treppe tiefer in einen hellen, freundlichen Raum, an den sich eine rundherum verglaste Veranda anschloß. »Wenn Sie arbeiten wollen, dann setzen Sie sich doch hierher«, wandte sie sich an Nicki, »da stört Sie niemand. Sollte es Ihnen zu warm werden, machen Sie einfach die Fenster auf.«

»O ja, gerne!« Ich sah es meiner Tochter an, daß sie am liebsten gleich sitzen geblieben wäre, aber erst einmal hatten wir unseren hausfraulichen Pflichten nachzukommen: Hosen bügeln! Unterwegs trage ich meistens Jeans, doch bei öffentlichen Auftritten unterwerfe ich mich notgedrungen der gängigen Kleiderordnung und ziehe etwas an, das im Familienjargon als »aufgebrezelt« bezeichnet wird, also kompletten Hosenanzug oder sportliche Kombination, selten einen Rock und niemals etwas von dem, was im allgemeinen unter den Sammelbegriff *Für festliche Stunden* fällt. Nun haben Hosen leider einen gravierenden Nachteil, nämlich Bügelfalten. Angeblich schlafen auch heute noch manche männlichen Singles mit ihrer Hose unter der Matratze, obwohl es ja inzwischen eine Menge nützlicher Geräte gibt, die »überall mühelos messerscharfe Bügelfalten« garantieren. Und genau so ein nützliches Gerät hatte mir Steffi vom Mannheimer Maimarkt mitgebracht. Es besteht aus einem Plastikteil in Form eines Schiffchens mit Sonnensegel – nur etwas kleiner! –, und wenn man am Griff herumschiebt, entsteht eine Öffnung, in die man Wasser gießen muß. Dazu kommt noch eine gehäufte Messerpitze voll Salz, ein Artikel, der normalerweise nicht zum üblichen Reisegepäck gehört. Deshalb vergißt man auch, ihn mitzunehmen, und muß ihn später aus der Hotelküche holen oder schlimmstenfalls mal unauffällig im Speisesaal besorgen. Salzstreuer werden gewöhnlich nicht weggeräumt!

Nach Beendigung dieser Vorarbeiten stöpselt man das Minikabel ein und sucht eine Steckdose. Man findet sie meistens neben der Tür. So weit, so gut. Fünf Minuten später hat sich das Wasser erwärmt, so daß aus den Schlitzen am Boden des Geräts Dampf ausströmt. Das Merkwürdige an der ganzen Sache ist lediglich die Tatsache, daß dieser Apparat nicht wie ein normales Bügeleisen benutzt werden kann, sondern nur dann funktioniert, wenn man ihn senkrecht hält. Sonst klappt das mit dem Dampf nämlich nicht. In der Praxis sieht das so aus: Man hat Hose, Jacke, Bluse oder was auch immer eine Auffrischung braucht in der Hand und sucht nun verzweifelt einen Platz, wo man den Bügel nicht nur aufhängen kann, sondern wo auch noch die Zuleitung hinreicht. Der Schrank ist zu weit weg, die Türklinke zu niedrig, der Nagel vom Bild zu kurz, und sonst gibt es nichts mehr, was in Frage käme. Jetzt bleibt nur noch *eine* Möglichkeit: Mit der linken Hand hält man Bügel samt Kleidungsstück, mit der rechten versucht man den Dampf dorthin zu leiten, wo man ihn gern hätte. Genaugenommen bräuchte man noch eine dritte Hand, mit der man Hose, Jacke oder Bluse festhält, denn ein frei in der Luft hängendes Stück Stoff bietet keinen Widerstand.

Meine anfängliche Begeisterung für diese scheinbar so praktische Erfindung hat auch nicht lange angehalten. Endgültig vorbei gewesen ist sie, als ich wieder einmal ein Hotel mit den im Kleiderschrank angeketteten Bügeln erwischte. Wenn jemand Handtücher klaut, kann ich das ja noch begreifen, aber wer läßt schon Kleiderbügel mitgehen?

Auf dieser Reise hatte ich nicht nur eine dritte Hand dabei, sondern sogar noch eine vierte, und deshalb mußte ich mich abends auch nicht in Hosen mit dreifacher Bügelfalte präsentieren. Das tolle Gerät habe ich übrigens Stefanie zurückgeschenkt, doch ich kann mich nicht erinnern, es in letzter Zeit bei ihr mal gesehen zu haben.

Um halb drei holte mich Frau Schmitt ab. Nicki hatte sich schon vorher auf die Veranda verzogen und täuschte Arbeit vor. Als ich mich verabschiedete, saß sie mit angezogenen Beinen in der Hollywoodschaukel, blinzelte in die Sonne und trank Kaffee. »Den hat mir eben Frau Flöß hingestellt«, sagte sie grinsend. »Willst du einen Schluck abhaben?«

»Nein, danke!!!« Und ob ich gewollt hätte! Am liebsten hätte ich mich dazugesetzt, denn was mich in Kürze erwartete, konnte ich mir ganz genau vorstellen. Wer hat schon Lust und vor allem Zeit, sich nachmittags um drei in einen ungemütlichen, kalten Saal zu setzen und sich etwas vorlesen zu lassen? Sogar Frau Schmitt äußerte Bedenken, als wir fünf Minuten vor drei noch immer alleine herumhockten. »Det kann ja ooch nischt werden!«

»Dann sagen Sie mir wenigstens, warum ich überhaupt eingeladen worden bin, wenn sich kein Mensch für eine Lesung interessiert?«

»Es is ja nich so, det keener kommen will, aber wer kann denn jetzt schon? Und denn isses ja auch 'n janz blöder Zeitpunkt. Hier sind in den letzten Wochen viele arbeitslos jeworden, die ham wat anderet im Kopp als Bücher. Kann man ja ooch verstehen, nich wahr?« Wie um Entschuldigung bittend sah sie mich an. »Mir tut's Ihretwegen leid, Sie hätten wat anderet verdient, aba nu isset nich zu ändern. Woll'n Sie denn trotzdem lesen?«

Wider Erwarten hatten sich doch noch einige Zuhörer eingefunden: zwei junge Mädchen, die mich neugierig musterten, eine Oma, deren etwa dreijähriger Enkel durch den Saal fegte und mit einem Trommelschlegel die Stuhllehnen bearbeitete, und schließlich noch ein Mann unbestimmbaren Alters, der aussah, als habe er die Straßenbahn verpaßt. Sollte ich diesem nicht gerade beeindruckenden Auditorium nun wirklich etwas vorlesen??? Ich tat es, allerdings ziemlich lustlos, und so war wohl auch niemand traurig, als ich schon nach einer guten halben Stunde die Dichterlesung für beendet erklärte. Oma hatte dem munteren Knaben zwar den Stock weggenommen, doch wenn man auf Holzstühlen herumkrabbelt und gelegentlich einen umkippt, macht auch das genügend Krach.

»Abends wären es bestimmt 'n paar mehr jewesen«, versuchte Edeltraut (»Sie können ruhig Traute zu mir sagen!«) zu trösten, »aber so am hellerlichten Tach kann eben keener, selbst wenn er will.« Die Frage, weshalb man überhaupt diesen ungünstigen Termin gewählt hatte, konnte sie allerdings auch nicht beantworten. »Det hab ick selber erst jestern erfahren, und da stand's schon inne Zeitung. Sonst hätte ick doch noch meckern können.« Als ich sie vor der Bücherei absetzen wollte, fiel ihr noch etwas ein: »Freuen Sie sich mal auf morgen! Da müssen wir ja nach Joachimsthal. Is zwar ooch nachmittags, aber da jehn wir zu 'nem richtig netten Seniorenverein. Die ham vorhin noch anjerufen, ob Sie denn ooch wirklich kommen. Ick kenne die Leutchen, weil meine Oma dazujehört, und die freuen sich schon mächtig. – Können Sie mich morgen so gegen zwei wieder hier abholen? Oder soll ich lieber raufkommen?«

Ich versicherte ihr, daß ich den Weg zur Bücherei auch allein finden würde, winkte noch mal und machte, daß ich wegkam. Für heute hatte ich restlos genug! Und als mich Nicole später fragte, wie es denn gewesen sei, schwindelte ich mir ein aufgeschlossenes und begeistertes Publikum zusammen, wie ich es auf dieser Tour bisher nur ein einziges Mal erlebt hatte: bei dem Kaffeekränzchen in Gerswalde!

»Geh'n wir heute mal ein bißchen bummeln?« wollte Nicki von mir wissen, nachdem sie Frau Flöß zum dritten Mal bestätigt hatte, daß sie nun wirklich keinen Bissen mehr herunterbringen würde. Schon lange waren wir nicht mehr so verwöhnt worden. Wie viele Eier wir denn haben möchten, ganz frisch seien sie, ob gekocht oder lieber gerührt, die Marmeladen seien alle hausgemacht, der Honig auch, der Bruder sei nämlich Imker, und von der Aufschnittplatte wäre eine fünfköpfige Familie satt geworden. Übrigens schmecken frische Schrippen in der Mark Brandenburg viel besser als unsere aufgeplusterten Wattebrötchen, das muß mal gesagt werden!

Nun weiß ich zwar genau, was Nicole unter bummeln versteht, nämlich erst Schaufenster begucken und dann hinein in die Geschäfte, aber da würde sie in Eberswalde bestimmt nicht auf ihre Kosten kommen. Offenbar gab es nicht mal eine Fußgängerzone, und was nützt das schönste Sommerwetter, wenn man immer wieder den Eindruck hat, die Sonne sei hier fehl am Platz? Gestern abend hatten wir noch einen langen Spaziergang gemacht, hatten in einem oben am Waldrand gelegenen Restaurant hervorragend gegessen und uns dabei gefragt, weshalb solche hübschen, weil renovierten Gaststätten auch zweieinhalb Jahre nach dem Fall der Mauer immer noch zu den Raritäten gehören. Sind die Leitplanken auf der Autobahn wirklich wichtiger als die Lebensqualität der Menschen?

Noch immer waren wir zu keinem Schluß gekommen, was wir mit unserem freien Vormittag anfangen könnten. Es war ja auch mein erster. Ob Frau Flöß vielleicht einen Vorschlag hatte? Sie hatte! Was wir denn von einem Besuch des Tierparks hielten? Der sei gar nicht weit weg, auch nicht sehr groß, jedoch recht hübsch angelegt. »Au ja«, sagte Nicki sofort, »ich weiß gar nicht mehr, wann ich zum letzten Mal im Zoo gewesen bin.«

Also besuchten wir den Tierpark und bereuten hinterher, es getan zu haben. Dackel Otto hat in unserem auch nicht sehr großen Garten hundertmal mehr Auslauf als der Eberswalder Löwe in seinem Drahtkasten, den er mit vier Schritten durchqueren konnte, und dem Geparden gegenüber ging es nicht besser. Seitdem ich einmal in Kenia eine Fotosafari mitgemacht und diese herrlichen Tiere in freier Wildbahn erlebt habe, kann ich sie eingesperrt einfach nicht mehr ertragen. Sie gehören nicht hinter Gitter und schon gar nicht in Käfige.

Dabei ist dieser Tierpark mitten im Wald wirklich hübsch angelegt, er sollte nur keine Großtiere halten. Aber es spazieren ja auch Pfauen mitten durch das Gelände, vorzugsweise in der Nähe vom Imbißstand, rundherum quiekt, raschelt und pfeift es, aber die besondere Attraktion ist der Streichelzoo für die Kinder. Was heißt Kinder? Nicki war sofort drin, schwang sich auf den Zaun und merkte erst ziemlich spät, daß sich eine der vier Ziegen intensiv mit ihrer geflochtenen Umhängetasche beschäftigte. »Wo kriege ich denn jetzt eine neue her?« jammerte sie und begann schimpfend, Geldbeutel, Brieftasche und ihre hunderttausend anderen Kleinigkeiten in meine Handtasche zu stopfen. »So was gibt's doch hier noch gar nicht.«

»Meinst du nicht, daß man die noch mal reparieren kann?«

»Wie denn? Soll ich das Loch vielleicht zuhäkeln?« Sie deutete auf eine hühnereigroße Öffnung, durch die sie als letztes Utensil ein Taschentuch zog. »Was meinst du, ob ich dem gefräßigen Vieh auch noch den Rest hinschmeiße?«

»Bloß nich, denn kriegt et Verstopfung oda Verjiftung!« warnte ein etwa zehnjähriger Knirps, der ein Eichhörnchen auf dem Arm sitzen hatte und abwechselnd das Tier und sich selbst mit Erdnüssen fütterte. »Det Stroh is doch jefärbt, oda etwa nich?«

»Sofern es überhaupt Stroh ist«, wandte Nicki ein. »Die Tasche ist schon so alt, daß ich nicht mal mehr weiß, woher sie eigentlich stammt. Ich habe sie nie benutzt, weil ich sie eigentlich potthäßlich finde.«

»Danke! Die habe ich dir mal aus Frankreich mitgebracht!«

Sie wurde feuerrot. »Entschuldige, so habe ich das gar nicht gemeint. Eigentlich wollte ich sagen, daß ich bloß nie so richtig wußte, wann ich sie hätte nehmen sollen. Ich habe nichts dazu Passendes anzuziehen.«

Natürlich nicht! Wozu hätte man auch eine champagnerfarbene Umhängetasche tragen können? »Thema beendet! Das Problem hat sich von allein gelöst! Aber wenn du glaubst, daß ich jetzt ständig *deine* Sachen in *meiner* Tasche herumschleppe, dann irrst du dich.«

»Mußt du auch nicht«, kam es sofort zurück, »ich brauche sie ja nicht jeden Tag.« Und wenige Minuten später: »Hast du mal ein Tempotuch für mich?«

Nach Currywurst für Nicki und Kaffee nebst Zigarette für mich wurde es langsam Zeit, an den Rückweg und vor allem an den bevorstehenden nächsten Reinfall zu denken. Auf Edeltraud Schmitts Versicherung, mich würden lauter nette ältere Leute erwarten, gab ich nicht viel. Sie hatte geglaubt, mich nach der gestrigen Pleite trösten zu müssen, doch inzwischen hatte ich ja gewisse Erfahrungen mit Seniorenclubs. Ein psychiatrisches Krankenhaus gab es in Joachimsthal aber nicht, das zumindest stand fest. Nicki wollte sogar mitkommen. Nicht zur Lesung, nein, so weit ging die Liebe denn doch nicht, aber nach Joachimsthal. Auf der Karte hatte sie gesehen, daß es in oder an diesem Ort Wasser gibt; in welcher Form, war nicht genau festzustellen, aber ob Teich, Bach oder See ist egal, wo Wasser ist, gibt es Wiesen, und wo Wiesen sind, kann man sich sonnen! Decke, Handtuch und Badeanzug lagen im Kofferraum, nur ihre Notizen hatte Nicki nicht dabei. »Macht nichts«, sagte sie nach einer flüchtigen Kontrolle der Rücksitze, »dann werde ich mich heute mit der geistigen Entwicklung des Kindes nach Piaget befassen. In das Buch habe ich überhaupt noch nicht reingeguckt.«

»Brauchst du auch nicht«, sagte ich sofort, »darüber weiß ich mindestens genauso gut Bescheid wie Herr Piaget! Vor allen Dingen mußt du wissen, daß sich Kinder unterschiedlich langsam entwickeln.«

»Wie meinst du das?«

»Steffi war schon mit zweieinhalb Jahren sauber, du hast noch mit vier gelegentlich in die Hosen gemacht!«

Anscheinend waren die Erfahrungen mit meinem eigenen Nachwuchs doch nicht so ganz das, was sie wissen wollte oder vermutlich wissen *mußte,* jedenfalls drehte sie das Radio an, schob eine Kassette in den Recorder, und damit erübrigte sich sowieso jede Unterhaltung. Gegen die *Prinzen* und ihren »Mann im Mond« hatte ich keine Chance.

Frau Schmitt winkte schon, als wir in die Goethestraße einbogen. Neben ihr stand ein Korb. »Für Oma«, sagte sie, »Winteräpfel aus unserem Garten. Garantiert naturbelassen. Papa spritzt nicht. Wollen Sie einen?« Na, und ob! Ein bißchen verschrumpelt sah er ja aus, gar nicht so schön glattpoliert, wie sie in unseren Supermärkten ausliegen, aber ein Aroma hatte er … Als wir in Joachimsthal ankamen, kaute ich gerade am dritten.

»Wenn Sie noch'n Stückchen gradeaus fahr'n, seh'n Sie links schon die Badestelle«, erklärte Frau Schmitt, nachdem uns Nicki vor einem langgestreckten Flachbau ausgeladen hatte. Nur ein Feldweg und ein breiter Grünstreifen trennten uns von dem Flüßchen, das leise glucksend vor sich hinplätscherte.

»Wann soll ich euch denn wieder abholen?«

Ich sah Frau Schmitt fragend an. »Na, so ungefähr in anderthalb Stunden«, meinte sie, und als sie mein skeptisches Gesicht sah: »Noch früher kommen Sie nich weg! Ick hab schon mal durch det Fenster jelinst, die Bude ist rammelvoll!«

Von außen machte die »Bude« nicht viel her, doch innen sah sie recht gemütlich aus. Das merkte ich aber erst, nachdem die stürmische Begrüßung vorbei war und die drei Dutzend

Anwesenden sich wieder hingesetzt hatten – rund um eine bereits liebevoll gedeckte Tafel. »Kuchen gibt's erst nach der Arbeit, aber eine Tasse Kaffee können Sie schon bekommen«, sagte eine Dame in Spitzenkleid mit hochgeschlossenem Kragen. Nicht zuletzt auch wegen ihrer altmodisch hochgetürmten Frisur erinnerte sie mich sofort an die damalige Vorsitzende von Omis Königin-Luise-Bund. Deren Mitglieder hatten auch immer so gediegen ausgesehen, und meine Mutter, die für diese Kaffeekränzchen nie etwas übrig gehabt hatte, pflegte die monatlichen Zusammenkünfte insgeheim als »Geisterstunde der Damen à la Potsdam« zu bezeichnen. Nicht ganz unberechtigt, die älteste Teilnehmerin war immerhin schon über neunzig gewesen.

So alt war keine der hier Anwesenden, einige schienen sogar viel zu jung für eine Mitgliedschaft im Seniorenclub, doch wie ich später erfuhr, konnte zu dieser Veranstaltung jeder kommen, der wollte. Angeblich hatten noch viel mehr gewollt, nur hätte man dann wegen Platzmangel auf den geplanten Kaffeeklatsch verzichten müssen.

Dieser Nachmittag versöhnte mich wieder mit den Enttäuschungen der letzten Tage, denn als Nicki auf die Minute pünktlich draußen hupte, hatte ich gerade das Buch zum endgültig letzten Mal zugeklappt. Nach der vierten Zugabe! Meinen Kuchen hatte ich mir jedenfalls redlich verdient, den wollte ich jetzt auch haben! Außerdem hätte mich mein Auditorium ohnehin noch nicht weggelassen, es hatte ja noch so viele Fragen.

Ich hatte es erst gar nicht versucht, Frau Schmitt war es nicht gelungen, und erst die gepflegte Dame im Spitzenkleid schaffte es, meine Tochter an die inzwischen fertig gedeckte Kaffeetafel zu holen. Plötzlich fand sie sich am unteren Ende des Tisches zwischen lauter netten Omas wieder, die alles mögliche von ihr wissen wollten. Ob die zarte Röte auf ihren Wangen Verlegenheit war oder doch bloß von der Sonne stammte, kann ich nicht sagen, aber eines weiß ich ganz genau: Es war 18.58 Uhr, als wir wieder im Auto saßen und die letzte winkende Hand endlich aus unserem Blickfeld verschwunden war.

Zu den ersten Importen, mit denen die Wessis ihre Brüder und Schwestern in Ossiland beglückten, gehörte außer den Autos auch die Rush-hour. Ihr hatten wir es zu verdanken, daß wir anderthalb Stunden für die Rückfahrt brauchten. Danach waren wir alle genervt, und außerdem hatten wir trotz Frankfurter Kranz und Apfelkuchen mit Sahne Appetit auf etwas Handfestes. »Wo kann man denn hier nicht nur gut essen, sondern auch halbwegs gemütlich sitzen?« wollte ich von Frau Schmitt wissen.

»Beides zusammen is noch nich!« sagte sie sofort. »Entweder Ratskeller, wenn der Koch nich inzwischen nach'n Westen is, oder in den Alten Krug. Der is auf Altdeutsch jetrimmt, aba da weeß ick nich, wie det Essen schmeckt.«

Ich entschied mich für den Ratskeller, das klang so schön solide. Erst nach längerem Überreden nahm Frau Schmitt die Einladung an. »Det is mir nu jar nich recht. Umjekehrt wird 'n Schuh draus! Eijentlich müßte ick Sie einladen oda vielmehr die Bücherei, bloß wenn ick Frau Schiller die Rechnung präsentiere, flippt die aus. Für so wat is doch keen Jeld da!«

Sie ließ sich überzeugen, daß meine Reisekasse ein zusätzliches Abendessen noch verkraften würde, griff zur Speisekarte und – fing sofort zu räsonieren an. »Die sieht ja noch jenauso aus wie vor drei Jahren! Schnitzel mit Pommes und Krautsalat! Und woraus besteht der? Aus Rotkohl und Weißkohl! Kohlköppe hat's in unseren HO-Läden immer jejeben, nu könn' wir se nich mehr sehn. Ham die denn hier inne Küche noch nischt von Koppsalat, Radicchio und Frisee jehört? Vielleicht sollte ihnen mal eener sagen, det man diese Sachen jetzt ooch bei uns koofen kann!« Nachdrücklich schüttelte sie den Kopf. »Da reden die immer alle von Touristen herkriegen wollen und Naherholungsziel, und wenn denn wirklich mal welche herkommen, denn setzen se denen Kohlsalat vor!«

Ihre nicht gerade im Flüsterton vorgebrachte Beschwerde hatte Aufmerksamkeit erregt. Ein verstört aussehender Kellner näherte sich, doch offenbar war ihm nicht ganz klar, wie er uns einzuschätzen hatte. Großmäulige Wessis kannte er bestimmt, nur beschwerten die sich meistens erst *nach* dem Essen und nicht schon vorher. Frau Schmitt stellte die Sache auch gleich richtig. »Damit hier keen falscher Verdacht aufkommt: *Ick* bin diejenige, die meckert, und ick hab hier schon jejessen, als wir noch draußen vor der Tür warten mußten, bis der Herr Ober jeruhte, uns rinzulassen! Damals sind wir ja froh jewesen, wenn wir durften, aba nu können wir ooch woanders hinjehen, det habt ihr bloß noch nich bejriffen. Krautsalat!!! Habt ihr wirklich nischt anderet?«

Zustimmendes, wenn auch schweigendes Nicken einiger anderer Gäste, sodann Anmarsch einer offensichtlich höheren Charge. Selbstverständlich habe man noch andere Salatsorten, nur würde Krautsalat immer wieder gern gewählt, und wie es denn mit Gemüse sei? Der Blumenkohl sei zu empfehlen, man könne jedoch auch Brokkoli und grüne Erbsen offerieren. Wir entschieden uns schließlich für Schweinebraten mit Kroketten und Salat. Ohne Kraut!

Was uns nach angemessener Wartezeit serviert wurde, schmeckte gut und hätte bestimmt noch besser geschmeckt, wenn die Kroketten nicht im Salatdressing geschwommen wären; dafür waren die Endivienblätter eine innige Verbindung mit der Sahnesoße eingegangen. Kurz gesagt: Man hatte alles auf einen Teller gehäuft getreu den drei Hemmschuhen des Fortschritts: Das haben wir schon immer so gemacht, das haben wir noch nie so gemacht, da könnte ja jeder kommen ...

Während des Essens erzählte Edeltraut ein bißchen von dem, was sie seit dem Fall der Mauer erlebt und wie sie in Westdeutschland zwar gleich einen Job gefunden hatte, von ihrem Arbeitgeber jedoch jämmerlich über den Tisch gezogen worden war, und immer noch einen Gebrauchtwagen abzahlt, der bereits wenige Monate nach dem Ankauf seinen Geist aufgegeben hatte. »Ick hab' ja erst viel später rausjekriegt, det meine Kollegen fast doppelt soviel verdient haben wie ich, dabei hatte ick drei Jahre studiert und die nich! Aber mit so 'ner doofen Nuß wie mir, die keene Ahnung hatte von Tarifgehalt und Überstundenzuschlag, konnten se det ja machen!«

Schon wieder jemand, der für uns Wessis eigentlich keinen Funken Sympathie mehr haben dürfte. Als hätte sie gespürt, was mir gerade durch den Kopf ging, winkte Edeltraut ab. »Ick habe aber ooch andere Menschen jefunden da drüben. Ohne die hätte ick mir wahrscheinlich doch 'n Strick jenommen, aber die haben mir jeholfen. Ja, auch mit Geld, aber zuallererst mit Freundschaft, und die ist viel wichtiger gewesen.« Plötzlich sprach sie hochdeutsch, und das klang viel zu ernst. Nicki schien es auch nicht zu gefallen. Bisher hatte sie schweigend zugehört, jetzt wechselte sie schnell das Thema. »Wie haben Sie eigentlich den Tag erlebt, als in Berlin die Mauer geöffnet wurde? Wir haben zu Hause bloß vor dem Fernseher gehangen, aber Sie waren doch viel näher dran! Sind Sie hingefahren?«

Frau Schmitt brach in lautes Gelächter aus. »Ob Sie's glauben oder nicht – ich habe auf meinem Bett gelegen und geheult.«

»Kann ich gut verstehen«, sagte Nicki mitfühlend.

»Det jloobe ick nich«, widersprach Edeltraut immer noch lachend, »weil ick nämlich vor lauter Enttäuschung jeheult habe.«

»Das müssen Sie mal erklären!«

»Eijentlich jibt et jar nich so viel zu erklären! Ick bin ja vorher noch nie im Westen jewesen. Wenn man drüben keene Verwandtschaft hatte, wo mal 'n Opa siebzig jeworden oder 'ne Tante jestorben is, denn hatte man ja keene Chance rüberzukommen. Kusinen haben nich jejolten, det waren bloß Verwandte zweiten Grades. Nu habe ick aber nur 'ne Kusine in Westdeutschland, in Köln. Die wollte im November heiraten, hat mich ooch einjeladen, und ick hab mal wieder 'n Antrag für 'ne Besuchserlaubnis jestellt. Die wievielte, weeß ick nich mehr, sie sind immer alle abjelehnt worden. Aba diesmal nich! Keene Ahnung, warum, jedenfalls habe ick Bescheid jekriegt, det ick am 10. November fahren kann. Irjendwie hab ick det überhaupt nich glauben können! Wenn man jahrelang auf so wat wartet, und plötzlich isset da ... Mein Koffer war schon jepackt, die Fahrkarte hatte ick jrade jeholt, und wie ick vom Bahnhof zurückkomme, brüllt mir unser Nachbar auf der Straße zu, det die Mauer auf is und er jetzt nach Berlin fährt. Ick hab natürlich sofort Radio und Fernsehen einjeschaltet – na ja, und denn hab ick jesehen, wat los war. Und wissen Sie, wat mein erster Jedanke jewesen ist? Scheiße, jetzt können die anderen ja ooch alle rüber!«

Noch lange haben wir zusammengesessen, bevor wir Frau Schmitt nach Hause brachten, und selbst dann dauerte es noch eine Weile, bis wir uns verabschiedet hatten. Jedenfalls kann ich nur hoffen, daß sie uns in genauso guter Erinnerung behalten hat wie wir sie.

Zwischen Frankfurt/Oder und Berlin

Wenn man schon mal in Eberswalde ist, dann hat man auch das Schiffshebewerk zu besichtigen. Immerhin gibt es viele Leute, die kilometerlange Umwege in Kauf nehmen, nur um sich dieses Wunderwerk ansehen zu können. Das zumindest hatte Frau Flöß behauptet, und wahrscheinlich stimmt es auch, aber mich reizt so etwas überhaupt nicht. Mit Technik habe ich nun mal nichts am Hut! Nicht umsonst hatte ich in Physik immer eine Vier gehabt; ich glaube, das letzte, was ich noch begriffen habe, ist die Sache mit den kommunizierenden Röhren gewesen, und die kommen schon im ersten Jahr dran.

Offenbar habe ich diese Begriffsstutzigkeit weitervererbt, ich brauchte mir ja nur Nickis Gesicht anzusehen. Scheinbar interessiert hörte sie zu, was Frau Flöß zu erzählen wußte, aber die wohnt ja auch quasi in Rufweite von dem Bauwerk und mußte zumindest die wichtigsten Daten herunterleiern können. Es kann nämlich peinlich werden, wenn man so etwas nicht weiß. Als wir seinerzeit in Stuttgart wohnten, wollten alle Besucher auf den Fernsehturm, denn damals gab es noch nicht so viele, und der Stuttgarter Spargel war noch relativ neu. Die erste Frage lautete denn auch immer: »Wie hoch ist das Ding eigentlich?« Ich konnte sie nie beantworten! Nach erfolgter Besichtigung wurde ich jedesmal genau informiert, doch weshalb sollte ich mir eine Zahl merken, die mich überhaupt nicht interessierte? (Jetzt weiß ich sie aber: 216 m).

Frau Flöß half uns noch, das Gepäck im Auto zu verstauen, und dann hoppelten wir zum letzten Mal über das Kopfsteinpflaster. »Müssen wir uns dieses Schiffs-Dingsbums wirklich ansehen? Warum fahren wir nicht gleich nach Seelow?«

»Weil ich deinem Bruder versprochen habe, ihm einen Prospekt mitzubringen, und die gibt es nun mal nur vor Ort.« Sven ist nämlich das einzige Mitglied unserer Familie, das vor technischen Neuerungen nicht nur keinen Horror hat, sondern sie meistens sogar versteht. Ihm verdanke ich es, daß ich den Videorecorder programmieren kann, mit dem Dampfkochtopf klarkomme und sogar das neue, futuristisch aussehende Bügeleisen benutzen kann. Sven ist nämlich in der Lage, das seitenlange Fachchinesisch der jeweiligen Gebrauchsanleitung in verständliches Deutsch zu übersetzen und das Wichtigste zusammenzufassen. Das zerlegt er dann in einzelne Arbeitsgänge, also erstens, zweitens, drittens ..., tippt alles fein säuberlich ab, überzieht es mit Folie, und nun hängen diese Gedächtnisprothesen überall dort, wo ich sie brauche. – Daß sich sogar mein Herd programmieren läßt, hat Sven allerdings auch erst nach mehreren Monaten herausgefunden. Ich hatte mich zwar gewundert, daß links neben den Schaltknöpfen eine Uhr angebracht ist, zu der man sich immer hinunterbeugen muß, um sie abzulesen. Dachte mir dann aber, daß da wahrscheinlich noch eine leere Stelle zu füllen gewesen war. Uhren kosten nicht viel, machen sich aber immer gut.

Es hat mal einen Film mit Heinz Rühmann gegeben, in dem er einen Computerfachmann spielt, dessen ganzer Haushalt auf Knopfdruck funktioniert. Bevor er zur Arbeit ging, programmierte er das Abendessen und informierte seine Frau, daß die Ente um halb acht klingeln würde. Damals hörte sich das alles noch sehr utopisch an, jetzt besaß ich selber so ein Gerät. Ist ja auch ganz praktisch, wenn man zum Beispiel einen Friseurtermin hat und nicht genau weiß, wann man wieder rauskommt. Dann stellt man eben den Topf mit den geschälten Kartoffeln auf den Herd, gibt die gewünschte Startzeit an, und Punkt halb zwölf schaltet sich auch tatsächlich die Platte ein. Allerdings wäre es ganz hilfreich, wenn jemand zu Hause ist, der später die Temperatur drosselt! Kartoffeln haben nämlich die fatale Angewohnheit, überzukochen (das hat auch wieder was mit Physik zu tun!). Genaugenommen gibt es nur zwei Möglichkeiten: Entweder programmiert man von vornherein eine niedrige Kochstufe, dann werden die Kartoffeln aber nicht weich, oder man nimmt eine höhere, und dann werden sie auch nicht weich, weil sie erst überkochen und danach anbrennen. Eigentlich funktioniert die ganze

Sache bloß, wenn man einen Eintopf aufwärmen will und ihm dazu zwei Stunden Zeit gibt. Bis dahin ist man aber auch selber wieder zu Hause!

Wie bin ich denn jetzt vom Schiffshebewerk zu den Kartoffeln gekommen??? – Ach ja, die Technik! Zugegeben, die Anlage sah recht beeindruckend aus. Riesig war sie, man konnte sogar über eiserne Treppen hinaufsteigen und sich die ganze Sache von oben begucken, aber erstens wird mir schon auf der obersten Stufe einer ganz normalen Haushaltsleiter schwindlig, und zweitens herrschte ein viel zu großer Andrang. Es gab also tatsächlich sehr viele Leute, die sich für physikalische Vorgänge interessierten. Nicki hatte ein paar Minuten lang die rostigen Wände der leeren Hebekammer, oder wie immer das Ding heißt, angestarrt, dann wollte sie von mir wissen, was denn nun so sehenswert sei. Das wußte ich aber auch nicht.

Prospekte bekam man am Kassenhäuschen. Die kleinen waren gratis, die großen mit den technischen Details mußte man bezahlen. Als ich sie später flüchtig durchblätterte, stellte ich fest, daß wir die ganze Zeit auf der falschen Seite gestanden hatten. Wir hätten nämlich noch den Hügel hoch und dann über die Brücke gehen müssen, denn dort ist der Kanal, und da kann man genau zusehen, wie die Schiffe … – Auch egal, ich kann jedenfalls mit vollem Recht behaupten, Deutschlands ältestes Schiffshebewerk besichtigt zu haben. Bisher hat das bloß noch niemand wissen wollen.

Auf dem Weg zum Parkplatz warf ich einen Blick auf meine Uhr – besser gesagt, ich wollte es tun, denn da war gar keine Uhr. Auch kein Ring und erst recht kein Armband. Nichts von dem hatte ich bisher vermißt, weil ich Schmuck nur dann trage, wenn er auch zur Geltung kommt. Und das ist weder beim Autofahren der Fall noch zu Hause. Vicky zum Beispiel fühlt sich nicht angezogen, sofern sie nicht an jeder Hand zwei Ringe hat, und wenn ich das sehe, frage ich mich jedesmal, wie sie mit diesem Juwelierladen an den Fingern die Badewanne schrubbt.

»Ich habe meine ganzen Pretiosen in der Nachttischschublade liegenlassen«, informierte ich meine Tochter, »wir müssen noch mal zurück!«

Erst sah sie mich ungläubig an, dann machte sie den Mund auf, und den hat sie erst wieder zugemacht, als wir beim Kopfsteinpflaster angekommen waren. Sonst hätte sie sich auf die Zunge gebissen.

Ich hatte gerade auf die Klingel gedrückt, als plötzlich ein Wagen um die Ecke geschossen kam und neben uns bremste. Am Steuer saß Frau Flöß. Sofort kurbelte sie das Fenster herunter. »Dann habe ich ja doch richtig gesehen! So ganz sicher bin ich mir nämlich nicht gewesen, ob das Ihr Wagen gewesen ist.« Sie fuhr ein paar Meter zurück, parkte am Straßenrand und stieg aus. In der Hand hielt sie ein in Seidenpapier gewickeltes Päckchen. »Sie sind doch bestimmt deshalb gekommen!«

»Wenn da mein Schmuck drin ist, dann ja.«

»Na, wenn das kein Timing ist!« sagte sie lachend. »Ich wollte gerade hinter Ihnen herfahren.«

»Zum Schiffshebewerk? Aber wir hätten doch längst weg sein können. Wie hätten Sie uns da überhaupt finden wollen?«

»Ich hätte den Parkplatz abgesucht«, sagte sie und gab mir das Päckchen. »Sonst hätte ich es Ihnen nach Hause geschickt, natürlich als Wertsendung, aber ich habe mir gedacht, daß Sie ja noch einige Tage unterwegs sind und den Schmuck sicherlich vermissen würden. Man will doch auch mal zeigen, was man hat – oder nicht?«

Mir hatte es regelrecht die Sprache verschlagen. Ich war doch nur ein ganz normaler Gast gewesen, der sich mit seiner Wirtin ein paarmal unterhalten und ihr beim Abschied ein Buch mit Widmung geschenkt hatte, doch das war noch lange kein Grund dafür, mir meine vergessenen Habseligkeiten hinterherzutragen. Ob das auch bei uns in Wessiland ...?

Mit Sicherheit nicht! Ich war so gerührt, daß ich mich zigmal bedankte und sie zum Abschied einfach umarmte. Danach war *sie* gerührt, und bevor wir nun beide in Tränen ausbrechen würden, stieg ich doch lieber ins Auto. Aber ich winkte noch, bis wir das Kopfsteinpflaster und damit auch Frau Flöß hinter uns gelassen hatten.

Was auf der Straßenkarte wie eine halbe Tagestour ausgesehen hatte, entpuppte sich als relativ kurze Fahrt. Kartenlesen werde ich nie lernen! Schon oft habe ich meinem jeweiligen Chauffeur gesagt, von A nach B seien es genau 27 Kilometer, und wenn wir die doppelte Strecke hinter uns hatten und der (die) Fahrer(in) selber in die Karte sah, stellte sich heraus, daß wir uns auf der *Bundesstraße 27* befanden und bis B immer noch 14 Kilometer fehlten. Meine ganze Familie fragt sich in regelmäßigen Abständen, wie ich damals wohl zu meinem Führerschein gekommen bin, dabei sollte sie doch wissen, daß Kartenlesen noch nie zur Prüfung gehört hat.

Nun waren wir also in Letschin und hatten noch den halben Tag Zeit für uns. Erst am Abend war eine Lesung vorgesehen, und Frau Wagner hatte noch extra vermerkt, daß ich mit »sehr interessierten Teilnehmern« rechnen könnte. Ich hätte nur gern gewußt, wo die wohl herkommen würden? Letschin ist ein etwas größerer Ort zwischen lauter ganz kleinen Orten, doch es wäre übertrieben, ihn als Knotenpunkt zu bezeichnen. Ein Gasthaus gab es auch noch nicht, wir würden also wieder in einem Privatquartier nächtigen, doch das störte mich nicht – ganz im Gegenteil, bisher waren wir damit gut gefahren.

Inzwischen hatte ich mich daran gewöhnt, Stadtbüchereien nicht in bereits renovierten Gebäuden zu suchen, sondern – zumindest im ländlichen Bereich – nach wellblechgedeckten Flachbauten Ausschau zu halten, und das irgendwo am Ortseingang bzw. -ausgang. Letschin gehörte auch dazu, nur fanden wir die Bücherei diesmal erst außerhalb von außerhalb, mitten auf der grünen Wiese. Nebenan grasten Kühe. Zwei nette ältere Damen begrüßten uns, und eine von ihnen erbot sich auch sofort, uns zu unserem Quartier zu bringen. Allein würden wir es sicher nicht gleich finden.

Als Nicki in die schmale Straße bog, kamen mir schon die ersten Bedenken, und als sie vor dem angegebenen Haus hielt, wußte ich, daß die berechtigt waren. Von dem mit alten Eimern und reparaturbedürftigem Werkzeug vollgestellten Vorgarten führten drei Stufen zur Tür des winzigen Einfamilienhauses. Es sah ziemlich heruntergekommen aus, doch das war es nicht, was mich störte. Es war der Geruch, der aus einem halb geöffneten Fenster drang, ein Geruch nach alten, ungelüfteten Kleidern, nach benutztem Geschirr, nach …, ich weiß nicht genau, wonach, ich wußte nur, daß wir hier nicht bleiben würden. Nicki sagte gar nichts, sie schüttelte nur unmerklich den Kopf.

Unsere Ankunft war nicht unbemerkt geblieben. Eine alte Frau kam die Treppe herab, ließ sich von unserer Begleiterin sagen, wer wir sind, schien sich dann jedoch zu erinnern. »Sie sind aber früh«, meinte sie. »Na, denn kommen Sie mal herein.«

»Mich brauchen Sie ja nicht mehr, oder? Wir sehen uns dann heute abend bei der Lesung. Wenn Sie nicht wissen, was Sie bis dahin machen sollen, dann fahren Sie doch an die Oder. Das ist sehr schön dort und gar nicht weit.« Frau Ichweißnichtmalwiesiehieß drehte sich um und überließ uns unserem Schicksal.

»Die Koffer lassen wir erst mal im Wagen!« sagte Nicki ziemlich laut, und dann leise zu mir gewandt: »Du willst doch nicht etwa hier einziehen?«

»Nein, aber wir müssen uns das Zimmer wenigstens mal ansehen.«

»Warum denn? Selbst wenn es die Fürstensuite wäre – hier stinkt es!«

Das hatte sie also auch schon bemerkt. »Wenn ich die Unterkunft ablehne, muß ich einen stichhaltigen Grund haben. Bloß »es stinkt« reicht ja wohl nicht aus. Vielleicht haben wir auch nur eine besonders empfindliche Nase.«

Gleich hinter der Haustür führte eine schmale Treppe ins obere Stockwerk. Auf halber Höhe stand ein Eimer mit schmutzigem Wasser. »Fallen Sie nicht drüber, ich war gerade beim Aufwischen«, wurde uns erklärt. Nun ja, Ordnung muß sein, und außerdem hatte man uns nicht so früh erwartet. Es war ja auch erst kurz nach zwölf.

Wir erreichten einen kleinen Flur, Frau (ihren Namen habe ich vergessen, deshalb heißt sie jetzt ersatzweise, dafür aber treudeutsch, Schulze) öffnete eine Tür, und dann fielen wir auch schon beinahe in die riesigen Doppelbetten hinein. Ob es außer den beiden Ungetümen noch andere Möbelstücke gab, weiß ich nicht mehr, kann es mir aber kaum denken, denn das Zimmer war genau so winzig wie das ganze Haus. Das Fenster war fest geschlossen, durch die zugeklappten Läden kam kaum Licht, und dann endlich wußte ich, wonach es im ganzen Haus roch: nach ungelüfteten Räumen! Hier hatte man ganz offensichtlich Angst vor frischer Luft.

»Haben Sie etwa für uns Ihr Schlafzimmer geräumt?« Irgend etwas mußte ich ja sagen, zumal Frau Schulze darauf wartete.

»Das macht nichts«, beteuerte sie, »wir schlafen im Wohnzimmer. Die Betten hier habe ich vorhin ganz frisch bezogen.«

»Tatsächlich?« murmelte Nicki.

»Nun zeige ich Ihnen noch das Bad. Das ist gleich nebenan, also sehr bequem für Sie.«

»Und ich dachte, wir müssen an die Wasserleitung in der Küche«, wunderte sich meine Tochter, zum Glück so leise, daß Frau Schulze nichts mitbekam. Mit sichtbarem Stolz öffnete sie die nächste Tür. Als erstes fiel mir ein nagelneuer Tiefkühlschrank auf, der stand gegenüber vom Waschbecken. Dann gab es noch eine mit einem Handtuch abgedeckte Kommode, auf der die Kosmetika des Ehepaars Schulze ausgebreitet waren einschließlich der beiden ausgefransten Zahnbürsten, denn die Ablage über dem Waschbecken hatte man für uns freigeräumt. Wären wir nicht zu früh gekommen, dann hätte Frau Schulz bestimmt noch Zeit gehabt, wenigstens mal drüberzuwischen.

Beeindruckend die Badewanne. In diesem nackten Zustand so ganz ohne Kachelkleid hatte ich solches Möbel bisher nur in Geschäften für Sanitärbedarf gesehen. Ihr zu Häupten stand ein braunes Monstrum, von Nicki weidlich bestaunt, denn einen Badeofen mit Wasserhahn vornedran kannte sie nicht. Bei uns kommt er nämlich aus der Wand!

»Wenn Sie baden wollen, müssen Sie das gleich sagen, dann heize ich den Ofen an«, erbot sich Frau Schulze, »es dauert zwei Stunden, bis das Wasser heiß ist.«

Am liebsten hätte ich jetzt gesagt: Ach nein, nicht nötig, heute ist ja erst Mittwoch, aber das verkniff ich mir denn doch. Schon die Vorstellung, bei 26 Grad Außentemperatur neben einem bullernden Ofen in der Badewanne sitzen zu müssen, trieb mir Schweißperlen auf die Stirn; es hätte also nicht noch zusätzlich der fettigen Bürste bedurft, die – voller Haare – auf dem Wannenrand lag. Ich hatte genug! Restlos! »Vielen Dank, wir kommen nachher wieder«, sagte ich nach einem Blick auf meine Uhr. »Jetzt muß ich schleunigst weg, sonst schaffe ich meinen Termin nicht mehr.«

Gefolgt von Nicki hastete ich die Treppe hinunter, öffnete die Haustür, sprang mit einem Satz die drei Stufen hinab und – holte erst einmal tief Luft. Jawohl, ich war ein Feigling, der nicht genug Courage gehabt hatte, die Wahrheit zu sagen, daß wir nämlich auf gar keinen Fall zurückkommen, sondern uns auf eigene Faust eine Unterkunft suchen würden. Aber was hätte ich denn als Grund anführen sollen? Daß ich nicht in ungelüfteten Betten schlafen und mich nicht vor einem schmud deligen Becken waschen wollte? So was kann man doch nicht bringen! Dann schon lieber feige sein! Allerdings würde ich mit den Damen von der Bücherei mal ein paar Takte reden müssen! Doch das hatte Zeit bis heute abend, das Wichtigste war jetzt ein neues Nachtquartier. »Wie heißt die nächstgrößere Stadt?«

Nicki hatte bereits die Karte aufgeschlagen. »Seelow«, sagte sie, »liegt ungefähr zwölf Kilometer weit weg.«

»Dann auf nach Seelow!«

Gleich vorne am Marktplatz fanden wir eine Telefonzelle – allerdings mit dem nun schon sattsam bekannten Aufkleber an der Tür: Demnächst in Betrieb. Schade, daß man aus recycelten Milchtüten keine Telefonapparate machen kann, vielleicht fände man dann gelegentlich mal eine betriebsbereite Zelle. Wenigstens ein Telefonbuch gab es noch, reichlich zerfleddert, der Buchstabe H=Hotels war aber noch vollständig. Oder doch nicht? Es war kein einziges Hotel aufgeführt.

»Versuch's mal unter *Gaststätten*«, empfahl Nicki, »ich glaube nicht, daß es hier ein richtiges Hotel gibt.«

Wir probierten alles durch, was eventuell in Frage kommen könnte, denn wo man noch Broiler ißt statt Brathähnchen, übernachtet man vielleicht auch noch in *Wirts*häusern und nicht in *Gast*häusern, nur fanden wir weder das eine noch das andere. Wir fanden überhaupt nichts, was nach Übernachtungsmöglichkeit klang. Jedenfalls nicht im Telefonbuch. Nicki klappte es zu, und was stand unübersehbar auf dem Einband??? »Das ist ja bereits ein bibliophiles Sammlerstück!« jubelte sie los. »Jahrgang 1986! Kein Wunder, daß wir umsonst darin geblättert haben!«

Einzusehen, doch wo gab es ein neueres Exemplar? Logischerweise auf der Post, nur hat die mittags um ein Uhr zu; wenigstens darin haben die Ossi-Postler mit ihren westdeutschen Kollegen gleichgezogen.

Wo ein Platz ist, ist auch ein Café – das ist ein ungeschriebenes Gesetz und gilt in allen Ländern. Der einzige Unterschied besteht lediglich in der jeweiligen Bezeichnung und natürlich in den Preisen. Eines der teuersten, die ich kenne, ist das Caffè Greco in Rom, das billigste habe ich in Mombasa entdeckt, da hieß es *Bar*, und eine Tasse *kawaha* kostete umgerechnet noch keine zehn Pfennig – allerdings hatte er auch danach geschmeckt!

Das Etablissement am Seelower Marktplatz nannte sich Eisdiele, hatte jedoch auch kleine Snacks auf der Speisekarte, denn ich hatte inzwischen feststellen müssen, daß Nicki – genau wie ihre Schwester Stefanie – pünktlich gefüttert werden wollte. Die normale Zeit war bereits überschritten, darüber hinaus wissen Briefträger, Friseure und Kellner immer mehr als andere Leute – es war also nur logisch, daß wir erst mal eine Pause einlegten. Danach waren wir klüger! Auch in einem neueren Telefonbuch hätten wir kein Gasthaus und erst recht kein Hotel gefunden, weil es weder das eine noch das andere gab. »Es wird ja geredet, daß eins gebaut werden soll«, hatte uns die nette Bedienung verraten, »aber so lange werden Sie wohl nicht warten wollen?«

»Eigentlich wollten wir schon heute irgendwo schlafen«, bestätigte ich. »Sind denn niemals Gäste hergekommen, die ein Bett brauchten?«

»Was sollen Gäste schon gewollt haben?« Das junge Mädchen lächelte verhalten. »Hier gab es bloß Besucher, und die haben bei ihren Verwandten geschlafen.«

»Und daran hat sich bis heute nichts geändert?« Ich konnte das einfach nicht glauben! Wir hatten genug Autos mit westdeutschen Kennzeichen gesehen, darunter viele Firmenwagen, aber deren Insassen hatten nicht so ausgesehen, als wollten sie nur mal eben Onkel und Tante besuchen. Wo also übernachteten die ganzen Wessis? In Quartieren wie bei Frau Schulze? Mit Badeofen neben dem Fenster und runtergetretenen Hausschlappen vorm Klo? Nein danke, dann schlafe ich lieber in meinem Auto, obwohl das nicht mal Liegesitze hat.

Die Kellnerin schaukelte erst zwei verführerisch aussehende Eisbecher an unserem Tisch vorbei, dann kam sie zurück. »Ich habe mich mal bei meinen Kollegen umgehört. Einer hat gesagt, daß es zehn Kilometer von hier ein Motel geben soll. Vielleicht versuchen Sie es da mal? Sonst weiß niemand was.«

Aus lauter Dankbarkeit bestellte ich als Dessert noch zwei Eisbecher und hinterließ ein großzügiges Trinkgeld, dann machten wir uns auf die Suche. Außer in amerikanischen Filmen hatte ich noch nie ein Motel gesehen, obwohl es hierzulande inzwischen auch welche gibt, doch als das Nonplusultra des Beherbergungswesens waren sie mir eigentlich nie erschienen. Glaubt man den Drehbuchautoren, dann verstecken sich dort Kriminelle, Ehebrecher und Leute auf der Flucht, die immer falsche Namen benutzen, während die ehrlichen Gäste von schizophrenen Wirten umgebracht werden. Davon mal ganz abgesehen, haben Motels noch einen weiteren Nachteil: Sie liegen verkehrsgünstig, also an belebten Durchgangsstraßen oder gleich hinter der Autobahn-Raststätte. Den Krach hat man gratis und bei geöffnetem Fenster auch noch die Abgase. Aber dafür kann man gleich vom Bett aus ins Auto springen, denn das parkt neben der Tür.

»Hast du schon mal in einem Motel übernachtet?« wollte Nicki denn auch wissen, als der Kilometerzähler bei 11,7 stand und wir noch nichts entdeckt hatten, was eventuell eins sein könnte. »Ich muß dabei immer an *Psycho* denken.«

»Anthony Perkins bringt niemanden mehr um, der ist selber tot! – Guck mal da drüben! Könnte es das nicht sein?«

Auf der linken Seite tauchten einige der uns nun schon hinlänglich bekannten Flachbauten auf, unten Beton, oben Wellblech, davor eine kleine steinerne Terrasse, dahinter festgewalzter Sandboden. Gleich neben der Einfahrt ein ansehnliches Gebäude, renoviert, mit Blumenkästen an der Seite und einem Schild über dem Eingang: MOTEL.

»Na also, sieht doch ganz passabel aus!« sagte ich erleichtert. »Vielleicht kriegen wir eins der Häuschen, die weiter hinten liegen, da ist es ruhiger.«

»Wir haben bestimmt freie Auswahl«, vermutete Nicki, den Kopf nach allen Seiten drehend, »oder siehst du hier irgendwo ein Auto parken?« Sie stieg aus und schloß die Wagentür ab. »Ich glaube, wir gucken uns die Sache erst mal näher an. Mich erinnern diese Steinkästen ein bißchen an Übergangswohnheime für Asylbewerber.«

»Etwas anderes sind wir ja auch nicht«, erinnerte ich sie, »wir bewerben uns um Asyl für zwei Nächte.«

»Aber nicht für umme!«

»Für *was*?« Das letzte Wort hatte ich nicht verstanden.

»Dir fehlt der tägliche Umgang mit Jugendlichen«, sagte meine Tochter, »du kennst ja nicht mal mehr die gängigsten Begriffe! Umme heißt umsonst, und da wir für unser Nachtquartier zahlen werden beziehungsweise *du* zahlen wirst, sind wir keine Asylanten, sondern Gäste.«

Die Gäste betraten das renovierte Gebäude und fanden sich in einem hübschen Restaurant wieder. Die Tür gleich links führte zum Büro. Das war leer. Die andere, gleich daneben, führte zu PRIVAT. Da war auch niemand. Blieb nur noch die Tür zur Küche, und die war abgeschlossen. »Am besten setzen wir uns draußen in die Sonne«, schlug Nicki vor, »irgendwann wird schon jemand kommen.«

Ich hatte mir gerade eine Zigarette angezündet (seitdem diese absolute Nikotingegnerin mitfuhr, herrschte im Auto striktes Rauchverbot, genau wie in den Zimmern – ich war schon beinahe abstinent geworden!), als ein Mann in Overall und Gummistiefeln zwischen den Bäumen auftauchte, vermutlich ein Waldarbeiter oder ein Handwerker, denn aus einer dieser Betonbaracken drangen außer Krach und saftigen Flüchen auch noch dicke Staubwolken, – untrügliche Zeichen von Arbeit! »Warten Sie auf mich?« Die Gummistiefel hatten genau vor uns angehalten.

»Wenn Sie uns ein Zimmer vermieten können, ja – falls nicht, dann wissen Sie vielleicht, wer dafür zuständig ist.«

»Ich«, sagte der Mann, »und wenn Sie Glück haben, kriegen Sie sogar noch eins. Ich muß erst mal nachsehen.«

»Aber hier ist doch alles leer«, widersprach Nicki.

»Weil keine Autos dastehen?« fragte er lachend. »Die sind jetzt unterwegs. Warten Sie mal ab! In drei bis vier Stunden sieht das ganz anders aus. Außer uns gibt es doch zwischen Frankfurt/Oder und Berlin nichts, wo man übernachten kann!«

Das konnte doch nicht wahr sein! »Wollen Sie damit andeuten, daß Sie auf dieser Strecke quasi das Monopol haben?«

Er grinste. »*Noch!* Aber bestimmt nicht mehr lange. Die Konkurrenz wacht langsam auf. – So, dann kommen Sie am besten mit!« Er setzte sich in Bewegung, und wir folgten gehorsam. »Mal sehen, ob noch ein Bungalow frei ist.«

Die Bezeichnung Bungalow fand ich denn doch ein bißchen hochtrabend für diese steinernen Baracken, andererseits – was versteht man denn unter einem Bungalow? Doch nichts anderes als ein ebenerdiges Wohnhaus, und genau das war es, wohin wir wenig später geführt wurden. Leider könne er uns nur eines der erst provisorisch renovierten Häuser geben, entschuldigte sich unser Begleiter, die bereits fertigen seien alle vermietet, und einige andere befänden sich gerade im Umbau, aber für zwei Tage würde es wohl gehen. Außerdem sei es billiger. »Die Tür klemmt ein bißchen, doch wenn man sie etwas anhebt – sehen Sie, genau so!« Er demonstrierte die Handhabung auch gleich –, »dann geht sie spielend auf.«

Wir betraten einen Flur, von dem vier Türen abgingen. »Früher ist das mal ein Ferienheim der FdJ gewesen. In jedem Haus waren sechs Jungen untergebracht. Die Stockbetten haben wir natürlich auseinandergenommen, aber im Moment sieht es zumindest hier immer noch ein bißchen nach Kaserne aus.«

Das allerdings stimmte! Statt eines Kleiderschranks standen zwei olivfarbene Soldatenspinde in einer Ecke, der Tisch und die zwei Stühle erinnerten an Kantinenmobiliar, und daß es nicht mal Leselampen gab, sondern nur die Neonröhre an der Decke, fiel uns erst beim Zubettgehen auf.

»Wo sollte man die denn auch hinstellen?« kicherte Nicki. »Es sind ja gar keine Nachttische da!«

Die restliche Hausbegehung mußten wir allein machen, denn Herr Deringer wurde abberufen. Die Gardinen für Bungalow 17 seien gekommen, allerdings die falschen. Dabei sollten die Bewohner von Bungalow 17 froh sein, daß sie überhaupt welche kriegen würden. Vor unserem Fenster baumelte nämlich etwas, das wie eine zweckentfremdete Wolldecke aussah.

Der gegenüberliegende Raum war bis auf eine verrostete Säge und mehrere eingetrocknete Farbeimer leer, doch das dritte Zimmer überraschte uns. Offenbar handelte es sich um den früheren Aufenthaltsraum, denn er war sehr groß und enthielt neben einem richtigen Kachelofen noch zwei Tische sowie ein halbes Dutzend Stühle in den verschiedenen Stadien des Zerfalls. Ich glaube, einer war noch einigermaßen intakt, denn ich kann mich erinnern, daß Nicki ihn später auf die Terrasse gestellt und sogar benutzt hat. Ein schwarz-goldenes Sideboard aus der Nierentisch-Ära, vermutlich von jemandem gespendet, der inzwischen zu Eiche rustikal übergegangen war, brachte einen Hauch von Eleganz in dieses Einheitsmobiliar. Sogar richtige Gardinen hingen vor dem Fenster. »Wenn man die mal waschen würde, käme sicher ihre ursprüngliche Farbe wieder heraus«, meinte Nicki, den staubigen Stoff zur Seite ziehend.

»Sobald dieser Bungalow renoviert ist, gibt es neue, das hast du doch vorhin gehört!« Mich interessierte etwas ganz anderes. »Angeblich soll es doch auch ein Bad geben, aber wo?«

»Na, da ist doch noch eine Tür!« Nicki öffnete sie, und dann staunten wir erst mal. Bis unter die Decke weiß gekachelt, erinnerte der erstaunlich große Raum an das Gipszimmer in unserer orthopädischen Klinik, in dem ich früher oft genug gesessen und zugesehen hatte, wie einer meiner Nachkommen verarztet wurde. Allerdings hatten dort keine drei Pinkelbecken an der Wand gehangen, und falls doch, dann hatte man sie nicht gesehen. Die hier sah man, denn nur vor der einen »richtigen« Toilette befand sich eine Tür.

»Ich denke, hier soll auch eine Dusche sein?« Zwar lag in einem der drei Waschbecken ein Duschkopf mit einem

Schlauch dran, doch das war alles. »Wo ein Schlauch ist, ist auch ein Wasserhahn!« behauptete meine Tochter, benutzte ihn als Ariadnefaden und stellte verblüfft fest, daß er nach mehreren Metern in ein Rohr mündete. »Ich werd' verrückt«, juchzte sie los, »da ist ja ein ganz schlaues Kerlchen am Werk gewesen!« Sie drehte den Hahn über dem hintersten Waschbecken auf, und dann bekam sie auch sofort eine Ladung Wasser ins Gesicht. Der Duschkopf hatte sich erst wie eine Kobra aufgebäumt und dann genau in ihre Richtung gezielt.

»Iihhhh! Dreh bloß schnell zu! Ich seh' überhaupt nichts mehr. Ist hier irgendwo ein Handtuch?«

Während ich ihre Haare trockenrubbelte, ließ ich mir die Sache verklickern, denn was da eben passiert war, hatte ich nicht verstanden. Wieso kam aus dem Schlauch, der sich in abenteuerlichen Windungen bis fast unter die Decke schlängelte, Wasser, sobald man den Hahn vom Waschbecken aufdrehte? Das hatte sicher wieder was mit Physik zu tun! Nicki gab sich ja auch redliche Mühe (bei ihr hatte es wenigstens immer zu einer Drei im Zeugnis gereicht), aber so ganz richtig habe ich das doch nicht begriffen. Mir war lediglich klar, daß zum Duschen zwei gehörten: einer, der den Schlauch hielt, und ein Zweiter, der sich darunter einseifte. Der geniale Konstrukteur dieses Provisoriums hatte nämlich vergessen, irgendwo eine Halterung anzubringen.

Über den restlichen Verlauf dieses Tages ist eigentlich nicht mehr viel zu erzählen. Ich hatte Nicki von ihren Chauffeurspflichten entbunden, denn die paar Kilometer nach Letschin würde ich nun wirklich selber fahren können, ja, auch den Rückweg würde ich wiederfinden, und als ich eine Viertelstunde vor Beginn der Lesung eintraf, war außer den beiden Büchereidamen noch niemand da. Auch gut, dann konnte ich ihnen wenigstens sagen, weshalb wir uns im Hause Schulze nicht mehr haben blicken lassen.

Frau Ichweißnichtmalwiesiehieß bedauerte sofort. Das habe sie nicht gewußt, sei allerdings auch nie dortgewesen, die Unterkunft sei ihr jedoch von dem Freund der Tochter ihrer Nachbarin (oder so ähnlich) empfohlen worden, und es täte ihr sehr leid. Von diesem Motel habe sie noch nie etwas gehört, aber nun wisse sie das ja, und bei künftigen Autorenbesuchen werde man darauf zurückgreifen. Fragt sich nur, ob noch mal welche kommen werden, denn ich sollte vielleicht noch erwähnen, daß die »sehr interessierten Teilnehmer« aus acht Personen bestanden haben – die beiden Bibliothekarinnen eingeschlossen!

Trotz der etwas ausgeleierten Matratze hatte ich herrlich geschlafen, entgegen meinen Befürchtungen hatte die Dusche nicht nur ausreichend heißes Wasser gespendet, die phantasievolle Konstruktion war nicht mal zusammengebrochen, das Frühstück hatte geschmeckt, und nun war ich sogar bereit, es nochmals mit einer »Kinderstunde« zu versuchen. »Zehn Uhr zwanzig, neunte Klasse, Veranstaltung findet in der Schulbücherei statt« hatte auf meinem Zettel gestanden. Die genaue Adresse war allerdings vergessen worden. Erst fanden wir die Schule nicht, weil uns jeder, den wir fragten, in eine andere Richtung schickte, dann suchten wir nach der Bücherei, die lag nämlich separat, und als wir die endlich gefunden hatten, war die Stunde fast herum, und die Zeit reichte gerade noch für eine knappe Schilderung unserer Irrfahrt. Die allerdings fanden die Jugendlichen so erheiternd, daß sie mich wenig später mit lebhaftem Applaus verabschiedeten.

Das gab mir wieder mal zu denken. Vielleicht sollte ich die Bücher künftig im Wagen lassen und frei improvisieren? Andererseits war ich zu Lesungen eingeladen worden und nicht zu Plauderstündchen, und überhaupt hatte ich sowieso die Nase voll! Was als Goodwill-Tour gedacht war und nicht nur meine Zeit, sondern letztendlich auch mein Geld kostete, denn außer den Übernachtungen trug ich alle Spesen selber, entpuppte sich mehr und mehr zu einem absoluten Reinfall. Ich mußte mich damit abfinden, daß mich hier in Ossiland niemand kannte, daß mich aber auch niemand kennenlernen wollte, und wer es eventuell doch gewollt hätte, erfuhr gar nichts von meiner Existenz. Eine kurze Notiz in der örtlichen Tageszeitung war meist der einzige Hinweis auf die abendliche Veranstaltung, es gab weder Plakate noch Interviews, (wobei ich zugeben muß, daß ich auf *die* überall gern verzichte!), so daß ich mich heute frage, wie denn die zwei bis sechs Zuhörer, die dann doch erschienen waren, von den Lesungen überhaupt erfahren hatten? Eigentlich können es doch nur Verwandte der jeweiligen Bibliothekarinnen gewesen sein, unter Androhung des Ausschlusses vom nächsten Familientreffen herbeizitiert!

»Bist du schon fertig?« fragte Nicki gähnend, nachdem ich sie gesucht und schließlich auf einer Bank im Grünen aufgestöbert hatte. »Ich war gerade so schön am Einpennen.«

»Und ich hatte gedacht, du wolltest dich noch mal mit Herrn Piaget befassen?«

»Was glaubst du denn, weshalb ich so müde geworden bin?« Sie reckte sich, machte ein paar Kniebeugen, hob das heruntergefallene Buch auf und sah mich unternehmungslustig an. »Bis heute abend ist es noch eine Weile hin. Was machen wir denn so lange?«

»An die Oder fahren!« griff ich den Vorschlag von gestern auf.

»Und was sollen wir da?«

Das wußte ich auch nicht so genau. »Mal nach Polen rübergucken!«

Sie bedachte mich mit einem Blick, den sie normalerweise für die dreijährige Tochter unserer Nachbarin reserviert hat. »Rübergucken???«

»Na ja, ich glaube nicht, daß es ausgerechnet hier eine Brücke gibt«, sagte ich zaghaft.

Sie schüttelte bloß den Kopf. »Was hast du denn davon, wenn du nach Polen rüberguckst?«

»Genaugenommen gar nichts, aber ich glaube, das kannst du nicht verstehen.«

»Tu ich auch nicht, aber wenn du unbedingt willst ...«, gestattete sie gnädig, gab jedoch im nächsten Augenblick zu, daß ihr ohnehin nichts Besseres einfalle. »Die ganze DDR ist ziemlich öde.«

»Die DDR heißt nicht mehr DDR«, erinnerte ich sie.

»Na, wenn schon. Öde ist sie trotzdem!«

Wenn ich jetzt sage, daß wir die Oder beinahe nicht gefunden hätten, dann glaubt das niemand, aber es stimmt! Es gibt nämlich keine Wegweiser, und bei einer Straße, die sich plötzlich zu einer Art Feldweg verjüngt und nach ein paar hundert Metern ganz aufhört, kommen einem doch Zweifel, ob man sich nicht wieder mal verfahren hat. Das einzige, was sich inmitten dieser unberührten Landschaft etwas artfremd ausnahm, war eine Art Hochstand, so eine Bretterbude mit Holzleiter, wie Jäger sie benutzen. Bisher hatte ich diese Häuschen immer nur an Waldrändern gesehen, aber hier gab es weit und breit keinen Baum, hinter dem sich ein Reh hätte verstecken können, nur ein paar Büsche auf den Wiesen und einen schmalen Weg, der sich mitten hindurchschlängelte.

»Ob das ein ehemaliger Wachtturm ist?«

»Wen oder was hätte man denn hier bewachen sollen?« fragte ich zurück. »Höchstens die Karnickel.« Genau vor mir war ein verschreckter Hase durch das Gras geflüchtet.

»Mir kommt das hier alles ein bißchen unheimlich vor. Wollen wir nicht lieber umkehren?« Die Wagentür hatte Nicki noch nicht losgelassen, vielmehr umklammerte sie den Griff, als würde der ihr Schutz bieten.

So ganz geheuer war mir die Sache ja auch nicht, zumal wir offenbar die einzigen Menschen weit und breit waren. Andererseits – was sollte uns schon passieren? Es war heller Tag, die Sonne schien vom wolkenlos blauen Himmel, um uns herum zwitscherte, summte und zirpte es, und der Weg direkt vor uns war nicht etwa zugewuchert, sondern im Gegenteil von festgetretenen Fußspuren übersät. »Jetzt schließ endlich den Wagen ab und komm her!« sagte ich zuversichtlicher, als mir zumute war. »Hier sind vor uns auch schon Menschen gewesen.«

»Du meinst, *nach* den Neandertalern?«

Zuerst wurde der Weg immer schmaler, dann verbreiterte er sich wieder, fiel ein bißchen ab, schlängelte sich noch um einige Büsche herum, und dann glitzerte es vor uns. Wir standen an der Oder – dem »entscheidenden Bollwerk gegen die sowjetische Armee«. Beim Anblick dieses so friedlich vor sich hinmurmelnden Wassers kamen mir die schwülstigen Naziparolen richtig lächerlich vor. Viel breiter hatte ich mir »Deutschlands Schicksalsfluß« vorgestellt. Das hier war doch nur ein

Nebenfluß dritter Ordnung, den jedes Kind mit Freischwimmer-Zertifikat mühelos überqueren konnte. Ein Mittelding zwischen Rhein und Donau hatte ich erwartet und nicht dieses sanft strömende Gewässer, dessen schilfbewachsene Ufer von ein- bis zu vielbeinigen Tieren bevölkert waren, die ich nur noch aus Bilderbüchern kannte. (Das scheinbar einbeinige Viech hatte aber doch noch ein zweites gehabt, es war nämlich ein Storch im Ruhezustand gewesen). Ob das, was über unseren Köpfen kreiste, zur Kategorie Falken gehörte oder – wie Nicki vermutete – ein Hühnerhabicht war, weiß ich nicht, wir haben uns nicht einigen können; jedenfalls war es etwas, das man hierzulande nur noch sehr selten sieht.

Von den Pflanzen will ich erst gar nicht reden. Höchstens noch ein altes Kräuterweiblein hätte sie klassifizieren können, und die sterben allmählich aus. Diese Wiesen waren seit Jahren nicht mehr gemäht worden, und sollte sie trotzdem mal jemand betreten haben, dann können das nur Grenzsoldaten gewesen sein, denn genaugenommen befanden wir uns ja im ehemaligen Niemandsland. War es das nicht immer noch? Da drüben, zwei Steinwürfe weit weg, begann Polen, man merkte es nur nicht. Das gegenüberliegende Ufer sah genauso unberührt aus, und den beiden Schwänen, die so majestätisch über den Fluß paddelten, war es bestimmt egal, auf welcher Seite ihre Eier ausgebrütet worden waren.

Um uns herum krabbelte und hüpfte es, Libellen schossen wie Pfeile an unseren Köpfen vorbei, links quakte es, rechts zwitscherte etwas – Natur total. Nicki zog auch gleich ihre Schuhe aus. »Was meinst du, kann man hier noch stehen, oder geht es gleich tief runter?« Vorsichtig steckte sie einen Fuß ins Wasser.

»Das wirst du gleich merk ...«

Die Frage hatte sich bereits erübrigt! Ich hörte es nur noch platschen und gleich danach ein Gurgeln: »So eine Schei ...!«

Das entgeisterte Gesicht, mit dem meine Tochter wieder auftauchte, trieb sogar die Schwäne in die Flucht. »Das Wasser ist noch verflixt kalt«, schimpfte sie, mir einen Arm entgegenstreckend. »Hilfst du mir mal raus? Am Ufer ist es so glitschig, deshalb bin ich auch abgerutscht.«

Es war gar nicht so einfach, sie wieder aufs Trockne zu ziehen. Der Ertrinkende klammert sich bekanntlich an einen Strohhalm, und das erfolglos (um falschen Vermutungen vorzubeugen: Nicole hat schon vor Jahren den Rettungsschwimmer gemacht), aber genauso erfolglos ist es, wenn man sich an Land an einem Grashalm festhalten will! Zwei ganze Büschel hatte ich schon herausgerissen, und fast wäre ich selber ausgerutscht und im Fluß gelandet, bevor ich endlich ein bißchen Gestrüpp zu fassen bekam. Bibbernd kletterte sie an Land. »Und was nu?«

»Klamotten runter! In der Sonne sind sie in einer Stunde wieder trocken. Früher hat man die nasse Wäsche auch auf die Bleiche gelegt.«

»Aber bestimmt kein blaues T-Shirt.«

»So was hat es damals noch gar nicht gegeben. – Nun los, beeil dich, damit du die Sachen runterkriegst.«

Zähneklappernd sah sie mich an. »Ich kann mich doch hier nicht nackt ausziehen!«

»Ich glaube nicht, daß die Schwäne Anstoß daran nehmen werden. Und sonst ist ja niemand da.«

Noch immer zögernd streifte sie die Shorts ab. »Aber wenn nun doch jemand kommt?«

»Dann können wir immer noch überlegen, was wir machen.« Ich wrang die einzelnen Kleidungsstücke aus und hängte sie über einen Ginsterbusch. »Weshalb stellst du dich überhaupt so an? Am Strand, wo tausend andere Leute sind, liegt ihr oben ohne, und was ihr unten anhabt, ist auch nicht größer als ein Taschentuch.«

»Das ist ja ganz was anderes«, wehrte sie ab, »da läuft jeder so rum.«

Es dauerte doch länger als eine Stunde, und selbst dann hätte man Nickis Hosen noch als »bügelfeucht« bezeichnen müssen, aber alles andere war trocken, und nun wollte sie schnell in unser Motel zurück und sich wieder in einen »menschenähnlichen Zustand« versetzen.

Die Haare waren natürlich ebenfalls naß geworden, inzwischen jedoch getrocknet, aber jetzt war ihnen eine gewisse Ähnlichkeit mit einem geplatzten Sofakissen nicht abzusprechen. »Ein Glück, daß ich in diesem Aufzug nicht durch ein Hotelfoyer laufen muß«, sagte sie, fuhr den Wagen fast bis auf die Terrasse und stürzte hinaus. Gleich danach bumste es. Die Tür klemmte immer noch, und Holz ist nun mal widerstandsfähiger als ein menschlicher Kopf!

Weshalb sie auf ihre Restaurierung so großen Wert gelegt hatte, war mir ohnehin ein Rätsel. Meine stille Hoffnung, sie würde sich den Genuß einer Lesung heute mal nicht entgehen lassen und mich begleiten, verflüchtigte sich, als sie nach einer geschlagenen Stunde im Jogginganzug vor mir stand. So etwas zieht sie nur an, wenn sie keinen Schritt mehr vor die Tür setzen wird. Ich besitze ja auch solch eine bequeme Gammelkluft, und es macht mir überhaupt nichts aus, in diesem wenig eleganten Aufzug mit Otto an der Leine die Gassirunde zu drehen, ich darf mich nur nicht von meiner Tochter erwischen lassen. »Ich denke, wir wollen noch eine Kleinigkeit essen, bevor ich weg muß.«

»Lieber danach«, erklärte sie, »jetzt genügen mir die Kekse.« Die hatte ich vor drei Tagen gekauft, quasi als eiserne Ration, man kann ja nie wissen, wann man sie mal braucht. Es sollen schon Leute im Auto eingeschneit und erst nach zwei Tagen gerettet worden sein! Zugegeben, nicht unbedingt im Mai! Da muß man wohl eher mit einem Ferienstau auf der Autobahn rechnen.

Ich überließ Nicki ihren pädagogischen Werken sowie der Notverpflegung, stieg ins Auto, fädelte mich in den Durchgangsverkehr ein und suchte die dritte Abzweigung rechts. Daß es schon die vierte gewesen war, merkte ich erst, als ich einen Ort erreichte, zu dem ich gar nicht gewollt hatte. Zum Glück gab es von dort wiederum eine Abkürzung, die mich genau dahin brachte, woher ich gekommen war. Niedliche Dörflein waren es, alle beide, nur leider die verkehrten. Das richtige fand ich aber doch noch, und auch gleich den von alten Bäumen umstandenen Platz, an dem die Bücherei lag. Davon war ich sofort begeistert. Mit viel Geschmack hatte man aus dem ehemaligen Weinkeller mit seinen niedrigen, gewölbten Decken zwei urgemütliche Räume gemacht. Ich hätte es nur begrüßt, wenn außer meiner netten Gastgeberin und deren

Assistentin noch ein paar andere Leute anwesend gewesen wären. Sie war auch beinahe den Tränen nahe. »Ich verstehe das gar nicht«, beteuerte sie immer wieder, »es müßten mindestens zwanzig Zuhörer dasein. Alle, die in Frage kommen, habe ich einzeln angesprochen, und die meisten haben fest zugesagt.«

Da ich solch eine Situation noch nie erlebt hatte, stand ich erst mal ratlos herum, plapperte Belangloses und überlegte dabei, wie ich diese verfahrene Sache zurechtbiegen könnte. Mich erschütterte sowieso nichts mehr, doch diese offenbar sehr engagierte Bibliothekarin tat mir leid. »Gibt's hier in der Nähe eine Kneipe, wo wir gemeinsam ein Bier trinken können?«

»Die hat heute Ruhetag!« tönte es von der Tür her, wo eine muntere Mittvierzigerin die letzten beiden Stufen herabstieg. Verwundert sah sie sich um. »Bin ich etwa zu früh?«

»Im Gegenteil«, sagte ich, meinem offenbar einzigen Gast die Hand reichend, »normalerweise hätte ich mit der Lesung längst anfangen müssen. Es war bloß niemand zum Zuhören da.«

»Jetzt kommt auch keiner mehr«, behauptete sie sofort, »ich kenne das vom Elternabend her. Entweder stehen sie viel zu früh auf der Matte oder gar nicht.« Abschätzend sah sie mich an. »Auf die heutige Lesung habe ich mich zwar gefreut, doch ein privates Gastspiel nur für uns drei sollte man Ihnen nun doch nicht zumuten. Was halten Sie davon, wenn wir den Schauplatz wechseln? Bier habe ich nämlich auch im Kühlschrank.« Zustimmendes Nicken der beiden anderen Damen. Mein Einverständnis wurde offenbar vorausgesetzt, denn schließlich war ich es gewesen, die nach Bier gerufen hatte. Dabei mag ich gar keins.

Statt im Kellergewölbe saßen wir wenig später in einer jasminumrankten Laube, tranken Weinschorle (leider nur ein einziges Glas, dann mußte ich auf ein harmloses Wässerchen namens »Oderperle« – oder so ähnlich – umsteigen), aßen dick mit Thüringer Landleberwurst bestrichene Brote und quasselten, bis es vom Kirchturm elf Uhr schlug.

Ein interessanter und zu späterer Stunde ausgesprochen

amüsanter Abend war es gewesen, nur nicht geplant und erst recht nicht vorhersehbar. Wäre Frau Bechtel nicht gekommen, dann hätte ich mir wahrscheinlich noch zehn Minuten lang die Buchrücken in den Regalen beguckt und dabei überlegt, wie ich mich am schnellsten verdrücken könnte, während die beiden Bibliothekarinnen sich den Kopf zerbrochen hätten, auf welche Weise sie mich am elegantesten loswerden würden.

Auf den elf Kilometern Rückweg formulierte ich schon mal die Sätze, die ich morgen früh am Telefon wiederholen würde. »Liebe Frau Wagner«, würde ich sagen, oder das »liebe« besser weglassen? Egal. »Seit beinahe zwei Wochen ziehe ich hier durch die Lande«, würde ich fortfahren, »von einem Kuhdorf ins nächste« – nein, das klang zu herablassend, also »von einer Lesung zur nächsten, und das einzige, was dabei herauskommt, ist eine Erweiterung meiner Geographiekenntnisse! Nun habe ich einfach keine Lust mehr und fahre nach Hause! Warum? Das erfragen Sie lieber bei Ihren Kolleginnen, denen Sie mich so einfach aufgehalst haben!«

So oder so ähnlich würde es klingen, und ich bedauerte nur, daß ich zu höflich war, Frau Wagner meinen für sie sicherlich überraschenden Entschluß sofort mitzuteilen. Zwanzig Minuten vor Mitternacht macht man so etwas einfach nicht! (Kann man auch gar nicht, wenn man nämlich im Zimmer kein Telefon hat und das Restaurant längst geschlossen ist!)

Nicki lief mir schon entgegen, als ich mich zu unserem Bungalow durchwurstelte. Vor jedem Haus stand mindestens ein Auto, und fast alle trugen westdeutsche Kennzeichen. Sogar ein Heilbronner war dabei. Was hatte den bloß hierher verschlagen? Na ja, morgen früh würde er sich beim Anblick meines Wagens vermutlich das gleiche fragen.

»Wo bist du denn so lange gewesen?« Nicki riß die Tür auf und sah mir prüfend ins Gesicht. »Gerade wollte ich eine Suchaktion anleiern! Ich habe dich schon abgemurkst im Straßengraben gesehen oder wenigstens mit 'ner Reifenpanne irgendwo auf einem Feldweg. Sag bloß, deine Fans haben dich nicht weggelassen?!«

»So würde ich das nicht gerade ausdrücken.« Ich schloß den Wagen ab und schob sie vor mich her durch die Haustür. »Meine Lesung war solch ein Erfolg, daß er kaum noch zu überbieten ist und ich beschlossen habe, auf weitere Ovationen zu verzichten. Morgen fahren wir nach Hause!«

Victors Villa contra Friedrichs Schloß

Ich habe festgestellt, daß es eigentlich nur *eine* Methode gibt, die junge Leute davon abhalten kann, eine blödsinnige Mode mitzumachen: Man muß sie selber übernehmen! Oder zumindest so tun, als ob! Auf diese Weise war es mir gelungen, Nicole von diesen Schlabberhosen abzubringen, die oben so breit sind wie unten und immer aussehen, als habe man ein Bettlaken erst auseinandergeschnitten und dann falsch zusammengenäht. Offenbar habe ich in diesem Sack so entsetzlich ausgesehen, daß ich nicht mal die Umkleidekabine verlassen durfte; Nicki schob mich sofort wieder zurück. »Wenn du in diesem Aufzug rauskommst, kenne ich dich nicht!«

»Ich weiß gar nicht, was du hast«, beschwerte ich mich pro forma, »diese Hosen sind doch der letzte Schrei!«

»Den wirst du auch gleich von mir hören, wenn du die Dinger nicht auf der Stelle wieder ausziehst!«

Ich schaffte es auch noch, ihr diese halbe Bluse auszureden, von der ich im ersten Moment geglaubt hatte, sie sei versehentlich aus der Kinderabteilung heraufgekommen. Blusen, die oberhalb des Bauchnabels aufhören, haben entweder die falsche Größe oder sind im Trockner eingegangen. So hatte ich bis dato gedacht, stimmt aber nicht. Die müssen nämlich so sein! Weshalb sie viel teurer sind als normale, obwohl sie nur die Hälfte Stoff brauchen, ist eines der ungelösten Rätsel der Konfektionsbranche.

Im Grunde genommen kann sich fast jeder anziehen wie weiland Jackie Kennedy, man braucht doch nur die Figur, die natürliche Begabung und das Geld. Ich habe nichts von dem, und deshalb kann ich mich auch nicht für stundenlange Streifzüge durch einschlägige Geschäfte begeistern, ganz besonders dann nicht, wenn ich erst vor einer Woche durch genau dieselben Läden getigert bin. Mit Steffi war das allerdings nicht ganz so anstrengend gewesen. Nicki ist viel mutiger. Sie probiert ohne Skrupel vier Röcke, zwei Hosen und vielleicht noch ein paar Pullover an und hat lediglich ein bißchen Kleingeld in der Tasche. Eine Kreditkarte besitzt sie aber auch nicht! Weshalb sie in Heidelberg aus den von ihr favorisierten Läden nicht schon längst rausgeflogen ist, wundert mich seit langem. Wer hat schon gerne Kunden, die vierzig Minuten lang eine Umkleidekabine blockieren und am Ende doch nichts kaufen? Die Gefahr eines möglichen Rauswurfs bestand hier erst gar nicht, es kannte sie ja niemand, und als wir die dritte Boutique verließen, waren bereits anderthalb Stunden vergangen. So zwischen sechs und elf lagen jedoch noch vor uns, das KDW nicht mitgezählt.

»Weißt du was? Hier hast du den Autoschlüssel und zehn Mark, die reichen für Cola und Currywurst, und dann kannst du von mir aus bis Geschäftsschluß über die Shoppingmeile ziehen! Ich nehme die nächste U-Bahn und fahre zu Dagi!«

Nur der Form halber protestierte sie ein bißchen. »Willst du nicht lieber den Wagen ...?«

»Nein, will ich nicht! Die Straßenkarte liegt übrigens im Handschuhfach.«

Während ich auf dem Bahnhof Wittenbergplatz – der sah (und sieht) immer noch so aus wie vor fünfzig Jahren – auf den Zug wartete, ließ ich in Gedanken die letzten Stunden noch einmal Revue passieren. Gleich nach dem Frühstück hatte ich in Frankfurt angerufen, Frau Wagner jedoch nicht erreicht und statt dessen einer forschen Stimme mitgeteilt, daß ich auf Grund des mangelnden beziehungsweise des überhaupt nicht vorhandenen Interesses die Reise abbrechen und heute noch nach Hause fahren würde. Die noch vorgesehenen Veranstaltungen möge man doch bitte ganz offiziell absagen. Bevor die Stimme sich hätte äußern können, fügte ich noch hinzu, daß man Näheres bei den einzelnen Büchereien erfragen könnte, im übrigen würde ich mich in den nächsten Tagen auch noch schriftlich melden, und bis dahin erst mal vielen Dank (wofür eigentlich?) und auf Wiedersehen.

Mir tat es lediglich um Frau S. leid. Sie hatte diese Reise angeregt und wohl auch ein bißchen Vorarbeit geleistet, hatte sich auf meinen Besuch gefreut und in Wandlitz »volles Haus« zugesichert, doch was davon zu halten war, hatte ich in den letzten Tagen genug erfahren. Jetzt wollte ich ganz einfach nicht mehr! Natürlich würde ich Frau S. einen ausführlichen Brief schreiben, und dann würde sie mich hoffentlich verstehen.

Weil Nicki nun doch nicht mehr den Spreewald besuchen, sondern so schnell wie möglich »raus aus Ossiland« wollte, hatten wir unser Gepäck ins Auto geladen, den kürzesten Weg zur nächsten großen Straße Richtung Westen gesucht und waren richtig froh gewesen, als das erste Schild auftauchte: Berlin 67 km. Trotz allen guten Willens hatten wir die neuen Bundesländer immer noch zu sehr mit westlichen Augen betrachtet, hatten mehr erwartet, hatten unbewußt geglaubt, daß zumindest hier im Osten noch etwas von der Euphorie zu spüren sein würde, die vor noch gar nicht allzu langer Zeit die Menschen auf beiden Seiten der zerbröckelten Mauer erfüllt hatte. Die Hochstimmung war vorbei, jetzt waren mit dem Alltag die Enttäuschungen gekommen. Was nützt denn die neue Tiefkühltruhe, wenn man nichts hat, das man einfrieren kann? Hatte man vor der Wende zwar auch nicht gehabt, aber da hatte man auch keine Kühltruhe. Jetzt hat man sie, dafür hat man seinen Job verloren, und von den paar Mark Stütze kann man keine Vorratswirtschaft betreiben. Natürlich mußte ein Westauto her, kein neues, bloß ein Gebrauchtwagen, ist ja auch verständlich nach vierzig Jahren Trabi oder Wartburg, doch kaum jemand hat gewußt, wie hoch künftig die Kosten für Steuer und Versicherung sein würden. Die hatte man früher nämlich mit links bezahlt.

Ja, ich hatte eine Menge gelernt in den letzten Tagen, hatte versucht zu verstehen und doch immer wieder feststellen müssen, daß wir zwar dieselbe Sprache sprechen und trotzdem so oft aneinander vorbeireden. Ich werde wiederkommen, dann jedoch ohne festes Ziel und ganz privat, aber erst in einigen Jahren, wenn die Wessis sich nicht mehr wundern, daß es in Ossiland sogar schon früher fließendes Wasser und elektrisches Licht gegeben hat, und die Ossis endlich einsehen, daß es im Westen auch länger als zwei Jahre gedauert hat, den gegenwärtigen Lebensstandard zu erreichen. Vielleicht haben die Ossis bis dahin ja ebenfalls die Nase voll von den kommerziellen Fernsehsendern und lesen wieder Bücher!

Dagi stieg gerade aus ihrem Käfer, als ich um die Ecke bog. Diesen Wagen, der eigentlich nur noch durch seine solide Dreckschicht zusammengehalten wurde, hatte sie vor mindestens zehn Jahren von ihrer Mutter übernommen, und selbst da war er schon eine Antiquität gewesen. Mit dem Zeigefinger bohrte ich in einem Rostloch herum. »Meinst du nicht, du solltest mal auf ein Auto umsteigen, das *nach* dem Ersten Weltkrieg gebaut worden ist?«

»Mir wird gar nichts anderes übrigbleiben«, sagte sie gleichmütig. »Die Mühle springt nur noch nach gutem Zureden an, aber eine neue Batterie rücken sie nicht gegen Kreditkarte raus. Da wollen sie doch tatsächlich Bares haben!« Sie holte zwei Einkaufstüten von der Rückbank und schloß den Wagen ab. »Verstehe ich gar nicht. Barzahler werden doch langsam suspekt, weil sich jeder unwillkürlich fragt, ob sie nicht kreditwürdig sind. – Hier, kannst du mal eine nehmen?« Ich bekam eine Tüte in die Hand gedrückt, und während wir auf den Fahrstuhl warteten, moserte sie weiter: »Du bist doch früher bestimmt mit deiner Großmutter zusammen einkaufen gegangen, nicht wahr? – Siehste! Ich auch, und ich weiß noch genau, daß Emmchen immer ganz genau gewußt hat, was sie brauchte. Und was mache ich? Ich gehe in den Supermarkt, um zu sehen, was ich brauchen *könnte*!«

»Und was hast du gebraucht?« Die Tüte war ziemlich schwer.

»Im einzelnen weiß ich das nicht mehr, aber ich habe endlich begriffen, was man unter Inflation versteht. Wenn man nämlich heute mit fünfzig Mark zum Einkaufen geht, ist man schneller wieder aus dem Laden draußen als noch vor einem Jahr. Warum dringen bei den Großhandelspreisen eigentlich immer bloß die Erhöhungen bis zu uns durch?«

Dagi hat selten ein Plus auf dem Konto, und wer sie näher kennt, weiß auch, warum. Sie gehört zu den Menschen, die einer Freundin ihren neuen, sündhaft teuren Pulli leihen, und wenn sie ihn ramponiert zurückbekommen, lediglich feststellen: »So richtig hat er mir ja gar nicht gefallen.«

Dagi kümmert sich um herrenlose Hunde und gehbehinderte Hausbewohner, tröstet verliebte Teenager, kocht für Sohn Harry und ein halbes Dutzend seiner Freunde ein Vier-Gänge-Menü, und nebenbei schmeißt sie noch Victors Drei-Zimmer-Villen-Haushalt, zu dem ein großer Garten mit viel Rasen und noch mehr Unkraut gehört. Ach ja, der Bürokram fällt auch noch in ihr Ressort. Diesmal mußte sie ihn mit in ihre Wohnung genommen haben. Zwischen Chippendale-Sessel und der Zimmerecke türmten sich etwa einen halben Meter hoch Ordner, Schnellhefter und vor allem Berge von Zetteln. Zum Teil waren die einzelnen Häufchen umgekippt, hatten sich miteinander vermischt, auf einem stand sogar eine leere Teetasse – das Ganze sah nach Arbeit, aber auch nach einer grandiosen Unordnung aus. »Was ist denn *das*?«

»Victors Buchhaltung«, sagte Dagi, »aber die hat bis Sonntag Zeit. Jetzt koche ich uns erst mal einen anständigen Kaffee. Hast du Hunger?«

Darüber hatte ich noch nicht nachgedacht, doch jetzt merkte ich, daß ich seit dem Frühstück nichts gegessen hatte. Immerhin war es inzwischen halb drei geworden. »Ja, ein bißchen«, gab ich zu.

»Wonach steht dir mehr der Sinn? Nach Tütensuppe, Erdbeerkuchen oder Schmalzstulle? Selbstgemachtes, so richtig aus Grieben mit Majoran und Zwiebeln. Das Rezept stammt noch von Tante Idchen.«

Zum Teufel mit den Kalorien! »Da fragst du noch? Ich weiß gar nicht mehr, wie hausgemachtes Griebenschmalz schmeckt!« (Es schmeckte herrlich, aber danach habe ich einen Schnaps gebraucht!)

Dagi wollte Genaueres erfahren, weshalb ich die Lesetour abgebrochen hatte, denn am Telefon hatte ich nur gesagt, daß ich schon heute kommen würde. Sie wunderte sich gar nicht.

»Wir sind Fremde da drüben, und umgekehrt ist es so ähnlich. Hier in Berlin leben wir immer noch so, als hätte es nie den 9. November gegeben. Die Ossis bleiben in ihrer Hälfte und wir in unserer. Natürlich besucht man sich gegenseitig, die einen wollen in den Zoo oder zu Ikea, die sind nun mal beide im Westteil, die anderen gucken sich den Dom an und Schloß Sanssouci. Abends sind alle froh, wieder in ihrer gewohnten Umgebung zu sein, wo man sie kennt und nicht wie unliebsame Ausländer behandelt.«

»Übertreibst du jetzt nicht ein bißchen?«

»Ich wünschte, es wäre so.«

Nicki kam erst kurz nach sieben. »Ich habe mich nicht einmal verfahren«, erzählte sie stolz, »allerdings habe ich auch nicht den kürzesten Weg genommen, sondern den einfachsten, und der war bestimmt zehn Kilometer länger.«

»Zeig mal, was du dir gekauft hast«, verlangte Dagi, auf die Tüte mit dem silbernen Logo deutend. »Der billigste Laden ist das nämlich nicht.«

»Was auch immer da drin ist, sie kann es auf keinen Fall *gekauft* haben«, sagte ich sofort, »ihr Geld hat höchstens für 'ne Bockwurst und eine Packung Gummibärchen gereicht. Stimmt es nicht, daß gerade hier in Berlin die Ladendiebstähle beängstigend zugenommen haben?«

»Mit der Bluse ging das ganz leicht«, sagte meine Tochter sofort, »viel schwieriger war es, an eine leere Tüte heranzukommen.« Dann wandte sie sich an mich. »Hast du wirklich geglaubt, ich würde ohne Geld nach *Berlin* fahren??? Ich gebe ja zu, daß ich reihum alle angepumpt habe, die noch liquide gewesen sind, außer Katja natürlich, da habe ich es gar nicht erst versucht, aber ihr müßt doch zugeben, daß ich mich sehr zurückgehalten habe.« Sie zog eine dunkelblaue Bluse heraus, die mir ausnehmend gut gefiel. »Du brauchst gar nicht so zu gucken«, meinte sie grinsend, »das ist *meine*, und die kriegst du auch nicht!« Es ist mehr als einmal vorgekommen, daß ich Nicole ein eben erst erstandenes Kleidungsstück sofort wieder abgekauft habe. Leider klappt das nicht immer, und diese Bluse würde sie vermutlich nicht herausrücken. Schade, sie stünde mir bestimmt viel besser!

Den ersten Teil des Abends verbrachten wir in Dagis Stammkneipe. Nicki kannte sie noch nicht, sie kannte überhaupt diese gemütlichen, verräucherten Pinten nicht, fand alles sehr urig, trank sogar Bier und konnte sich nur mit der Erbsensuppe nicht anfreunden. Wirsingkohl gab es leider nicht.

»Wann wollen wir morgen eigentlich starten?« fragte sie, auf einem Bein durch das aufs Trottoir gemalte »Hopse«-Feld hüpfend. »Auf keinen Fall so spät, daß wir den Wochenendtouristen in die Quere kommen.« Sie kicherte vor sich hin. »Hüte dich vor Sonntagsfahrern, die schon am Samstag unterwegs sind!«

Dagmar winkte sofort ab. »Kommt gar nicht in Frage! Ihr bleibt bis Sonntag! Morgen ist nämlich Nikolassee angesagt und Potsdam. Victor hat mir fest versprochen, daß er ausnahmsweise mal nicht arbeitet, sondern sich als Fremdenführer betätigt. In Potsdam kennt er sich wirklich aus. Keine Ahnung, woher, vielleicht ist er im früheren Leben Zweiter Stadtkämmerer beim ollen Fritz gewesen. Wäre naheliegend, denn der soll ja auch ziemlich geizig gewesen sein.«

Von der Aussicht, Postdam einschließlich Sanssouci besichtigen zu müssen, schien Nicki weniger begeistert, doch »die Villa« hatte sie schon immer mal sehen wollen.

Bewaffnet mit einem Kuchenpaket zogen wir am nächsten Vormittag nach Nikolassee. »Das wird unser Mittagessen«, hatte Dagi gesagt, »wenn man von Victor was will, muß man ihn mit Torte füttern, egal zu welcher Tageszeit. Zum Abendessen lassen wir uns von ihm einladen. Ich muß ihn vorher bloß davon überzeugen, daß das *seine* Idee gewesen ist.«

Je weiter wir in das Viertel rechts von der Potsdamer Straße eindrangen, desto größer wurden die Grundstücke und desto undurchdringlicher die Hecken. Manchmal war von den Häusern gar nichts zu sehen. Jahrzehntealtes Kopfsteinpflaster zwingt die Autofahrer zum Schrittempo, nirgends ein Kinderspielplatz, der die beschauliche Ruhe stören würde ... Die ganze Gegend strahlte gediegenen Wohlstand aus. Die Bewohner, so denn welche zu sehen waren, hatten größtenteils das Erwerbsleben hinter sich und genossen den Ruhestand. Die wenigsten von ihnen dürften Rentner sein, bei den meisten heißt das Altersgeld Pension, und genau darin liegt der kleine Unterschied. Man merkt es auch an den Hunden. Normale Rentner haben Dackel, Pudel oder was Kleineres aus dem Straßenadel, die brauchen alle nicht so viel Futter, aber in den wohlhabenderen Kreisen fängt der Hund erst beim Retriever an und gipfelt in Dogge oder Dobermann. Auf der Rehwiese, der standesgemäßen Pipipromenade, sieht man sie Gassi schreiten. Manche haben schon den hochnäsigen Blick ihres Rudelführers angenommen. Zwischendrin gibt es natürlich auch mal diese kleinen Staubwedel mit rosa Schleifchen auf dem Kopf und funkelndem Straßhalsband, Giftspritzen die meisten, die mit heiserem Kläffen ihren großen Artgenossen an die Beine gehen und sich vor lauter Schreck überkugeln, wenn die zurückbellen.

Plötzlich zwischen all diesen schmiedeeisernen oder frisch gestrichenen hölzernen Einfriedungen ein ehemals weißer Lattenzaun, dem schon etliche Teile fehlten. Er sah aus wie ein schadhaftes Gebiß. Die Büsche dahinter hätten dringend einen Fassonschnitt nötig gehabt, genau wie der Rasen, und wann die breite Zufahrt zu der Doppelgarage zum letztenmal geharkt worden war, ließ sich unmöglich feststellen.

Mit einem kräftigen Fußtritt gegen die Tür verschaffte Dagi uns Eintritt. Noch ein paar Schritte, und dann stand sie in voller Häßlichkeit vor uns – die Villa. Ehemals vermutlich beige, hatte sie jetzt eine Farbe angenommen, die an drei Tage alten Milchkaffee erinnerte. An manchen Stellen blätterte der Putz ab, ein Rolladen hing schief vor einem verstaubten Fenster, ein anderer ließ sich anscheinend gar nicht mehr hochziehen. Ich kannte dieses Gemäuer ja schon, doch Nicki stand bloß davor und staunte. Schließlich platzte sie heraus: »Gehört das hier schon zu Ostberlin?«

»Da sehen die Häuser zum Teil viel besser aus«, sagte Dagi nur. »Geht schon mal hinten rum auf die Terrasse, ich suche Victor.«

Die Rückseite des Hauses wirkte genauso heruntergekommen wie die Frontpartie. Auf der Terrasse, kaum noch als solche zu erkennen, wuchs Gras aus den Fugen, und lediglich die großen, mit leuchtendroten Geranien bepflanzten Steinkübel brachten ein bißchen Farbe ins Spiel.

»Macht mal die Tür rechts neben der Garage auf!« rief eine Stimme von irgendwoher. »Da sind die ganzen Gartenmöbel drin. Fangt schon an, ich komme gleich!«

»His master's voice!« sagte Nicki grinsend. »Na, dann wollen wir ihr mal gehorchen.«

Ganz so alt wie das Haus war das Mobiliar noch nicht, sehr viel jünger aber auch nicht, und vor allem einige Stühle sahen aus, als hätten sie früher mal in einem Biergarten gestanden. Nur die zwei Liegen waren neu und paßten nicht ins Bild.

Victor erschien mit einem Eimerchen voll Wasser, begrüßte uns herzlich und forderte Nicki auf, doch mal eben über den Tisch zu wischen. »Dagmar sucht schon eine Decke, und das Geschirr bringe ich auch gleich.«

»Glaubst du, ich kann mir das Haus nachher mal von innen ansehen?« Viel sauberer wurde der Tisch nicht, obwohl Nicki sich alle Mühe gab.

»Victor wird dich nur zu gerne herumführen und dir ganz genau erklären, wie alles aussehen wird, wenn es erst mal renoviert worden ist. Das hat er mir vor ungefähr fünf Jahren auch schon gezeigt.«

»Warum läßt er denn nicht endlich mal was machen? Ich denke, das Geld dafür hat er.«

»Natürlich hat er es! Er hat bloß keine Lust, es in diese Bruchbude zu stecken, wird es aber nie zugeben, denn wenn man mit dem Renovieren mal anfängt, gibt es vermutlich gar kein Ende. Also schiebt er Zeitmangel vor und wird bis an sein Lebensende in seinen drei Zimmern hausen in Gesellschaft von Mäusen, Maulwürfen, Heimchen und anderem Getier. – Kann mal einer die Tassen vom Tablett nehmen?« Gemeinsam deckten wir den Tisch, während Dagi weiter räsonierte. »Früher habe ich immer noch geglaubt, Victor würde mal heiraten und dann zwangsläufig das Haus in Ordnung bringen lassen, aber vermutlich ist jede Frau, die er hierhergebracht hat, schreiend wieder getürmt, nachdem sie das Mausoleum gesehen hat.«

»Mausoleum?«

»Na ja, sein Schlafzimmer! Dunkel – düster – Begräbnishalle!«

»Wieso hast du eigentlich keinen Einfluß auf ihn gehabt?« Ich suchte ein schattiges Plätzchen für die Schlagsahne, fand keins, stellte die Schüssel auf den Boden. »So ganz am Anfang, als die Liebe noch neu und das Haus nicht so alt waren.«

»Damals hat seine Mutter auch noch hier gelebt, besser gesagt, residiert, da hätte nicht ein einziger Stuhl entfernt werden dürfen. Später, als er gedurft hätte, hatte sich Victor an das verstaubte Interieur so gewöhnt, daß er gar kein anderes mehr wollte. Und jetzt wäre für neues sowieso kein Platz mehr!« Sie blickte in unsere ungläubigen Gesichter und fing an zu lachen. »Ich zeig's euch nachher! In Afrika breitet sich bloß die Sahara immer weiter aus, hier auf dem Grundstück sind es Akten und Werkzeug. Als der Schuppen hinter der Garage voll war, wurden die Sachen auf dem Dachboden gestapelt, und von dort griffen sie ganz allmählich auf den ersten Stock über. Es kann sich nur noch um ein paar Jahre handeln, dann ist das Treppenhaus befallen, und sowohl Ordner als auch Schläuche, Kabel und verrostetes Altmetall werden auf das Erdgeschoß übergreifen.«

»Aber wozu, um Gottes willen, hebt er denn das alles auf?«

»Ich glaube, das weiß er selber nicht – leg mal bitte den Löffel in die Sahne! Den Papierkram muß er angeblich durchsortieren, er hat bloß keine Zeit dazu, und Werkzeug schmeißt man grundsätzlich nicht weg, solange es nicht in seine einzelnen Bestandteile zerfallen ist. Das meiste kann man nämlich noch reparieren, man muß bloß erst jemanden suchen, der das macht. Und bis man den gefunden hat, was nie der Fall sein wird, weil sich keiner darum kümmert, bleibt alles dort liegen, wo es liegt. – Victooor! Wenn du nicht gleich kommst, wird der Kaffee kalt und die Sahne sauer!«

Die spätere Hausbegehung übernahm Dagmar. Mit Nicki im Schlepptau verschwand sie hinter einer Kellertür, und dann hörten wir lediglich mal einen Fensterrahmen quietschen oder gedämpftes Stimmengemurmel. Nur einmal erklang lautes Lachen. »Stimmt das wirklich?« fragte Nicki.

»Wenn du es nicht glaubst, kannst du es gerne ausprobieren!« antwortete Dagi. Dann ging das Gekicher weiter.

Etwas verstaubt und mit Spinnweben im Haar fanden sie sich nach geraumer Zeit wieder ein. »Habt ihr irgendwo einen Schatz gefunden, von dem ich nichts weiß, oder weshalb habt ihr vorhin so gegackert?«

»Ich habe Nicole bloß dein Bad gezeigt«, erklärte Dagi.

»Ich denke, er hat gar keins«, fiel mir ein, »du hast mir mal gesagt, er muß zum Duschen immer in den Keller.«

»Stimmt ja auch, aber ein Bad gibt es trotzdem, sogar mit warmem Wasser. Es geht nur kein *Kalt*wasserrohr durch. Wenn die Wanne vollgelaufen ist, kommst du dir vor wie im türkischen Dampfbad. Sehen kann man nichts, baden kann man aber auch nicht, weil man erst warten muß, bis das Wasser abgekühlt ist.«

»Ist ja Quatsch«, sagte Victor gleichmütig, »ich habe dir neulich erst angeboten, den Gartenschlauch durchs Fenster zu ziehen, dann hast du kaltes Wasser!«

»Weißt du jetzt, was ich meine?« war alles, was Dagi dazu einfiel.

Zwei Stunden trabten wir nun schon durch den Garten von Sanssouci, hatten die fetten Goldfische im Brunnen vor der großen Freitreppe bestaunt, hatten versucht, einen Blick ins Innere des mit Plastikplanen verhängten Teehauses zu werfen (ging nicht), und hatten die römischen (oder griechischen?) Bäder besichtigt einschließlich der griechischen (oder römischen?) Statuen, ausnahmslos und deutlich erkennbar männlichen Geschlechts. Unter einem blühenden Gewächs hatten wir schließlich eine Bank entdeckt, uns darauf niedergelassen, zweimal »cheesecake« in Nickis Kamera gelächelt, und nun warteten wir auf den Beginn der nächsten Führung durch das Schloß. Präzise ausgedrückt warteten nur Nicki und Victor, denn Dagi hatte (angeblich!) neue Schuhe an und (wieder angeblich!) zwei Blasen am Fuß, und ich war nun wirklich schon oft genug durch dieses Gemäuer gezogen. Wenn wir nämlich früher Logierbesuch »von außerhalb« bekamen, meistens entfernte Verwandte aus den entlegendsten Ecken Niedersachsens, dann mußte ihnen natürlich etwas geboten werden. Statt sie nun in den *Wintergarten* einzuladen oder mit ihnen auf den Funkturm zu fahren, schleppte Omi sie erst mal nach Potsdam. Sie war nämlich eine glühende Anhängerin der Monarchie und hat bis zum letzten Atemzug gehofft, daß Louis Ferdinand doch noch mal den deutschen Kaiserthron besteigen würde. Immerhin stand der ihm ja zu!

Nur in Potsdam spürte man nach Omis Ansicht noch einen Rest von Preußens Gloria, und da Tante Lotte und Onkel Fritz sowie Cousine Hildchen in ihren Jugendjahren auch noch Wilhelm zwo zugejubelt hatten, waren sie mit Omis Vergnügungsprogramm immer einverstanden gewesen. Potsdam kann man sowieso nicht an einem Tag besichtigen, wenn man gründlich sein will, und Omi war sehr gründlich! Deshalb kannte ich das Schloß und die Orangerie und das Neue Palais und und und ... – nur die Bäder hatte ich vorher nie gesehen! Ich kann mir nicht vorstellen, daß Omi von König Friedrichs Abneigung gegen Frauen etwas gewußt hat (und selbst wenn, dann hätte sie es nicht geglaubt), denn die Verbannung der Frau Königin aus ihres Gatten Nähe begründete sie immer damit, daß er ja häufig unterwegs gewesen sei, schon wegen der vielen Kriegsschauplätze, und so ganz allein bloß mit der Dienerschaft wären die normalen Schlösser für die arme Königin doch viel zu groß gewesen.

Wie sich Omi die zahlreichen nackten Jünglinge – nur aus Marmor, aber immerhin! – im Badehaus erklärt hat, weiß ich nicht, vermutlich gar nicht. Statuen waren Kunst, und Kunst ist geschlechtslos. Bei uns hatte ja auch so ein Nackerter herumgestanden, eine Bronzenachbildung des berühmten Diskuswerfers, der allen Bemühungen meiner Mutter, dieses Ding versehentlich kaputtzukriegen, widerstanden hatte. Jetzt thront er wahrscheinlich auf einem Kaminsims irgendwo in Minnesota, denn ein amerikanischer Kunstliebhaber hatte ihn gleich nach dem Krieg für eine Stange Chesterfield mitnehmen dürfen.

Victor mahnte zum Aufbruch. In zehn Minuten fange die Führung an. »Schön für euch!« meinte Dagi bloß. »Ich bleibe hier sitzen.«

»Ich auch«, sagte ich, allerdings mit gemischten Gefühlen. Das offensichtliche Interesse, mit dem Nicole Victors Erläuterungen folgte, schien ihm zu gefallen. Zugegeben, er wußte eine Menge über Potsdam und konnte sein Wissen auch geschickt an den Mann (die Frau!) bringen, doch ich hätte es als wesentlich normaler empfunden, wenn er mit gelangweilter Miene hinter uns hergestapft wäre. So kannte ich ihn zumindest. Immerhin hatte ihn Dagi zu diesem Ausflug regelrecht verdonnert, freiwillig wäre er doch nie mitgekommen!

»Stewardeß ist sie zwar nicht, aber lange Beine hat Nicki auch. Besteht eventuell die Möglichkeit, daß dein Victor die Altersgrenze für seine Spielkameradinnen etwas heruntersetzen wird?«

Ich muß wohl ziemlich besorgt ausgesehen haben, denn Dagi lachte laut los. »Hast du etwa Angst um deine Tochter? Brauchst du nicht, die wäre ihm viel zu anstrengend. Victor ist wie ein Terrier, der den Autos hinterherrennt. Er will sie ja gar nicht fangen – er will sie nur ein bißchen anbellen.«

Lange brauchten wir auf die beiden nicht zu warten. »Da sind ja nur ein paar Säle freigegeben, in die anderen kommt man gar nicht rein«, beschwerte sich Nicole, »die werden angeblich renoviert. Man sieht bloß olle Stühle, an den Decken ein bißchen Stuck mit Gold, an den Wänden ab und zu mal 'n Bild – das war's dann auch schon. Können wir jetzt nicht lieber nach Potsdam reinfahren? Victor hat mir so viel von dem Holländischen Viertel erzählt, davon habe ich gar nichts gewußt.«

Ich auch nicht, aber das sagte ich natürlich nicht. Diesen Teil von Potsdam mußte mir Omi vorenthalten haben. »Holländisches Viertel« klang ja auch so gar nicht preußisch und war wohl allein deshalb eines Besuchs nicht würdig gewesen. Heute nun lernte ich es kennen, leider noch im Vorrenovierungsstadium, deshalb ist es auch nicht weiter erwähnenswert. Danach besichtigten wir noch andere historische Stätten, unter anderem die Stelle, an der mal die Garnisonkirche gestanden hatte. Ganz richtig, das war die mit dem Üb-immer-Treu-und-Redlichkeit-Glockenspiel. Danach hatten wir alle Hunger, und Victor mußte uns zum Essen einladen. Beim Italiener. Den kannte er, weil er nur zwei Ecken von der »Villa« entfernt war und Victor immer dann beköstigt hatte, wenn Dagi ein paar Tage lang nicht in Nikolassee gewesen war. »Dann kommen einem die Mäuse aus der Küche mit verheulten Augen entgegen«, hatte sie mal gesagt, und Victor hatte es entschieden bestritten. »Knäckebrot ist immer da!«

Um zehn waren wir wieder in Schöneberg, und eine halbe Stunde später lagen wir alle in den Buntkarierten. Nicki hatte beschlossen, morgen spätestens um acht Uhr abzufahren.

Weshalb wir erst um halb neun aufwachten, ist mir noch heute ein Rätsel; vermutlich lag es daran, daß die autofahrenden Bewohner der Rosenheimer Straße auch alle schliefen. Während Dagi Kaffee kochte und Nicole den Wagen belud, hing ich am Telefon und ließ mir von Victor gute Fahrt wünschen und das Versprechen abnehmen, bald wieder nach Berlin zu kommen und dann mehr Zeit mitzubringen. »Bis dahin ist auch meine Gästewohnung fertig«, sicherte er zu.

»Gästewohnung? Wo denn?«

»Na, in Potsdam.«

???

»Ich habe euch doch gestern das grüne Haus gezeigt mit dem Gerüst davor.«

»Du hast aber nicht erwähnt, daß dir dort eine Wohnung gehört.«

»Wieso Wohnung? Ich habe das ganze Haus gekauft!«

Wieder einmal bestätigte sich das Gesetz der Autobahnbiologie, wonach das erste Insekt, das gegen die frisch geputzte Windschutzscheibe prallt, genau vor den Augen landet. Es mußte mindestens eine Hornisse gewesen sein, die mit lautem Klatschen ihr Leben aushauchte, denn Nicki fuhr sofort auf den Seitenstreifen, schaltete die Warnblinker an, fischte die Mineralwasserflasche unterm Sitz hervor und verlangte ein Taschentuch von mir.

»Ich hab' nur Tempos, die zerkrümeln doch gleich.«

»Du entsprichst aber auch in keiner Weise dem Klischee einer angehenden Seniorin! Normalerweise mußt du ein spitzenumhäkeltes Stofftaschentuch in der Tasche haben oder wenigstens eins mit Hohlsaum.«

»Du weißt doch gar nicht, was das ist!« Ich konnte mich zwar noch erinnern, im Handarbeitsunterricht so etwas mal angefertigt zu haben (sagen wir lieber, ich hatte es versucht!), doch wie die Sache funktioniert, weiß ich nicht mehr. Ich glaube, es ist erst dann richtig, wenn man kleine Löcher fabriziert hat. »Taschentücher aus Stoff sind unhygienisch«, konterte ich.

»Dann möchte ich mal wissen, wer die immer noch kauft. Besonders zu Weihnachten liegen sie überall herum, im Dreierset mit Schleifchen obendrauf.« Mit Hilfe von mehreren seltersgetränkten Papiertüchern verteilte Nicki die Reste der geflügelten Leiche über die ganze Scheibe und meinte dann: »Ich werde wohl doch an der nächsten Tankstelle halten müssen!«

»Das glaube ich auch. Und komm bitte nicht auf die Idee, mir bei passender Gelegenheit so einen Dreierpack zu schenken! In meinem Schrank gilben bestimmt zwei Dutzend Taschentücher vor sich hin. Ab und zu schmeiße ich sie mal mit in die Waschmaschine, bügle sie und packe sie wieder weg, damit sie erneut verstauben. Du kannst sie gerne haben, sie stammen alle aus Geschenkpackungen und sind garantiert unbenutzt.« Aber das wollte sie dann doch nicht.

Für die Rückfahrt hatten wir die nördliche Route gewählt, weil ich Nicki in Heidelberg absetzen sollte. »Morgen muß ich mich mal wieder in der Uni sehen lassen, und dann sollte ich endlich mit der Zulassungsarbeit anfangen.«

»Das hast du schon vor vier Wochen gesagt!«

»Ich weiß, aber es hat doch auch was Gutes, wenn man alles auf die lange Bank schiebt: Man hat immer was vor!«

So gesehen hatte sie natürlich recht, andererseits kann man eine Arbeit auch so lange ausdehnen, bis sie die zur Verfügung stehende Zeit ausfüllt. Ich kann ein Lied davon singen! Autoren haben nämlich Ablieferungstermine. Die stehen im Vertrag, doch wenn man den unterschreibt, ist das erst mal kein Thema, weil sie noch in weiter Ferne liegen. Dann fängt man mit dem Schreiben an, das geht auch ganz flott vorwärts, bis die erste längere Unterbrechung kommt – Logierbesuch, eine

Schönwetterperiode, die man lieber im Garten verbringt als an der Schreibmaschine, eine Einladung zur Silberhochzeit, vierhundert Kilometer entfernt mit anschließendem Herumgereichtwerden bei Verwandten, die einem endlich mal den neuen Anbau (oder Traktor, Schwiegersohn, Kamin usw.) zeigen wollen, und wenn man sich nach zwei Wochen wieder an die Schreibmaschine setzt, hat man den Faden verloren und erst mal keine Lust, ihn zu suchen. Natürlich findet man ihn wieder, dann geht's ja auch weiter – bis zur nächsten Unterbrechung. Und plötzlich fallen die Blätter von den Bäumen, es ist Oktober, das hat man gar nicht so richtig registriert, das Buch ist erst halb fertig, und bis April ist es nicht mehr lange hin! Dazwischen liegt noch der Dezember, den muß man sowieso abhaken wegen der zu backenden Plätzchen und der Kartenschreiberei, um die man nicht herumkommt, weil es die einzige Möglichkeit ist, die im Laufe eines Jahres angesammelte Post zu beantworten.

Dann ist auch Weihnachten vorbei, für Mitte Januar hat man seinen Urlaub gebucht, also lohnt es sich gar nicht, vorher noch an dem Manuskript weiterzuarbeiten, und wenn man zurückkommt und sich endlich wieder im Alltag zurechtfindet, ist der Februar auch schon wieder herum. Es fehlen aber immer noch zirka hundert Seiten!

Die Familie wird mit Tiefkühlkost oder Mikrowellen-Futter abgespeist, bringt ihre Pullover zur Reinigung, weil ich für die langwierige Handwäsche keine Zeit habe, muß die Betten selber abziehen und – Gipfel der Zumutungen – sogar sonntags das Frühstück machen. Hund Otto jault Arien, weil Frauchen so selten mit ihm spazierengeht, Gatte Rolf jault ebenfalls, weil *er* jetzt abends raus muß, aber zwei Tage vor dem Ablieferungstermin ist es tatsächlich geschafft! Das Manuskript ist fertig, die Familie atmet auf, und wenn man sein Werk beim Verlag abliefert (es mit der Post zu schicken, ist riskant, das kann schon mal sechs Tage dauern), kriegt man zu hören: »Schade, daß Sie nicht früher geliefert haben. Vor vier Wochen hatten wir noch freie Kapazitäten, jetzt sind wir erst mal voll!« Im Klartext heißt das: Man hätte noch einen Monat oder sogar länger Zeit gehabt!

Kurz vor sechs waren wir in Heidelberg, und eine Viertelstunde später wieder auf der Autobahn. Dazwischen lagen 87 Stufen bis zur Mansardenwohnung der Zwillinge, die Feststellung, daß Katja nicht da war, ein Anruf bei Tom, der auch nicht da war, ein zweiter Versuch bei uns zu Hause, und da hockten sie anscheinend alle und warteten auf unsere Heimkehr.

»Eigentlich ist es idiotisch, jetzt runter- und nachher wieder raufzufahren«, meinte Nicki, »aber ich habe keine Lust, hier allein rumzuhängen.«

Otto war der erste, der unsere Ankunft mitbekam. Er schaffte es wieder mal, sich durch die kleine Lücke zwischen Zaun und Regenrinne zu quetschen, was ihm eigentlich nur dann gelingt, wenn der Kater von gegenüber provozierend vor dem Gartentürchen sitzt. Die Mischung zwischen Quieken, Winseln und Jaulen, mit der Familienmitglieder nach längerer Abwesenheit begrüßt werden, kann bis zu zehn Minuten dauern. Deshalb ist es auch empfehlenswert, etwas griffbereit in der Tasche zu haben, das man Otto in die Schnauze schieben kann. Diesmal hatte ich einen Büffelknochen gekauft, der vermutlich für einen Bernhardiner bestimmt gewesen ist, denn das Ding hätte man notfalls auch als Waffe verwenden können. Allein mit dem Abtransport in sein Vorratslager war Otto erst mal eine Weile beschäftigt.

Zum Empfang hatten sich nicht nur Katja nebst Tom eingefunden, auch Nickis Thomas war gekommen, Steffi natürlich mit Horst Hermann, sogar Sven hatte sein Erscheinen in Aussicht gestellt, mußte aber unterwegs verlorengegangen sein. Das war schon öfter vorgekommen und kein Grund zur Beunruhigung. Auf halber Strecke gibt es nämlich einen Dart-Club.

Und dann mußten wir Bericht erstatten! Das ging diesmal ganz gut, denn Nicki erzählte das, was wir tagsüber erlebt hatten, und ich schilderte den Rest, womit ich immer sehr schnell fertig war. Das Ganze variierte eigentlich nur in der Zahl meiner jeweiligen Zuhörer.

»Die Tour war also alles in allem eine ausgemachte Pleite, oder?« fragte Rolf schließlich.

Ich brauchte nur einen Moment zu überlegen. »Eher ein freiwilliger Solidaritätsbeitrag! Vom offiziellen landet ja auch manches an der verkehrten Stelle!«

Die Zwillinge hatten sich nun doch entschlossen, erst morgen nach Heidelberg zu fahren. »Dann müssen wir eben mal eine Stunde früher aus den Federn«, sagte Nicki. »Zum Glück wird es ja um fünf schon hell.«

»Ist das vielleicht ein Grund zum Aufstehen?« konterte ihre Schwester und schaltete den Fernsehapparat ein. »Ich habe heute noch gar keine Nachrichten gehört.«

»Was heißt heute?« Ich kuschelte mich in meinen Sessel und zog die Beine an. Das hatte ich zwei Wochen lang nicht gedurft. »Ich lebe seit vierzehn Tagen hinterm Mond und habe höchstens mal in eine regionale Zeitung geguckt. In Templin war Kirmes und in Dedelow gerade Rinderzählung. Kann auch umgekehrt gewesen sein. Was gibt's denn Neues im Fernsehen?«

»Eigentlich nichts Besonderes«, gab Katja zurück, »ein Waschpulver und zwei Eiscremesorten.«

Die große Frage: Leerer- oder Lehrerstuhl

Bevor die Zwillinge Pauker wurden, war auch ich der landläufigen Meinung gewesen, dieser Beruf sei ein gutbezahlter Halbtagsjob, der im wesentlichen aus drei Phasen besteht: Studieren, Ferien haben, Pension beziehen. Das stimmt aber nicht!

Haben angehende Lehrer endlich ihre acht Semester Studium hinter sich und mit viel Glück das erste Staatsexamen geschafft, müssen sie anderthalb Jahre lang beweisen, daß sie in den Vorlesungen nicht nur Pullover gestrickt, sondern auch etwas gelernt haben. Diese Zeit nennt man Referendariat.

Der Frischling – offiziell heißt er Lehramtsanwärter – wird einer Schule zugeteilt, die er sich natürlich nicht aussuchen kann, und bekommt einen Mentor, den er sich erst recht nicht aussuchen kann. Hat er Pech, dann ist dieser Mentor schon in Ehren ergraut, steht kurz vor der Pensionierung, hat von den neuen Lehrmethoden keine Ahnung, und falls doch, dann will er sie nicht mehr einführen. Manchmal ist er wenigstens abgeklärt genug, seinem Schützling freie Hand zu lassen.

Ein Lehramtsanwärter gibt pro Tag nur eine bis zwei Unterrichtsstunden, doch die müssen äußerst gründlich vorbereitet werden, weiß er doch vorher nie, ob sein Mentor zwecks Begutachtung daran teilnimmt. Gelegentlich erscheint auch noch der Rektor, dann passen gleich zwei auf. Von deren Wohlwollen hängt viel ab, denn sie müssen später ein Gutachten abgeben, das wiederum die Endnote beim zweiten Examen beeinflussen kann.

Hatte ich während ihrer eigenen Schulzeit bei den Zwillingen nur beratende Funktion ausgeübt, so wurde ich jetzt zur praktischen Mithilfe aufgefordert. »Kannst du das mal ausschneiden?«

»Das« waren 22 auf Pappe gemalte große N. Hinterher war die Schere stumpf. »Prima«, sagte Katja, »und nun bohrst du noch mit dem Milchdosenpikser ungefähr zehn Löcher in jeden Buchstaben, ja?«

»Wozu soll denn das gut sein?«

»Damit die Kids das morgen aussticken können. Die meisten schreiben das N immer noch verkehrt herum. Vielleicht kapieren sie es dann!«

Ein anderes Mal saß sie, am Bleistift kauend, auf der Terrasse. »Sag mir mal ein Wort mit zwei M in der Mitte!«

»Kummer«, fiel mir ein.

»Zu schwer. Die wissen doch noch gar nicht, was das bedeutet.«

»Sommer«.

»Das kommt hin, danke.« Sorgfältig schrieb sie das Wort in die bereits aufgezeichneten Kästchen. »Jetzt brauche ich noch eins mit acht Buchstaben und zwei S.«

»Preussen.«

Sie warf mir einen vorwurfsvollen Blick zu. »Das schreibt man mit ß.«

»Was soll das eigentlich werden, wenn's fertig ist?«

»Einführung von Doppelkonsonanten«, erklärte meine Tochter. »Ich versuche das mal über ein Rätsel. Fällt dir kein anderes Wort mit zwei S ein?«

»Scheisse!«

Ich habe schon Schablonen angefertigt, Herbstblätter gepreßt, Tannenzapfen gesammelt und mich vor allen Dingen damit abfinden müssen, daß in regelmäßigen Abständen meine Küche geplündert wird. Die beiden Töpfe hatte Katja gebraucht, um mit den Kindern Vogelfutter zu kochen. »Wir bauen nämlich unsere Futterglocken selber!« Von den Eierbechern, die auch eine Zeitlang verschwunden gewesen waren, bekam ich nur drei zurück, die anderen waren den Weg alles Irdischen gegangen, und die Frühstücksbrettchen habe ich nie wiedergesehen.

Leere Papphülsen von Klopapierrollen darf ich nicht mehr wegwerfen, die muß ich aufheben, damit sie im Winter zu Weihnachtsmännern umgebastelt werden können. Margarineschachteln werden sorgfältig ausgewaschen, denn sie dienen zur Aufbewahrung von Kärtchen, Kügelchen, Fähnchen und ähnlichem Kleinkram – alles Hilfsmittel, um Grundschulkinder zum Lernen zu bewegen.

Damit die Damen und Herren Referendare wegen ihrer vielen Freizeit nicht übermütig werden, müssen sie zweimal in der Woche Seminare besuchen. Nachmittags! Praktischerweise finden die nicht in der Schule statt, sondern ganz woanders. Eine Zeitlang tagten sie sogar im Sitzungssaal vom Finanzamt. Sie können aber auch sechzig Kilometer weit entfernt veranstaltet werden, wenn der Seminarleiter krank ist und sein Vertreter nicht kommen kann, weil er selber Seminaristen zu betreuen hat.

»Bekommt ihr wenigstens die Fahrtkosten erstattet?« wollte der immer sehr realistisch denkende Vater wissen.

»Na ja, später vielleicht«, sagte Nicki, »erst mal zahlen wir das von unseren vierzehnhundert netto. Wenn wir Glück haben, kriegen wir es mal über den Lohnsteuer-Jahresausgleich zurück. Ich hab' neulich gefragt, wie die sich das eigentlich vorstellen. Miete plus Nebenkosten, Auto und so weiter. Ein bißchen was zum Essen brauchen wir ja auch noch. Und weißt du, was ich zur Antwort bekommen habe? Das sei alles bekannt, leider nicht zu ändern, und wer nicht von den Eltern gesponsert würde, sei wirklich arm dran. Als angehender Beamter darfste ja nicht mal nebenbei jobben.«

»Stimmt!« sagte Rolf sofort. »Damit mußt du warten, bis du Bundestagsabgeordnete geworden bist!«

Zum Referendariat gehören auch die gefürchteten Unterrichtsbesuche. Dazu erscheint ein sogenannter Lehrbeauftragter, der meistens von der Praxis nicht mehr viel Ahnung hat, jedoch ganz genau weiß, wie die von ihm zu prüfende Stunde aussehen soll. Das Thema ist vorgegeben und selten das, was der Prüfling gern gehabt hätte.

Die beiden kommenden Nächte verbringt der Referendar überwiegend am Schreibtisch. Er muß ja nicht nur den Unterricht besonders sorgfältig planen, er muß dazu auch noch bis ins kleinste schriftlich aufschlüsseln, *was* er es tut, *warum* er es tut, und was er damit erreichen will.

»Kannst du mir mal sagen, was dieser Blödsinn eigentlich soll?« Kurz vor Mitternacht saß Katja immer noch an der

Schreibmaschine, neben sich den Papierkorb mit zerknüllten Entwürfen, vor sich die fast leere Kaffeekanne.

»Das frage ich mich schon lange«, seufzte sie. »Warum wohl muß ich die Silbentrennung einführen? Weil die Hefte nicht breit genug sind? Oder weshalb sonst? Und was ich damit bezwecken will? Soll ich vielleicht hinschreiben, ›damit die Kinder das Wort Schlappschwanz nicht nach dem Sch trennen?‹«

Hat der Prüfling seine Unterrichtsanalyse – so heißt das offiziell – grammatikalisch und stilistisch einwandfrei zu Papier gebracht, dann muß er noch eine Art Klassencharakteristik zusammenstellen. Welcher Schüler hat welche Macken, wer ist vorlaut, wer ist schüchtern, und warum fehlt Peter so häufig?

Bricht der gefürchtete Tag heran, ist der Referendar übermüdet, gereizt und ein Nervenbündel. Frühstücken will er nicht, hat überhaupt keinen Hunger, die mitgegebene Banane findet sich später zerquetscht in der Mappe, an den ebenfalls eingepackten Traubenzucker hat er nicht mehr gedacht.

Die Schüler, sowohl von dem Prüfling als auch von seinem Mentor entsprechend geimpft, sind guten Willens. Natürlich wollen sie niemanden in die Pfanne hauen, aber sie können auch nicht aus ihrer Haut heraus. Der Schulamtsabgeordnete erscheint, in seinem Kielwasser Rektor und Mentor. Sie nehmen ganz hinten auf den bereitgestellten Stühlen Platz. Das Spektakel kann beginnen.

Eine dreiviertel Stunde später ist alles vorbei. Das Gericht zieht sich zur Beratung zurück. Dauert sie länger als fünfzehn Minuten, sinken die Chancen des Prüflings, dann sind sich nämlich die Herrschaften nicht einig. Der Mentor kämpft um jeden Zehntelpunkt hinterm Komma, der Herr Lehrbeauftragte ist anderer Meinung, der Rektor sagt am liebsten gar nichts, weil er zwischen zwei Stühlen sitzt. Die besten Aussichten für ein schnelles Ende einer solchen Beratung bestehen, wenn die Prüfung in der vierten oder fünften Schulstunde stattgefunden hat. Der Herr vom Schulamt will pünktlich zum Mittagessen zu Hause sein.

Am Morgen des gefürchteten letzten Examens erschien Katja zur Endabnahme. »Kann ich so gehen?«

Richtig bieder sah sie aus mit Rock, Weste und der braven Hemdbluse. »Seit wann knöpfst du dich bis zur Halskrause zu?« staunte Rolf.

»Ich habe noch den Body mit dem Spitzeneinsatz drunter«, sagte sie grinsend. »Wenn ich den Schnorff kriege, mache ich die obersten Knöpfe alle wieder auf. Der steht auf so was. – Guck nicht so entgeistert, Paps, der Zweck heiligt bekanntlich die Mittel.«

»Wer sagt das?«

»Machiavelli.«

»Na, du kennst vielleicht Leute ...«

Herr Schnorff war nicht da, ein Striptease also weder erforderlich noch überhaupt erwünscht. Der Herr Lehrbeauftragte war bereits dreifacher Großvater und gegen weibliche Reize weitgehend immun.

»Bloß seinetwegen habe ich die Einskommafünf gekriegt«, giftete Katja später, »und wißt ihr, warum?«

Das wußten wir natürlich nicht. »Fachlich hatte er überhaupt nichts auszusetzen, aber mein Sitzkreis ist ihm zu klein gewesen.

»Ich dachte, du bist in Deutsch geprüft worden und nicht in Sport«, wandte ihr Vater ein.

Als seelischer Mülleimer und zuständig für Frustabbau war ich etwas besser informiert. »Den Sitzkreis macht sie doch oft, wenn sie den Schülern erst mal etwas mündlich erklären will.«

»Aha. Und dazu wird vorher das Klassenzimmer umgeräumt?«

»Paps, die Zeiten, wo man in Zweierreihen hintereinander saß, sind doch längst vorbei. Heute sind die Tische u-förmig angeordnet.«

»Wirklich?« Rolf warf seiner Tochter einen verträumten Blick zu. »Dann hätte ich ja von *zwei* Seiten abschreiben können.«

»Also der Sitzkreis war zu klein«, wiederholte ich, »und was weiter?«

»Angeblich haben die Kinder zu dicht aufeinander gesessen, das hätte ich als Lehrerin bemerken müssen, und deshalb bin ich eine halbe Note heruntergestuft worden. Dabei hatte ich angenommen, meine didaktischen Fähigkeiten hätten zur Debatte gestanden und nicht mein Talent als Innenarchitektin.«

Den halben Nachmittag wetterte sie noch herum, unterstützt von ihrem Zwilling, der den letzten Schulamtsauftrieb schon vor einer Woche hinter sich gebracht hatte. »Natürlich war das eine Gemeinheit, aber der halbe Punkt wirft dich doch nicht zurück?«

»Hast du 'ne Ahnung! Das wäre doch mein Bonus fürs Mündliche gewesen.«

Sind die praktischen Prüfungen erst mal vorüber, schaltet der Referendar im Unterricht auf Sparflamme. Er muß sich ja auf das mündliche Examen vorbereiten. Dazu gehört ein Wälzer vom ungefähren Umfang des Bürgerlichen Gesetzbuches, der den Titel »Schulrecht« trägt und in dem alles das steht, was Lehrer beachten müssen, nicht dürfen, zu befolgen haben, und was passiert, wenn sie es nicht tun. Einige Rechte haben sie aber auch. »Weißt du, was man unter Kranzgeld versteht?« fragte mich Katja, wieder einmal über den Paragraphen brütend.

Darüber hatte ich schon mal etwas gelesen, doch das war lange her. »Ich glaube, Kranzgeld mußte früher ein Bräutigam zahlen, der sich offiziell verlobt, dann aber vor der Hochzeit gedrückt und seine Braut sitzengelassen hatte.«

»Also bloß eine blumige Umschreibung für Alimente?«

»Unsinn! Bevor es so weit gekommen wäre, hätte er die Braut heiraten *müssen* oder nach Amerika auswandern. Kranzgeld war wohl eher eine Art Entschädigung für die schon gekaufte Aussteuer, für das Brautkleid und vor allem für die Blamage. Verschmähte Bräute hatten damals kaum Chancen, doch noch einen Mann abzukriegen.«

»Hier steht aber ganz was anderes.« Mit dem Zeigefinger fuhr sie die Seite herunter, bis sie die betreffende Stelle gefunden hatte. »Einem vor seiner Pensionierung verstorbenen Lehrer steht als Grabschmuck ein Kranz zu, der im Sommer 160 Mark kosten darf und im Winter 180, weil zu dieser Jahreszeit die Blumen teurer sind.«

Sven schleppte kiloweise Bücher an. Schon in frühester Kindheit ein Naturapostel, der dicke schwarze Spinnen streichelte und ein abgeknicktes Gänseblümchen im Eierbecher vor dem frühzeitigen Verwelken bewahrte, hatte er im Laufe der Jahre zahllose Werke gekauft, die alle etwas mit Feld, Wald, Wiese, Dschungel, Savanne und jeglicher Art von Gewässern zu tun hatten. »Hast du auch was über Ameisen?« Sven hatte.

»Ich verwechsle immer die Laubbäume, du kennst dich doch da aus. Kannst du mir mal helfen?« Sven half.

»Weißt du, welche Vögel bei uns überwintern?« Sven wußte.

»Wozu braucht ihr denn das alles?«

»Heimat- und Sachkunde«, bekam ich zur Antwort.

Etwa sechs Wochen vor Beginn der Sommerferien war es soweit. Züchtig gewandet und wohlversehen mit guten Ratschlägen (»Nie nach unten gucken, das wirkt immer unsicher!«) schlichen sie los, und ich bezog wieder Posten neben dem Telefon. Während des Abiturs hatte ich gezittert, beim ersten Examen pausenlos Däumchen gedrückt ... hörte das denn nie auf?

Endlich der erlösende Anruf. »Gesamtnote Einskommasechs«, jubelte Katja in den Hörer.

»Gratuliere! Und Nicki?«

»Überflüssige Frage. Das gleiche natürlich. Zwillingssyndrom. Wartet nicht mit dem Essen auf uns, wir gehen jetzt in die Stadt und kaufen uns was zur Belohnung.«

»Was denn?«

»Keine Ahnung. Eben irgendwas.«

Rolf meckerte. »Jetzt habe ich extra den vorletzten Champagner kalt gestellt, und nun kommen sie nicht mal.«

»Bis heute abend wird der bestimmt nicht schlecht.«

Zusammen mit Sven, der endlich die Lücken in seinem Bücherschrank wieder auffüllen wollte, haben wir später auch noch die letzte Flasche Pommery geköpft und nebenbei erfahren, wie die Sache abgelaufen war. »Da stellt der doch einen Korb mit Unkräutern auf den Tisch und verlangt von mir, daß ich alle Schmetterlingsblütler heraussuchen soll«, beschwerte sich Nicole, »dabei habe ich nicht mal gewußt, wie das ganze

Grünzeug geheißen hat. Gerade mal drei Stengel habe ich erkannt, und ausgerechnet das sind die richtigen gewesen! Na ja, Glück muß der Mensch haben.«

»Darauf wollte ich mich lieber nicht verlassen«, Katja schmunzelte, »ich fahre immer besser nach der Devise: Mangelhaftes Wissen kompensiere man durch Rhetorik. Hat ja auch wieder ganz gut hingehauen. Das ist doch so ähnlich wie bei dir, Määm. Im Grunde genommen besteht die Kunst des Bücherschreibens doch darin, wenig Handlung in epischer Breite auf möglichst viele Seiten zu verteilen.«

»Jetzt bist du unfair!« Ich war flammende Empörung. »Schreib du doch mal ...«

»Na ja, stimmt vielleicht nicht ganz«, räumte sie ein, »aber du mußt doch zugeben, daß es Bücher mit fünfhundert Seiten Umfang gibt. Wenn man die reingeblasene Luft rausließe, könnte man die Handlung oftmals auf ein Viertel komprimieren.«

»Richtig«, sagte Rolf, »so was nennt man dann Zeitung.«

Bevor Sven mit seinem Bücherstapel abzog, meinte er gönnerhaft: »Wenn ihr jetzt fertige Lehrer seid, dann kommt ja in Zukunft richtig Kohle bei euch rein.«

»Theoretisch schon«, bestätigte Katja, »praktisch gesehen fehlt uns nur noch die Voraussetzung dazu.«

»Und die wäre?«

»Eine feste Anstellung mit garantierter Verbeamtung!«

Kühlschrank gegen Waschmaschine?

Jetzt habe ich den Ereignissen aber doch ein bißchen vorgegriffen, denn bis zu Katjas eben erwähntem Stoßseufzer würde es noch rund zwei Jahre dauern; sie hatte ja noch nicht mal das erste Examen hinter sich gebracht. Allerdings war sie schon weiter gekommen als ihre Schwester, denn nach unserer Heimkehr von der Lesereise präsentierte sie Nicki stolz eine Handvoll bekritzelte Blätter, von denen sie behauptete, es handele sich um die ersten Seiten der Zulassungsarbeit.

»Für welches Thema hast du dich denn entschieden?«

»›Einfluß der Medien auf die Entwicklung der Kinder‹ oder so ähnlich«, sagte Katja. »Ich weiß, das ist bestimmt schon dreißigmal behandelt worden, und ich bilde mir auch gar nicht ein, etwas Bedeutendes zu erfahren, aber ich kann wenigstens eine Fragebogen-Aktion unter den Kids starten. Selbsterstellte Statistiken machen sich immer gut!«

»Sind aber auch schon alte Hüte.«

»Nun nimm mir doch nicht alle Illusionen!« seufzte Katja. »Originalität ist eben die Kunst, sich zu merken, *was* man gehört oder gelesen hat, und zu vergessen, *wo* das gewesen ist.«

Während der folgenden Monate sahen wir die Zwillinge nur selten. Sie arbeiteten nämlich! Geistig! Offenbar hatten sie das lange nicht getan, denn Nicki jammerte einmal am Telefon, es sei so schwer, sich wieder an das Lernen zu gewöhnen. »Nachdem wir die ganzen Scheine, die man nun mal braucht, zusammen hatten, waren das einzig Regelmäßige in unserem Leben die beiden Nachmittage, an denen wir gejobbt haben.«

Von den fast vier Jahren Studentenleben mußten sie wohl doch ein paar Wochen in der Uni verbracht haben, denn im November hatten sie das erste Examen in der Tasche.

»Und wie geht's nun weiter?« wollte Rolf wissen, als die Mädchen zwecks Entgegennahme der Glückwünsche zu

Hause aufkreuzten. Damit verbunden war je ein Scheck, den der stolze Vater den frischgebackenen Lehrerinnen aushändigte. »Ich nehme doch an, daß ich mit dieser freiwilligen Zahlung meiner Pflicht als euer Ernährer zum letztenmal nachgekommen bin.« Er klappte das Scheckheft zu und sah seine Töchter erwartungsvoll an.

»Wie meinst du das?« fragte Nicki verdattert, während Katja über so viel Unwissenheit nur den Kopf schüttelte. »Wir sind momentan arbeitslos, Paps«, begann sie, »wenn man mal von dem bißchen Jobberei absieht. Die werden wir bis zum Jahresende auch beibehalten, aber davon kann kein Mensch leben! Wir sind doch bloß Aushilfen!«

»Außerdem müssen wir uns um eine neue Wohnung kümmern«, ergänzte Nicki, »und du weißt ja, was das bedeutet!«

»Maklergebühr und drei Monate Mietkaution!« fiel mir als erstes ein. Nur zu gut konnte ich mich an die monatelange, vergebliche Suche nach einer Studentenbude erinnern, und jetzt sollte diese ganze Tortur von vorne anfangen? »Wißt ihr denn wenigstens schon, wo ihr hinkommt?«

»Natürlich nicht«, knurrte Nicki. »Das Referendariat beginnt zwar im Februar, aber seine Schule erfährt man erst nach den Weihnachtsferien. In der dann verbleibenden Zeit soll man sich eine Unterkunft – möglichst am Schulort – suchen, den Umzug organisieren und sich so ganz nebenbei noch ein bißchen auf den Unterricht vorbereiten.«

»Stimmt das?« Rolfs Stimme hatte einen drohenden Klang angenommen.

»Natürlich stimmt das. Glaubst du, wir erzählen hier Märchen?«

»Dann will ich sofort wissen, wer diesen Schwachsinn zu verantworten hat!« Der empörte Vater griff bereits zum Telefonbuch. »An wen muß ich mich wenden?«

Die Mädchen sahen sich entsetzt an. »Paps, das kannst du nicht machen!« flüsterte Katja. »Ich weiß auch gar nicht, wer dafür zuständig ist. Wahrscheinlich das Kultusministerium, und da ...«

Aber Rolf hörte schon gar nicht mehr hin. Er liebt Auseinandersetzungen mit Behörden, und ganz besonders dann, wenn sie telefonisch ablaufen.

Das Kultusministerium befindet sich in Stuttgart, ein Telefonbuch der dortigen Region besitzen wir nicht, und bis Rolf die Auskunft angerufen und die gewünschte Nummer erhalten hätte, würde uns genügend Zeit zur Flucht bleiben. »Fahren wir zum Einkaufen bloß in den Supermarkt oder lieber gleich nach Heilbronn?« Ich suchte bereits nach den Autoschlüsseln.

»Nach Heilbronn natürlich«, sagte Katja sofort, »das dauert länger.« Plötzlich kicherte sie. »Wenn ich nicht genau wüßte, daß die in Stuttgart für die Stellenvergabe gar nicht zuständig sind, würde ich jetzt die Telefonstrippe kappen, bevor Papi eins von den hohen Tieren verärgert. Wer weiß, ob wir die nicht doch noch mal brauchen.«

Als wir Stunden später zurückkamen, saß der Herr des Hauses grollend in der Sofaecke. »Ihr scheint in eurer eigenen Zeitzone zu leben!« Er hielt mir den vorhin in der Küche hinterlassenen Zettel entgegen. »Sind bald wieder da!« las er vor. »Den Wisch habe ich erst vor zwanzig Minuten gefunden!«

»Dann hat doch gestimmt, was draufsteht«, sagte Katja lakonisch.

»Werde bloß nicht frech, junge Dame! Seitdem ich weiß, daß ihr bis auf weiteres immer noch an meiner Brieftasche hängen werdet, bitte ich mir ein bißchen mehr Respekt aus. Solange ihr eure Füße …«

»… unter meinen Tisch stellt«, ging es sofort doppelstimmig weiter, »habt ihr das zu tun, was ich für richtig halte.« Die Mädchen sahen sich an und lachten. »Laß dir endlich mal was Neues einfallen, Paps!« Katja gab ihrem Vater einen Kuß auf die Nasenspitze. »Außerdem wollen wir viel lieber an unseren eigenen Tischen sitzen, wir müssen bloß erst wissen, wohin wir sie stellen können. Du weißt nicht zufällig schon etwas, was wir nicht wissen?«

Nein, er wußte nichts. Zwar habe er eine ganze Menge Gesprächspartner gehabt, die ihn immer wieder weiterverbunden hätten – Mozarts *Kleine Nachtmusik* könne er nunmehr rückwärts singen –, aber zuständig sei wohl niemand gewesen. Schließlich sei er versehentlich beim Pförtner gelandet, und der habe ihm dann gesagt, daß er sich am besten mal mit dem Schulamt Heilbronn in Verbindung setzen solle. Dieses Vorhaben sei bedauerlicherweise daran gescheitert, daß bei eben dieser Behörde keiner mehr den Hörer abgenommen habe.

»Papi, heute ist Freitag!« erinnerte ihn Nicki.

»Ja, und? Mein Steuerberater arbeitet noch, der hat mich vorhin angerufen, drüben beim Zahnarzt brennt Licht, die Geschäfte schließen erst in zwei Stunden, und sogar auf der Post kann ich jetzt noch Briefmarken holen. Mit welchem Recht geht in einer Behörde, die ich mit meinen Steuern finanziere, nachmittags um drei Uhr keiner mehr ans Telefon?«

»Weil die wissen, daß du nicht gerade zu den pünktlichsten Steuerzahlern gehörst«, sagte Katja und duckte sich sofort. Keinen Augenblick zu früh, denn den zusammengeknüllten Prospekt für einen Gartenstaubsauger bekam i c h an den Kopf.

»Ätsch, ich habe seit heute eine Wohnung!!!« Nicki knallte die Haustür hinter sich zu, stürzte zur Pinnwand und entfernte sämtliche Telefonnummern, die dort noch, mit geheimnisvollen Abkürzungen umrandet, aufgespießt waren. Es wurde auch höchste Zeit, daß diese Zettel verschwanden. Jedesmal, wenn ich telefonierte, starrte ich auf die Buchstabenkürzel und zerbrach mir den Kopf, was sie wohl bedeuten könnten. So was kann zu Zwangsvorstellungen führen! EZW ließ sich ja noch als »Einzimmerwohnung« entschlüsseln, doch was hieß GrM 500? Vielleicht »großes Mietshaus« mit fünfhundert Parteien? Oder AW? Altenwohnung? Mit PnA konnte ich eigentlich nur einen »Postnachsendeantrag« verbinden – durchaus verständlich, wenn man umziehen will, nur genügt dafür keine Telefonnummer, das muß man nämlich schriftlich machen. Was also bedeutete PnA? Und was GrM 500?

»Bist du denn überhaupt nicht neugierig?« fragte Nicki enttäuscht. »Sonst willst du immer alles ganz genau wissen, und jetzt sagst du gar nichts.«

»Doch. Was heißt AW?«

»Keine Ahnung! Altweibersommer, Atomwaffen, Autowaschanlage – was weiß denn ich? Also: Meine neue Adresse ...«

»Du hast das doch alles selber aufgeschrieben!« Ich hielt ihr die aus dem Papierkorb wieder herausgefischten Zettel entgegen. »Hier steht's doch: Erst eine Telefonnummer und dann AW.«

Sie warf nur einen kurzen Blick darauf. »Das war die sogenannte Atelierwohnung, Dachmansarde ohne Stellwände. Da hätte ich sogar mein Bett mitten ins Zimmer rücken müssen!«

»Ach so.« Ich blätterte den Papierstapel durch, bis ich zu GrM 500 kam. »Und das hier?«

Jetzt mußte sogar sie einen Augenblick nachdenken. »War 'ne hübsche Wohnung und mit fünfhundert Mark direkt billig, aber das war ja auch nur die Grundmiete. Ohne Müllabfuhr, Treppenlicht, Hausreinigung, Gartenpflege, Schneeschippen ... Die tatsächliche Miete betrug nämlich 930 Mark, und das ist für eine Referendarin entschieden zuviel.«

Auch das war nun geklärt. Blieb noch das rätselhafte PnA. »Dieses Objekt habe ich mir erst gar nicht angeguckt«, sagte meine Tochter. »PnA heißt nämlich ›Preis nach Absprache‹, und das bedeutet von vornherein, ich kann's mir nicht leisten. Bist du nun zufrieden?«

»Ja, und heilfroh, daß ich nicht mehr auf Wohnungssuche gehen muß. Bleibst du zum Essen?«

»Kommt drauf an, was es gibt.«

»Bohneneintopf!«

»Weiß oder grün?«

»Weiß.«

»Dann bleibe ich nicht! Ich habe sowieso wenig Zeit, denn jetzt muß ich schleunigst meine Übersiedlung nach Heilbronn organisieren. Hast du nächste Woche schon was vor?«

»Nein, aber so schnell klappt das mit dem Umzug bestimmt nicht.«

Sie zog die Autoschlüssel aus der Tasche und öffnete die Tür. »Wer redet denn vom Umzug? Erst mal muß die Wohnung renoviert werden!«

Im Gegensatz zu ihrer Schwester, die man einer Heilbronner Schule zugeteilt hatte, hatte Katja das bessere Los gezogen. Oder auch nicht. Sie würde zwar ihr Referendariat im nur fünf Kilometer entfernten Nachbarort ableisten können, andererseits findet man weder dort noch hier bezahlbare Wohnungen. Die drei Buchstaben BAD vor dem Namen verteuern sowieso alles, ganz egal, ob es sich um die Eintrittskarte fürs Hallenbad handelt oder um einen simplen Blumenübertopf – Bewohner von Kurorten müssen damit leben. Lediglich Kurtaxe brauchen sie nicht zu zahlen, aber das müssen unsere Stadtväter bisher glatt übersehen haben.

»Warum ziehst du denn nicht wieder in dein altes Zimmer?« schlug ich vor. »Bequemer kannst du es doch gar nicht haben.«

»Billiger auch nicht«, murmelte ihr Vater, doch Katja lehnte dieses Ansinnen entschieden ab.

»Wie stellt ihr euch das denn vor? Seit fast vier Jahren bin ich an meine Selbständigkeit gewöhnt! Niemand hat mir mehr Vorschriften gemacht, keiner hat gemeckert, wenn meine Jacke über der Stuhllehne hing oder die Zeitung auf dem Boden lag. Soll ich das alles wieder aufgeben?«

»Vielleicht könnten wir uns dahingehend einigen, daß du die Jacke erst gar nicht anziehst, sondern im Auto deponierst, und da du meines Wissens von der Zeitung nur die Titelseite liest, wirst du sehr schnell dahinterkommen, daß sie dazu auf dem Tisch liegenbleiben kann.«

Ungeduldig winkte sie ab. »Du weißt doch ganz genau, was ich meine! Wenn's nicht die Jacke ist, über die du dich ärgerst, dann sind es die Schuhe in der Küche oder die Teetasse im Bad – na, eben die hundert Kleinigkeiten, über die man sich in die Haare gerät. Siehst du das denn nicht ein?«

Die Teetasse im Bad verstand ich ja noch, aber Schuhe in der Küche??? »Habe ich euch nicht mal einen Schuhschrank gekauft?«

»Siehste, da geht's schon los!« triumphierte Katja. »Natürlich haben wir so ein Möbel, das steht am anderen Ende vom Flur, aber manchmal renne ich gleich in die Küche und setze Wasser auf. Dabei ziehe ich die Schuhe aus, und dann liegen sie eben eine Zeitlang da irgendwo rum. Du würdest daraus doch sofort eine Staatsaffäre machen!«

»Logisch! Schuhe in der Küche sind unhygienisch!«

»Kippen in der Seifenschale aber nicht, oder?«

Jetzt hatte sie mich kalt erwischt! »Das ist ein einziges Mal vorgekommen, weil die Milch übergekocht war und ich gerade eine Zigarette in der Hand gehalten hatte.« Dummes Gör! Trotzdem sah ich ein, daß Dialoge dieser Art wohl an der Tagesordnung sein würden, sollte Katja tatsächlich wieder zu Hause einziehen.

»Es wäre allerdings möglich, daß ich *vorübergehend* hier unterschlüpfen muß, wenn ich bis Ultimo nichts gefunden habe. Zwei Eisen liegen aber noch im Feuer.«

»Was wird eigentlich aus euren Möbeln?« Rolf, Fernsehprogramm in der Hand und Brille auf der Nasenspitze, hatte unseren Wortwechsel bisher schweigend verfolgt, doch nun mußte er sich endlich Klarheit verschaffen. »Nehmt ihr die mit?« Wahrscheinlich hatte er Angst, in unserem Keller würden sich wieder mal Betten, Regalbretter und übereinandergetürmte Bücherkisten stapeln. Das hatten wir alles schon gehabt, und nicht nur einmal!

»Nicht alle«, sagte Katja sofort. »Mein Kleiderschrank würde einen nochmaligen Ab- und Wiederaufbau nicht überstehen, der hält nur noch dank zehn Zentimeter langer Nägel zusammen. Den ganzen Krempel im Bad lassen wir auch da, und für die Teppichböden kriegen wir von unseren Nachfolgern sogar noch eine Abstandszahlung. Nicki will ihr Regal stehenlassen, das hat sie sich damals für die schrägen Wände nach Maß zurechtsägen lassen. Jetzt braucht sie ja nicht mehr auf dem Bauch zu kriechen, wenn sie ein Buch sucht.«

»Und die restlichen Möbel teilt ihr untereinander auf?«

»Wir sind ja schon dabei! Aber das ist gar nicht so einfach. Bis jetzt haben wir noch jedesmal Schluß gemacht, bevor eine von uns zum Tranchiermesser gegriffen hat, aber wie lange sich die niederen Instinkte unterdrücken lassen, bleibt abzuwarten.« Katja setzte sich rittlings auf einen Stuhl, legte das Kinn auf die Lehne (das wäre auch schon wieder ein Grund für eine längere Debatte über gutes Benehmen!) und sah uns beide an. »Daß jeder seine eigenen Möbel mitnimmt, ist klar, aber es gibt ja noch das Wohnzimmer und die Kücheneinrichtung. Das meiste davon haben wir gemeinsam bezahlt ...« – sie sah meine hochgezogenen Augenbrauen und verbesserte sich sofort – »beziehungsweise geschenkt bekommen, aber da ein in der Mitte durchgesägtes Sofa keinem was nützt und es auch ziemlich sinnlos ist, wenn Nicki den Tisch kriegt und ich die Stühle, haben wir uns auf eine andere Methode geeinigt. Die klappt bloß nicht!«

»Das hätte ich mir denken können!« sagte Rolf weise nickend. »So kann das auch nicht funktionieren!«

Leicht irritiert sah Katja ihren Vater an. »Du weißt doch gar nicht, *wie* wir das machen!«

»Das muß ich auch nicht wissen. Ganz egal, wie ihr die Sache anfangt, es fehlt euch auf jeden Fall ein neutraler Dritter.«

»Ach, und der willst du wohl sein?«

»Ich denke ja gar nicht daran!« In dem Bewußtsein, uns nun restlos verunsichert zu haben, zog sich der Herr des Hauses wieder in sein Zimmer zurück.

»Vielleicht liegt Papi gar nicht so schief«, begann Katja erneut, »wir könnten wirklich jemanden gebrauchen, der die Preise festsetzt.«

Nun verstand ich gar nichts mehr. »Wollt ihr euch die Sachen etwa gegenseitig abkaufen?«

»Nicht direkt, obwohl es im Grunde genommen darauf hinausgeht. Wir haben einfach mal geschätzt, was die einzelnen Teile noch wert sind, Kühlschrank, Waschmaschine, Herd und so weiter. Da sind wir uns auch ziemlich schnell einig geworden. Nicki nimmt den Herd, dafür kriege ich den Kühlschrank, die Waschmaschine pfeift eh auf dem letzten Loch, die kann sie ruhig haben – nun guck nicht so böse, dafür will ich ja keinen Gegenwert! –, die Mikrowelle behalte ich, weil Nicki den Staubsauger bekommt ... bis hierhin ist alles in Ordnung, es geht nur noch um den Kleinkram. Da ist zum Beispiel der Besteckkasten, den du uns mal zu Weihnachten geschenkt hast. Auf den sind wir nämlich beide scharf! Und auf das Kaffeeservice. Nicki hätte auch gern die ganzen Gläser. Kann sie von mir aus kriegen, die haben mir sowieso nie gefallen, aber weil sie das weiß, hat sie den Gebrauchswert oder wie man das nennt entsprechend niedrig angesetzt. Genau wie die Kochtöpfe! Dafür hat sie die Dielenmöbel, die *ich* gerne nehmen möchte, nach meiner Ansicht viel zu hoch kalkuliert. Ich fände es auch gerecht, wenn einer das Sofa bekommt und der andere die Eßecke, aber Nicki meint, die Sachen gehören vom Design her zusammen. Ich könnte ja statt dessen die ganzen Lampen bekommen. Nun sag doch mal selber, findest du das gerecht?«

Dazu wollte ich mich nicht äußern. Was ist schon gerecht? »Nach welchen Kriterien legt ihr denn die Preise fest? Pi mal Daumen?«

»Nicht ganz«, sagte sie grinsend, »aber so ähnlich. Jeder schreibt seine Vorstellung auf einen Zettel, also ›großer Spiegel = DM 25,–‹ und ›Inhalt Küchenschublade links unten = DM 80‹, dazu gehört nämlich auch der Elektromixer, dann vergleichen wir die jeweiligen Zahlen und einigen uns meist auf den Mittelwert. Aber weil Nicki genau weiß, *was* ich haben möchte, schraubt sie genau diese Preise entsprechend hoch.«

»Ach, und wie ist das umgekehrt?«

»Ich kann doch für den Gläsersatz oder die Kochtöpfe nicht zweihundert Mark hinschreiben, wenn sie neu bloß hundertsiebzig gekostet haben! – Wir haben uns wegen dieser blöden Auseinanderdividiererei schon so in die Wolle gekriegt, daß wir manchmal den ganzen Tag lang kein Wort mehr miteinander gesprochen haben. Was glaubst du wohl, weshalb ich hier sitze und nicht in ihrer neuen Wohnung Tapeten an die Wände kleistere?« Sie seufzte tief. »Etwas ist mir in den letzten Tagen jedenfalls klargeworden. Ich werde nie heiraten! Wenn ich schon wegen ein paar lumpiger Möbel mit meiner Schwester in Dauerfehde liege, wie soll das erst bei einer richtigen Scheidung werden?«

Vierzehn Tage vor der geplanten Abschiedsparty und siebzehn Tage vor dem Umzugstermin (ich hatte schon wieder einmal in unserem Keller Platz geschaffen für Katjas Möbel – besser gesagt, ich hatte es versucht) fand sie doch noch eine eigene Bleibe, und zwar exakt 838 Schritte von unserer Haustür entfernt. Früher hießen Räume, in die man nicht hinauf-, sondern hinabsteigt, schlicht und einfach Keller. Dann fing man an, diese Räume zu isolieren, Heizungen sowie normale Fenster einzusetzen, nannte sie *Souterrain-Wohnungen* und vermietete sie. Lagen ihre Fenster nicht zur Straße hin, sondern nach hinten hinaus, wo ein paar Stiefmütterchen vor sich hinkümmerten und ein degenerierter Lebensbaum, dann handelte es sich um eine *Gartenwohnung*. Und genau eine solche hatte Katja angemietet. »Es gibt zwar nur ein Zimmer nebst Küche, aber beide Räume sind sehr groß, und was ich besonders toll finde: Die Küche ist komplett eingerichtet. Nagelneuer Herd, dito Kühlschrank, Waschmaschine, Keramikspüle, Einbauschränke ..., alles vom Feinsten! Wenn ich wollte, könnte ich heute schon einziehen.« Zum Beweis legte sie einen gut bestückten Schlüsselbund auf den Tisch.

»Du liebe Zeit, das Ding ist ja waffenscheinpflichtig!« staunte ich. »Was schleppst du denn da alles mit dir herum?«

»Haustürschlüssel, Vorraumschlüssel, Zimmerschlüssel, Badschlüssel, Kloschlüssel, Briefkastenschlüssel, Mülltonnenabstellraumschlüssel ...«

»Hör auf!!! Verarschen kann ich mich selber!«

»Tu ich ja gar nicht«, sagte Katja grinsend, »aber bevor ich dir das alles verklickere, kommst du besser mit und guckst dir mein Refugium mal an. Es liegt wirklich nur zwei Ecken weiter.«

Das allerdings stimmte. Genaugenommen befand sich das Zweifamilienhaus mit der neu eingerichteten Gartenwohnung in unserer Parallelstraße und gehörte schon zum »Prominentenviertel«, wo sich auch unser Bürgermeister angesiedelt hat und der pensionierte Direktor der größten Kurklinik, ein Zahnarzt wohnt dort, der Besitzer vom Autohaus und andere, ähnlich honorige Mitbürger. Jenes Haus, in das nun Katja einziehen wollte, gehörte einem Studienrat und seiner Gattin, einer Studienrätin. »Diese Wohnung ist quasi mein erster Lehrerbonus! Es gab natürlich noch andere Interessenten, aber ich war der einzige Pauker!« Sie zog ihre Altmetallsammlung aus der Tasche und öffnete die erste Tür. Wir schritten hindurch und dann acht breite, mit Fliesen bedeckte und auf Hochglanz gewienerte Stufen abwärts. Dann kam die nächste Tür. Zu der paßte erst der vierte Schlüssel. »Ich muß die nachher alle mal markieren, aber mit der Zeit werde ich schon mitkriegen, welcher wozu gehört.«

Diese zweite Tür führte in einen großen quadratischen, ebenfalls gefliesten Vorraum, von dem erstaunlich viele Türen abgingen. Eine davon schloß Katja auf. »Du weißt ja, daß leere Räume nie anheimelnd wirken«, warnte sie mich, »und daß das Zimmer im Moment ein bißchen dunkel ist, liegt einmal an dem trüben Wetter und zum anderen an der Böschung, aber die wird noch zurückgeschnitten!«

Groß war das Zimmer wirklich, aber dunkel war es auch, obwohl es draußen überhaupt nicht trübe war – ganz im Gegenteil: Wir hatten nämlich einen der vier sonnigen Januartage des Jahres 1993. Nur erschien das wuchernde Gestrüpp vor dem Fenster, von Sven immer abschätzig als Architektenunkraut bezeichnet, wie eine grüne Mauer, die den größten Teil des einfallenden Lichts schluckte. Ich sagte erst mal gar nichts, weil mir nichts Passendes einfiel, sondern öffnete die Tür zur Küche. Die sah wesentlich freundlicher aus. Durch das große Fenster fielen sogar Sonnenstrahlen und malten Kringel auf den Kachelboden. Zusammen mit den weißen Einbaumöbeln und den zwei weißgekachelten Wänden wirkte der Raum zwar etwas steril, aber Katja würde ihm schon ihre persönliche Note aufdrücken. Für so was hat sie ein Händchen.

»Doch, hier läßt sich was draus machen«, bestätigte ich, »aber wo ist das Bad?«

»Na ja«, sagte Katja zögernd, »das ist nicht direkt in der Wohnung, oder – präziser ausgedrückt –, die Wohnung ist nicht in sich abgeschlossen. Komm mal mit!« Also wieder zurück ins Zimmer, weiter in den Vorraum und von dort zu einer der Türen. »Hier ist es!«

»Hm, bißchen sehr kompakt, nicht wahr?« Auf der linken Seite dieses Schlauchs befanden sich Waschbecken, Badewanne und Dusche, auf der rechten ein Handtuchhalter und ein Spiegel. Mehr hätte auch gar nicht Platz gehabt. Ein Fenster gab es nicht, und daß die Entlüftung nie so richtig funktionierte, stellte sich erst später heraus. »Ist die Toilette auch wieder woanders?«

»Ein Glück!« Katja machte die Badezimmertür zu, schloß sie ab und suchte nach dem nächsten Schlüssel. »Ich glaube, das hier ist er. Am besten hänge ich ihn neben die Zimmertür. Bei meinem Talent, ständig meine Schlüssel zu verkramen, könnte das in diesem Fall mal peinlich werden! – Na, hör mal, sooo ulkig ist ist diese Vorstellung nun auch wieder nicht!« meinte sie unwillig, als ich plötzlich zu kichern anfing.

»Du weißt ja gar nicht, weshalb ich lache.« Mir war nämlich die winzige Wohnung meiner Urgroßmutter eingefallen, irgendwo im Zentrum Berlins und dann auch noch mit Blick auf einen Hinterhof, aber billig und der damaligen kleinen Witwenpension meiner Urgroßmutter gerade angemessen. Ein Badezimmer gab es natürlich nicht, nicht mal eine Toilette, denn die befand sich eine Treppe höher und wurde von mehreren Familien benutzt. Der Schlüssel zu dieser Installation, ungefähr zwanzig Zentimeter lang und entsprechend schwer, hing bei Uromi neben der Wohnungstür, aufgespießt auf einen großen Nagel. Damit er nicht mit dem kaum kleineren Hausschlüssel verwechselt werden konnte, hatte sie einen ausgekochten und dann sorgfältig gereinigten Markknochen drangebunden. Ob ich für Katja auch ...?

Ihre Toilette war ebenfalls weiß gekachelt und fensterlos, beim Öffnen des Klodeckels sollte sich automatisch die Entlüftung einschalten. Eine Überprüfung der Technik war so auf die schnelle nicht möglich, denn die Kloschüssel befand sich wohl noch im jungfräulichen Zustand und war rundherum zugeklebt. »Dann weiß ich wenigstens, daß sie vor mir noch niemand benutzt hat.« Nach einem zufriedenen Rundumblick schloß sie auch diese Tür wieder ab. »So, die Wohnungsbegehung ist zu Ende. Was sagst du denn nun?«

Anscheinend erwartete sie begeisterte Zustimmung, doch dazu konnte ich mich nicht aufraffen. Und überhaupt: »Wo führen eigentlich die anderen Türen hin?« Außer den mir bekannten gab es noch drei weitere, die offensichtlich nicht zur Wohnung zählten.

»Die eine geht in den Heizungskeller, die neben dem Bad zum Wäschetrockenraum, und hinter der dritten ist der Gang zu den beiden Kellern. Die gehören den anderen zwei Mietern.«

Das mußte ich erst mal verdauen. »Heißt das, du kannst nie mal eben nackend ins Bad oder auf die Toilette gehen, weil dir jederzeit ein Mitbewohner über den Weg laufen kann?«

»Na und? Das sind zwei alte Ehepaare, die sind schon jenseits von Gut und Böse. Außerdem sollen die sich seit Jahren spinnefeind sein und kaum mal hier runterkommen aus lauter Angst, einer würde dem anderen doch mal begegnen. Wäsche wird angeblich nie aufgehängt, um die Heizung kümmert sich irgend so ein Wartungsmensch, na ja, und in den Kellern steht bloß altes Gerümpel. Weshalb sollen die also hier herumschlappen?«

»Ach, dein Vermieter wohnt gar nicht hier?«

»Gott sei Dank nicht! Wenn ich mir vorstelle, der würde genauso nerven wie Nickis Hauswirtin ... Das wäre glatt ein Grund gewesen, hier gar nicht erst einzuziehen.«

Diese Dame hatte ich allerdings auch schon kennengelernt. Eine Bilderbuchschwäbin mittleren Alters, verwitwet, nicht berufstätig, mit viel Zeit und festen Grundsätzen. Einer der ersten lautete: Vor ein Fenster gehört eine Gardine, und wenn da nach drei Wochen noch keine hängt, muß man darauf hinweisen! Was sie später auch tat und sich von Nicki sagen lassen mußte, daß ihr Vorhänge und Grünpflanzen genügen und sie nicht daran dächte, solche »gerafften Lappen« anzubringen.

Die zweite Abfuhr bekam Frau Hummel, als sie von ihrem Balkon auf den von Nicki guckte und feststellen mußte, daß dort auf dem Fensterbrett ein Aschenbecher mit zwei Kippen stand. Und das, wo sie die Wohnung doch ausdrücklich an eine Nichtraucherin vermietet hatte! Das schwarze Schaf war ja auch ich gewesen, nur hatte ich nicht geahnt, daß sich das Rauchverbot allem Anschein nach auch noch auf den Balkon bezog.

Frau Hummel registrierte genau, wann wie lange jemand zu Besuch kam, lernte sehr schnell, zwischen Freunden und Verwandten zu unterscheiden (»Hat Ihre Schwester ein neues Auto?« – nein, hatte sie nicht, es war Toms Wagen gewesen), und kontrollierte jedesmal, ob Nicki auch ihrer Kehrwochenpflicht ordnungsgemäß nachgekommen war.

Apropros Kehrwoche: Über dieses schwäbische Ritual sind ja schon seitenlange Abhandlungen geschrieben worden, und daß die wenigsten davon übertrieben sind, mag folgende kleine Episode beweisen. Ich habe sie zwar nicht selber erlebt, doch die Zwillinge haben heilige Eide geschworen, die Sache habe sich haargenau so abgespielt.

Es war im darauffolgenden Sommer gewesen, als die Mädchen an einem Samstag nachmittag auf Nickis Balkon saßen und irgendwelchen Schulkram erledigten. Der Balkon ging zur Straße hinaus, und Katja bemerkte plötzlich, daß auf dem gegenüberliegenden Gehsteig zwei Frauen mit Kittelschürze, Schrubber und Wassereimer tuschelnd ihre Köpfe zusammensteckten und abwechselnd zum Balkon und zu Katjas am Straßenrand geparkten Wagen blickten. Schließlich wurde sie unruhig, vermutete einen geplatzten Reifen oder einen anderen Defekt und lief hinunter. Am Auto war nichts zu sehen. »Stehe ich etwa vor einer Ausfahrt?« fragte sie höflich, obwohl das keineswegs der Fall war und der Wagen auch sonst nichts und niemanden behinderte.

»Noi, net direkt«, lautete die Antwort, »aber mer hend gerade die große Kehrwoche gemacht, ond mit dem Wasser tun mer sonst immer noch die Gosse bis zum Abfluß kehre.«

Ein paar Sekunden dauerte es, bis Katja den Sinn dieser Erklärung begriffen hatte. »Soll ich den Wagen ein Stück vorfahren?« Sie muß wohl große Mühe gehabt haben, sich das Lachen zu verbeißen.

»Ja, wenn Sie das mache täte …«

Sie tat es, und dann sahen die Mädchen von oben zu, wie mit einem Strohbesen und einem Eimer voll immer noch verwendbarem Schmutzwasser auch noch der Rinnstein geschrubbt wurde!

Nun war Katja also doch Wohnungsbesitzerin geworden und erklärte sofort alle Abmachungen für hinfällig. »Ich brauche zwar keine Küchenmöbel, aber wenigstens ein bißchen was zum Reinstellen. Was nützt mir der schönste Herd ohne Kochtopf? Mit dem ganzen Zeug von der Diele kann ich auch nichts mehr anfangen, das kann alles Nicki kriegen, wenn sie statt dessen den Staubsauger rausrückt und die Hälfte von dem Kleinkram, der immer mehr kostet, als man meint.«

Jetzt hatten sich die Mädchen endlich wieder ausgesöhnt, Katja hatte sogar noch beim Streichen der Küche (grün!) mitgeholfen, und nun sollte dieser ganze Zirkus von vorne anfangen? Bloß das nicht! »Was hältst du davon, wenn wir mal den großen Schrank im Keller durchforsten? Da steht doch einiges an Geschirr drin, was eigentlich viel zu schade zum Verstauben ist. Das Limoges-Service zum Beispiel und …«

Die Antwort war ein einziger Schrei. »Meinst du etwa diese grauenhaften Blümchenschüsseln mit den Rüschen am Rand?«

»Nur für den Anfang – bis du dir selber etwas gekauft hast!« wiegelte ich sofort ab, denn ich konnte Katjas Protest verstehen. Wäre dieses Service komplett gewesen, hätte ich es längst zu einem Antiquitätenhändler geschleppt. Über Geschmack läßt sich bekanntlich streiten, und vor hundertfünfzig Jahren mögen Teller mit handgemalten Rosen drauf und goldverzierten Schnörkeln am Rand vielleicht das Nonplusultra gehobener Tischkultur gewesen sein, aber dazu hatte man auch Silberleuchter gehabt, Kristallgläser, eine Damastdecke und vor allem eine geduldige Großmutter, die die angetrocknete Bratensoße von den Schnörkeln wieder entfernte; einen Spülmaschinendurchlauf hätte das empfindliche Porzellan nämlich nie überstanden! Sämtliche Versuche, dieses von meiner Schwiegermutter geerbte und von uns nie benutzte Geschirr irgendwie loszuwerden, waren an dem Widerstand meines Ehemannes gescheitert. Pietät war es mit Sicherheit nicht, eher die Hoffnung, doch noch mal einen Liebhaber zu finden, der die Sachen für teures Geld kaufen würde. Was praktisch unmöglich war, denn Limoges stand nicht etwa schön sichtbar hinter Glas im Wohnzimmer, wo es vermutlich hingehört hätte, sondern in dem ebenfalls geerbten »Oma-Schrank« (gute deutsche Wertarbeit!) im Keller. Daneben ein wunderschönes altes Kaffeeservice, leider etwas lädiert und darüber hinaus einer Zeit zuzuordnen, als Bohnenkaffee noch sehr teuer und Zichorie der gebräuchliche Ersatz dafür gewesen war. Eine dieser tomatenroten Tassen faßt nämlich genau einen Viertelliter Flüssigkeit, und in die dickbauchige Kanne geht der Inhalt von 14 Tassen hinein.

»Und jetzt versuch bloß nicht, mir auch noch diese bunten Gläser unterjubeln zu wollen«, empörte sich Katja weiter. »Erstens sind die ja nun wirklich zu wertvoll, und zweitens für Apfelsaftschorle und Cola-Rum denkbar ungeeignet. Wenn du sie mir allerdings *schenken* würdest, hätte ich nichts dagegen«, meinte sie mit Unschuldsblick, »die nimmt mir jeder Antiquar ab, und für das Geld könnte ich mir ganz moderne kaufen.«

So kamen wir nicht weiter! »Es ist ja üblich, daß man zum Einzug in eine neue Wohnung etwas spendet«, begann ich vorsichtig. »Eigentlich wollten wir euch je einen hübschen Teppich schenken, doch ich glaube, es gibt noch Notwendigeres. Was hältst du davon, wenn wir alle drei mal zusammen losziehen und ihr sucht euch ...«

»Ich habe einen besseren Vorschlag! Wie wär's mit BAT?«

»Womit?«

»Bar auf Tatze!« sagte Katja. »Dann kann sich jede das kaufen, was sie will, und wir müssen nicht immer endlos debattieren, ob dieses oder jenes nötig ist. Bis jetzt hat sich noch nie jemand bei uns beschwert, wenn wir den Marmorkuchen auf'm Holzbrett serviert haben statt auf 'ner Kuchenplatte, aber unsere Eierbecher haben noch jedem gefallen, und die haben entschieden mehr gekostet als fünfunddreißig Zentimeter Porzellan.« Das glaube ich gern! Sie stammen aus Frankreich, sehen ausgesprochen witzig aus und sind genauso unpraktisch. Man weiß nie, wohin mit den Schalen, weil die an den Seiten wieder rausfallen.

Da Rolf wider Erwarten den Vorschlag seiner Tochter als »äußerst vernünftig« bezeichnete, verwandelten sich die Teppiche in mehrere Geldscheine, von denen Katja den größten Teil für Bettwäsche ausgab und für ein neues Fahrrad. »Nur wegen der Gesundheit«, begründete sie diese Anschaffung einigermaßen glaubhaft. »Wenn das Wetter schön ist, werde ich die fünf Kilometer zur Schule nämlich radeln!«

Entgegen allen Erfahrungen wurde diesmal meine aktive Mithilfe beim Umzug nicht angefordert. Rolfs auch nicht, er hätte also gar nicht das »schon längst überfällige« Treffen in Basel terminieren müssen. »Natürlich hatten die an keinem anderen Tag Zeit als ausgerechnet am Freitag«, schimpfte er vorsichtshalber in der Hoffnung, ich würde ihm das abnehmen, »dabei wird doch übermorgen jede Hand gebraucht.«

»Aber nicht deine, und ich bin auch bloß fürs Essen zuständig«, sagte ich, »du hättest also ruhig hierbleiben können.«

Im Gegensatz zu ihrem Umzug nach Heidelberg, bei dem Katja noch die letzten Kisten gepackt hatte, als die freiwilligen Hilfskrafte schon auf der Treppe standen, schien die ganze Sache diesmal besser organisiert zu sein. Vor allen Dingen hatten sie jemanden gefunden, der seinen LKW zur Verfügung stellte, denn der gepumpte Lieferwagen von vor vier Jahren würde jetzt nicht mehr ausreichen. »Jede Art von Sammeln erscheint idiotisch, wenn man sieht, wie leicht sich von selbst alles mögliche ansammelt«, hatte Nicki am Telefon gesagt und beschlossen, sich nun endgültig von ihren Enten zu trennen. Deren Urahne war ein zwei Zentimeter großes Küken in einem Blumenstrauß gewesen, doch seine Nachkommen, zum Teil zu Riesen mutiert, füllten bereits drei Regalfächer.

»Mich interessiert momentan nur eins«, unterbrach ich sie, »wie viele Leute werden sich wann zum Essen einfinden?«

»Das weiß ich auch nicht genau, da muß ich erst Katja fragen, und die ist im Moment nicht da. Aber ein paar kann ich dir schon nennen. Da sind natürlich erst mal Tom und Thomas, dann Hannes, Dominik, Küchen-Chrissie, Doris, Steffi, wenn sie Urlaub kriegt, später beim Ausladen noch Horst Hermann, eventuell Fritz, und wen Katja noch angeheuert hat, weiß ich nicht. Am besten ruft sie dich nachher mal an.«

Früher hatte ich ihre ganze Clique persönlich gekannt, jetzt gab es nur noch Namen und gelegentlich mal ein Foto, aufgenommen während einer Party und wenig aussagekräftig; meist junge, sympathische Gesichter, mit denen ich nichts anfangen konnte. »Ich brauche keine Namen, sondern Zahlen! Es ist nämlich ein Unterschied, ob ich für acht Personen kochen soll oder für sechzehn!« Und vor allen Dingen:

Was??? Die übliche Möbelpackernahrung, Rippchen mit Kraut, dazu Brötchen und Bier, schien mir für diesen freiwillig antretenden Verein nicht so ganz geeignet, außerdem kann man das nicht richtig warm halten, und überhaupt wollte ich am liebsten etwas haben, das aus einem einzigen Kochtopf kommt und auf einen einzigen Teller geschaufelt werden kann – pro Person, versteht sich, denn die schöne bäuerliche Sitte, Topf in der Mitte und die mit einem hölzernen Löffel bewaffneten Hungrigen drumherum, gibt es leider nur noch beim Alm-Öhi oder in Büchern von Peter Rosegger.

Bis auf Sven, der ausnahmslos alles ißt, was man ihm vorsetzt, lehnen meine Nachkommen den Verzehr von Hülsenfrüchten ab. Gelbe Erbsen eigneten sich zwar als Geldersatz beim Pokern, seien für den menschlichen Genuß jedoch unzumutbar, hatte Sascha mal gesagt, eine Behauptung, die seine Schwestern nur zu gern übernommen hatten. Erbsen, Linsen und Bohnen kamen als Eintopf folglich nicht in Betracht. Weiß- oder Wirsingkohl wollte *ich* nicht kochen, weil man gerade dann merkt, daß auch die beste Dunstabzugshaube nicht allzu viel taugt; andererseits lehne ich es jedoch ab, im Winter stundenlang alle Fenster aufzureißen. Blieb also nur eine bunte Gemüsesuppe übrig – die Tiefkühltruhen im Supermarkt machen's ja möglich. Praktisch ist sie auch, im Bedarfsfall kann man sie immer mit einem Liter Wasser verlängern.

Die Zwillinge waren einverstanden. »Aber nur, wenn du kein fettes Fleisch mitkochst!«

»Hab' ich noch nie gemacht, ich nehme immer Rinderknochen.«

Erst Schweigen, dann die erstaunte Stimme von Katja: »Knochen??? Wozu gibt es denn Brühwürfel?«

Über die genaue Zahl meiner Tischgäste konnte auch sie nichts Näheres sagen, ich sollte mich vorsichtshalber auf ein Dutzend einstellen. »Wir laden erst meinen Krempel aus und kommen dann zum Essen, bevor wir weiterfahren zu Nicki.«

Für zwölf Personen Suppe zum Sattwerden bedeutete, daß die Waschwanne gebraucht wurde – eine absolut irreführende Bezeichnung für den Riesenkochtopf, den Sascha vor Jahren mal angeschleppt hatte. Die Küche des Hotels, in dem er damals gearbeitet hatte, war mit neuen Töpfen ausgestattet worden, und wer wollte, konnte von den alten welche mitnehmen. »Hier hast du Ersatz für den eisernen Meiler«, hatte Sascha gesagt und mir so einen 15-Liter-Kübel auf den Tisch geknallt, »er hat sogar einen durchsichtigen Deckel. Jetzt kannst du wenigstens zugucken, wie dein Essen anbrennt.«

Das ist auch so eine Geschichte, die ich wohl bis an mein Lebensende aufs Brot geschmiert bekomme! Ja, es wäre *meine* Schuld gewesen, wenn das Haus in Flammen aufgegangen wäre, aber vielleicht auch die von Clark Gable oder dem Fernsehen ... Wenn man es jedoch genau nimmt, ist eigentlich Rolf schuld daran gewesen beziehungsweise seine Vorliebe für bäuerliche Kartoffelsuppe. Und Weihnachten natürlich (größere Katastrophen ereignen sich bei uns grundsätzlich zu Weihnachten), wegen der Gans!

Nach zwei Tagen mittags Gänsebraten gelüstete es meinen Ehemann nach einer rustikalen Mahlzeit, und da am morgigen Tag die Geschäfte wieder geöffnet sein würden und man das nötige Zubehör in Form von Wurzelgemüse kaufen könne, wurde also Kartoffelsuppe auf die Speisekarte gesetzt. Grundlage dafür sollte das Gerippe der Gans werden, auf kleiner Flamme gründlich ausgekocht. Wir hatten damals einen Nachtstrom-Speicher, weshalb das Vorhaben »Gänsegerippe« auf die Abendstunden verschoben wurde, weil die Kocherei dann billiger sein würde. (Der gelegentlich ausbrechende Sparsamkeitsfimmel unseres Haushaltsvorstandes treibt mitunter absonderliche Blüten).

An jenem zweiten Weihnachtsfeiertag brachte das Fernsehen zum erstenmal *Vom Winde verweht*. Als Teenager hatte ich dieses Südstaaten-Epos trotz seiner über tausend Seiten in anderthalb Wochen förmlich verschlungen, als Twen den Film im Kino gesehen, doch richtig erinnern konnte ich mich nur noch an eine Szene: Scarlett kommt erschöpft und halb verhungert zurück auf die verwüstete Plantage, zieht mitten auf dem Acker eine übriggebliebene Rübe aus dem Boden, hebt sie hoch und schreit in die untergehende Sonne: »Nie wieder hungern!« Dann war der erste Teil des Films zu

Ende, die Pause begann, und die Zuschauer holten ihre Butterbrote raus.

Bevor nun dieser Mammutfilm anfangen würde, setzte Rolf den Topf mit Wasser und dem Gänseskelett auf den Herd, entkorkte die Weinflasche – Weihnachten war ja noch nicht ganz vorbei –, holte Gläser und Eis für den Kühler, während ich abwechselnd zur Gans und auf die Uhr guckte. »Auf kleiner Flamme«, hatte Rolf gesagt, aber da würde dieser tote Vogel ja nie anfangen zu kochen. Dabei hörte ich Scarlett doch schon mit ihren Freundinnen schnattern! Also Schalter auf 3 gestellt und kurz ins Zimmer. In ein paar Minuten würde ich die Hitze drosseln.

Und dann saß ich in meinem Sessel, trank meinen Wein, fand Clark Gable immer noch sexy und wünschte mir auch eine dicke schwarze Mammy, die meine Kleider bügeln und mir morgens das Frühstück ans Bett bringen würde. Vergessen war die Gans, vergessen die Toilette, die im Gegensatz zu sonstigen Fernsehabenden heute niemand zwischendurch aufsuchte, nicht mal Rolf konnte sich aufraffen, eine neue Flasche aus dem Keller zu holen.

Endlich Pause für die Tagesschau. »Ich muß zuerst!« brüllte Nicki und raste aus dem Zimmer. »Hier ist ja alles voll Rauch! Ich kann überhaupt nichts …« Der Rest ging in einem Hustenanfall unter. Während Rolf Haus- und Terrassentür aufriß, stürzte ich in die dunkle Küche. Dabei war sie gar nicht dunkel. Ein magisches, seltsam leuchtendes Licht ging vom Herd aus. Das kam nicht nur von der eingeschalteten Platte – nein, da glühte etwas viel Größeres! Der Topf! Der schwere, gußeiserne Topf hatte sich in ein glühendes Stück Metall verwandelt und trotzdem noch seine Form behalten. Den Deckel brauchte ich erst gar nicht hochzuheben – was mit dem Inhalt geschehen war, konnte man riechen.

Mit Hilfe des klatschnassen Schwammtuchs zog ich erst mal den Topf von der Platte. Insgeheim hatte ich damit gerechnet, daß er auseinanderfallen würde, aber er dachte gar nicht daran. »Was soll ich denn jetzt machen? Ich kann das Ding doch nicht hier stehenlassen!«

Der immer so praktisch veranlagte Sven hatte bereits aus dem Keller zwei Zangen geholt, mit denen er den glühenden Topf griff und draußen auf die Treppenstufen stellte. Richtig toll sah er aus, wie er in der Dunkelheit so vor sich hinglimmte. »Jetzt kann nichts mehr passieren«, sagte Sven und lüpfte vorsichtig den Deckel. »Hm«, meinte er nach einer flüchtigen Betrachtung des Inhalts, »soviel ich weiß, gibt es eine preiswertere Methode der Holzkohlenproduktion.«

Seine Kartoffelsuppe hat Rolf am nächsten Tag aber doch bekommen – aus der Tüte!

Doppelter Umzug

Ich war gerüstet! Auf dem Herd stand ein großer Topf mit schon gestern gekochter Gemüsesuppe, die ich nur noch aufzuwärmen und abzuschmecken brauchte, und im Kühlschrank warteten drei randvolle Puddingschüsseln auf mögliche Leckermäuler. Ich solle ihm ja etwas übriglassen, hatte Rolf gesagt, nachdem er mir noch beim Ausziehen des Eßtisches geholfen hatte. Danach war er mit Handköfferchen und gewichtig aussehenden Papprollen unterm Arm von dannen geeilt und würde vor morgen abend nicht zurückkommen. Erst dann konnte er davon ausgehen, daß er die gewohnte häusliche Ordnung wieder vorfinden würde – einschließlich warmem Süppchen und Sahnepudding!

Gegen eins würden sie dasein, hatte Nicki am Telefon gesagt, Doris sei nun doch nicht gekommen, und Steffi könne erst später mithelfen, Umzugsurlaub gebe es nämlich nur dann, wenn man selber umzieht. Ich sah auf die Uhr. Halb zehn erst, doch die Suppe sollte sich ja langsam erwärmen. In der Zwischenzeit könnte ich zusammen mit Otto die Würstchen holen. Der war auch noch nicht draußen gewesen.

Otto wollte nicht. Im Winter will er nie, ausgenommen bei Neuschnee, aber da keiner mehr fällt, betrachtet Otto das Gassigehen als überflüssig. Wozu hat er denn einen Garten? Seinen erst vorwurfsvollen, dann resignierenden Blick, sobald ich mit der Leine winke, kann man eigentlich nur so deuten: S i e will raus, aber alleine traut sie sich nicht, also zerrt sie mich mit und erwartet, daß ich mich darüber auch noch freue. S i e muß ja nicht immer mit'm Bauch durch den nassen Matsch!

Für einen Weg von maximal zehn Minuten brauchte ich mit dem Hund im Schlepptau eine knappe halbe Stunde. Zehn Minuten gingen drauf, um die empörte Dame zu beruhigen, der Otto den Zugang zu ihrem Fahrrad verweigert hatte. Wer seinerzeit auf die Idee gekommen war, den Fahrradständer neben die Hundeleinenanbindehaken zu stellen, weiß ich nicht, es kann kein Hundebesitzer gewesen sein. Sonst hätte er nämlich gewußt, daß diese Vierbeiner ziemlich energisch ihr Revier verteidigen, und da Otto großen Wert darauf legt, immer am selben Haken zu hängen, nämlich ganz außen links, war die Dame mit dem Fahrrad im Nachteil gewesen. Bis dahin reichte die Leine und folglich auch Ottos Einzugsbereich, den er knurrend behauptete. – Unnötig zu erwähnen, daß der Ständer jetzt woanders ist.

Der Rückweg dauerte nur acht Minuten, weil ich ihn teilweise rennend zurücklegen mußte – der Hund wollte das so! Die Suppe köchelte leise vor sich hin, schadete nichts, gestern waren die Kartoffelstückchen noch ein bißchen sehr *al dente* gewesen. Ich nahm einen Löffel und probierte. Es schmeckte irgendwie eigenartig. Nun ja, Salz fehlte natürlich, ein bißchen Maggi, ein paar Kräutlein, eine Prise Zucker … Danach schmeckte es zwar etwas besser, aber nicht viel. Der Trick mit der rohen Kartoffel half auch nichts. Damit kann man manchmal eine versalzene Brühe wieder hinbiegen, doch keine, die »umgekippt« ist. Gab es nicht noch andere Möglichkeiten?

»Mit Salbei und Kognak kannst du jede Soße retten«, hatte mir Sascha mal beigebracht – damals, als er noch in Hotels gearbeitet und den Köchen häufig über die Schulter gesehen hatte. »Salbei streust du in die Soße, den Kognac trinkst du selber! Nach dem dritten schmeckt sie dir garantiert!« Ausprobiert habe ich das nie, für Suppen war diese Methode sowieso nicht vorgesehen, aber es gibt Rezepte, bei denen ein Schuß Sherry empfohlen wird. Warum nicht? Allzuviel war sowieso nicht mehr in der Flasche. Ich kippte den Inhalt in den Topf, probierte – und mußte feststellen, daß sich selbst mit der doppelten Menge der leicht säuerliche Geschmack nicht übertönen lassen würde. Vielleicht hätte ich den Topf gestern doch in den Keller stellen sollen? Aber wer rechnet denn damit, daß mitten im Winter die Suppe sauer wird? Die Küche ist doch nicht geheizt.

Was jetzt? In spätestens zwei Stunden würde eine hungrige Meute hier einfallen! Mit sechs Paar Würstchen und einem halben Roggenmischbrot wäre die aber nicht satt zu kriegen. Theoretisch könnte ich jetzt noch mal Gassi gehen, die Tür hinter mir zuschlagen und ganz einfach den Schlüssel vergessen. Wer draußen steht, kann drinnen nicht kochen! Das müßte jedem einleuchten. Zu dumm nur, daß ich Nicki vorhin am Telefon erzählt hatte, das Essen sei bereits fertig und brauche nur noch aufgewärmt zu werden. Einen Hausschlüssel hat sie natürlich auch. Deshalb würde jeder andere Fluchtversuch genauso sinnlos sein, es sei denn, mir wäre eine fürchterliche Blamage, gepaart mit dem berechtigten Zorn der Zwillinge, absolut gleichgültig. Und das war leider nicht der Fall.

Resignieren hat noch nie etwas genützt, also Ärmel aufgekrempelt und zu retten versucht, was noch zu retten war. Mit dem Mut der Verzweiflung schaufelte ich jeweils drei Kellen voll Gemüse in ein Haarsieb und hielt es so lange unter fließendes Wasser, bis auch der letzte Tropfen Brühe rausgespült war. Dann braute ich aus Instant-Bouillon und Suppenwürfeln eine neue und garantiert sehr kalorienarme Flüssigkeit zusammen, kippte das nun total fad gewordene Gemüse hinein und versuchte eine halbe Stunde lang, in dieses Gebräu wenigstens etwas Geschmack zu bringen. Sogar die schon leicht verstaubten Gewürzdosen von ganz hinten habe ich vorgekramt in der Hoffnung, etwas Geeignetes zu finden, doch zum Schluß blieb nur noch die Möglichkeit, diese ganze Katastrophe optisch zu kaschieren. Zwei Bündel gehackte Petersilie verwandelten alles in ein kräftiges Grün, und danach sahen die hineingeschnittenen Würstchenscheiben wie Wasserlilien aus, die in einem Teich voll Entengrütze schwimmen. Wie hatte doch Rolf meine zu Beginn unserer Ehe noch recht mangelhaften Kochkünste einmal kommentiert? »Viele Unfälle im Haus ereignen sich in der Küche, und die meisten davon kommen später auf den Tisch.«

Fast auf die Minute pünktlich fielen sie ein. Mit Juhu und Gebrüll stürmten sie durch die Tür, wobei sich die mir noch unbekannten Hilfskräfte doch etwas gesitteter aufführten.

Dominik zum Beispiel, der sich selber vorstellte und sehr höflich für die Einladung dankte (der Knabe mußte eine gute Erziehung gehabt haben!), dann Christian, etwas burschikoser, aber nicht minder sympathisch, und zum Schluß Hannes, zweifellos der Älteste und aufgrund seiner Figur vermutlich für den Transport der schweren Sachen angeheuert. Schränke kann man auseinandernehmen, Waschmaschinen nicht, und fünfter Stock ohne Fahrstuhl ist nicht gerade das, wovon Möbelpacker träumen – auch dann nicht, wenn es nur abwärts geht.

Angeführt von den Zwillingen trampelte der ganze Verein erst mal die Treppe rauf ins Bad zum Händewaschen (warum nur gibt es in den Gästetoiletten selten warmes Wasser?), danach in den Keller zwecks Auswahl der Getränke, und dann endlich gruppierten sich die schon etwas erschöpft aussehenden Damen und Herren um den Tisch.

»Kannst du schon mal die Kaffeemaschine munitionieren?« bat Nicki. »Ich glaube, den können wir hinterher alle vertragen.«

Zustimmendes Gemurmel, sodann Begutachtung des ersten gefüllten Suppentellers, der vom unteren Ende des Tisches nach oben weitergereicht werden mußte. »Sieht großartig aus!« behauptete Tom, der viel lieber Pizza ißt oder Spaghetti *verde*. Und: »Es geht doch nichts über einen richtigen Eintopf!« bekräftigte Hannes, der eigentlich nicht so aussah, als ob er sich hauptsächlich von kalorienarmen Suppen ernähren würde. »Essen Sie denn nicht mit?«

»Ich hab' schon«, sagte ich sofort, obwohl das natürlich nicht stimmte. Ich hatte nur zu lange gebraucht und zu oft probieren müssen, um dieses Futter genießbar zu machen, jetzt konnte ich es nicht mal mehr riechen!

Es dauerte keine zwanzig Minuten, dann war die letzte Kelle Suppe ausgeteilt, der letzte Krümel Brot verspeist und nach einer weiteren Viertelstunde auch die dritte Puddingschüssel leer. Nun hockten sie dösend vor ihren Kaffeetassen und sahen aus, als würden sie demnächst alle ein Nickerchen halten. Diese Befürchtung schien auch Katja zu haben. »Hey, Leute, nicht einpennen! Ich koche auch noch mal Kaffee!«

»Der nützt nichts«, sagte Dominik, verstohlen gähnend,

»wo wir doch so viel von den alten Mittelmeerkulturen übernommen haben, welcher Idiot hat uns da eigentlich um die Siesta gebracht?«

Es war schon nach drei, als sich die müde Truppe endlich zum Gehen aufraffte. »In zwei Stunden ist alles vergessen«, versprach Nicki. »Das Schlimmste haben wir doch hinter uns. Meine neue Wohnung liegt im ersten Stock, das sind bloß fünfzehn Stufen.«

»Plus fünf bis zur Haustür«, erinnerte ihre Schwester.

»Die sind aber viel flacher.«

Unter wortreichen Dankesbezeugungen verließen meine Tischgäste das Haus, nicht ohne nochmals versichert zu haben, daß alles ganz ausgezeichnet geschmeckt habe. Wovon, um alles in der Welt, ernähren die sich denn sonst???

Anstatt nun die erste Nacht in der jeweils ersten eigenen Wohnung zu schlafen, standen die Zwillinge zur Abendbrotzeit wieder bei mir in der Küche. Dabei hatte ich mich so auf einen richtigen Gammelabend gefreut. Im Fernsehen gab es einen alten Bette-Davis-Film, den ich mir nie im Beisein der Mädchen ansehen dürfte (dürfen schon, aber nicht wollen, die heutige Jugend schluchzt bei E.T. und findet zarte Liebesszenen von vor vierzig Jahren lächerlich – bei mir ist es genau umgekehrt!), und dann hatte ich auch noch meinen uralten ausgeleierten Trainingsanzug an (jawohl, der heißt wirklich so, denn als ich ihn gekauft habe, nannte man Jogging noch »Dauerlauf«), in dem ich nach Ansicht meiner Töchter aussehe wie eine trächtige Kuh. »Was wollt ihr denn hier?«

»Erst mal duschen«, sagte Nicki, »und dann schlafen. Paßt dir das etwa nicht?«

Natürlich paßte mir das nicht. Hatte ich nicht auch mal das Recht, faul im Sessel zu liegen und gar nichts zu tun? Hund Otto, der sich schon in seiner Ecke zur Nachtruhe zusammengerollt hatte, war wieder munter geworden, freute sich laut bellend über den nicht mehr erwarteten Besuch und bezog schweifwedelnd Posten vor der Haustür. »Der Hund muß raus!« sagte Katja.

»Der muß nicht, der will bloß. Und zwar mit euch!«

»Das denkt er sich auch nur! Wir haben heute ja wohl unser Laufpensum erfüllt.«

»Im Gegensatz zu dir«, ergänzte Nicki. »Wenn ich dieses Stilleben hier so sehe ...«

Na schön, in meinem Sessel lag die Kuscheldecke, auf dem Tisch standen ein Glas Wein und ein Schälchen mit Erdnüssen, dazu mein kleidsames Outfit ... »Tut mir leid, aber in dieser Aufmachung kann ich nicht mehr auf die Straße.«

Die Antwort war ein süffisantes Grinsen. »Warum denn nicht? Draußen ist es stockdunkel, und wenn du einen Mantel drüberziehst, kannst du dich sogar in die Nähe von Straßenlaternen wagen.«

Was blieb mir anderes übrig? Nach einem Blick in den Spiegel nahm ich mir allerdings vor, die Laternen zu meiden. »Jetzt sehe ich wirklich aus wie eine trächtige Kuh!«

»Wie *eine*???«

Bei Nicki dauerte es nicht mal drei Tage, dann war ihre Wohnung betriebsfertig. Freunde, die etwas Technisches studieren, sind mitunter recht nützlich, das merkte ich wieder mal, als ich zwecks Begutachtung des neuen Heims zum Nachmittagskaffee geladen war. Sämtliche Lampen hingen, alle elektrischen Geräte waren angeschlossen und funktionierten, sogar der Fernseher war schon neu programmiert worden. Erstaunlich! Im Laufe meiner Ehe bin ich ungefähr ein Dutzend Mal umgezogen und hinterher immer glücklich gewesen, wenn ich schon nach zwei Wochen auf Anhieb das Heftpflaster fand, weil Rolf endlich den Medizinschrank angedübelt hatte, oder wußte, wo ungefähr im Keller die Kiste mit den Gläsern stand. Die waren auch noch nicht ausgepackt, denn das Regal mit dem Barfach mußte erst aufgebaut werden, und dazu wiederum brauchte Rolf den Werkzeugkoffer, den er bis dahin angeblich noch nicht gefunden hatte. Vielleicht auch nicht hatte finden wollen, denn seine handwerklichen Fähigkeiten stehen in umgekehrtem Verhältnis zu seiner technischen Ausrüstung. Jedenfalls waren die männlichen Nachbarn, die ich schließlich entnervt um Hilfe gebeten hatte, immer ganz begeistert gewesen.

»Irgendwas fehlt doch noch!« Nach der ausgiebigen Besichtigung, die sogar die gemauerte Mülltonnengarage eingeschlossen hatte, hatten wir wieder im kombinierten Wohn-Arbeits-Zimmer Platz genommen. »Ich weiß nicht, was, aber sonst ist immer etwas dagewesen, das jetzt nicht mehr da ist.«

»Du meinst sicher den Schreibtisch«, sagte meine Tochter, »den habe ich in Heidelberg gelassen. Jetzt brauche ich einen größeren, da hilft alles nichts. Wo soll ich sonst den Computer hinstellen?«

»Wozu muß eine Lehrerin einen Computer haben?« Eine an sich berechtigte Frage, denn soviel ich weiß, gibt es noch keine Software, die selbständig Aufsätze korrigiert. Allerdings hätte ich diese Frage besser nicht stellen sollen, denn die nächste halbe Stunde verging mit der Aufzählung all dessen, was so ein PC kann. »Wann schaffst *du* dir endlich einen an?«

»Nie!« sagte ich sofort, und das hätte ich auch nicht machen sollen, denn nun zählte Nicki all das auf, was der Computer für *mich* tun könnte. Sie war gerade bei den *Shortcuts* angekommen, als es läutete. Gott sei Dank! Ich hatte noch nie etwas von *Shortcuts* gehört und auch kein Bedürfnis danach. Immerhin hatte ich vor einiger Zeit erst den Umstieg von der manuellen auf die elektrische Schreibmaschine bewältigt, und damit wollte ich es genug sein lassen. Selbst da gibt es eine ganze Menge Tasten, deren Funktion ich bisher nicht enträtselt habe, aber ich weiß, daß so ein Computer noch viel mehr hat.

Draußen ertönten Stimmen, erst gedämpft, dann lauter, untermalt von scharrenden Geräuschen, und schließlich hörte ich Thomas brüllen: »Ich habe vier Semester Physik gehabt, so *kann* das einfach nicht gehen!«

Ich stürzte zum Fenster, sah aber nur einen vor dem Haus geparkten Lieferwagen. Leer. Dafür flog die Wohnungstür auf, Nicki kam mit zwei Schubladen unter dem Arm herein, Thomas folgte mit zwei weiteren, die letzten beiden brachte ein Jüngling, der mir als Fritz vorgestellt wurde. »Was machen wir denn jetzt?« Nicki stapelte die Kästen übereinander und setzte sich drauf. »Aus welchem Baujahr stammt denn der Schreibtisch?«

Thomas fuhr sich mit beiden Händen durch die Haare. »Opa ist jetzt fünfundachtzig, geheiratet hat er mit dreiundzwanzig, also wird er das Trumm wohl gekauft haben, als es ein paar Milliarden gekostet hat. War um diese Zeit herum nicht die große Inflation?«

»Weiß ich nicht«, sagte die Frau Lehrerin, »auf jeden Fall ist der Schreibtisch älter als die Richtlinien für den sozialen Wohnungsbau. Damals müssen die Türen wohl breiter gewesen sein.«

»Wovon redet ihr eigentlich?« wollte ich endlich wissen.

»Von Opas Schreibtisch«, antwortete Thomas. »Das Ding steht seit Jahren in der Garage, kein Mensch will es haben, aber für Nicole wäre es genau richtig. Es ist zwar höllisch schwer, aber es geht auch 'ne Menge rein. Wenn mein Zimmer zu Hause größer wäre, hätte ich das Möbel längst bei mir stehen.«

»Dann nimm's doch und gib mir deinen Schreibtisch!«

»Ich sagte, wenn mein Zimmer größer …«

Der Knabe Fritz hatte bisher gar nichts gesagt und statt dessen mit einem Zollstock hantiert. Jetzt strahlte er. »Ich weiß, wie wir es machen! Wir hieven das Teil mit'm Kranwagen über den Balkon rein!«

»Und wo kriegen wir den her?« Unmißverständlich tippte sich Nicki an die Stirn. »Ich zahle doch nicht einen Haufen Leihgebühr für'n Spezialfahrzeug! Für das Geld, wenn ich es überhaupt hätte, würde ich mir viel lieber etwas Neues kaufen. Eiche massiv mit Klauenfüßen ist nicht so unbedingt mein Geschmack, aber einem geschenkten Gaul schaut man …«

»Geliehen, Nicole! Nur geliehen!« stellte Thomas sofort richtig. »Das hat Opa extra gesagt.«

»Ich denke, der weiß gar nichts davon?«

»So darfst du das nicht sehen«, wehrte er ab, »natürlich weiß er keine Einzelheiten mehr, aber er weiß noch genau, daß irgendwo sein Schreibtisch steht.«

»Keine Sorge, sobald ich ein bißchen Geld zurückgelegt habe, kannst du das Ungetüm abholen und wieder den Holzwürmern überlassen. Im übrigen bezweifle ich sowieso, daß wir es jemals in dieses Zimmer kriegen.«

»In 'ner Stunde steht es drin!« versprach Fritz. »Mein Onkel hat doch 'ne Abschleppfirma. Ist dein Telefon schon angeschlossen?«

Wenig später war alles klar. Es würde zwar etwas länger dauern als eine Stunde, denn der Kranwagen sei noch unterwegs, doch dann werde man selbstverständlich gerne helfen. Etwa zwischen sechs und halb sieben, ob das genehm sei? So lange konnte ich leider nicht warten, obwohl es mich ja doch interessiert hätte, *wie* dieses klobige Möbel via Balkon in das Zimmer gelangen würde. Immerhin gab es drumherum eine ganze Menge Fensterscheiben. Frau Hummel hatte sich wohl auch schon ihre Gedanken gemacht, denn ich wollte gerade aufbrechen, als sie klingelte. Was das für ein »Kaschte« sei direkt neben der Haustür, der könne da aber nicht stehenbleiben.

»Der Schreibtisch geht nicht durch die Tür, deshalb müssen wir ihn mit einem Kran über den Balkon hereinbringen«, erläuterte Nicki, nicht ahnend, daß dieses Vorhaben bei Frau Hummel einen Entsetzensschrei, gepaart mit heftigen Abwehrbewegungen, zur Folge haben würde. »Des goht fei nicht«, keuchte sie, »da machet Sie mir ja mei Haus kaputt. Wenn des an die Mauer schlägt, gibt's Löcher, wo ich doch erscht vorigs Jahr alles neu hab verputze g'loscht. Ja, wenn ich des g'wußt hätt, wo ich doch auch des Fräulein vom Bürgermeischteramt als Mieterin hätte kriegen können ...«

Wie lange Frau Hummel noch lamentiert hat, weiß ich nicht, aber Nicki erzählte später, nach zwei Gläsern Wein sowie der schriftlichen Verpflichtung, für etwaige Schäden aufzukommen, habe sie sich endlich beruhigt. Unter Anteilnahme der gesamten Nachbarschaft sei der Schreibtisch jedoch ohne Probleme auf den Balkon gesetzt und von dort ins Zimmer transportiert worden. Trotzdem habe Frau Hummel hinterher genauestens die Hauswand nach Kratzern abgesucht, zu ihrem heimlichen Bedauern jedoch keine gefunden.

Während Nicki bereits Einzelheiten der *housewarming party* plante, lebte Katja noch in einer Art Fundgrube für Gebrauchtmöbel. Es war Sven zu verdanken, daß wenigstens das Bett zusammengebaut und der Kleiderschrank aufgestellt worden war, das restliche Mobiliar stapelte sich in den verschiedensten Stadien der Endmontage entlang der Wände. In der Mitte war kein Platz, da standen die halb aufgerissenen Kartons.

»Allein geht das einfach nicht! Könntest du nicht mal …?« war die Standardbegrüßung für jeden, der zwei freie Hände hatte und Katja versehentlich über den Weg lief. Doch dann hatte sie eine geniale Idee! Sie trommelte ihre frühere Clique zu einer »Heimwerkerparty« zusammen. Mitzubringen waren Hammer, Zangen, Schraubenzieher, Dübel und was man sonst noch so braucht, zur Verfügung gestellt wurden belegte Brote, laute Musik sowie alkoholfreie Getränke. Ab 22 Uhr, wenn die Stühle hoffentlich leergeräumt und der Herd in der Küche nicht mehr mit Geschirr vollgetürmt sein würden, waren Gulaschsuppe und Bier vorgesehen. »Vorher geht's nicht, sonst sieht meine Bude hinterher aus wie eine Katalogseite von *Modernes Wohnen*. Bei mir reduzieren sich zerbrechliche Gegenstände auch ohne schiefe Ebenen und komisch verformte Regale!«

Sprach's und nahm gleich zwei Vasen von mir mit, weil von ihren nur eine einzige den Umzug überstanden hatte, und die war nicht wasserdicht.

Katjas Rechnung ging tatsächlich auf. Man kannte zwar Bottleparties und Einweihungsfeste, Geburtstagsfeten, Abschlußprüfungbestandenfeiern, Verlobungs-, Trennungs- und sonstige Beziehungsfeste, nur eine Heimwerkerparty hatte es noch nicht gegeben. Sie wurde auch ein voller Erfolg, denn bis zum Nagel für den Kloschlüssel war alles fertig geworden. Ihren Abschluß fand die Fete bei uns, als lange nach Mitternacht Ottos plötzliches Bellen in ein hysterisches Gejaule überging – untrügliches Zeichen dafür, daß jemand Bekanntes gekommen war. »Halt sofort die Schnauze!« hörte ich eine männliche Stimme, die sofort von Katja übertönt wurde: »Sei ruhig! Du machst ja mehr Krach als der Hund!« Eine zweite, ebenfalls männliche Stimme fuhr dazwischen: »Hast du nicht etwas, das man ihm in den Rachen schmeißen kann?«

»Wem?« fragte Katja zurück, »Dominik oder Otto?«

»Am besten beiden!«

Dann hörte ich die Kühlschranktür zufallen, und dieses Geräusch bedeutete Alarmstufe rot! Da stand der Sonntagsbraten drin, gerollte Pute, schon fix und fertig.

So schnell hatte ich noch nie meinen Bademantel angezogen! Die Treppe runter und sofort in die Küche. Beinahe wäre ich über Otto gestolpert, der mir vor lauter Wiedersehensfreude seinen durchgekauten Büffelknochen vor die Füße legte, doch Dominik stand genau richtig, und so sank ich ihm direkt in die Arme. Gemeinsam fielen wir gegen das Spülbecken, was wiederum der dort abgestellten Glaskanne nicht bekam. Klirrend zerschellte sie auf dem Boden. »Morgen früh gibt's Nescafé«, war alles, was mir dazu einfiel.

»Gleich am Montag kauf ich dir eine neue«, versprach Katja.

»Die kriegste nich, weil man die nämlich erst bestellen muß«, kicherte Chrissie. »Jede Kaffeemaschine ist anders genormt, deshalb kannste die Kannen nich auf Vorrat halten.«

Er mußte ein recht häuslicher Knabe sein, denn welcher Vertreter des männlichen Geschlechts interessiert sich schon für Haushaltsmaschinen – es sei denn, ihr Innenleben geht kaputt? Katja deutete meinen zweifelnden Gesichtsausdruck auch genau richtig. »Es ist nicht so, wie du vielleicht denkst. Chrissie hat ...«

»Was denke ich denn?«

»Weiß ich nicht, daß er Koch gelernt hat, vielleicht, oder daß er schwul ist, dabei hat er bloß im selben Kaufhaus gejobbt wie wir, daher kennen wir uns ja, nur haben sie ihn nach unten verbannt zu Kochtöpfen und Schneebesen. Deshalb auch der Name ›Küchen-Chrissie‹. Der andere Christian ist bei den Turnschuhen.«

»Aha.« Nun hatte ich zwar das erfahren, was mich überhaupt nicht interessierte, doch was dieses Triumvirat nachts um zehn nach eins in meiner Küche suchte, wußte ich noch immer nicht. »Wäre es zuviel verlangt, wenn mir mal jemand sagen würde, aus welchem Grund ihr hier seid? Abgesehen von eurer Freßgier natürlich.« Dominik zog gerade die letzte Scheibe Emmentaler aus der Packung und schob sie in den Mund.

»Ich wollte sie bloß ins Gästezimmer bringen«, sagte Katja kleinlaut. »Nicki hat nämlich die Luftmatratzen und die

Decken, daran habe ich nicht mehr gedacht. Ich kann die beiden doch nicht auf dem nackten Boden schlafen lassen. Früher war immer alles zusammen.« Das klang so vorwurfsvoll, als sei es meine Schuld, daß es nun keine gemeinsame Wohnung mehr gab.

»Wir machen Ihnen auch ganz bestimmt keine Umstände, Frau Sanders«, versprach Dominik, »noch vor dem Frühstück verschwinden wir.«

Das bezweifelte ich, weil ich schon oft genug Studenten beherbergen mußte und noch nie erlebt hatte, daß sie freiwillig auf eine ordentliche Mahlzeit verzichtet haben, doch das war im Moment mein geringstes Problem. In der Mansarde nächtigte nämlich Sven und im Gästezimmer Steffi. Nach dem ich weiß nicht wievielten Krach mit Horst Hermann hatte sie sich wieder mal bei uns einquartiert.

»Ist denn wenigstens das Wohnzimmer noch frei?« Mit einer vollen Belegung aller vorhandenen Betten hatte Katja nicht gerechnet. »Wieso schlafen die überhaupt hier? Haben die denn keine eigenen Wohnungen?«

Eine durchaus berechtigte Frage, die sie sich nur wenige Wochen später selber anhören mußte.

Aber erst einmal zog sie ganz offiziell in ihre neue Behausung ein – im rechten Arm den Topf mit meiner inzwischen vier Meter langen Efeu-Aralie (»So was habe ich schon immer für mein Bücherregal gesucht, aber die Dinger kriegt man ja nur im Säuglingsstadium zu kaufen!«), im anderen Eigor, das räudige Plüschmonster vom Rummelplatz; zweiter Hauptgewinn an der Losbude. Da Tom ebenfalls zur Heimwerkerkolonne gehört und das restliche Wochenende bei ihr verbracht hatte, bekamen wir Katja erst am darauffolgenden Montag wieder zu Gesicht. »Hast du was zu essen für mich? Ich muß nachher erst mal richtig einkaufen! Im Augenblick habe ich bloß drei Tage alte Milch im Kühlschrank, Bier und einen Rest Gorgonzola. Nicht mal 'ne Tütensuppe.«

»Wovon habt ihr euch denn gestern ernährt?« staunte ich eingedenk der Tatsache, daß Tom einen recht guten Appetit hat.

»Erst haben wir die Reste von der Party verbraucht, und abends sind wir zum Italiener gegangen«, sagte sie, nacheinander die Deckel von den Kochtöpfen lüpfend, »aber kaltes Knoblauchbrot zum Frühstück ist nicht gerade das Nonplusultra der *haute cuisine*. – Warum hast du denn Rosenkohl gekocht?« Enttäuscht knallte sie den Deckel zurück auf den Topf. »Bebbeleskraut haben wir jeden dritten Tag in der Mensa gekriegt, ich kann's nicht mehr sehen!«

»Mit dir als Tischgast hatte ich ja nicht rechnen können, und wenn dir mein Essen nicht paßt, dann koch dir selber was!«

»Mach' ich ja auch. Ab morgen!« versprach sie, und dann: »Was gibt's denn zu den Rosenköhlern dazu?«

»Frikadellen.«

»Die eß ich! Und weil die allein so langweilig schmecken, mache ich mir 'ne Dose Bohnen auf. Darf ich?«

Was sollte ich tun? Meine ausgehungerte Tochter nach Hause schicken mit dem Hinweis, die ersehnte Eigenständigkeit beziehe auch Kochen mit ein? Oder ihr zusammen mit der Konservenbüchse drei Kartoffeln in die Hand drücken, damit sie sich ihr Essen selber machen kann? Das würde sie ja doch nicht tun, sondern an der nächsten Imbißbude eine Currywurst reinziehen, dazu kalte Cola und als krönenden Abschluß einen von diesen neonfarbenen Plastikpuddings. »Also gut, iß mit! Aber nur heute!« sagte ich warnend.

»Na klar! Ich werde in Zukunft abends vorkochen müssen, denn wenn ich erst *nach* der Schule damit anfange, bin ich ja frühestens fertig, wenn andere Leute Kaffee trinken.«

»Oder du machst es wie viele berufstätige Singles – mittags was kleines Schnelles, und die Hauptmahlzeit abends. Dann hast du genug Zeit.«

»Kommt überhaupt nicht in Frage«, protestierte sie sofort, »abends essen macht fett!«

Am nächsten Tag erschien sie erst gegen sechs Uhr, weil sie im Telefonbuch eine Nummer nachschlagen mußte. »Ich hab' noch keins bekommen«, sagte sie entschuldigend, »und auf dem Postamt haben sie gesagt, ich müßte eins beantragen, weil sie keine vorrätig haben.«

»Warum hast du nicht die Auskunft angerufen?« brummte Rolf.

»Weißt du denn die Nummer auswendig?« kam es prompt zurück. »Ich nicht.« Sie trödelte noch eine Weile herum, fragte, wo ihr Ski-Anorak sei, den wolle sie einer Freundin leihen, kramte in der Mansarde unnatürlich lange in ihrem ehemaligen und immer noch vollgestopften Kleiderschrank herum, und erst nachdem sie wirklich keinen plausiblen Grund zum Bleiben mehr fand, zog sie wieder ab.

»Ich werde das Gefühl nicht los, daß sie ihre so hartnäckig verteidigte Selbständigkeit schon bereut.« Nachdenklich blickte Rolf seiner Tochter hinterher. »Sehr zufrieden hat sie nicht ausgesehen.«

»Sie ist kreuzunglücklich, aber das wird sie nicht zugeben. Katja ist kein Mensch, der lange allein bleiben kann. Sie braucht immer jemanden zum Reden.«

»Dann schenk ihr einen Wellensittich, die lernen das ziemlich schnell!« sagte der unsensible Vater und vertiefte sich wieder in die Lebenserinnerungen von Herrn Schmidt, Bundeskanzler i. R.

Als nächstes pinnte Katja ihren Stundenplan an die Küchentür, »damit du weißt, wie lange ich in der Schule zu erreichen bin. Die Nummer vom Sekretariat steht unten drunter. Es kann ja immer mal was sein!«

»Was denn zum Beispiel?«

»Na ja, du könntest die Treppe runterfallen und dir ein Bein brechen oder ...«

»In diesem Fall käme ich erst gar nicht ans Telefon ran«, unterbrach ich sie, »und selbst wenn, dann würde ich den Arzt anrufen und nicht eure Sekretärin.«

»Ich meine ja auch bloß«, sagte sie kleinlaut. »Es könnte ja auch sein, daß du mal bei mir vorbeikommst, und dann bin ich gar nicht da.«

»Doch, das könnte sein«, gab ich zu, »aber da wir nur wenige hundert Meter auseinander wohnen, wäre ein vergeblicher Weg durchaus zu verkraften.« Es fiel mir so schwer, Katja nicht in den Arm zu nehmen und das zu sagen, worauf sie ganz offensichtlich wartete. Aber ich tat es nicht. Diesmal mußte *sie* den ersten Schritt tun. Oft genug hatten wir ihr zugeredet, für die Zeit ihres Referendariats noch einmal bei uns zu wohnen, und immer wieder hatte sie das abgelehnt. »Wir würden uns ja doch ständig in den Haaren liegen. Nicki hat sich an meine planmäßige Unordnung gewöhnt, aber du würdest garantiert ausflippen.«

»Solange sich das Chaos auf dein Zimmer beschränkt, wäre es mir egal«, hatte ich ihr zugebilligt, doch darauf war sie nicht eingegegangen. »Das hast du früher auch immer gesagt, und dann bist du doch mit dem Staubsauger durch die Bude getobt. Meinen kleinen blauen Ohrstecker habe ich nie wiedergefunden!«

Nein, diesmal mußte ich hart bleiben, sonst würde sie mir bei der ersten Meinungsverschiedenheit aufs Butterbrot schmieren, daß *ich* ja auf ihre Rückkehr bestanden hätte, obwohl sie doch gar nicht ... Und zum Schluß würde es dann so aussehen, als wäre Katja nur meinetwegen wieder zu Hause eingezogen.

Doch vorläufig gab sie noch nicht nach. Sie kam zwar fast täglich vorbei, weil sie etwas im Lexikon nachschlagen mußte, Papis Vergrößerungsapparat brauchte oder von mir wissen wollte, wie Kreuzstich geht. »Da drücken die mir doch tatsächlich textiles Werken rein, obwohl ich es gerade so schaffe, einen Faden in die Nadel zu ziehen!«

Als ich noch zur Schule ging, hatte dieses Fach Handarbeit geheißen und war mir genauso verhaßt gewesen wie später meiner Tochter. Deshalb konnte ich ihr auch nicht sagen, wie Kreuzstich geht.

Das nächstemal hatte sie einen Mantel über dem Arm. Ob ich den wohl zur Reinigung bringen könnte? Sie käme nicht dazu, hätte es auch schon ein paarmal vergessen, aber wenn sie wirklich daran dächte, dann sei garantiert Mittwochnachmittag, und da sei ja bei uns im Ort tote Hose. Und hier der Abholzettel für die Schuhe, könnte ich die wohl auch gleich ...?

Wann sie zum erstenmal am Eßtisch saß und die Diktathefte auspackte, weiß ich nicht mehr, es muß schon im Frühjahr gewesen sein, weil ich im Garten Wäsche aufgehängt hatte. »Hier scheint wenigstens die Sonne rein!« begründete sie das Stilleben auf dem Tisch. »Bei mir kriege ich höchstens abends ein paar Strahlen ab.« Dann wurde es langsam wärmer, ich schrubbte die Fliesen, entstaubte die Terrassenmöbel, entmottete den Sonnenschirm, ölte den Mechanismus der ausziehbaren Markise und erklärte schließlich die Freiluftsaison für eröffnet. Worauf Katja künftig gleich nach Schulschluß bei uns aufkreuzte und bald nur noch zum Schlafen in ihre eigene Wohnung zog.

Natürlich gab es auch Ausnahmen. Die Wochenenden zum Beispiel, wenn sie nach Heidelberg zu Tom fuhr. Oder die Nachmittage bei Nicki, die sich im Gegensatz zu ihrer Schwester in ihren ersten eigenen vier Wänden so wohl fühlte, daß sie sich bei uns nur selten sehen ließ. Kamen Freunde oder Freundinnen, dann suchten sie Katja natürlich zuerst in ihrer Wohnung, wußten jedoch, wo sie sie möglicherweise auch finden würden. Es konnte durchaus passieren, daß Rolf nach Hause kam, sich mit Post und Tageszeitung auf die Terrasse setzen wollte und sie von mehreren jungen Damen bevölkert fand, die sich ihren Frust über Schulräte, Mentoren, Lehrpläne und vor allem Schüler von der Seele redeten.

Einem ungeschriebenen Gesetz zufolge verkehren nämlich Lehrer in erster Linie mit anderen Lehrern. Böse Zungen behaupten, es läge daran, daß Lehrer über nichts anderes reden könnten als über schulische Belange und deshalb bei Nicht-Pädagogen erst auf Unverständnis, dann auf Ablehnung stoßen, aber das stimmt nicht. Am liebsten reden Lehrer über das, was sie eigentlich hätten werden wollen, wenn sie nicht Lehrer geworden wären.

Und dann kam der Tag – es war einer von den lauwarmen Vorsommerabenden –, an dem Katja beim gemeinsamen Abendessen so ganz nebenbei fragte: »Steht eigentlich euer Angebot noch?«

»Ja, du kannst meinen Wagen kriegen, wenn ihr nach München fahren wollt«, sagte ich, »das hatte ich dir doch versprochen.«

»Danke, aber das meinte ich gar nicht«, kam es zögernd zurück.

»Wenn es um das Plakat für euer Sommerfest geht, dann kannst du deinem Rektor sagen, daß er es Ende nächster Woche ganz bestimmt bekommt!« Dabei hatte Rolf seine voreilige Zusage schon x-mal bereut, nur war ihm noch keine glaubhafte Entschuldigung eingefallen, wie er sich davor drücken könnte.

»Wer redet denn von Peanuts«, sagte Katja. »Ich habe gefragt, ob ich bis zum Ende des Referendariats, also bis zum Juli nächsten Jahres, wieder hier einziehen kann.«

»Woher dieser Sinneswandel?« erkundigte sich der Vater, dessen Aufmerksamkeit mehr der Braunschweiger Dosenleberwurst galt als seiner Tochter. »Ich denke, wir behindern dich in deiner freien Entfaltung?«

»Weißt du, Paps«, sagte sie grinsend, »ich habe mir gedacht, daß die noch eine Weile warten kann.«

Nun ging das gleiche Spiel von vorne los – bloß umgekehrt. Sven nahm Bett und Kleiderschrank wieder auseinander, am Wochenende demontierte Tom die Regale, Nicki und ich halfen beim Einpacken von Büchern und Geschirr, lediglich Hannes und sein LKW mit Hebebühne wurden nicht gebraucht. Der Autoanhänger von unserem Milchbauern genügte, auch wenn es einen ganzen Tag lang ständigen Pendelverkehr zwischen den beiden Häusern gab und unsere Nachbarn ihre Wochenendeinkäufe einschließlich Bierkasten vom Parkplatz ins Haus schleppen mußten, weil die Zufahrt von diversem Kleinmobiliar blockiert war. Davor eine entnervte Katja mit Zollstock, die nicht begreifen wollte, daß die Kommode nicht dorthin passen würde, wo sie hin sollte. »In Heidelberg hatten wir doch auch schräge Wände!«

»Aber auf der anderen Seite«, sagte Nicki. »Entweder mußt du das Bett nach links ...«

Das Bett kam nicht nach links, dafür kam die Kommode erst mal in den Keller, wo sie heute noch steht. Das, was in der Kommode Platz finden sollte, wurde – natürlich nur vorübergehend – zunächst auf dem Sofa gestapelt, später sortiert, so daß nur noch die Unterwäsche dort liegenblieb, während Socken, Schals und die nicht so empfindlichen Dinge in einer Ecke auf dem Boden landeten. Da blieben sie bis zu Katjas endgültigem Auszug. Für die Slips fand sie nach längerem Suchen dann doch noch ein weniger ins Auge stechendes Plätzchen, nämlich unten im Nachttisch. Da hatte sie sonst immer das aufbewahrt, was nicht mehr in die Schreibtischfächer gepaßt hatte, also sieben bis elf Sorten Briefpapier – selbstverständlich ungebleicht –, alte Notizbücher, Fotos, steinharte Lebkuchenherzen mit Inschrift, einzelne Socken, deren Pendants zwar nie wieder aufgetaucht waren, die sich aber doch noch anfinden könnten, und natürlich Unmengen von einzelnen Zetteln, die Katja unbedingt erst durchsehen mußte, bevor sie – eventuell! – vernichtet werden könnten. In Ermangelung eines geeigneteren Platzes deponierte sie den größten Teil dieser Schätze auf dem breiten Fensterbrett, von wo sie unzählige Male nicht nur runter-, sondern oft genug durch die Gegend flogen, sobald das Fenster gekippt war und gleichzeitig die Tür geöffnet wurde.

»Wenn man die Größe des Raumes in Relation zur Wüste setzt, würde ich sagen, daß sich das Chaos in Katjas Zimmer schneller ausbreitet als die Sahara in Nordafrika«, sagte Rolf, als er zum ersten (und, soweit mir bekannt ist, auch zum letzten) Mal das Dachzimmer besichtigt hatte. »Soll man nicht Bodenräume aus Gründen der Brandgefahr von Gerümpel freihalten?«

Eine Zeitlang schaffte ich es, Katjas Übergriffe auf die zwei anderen Wohnebenen zu verhindern, aber es ist ja bis jetzt auch noch niemandem gelungen, das Vordringen der Sandwüsten zu stoppen.

Als erstes kaufte ich zusätzliche Kleiderbügel für die Flurgarderobe. Die wurden dankend angenommen, besetzt, und wenn Gäste kamen, waren wieder keine leeren mehr da. In den Schuhschrank paßten bald nicht mal mehr ein Paar Schnürsenkel hinein, deshalb reihte Katja ihre übrigen Treter daneben auf. Dann ließ sich allerdings die Toilettentür nur noch zur Hälfte öffnen. Wir gewöhnten uns daran, das Örtchen seitwärts zu betreten.

Woran ich mich allerdings nie gewöhnt habe, waren die überall abgelegten Sachen. Dabei rede ich nicht von Einkaufstüten mit Aufsatzheften drin oder oder einer Waschpulvertrommel, gefüllt mit leeren Klopapierrollen, denn die stehen ja auf dem Boden, wo man sie sieht – nein, die teilweise unsichtbaren Dinge waren es, die mich manchmal zur Verzweiflung brachten! Da raffte ich mich wirklich mal auf und fuhrwerkte mit dem Staubtuch auch ganz oben über Wandschränke und Regale, und dann kommt mir eine Blechbüchse mit Büroklammern entgegen oder ein nach hinten geschobener Karton mit bunten Filzschnipseln. Es können allerdings auch Streichhölzer ohne Köpfe sein oder – das Nonplusultra! – eine ganze Dose voll mit dem Locher ausgestanzte Papierpünktchen. Aufsaugen darf ich sie aber nicht, denn die sollen irgendwann mal Nasen und Augen von Bastelfiguren werden.

Zur Rede gestellt, weshalb sie ihren Kram nicht wegräumen würde, fand Katja immer neue Entschuldigungen. Mal war es die Aufforderung gewesen, den Tisch zu decken, also hatte sie ihn erst abräumen müssen, mal war überraschend Besuch gekommen, da wurde ganz schnell alles außer Sichtweite gestellt – und später natürlich vergessen. Meine Putzfrau ist kleiner als ich und reicht nie bis ganz oben ran, und ich tröste mich immer mit der Gewißheit, daß auch die penibelste Besucherin nicht kontrollieren kann, ob auf den Schränken Staub gewischt worden ist. Dazu würde sie einen Stuhl brauchen. Logische Folge: Vor diesem Bereich macht mein Reinlichkeitsbedürfnis öfter mal halt. Freunde wissen natürlich, daß die Zwillinge Lehrer geworden sind, Gelegenheitsgäste setzen beim Anblick eines herumliegenden Rechenbuchs der zweiten Klasse meistens ein verständnisvolles Lächeln auf. »Ich wußte gar nicht, daß Ihr Enkelkind schon zur Schule geht.« Die Frage, welches Enkelkind sie wohl meinen, verkneife ich mir dann aber doch.

Es gab nur einen Hausbewohner, der über Katjas Rückkehr in den Schoß der Familie restlos glücklich war: Otto! Er hatte sie vom ersten Tag an in sein kleines Hundeherz geschlossen, und das bestimmt nicht nur wegen der Leckerlis, von denen sie immer welche in der Tasche hat. Katja schimpfte nie, wenn Otto – triefendnaß nach einem Spaziergang durch den Regen – an ihr hochsprang, Katja half mit, den verbuddelten Knochen zu suchen, Katja reicherte das Dosenfutter oft genug mit einer Wurstscheibe an, und Katja erbarmte sich meistens, wenn

Otto mitten im Fernsehkrimi seinen Tennisball ins Zimmer warf und uns der Reihe nach erwartungsvoll ansah. Sie ist auch die einzige, die ihm ohne Bedenken einen Knochen aus der Schnauze ziehen kann, und ich bin überzeugt, daß er sogar seinen Freßnapf mit ihr teilen würde.

Otto war aber nicht für die Bezahlung der abrupt angestiegenen Telefonrechnung zuständig, er beschwerte sich nie über die zu laute Stereoanlage, und die Fernsehzeitung interessierte ihn auch nicht; es war ihm also völlig gleichgültig, ob Katja die wieder mal mit in ihr Zimmer genommen hatte. Nicht so der Hausherr. Zeitungen hatten dort zu liegen, wo sie auffindbar seien (das schloß sogar die Toilette ein, keinesfalls jedoch die Mansarde), Ärzte gehörten ins Krankenhaus und nicht in den CD-Player, und wenn diese dauernde Telefoniererei nicht aufhören würde, dann käme ein Schloß an den Apparat. Was Katja denn überhaupt von einem eigenen Anschluß halten würde?

Gar nichts, erwiderte die Tochter, aber wie der Vater denn zu einem Gebührenzähler stehe?

Gute Idee, meinte der, installierte solch ein Gerät und wußte bald ganz genau, wie viele Einheiten vertelefoniert worden waren, nur nicht, von wem!

Und dann kam der Tag, an dem der genervte Vater, vergebens nach einem sonnigen Plätzchen suchend, weil fünf weibliche Referendare Terrasse und Garten belegten, resignierend feststellte: »Wir hätten sie doch nicht an ihrer freien Entfaltung hindern sollen.«

Das Straßenfest

»Was ist denn *hier* passiert?« Der Boden im Bad war von einer millimeterhohen, fettigen Wasserschicht bedeckt, vor der sich Katja auf den Hocker gerettet hatte. Mit angezogenen Beinen rubbelte sie sich ab. »Die Wanne ist mal wieder undicht! Jetzt geht es nicht mehr ohne Klempner!«

»So haben die damals geheißen, als eine Meisterstunde noch zwanzig Mark gekostet hat; jetzt nennen sie sich Installationstechniker oder so ähnlich.« Mit dem Zeigefinger stippte ich vorsichtig in die schillernde Brühe. »Woher kommt der ganze Fettfilm? Bist du ausgelaufen?«

Ein vernichtender Blick traf mich. Katja hat eine blendende Figur, fühlt sich aber grundsätzlich zu dick. Zeigt die Waage 300 g über »normal« – wir haben tatsächlich so ein Ding, auf dem sich jedes Stück Torte niederschlägt! –, dann steigt Katja auf Reformhauskost um. Zur Zeit keimt in einem Kaffeesieb ein Körnchengemisch, das zusammen mit Tofu einen angeblich kalorienarmen, doch sehr schmackhaften Brotaufstrich ergeben soll. Drei Tage Keimzeit sind vorgegeben, jetzt wässern die Körner bereits seit einer Woche und sehen aus wie bereits einmal gegessen. Ich hoffe, daß sie bald Schimmel ansetzen, dann kann ich sie wenigstens wegschmeißen.

»Ich habe ein Ölbad genommen«, erklärte meine Tochter, »meine Haut war so trocken.«

Offenbar war ihr mal wieder eine jener Zeitschriften in die Hände gefallen, die nach den vier Seiten Kochrezepten fünf Seiten lang Diätvorschläge bringen und sich dann der äußeren Schönheit widmen. »Jetzt sieh zu, daß du den Boden wieder trockenlegst, ich muß noch zwei Pullover waschen.« (Das ist auch so ein Widersinn! Seitdem in jedem Haushalt eine Waschmaschine steht, gibt es immer mehr Kleidungsstücke, die nach

Altvätersitte mit der Hand gewaschen werden sollen und jeweils ein anderes Waschpulver brauchen.)

»Kannst du mir mal den Scheuerlappen bringen? Und ruf den Klempner an!«

»Nachmittags um zehn vor fünf?«

»Okay, vergiß es«, bestätigte Katja. »Dann aber gleich morgen früh um sieben.«

Installateure sind jene Leute, die einem zwei Tage nach dem letzten Telefonat endlich einen Azubi schicken. Der schreitet auch sofort zur Tat, dreht hier etwas ab, schraubt dort ein bißchen herum, und nach einer halben Stunde zieht er wieder los, weil er die fehlenden Ersatzteile nicht dabei hat. Kommt er nicht wieder, kann man davon ausgehen, daß der zu behebende Schaden seinen derzeitigen Wissensstand übersteigt; er hat ja gerade erst das zweite Lehrjahr begonnen.

Am nächsten Tag erscheint er im Kielwasser eines Gesellen. Der hat auch gleich den Fehler gefunden, aber Ersatzteile gibt es für dieses Modell schon lange nicht mehr. Natürlich kann man den Schaden provisorisch beheben, nur wird das nicht lange halten, und dann muß sowieso alles ausgewechselt werden. Hat man Glück, hält das Provisorium noch vier Jahre lang, und bis dahin wäre das neue Modell auch schon wieder veraltet gewesen.

Ich wußte genau, wo bei uns die Quelle der inzwischen versiegten Überschwemmung zu suchen war. Irgendwo mußte der Abfluß der Wanne ein Loch haben, und da steter Tropfen bekanntlich den Stein höhlt, mußten irgendwelche Fugen undicht geworden sein. Sven hatte sich zwar mal der Sache angenommen und mit mehr Enthusiasmus als Sachverstand einen ekelhaft stinkenden Kleister draufgeschmiert, sich jedoch strikt geweigert, der Sache auf den Grund zu gehen und erst mal die Kacheln runterzuholen.

»Weißt du, was mir eben eingefallen ist?« Die inzwischen wieder bekleidete Katja schwang sich auf den Küchentisch, weil sie sonst nicht an die Keksdose rankommt, und sah mich erwartungsvoll an. »Am Wochenende ist doch das Straßenfest, dazu werde ich Hannes einladen.«

»Wer ist Hannes? Kenne ich den?«

»Nein. Oder doch, einmal ist er hiergewesen.«

»Auf gut deutsch also, ich habe ihn irgendwann mit durchgefüttert.« Die Namen sämtlicher Kommilitonen, die im Laufe der vergangenen vier Jahre schon an unserem Tisch gesessen haben, konnte ich unmöglich behalten, nur die gelegentlichen Logiergäste sind mir in Erinnerung geblieben. Ein Hannes war mit Sicherheit nicht dabeigewesen. »Was hat der mit Badewannen zu tun? Muß man das neuerdings auch studieren?«

Katja hatte inzwischen die Dose aus dem obersten Fach geangelt. »Wer hat bloß den Deckel wieder so fest zugedrückt?« Mit einem Messer bearbeitete sie das widerspenstige Teil, bis es scheppernd zu Boden fiel. »Da ist ja gar nichts drin?«

»Das kann nicht sein! Vor drei Tagen war die Dose noch halb voll.«

»Nu isse jedenfalls leer.« Katja drehte sie um und schüttelte kräftig. Zusammen mit einer Ladung Krümel fiel ein Stück Papier heraus, und plötzlich erinnerte ich mich wieder. In einem Anfall von Verzweiflung hatte ich unlängst einen Zettel auf das Gebäck gelegt: ESST NICHT A L L E KEKSE AUF!!! Jetzt stand drunter: Welche Kekse?

»Das ist Papis Schrift!« kicherte Katja. »Wir brauchen ein neues Versteck!«

»Kekse machen dick!« erinnerte ich sie. »Sag mir lieber, was dieser Hannes mit unserer Badewanne zu tun hat. Und glaubst du wirklich, du kannst ihn mit unserem provinziellen Straßenfest ködern? In Heidelberg dürfte das Vergnügungsangebot doch wesentlich größer sein.

»Hannes ist kein Student, der gehört zu unserem Taucherstammtisch.«

Richtig, davon hatte ich schon gehört. Seitdem meine Töchter ihre Urlaubsziele danach aussuchen, ob die dortigen Tauchgründe auch gehobeneren Ansprüchen genügen, sind sie Mitglieder der jeden Dienstag in einer Pizzeria tagenden Stammtischrunde. Angeblich trifft man sich zum Zwecke des Erfahrungsaustausches, aber in erster Linie dienen diese Zusammenkünfte mehr dem leiblichen Wohl. Die Lasagne soll besonders gut sein.

»Wenn ich dich recht verstanden habe, ist dieser Hannes also Installateur und wird sich als Dank für die zu erweisende Gastfreundschaft um die Badewanne kümmern?«

»Nein!!!« schrie Katja. »Laß mich doch erst mal ausreden!«

»Du hast ja noch gar nicht angefangen.«

»Also gut. Hannes ist kein Klempner, hat aber eine ganze Menge technisches Verständnis. Eigentlich gibt es nichts, was der nicht wieder hinkriegt.«

»Das behauptet dein Vater von sich auch. Als er das letztemal mein kaputtes Bügeleisen reparieren wollte, hat er nach zwei Stunden kapituliert und behauptet, das sei wahrscheinlich ein Toaster gewesen.«

»Kann dir bei Hannes nicht passieren. Der hat seit neuestem in seinem Laden unten im Keller einen Kompressor stehen, damit wir unsere Flaschen nicht mehr für teures Geld im Tauchshop füllen lassen müssen.«

»Ich brauche keine Preßluft, ich will eine wasserdichte Badewanne haben!«

»Mit Kacheln kennt er sich doch auch aus. Du solltest mal sein umgebautes Bad sehen! Hat er alles selber gemacht.«

»Her mit dem Mann!«

Das Randersauer Straßenfest ist eine feste Institution und findet jedes Jahr am zweiten Juni-Wochenende statt. Veranstaltet wird es im Schloßpark (daher der Name »Straßenfest«), wo das von Grund auf renovierte Wasserschloß eine malerische Kulisse abgibt. Nur die Stadtgärtner sind davon nicht so begeistert. Hinterher sieht der gepflegte Rasen immer aus wie nach einem Reitturnier, und dann muß auch noch ein Kahn herangeholt werden, damit man die vielen Pappbecher und angekauten Brötchen aus dem Schloßteich fischen kann.

In diesem Jahr meinte es der Wettergott endlich wieder gut mit den Veranstaltern, dabei hatten wir uns schon an den regelmäßig einsetzenden Regen gewöhnt. Die Sonne schien bereits am frühen Morgen, während des Frühstücks auf der Terrasse wurde die Butter flüssig, mittags zeigte das Thermometer 32 Grad, und als die Gäste eintrafen, wollten sie erst unter den Gartenschlauch und dann was zu trinken haben. Es war nämlich noch jemand mitgekommen: Schorsch. Den hatte ich nun wirklich noch nie gesehen.

»Schorsch ist Dippel-Ing für Wärme oder so«, informierte mich Katja. »Genau weiß ich auch nicht, was das ist. Ich glaube, er erklärt großen Firmen, warum sie falsch heizen. Vielleicht kriegt er den Heizkörper im Keller wieder hin, du weißt doch, den hinten am Fenster.«

Hannes konnte sich weniger an mich erinnern, sondern mehr an meinen »hervorragenden« Gemüseeintopf, den ich seinerzeit den freiwilligen Möbelpackern vorgesetzt hatte. Wenn der wüßte!!! Ich wiederum hatte ihn als jenen Vielfraß im Gedächtnis, der die Puddingschüssel bis zur Glasur ausgekratzt und dann gefragt hatte, ob noch mehr da sei.

Allmählich füllte sich der Garten. Katjas Tom fuhr vor, Nicki und Thomas trudelten ein, Sven tauchte auf – wir warteten nur noch auf Stefanie und ihren Horst Hermann. Endlich kam sie. Allein. »Es langt!« sagte sie zur Begrüßung. »Jetzt ist endgültig Schluß!« Ihr uns hinreichend bekanntes Übernachtungsköfferchen hatte sie gegen eine Art Überseekoffer eingetauscht, der offenbar bis zum Rand vollgepackt und entsprechend schwer war. »Ich kann doch hierbleiben, bis ich eine Wohnung gefunden habe, ja?«

Ihren Entschluß, Horst Hermann endgültig den Laufpaß zu geben und sich eine eigene Wohnung zu suchen, nahm keiner von uns mehr ernst. Zu oft hatten wir ihn gehört, zu oft hatte Steffi um Asyl nachgesucht, und doch hatte sie immer wieder einen Rückzieher gemacht. Stutzig machte mich lediglich der Umfang ihres Gepäcks. Sven schleppte gerade den zweiten Koffer herein. »Diesmal scheint es was Längeres zu werden.«

»Jawoll!« bestätigte Steffi. »Dieser Mistkerl, dieser energielose Schlaffi, dieser ... na ja, eben der wollte partout nicht mitkommen. Da seien so viele Leute, hat er gesagt, müde sei er auch – wovon eigentlich? Weil er fünf Tomatenstauden angebunden hat? –, und überhaupt will er nachher die Sportschau sehen. Da hat's bei mir ausgehakt! Ich hab ihm den verdammten Fernseher vor die Füße geschmissen!«

»Au weia«, meinte Sven grinsend, »das gibt Ärger!«

»Es war ja nur der kleine, mit dem haben wir sowieso bloß noch das erste Programm gekriegt. Den großen hätte ich gar nicht hochheben können.«

»Wen hättest du nicht heben können?« winkte Hannes aus der Hängematte, die er gleich nach seiner Ankunft mit Beschlag belegt und seitdem nicht mehr verlassen hatte.

»Dich!« konterte Steffi. »Wie kommst du überhaupt her?«

»Mit Schorsch.«

»Der ist auch da? Was wollt ihr denn hier? Mal ein bißchen die Provinzschönheiten anbaggern, weil ihr bei den Studentinnen in Heidelberg nicht landen könnt?«

Der weitere Dialog ist mir entgangen, weil ich Kaffee kochen mußte. Ehemann Rolf und Dackel Otto waren von ihrem Waldspaziergang zurückgekommen. Ersterer verlangte Kaffee, der zweite ein ruhiges Plätzchen zum Ausruhen. Den einen Wunsch konnte ich erfüllen, den anderen nicht.

»Ich dachte, das Straßenfest findet im Schloßpark statt?« Etwas beunruhigt deutete Rolf in den bevölkerten Garten. »Muß ich da jetzt raus? Wer sind die überhaupt alle?«

»Nein«, beantwortete ich die erste Frage, und »Freunde von den Mädchen« die zweite. »Ich kann nur hoffen, daß Sven heute abend welche mitnimmt, sonst gibt es Platzprobleme. Steffi ist nämlich auch mal wieder ausgezogen.«

»Willst du damit andeuten, daß die ganze Meute bei uns übernachten wird?« fragte er entsetzt.

»Das habe ich bisher leider noch nicht abklären können.«

»Dann solltest du es schleunigst tun«, beschied mich mein Gatte, verzog sich samt Kaffeekanne auf den Balkon und wartete aus sicherer Entfernung ab, wie sich die Angelegenheit entwickeln würde.

Sie entwickelte sich gar nicht. Stefanie erzählte dem nur mäßig interessierten Auditorium, weshalb sie Horst Hermann nun endgültig abserviert hatte, Nicki turtelte mit Thomas, Tom war auf der Liege eingeschlafen, Schorsch stierte in sein Mineralwasser und versuchte, die Zitronenscheibe mit den herausgefischten Kernen abzuschießen.

»Haben die beiden eigentlich keine Freundinnen?« wollte

ich von Katja wissen, als sie zum dritten Mal den Kühlschrank mit neuen Getränkeflaschen auffüllte. »Die Jungs scheinen doch ganz in Ordnung zu sein.«

»Na ja, Schorsch sucht immer noch nach seiner Idealfrau. Groß und blond muß sie sein, blaue Augen haben, intelligent sein – er ist ja auch nicht gerade doof –, nicht zu emanzipiert, aber auch kein Hausmütterchen, selbstverständlich muß sie tauchen können, und was sie sonst noch alles sein soll und können muß, fragst du ihn am besten selbst. Die Antwort wäre bestimmt abendfüllend.«

»Und der andere?«

»Hannes? Bei dem ist vor einigen Monaten eine langjährige Beziehung in die Brüche gegangen, und daran knabbert er immer noch. Deshalb habe ich ihn ja auch eingeladen, damit er mal auf andere Gedanken kommt. Und wegen der Badewanne natürlich! Aber darum will er sich morgen kümmern.«

Womit die noch offene Frage einer eventuellen Übernachtung geklärt war. »Wo wollt ihr bloß alle schlafen? So viel Platz haben wir doch nun wirklich nicht, zumal Steffi wieder da ist.«

»Mach dir deshalb keine Sorgen«, winkte Katja ab. »Schorsch ist doch mit seinem Campingbus gekommen, da drin ist Platz für zwei, notfalls auch für drei. Der nimmt immer sein rollendes Schlafzimmer mit, wenn irgendwo *open end* angesagt ist.«

»Wann wollt ihr eigentlich losziehen?« Allmählich ging mir der Trubel auf den Geist. Außerdem fing es bereits an zu dämmern.

»Was heißt wir?« staunte Katja. »Ihr kommt natürlich mit!«

»Das erkläre mal deinem Vater! Du weißt doch, wie sehr er es liebt, alle paar Minuten jemandem die Hand schütteln und sich anhören zu müssen, daß der Stefan gerade das Abitur gemacht oder die Carola sich verlobt hat.«

»Welche Carola?«

Zum Kuckuck noch eins! Kann sie sich nicht endlich abgewöhnen, alles so wörtlich zu nehmen? »Macht, daß ihr wegkommt, und laßt uns Gruftis in Ruhe!«

Katja trabte ab, zunächst Richtung Balkon. Wenig später war sie wieder da. »Papi packt.«

»Was macht er?«

»Er packt seinen Koffer.«

»Wo will er denn hin?« Ich hab's ja geahnt! Mit zunehmendem Alter und daraus resultierender Bequemlichkeit schwindet seine frühere Begeisterung für »Endlich mal wieder junges Gemüse im Haus«! Der Herr möchte seine Ruhe haben, im Fernsehen »Alf« anschauen dürfen, ohne die spitzen Kommentare seiner darüber bereits erhabenen Nachkommen ignorieren zu müssen, will ein Mittagschläfchen halten oder wenigstens mit Otto auf dem Bauch in der Sonne liegen können. Auf seinem eigens von ihm und nur für ihn gekauften Möbel pennte Tom. »Wo um alles in der Welt will er denn hin?«

»Vielleicht ins Hotel?« überlegte Katja.

Rolf klappte gerade seinen Koffer zu, als ich ins Zimmer stürzte. Es war nur der kleine. »Auswandern willst du also nicht?« stellte ich mit einem sarkastischen Unterton fest.

»Es gibt Momente, in denen ich es ganz gern täte, aber dort, wo es mir gefallen würde, ist das Ozonloch schon zu groß.«

Aha, sein Jugendtraum von einer Emigration nach Australien. »Bis dahin kommst du heute sowieso nicht mehr. Wo machst du Zwischenstation?«

»Bei Klaus«, sagte er grinsend. »Ich habe vorhin mit ihm telefoniert. Zum Straßenfest geht er nicht, und Marlies ist mit Hanno zu ihrer Schwester gefahren. Die kommen erst morgen abend wieder.«

Klaus wohnt knappe fünf Kilometer entfernt, hat auch einen Garten, sogar einen Kamin auf der Terrasse und immer fünf verschiedene Sorten Bier im Keller. »Wie lange gedenkst du seine Gastfreundschaft in Anspruch zu nehmen?«

»Höchstens bis morgen abend«, bedauerte Rolf. »Im Gästezimmer steht offenbar der ganze Krempel, den Marlies nächste Woche auf dem Wohltätigkeits-Flohmarkt verhökern will. Klaus sagt, ohne Atemschutzmaske und einer Prophylaxe gegen parasitäre Hauterkrankungen könne man gar nicht reingehen. – Meinst du, unsere Invasion ist bis zum Mittagessen wieder abgerückt?«

»Da bin ich mir nicht so sicher.« Wenn ich meine Töchter richtig verstanden hatte, dann sollte es morgen erst mal einen Brunch geben. Genaugenommen ist das auch nichts anderes als ein gewöhnliches Frühstück, nur beginnt es irgendwann zwischen elf und eins, damit man vorher gründlich ausschlafen kann. Da normale Menschen (sprich Hausfrauen) um diese Zeit am Kochtopf stehen oder schon die Kartoffeln abgießen, kann man natürlich nicht mehr frühstücken – das wäre dekadent und klingt zu sehr nach Lotterleben. Wohl aus diesem Grunde wurde der schöne Name Brunch erfunden, der – wie könnte es auch anders sein? – aus Amerika stammt: BReakfast und lUNCH. Ich muß allerdings zugeben, daß diese komprimierte Mahlzeit etwas für sich hat: Man spart das Mittagessen. Andererseits rotiert man schon am frühen Morgen in der Küche, wenn alle anderen noch schlafen. Bei den Vorbereitungen zu einem regulären Mittagessen schlappt wenigstens ab und zu mal jemand im Bademantel vorbei und fragt, wo die Zeitung von gestern abgeblieben ist, oder ob der Hund wirklich Gassi gehen muß, schließlich sei der Garten ja groß genug.

»Ich rufe an, wenn die Meute abgezogen ist«, versprach ich meinem scheidenden Gatten, drückte ihm noch eine Flasche Wein in die Hand, falls das Bier nicht reichen sollte, und ließ ihn ziehen. Insgeheim beneidete ich ihn sogar ein bißchen.

Das Jungvolk rüstete zum Aufbruch. »Wo ist mein Hemd geblieben?« schrie einer.

»Wahrscheinlich dort, wo du es ausgezogen hast«, bekam er zur Antwort.

»Ich weiß aber nicht mehr, wo das gewesen ist.«

Es fand sich an einem Ast von der Birke. Hannes suchte seine Schuhe, Schorsch die Brille, Nicki ihren Geldbeutel. »Und ihr wollt wirklich nicht mitkommen?« hakte Steffi noch einmal nach.

»Von ›ihr‹ kann schon mal gar keine Rede sein, euer Vater hat sich nämlich abgesetzt, und mich laßt ihr schön zu Hause.«

»Kommt überhaupt nicht in Frage«, protestierte Hannes sofort. »Mit wem soll ich mich denn sonst unterhalten? Die sind doch alle noch nicht trocken hinter den Ohren« Wie sich später herausstellte, war dieser Greis tatsächlich schon ganze 35 Jahre alt.

Warum eigentlich nicht? Andererseits hätte ich heute endlich mal freie Auswahl beim Fernsehprogramm gehabt! Seien wir doch ehrlich: Das wahre Familienoberhaupt ist immer derjenige, der die TV-Fernbedienung in der Hand hält! Ob der James-Bond-Film irgendwann wiederholt wird?

»Den kennste doch schon, Määm«, sagte Sven kopfschüttelnd, »das ist der, wo Roger Moore in der Gondel über'n Markusplatz brettert.«

Ach so. Titel kann ich mir nämlich grundsätzlich nicht merken. Deshalb passiert es gelegentlich, daß ich beim Durchblättern der Programmzeitschrift einen interessanten Film entdecke und dann nach den ersten zehn Minuten feststellen muß, daß ich mich schon beim erstenmal über die gelackte Dame geärgert hatte, die nachts um drei aus dem Bett geklingelt wird und trotzdem aussieht, als käme sie gerade von einer Beautyfarm.

Also gut, kein James Bond, statt dessen Straßenfest. Paarweise zogen wir los. Schorsch hatte Steffi untergehakt, obwohl sie weder blond ist noch blaue Augen hat, so blieb dem armen Hannes gar nichts anderes übrig, als mich zu eskortieren. Weit ist der Weg nicht bis zum Schloßpark, doch als wir ankamen, kannte ich bereits die Familienverhältnisse meines Begleiters und seinen beruflichen Werdegang. Nur womit er derzeit seine Brötchen verdiente, blieb unklar. Offenbar hatte er ein Geschäft, aber ich konnte mir unter Floristik- und Dekorationsbedarf herzlich wenig vorstellen. Wahrscheinlich Blumenerde, Geranientöppe, Papierschlangen und diese hübschen goldumrandeten Pappschilder mit »Herzlich willkommen« oder »Viel Glück dem Jubelpaar«. Man kennt das ja.

Der vorgesehene Rundgang zwecks Erkundung des kulinarischen Angebots und der Bierquellen endete bereits beim Holzkohlengrill. Zischend tropfte das Fett in die Glut, die Brötchen waren auch nicht mehr so ganz frisch – egal, das Jungvolk hatte Hunger, und sogar Katja, die nur Diätmargarine ißt, übersah großzügig den weißen Rand an ihrem Steak. Zum Nachtisch gab es Zuckerwatte.

Wir besichtigten Silberschmuck, Häkeldeckchen und Kukkucksuhren, ich kaufte ein fluoreszierendes Halsband für Otto, das nur dann seine Leuchtkraft behielt, wenn es den ganzen Tag im Kühlschrank lag, und plötzlich entdeckte Steffi den Schlumpf. Er hing an einer Wurfbude, bestimmt schon seit zehn Jahren, denn die Invasion der Schlümpfe mit Vater Abraham an der Spitze lag doch schon einige Zeit zurück. Außerdem war er häßlich. Richtige Schlümpfe hatten blau ausgesehen. Der hier war grün mit Lila.

»Wer von euch trifft am besten?« Herausfordernd sah Steffi die Männerriege an. »Ich will den Schlumpf haben!«

Hannes legte fünf Mark hin, bekam fünf Stoffbälle, peilte die zehn zerbeulten Büchsen an und traf tatsächlich sieben. »Noch mal fünf!« Vor dem dritten Anlauf warf er gleich zwanzig Mark auf den Tisch. Egal, aus welchem Winkel er die Blechpyramide anvisierte, zwei Büchsen blieben immer stehen.

»Jetzt laß mich mal ran!« kommandierte Schorsch. »Als Kind habe ich diese Dinger schon mit dem zweiten Wurf flachgelegt.« Er schaffte es nicht mal nach dem fünften.

»Ich glaube, der hat die letzte Büchse festgeklebt!« Die anderen hatte er schon heruntergeholt, jetzt zielte Tom auf die Dose, holte weit aus und – traf haarscharf daneben.

Nun waren sie vom Ehrgeiz gepackt. Während Steffi immer wieder protestierte und den Verzicht auf diese lila Scheußlichkeit herausbrüllte, flogen die Bälle unentwegt gegen die Büchsen und mehr noch gegen die Wand. Schließlich gab Hannes auf. »Ich habe kein Geld mehr, oder nehmen Sie auch Kreditkarten?«

Der Budenbesitzer bedauerte. Trotzdem strahlte er über das ganze Gesicht. Und dann holte er tatsächlich den Schlumpf vom Haken und drückte ihn Steffi in die Hand. »Nehmen Sie ihn mit, Frollein! Gewonnen hat Ihr Freund ihn nicht, aber ehrlich erkauft.«

Das Frollein errötete zart. »Du bist verrückt, Hannes! Das Ganze sollte doch bloß ein Jux sein.« Sie betrachtete ihre Errungenschaft von allen Seiten. »Das Vieh ist doch potthäßlich!«

»Interessieren würde mich mal, wieviel Sie jetzt dafür hingelegt haben!« Die ganze Zeit hatte ich versucht, mitzuzählen, und dann doch den Überblick verloren.

»Die anderen haben ja auch mitgemacht«, winkte Hannes ab, »aber der Besitzer von der Bude ist nicht umsonst so großzügig gewesen. Diese Schlümpfe haben wir vor Jahren auch mal im Laden gehabt. Im Einkauf kosteten sie keine drei Mark.«

»Jetzt gehen wir Pflümli klopfen! Ich lade euch ein.« Steffi steuerte die nächste Getränkebude an und dort eine lange Bank, die erst halb besetzt war. »Wenn wir zusammenrücken, haben wir alle Platz. Räumt mal ein bißchen die leeren Gläser weg, ich hole inzwischen die Pflümlis.«

In Unkenntnis dessen, was auf mich zukommen würde, lehnte ich vorsichtshalber ab. »Für mich nicht!«

»Sich drücken kommt nicht in Frage«, protestierte Nicki sofort. »Da müssen alle mitmachen!«

Stefanie stellte neun kleine Fläschchen auf den Tisch, und dann begann ein Ritual, das irgendein Witzbold mit mindestens zwei Promille im Blut mal erfunden haben muß. Man schraubt den Deckel ab, hält mit dem Zeigefinger die Öffnung zu und hämmert ungefähr zehnmal mit der Flasche auf den Tisch. Dann muß man sie sich zwischen die Zähne klemmen und ohne Zuhilfenahme der Hand austrinken. Das hört sich idiotisch an und sieht auch genauso aus.

»Auf einem Bein kann man nicht stehen«, meinte Schorsch und begab sich zum Ausschank. Diesmal protestierte ich nicht. Mit der Handhabung des Fläschchens noch nicht vertraut, hatte ich den größten Teil des Inhalts herausgeschüttelt und bestenfalls einen halben Fingerhut voll getrunken. Das Zeug hatte verteufelt gut geschmeckt!

Die nächste Ladung holte Tom, danach war Thomas an der Reihe, ich wollte auch nicht zurückstehen, und schließlich stand Hannes auf. Er kam gleich mit einem ganzen Karton voll zurück.

»Ich denke, du bist pleite?« wunderte sich Steffi.

»Einen Notgroschen habe ich immer dabei.«

Die Stimmung wurde zusehends lockerer, zumal die Gäste an den Nebentischen nun ebenfalls Pflümlis orderten. Anfangs hatten sie uns als harmlose Irre betrachtet, die man zwar im Auge behalten, aber nicht stören sollte, und nun hämmerten sie noch lauter auf die Tischplatte ein als wir.

Katja streikte als erste. Nicki machte nach dem zehnten Pflümli Schluß, ich hielt noch zwei weitere durch. Die Männer waren trainierter. »Das ist doch nicht stärker als Himbeersaft«, behauptete Sven. Er war schon bei Nummer 14 angekommen. »Wer holt den nächsten Karton?«

Das endgültige Besäufnis scheiterte daran, daß es keinen Pflümli mehr gab. Ob wir nicht statt dessen etwas anderes haben wollten?

Nein, danke! Katja, die so ziemlich in jeder Lebenslage schlafen kann, saß bereits mit geschlossenen Augen da, ihr Zwilling gähnte in einer Tour, und ich sehnte mich ebenfalls nach meinem Bett. Nur Steffi war noch putzmunter, dabei hatte sie doch auch schon mindestens ... oder noch mehr? War ja auch egal.

Die Kirchturmuhr schlug Mitternacht, als wir uns auf den Heimweg machten, je nach Aufnahmekapazität selig beschwipst oder immer noch erstaunlich nüchtern, nur die Reihenfolge hatte sich geändert. Katja wurde von Tom und ihrem Bruder halb schlafend mehr gezogen als begleitet, Nicole redete unentwegt auf ihren Thomas ein, der unbedingt noch nach Hause fahren wollte, es dank des von ihr konfiszierten Autoschlüssels dann doch nicht tat, und Hannes hatte sich zu Steffi gesellt. Rechts und links den Schlumpf an einem Arm gepackt, trotteten sie vor uns her. Das Schlußlicht bildeten Schorsch und ich. Seine Blondine hatte er noch immer nicht gefunden.

»Will noch jemand einen Kaffee haben?« Eine rein rhetorische Frage, denn ich hatte nicht die geringste Lust, welchen zu kochen. Es wollte auch niemand.

»Ich finde, wir sollten uns noch ein bißchen auf die Terrasse setzen.« Steffi präparierte schon die beiden Windlichter. »Draußen ist es noch ganz warm. Außerdem scheint der Mond.«

Den hatte sie sonst immer nur in romantischen Augenblicken wahrgenommen, aber davon konnte doch jetzt keine

Rede sein! Die Verteilung der Zimmer war in vollem Gange. Da sich auch Sven als nicht mehr fahrtüchtig bezeichnete, brauchten wir noch ein Bett mehr.

»Ich nehme das von Papi«, entschied er und verschwand.

»Haben wir wirklich bloß vier Gästekopfkissen?« brüllte Katja von oben. »Die reichen doch nie!« Bisher hatten sie immer gereicht, aber da hatten wir auch nicht Wallensteins Lager aufschlagen müssen.

»Zwei können bei mir schlafen«, meldete Schorsch, schien jedoch entschlossen, sein mobiles Heim noch nicht aufzusuchen; vielmehr wollte er wissen, wo die Weingläser stünden. »Ich habe zwei Flaschen ausgezeichneten Rosé im Wagen, die machen wir jetzt noch alle!«

»Diese lauwarme Brühe? Ein Rosé muß kalt sein!« Bis dato hatte Steffi nur zwischen weißem und rotem Wein unterscheiden können und sich aus beiden Sorten nicht viel gemacht. »Määm, haben wir noch welchen im Keller?«

»Weiß ich nicht, sieh selber nach!«

Hannes bot sofort seine Hilfe an. Gemeinsam stiegen sie in die Unterwelt und tauchten erst wieder auf, nachdem in den oberen Zimmern einigermaßen Ruhe eingekehrt war. Dann mußte Steffi noch mal runter, weil sie den Wein vergessen hatte.

Wenig später saßen wir Übriggebliebenen auf der Terrasse, guckten in den Mond und zu den Nachtmotten, die dauernd gegen die Lampen flogen, redeten über Belangloses und gähnten um die Wette. Die Turmuhr schlug halb zwei.

»Macht, was ihr wollt, ich gehe jetzt ins Bett!« Erstens war ich hundemüde, und zweitens sprach keiner mehr mit mir. Tom und Schorsch waren endlich bei ihrem Lieblingsthema, den Motorrädern angekommen, von denen ich nur wußte, daß sie unbequem sind und Krach machen, während Steffi gebannt zuhörte, was Hannes von seinen Tauchgängen im Roten Meer erzählte. Ich kam mir nicht nur überflüssig vor, sondern wie ein regelrechter Störfaktor. Vor allem bei meiner Tochter.

Schorsch hatte wohl das gleiche Gefühl. Er trank sein Glas aus und packte Tom am Schlafittchen. »Komm, Bruder im Geiste, folge mir in unsere Koje!« Dann ermahnte er Hannes:

»Wenn du nachher kommst, mach nicht so'n Radau! Dein Bett ist das ganz links. Und paß auf deine Finger auf, die Tür klemmt nämlich.«

»Wo schlafe ich denn? wollte Steffi von mir wissen. »Im Gästezimmer?«

»Nein, da liegt Thomas. Du mußt zu den Zwillingen in die Mansarde.«

»Habe ich nicht eine reizende Familie?« hörte ich sie noch sagen. »Jetzt werde ich sogar zu den Kleinen ins Kinderzimmer gesteckt.«

Pünktlich um acht Uhr bellte Otto. Normalerweise respektiert er die geheiligte Sonntagsruhe und rollt sich nach einigen vergeblichen Störversuchen noch mal zu einem Nickerchen zusammen. Sind Gäste da, wird er renitent. Nacheinander kratzt er an sämtlichen Türen, kassiert Schimpfwörter, Drohungen (»Morgen bringe ich dich zu McDonald's, und ab übermorgen gibt es Big Ottos!«) oder auch mal einen Latschen, und wenn er oben in der Mansarde angekommen ist, stimmt er ein nervtötendes Gejaule an. Ein Dudelsack ist nichts dagegen! Otto läuft nämlich jede Treppe rauf, aber keine runter. Findet sich endlich jemand, der das Vieh im Halbschlaf wieder hinunterträgt, dann schmollt Otto fünf Minuten lang und beginnt anschließend seinen Rundgang aufs neue. Sven hat schon mal ein solides Brett vor die Treppe gestellt, doch das hat auch nichts genützt. Otto hatte so lange an dem Hindernis gezerrt, bis er seitlich vorbeischlüpfen konnte.

»Mistvieh, elendes!« hörte ich Steffi schimpfen. »Ich stecke dich in die Mikrowelle! Bei 600 Grad. Dann essen wir heute chinesisch!« Schritte tapsten abwärts, ich hörte, wie die Terrassentür geöffnet wurde, Otto jaulte los, und Steffi fragte erstaunt: »Habt ihr etwa hier geschlafen?«

Nichts wie raus aus dem Bett! Vom Fenster aus bot sich mir ein etwas ungewöhnlicher Anblick. In der Hängematte, eingerollt in einen Schlafsack, lag Hannes; die anderen zwei Männer hatten Liegen in die Sonne geschoben und dösten vor sich hin. »Wann gibt's Kaffee?« erklang es unisono.

Man sollte sie auf den Mond schießen! Trotzdem wickelte ich mich in meinen Bademantel, trabte in die Küche, fütterte die Maschine und begab mich nach draußen. »Morgen sind wir Stadtgespräch«, sagte ich zur Begrüßung.

»Warum?« fragte Schorsch. »Etwa nur deshalb, weil wir uns sonnen?«

»Nein. Es ist nur unüblich, im Garten zu nächtigen. Das ist zum letztenmal vor zwanzig Jahren geschehen, als die Jungs ihr Zelt aufgeschlagen hatten und Überleben in der Wildnis trainieren wollten. Als ein Gewitter aufzog, haben sie allerdings die Zivilisation dem freien Leben vorgezogen.«

»Wir sind ja erst seit ungefähr einer Stunde hier«, beruhigte mich Tom. Er gehört schon beinahe zur Familie, ist oft genug bei uns und kennt sämtliche Nachbarn. Deshalb weiß er auch, daß hier jeder (fast) alles über jeden weiß, und wenn er es nicht genau weiß, dann reimt er sich den Rest zusammen. Drei Mannsbilder nachts in unserem Garten ließen ja genügend Raum für Spekulationen.

»Eigentlich mag ich Kinder«, sinnierte Hannes und schälte sich aus seinem Schlafsack, »nur nicht am Sonntagmorgen um sieben. Gibt es denn hier keinen Sportplatz?«

»Doch«, sagte Steffi, »gleich oben am Wald. Aber da tut sich erst heute nachmittag was.«

»Eben! Weshalb also müssen die Kids in aller Herrgottsfrühe vor den Garagen Elfmeterschießen üben?«

»Weil sie da niemand hört!« Nur mühsam konnte ich mir das Lachen verbeißen. Wenn ein Ball gegen die schon etwas ausgeleierten metallenen Kipptüren donnert, macht das nämlich einen Höllenspektakel, aber in den zurückliegenden Häusern bekommt man davon nichts mehr mit. Schorsch hatte sein mobiles Schlafzimmer allerdings auf dem Parkplatz direkt neben den Garagen abgestellt.

Während Steffi die unfreiwilligen Frühaufsteher mit Kaffee versorgte, verschwand ich ins Bad. Ich hatte gerade die Dusche abgestellt, als Katja vor der Tür jammerte. »Mach auf, ich muß dringend aufs Klo!«

»Dann geh doch nach unten!«

»Da sitzt Sven.«

Wenigstens waren jetzt alle wach! Und alle wollten auf die Toilette. Wir haben aber nur zwei, und wir haben auch nur e i n Badezimmer. Amerika, du hast es gut! Wenn man nämlich den Hollywood-Filmen glauben kann, dann gibt es dort in jedem Haus mindestens drei Bäder, die immer wie geleckt aussehen. In fast jedem Film wohnt die Familie in einem weißgetünchten Eigenheim mit gepflegtem Rasen davor und 200 Quadratmeter großem Garten dahinter. Der Hausherr ist zwar nur Versicherungsvertreter und kann sich keine Zugehfrau leisten, allerdings hantiert die Hausfrau meistens in der immer aufgeräumten Küche oder hängt am Telefon, sofern sie nicht gerade eins der drei Kinder zu einer Schulveranstaltung fährt. Also stellt sich die Frage: *Wann schrubbt sie die drei Badezimmer???*

Im Moment hätten wir sogar vier gebraucht. Jeder, der die Zähne geputzt und geduscht hatte, wurde sofort vertrieben. Überall, wo ein Spiegel hing, stand jemand mit Fön und/oder Rasierapparat. Steffi hatte sogar die Flaschen aus dem Barfach geräumt, das ist ebenfalls verspiegelt.

Nach ungefähr anderthalb Stunden waren alle sonntagsfein im Garten verteilt. Ich holte mir eine Tasse Kaffee und setzte mich dazu. Wortlos starrten sie mich an. Endlich kam die zaghafte Frage von Katja: »Wann gibt's denn Frühstück?«

»Gar nicht. Ihr wollt ja brunchen, und zwar frühestens um halb zwölf. Bis dahin haben wir noch viel Zeit.«

Schweigen. Schließlich erneuter Anlauf. »Wenn wir alle mithelfen, geht's dann auch früher?«

Ich merkte sofort, daß sämtliche Männer trainierte Junggesellen waren – ausgenommen Nickis Thomas, aber einer mußte ja ohnehin auf der Terrasse den Tisch decken. Hannes kümmerte sich um die Rühreier und verbrannte nicht mal den Speck, Schorsch schnippelte Äpfel, Birnen, Kiwis und was sich sonst noch fand, für den Obstsalat, Tom nahm sich der Quarkpackungen an, aus denen er allerlei zusammenrührte, was hinterher sogar ausgezeichnet schmeckte, und Sven saß in der Eßdiele, wo er mit Hilfe von drei Weckeruhren die Aufbackzeiten der verschiedenen Brötchensorten überwachte. »Die Laugenstangen sind genau zehn Minuten drin. Wenn ihr jetzt die Croissants in den Ofen schiebt, werden beide zusammen fertig. Das Baguette muß aber schon in vier Minuten raus!«

Die Mädchen unterstützten den Arbeitseifer der Herren mit mehr oder weniger guten Ratschlägen, fütterten die Spülmaschine mit benutztem Geschirr und stapelten das, was nicht mehr reinging, auf dem noch freien Teil des Herdes. Ich werde nie begreifen, weshalb kochende Männer fünf Töpfe, ebenso viele Schüsseln und drei elektrische Küchenhilfen brauchen, um Eierkuchenteig anzurühren. Ich wurde übrigens rausgeworfen. Meine Bemerkung, in einem Gourmet-Restaurant hätte ich zwar schon mal Erdbeeren mit grünem Pfeffer essen müssen, aber noch niemals mit Schnittlauch garniert, hatte den Schöpfer dieser Kreation zu sehr getroffen. Ohnedies mußte jemand zum Telefondienst abgestellt werden. Der Apparat klingelte im Zehnminutenabstand. Zuerst wollte Claudia von Katja wissen, wie denn der Herr Studienrat Heimreich so sei, den habe sie nämlich am Dienstag als Unterrichtsbesucher, und soviel sie wisse, habe Katja den auch schon gehabt. Kaum hatte Katja ihre keineswegs schmeichelhafte Meinung über Herrn Heimreichs fachliche Kompetenz mitgeteilt (»Das ist so ein Schreibtischstratege, der zum letztenmal vor einer Klasse gestanden hat, als man noch Rohrstöcke benutzen durfte – sollte man übrigens wieder einführen!«), da bimmelte es schon wieder. Diesmal war es Bettina. Ob sie mal Nicki sprechen könnte. Die hatte jedoch gerade die Hände im Spülwasser (»Welcher Idiot hat das Ei genau auf die Kante gelegt? Jetzt klebt die ganze Soße im Besteckkasten!«) und konnte nicht. »Frag mal, was sie will!«

Bettina wollte die Schablonen für die Vögel haben, Nicki wisse schon Bescheid. »Die sind noch in der Schule«, gab ich weisungsgemäß weiter.

»Sag ihr, ich bringe sie morgen vorbei!« Ich sagte auch das. Während einer Pause rief ich bei Klaus an, um meinem Nestflüchter den gegenwärtigen Stand der Dinge mitzuteilen, mußte mir jedoch vom Anrufbeantworter sagen lassen, daß niemand zu Hause ist. Also kommunizierte ich mit der Konserve. »Du kannst deine baldige Rückkehr schon mal ins Auge fassen. Wir fangen gleich an zu frühstücken, aber länger als maximal zwei Stunden wird das nicht dauern.«

Kaum hatten wir uns alle hingesetzt, da läutete das Telefon schon wieder. »Dein Lover ist dran«, sagte Katja. »Ich habe den Kasten in die Küche gestellt. Mach hinter dir die Tür zu, sonst hört die ganze Nachbarschaft mit, wenn du wieder deinen Schreikrampf kriegst.«

»Kann nicht mal jemand den Hörer aushängen?« murmelte Sven, seinen Stuhl zur Seite ziehend, damit Steffi vorbeikam.

»Du kannst ruhig stehenbleiben, ich bin gleich wieder da.« Erst hörten wir gar nichts, dann wurde ihre Stimme etwas lauter, steigerte sich zumCrescendo, eine Tür flog zu, danach die zweite, aber nach fünf Minuten kam Steffi doch schon zurück, hochrot im Gesicht und zitternd vor Wut. »Am liebsten hätte ich das Telefon an die Wand geklatscht, aber das hätte ja nichts gebracht. Wenn es wenigstens *sein* Apparat gewesen wäre!«

»Was war denn schon wieder los?« erkundigte sich Katja mit scheinbar besorgter Miene. Sie kann Horst Hermann nämlich nicht leiden.

»Gar nichts!« Steffi griff zu einem Brötchen und stieß das Messer mit solcher Wucht hinein, daß es am anderen Ende wieder herauskam.

»Wen ermordest du denn gerade?« Ganz harmlos hatte die Frage geklungen, doch in Hannes' Gesicht spiegelte sich satte Zufriedenheit.

»Ich wollte ihm noch eine Chance geben«, erzählte Steffi kauend, »und habe gefragt, ob er rüberkommen will. Und was habe ich zur Antwort bekommen?« Ihre Stimme nahm einen weinerlichen Klang an. »›Ich bin noch gar nicht angezogen. Außerdem will ich meine Spesenabrechnung machen und nachher auf'n Bier ins Clubhaus.‹ Dieser Spießer! Dieses Tränentier! Wieso habe ich ihm eigentlich nicht schon längst die Suppenterrine über den Kopf gestülpt, in der er immer seine Belege sammelt? Von wegen Abrechnung!« Jetzt rückte sie mit gezücktem Messer einer Laugenstange zuleibe. »Die macht er seit sechs Wochen, und wenn er sie abgeben muß, ist sie immer noch nicht fertig. – Nee«, nachdrücklich schüttelte sie den Kopf, »dieses dämliche Geschwafel war jetzt wirklich das Tüpfelchen auf dem i. Schluß! Aus! Feierabend! Horst Hermann kann mich mal, und zwar für immer!«

»Amen«, sagte Hannes.

»Gar nicht amen«, widersprach Steffi, »jetzt habe ich nämlich ein Problem am Hals. Ich brauche eine Wohnung, und zwar schnell.«

»Wo denn?« erkundigte sich Schorsch.

»Irgendwo zwischen hier und Heidelberg. Als Außendienstler ist man ja halbwegs flexibel.«

»Siehste, hätt'ste dich von deinem Weichei früher getrennt, dann hätt'ste unsere in Dossenheim kriegen können«, trumpfte Katja auf. »Wir haben sie dir angeboten, aber da war dir ja der Mond noch zu neu.«

»Damals habe ich sie nicht gebraucht«, giftete Steffi zurück. »Wer wohnt denn jetzt da drin?«

»Studenten, wer sonst?« sagte Nicki. »Aber mach dir keine Hoffnungen, die sind erst im dritten Semester.«

Schorsch hatte angeblich einen Makler als Nachbarn, den würde er mal anspitzen, Hannes kannte auch einen, mit dem er sich sogar duzte, Tom wollte sich ebenfalls umhören, und selbst die Zwillinge sicherten Hilfe zu. Katja hatte sogar schon einen Tip. »Sag mal, Nicki, wollte Volker nicht demnächst ausziehen?«

»Welcher Volker? Der mit dem Uralt-Porsche?«

»Nee, der andere, du weißt schon! Der während der Psychologie-Vorlesungen immer an seinem grünen Schal gestrickt hat. Im letzten Semester hat er sich doch diese Ökotante angelacht, und mit der will er zusammenziehen. Seine Wohnung ist aber für beide zu klein.«

»Woher weißt du das alles?« wunderte sich Nicki.

»Von Melanie, von wem denn sonst? Ob ich den morgen mal anrufe?«

»Geht das nicht schon heute?« drängelte Steffi. »Mir brennt's unter den Nägeln. Wo liegt die Wohnung überhaupt?«

»In Wiesloch. Zwei Zimmer, Küche, Bad – alles holzgetäfelt. Das Haus gehört Volkers Oma, und ich könnte mir vorstellen, daß sie als Nachfolger lieber jemanden nimmt, den ihr Enkel empfiehlt.«

Davon war Steffi nicht überzeugt. »Dieser Volker kennt mich doch gar nicht.«

»Aber mich!« trumpfte Katja auf.

»Na, ob das gerade 'ne Empfehlung ist ...«

»So, und jetzt ist Schluß damit!« Nicki knüllte ihre Serviette zusammen und stand auf. »Will noch jemand was essen? Nein? Dann schlage ich vor, wir machen klar Schiff, und danach gehen wir alle schwimmen.«

Damit hatte ich nun überhaupt nicht gerechnet. Vielmehr hatte ich geglaubt, der ganze Verein würde endlich seine Sachen packen und sich in alle Himmelsrichtungen zerstreuen. Die dachten aber gar nicht daran.

»Schwimmen gehen ist *die* Idee!« sagte Katja sofort. »Wo fahren wir hin? An den Breitenauer See?«

»Quatsch, ins Freibad natürlich. Seitdem das umgebaut ist, bin ich noch gar nicht dagewesen. Außerdem ist es nicht so weit. Wir müssen doch nachher noch die Reste aufessen.« Nickis Blick wanderte über den Tisch. »Kriegen wir das alles in den Kühlschrank?«

Es war ja wirklich noch genug übriggeblieben, aber lieber hätte ich die Sachen verteilt und den Abreisenden als Marschverpflegung mitgegeben. Rolf ißt ungern Quark, die Brötchen wären morgen nur noch als Entenfutter zu gebrauchen, doch mein lauwarmer Hinweis, bei diesem herrlichen Wetter sei das Freibad bestimmt überfüllt, ganz abgesehen von der Autobahn, die gegen Abend garantiert von Sonntagsausflüglern verstopft sei, wurde abgeschmettert. »Nach acht ist sie wieder leer«, behauptete Schorsch. »Hat jemand eine Badehose für mich?«

Sven konnte aushelfen, er fand sogar noch eine für Thomas. Tom hatte seine eigene dabei, nur bei Hannes wurde die Sache schwierig. In der Konfektionsbranche würde seine Figur vermutlich unter der Bezeichnung »groß und kräftig« geführt werden, während die hier versammelte Männerriege in die Rubrik »lang und schlank« gehörte. Den ihm zur Auswahl vorgelegten Badehosen, darunter sogar zwei Exemplare von Rolf, schenkte er kaum einen Blick. »Was soll ich mit den Puppensachen?« Plötzlich sah er Toms Bermudashorts – schwarz mit dezent buntem Rand. »Du hast doch sicher noch ein anderes Paar dabei?«

Tom nickte.

»Das dachte ich mir. Dann ziehst du die hier aus, und ich gehe damit schwimmen.«

»Das ist keine Badehose«, wehrte er erschrocken ab.

»*Noch* nicht. Aber es wird eine! Wetten, daß?«

Gefolgt von Hannes trabte Tom in Richtung Badezimmer. »Der Klügere gibt nach«, seufzte er.

»Ja, aber bloß so lange, bis er der Dumme ist«, schimpfte Katja. »Wenn Hannes mal dringesteckt hat, kannst du die Shorts nie wieder anziehen. Der beult sie doch restlos aus!«

»Dann kaufe ich sie Tom eben ab!«

Brüllendes Gelächter empfing ihn, als er wieder zum Vorschein kam. Mit seinen fast zwei Metern Gesamtlänge war Tom zwanzig Zentimeter größer als Hannes, entsprechend lang waren auch die Hosen. Schlabbernd endeten sie unterhalb von Hannes' Knie, dafür saßen sie obenherum reichlich eng. »Willst du dich in diesem Aufzug wirklich an die Öffentlichkeit wagen?« juchzte Steffi.

»Warum nicht? Hier kennt mich ja niemand.«

Ich verteilte Handtücher, Sonnenöl und Badematten, und als endlich der letzte seine Autoschlüssel gefunden hatte, fragte Sven so ganz nebenbei: »Kommst du denn nicht mit?«

»Wozu? Einen Aufpasser braucht ihr nicht mehr, ihr könnt doch alle schwimmen.«

»Und wer soll unsere Klamotten bewachen, wenn wir im Wasser sind?«

Unnötig, zu erwähnen, wo ich den Nachmittag verbrachte. Und das nicht einmal ungern. Nichts hebt das Selbstbewußtsein mehr, als wenn einem immer noch der Badeanzug von vor fünf Jahren paßt. Der Kopfsprung vom Beckenrand mußte auch noch ganz passabel ausgesehen haben, denn als ich auftauchte, hörte ich Schorsch fragen: »*Wie* alt ist deine Mutter?«

»Neunundzwanzig plus ein paar Jahrzehnte«, lautete Steffis prompte Antwort.

Es wurde ein sehr lustiger Nachmittag, der seinen Höhepunkt erreichte, als Hannes mit einer Flasche lauwarmem Sekt ankam und verkündete, er wolle nunmehr mit mir Brüderschaft trinken. »Zu allen anderen sagen Sie du, nur zu mir nicht.«

»Ich habe eben Respekt vor dem Alter!«

Das schmeckte ihm überhaupt nicht. Steffi sah mich auch bitterböse an. »Mußte das sein?«

»Was ist denn schon dabei? Wenn ich noch mal achtunddreißig wäre ...«

»Hannes ist fünfunddreißig!«

Volltreffer! Na ja, ohne diesen Seehundsbart würde er vielleicht jünger aussehen, aber vielleicht wollte er nur das, was er oben ein bißchen zuwenig hatte, mit dem Kraut unterhalb der Nase kompensieren.

Normalerweise gehöre ich nicht zu den Menschen, die eine Gelegenheitsbekanntschaft schon nach einigen Stunden duzen, aber was soll's? Ich wollte kein Spielverderber sein, und die Wahrscheinlichkeit eines Wiedersehens war doch wohl sehr gering. Ich bekam einen viertelvollen Pappbecher in die Hand gedrückt, ein Küßchen auf die Wange und die Warnung, ihn niemals Hans-Peter zu nennen, obwohl das sein Taufname sei. »Heißt du wirklich Evelyn, oder ist das auch ein Pseudonym? Ich habe nämlich mal eine Stripteuse kennengelernt, die hieß Roswitha Sowieso, nannte sich aber La Belle Eveline.«

Ich bestritt energisch, nähere Kontakte zum Rotlichtmilieu zu pflegen, sondern den Namen meiner Mutter zu verdanken, die während ihrer Schwangerschaft fürs Englisch-Examen gebüffelt hatte.

Kurz nach sechs beschlossen die Herrschaften, Hunger zu haben, und rüsteten zum Aufbruch. »Was meinst du, Määm, ob Papi wohl schon zu Hause ist?« Katjas Stimme klang ein bißchen ängstlich. »Der kriegt glatt einen Infarkt, wenn wir noch mal geschlossen einfallen«.

Er war noch nicht da, nur seine Stimme. Nach Barbara und Antje, die beide Katja sprechen wollten, vernahm ich das etwas undeutliche Gebrabbel meines Herrn und Gebieters. »Kann mich jemand abholen? Ich möchte lieber nicht mehr fahren.«

»Auf eine Stunde mehr oder weniger kommt es nun auch nicht mehr an«, entschied Steffi. »Jetzt essen wir erst mal in Ruhe Abendbrot.«

Das dauerte bis halb neun. Um neun Uhr war endlich das letzte Auto vom Parkplatz gerollt, und dann brauchte ich eine weitere halbe Stunde, bis ich Katja überzeugt hatte, daß sie mitkommen müsse. »Wer soll denn Papis Wagen nach Hause fahren?«

»Ich habe doch morgen Unterricht in der Vierten und noch keinen Strich dafür getan. Na, dann wird's eben mal wieder 'ne autodidaktische Stunde.«

»Eine – was?«

Während wir zur Garage gingen, wurde ich mit den unter Lehrern offenbar recht gängigen Ausweichmethoden vertraut gemacht. »Wenn man nicht vorbereitet ist, gibt es drei Möglichkeiten. Das ist einmal die autodidaktische Stunde, das heißt, auf dem Weg zur Schule überlegt man sich im Auto, wie man die Stunde herumkriegt. Ist einem nichts eingefallen, hofft man auf eine Schwellen-Stunde. Spätestens beim Überschreiten der Türschwelle sollte man einen zündenden Einfall haben. Kommt der nicht, bleibt bloß noch die Hammer-Stunde. »Was hammer denn gestern gemacht?«

Ach ja, noch etwas: Am nächsten Morgen habe ich den Klempner angerufen!

Betriebsbesichtigung

Die Wahrscheinlichkeit, innerhalb kurzer Zeit eine bezahlbare Wohnung zu finden, ist heutzutage fast geringer als ein Volltreffer im Lotto. Aber Stefanie ist ja ein Sonntagskind. Drei Tage nach dem Straßenfest kam ein Anruf von Schorsch. Schon nach den ersten Worten drückte sie auf die Lautsprechertaste, so daß ich mithören konnte. »... Schwester meiner Freundin ... äh, umgekehrt, also die Freundin meiner Schwester geht für vier Monate in die Staaten. Eigentlich wollte sie ihr Apartment nicht vermieten, doch meine Schwester hat ihr gut zugeredet. Sie war nämlich zum Blümchengießen, Post aufsammeln und Zimmerlüften abkommandiert, einmal pro Woche zwanzig Kilometer einfach. Nun sollst du sie mal anrufen. Hast du was zum Schreiben da?«

Während sie die Telefonnummer notierte, flüsterte ich: »Frag doch erst mal, wo die Wohnung ist.«

»Hätte ich sowieso getan«, wisperte sie zurück, und dann etwas lauter: »Jetzt mußt du mir bloß noch sagen, wo diese Freundin wohnt. Hochhaus siebenter Stock mit kaputtem Fahrstuhl oder dörfliche Abgeschiedenheit, wo Klärgruben noch zur Standardausrüstung gehören?«

Schorsch lachte schallend los. »Die Wohnung befindet sich in einem Dreifamilienhaus in Ketsch. Weißt du, wo das ist?«

»Keine Ahnung, nie gehört. Klingt aber sehr abgelegen.«

»Also ganz genau kann ich es dir auch nicht sagen, muß in der Gegend von Hockenheim sein, ist aber *kein* Dorf.«

»Wenn ich einen Nagel in die Wand schlagen will, muß ich also nicht erst in den nächstgrößeren Ort fahren, um einen zu kaufen? In so einem Kaff habe ich nämlich jahrelang gewohnt.«

»Nägel brauchst du sowieso nicht, das Apartment ist doch voll möbliert.«

»Ach so«, murmelte sie kleinlaut. Im Geiste sah sie wohl

schon ihre Habseligkeiten irgendwo eingelagert, während ich diese ganz woanders sah: die halbe Küche in unserem großen Keller, zwei Drittel Schlafzimmer (Horst Hermann hatte nur die Nachttische und die Wäschetruhe bezahlt) im kleineren sowie unzählige Kisten auf dem Speicher. Hatten wir etwas Ähnliches nicht schon mal gehabt?

Steffi bedankte sich, legte den Hörer auf, wählte die angegebene Nummer und erzählte der Konserve, daß sie es später noch einmal probieren würde. Beim vierten Versuch klappte es endlich, und noch am selben Abend machte sie sich auf den Weg nach Ketsch.

Kurz vor Mitternacht beschlossen wir, nicht mehr auf ihre Rückkehr zu warten. »Entweder irrt sie immer noch durch die Landschaft, oder sie probiert schon mal das Bett aus«, sagte Rolf gähnend. »Ich gehe jedenfalls schlafen.«

Steffi hatte weder das eine noch das andere getan, doch wann sie nach Hause gekommen war, wollte sie nicht sagen. »Einig geworden sind wir uns schon nach einer Viertelstunde, aber dann haben wir uns festgequatscht. Sandra wollte natürlich wissen, weshalb ich so Hals über Kopf eine Bleibe suche, und da habe ich ihr erzählt, was Sache ist. Na ja, und da kam heraus, daß sie ihren Freund auch gerade rausgeschmissen hat. Deshalb will sie ein paar Monate in die Staaten, Tapetenwechsel und so. Sie hat nämlich …«

»Du kannst also die Wohnung haben?« unterbrach ich sie.

»Na klar, nächste Woche schon. Ist übrigens toll eingerichtet, ganz modern mit viel exotischem Grünzeug. Ich kriege noch eine genaue Liste, wie das sensible Gemüse behandelt werden muß.«

»Und was zahlst du für diese Luxusherberge?«

Sie lachte. »Erst wollte Sandra fünfhundert haben, aber zwei Stunden später meinte sie, dreihundert seien auch genug. Schließlich würde ich ja die Wohnung in Ordnung halten und mich um die Pflanzen kümmern. Ich glaube, sie ist gar nicht auf das Geld angewiesen, Papa hat anscheinend genug. Der hat ihr auch das Apartment zum 21. Geburtstag geschenkt. – Einzelkinder haben es eben besser«, schloß sie mit einem vorwurfsvollen Blick.

»Wenn wir uns seinerzeit darauf festgelegt hätten, wärst du überhaupt nicht da!« sagte ich ärgerlich. »Also beschwere dich nicht, und mach entweder Karriere oder such dir einen betuchten Ehemann, dann kommst du auch zu einer Eigentumswohnung.«

Jetzt ging alles ganz schnell. Die befürchtete Auseinandersetzung wie unlängst bei den Zwillingen, wer welchen Kochtopf kriegt, blieb aus. Horst Hermann hatte über jede Anschaffung Buch geführt (»Das sieht ihm ähnlich! Sogar die Plastikuntersetzer hat er aufgelistet!« lautete Steffis Kommentar beim Anblick der Inventarliste), ihr Eigentum rot unterstrichen, und dann war er für drei Tage ausgezogen. Im Notfall könne sie ihn telefonisch erreichen, Nummer anbei.

Zum verabredeten Termin stand Hannes mit seinem LKW und einem zur freiwilligen Mithilfe abkommandierten Angestellten vor der Tür. Während sie Schränke abbauten und die Küche demontierten, meinte er nur trocken: »Jetzt bin ich bloß neugierig, wo wir den ganzen Kram in vier Monaten wieder aufstellen dürfen.«

»Nicht *wo* ist die Frage, sondern *daß*«, gab Steffi zurück. »Ich will endlich mal nicht nur allein, sondern auch in meinen eigenen Möbeln wohnen.«

Zwar waren unsere Keller wieder bis zum letzten Winkel vollgestellt, und als der Schornsteinfeger auf den Speicher wollte, mußte er die mühsam freigeräumten drei Meter zum Kamin kriechend zurücklegen, aber dafür war die von Rolf so schmerzlich vermißte häusliche Ruhe und Ordnung wieder eingekehrt. »Wenn sie in vier Monaten noch immer keine eigene Wohnung gefunden hat, soll sie zur Bahnhofsmission gehen«, erklärte er rundheraus, »noch mal mache ich das nicht mit!«

Darüber schien sich seine Tochter im Augenblick nicht den Kopf zu zerbrechen. Sie hatte ihren Freundeskreis mobilisiert, sich mit einigen Maklern in Verbindung gesetzt und wartete nun auf das Wunder, das Sonntagskindern offenbar zusteht. Außerdem war sie mit ganz anderen Dingen beschäftigt.

»Ich habe heute den ersten Rosenstrauß meines Lebens bekommen!« jubelte sie ins Telefon. »Rate mal, von wem!«

»Mich interessiert mehr das Warum. Geburtstag hast du doch erst Allerheiligen.«

»Weiß ich selber, da habe ich am Abend davor immer schon die Vase für die Friedhofsblumen herausgestellt. Horst Hermann kam jedesmal mit Nelken an. Rosen habe ich nie gekriegt, schon gar nicht durch Fleurop.«

Jetzt wurde ich doch neugierig. »Vom wem denn?«

»Von Hannes.«

»Etwa rote?«

»Natürlich nicht«, gluckste sie, »aber blaßrosa finde ich sowieso viel schöner.« Ich war mir sicher, daß ihr auch dunkelgraue gefallen hätten. »Und für Samstag hat er mich zum Essen eingeladen.«

»Zu sich nach Hause???« Schon wieder dieser Gluckenkomplex!!! Wann würde ich endlich kapieren, daß die Kinder erwachsen sind?

»Nein, wir gehen in einen richtig feudalen Freßtempel.«

»Dann wünsche ich dir guten Appetit. Und kratz nicht wieder mit der Gabel in den Haaren!«

»Hahaha«, sagte sie nur und legte auf.

Später erzählte ich Katja von dem Anruf. »Du kennst den Hannes doch viel besser als ich. Meinst du, da bahnt sich was an?«

»Hoffentlich nicht«, lautete die ernüchternde Auskunft. »Er ist zwar ein netter Kerl, aber er gräbt jede an, die nicht schnell genug den Baum raufkommt. Wenn Steffi vernünftig ist, läßt sie die Finger davon, sonst wird sie doch bloß eine weitere Telefonnummer in seinem Notizbuch.«

Mit dem Vorsatz, diesen Casanova mal etwas genauer unter die Lupe zu nehmen, bevor es zu spät sein würde, ging ich schlafen. Am nächsten Morgen wußte ich auch, wann und wie.

»Hast du Lust, an einem der nächsten Tage mit mir nach Heidelberg zu fahren? Ich brauche noch ein Paar bequeme Treter und wenigstens zwei kurzärmelige Blusen.«

Beides hätte ich ohne Schwierigkeiten auch in Heilbronn bekommen. Wir wohnen zwar in der Provinz, aber auch dort geht man mit der Mode, nur manchmal eine Saison später. Katja allerdings kauft selbst ein Paar simple Socken ausschließlich in einer Weltstadt. Berücksichtigt man die alljährlichen Touristenschwärme, dann ist Heidelberg eine!

»Übermorgen hätte ich Zeit, da bin ich schon um zehn Uhr fertig«, sagte meine Tochter sofort. »Ich wollte sowieso mal wieder dem Pascal guten Tag sagen.«

Pascal ist eine Zeitlang ihr unmittelbarer Vorgesetzter gewesen, sofern Aushilfen überhaupt einen haben. Es ist ja bekannt, daß der Mensch nicht vom Brot allein lebt, er will auch Butter und Wurst. Selbst dafür hätte der Scheck gereicht, den Rolf während der Studienzeit jeden Monat ausfüllen mußte, jedoch nicht für Urlaubsreisen, Designer-Klamotten und ähnlich lebensnotwendige Dinge. Außerdem ist es weitgehend normal, daß Studenten jobben.

In der Molkerei war es zu stressig gewesen, beim Zeitschriftenvertrieb zu langweilig, beim Rechtsanwalt war der Junior mehr an Katja interessiert gewesen als an ihren ohnehin nicht überwältigenden Schreibmaschinenkenntnissen, und so waren die Mädchen schließlich in einem Kaufhaus gelandet; Katja in der Jeans-Abteilung, Nicki gleich daneben bei der Jungen Mode. Im Laufe dieser anderthalb Jahre hatte sich Katjas Bestand an Jeans auf 24 vergrößert. Man bekommt ja Personalrabatt, es gibt Hosen mit kleinen Fehlern, die nicht mal mit der Lupe zu finden sind, und außerdem wird von den Verkäufern erwartet, daß sie neue Modelle auch selber tragen. Die kosten manchmal überhaupt nichts, weil von den jeweiligen Vertretern gespendet. Offenbar hatte sich Katja als regelrechtes Verkaufstalent entpuppt mit sicherem Blick für die Kundschaft (»Bei mir ist keiner weggegangen, dem die Hose nicht genau gepaßt hat, und wenn er acht verschiedene anprobieren mußte!«), so daß die Geschäftsleitung ihr ein verlockendes Angebot gemacht hatte. Sie sollte ihr Studium schmeißen und auf Kosten des Hauses – bei vollem Gehalt! – BWL studieren, um danach als Einkäuferin o. ä. tätig zu werden.

»Da wäre ich auf Firmenkosten bestimmt auch mal nach Hongkong gekommen«, hatte sie gemeint, dann aber doch abgelehnt. »Am Anfang hätte ich durch alle Abteilungen gemußt, also von den Bratpfannen bis zu Sofakissen, und das wollte ich dann doch nicht. Ihr glaubt ja gar nicht, wer einem da alles über den Weg läuft! Mir war es richtig peinlich, als ich meinem ehemaligen Mathelehrer ein Paar Jeans verpassen mußte. Erst hat er mich mit Hängen und Würgen durchs Abitur geprügelt, und dann findet er mich als Verkäuferin von Hosen wieder.

Ich habe ihn aber aufgeklärt«, fügte sie hinzu, »diesen intellektuellen Abstieg wollte ich denn doch nicht auf mir sitzen lassen.«

Mit Pascal hält sie immer noch Kontakt – nicht zuletzt wegen der günstigen Einkaufsmöglichkeiten. Er kriegt ja weiterhin Personalrabatt! Sie kam auch prompt mit einem neuen Modell an; dunkelgrüne Jeans hatte sie noch nicht.

Die gewünschten Schuhe gab es in meiner Größe nicht mehr, von den Blusen hatte mir keine gefallen, außerdem wurde es langsam Zeit, den eigentlichen Zweck dieses Einkaufsbummels ins Auge zu fassen. »Wenn wir schon mitten in der Stadt sind, könnte ich doch gleich Sachen für den Garten mitnehmen«, sagte ich beiläufig. Zu Hause hatte ich mir genau überlegt, was das denn sein könnte. Eigentlich hatten wir alles, was ein Hausbesitzer ohne Ambitionen für den alljährlich zu vergebenden Preis DER SCHÖNSTE GARTEN so braucht, doch eine neue Gießkanne wäre vertretbar, die alte tropft schon seit längerem, der Spaten hatte mangels regelmäßigem Gebrauch Rost angesetzt, die kleine Harke wackelt, Blumenerde braucht man immer ... Es käme also einiges zusammen, was den Besuch in einem Garten- und Floristikbetrieb rechtfertigte. »Weißt du hier in der Nähe einen Laden, wo man Übertöpfe, Rasendünger und so weiter kriegt?«

»Du lieber Himmel, das kannst du doch auch zu Hause kaufen!«

»Eben nicht! Da erzählt mir erst dein Vater, daß der Spaten nichts taugt und die Rosenschere höchstens kaltes Wasser schneidet, und später motzt Sven, weil sich der Dünger nur für Pferdekoppeln eignet und nicht für Zierrasen. Danach darf ich alles wieder umtauschen. Allerdings würden sie mich deshalb wohl kaum nach Heidelberg zurückschicken.«

Das leuchtete ihr ein, nur hatte sie keine Ahnung, wo man in der Fußgängerzone diese nützlichen Dinge bekommen würde. »Glaubst du denn, wir hätten uns damals für Unkrautvertilgungsmittel interessiert? Ich kann dir aber auf Anhieb fünf Lokale nennen, wo man prima essen kann!«

Das war kein Zaunpfahl mehr, es war ein Wink mit einer Telegrafenstange! – Eine dreiviertel Stunde und zwei Portionen *Spaghetti alla carbonara* später standen wir wieder auf der Straße.

»Wenn du deinen Kleingärtnerkrempel wirklich noch haben willst, dann fahren wir doch einfach bei Hannes vorbei!«

Na endlich! Darauf hatte ich seit einem halben Tag gewartet. Nur pro forma fragte ich, ob das auch kein Umweg sei. »Überhaupt nicht«, sagte Katja, »von dort sind es nur drei Kilometer bis zur Autobahn.«

Einen kleinen Laden hatte ich erwartet mit einem Schaufenster voller Krimskrams, nicht jedoch eine Halle von den ungefähren Ausmaßen eines Tennis-Courts. Auf dem dazugehörigen großen Hof parkten außer dem mir schon bekannten »Möbelwagen« zwei kleinere LKW sowie ein VW-Bus – alle laubfroschgrün lackiert.

»Guck mal, Määm, ist das nicht Steffis Reisschüssel?« Schwungvoll kurvte Katja neben dem weißen Micra ein, und dann sah ich auch schon Friedhelm an der Scheibe kleben, das Maskottchen in Gestalt eines kleinen Nilpferdes. »Was macht die denn hier?«

»Mit Sicherheit keinen Spaten kaufen«, murmelte ich grimmig.

»Nun beeil dich ein bißchen«, drängelte Katja, »um fünf machen die nämlich den Laden dicht.«

»Warum so früh?«

»Weil sie schon morgens um sieben anfangen. Das ist doch ein Großhandel!«

Woher hätte ich das wissen sollen? Gießkanne ade! Großhändler verkaufen ihre Produkte immer dutzendweise, das wußte ich, aber was sollte ich mit zwölf Spaten und einer halben Tonne Blumenerde?

Schon der erste Blick in die Halle überzeugte mich, daß ich meinen Bedarf wohl doch in der heimischen Raiffeisen-Filiale würde decken müssen. Hier gab es nur Blumen. Und

Pflanzen, angefangen von Fensterbrettgröße bis zu meterhohen Bäumen.

»Das ist aber eine Überraschung!« Hinter einem Regal tauchte Steffi auf, bewaffnet mit einem mittelgroßen Fleischermesser. »Wie kommt ihr denn hierher?«

»Na, wie wohl?« Katja sah sich suchend um. »Unsere Mutter will eine Gießkanne kaufen. Gibt es hier überhaupt welche?«

»Natürlich, drittes Regal hinten links.« Steffi deutete in die entsprechende Richtung.

»Kannst du nicht mal dieses Mordinstrument weglegen?«

»Wie? – Ach so«, sie rammte das Messer in einen Pappkarton, »ich helfe gerade beim Auspacken. Gestern ist wieder neue Ware gekommen.«

Katja nickte verstehend. »Und deshalb vertreibst du dir hier so ein bißchen die Zeit? Wo ist denn Hannes?«

»Draußen bei der Keramik.«

Inzwischen hatte ich mir einen kleinen Überblick verschafft und war maßlos enttäuscht. Alles, was da so herumstand, war künstlich! Es sah ja auf den ersten Blick sehr schön aus, aber es duftete nicht, und Blumen, die nicht duften, sind keine! Jedenfalls nicht für mich. »Wer kauft denn so was bloß?« Ich zog eine Teerose aus einem der vielen Kübel und betrachtete sie genau. Einer echten sah sie wirklich täuschend ähnlich, sogar die Blütenblätter waren etwas eingerollt, und Dornen hatte sie auch, allerdings ohne Spitzen. »Was kostet die denn?«

»Die Preise habe ich noch nicht im Kopf.« Steffi nahm mir die Blume aus der Hand. »Ich schätze, so um die vier Mark herum. Wir haben aber auch noch teurere. Die Dinger sind schließlich aus Seide.«

»Wir« hatte sie gesagt!!! Was, um alles in der Welt, ging denn hier vor?

»Soll ich dich mal ein bißchen herumführen?«

Während der nächsten halben Stunde vertiefte ich meine Kenntnisse der heimischen Flora. Vom Gänseblümchen bis zur Sonnenblume war alles vertreten, was man in normalen Gärten finden kann. Unseren natürlich ausgenommen, dank der fünf Birken wächst ja nicht mal Petersilie. Rosen gab es in unzähligen Variationen, sogar blaue waren dabei. »Werden die passend zur Couchgarnitur gekauft?«

»Blödsinn«, winkte Steffi ab. »Die werden von Dekorateuren geholt oder von Floristen für Trockengestecke. Komm mal mit in unsere Deko-Abteilung!«

Schon wieder »unsere«! Ich folgte meiner Tochter durch mehrere Gänge voller Grünzeug bis zum Ausstellungsraum. Und da hing und stand alles das, was man aus diesen künstlichen Gewächsen machen kann. Leuchter, dekoriert mit Kerzen und farblich darauf abgestimmten Blumen, Gestecke in allen Farben und Größen, Biedermeiersträußchen und Blumenkugeln, von der Decke baumelten Ampeln, sogar ein Brautstrauß lag dekorativ auf einem Ständer. »Den hat Lissy nur wegen des Farbeffekts hingestellt«, erläuterte Steffi. »Sie meinte, was Weißes müßte auch mit rein, aber das meiste sieht ja immer aus wie Friedhof.«

»Wer, bitte, ist Lissy?«

»Die Floristin.«

Als ehrlicher Mensch muß ich zugeben, daß diese ganzen Blumen wirklich nichts mehr mit Omis künstlichen Osterglocken zu tun hatten, die immer mein helles Entsetzen gewesen waren. In den fünfziger Jahren hatte sie sich die sieben Stengel gekauft, original Plastik und schon von weitem als solches zu erkennen. Noch im September hatten sie in einer Kristallvase auf dem Fensterbrett gestanden, leicht angestaubt, doch ungeachtet der fortgeschrittenen Jahreszeit immer noch in voller Blüte. Eines Tages hatte ich sie zwecks Generalreinigung in die Badewanne geschmissen und erst mal gründlich eingeweicht. Wenig später waren die Stiele in Form von grünen Papierschlangen an der Wasseroberfläche geschwommen. Seitdem habe ich was gegen künstliche Blumen, auch wenn sie, wie diese hier, aus edlerem Material sind.

»Wo finde ich denn nun meine Gießkanne, Spaten und was ich sonst noch haben will?«

»Gießkanne ja, Spaten nein – gib doch mal deinen Zettel her!« Kopfschüttelnd las Steffi die Liste herunter. »Hier ist doch kein Gartencenter! Blumenerde kannste kriegen, Übertöpfe auch, die stehen draußen, den Rest mußt du woanders holen.«

Egal, die Einkäufe waren ohnehin nur ein Vorwand gewesen, aber inzwischen war mir klargeworden, daß ich mir diesen Besuch hätte sparen können. Hannes war noch nicht aufgetaucht, und Katja war auch keine Hilfe. Mit der Bemerkung, sie brauche mal wieder ein paar Kerzen, hatte sie sich abgeseilt und war zwischen den Regalen verschwunden. Nur so quasi nebenbei hatte ich herausbringen wollen, was sich hier eigentlich abspielte, doch dazu ergab sich erst gar keine Möglichkeit. Ich hatte lediglich den Eindruck, daß sich Steffi in dieser Umgebung schon absolut zu Hause fühlte. »Darf ich dich zu einem Kaffee einladen?«

Der Automat neben dem Eingang war mir schon vorhin aufgefallen, doch ... »Nein danke, auf diese Plörre kann ich verzichten.«

»Den Kasten munitionieren wir selber, also ist der Kaffee auch trinkbar«, sagte Steffi, zog zwanzig Pfennig aus der einen Tasche, einen weiteren Groschen aus der anderen und fragte kläglich: »Hast du Kleingeld?«

»Ich möchte lieber einen Kakao!« Den Arm voller Kerzen, in der Hand eine Packung blauer Glassteinchen, trabte Katja an. »Habt ihr bloß noch weiße Teelichter?« Und als Steffi nickte: »Saftladen!«

»Du hast auch so schon genug zugeschlagen!« Ich deutete auf das Sortiment Kerzen, das sie gerade auf den Kassentisch gelegt hatte, alle in Zwölferpackungen.

»Im Dutzend billiger«, meinte sie lakonisch. »Warum nimmst du nicht auch welche mit? Wir kriegen doch Freundschaftsrabatt.«

Recht hatte sie! Doch dann stand ich vor dem endlos langen Regal und wußte nicht, wofür ich mich entscheiden sollte. Es gab die Kerzen in allen Größen, Formen und Farben, zum Teil goldverziert oder mit aufgeklebten Blümchen, geringelt, gestreift, bepünktelt (wer stellt sich so was in die gute Stube?), aber zum Glück auch ganz schlichte, und denen konnte ich nicht widerstehen. Den honigfarbenen Wachskerzen auch nicht. Und weil ich an dem Regal mit den Hunderten von Bändern vorbei mußte, griff ich auch dort noch zu.

»Willste nicht lieber einen Einkaufswagen nehmen?« Grinsend schob Katja solch ein Gefährt heran. »Mir geht es jedesmal so, wenn ich hier bin. Dauernd findet man was, das man haben möchte. Im Augenblick ist ja tote Hose, aber du mußt mal im November herkommen! Dann treten sich die Kunden gegenseitig auf die Füße, und die Schlange vor der Kasse ist länger als im Supermarkt am Ostersamstag. – Guck mal, Määm, sieht dieser Cissus nicht täuschend echt aus?« Wir standen vor einem zwei Meter hohen Gewächs, das so gar keine Ähnlichkeit hatte mit dem räudigen Busch, der in unserer Eßdiele vor sich hin vegetierte und jeden Tag mindestens drei Blätter verlor.

»Du willst doch nicht behaupten, daß der Baum auch künstlich ist?«

»Natürlich«, sagte sie lachend. »Das einzige lebende Grünzeug in diesem Laden sind die Beerdigungskränze, und die liegen im Kühlhaus. – So, und jetzt reiß dich endlich los, der Kaffee dürfte inzwischen kalt geworden sein.«

Er war noch lauwarm und schmeckte überhaupt nicht nach Automat. Ich wollte mir gerade eine zweite Portion holen, als endlich Hannes aufkreuzte. »Wenn ich gewußt hätte, daß wir hohen Besuch haben, wäre ich sofort gekommen«, entschuldigte er sich, »aber mir hat ja niemand was gesagt.« Er reichte mir seinen kleinen Finger, der war noch halbwegs sauber. »Es ist doch überall das gleiche: Was wirklich wichtig ist, erfährt der Chef als letzter.«

»Vielleicht sollte sich der Chef gelegentlich mal unter das niedere Volk mischen«, schlug ich vor.

»Dazu hat er keine Zeit«, kam es prompt zurück. »Er steht nämlich schon seit Stunden im Freiluftlager und stapelt Blumentöpfe. Das niedere Volk lehnt derart schweißtreibende Arbeit nämlich ab, nicht wahr, Lissy?«

Eine blonde Frau, etwa Anfang Vierzig, hatte sich zu uns gesellt. »Das niedere Volk kriegt auch weniger Geld, nicht wahr, Hannes?«

»Dafür hat es aber pünktlich Feierabend«, konterte er mit einem Blick auf die große Wanduhr. »Darf ich dich übrigens mit Stefanies Mutter bekannt machen?«

Wir reichten uns die Hände, während Hannes zu einer weiteren Erklärung ansetzte. »Lissy ist unsere Blumenfee. Wenn du mal ein Gesteck brauchst oder etwas besonders aufwendig verpackt haben willst, dann wende dich vertrauensvoll an sie. Es gibt nichts, was sie nicht einwickeln oder dekorieren kann.«

Prompt fiel mir etwas ein. »Meine Putzfrau hat im nächsten Monat Silberhochzeit!« Schon seit Wochen hatte ich mir den Kopf zerbrochen, welches Geschenk für diesen Anlaß wohl angemessen sein könnte. Ein Freßkorb? Zu phantasielos. Außerdem hat man als Hausfrau die Preise so ziemlich im Kopf und kann sofort abschätzen, wieviel Geld der Spender dafür hingeblättert hat. Den Korb muß man auch wieder zurückgeben. Andererseits hat man nach 25 Jahren Ehe wohl doch einen komplett eingerichteten Hausstand, braucht kein Bowlengefäß mehr und keine Tischdecken, und die von mir in Erwägung gezogene Espressomaschine hatte ich wieder verworfen, seitdem Frau Ranitz mal beiläufig erwähnt hatte, daß sie »dieses bittere Gesöff« nicht trinkt. »Ich mag überhaupt keine italienischen Gerichte, Graffiti und das ganze andere Zeugs. Nicht mal Pizza!«

»Was meinst du, Katja, ob zu Emma so ein hoher Kerzenständer passen würde? Im Ausstellungsraum habe ich einen gesehen, der mir gut gefallen hat. Nur müßte er nicht gelb, sondern altrosa dekoriert sein. Zu Kirsche hochglanzpoliert paßt das am besten.«

Katja nickte zustimmend. »Sie hat momentan sowieso ihre rosa Periode, oder ist dir die neue Kittelschürze nicht aufgefallen?«

»Kein Problem«, sagte Lissy, »bis wann brauchen Sie den Leuchter?«

»Erst in drei Wochen.«

»Ich notiere es mir gleich.« Die ganze Zeit schon hatte sie mich verstohlen gemustert, jetzt faßte sie sich doch ein Herz. »Von irgendwoher kenne ich Sie, mir ist bloß noch nicht eingefallen, wo das gewesen sein könnte.«

»Irren Sie sich auch nicht?« Ich war mir sicher, Lissy noch nie gesehen zu haben. »Vielleicht habe ich eine Doppelgängerin? Oder wohnen Sie in meiner Gegend?«

Auch das war nicht der Fall – sie kam aus Walldorf. »Es kann ja sein, daß wir mal bei Ikea zusammen an der Kasse gewartet haben.« Das ist der einzige Ort, den ich in Walldorf gelegentlich ansteuere. Lissy meinte, nein, aber sie würde es noch herausfinden.

Trudchen mußte ich auch noch kennenlernen. Eigentlich heißt Hannes' Mutter Gertrud, im Betrieb nur »Chefin«, familienintern Trudchen. Klein und zierlich, wie sie ist, bleibt es ein Rätsel, wie sie zu diesem einsachtzig langen Trumm von Sohn gekommen ist. Gen-Manipulation hatte es vor 35 Jahren doch noch gar nicht gegeben.

Trudchen gab eine weitere Runde Kaffee aus, dann drängte ich zum Aufbruch. »Vorher möchte ich aber noch bezahlen.« Ich deutete auf das Sammelsurium von Gegenständen, das sich im Kassenbereich türmte und noch Zuwachs bekommen hatte. Ein Windlicht war dazugekommen, Blumenbast und zwei Rosenkugeln, von denen sich Katja »wenigstens zwei Farbflecke im Garten« erhoffte.

Hannes winkte ab. »Ein Geschenk des Hauses. Wenn ihr aber unbedingt Geld loswerden wollt, dann dürft ihr dem Vieh da drüben was ins Maul schmeißen.«

Neben der Kasse stand ein Sparbüchsen-Bär mit einem Schild um den Hals: »Ich sammle für den Betriebsausflug nach Berlin.« Also stopfte ich ihm einen Schein in den Rachen, allein schon wegen des Reiseziels. Außerdem hätte ich für die Einkäufe in einem normalen Geschäft mindestens das Doppelte zahlen müssen.

Solange sich Katja durch den Feierabendverkehr wurstelte, schwieg ich, erst auf der Autobahn fing ich vorsichtig zu bohren an. »Ich habe den Eindruck, daß der Laden recht gut läuft, oder was meinst du?«

»Millionär wird er damit nicht, aber zu den Normalverdienern würde ich Hannes auch nicht rechnen. Warum?«

»Och, nur so.«

Zehn Kilometer weiter der nächste Anlauf. »Glaubst du nicht auch, daß sich zwischen den beiden etwas anspinnen wird?«

»Wird???« fragte Katja ironisch zurück. »Da läuft doch längst was! Steffi kriegt ihre Kalbsaugen, sobald Hannes auf der Bildfläche erscheint. Die hatte sie damals bei Horst Hermann auch immer.«

Etwas Ähnliches hatte ich mir schon gedacht. »Wie ein Frauenheld sieht er eigentlich nicht aus.«

»Als ob das eine Rolle spielen würde! Einem Heiratsschwindler siehst du ja auch nicht an, daß er einer ist. Das sind doch meistens ganz unscheinbare Figuren.«

»Wie kommst du jetzt auf Heiratsschwindler? Ist er etwa verheiratet?« An diese Möglichkeit hatte ich überhaupt noch nicht gedacht.

Katja lachte auch nur laut los. »Hannes und heiraten? Nie! Er ist der Prototyp des ewigen Junggesellen.«

Hm. Trotzdem war ich mir sicher, daß ich ihn heute nicht zum letztenmal gesehen hatte.

Am nächsten Abend rief mich Steffi an. »Lissy weiß jetzt, woher sie dich kennt. Vom Foto! Sie hat nämlich alle deine Bücher. Siehste, das kommt davon, wenn man ein Pseudonym benutzt – deine Fans können im Zweifelsfall gar nicht wissen, daß du vor ihnen stehst.«

»Immer noch besser, als wenn ich an jeder Frittenbude Autogramme geben müßte!«

»Nie wieder auf so 'ne Karre!«

»Ach ja, was ich noch sagen wollte – ich habe gekündigt«, teilte Steffi ganz nebenbei mit, als sie uns wieder einmal die Ehre ihres Besuches gab. Hauptsächlich deshalb, um sich von Sven fachmännische Ratschläge bezüglich der Washingtonia zu holen. Die würde in beängstigender Anzahl gelbe Blätter kriegen. »Ich fürchte, die habe ich kaputtgepflegt.«

Da Svens Kenntnisse sich mehr auf heimische Gewächse beschränken, mußte er zunächst einige Bücher wälzen, um dann festzustellen, daß er von exotischen Pflanzen wenig und von Fächerpalmen überhaupt keine Ahnung habe. »Am besten kaufst du eine neue«, empfahl er seiner Schwester, »aber erst drei Tage, bevor du wieder ausziehst.«

»Apropros ausziehen«, hakte Steffi sofort ein, »ich kann die Wohnung in Wiesloch kriegen. Die Oma vom Volker ist einverstanden. Ist übrigens eine reizende alte Dame, aber eine Macke hat sie doch, sie will nämlich Geld sehen! Zwei Monatsmieten Kaution.«

»Das ist doch heutzutage völlig normal«, sagte ich sofort.

»Ich habe aber keine fünfzehnhundert Mark übrig«, seufzte sie. »Was meinst du, ob Papi vielleicht ...?«

»Danach mußt du ihn schon selber fragen.«

Offenbar hatte sie den falschen Zeitpunkt erwischt. Papi guckte Länderspiel. Und weil die deutsche Mannschaft mit 2:0 im Rückstand lag, hatte er schlechte Laune. »Geld verdirbt nicht den Charakter, es bringt ihn erst zum Vorschein!« schimpfte sie. »Er hat doch tatsächlich gesagt, ich könne mir ja noch einen Nebenjob suchen. Andere Leute hätten auch nicht um drei Uhr nachmittags Feierabend. Daß ich aber schon morgens um sechs unterwegs bin, hat er nicht erwähnt. – Na ja, damit ist ab Oktober sowieso Schluß!«

Richtig, die erwähnte Kündigung. Allerdings hatte ich sie

auf ihr gegenwärtiges Ausweichquartier bezogen. »Hast du etwa deinen Job aufgegeben?« Wenn man ihren etwas unorthodoxen beruflichen Werdegang zugrunde legte, der mit einem Handelsschulabschluß angefangen hatte und nach mehreren, zum Teil recht merkwürdigen Zwischenstationen bis zum sehr gut dotierten Außendienst gediehen war, hätte sie eigentlich gar keinen Grund zum Wechseln gehabt. Abgesehen vom frühen Aufstehen.

»Ich fange nämlich bei Hannes an«, sagte sie und erklärte auch sofort, weshalb. »Seine Mutter will sich allmählich aufs Altenteil zurückziehen, und nun braucht Hannes dringend Ersatz. Mir macht die Arbeit in seiner Firma richtigen Spaß. Ich habe jetzt schon so oft mitgeholfen, daß ich es beurteilen kann.«

»Nichts gegen eine berufliche Veränderung, aber als was wirst du denn eingestellt? Als Hiwi? Vom Großhandel hast du doch nun wirklich keine Ahnung.«

»Offiziell werde ich natürlich unter dem Gummibandbegriff »Sekretärin« laufen, in Wirklichkeit bin ich Mädchen für alles. Ein bißchen Buchhaltung, ein bißchen Einkauf, mal als Packerin, mal Kassiererin, dekorieren kann ich auch schon, dann natürlich Kundenverkehr – was eben gerade anfällt. Vorgestern bin ich sogar mit dem Transporter zum Zollamt gefahren und habe lauter Affen abgeholt.«

»Was???«

»Nicht, was du denkst«, sagte sie lachend. »Drei Kartons voll kleiner Stoffäffchen, die kamen aus China.«

Die Frage, ob die nachgemachten Affen für die künstlichen Palmen gebraucht wurden, verkniff ich mir denn doch. »Na schön, du holst Affen, packst sie aus, verbuchst sie und kassierst von etwaigen Käufern Geld dafür. Bekommst du denn auch ein Gehalt für diese verantwortungsvolle Tätigkeit?«

»Selbstverständlich! Sogar mehr, als ich jetzt verdiene.«

»Dann kannst du die Kaution auch selber bezahlen!« sagte ihr Vater, der nur den letzten Satz noch mitgekriegt hatte. Er holte sich eine Tasse Kaffee und scheuchte Otto von seinem Stuhl. »Ich glaube, diese Mannschaft hat man aus der Lostrommel gezogen! Wir haben haushoch verloren. Und den Klinsmann haben sie gleich zu Anfang auswechseln müssen, weil er einen Tritt ans Schienbein gekriegt hat. Sonst hätte das Ergebnis vielleicht anders ausgesehen.«

Rolf ist ein echter Fußballfan. Er kennt sogar die Nationalität eines jeden deutschen Bundesligaspielers!!! Steffi hat genausowenig für Fußball übrig wie ich. Bevor sie sich jetzt eine genaue Analyse des soeben beendeten Spiels würde anhören müssen, verabschiedete sie sich. »Tschüß, bis demnächst. Und ärgere dich nicht mehr, Paps, du weißt doch, für Schienbeine ist nichts gefährlicher als Fußball. Außer Skat natürlich!«

Ich brachte sie noch zum Wagen. »Nun mach dir wegen der Kaution keine Sorgen, die kriegst du von mir.«

»Danke, damit hatte ich im stillen auch gerechnet. Dafür bringe ich dir das nächstemal einen wunderschönen künstlichen Rosenstrauß mit. Oder willst du lieber einen Affen? Die sehen wirklich niedlich aus.«

Berlin ist bekanntlich eine Reise wert – auch ohne Mauer, und ganz besonders dann, wenn man dort geboren und aufgewachsen ist, noch viele Freunde(innen) hat und die allerbeste von ihnen einen runden Geburtstag feiert. »Du kommst doch?« hatte Irene mehr bestimmend als fragend am Telefon gesagt.

»Natürlich komme ich, und sei es nur, um bei dir abzukupfern. Schließlich bin ich im nächsten Jahr auch dran, und meine Familie ist etwas größer als deine.«

Allerdings bin ich keine Geschäftsfrau, deren Kunden und Lieferanten schon morgens um acht die ersten Blumenkörbe schicken, ab elf selber auf der Matte stehen, mit Sekt und Appetithäppchen abgefüttert werden müssen, während in der Küche noch die Kuchen für den familiären Kaffeeklatsch aus dem Ofen gezogen werden. Den letzten haben wir ökologisch entsorgen müssen. Es hat sich nie ermitteln lassen, wer versehentlich das halb gefüllte Glas zusammen mit dem Bienenstich in den Backofen gestellt hatte.

»Eins weiß ich seit heute mit Sicherheit«, sagte ich, nachdem die letzten Gäste gegangen waren und wir beide leicht angeschlagen in den Sesseln hingen, Füße auf dem Hocker und

Kissen im Kreuz, »an meinem Sechzigsten bin ich garantiert nicht zu Hause. Ich haue einfach ab. Irgendwohin.«

Irene stimmte sofort zu. »Mach das! Ich komme mit. Dann feiern wir deinen Geburtstag richtig und meinen einfach noch mal.« Wir besiegelten diesen Plan mit einem letzten Glas Sekt, dann hatten wir die nötige Bettschwere und gingen schlafen.

Nun fliegt man nicht siebenhundert Kilometer weit, nur um seiner Freundin seelischen Beistand beim Übergang ins Seniorenalter zu leisten; ein bißchen Spaß muß auch sein. Zum Beispiel Kudamm-Bummel mit Kaffeepause bei Kranzler, spazierengehen Unter den Linden – war ja früher nicht möglich –, abends unter fachkundiger Führung von Dagi und Victor einen Zug durch die Szene-Kneipen ... man kriegt ohne weiteres eine Woche herum und langweilt sich keinen Augenblick.

Den üblichen Anruf zwecks Entgegennahme häuslicher Katastrophenmeldungen mußte ich zum erstenmal bei drei verschiedenen Nummern tätigen. Die Zwillinge profitierten noch von den Schulferien, Katja mit Tom in Heidelberg, Nicki in Heilbronn. Sie rief ich zuerst an. Ja, es sei alles in Ordnung, und ob ich als Mitbringsel nicht einen Pullover finden würde, der nächste Winter käme bestimmt. Dunkelblau wäre genehm und nicht zu eng, lieber eine Nummer größer.

Ehemann Rolf erkundigte sich als erstes, wann ich wieder nach Hause käme. Otto sei so lange in Hungerstreik getreten, bis er frisches Hackfleisch bekommen habe, aber nun wolle er nichts anderes mehr. »Das geht ganz schön ins Geld.«

»Selber schuld! Am gefüllten Freßnapf ist noch keiner verhungert. Sollte er das Hackfleisch über haben, kannst du es ja mal mit Kalbskotelett versuchen.«

»Meinst du das im Ernst?«

O Gott! »Gib ihm sein Dosenfutter! Und wenn er es stehenläßt, stirbt er auch nicht gleich, sondern nimmt vielleicht mal ein Kilo ab. Sein Halsband sitzt sowieso schon im letzten Loch. Sonst noch was?«

Er lachte. »Vorhin im Supermarkt wollte ich mich gerade als letzter an die Schlange stellen, da haben sie eine zweite Kasse aufgemacht, und dort war ich der erste. Das sind so die kleinen Freuden des Alltags.«

Diese Feststellung gab mir zu denken. Wird nicht behauptet, daß der Mensch sich mit zunehmendem Alter rapide rückwärts entwickelt? Dann müßte ich Rolf zum nächsten Geburtstag wohl Karl May schenken und ein Jahr später den Struwwelpeter. Vielleicht sollte ich doch schon zwei Tage eher als geplant zurückfliegen?

Bei der dritten Nummer meldete sich Tom. Nein, Katja sei nicht da, vermutlich mit Freundinnen auf der Shoppingmeile. In Ordnung, schönen Gruß, und ich würde es abends noch mal versuchen.

»Wir wollen aber nachher ins Kino.«

»Viel Spaß, dann melde ich mich eben morgen wieder.«

Auch am nächsten Tag war Katja nicht zu erreichen, am übernächsten kam mir die Sache spanisch vor. »Raus mit der Sprache, Tom, was ist los?«

Er druckste eine Zeitlang herum, dann kam es kleinlaut durch den Hörer: »Sie liegt im Krankenhaus.«

»Um Himmels willen, warum? Seit wann? Was ist denn passiert?«

»Motorradunfall.«

Ich hab's ja geahnt! Gehaßt habe ich diese Dinger schon immer, fahre jedesmal ganz weit rechts, wenn ich im Rückspiegel so ein Geschoß mit aufgeblendetem Scheinwerfer heranbrettern sehe, und als Katja seinerzeit mit sechzehn den Mofa-Führerschein machen wollte, haben wir die Zustimmung verweigert. Als sie achtzehn wurde und unsere Unterschrift nicht mehr gebraucht hätte, sollte es ja gleich eine Fahrerlaubnis für Motorräder sein, doch dafür hatte ihr das Geld gefehlt. So wurde der Plan erst mal auf Eis gelegt und »Ente« gefahren. Zu Beginn der diesjährigen Sommerferien hatte sie endlich genug zusammengespart, um sich ihren Wunsch erfüllen zu können; vor meiner Abreise hatte sie mir noch stolz den zusätzlichen Eintrag im Führerschein gezeigt. Und jetzt das!

»Hat es sie schlimm erwischt?«

»Sie hat unverschämtes Glück gehabt«, sagte Tom, »doch das wissen wir erst seit heute. Deshalb habe ich dich auch so lange hingehalten. Ein Lendenwirbel ist nämlich angesplittert, zum Glück nach außen.«

»Was heißt das?«

»Hätte sich der Splitter innen gelöst, wäre er ins Rückenmark gegangen. Aber heute ist sie noch mal geröntgt worden, und jetzt steht definitiv fest, daß wieder alles in Ordnung kommt. Es wird allerdings eine Weile dauern.«

Ich atmete erst einmal tief durch. »Was ist eine Weile?«

Er zögerte. »Zuerst hieß es, drei Monate im Gipsbett, aber jetzt hat es schon Entwarnung gegeben. Sie kann in zwei bis drei Wochen nach Hause, darf allerdings vorläufig nicht sitzen, also nur liegen oder stehen.«

Na bravo! Und das mitten im Referendariat. Dieser Unfall würde sie ein ganzes Jahr zurückwerfen. Egal, was bedeutet schon ein Jahr, wenn man so knapp am Rollstuhl vorbeigeschlittert ist? »In welchem Krankenhaus liegt sie denn?«

»In Weinheim. Sie mußte natürlich in das nächstgelegene gebracht werden. Das ist aber okay, sie wird dort bestens betreut. Ich bin jeden Tag zweimal da. Telefon hat sie übrigens am Bett – willst du die Nummer haben?«

Dämliche Frage! »Irene, was zum Schreiben – schnell!«

Sie kam mit einem Kugelschreiber angerannt. Ich kritzelte die Zahlen auf ein Papiertaschentuch, murmelte noch irgendwas in den Hörer und legte auf. »Hast du einen Kognak?«

»Sofort! Aber jetzt sag erst mal, was los ist. Du siehst aus wie ein Gespenst!«

»Viel weiß ich auch noch nicht, aber ...« Ich sprudelte heraus, was ich eben erfahren hatte, kippte zwischendurch den Kognak und fühlte mich danach etwas besser. »Darf ich noch mal telefonieren?«

»Werd jetzt bloß nicht komisch!« meinte sie und verließ das Zimmer.

Katjas Stimme klang erstaunlich munter. »Hat Tom endlich gebeichtet? Ich hatte nämlich absolute Nachrichtensperre verhängt.«

»Daran hat er sich ja auch gehalten, aber wenn du drei Tage lang nicht zu erreichen bist, wird auch der Dümmste mißtrauisch. Ich hatte schon den Verdacht, daß ihr euch in die Wolle gekriegt und getrennt habt.«

»Im Gegenteil. Tom sitzt in jeder freien Minute an meinem Bett und hält Händchen.«

Im Laufe des Gesprächs erfuhr ich endlich, wie es zu dem Unfall gekommen war. Die beiden hatten eine Spritztour durch den Odenwald unternommen, Tom war vorausgefahren, Katja auf einem geliehenen Motorrad hinterher, hatte die Ölspur auf der Straße zu spät bemerkt und mangels Fahrpraxis falsch reagiert. Jedenfalls war sie kopfüber aus dem Sattel geflogen. »Zum Glück war ich von oben bis unten in Leder gewickelt, gar nicht zu reden von dem Helm. Den hatte mir Tom geschenkt, so ein teures Ding hätte ich mir überhaupt nicht leisten können.«

»Weiß Papi eigentlich Bescheid?«

»Natürlich nicht, der hätte doch sofort höchste Alarmstufe gegeben. Außer Nicki weiß niemand etwas, und die hat ja wohl auch den Mund gehalten. In Heidelberg hat sich meine Heldentat allerdings schon herumgesprochen. Die Besucher geben sich die Klinke in die Hand, das Zimmer sieht aus wie ein Blumenladen, und mit Lektüre bin ich mindestens bis Weihnachten eingedeckt.«

Mir fiel ein Stein vom Herzen. »Ich nehme morgen früh die erste Maschine.«

»Wozu denn?« protestierte Katja sofort. »Du kannst doch absolut gar nichts tun. Bleib lieber noch übers Wochenende in Berlin und erhol dich ein bißchen, später wirst du noch genug Scherereien mit mir haben. Ich darf doch nicht sitzen. Hast du schon mal Suppe im Stehen gegessen?«

Wenigstens hatte sie ihren Humor nicht verloren!

Natürlich blieb ich nicht bis zum Wochenende, sondern flog am nächsten Tag zurück. Tom holte mich ab und fuhr direkt zum Krankenhaus. Umrahmt von Stofftierchen jeglicher Art grinste mich Katja an. »Du siehst ja, mir geht's prächtig. Ich darf sogar wieder selber aufs Klo gehen. Mit Spezialsitz, den muß ich immer mitnehmen.« Sie deutete auf ein Plastikteil, einem Kindersitz nicht unähnlich, nur sehr viel höher. »Übrigens die einzigen Minuten, in denen ich sitzen kann.«

Rolf tobte, als ich ihm die Hiobsbotschaft in homöopathischen Dosen beibrachte. »Wieso erfahre ich das nicht? Sie hätte sofort in eine Spezialklinik gehört und nicht in ein Provinzkrankenhaus! Die haben doch keine Ahnung! Wenn eine Rückenverletzung nicht richtig behandelt wird ...«

Er schaffte es tatsächlich, abends um halb elf die Privatnummer des zuständigen Arztes herauszukriegen, rief ihn an und mußte sich sagen lassen, daß man selbstverständlich einen Spezialisten zugezogen habe. Im übrigen könne er zu einer angemessenen Zeit gern ins Krankenhaus kommen und sich die Röntgenbilder erläutern lassen. Das tat er wirklich, doch einigermaßen beruhigt war er erst zwei Wochen später, als der Krankenwagen vorfuhr und Katja sich entschieden weigerte, auf der Bahre ins Haus getragen zu werden. »Ich *kann* nicht nur laufen, ich *soll* es sogar!« Mit der Klobrille unterm Arm steuerte sie die Treppe an.

»Wir haben ein bißchen gemöbelt«, bremste ich. »Dein Bett steht jetzt im Gästezimmer, damit du nicht immer *zwei* Treppen steigen mußt.«

»Einen Fahrstuhl habt ihr noch nicht installiert?«

»Dein Sarkasmus ist völlig unangebracht«, sagte ich ärgerlich. »Sei dankbar, daß du keine Rollstuhlrampe brauchst.«

»Bin ich ja auch«, kam es kleinlaut zurück. »Ich habe sogar einen Eid geleistet, mich nie wieder auf so eine verdammte Karre zu setzen. Besonders gläubig bin ich ja nicht, aber diesen Unfall habe ich als Warnung von oben verstanden.« Sie warf einen vielsagenden Blick zur Zimmerdecke. »Tom übrigens auch. Er hat seine Maschine zum Verkauf ausgeschrieben.«

Das rechne ich ihm bis heute hoch an. Gerade vier Monate alt war sie gewesen, hatte soviel wie ein Kleinwagen gekostet, und jedesmal, wenn sie vor unserem Haus geparkt war, hatte sie das Interesse der männlichen Nachbarschaft von acht Jahren an aufwärts erregt. Noch immer bekommt Tom sehnsüchtige Augen, sobald er ein besonders schönes Motorrad sieht, aber er ist eisern geblieben. Im Auto wird er auch nicht naß!

Während Katja sich mit den physischen Folgen ihres Unfalls herumschlug, knabberten wir an den finanziellen. Der

Orthopäde hatte ihr eine Spezialmatratze verordnet, eine besonders harte. So was kann man kaufen, vorausgesetzt, man besitzt ein normales Bett. Katjas Spielwiese hatte jedoch Überbreite, und Sonderanfertigungen sind teuer!

Der Klositz paßte auch nicht. Offenbar haben Krankenhäuser andere Toiletten. Oder wir. Seinerzeit hatte ich bei der Ausstattung unseres Badezimmers auf Modell »Bali« bestanden (nie wieder dunkelbraune Waschbecken!!!), und deshalb halte ich es durchaus für möglich, daß sich dieser exotische Name auch auf indonesische Körperformen bezogen hat. Folglich kostete der angepaßte Klostuhl ein Vielfaches von dem, was er schon regulär gekostet hätte.

Rolf stellte Berechnungen auf. Soundso viele Waschmaschinenfüllungen zusätzlich pro Woche (nicht nur wegen der Suppe) in Relation zu der einmaligen Anschaffung eines Bistro-Tisches. Ich kannte diese Dinger nur von Tchibo, wo man im Vorbeigehen schnell mal eine Tasse Kaffee trinkt. Als Mobiliar in einer Eßecke hatte ich solche Tische noch nie gesehen. Es gab sie auch nicht in Kiefer massiv, sondern nur in Marmor oder mit gepünktelter Kunststoffplatte. Das Möbel nahm sich etwas artfremd bei uns aus. Otto gefiel es auch nicht. Er hatte in letzter Zeit während der Mahlzeiten immer neben Katja gestanden und auf die Brocken gewartet, die während ihrer Balanceakte zwischen Eßtisch und Mund heruntergefallen waren. Jetzt konnte sie sich wenigstens abstützen.

Doch das alles sollte ja nur ein vorübergehender Zustand sein. Genau wie die Leitung, die Hannes unter Umgehung der Telekom in Katjas Zimmer zog, auf daß sie wenigstens die fernmündliche Kommunikation mit nah und fern aufrechterhalten konnte.

»Die Telefonrechnung wird sich bald wieder halbieren«, beruhigte ich meinen Ehemann, als er fassungslos auf die Endsumme starrte.

»Sind denn ihre Freunde alle nach Südamerika ausgewandert?«

»Bestimmt nicht«, sagte ich überzeugt. »Oder woher kommen alle diejenigen, die täglich auf der Terrasse sitzen?«

Zuerst war das gesamte Lehrerkollegium erschienen, zum

Glück nicht auf einmal, sondern nacheinander. So viele kleine Blumenvasen, um die jeweils fünf Stengel Astern oder Moosröschen unterzubringen, hatte ich gar nicht, wir griffen schließlich auf Biergläser zurück. Nur der Herr Rektor kam mit Pralinen – und mit einem dicken Wälzer. »Jetzt haben Sie doch genügend Zeit, sich mit dem Schulrecht zu befassen«, meinte er. »Man muß an einer Krankheit auch das Positive sehen.«

Nachdem die Lehrer alle durch waren und es sich herumgesprochen hatte, daß die Frau Sanders eigentlich gar keinen kranken Eindruck machte, trabten die Schüler an. Gruppenweise, von drei Mann aufwärts. Jetzt reichten nicht mal mehr die Biergläser, aber die Wassergläser konnte ich nicht auch noch zweckentfremden, wo hätte ich sonst die Unmengen von Saft und Cola hineinschütten sollen? Nach der dritten Bestellung innerhalb von zehn Tagen fiel ich bei unserem Getränkelieferanten in die Rubrik Großkunde und bekam eine Flasche Wein gratis.

Vor gut fünf Jahren hatte ich angenommen, meine Teilnahme an der Abiturfeier sei zugleich mein letzter Schulbesuch gewesen, doch das stimmte auch nicht mehr. Mir wurde nämlich die Aufgabe zuteil, die Verbindung zwischen Schule und Patientin aufrechtzuerhalten. Zwei- bis dreimal pro Woche stellte ich meinen Wagen auf dem Lehrerparkplatz ab, meldete mich im Sekretariat und bekam die dort deponierten Hefte ausgehändigt, auf daß ich sie meiner Tochter auf den Nachttisch legte, damit sie sich die Langeweile mit dem Korrigieren von Mathearbeiten vertreiben könne. Oder ich brachte der Vertretungslehrkraft den ausgearbeiteten Stoff für die nächste Woche. Manchmal konnte ich auch gleich die Aufsatzhefte mitnehmen. Nach einiger Zeit fühlte ich mich schon so heimisch, daß ich mein Scherflein in die Kaffeekasse warf und einmal sogar Kuchen mitbrachte. Als mich jedoch ein Lehrer auf dem Gang ansprach und mit Blick auf den Stapel Hefte in meiner Hand mit: »Sie sind sicher die neue Kollegin?« begrüßte, fand ich es an der Zeit, daß Katja sich wieder selbst um die schulischen Belange kümmerte. Das Vierteljahr Schonfrist war fast vorüber. Sie bekam jeden Tag Krankengymnastik und durfte bereits zehn Minuten täglich auf einem Stuhl mit gerader Rückenlehne sitzen. »Wenn es zwanzig sind, kann ich wieder in die Schule«, sagte sie, »zehn Minuten Hinfahrt und zehn zurück.«

Es dauerte aber doch noch bis zum Ende der Weihnachtsferien, und selbst dann brauchte sie ständig einen Gepäckträger, weil ihr bis auf weiteres das Heben und Tragen irgendwelcher Lasten untersagt worden war. Klar, eine volle Aktenmappe wiegt ziemlich viel, aber ein Plastiktablett mit zwei leeren Kaffeetassen …?

Der Bistrotisch steht nun im Garten. Wenn man in der Hängematte liegt, hat er genau die richtige Höhe für den tragbaren Fernsehapparat. Zumindest im Sommer wissen jetzt auch die Nachbarn, wann mal wieder ein Länderspiel übertragen wird.

Schuld war nur die Badewanne

Je weiter Katjas Genesung voranschritt, desto mehr konnte ich mich wieder um den Rest der Familie kümmern. Hannes hatte seinen offiziellen Antrittsbesuch hinter sich gebracht, richtig konventionell mit Blumen (echten!) für mich und Einkommensteuerbescheid für Rolf, damit der besorgte Vater sehen könne, daß der künftige Chef seiner Tochter auch das monatliche Gehalt würde zahlen können. Daß sich die geschäftliche Beziehung nunmehr auch auf das Private erweitert hatte, war unübersehbar und wurde offenbar während des einstündigen »Männergesprächs« geklärt. Hinterher meinte Rolf sogar: »Was meinst du, wird da was Dauerhaftes draus?«

»Woher soll ich das wissen? Die kennen sich doch erst seit ein paar Wochen.«

»Eben drum! Mit Horst Hermann ist Steffi so lange herumgezogen, bis sie ihn gut genug kannte, um ihn nicht zu heiraten. Diesmal sollte sie nicht so lange warten.«

»Hör endlich auf, in jedem Mann einen potentiellen Heiratskandidaten zu sehen«, sagte ich wütend. »Ich bin froh, daß sie sich von Horst Hermann endlich getrennt hat. Er war viel zu alt für sie, und vom Temperament her haben sie auch nicht zusammengepaßt. Steffi ist Skorpion und er ein Ochse.« In das brüllende Gelächter hinein korrigierte ich mich sofort. »Ich meine natürlich, ein Stier.«

Das Thema war auch so lange vom Tisch, bis ich zwecks Einkauf von Kerzen und diversen Übertöpfen nach Heidelberg fuhr. Außerdem wollte ich sehen, wie sich meineTochter in ihren neuen Wirkungskreis hineingefunden hatte. Ich fand sie vor dem Computer sitzend. »Kannst du wirklich mit so was umgehen?«

»Warum denn nicht? Das ist doch ganz einfach.«

Das höre ich immer wieder und glaube es trotzdem nicht.

Seit Jahren werde ich auf der Buchmesse als Saurier belächelt, der seine Manuskripte immer noch schön säuberlich abgeheftet in doppelter Ausfertigung abliefert, statt sie in Form einer Diskette im Briefumschlag wegzuschicken, doch die Möglichkeit, 300 Schreibmaschinenseiten in ein DIN-A5-Kuvert stopfen zu können, übersteigt ganz einfach meine Vorstellungskraft. Und daß mit einem Computer alles viel einfacher und schneller geht, halte ich sowieso für ein Gerücht. Ich glaube ja gern, daß dieses technische Wunderwerk in Sekunden die kompliziertesten Rechen- und Buchungsarbeiten durchführt, aber warum verschickt es dann die Kontoauszüge mit zehn Tagen Verspätung?

»Du mußt dich einfach mal mit der ganzen Materie vertraut machen«, sagte meine Tochter, drückte auf eine Taste und faltete die wenig später ausgedruckten Rechnungen zusammen. »Du siehst ja, das geht alles automatisch.«

»Automatisch bedeutet gewöhnlich, daß man das Ding nicht selbst reparieren kann.«

Da gab sie es auf.

»Hast du ein bißchen Zeit?« fragte Hannes, nachdem er die Töpfe in mein Auto geladen und nach einem Blick auf die Uhr die Eingangstür abgeschlossen hatte. »Mittagspause! Was hältst du davon, wenn wir drei schnell einen Happen essen würden? Wir wollten sowieso mal mit dir reden.«

Das klang sehr nach einer unangenehmen Eröffnung. Ich kannte das noch von früher, speziell aus der Teenagerzeit meiner Nachkommen. Wenn es hieß »Können wir dich mal kurz sprechen?«, dann bedeutete das einen Zusammenstoß mit den städtischen Ordnungshütern, den ich ausbügeln sollte, eine demolierte Stoßstange an Rolfs Auto, die ich möglichst auf meine Kappe nehmen sollte, oder auch nur einen Vorschuß aufs Taschengeld. Mißtrauen war immer angebracht gewesen.

»Hiobsbotschaften kann ich auch mit leerem Magen verkraften«, sagte ich, »und Oma würde ich eigentlich ganz gerne werden. Diese Mitteilung müßt ihr mir nicht erst zusammen mit einem Schnitzel servieren.«

Offenbar hatte ich etwas Falsches vermutet. Die beiden sahen sich an und lachten los. »Solltest du wirklich derartige

Ambitionen haben, dann zähle bitte nicht auf uns«, meinte Hannes. »Ich habe zwei Nichten, das reicht.«

Ein bißchen neugierig war ich nun doch geworden. Hunger hatte ich auch. »Also gut, ich nehme die Einladung an und bin auf das Schlimmste gefaßt.«

Die Fahrt zu dem »stilvollen kleinen Restaurant« dauerte genau sechs Minuten, und während dieser kurzen Zeitspanne erfuhr ich, daß die beiden sich entschlossen hatten, zusammenzubleiben und Steffis Umzug in die neue und bereits durch Kautionszahlung gesicherte Wohnung nicht stattfinden würde. »Wozu zweimal Miete hinblättern?« sagte der in solchen Dingen sehr ökonomisch denkende Hannes. »Entweder wäre Steffi bei mir oder ich bei ihr.«

Jede normale Mutter wäre jetzt mit den üblichen Einwendungen gekommen wie: »Ist das nicht zu früh? Ihr kennt euch doch noch zu kurz, warum also schon die Eigenständigkeit aufgeben?« und so weiter. Mir fiel nichts anderes ein als: »Und was wird aus deinen Möbeln?«

Noch immer liefen wir im Keller Slalom. Rolfs vor zwei Jahren entstandenes Werk, Wiesenblumen in Öl, endlich gerahmt, konnte seinem dekorativen Zweck auch noch nicht zugeführt werden, weil wir nicht an die Bohrmaschine herankamen, und ohne die kriegen wir keinen Haken in die Wand. Vor dem Werkzeugschrank stand das Doppelbett und davor ein bißchen Küche. Der genervte Vater hatte schon angedroht, die gesamten Möbel zu Kaminholz zu verarbeiten, konnte von diesem barbarischen Tun jedoch durch meinen Einwand abgehalten werden, daß es bis zum Umzugstermin nur noch zwei Wochen dauern würde. Bis dahin würden auch die Wiesenblumen nicht verwelken. Und nun das! Soviel mir bekannt war, hatte Hannes eine komplett eingerichtete Wohnung und brauchte keine halbe Einbauküche.

»Die Möbel kommen in den Sperrmüll«, sagte Steffi.

»Dazu sind sie viel zu schade«, protestierte ich sofort, »die kannst du noch ohne weiteres verkaufen.«

Wieder mal lag ich völlig schief. Woher hätte ich denn auch wissen sollen, daß »Sperrmüll« der Name einer Zeitung ist, die nur aus Anzeigen besteht?

Weitere Kommentare ersparte ich mir. Die beiden waren alt genug oder sollten es zumindest sein, um zu wissen, was sie tun beziehungsweise zu tun beabsichtigten. Der gleichen Ansicht war auch Rolf, als ich ihm zusammen mit einem Whisky die Neuigkeit servierte. »Es wird sowieso Zeit, daß sie unter die Haube kommt – in einem Jahr ist sie dreißig.«

»Von heiraten haben sie aber nichts erwähnt.«

»Damit braucht ihr auch gar nicht zu rechnen«, mischte sich Katja ein. »Hannes hat am Stammtisch mal gesagt, die überflüssigste aller deutschen Behörden sei das Standesamt, eine Meinung, die übrigens auch Tom vertritt.«

»Kein Wunder, wenn die Deutschen langsam aussterben«, murmelte Rolf, »offenbar will niemand mehr heiraten.«

»Was hat denn das eine mit dem anderen zu tun, Paps? Oder soll ich dir erst mal die Sache mit den Bienchen und den Blümchen erklären?« Worauf der Vater von fünf Kindern wortlos das Zimmer verließ.

Wenige Tage später ließ Steffi ihre Möbel abholen, denn im Bekanntenkreis hatte sich ein Interessent gefunden, und dann kommunizierten wir eine Zeitlang nur telefonisch. Als sie das nächstemal erschien, kam sie mit Hannes' vierrädrigem Schlachtschiff an. Meine erste Frage lautete denn auch: »Ist dein Wagen kaputt?«

»Nee, verkauft!«

»Ist dir klar, daß du damit dein letztes bißchen Selbständigkeit aufgegeben hast?«

»Blödsinn!« erwiderte meine Tochter. »Das Auto hat doch bloß noch herumgestanden. Morgens fahren wir zusammen ins Geschäft, abends zusammen zurück, und wenn ich wirklich mal außer der Reihe einen Wagen brauche, dann gibt's immer noch die Firmenautos. Das Geld habe ich in eine neue Tauchausrüstung gesteckt.«

»Für den Baggersee?«

»Von wegen!« trumpfte sie auf. »Du weißt ja nicht, was mir Hannes zu Weihnachten geschenkt hat.«

»Woher denn auch? Heiligabend ist erst in sechs Wochen.«

»Reisen muß man aber früh genug buchen«. Sie strahlte

über das ganze Gesicht. »Am 22. Dezember fliegen wir für zwei Wochen auf die Malediven!«

»Was? Ihr seid überhaupt nicht da?« Ein Weihnachtsfest ohne Steffi konnte ich mir gar nicht vorstellen. »Geht das nicht *nach* den Feiertagen?«

»Määm, wir haben ein Geschäft!«

»Ach so.« Daran würde ich mich wohl gewöhnen müssen. In einer stillen Stunde ging mir auf, daß eigentlich nichts mehr so war wie früher. Nicki hatte uns nämlich mitgeteilt, daß sie mit Thomas zum Skilaufen fahren würde. »Wir wollen Heiligabend nachmittags starten, da sind die Autobahnen bestimmt leer.«

»Könnt ihr das nicht ein paar Tage nach hinten verschieben?«

»Mami, ich bin an die Schulferien gebunden!«

»Ach so.«

Nur Sven und Katja blieben uns zum Fest der Tannennadeln erhalten. Und natürlich Sascha. Eine Woche vor Weihnachten rief er an. »Määm, hat nicht mal jemand gesagt, was man schwarz auf weiß besitzt, könne man getrost nach Hause tragen?«

»Das ist Goethe gewesen«, sagte ich in der Hoffnung, daß es stimmte, »aber damals hat es das Kleingedruckte in Versicherungsverträgen noch nicht gegeben. Warum fragst du?«

»Die Auflagenhöhe deiner Bücher kenne ich zwar nicht, doch ein paar tausend werden es wohl sein. Legt man jeweils zwei Leser pro Buch zugrunde, dann hätte ich genügend Zeugen für deine schriftlich verkündete Bereitschaft, du würdest mir zur Hochzeit das Honorar für den Scheidungsanwalt schenken.«

»Ihr habt den Staubsauger gekriegt«, murmelte ich in den Hörer, »und den Scheck.« Dann erst begriff ich, was Sascha hatte ausdrücken wollen. »Soll das etwa heißen …?«

»Natürlich soll es das heißen«, unterbrach er mich. »Vicky ist bereits ausgezogen, angeblich zu einer Freundin. Morgen treffen wir uns beim Anwalt. Wir sind uns einig, deshalb brauchen wir nur einen. Dann wird's auch billiger für dich!«

Seit langem schon hatte ich den Eindruck gehabt, daß zwischen den beiden nicht mehr alles so war, wie es vor über sechs

Jahren den Anschein gehabt hatte, obwohl ich bereits damals in der Kirche bei Sascha eine Spur von Resignation zu bemerken geglaubt hatte. Vielleicht war sein Gestotter während der Trauformel doch ein Freudscher Versprecher gewesen und nicht das halbe Wasserglas voll Sherry, das er kurz vor der Abfahrt noch gekippt hatte. Aus Nervosität!

Was sagt man einem Ehemann, der bald keiner mehr sein wird? Es tut mir leid? Dann hätte ich schwindeln müssen, denn mein Verhältnis zu Vicky war immer leicht unterkühlt gewesen. Sascha hatte etwas Besseres verdient als eine Frau, die ein Schweineschnitzel nicht von einem Rindersteak unterscheiden kann, was im Grunde genommen auch egal gewesen war, denn sie hatte aus beiden immer Schuhsohlen gebraten. »Geht es dir sehr an die Nieren?« fragte ich vorsichtig.

»Eigentlich nicht«, lautete die gleichmütige Antwort, »wir haben uns ganz einfach auseinandergelebt. Man könnte es auch anders ausdrücken: Vicky hatte geglaubt, mich ändern zu können, und ich hatte angenommen, sie würde immer dieselbe bleiben.« Sein Grinsen spürte ich sogar durchs Telefon. »Mißerfolg ist die Chance, es beim nächstenmal besser zu machen.«

»Wieso? Übst du schon?«

»Darüber möchte ich noch nicht sprechen«, sagte mein Sohn und verabschiedete sich.

Es wurde ein wesentlich stilleres Weihnachtsfest als sonst, doch einen Vorteil hatte es: In diesem Jahr kamen wir wieder mit *einer* gebratenen Gans aus!

Hätte das Jahr statt der üblichen 365 Tage ausnahmsweise mal 380 gehabt, dann wäre es in die Familienchronik als das »Jahr der Trennungen« eingegangen. Nur wenige Tage nach ihrer Rückkehr aus dem Skiurlaub setzte Nicole ihren Thomas vor die Tür. Was im übrigen nicht unbedingt wörtlich zu nehmen ist, denn er wohnte ja noch zu Hause bei Mama und Papa. »Jetzt wollte er doch tatsächlich bei mir einziehen«, empörte sie sich, »quasi von einem Schürzenzipfel zum nächsten wechseln. Als ich das abgelehnt habe, ist er sauer geworden. Das ist er immer noch.«

Sie merkte es daran, daß am darauffolgenden Samstag wieder der Kranwagen vorfuhr und Opas Schreibtisch ein zweites Mal über den Balkon gehievt wurde. Die Vermieterin, diesmal abwesend, nach ihrer Heimkehr jedoch sofort von Nachbarn informiert, inspizierte hinterher jeden Zentimeter Hauswand auf etwaige Kratzer. Es gab keine. Man hatte ja schon Übung gehabt.

Wenige Tage danach schickte Thomas per Einschreiben seine Armbanduhr zurück, die er von Nicki zu Weihnachten bekommen hatte. »So was Albernes«, meinte sie nur. »Doch wenn er jetzt glaubt, er kriegt die Ohrringe wieder, dann hat er sich geirrt, die sind nämlich wirklich hübsch. Aber sein letztes Geburtstagsgeschenk kann er zurückhaben, diese blöde Küchenmaschine steht doch bloß rum!« Sprach's, entstaubte das Teil und deponierte es zu nächtlicher Stunde auf der elterlichen Terrasse. Womit das Kapitel Thomas abgeschlossen war und das von Jo begann.

»Der hat sie doch schon vor Jahren angegraben«, informierte uns Katja, nachdem die Besuche ihrer Schwester immer seltener und die gemeinsamen Unternehmungen mit Jörg immer häufiger wurden, »bloß hat er bisher nie eine Chance gehabt.«

»Wie ist er denn so?« frage ich.

»Womit verdient er seine Brötchen?« fragte Rolf.

»Er ist ganz nett und studiert noch.« Damit waren zwar beide Fragen beantwortet, doch viel klüger waren wir noch immer nicht.

»*Was* studiert er?«

»Keine Ahnung, irgendwas Technisches«, sagte Katja gelangweilt. »Wenn er fertig ist, kann er sich Dippel-Ing. nennen. Ist denn das so wichtig?«

»Ich will ja bloß wissen, ob er später mal eine Frau ernähren kann«, meinte Rolf beleidigt.

»In welchem Jahrhundert lebst du eigentlich, Papi? In einem halben Jahr wird Nicki vermutlich mehr Geld auf ihrem Konto haben als Jo. Und ich auch. Frauen werden nicht mehr ernährt, die kaufen sich ihre Brötchen selber.«

Bis dahin war nur noch eine einzige Hürde zu nehmen, nämlich das letzte Staatsexamen. Offiziell heißt es »Zweite

Dienstprüfung« und klingt schon sehr nach Beamtentum. Dank der Unterstützung ihres Kollegiums und nicht zuletzt ihrer eigenen Initiative würde Katja trotz ihrer viermonatigen Zwangspause zur Prüfung antreten können. Bis Mai könnte sie nach Ansicht ihres Rektors alles Versäumte aufgeholt haben.

Es muß irgendwann im Februar gewesen sein, als mich Steffi telefonisch darüber informierte, daß wir den nächsten Jahreswechsel alle auf Jamaika verbringen würden und es opportun sei, schon mal für die Flugtickets zu sparen.

»Spinnst du, oder hast du im Lotto gewonnen?« war alles, was mir dazu einfiel.

»In diesem Fall würde ich natürlich für sämtliche Kosten aufkommen«, bemerkte sie ganz richtig, »aber ein zweites Mal wird mir Fortuna bestimmt keine Chance mehr geben, nicht wahr, Määm?«

Diesen Vorfall bekomme ich wohl bis an mein Lebensende aufs Butterbrot geschmiert! Sechzehn Jahre alt war Steffi damals gewesen, hatte nach dem Besuch des Heilbronner Volksfestes ihre letzten fünfzig Pfennig in einen Automaten gesteckt, der dann ein Kärtchen ausgespuckt hatte mit Jahreshoroskop, Charaktereigenschaften, die sowieso nicht gestimmt hatten, und ähnlichem Unsinn. Angebliche Glückszahlen waren auch darauf vermerkt gewesen.

»Damit spiele ich in dieser Woche Lotto«, hatte Steffi gesagt und mich um Taschengeldvorschuß gebeten.

»Aber nicht für diesen Quatsch«, hatte ich abgelehnt, »das Geld könntest du ebensogut in den Mülleimer werfen.«

Ich hatte die Sache längst vergessen, als sie Tage später in der Zeitung blätterte und die Gewinnzahlen sah. »Ich glaube, die Karte steckt noch in meiner Jackentasche. Jetzt will ich doch mal wissen, wieviel ich gewonnen hätte«, meinte sie lachend.

»Zumindest den Einsatz, den hast du nämlich gespart«, erinnerte ich sie. Minuten später wurde sie kreidebleich. Schweigend hielt sie mir Karte und Zeitung entgegen. Sie hätte fünf Richtige nebst Zusatzzahl gehabt und etwas über hunderttausend Mark gewonnen. Seit diesem Tag habe ich immer ein schlechtes Gewissen, wenn Steffi mal wieder finanzielle Probleme hat. Im Augenblick schien das allerdings nicht der Fall zu sein.

»Was soll ich auf Jamaika? Und wer sind überhaupt ›alle‹?«

»Die ganze Sippe natürlich! Oder glaubst du, ich heirate ohne Familie?«

Beinahe hätte ich den Hörer fallen lassen. »*Du willst heiraten*?«

»Hannes aber auch.«

Diese Mitteilung mußte ich erst einmal verdauen. Natürlich freute ich mich, andererseits bedeutete dieser Schritt, daß ich eins meiner Küken endgültig hergeben mußte. Schon bei Saschas Hochzeit hatte ich ein merkwürdiges Gefühl in der Magengegend gehabt, doch die Bindung an ihn war lockerer gewesen. Er hatte ziemlich früh das Elternhaus verlassen, war später zwei Jahre lang durch alle Weltmeere gekreuzt und hatte bei uns nur ganz kurze Gastspiele gegeben. Steffi dagegen war ja noch gar nicht richtig flügge geworden!

»Bist du noch dran?« klang es aus dem Hörer.

»Ja. Ich bin nur ein bißchen überrascht. Das kommt alles so plötzlich. Warum wollt ihr denn auf Jamaika heiraten?«

»Das erzählen wir euch heute abend, jetzt muß ich an die Kasse. Da stehen schon wieder zwei Basteltanten mit einem ganzen Einkaufswagen voll Krimskrams. Hast du was zu essen da? Dann würden wir nämlich gleich nach Geschäftsschluß kommen.«

Wie sollte ich nach dieser Eröffnung bloß ans Essen denken können? »Irgendwas wird sich schon finden«, sagte ich, legte den Hörer auf und begab mich auf die Suche nach dem zukünftigen Schwiegervater. Ich fand ihn im Keller, wo er an dem im November begonnenen Vogelhaus herumfeilte. »Jetzt brauche ich es auch nicht mehr.«

»Das weiß ich selber«, knurrte der Gatte, »aber es soll wenigstens bis zum nächsten Winter fertig sein. Gib mir mal die Schraubzwinge rüber!«

»Steffi will heiraten.«

»Was? – Das ist keine Schraubzwinge, das ist eine Rohrzange. Ich meine doch das kleine Ding mit den zwei Backen.«

Was interessierte mich sein Handwerkszeug? »Hast du nicht gehört? Steffi heiratet!«

»Wird ja auch langsam Zeit. – Kannst du das hier mal festhalten?«

Da wollte sein kleines Mädchen, sein Augapfel (zumindest so lange gewesen, bis sie zum erstenmal Fußballstiefel angezogen hatte), die seinerzeit mit hundert verschickten Geburtsanzeigen begrüßte Tochter heiraten, und dieser Mensch klebte seelenruhig Holzbrettchen zusammen!

Oben bellte Otto. Als sein Kläffen in freudiges Winseln überging, wußte ich, daß Katja gekommen war. Endlich jemand, mit dem ich reden konnte. »Setz dich erst mal hin!« begrüßte ich sie. »Ich habe eine Neuigkeit für dich.«

»Eine pro Tag reicht eigentlich«, meinte sie, »heute hatte ich schon zwei. Morgen kriege ich einen neuen Schüler und nächste Woche Unterrichtsbesuch. Noch so 'ne Offenbarung kann ich nicht mehr verkraften.«

»Es ist eine erfreuliche Mitteilung. Steffi will heiraten.«

»Weiter nichts?« Gleichmütig streifte sie ihre Schuhe ab. »Das hat sie mir schon vorige Woche erzählt. Ich glaub's aber erst, wenn sie vor dem Standesbeamten steht.«

Jetzt war ich echt konsterniert. »Warum hast du denn nichts davon gesagt?«

»Du stellst vielleicht Fragen! *Den* Triumph wollte ich ihr doch nicht nehmen. Außerdem hatte sie mich gebeten, den Mund zu halten.«

»Immer diese Geheimniskrämerei«, moserte ich. »Deck mal den Tisch, die Kartoffeln sind gleich gar. Und dann hol bitte deinen Vater aus dem Keller! Eine Schraubzwinge ist übrigens keine Zange, sondern hat zwei Backen.«

Sie sah mich an, als hätte ich ihr soeben die Relativitätstheorie erklärt. »Geh runter, dann weißt du, was ich meine.«

Die Zeit bis zum Abend verging quälend langsam, doch erst nach zwei Steaks nebst Bratkartoffeln und einer Waschwanne Salat war das Brautpaar zu näheren Auskünften bereit. »Den ersten Heiratsantrag habe ich schon auf den Malediven gekriegt«, erzählte Steffi, »sehr prosaisch zwischen Kleiderschrank und Klotür, nachts um halb zwölf nach diversen exotischen Cocktails. Ich habe ihn bloß nicht ernst genommen. Der zweite kam dann ganz stilvoll bei Kerzen und Champagner in unserem Stammlokal. Da ist mir gar nichts anderes übriggeblieben, als JA zu sagen.«

»Und wo sind die Ringe?« Eine offizielle Verlobung hatte es seinerzeit bei uns auch nicht gegeben, doch auf einem Ring hatte ich bestanden; jeder sollte sehen, daß ich Rolf fest an der Angel hatte.

»Haben wir noch nicht«, sagte Hannes. »Braucht man die nicht erst zur Trauung?«

Es schien wirklich seine erste Verlobung zu sein.

»Was soll eigentlich der Quatsch mit Hochzeit unter Palmen und so?« wollte Katja wissen. »Glaubt ihr denn, wir können uns die Flugtickets aus dem Ärmel schütteln? Ich habe jedenfalls nicht genug Geld, um mal eben in die Karibik zu jetten.«

»Zu der Einsicht sind wir inzwischen auch gekommen. Und deshalb ...«

»Daran bin ich schuld«, unterbrach ihn Steffi. »Ich gebe ja zu, daß das eine Schnapsidee gewesen ist, aber ich habe mir das so richtig schön romantisch vorgestellt: Mitten im Winter zwischen blühenden Blumen barfuß im Sommerkleid am Strand zu stehen, das Meer rauscht, von irgendwoher klingt Reggaemusik ... und dann getraut zu werden.«

»Das kommt mir aber mächtig bekannt vor«, sagte Katja sofort. »Wie heißt doch gleich diese idiotische Serie im Fernsehen? Hochzeitstraum oder so ähnlich, nicht wahr?«

Hannes brachte die ganze Sache auf einen einfachen Nenner. »Genaugenommen könnten wir überall heiraten, meinetwegen auch im Bayerischen Wald oder auf Helgoland, nur nicht gerade in Heidelberg. Unsere Firma besteht seit über hundert Jahren, sämtliche Lieferanten bekämen Wind von der Sache, von der Kundschaft gar nicht zu reden, dafür sorgt schon meine Mutter – wir wären dazu verdonnert, einen offiziellen Empfang zu geben und zur eigentlichen Hochzeit lauter angeblich wichtige Leute einzuladen, die ich überhaupt nicht sehen will. Trudchens vorläufige Liste umfaßt ungefähr neunzig Personen. Ohne Familie!«

»Jetzt haben wir uns gedacht, daß wir einen großen Polterabend feiern«, fuhr Steffi fort, »während die Hochzeit in ganz kleinem Kreis auf Jamaika stattfindet, nur mit Eltern und den Trauzeugen.«

»Finde ich gut«, stimmte Katja zu. »Lieber schöne Flitterwochen für das Geld, als zum Dank für Eierkocher und ähnlich nützliche Geschenke irgendwelche Leute abfüttern. Wer zeugt denn bei euch trau?«

»Margit und Jürgen.«

Die kannte ich bereits. Erst unlängst hatte mich Katja mitgeschleppt zum Taucherstammtisch. Immerhin hätte ich auf diesem Gebiet auch schon gewisse Erfahrung und sei somit berechtigt, zumindest als Gast an dieser Runde teilzunehmen. Der eigentliche Grund war jedoch ein anderer gewesen. »Die haben inzwischen Bücher von dir gelesen und wollen dich unbedingt kennenlernen.« Den gleichen Wunsch hatte ich allerdings auch gehabt. Dem Namen nach kannte ich schon alle, wußte, daß es einen Computerspezialisten unter ihnen gab (man kann ja nie wissen …) und einen richtigen Installateur (die Badewanne war zwar wieder in Ordnung, aber wie lange?), und Margit war sogar Dolmetscherin, was sich vielleicht auch als recht nützlich erweisen könnte, sollten meine Bücher jemals ins Russische übersetzt werden!

Außerdem hatte ich endlich Nili kennenlernen müssen, das Maskottchen, von dem ich schon so viel gehört hatte. Nili entpuppte sich als ungefähr 60 Zentimeter großes lila Nilpferd, das richtig stehen und sitzen kann und von allen als gleichberechtigter Partner angesehen wird. Es hat seinen eigenen Stuhl am Stammtisch, besitzt eine komplette Tauchausrüstung einschließlich der Preßluftflaschen, gebastelt aus zwei schmalen Isodrink-Dosen, und war schon mehrmals auf 30 Meter Wassertiefe gewesen, was durch entsprechende Fotos belegt werden kann. Hinterher hängt das Vieh immer drei Tage lang zum Trocknen auf der Wäscheleine. Nili verfügt auch über eine recht umfangreiche Garderobe, die vom Jogginganzug bis zur Badehose alles umfaßt, was ein vielgereistes Nilpferd eben so braucht.

»Margit ist ein lieber Kerl, und ich mag sie auch sehr gern, aber in bezug auf ihr Nilpferd hat sie echt einen an der Waffel«, hatte Katja mal gesagt, »sie vermenschlicht es regelrecht.«

Dieser Vorwurf trifft jedoch nicht nur sie, sondern den gesamten Freundeskreis. Nach der Rückkehr von einer mehrtägigen Reise hatte Margit in ihrer Wohnung dutzendweise leere Pizzaschachteln vorgefunden, in einer Ecke zusammengestellt einen Haufen geleerte Sektflaschen und auf dem Tisch mehrere Rechnungen einschlägiger Lokale sowie ein Schreiben der Bundeswehr, Abtlg. Schwertransporte, mit dem die Zahlung des noch offenstehenden Betrags von zigtausend Mark angemahnt wurde für die Beförderung von sechs Nilpferden vom Frankfurter Flughafen zu Margits Behausung zwecks Teilnahme an Nilis Geburtstagsparty. Die ganzen Computerausdrucke hatten verteufelt echt ausgesehen.

Der zu Margit gehörende Jürgen war mir vom ersten Augenblick an unsympathisch gewesen. Er hatte eine große Klappe, wußte alles und das grundsätzlich besser. Weshalb Hannes ausgerechnet ihn als Trauzeugen haben wollte, war mir ein Rätsel.

Bisher hatte Rolf der ganzen Debatte schweigend zugehört, jetzt machte er zum erstenmal den Mund auf. Er hätte es lieber nicht tun sollen. »Wißt ihr, was ich mir immer vorgestellt habe?«

Erwartungsvoll sahen wir ihn alle an.

»Ich wollte meine Tochter in einem hübschen Dorfkirchlein zum Altar führen«, sagte er mit verträumtem Blick, »vor uns die Zwillinge als Brautjungfern, dazu die Orgel mit Mendelssohn-Bartholdy, Wagner will ich nicht ... na ja, eben so richtig schön feierlich und nicht barfuß im Sand.«

Mit offenem Mund hatte Steffi zugehört. »Kirche? Brautjungfern?? Vielleicht auch noch weißes Kleid mit Schleier??? Paps, aber doch nicht mit mir! Ich ziehe doch nicht so einen Rüschenfummel an!«

Der so abservierte Brautführer schob seinen Stuhl zurück und stand auf. »Macht doch, was ihr wollt! Mich fragt ja sowieso keiner mehr! Hochzeit auf Jamaika! So ein Blödsinn! Sitzen da eigentlich immer noch die Engländer?«

Richtig, dieses Eiland ist ja auch mal Kronkolonie gewesen. »In offizieller Eigenschaft wird da bestimmt keiner mehr zu finden sein, was aber nicht ausschließt, daß ein paar freiwillig geblieben sind.« Es würde noch ein erhebliches Stück Arbeit bedeuten, meinem Ehemann die Reise schmackhaft zu machen. Er kennt zwar außer seiner gewesenen Schwiegertochter Vicky nicht einen einzigen Engländer persönlich, kann diese »Inselaffen« aber grundsätzlich nicht leiden und ist der allerdings nicht ganz unberechtigten Meinung, daß die gesamte Nation mit Lieschen König an der Spitze einen Spleen habe. Man brauche doch bloß an das total verkalkte Oberhaus zu denken und an die Gewohnheit, jedes Problem mit einer Tasse Tee lösen zu wollen.

Nachdem das Familienoberhaupt grollend das Zimmer verlassen hatte, konnten wir uns uneingeschränkt unserem so interessanten Thema widmen. »Weißt du denn schon, was du anziehen wirst?« fragte Katja.

»Das ist nun wirklich mein geringstes Problem«, winkte Steffi ab, »irgendein sommerliches Fähnchen.«

»Das suche ich dir aber aus!« bestimmte ihre Schwester sofort. »Sonst holst du dir wieder so ein unmögliches Teil wie damals zu Saschas Hochzeit.«

Zugegeben, sehr vorteilhaft hatte diese sandfarbene Kombination nicht ausgesehen, aber vielleicht hatte es auch nur daran gelegen, daß Steffi zum erstenmal seit ihrer Einschulung einen Rock getragen hatte, sich einfach nicht unbeschwert darin bewegen konnte und auch mit den extra dazu gekauften Pumps nicht so richtig klargekommen war. Die Turnschuhgeneration hat ja auch heute noch Schwierigkeiten mit den ersten hohen Absätzen.

Fast eine Stunde lang hörte sich Hannes mit ergebener Miene an, was eine europäische Braut an einem karibischen Strand wohl am besten anziehen könne, ob die Hochzeitstorte in der Hitze zerlaufen würde, wieviel wohl eine Drei-Mann-Kapelle kosten würde und so weiter, bis der Bräutigam energisch darauf hinwies, daß dieses bedeutende Ereignis erstens nicht in der kommenden Woche stattfände und man die Details deshalb auch nicht jetzt und hier erörtern müsse, und daß zweitens morgen ein regulärer Arbeitstag sei und man noch sechzig Kilometer Autobahn vor sich habe. »Wenn ich euch so höre, hätte ich große Lust, den Status quo beizubehalten. Und sooo viel Steuerersparnis bringt eine Eheschließung eigentlich doch nicht!«

Sofort stand Steffi auf. »Du hast ja recht, es ist wirklich spät geworden.« Sie pflückte ihre Jacke von der Stuhllehne und lief zur Tür.

»Meine Güte, renn doch nicht gleich los!« rief Katja hinterher. »Im Falle eines Falles steht dir zumindest das Kranzgeld zu!«

Schon am nächsten Tag stand Steffi wieder auf der Matte. »Ich habe meine Mittagspause opfern müssen, aber ohne Papiere ist man ja nur ein halber Mensch. Hast du meine Brieftasche gefunden?«

»Ich habe gar nicht danach gesucht.«

»Mußtest du auch nicht! Sie liegt nämlich in der Gästetoilette auf dem Fensterbrett. Da habe ich sie gestern aus der Hosentasche genommen.«

So etwas nennt man kalt erwischt! Die untere Toilette hatte ich heute überhaupt noch nicht betreten, was den Schluß nahelegt, daß ich eine miserable Hausfrau bin. Meine Nachbarin pflegt spätestens um neun Uhr morgens auf sämtlichen Fensterbrettern die Läufer und Plüschvorlagen auszubreiten, um dann mit mindestens fünf verschiedenen Reinigungsmitteln eine Putzorgie zu veranstalten. Ich weiß das nicht etwa, weil ich vormittags auf der Lauer liege, sondern weil meine Nachbarin ihre Hausarbeit mit Gesang begleitet. Leider ist sie eine Verfechterin deutschen Liedguts und offenbar auch Heino-Fan. Ich mag ihn nicht, aber er singt trotzdem besser.

Mit zwei Bananen und einer Milchschnitte unterm Arm eilte Steffi wieder zum Auto. Ich eilte hinterher. Mit der Brieftasche.

»Ich bin wirklich ein Schussel«, meinte sie, »danke fürs Nachlaufen. Ich wollte dich sowieso noch fragen, ob du nicht Lust hast, mitzukommen?«

»Wann? Jetzt?«

»Nee, nach Jamaika.«

Hochzeiten, auch wenn sie noch nicht unmittelbar bevorstehen, scheinen sonst völlig normale Menschen in eine Art Trance zu versetzen. Verwundert sah ich meine Tochter an. »Natürlich kommen wir mit, das ist doch abgemacht.«

»Da hast du was falsch verstanden. Ich meine doch im Sommer.«

»Da verreise ich nie, das weißt du ganz genau.«

»Statt dessen sitzt du alleine zu Hause rum, weil Papi mit Onkel Felix wieder zum Angeln fährt. Wo wollen sie diesmal hin? Nach Irland?«

»Nein, nach Norwegen. Felix hat gesagt, von Großbritannien habe er die Nase voll. Im vergangenen Jahr ist er in Schottland gewesen und sei sich hinterher vorgekommen, als habe er seinen Urlaub in einer Autowaschanlage verbracht.«

»Regnet es in Norwegen nicht auch ziemlich oft?«

»Weiß ich nicht. Ist mir auch egal, ich muß ja nicht hin.«

»Eben! Deshalb kannst du doch mit uns mitkommen. Das war übrigens Hannes' Idee. Er will schon mal den Umgang mit Schwiegermüttern trainieren.«

Ich schüttelte den Kopf. »Das lassen wir besser bleiben! Es reicht, wenn Hannes *nach* der Hochzeit eine Schwiegermutter am Hals hat.« Ich begriff sowieso nicht, wovon Steffi eigentlich redete. Die Hochzeit sollte Ende des Jahres stattfinden, und sie faselte dauernd etwas vom Sommer. Offenbar hatte sie meine unausgesprochene Frage verstanden.

»Der Gedanke ist uns gestern auf der Heimfahrt gekommen. Genaugenommen lassen wir uns auf ein Vabanquespiel ein, wenn wir auf gut Glück ein Hotel buchen und uns darauf verlassen, daß schon alles klappen wird. Für eine normale Urlaubsreise reicht das aus, aber wir wollen dort ja auch noch heiraten. Jedenfalls meinte Hannes, wir sollten uns das angepeilte Domizil erst mal ansehen. Vielleicht gefällt es uns überhaupt nicht, dann können wir vor Ort was anderes suchen. Außerdem wollen wir doch mal abchecken, wie die ganze Sache abläuft. Wenn der Behördenmensch nur einheimisch spricht, sollten wir zumindest wissen, wann wir JA sagen sollen. Und zwei Wochen Urlaub brauchen wir sowieso mal wieder.«

»Die seien euch ja auch gegönnt. Ich weiß nur nicht, was ich mit der ganzen Sache zu tun habe.«

»Ganz einfach, du sollst mitkommen!«

»Ich denke ja gar nicht daran!«

Das tat ich aber doch, und zwar genau eine Stunde lang, dann hatte ich Hannes an der Strippe. Ob ich jetzt zickig geworden wäre, wollte er wissen, wenn er mich nicht dabeihaben wollte, hätte er den Vorschlag erst gar nicht gemacht, und überhaupt habe er schon vorsichtshalber für mich mitgebucht. Inklusive Reise-Rücktrittsversicherung. Im übrigen hätten sich Margit und Jürgen auch noch drangehängt, das würde mich doch sicherlich beruhigen.

»Das beruhigt mich gar nicht«, brüllte ich ins Telefon, als ich endlich mal zu Wort kam, »da wäre ich doch sowieso das sprichwörtlich fünfte Rad am Wagen, also total überflüssig.«

»Irrtum«, kam es prompt zurück, »du bist das Reserverad, und das ist bei einer Panne unentbehrlich.«

Konnte sich dieser Mensch nicht weniger blumenreich ausdrücken? Was meinte er mit Panne? Sollte ich etwa bei möglichen vorehelichen Streitereien den Engel spielen? Da kannte er mich aber schlecht! Doch abgesehen davon gefiel mir die Idee, auch mal im Sommer zu verreisen, ausnehmend gut. Ich mußte nur noch Rolf dazu bringen, sie ebenfalls gut zu finden.

Seitdem die Kinder ihre eigenen (Urlaubs-)Wege gehen, tun wir es auch. Einen eingefleischten Sonnenanbeter, der zu seiner Seligkeit nur Strand und ein warmes Meer braucht, kann man nicht mit selbstgefangenen Lachsen reizen, schon gar nicht, wenn man sie aus eiskalten Gewässern holen muß. Drumherum ist es meistens auch nicht viel wärmer. Ebensowenig habe ich etwas für beschauliche Ortschaften übrig, denn mir fehlt das Malerauge. Aquarellieren kann ich nicht, ich durfte aber immer das Wasser holen. Wenn ich Glück hatte, gab es einen Dorfbrunnen, falls nicht, blieb nur die nächste Kneipe. Dabei ist es gar nicht so einfach, einem erwartungsvollen Wirt klarzumachen, daß man statt eines Mittagessens bloß eine Blechbüchse voll Leitungswasser haben will.

Andererseits kann man einem Ehemann, der schon bei zwanzig Grad Außentemperatur einen Ventilator auf seinen Schreibtisch stellt, nicht zumuten, bei dreißig Grad im Schatten einen Strandspaziergang zu machen. Ein einziges Mal habe ich Rolf nach Kenia mitgeschleift und es drei Wochen lang bereut. Den anklagenden Blick werde ich nie vergessen, wenn er in Ufernähe einen Schwarm fingerlanger Fischlein entdeckte und ich ihn im Geiste den fehlenden Meter dazuzählen sah, der in einem kühlen, klaren Fluß aufs Geangeltwerden wartete (oder auch nicht!). In der dritten Woche hatte ich meinem frustrierten Gatten ein paar Tage Hochseefischen verordnet, doch das hatte ihm nicht gefallen. Zuviel Sonne, und das einheimische Bier hatte ihm auch nicht geschmeckt.

Seitdem machen wir getrennt Urlaub, er im Sommer, ich im Winter, und beide sind zufrieden.

Überraschenderweise hatte Rolf gegen meine außerplanmäßige Reise nichts einzuwenden. »Finde ich prima, daß sie dich mitnehmen. Warum sollst du denn auch hierbleiben? Bis jetzt mußte ja immer jemand da sein, um die Küken zu bekochen und abends überall das Licht auszumachen, aber das ist doch jetzt nicht mehr nötig. Lehrerinnen haben lange Sommerferien, und das Elternhaus ist der letzte Platz, wo sie sie verbringen werden.«

Damit hatte er zweifellos recht. Katja würde bereits am letzten Schultag zu ihrem Tom nach Heidelberg fahren und selig sein, daß sich ihre Zweisamkeit mal nicht nur aufs Wochenende beschränkte, und Nicki fühlte sich in ihrer eigenen Wohnung viel zu wohl, um sie freiwillig gegen unser Gästezimmer einzutauschen.

»Vielleicht gelingt es dir ja, den beiden Eheaspiranten diese fixe Idee mit der Hochzeit auf Jamaika auszureden«, meinte Rolf so ganz nebenbei. »Vor Ort finden sich doch bestimmt genügend Gründe, die dagegen sprechen.«

Daher also wehte der Wind! Nicht Großzügigkeit und Mitleid mit der armen Daheimgebliebenen waren es, die meinen Ehemann so tolerant erscheinen ließen, sondern purer Egoismus! Er wollte bloß nicht auf das vermutlich herrliche *Island in the sun*, er wollte vielmehr seine Dorfkirche haben oder wenigstens ein deutsches Standesamt mit einem richtigen deutschen Beamten hinter dem Schreibtisch. Elender Chauvinist! Mir dagegen gefiel der Plan einer exotischen Hochzeit ausnehmend gut. So richtig vorschriftsmäßig mit weißer Braut, Kirche und Orgel hatte ich ja schon einen meiner Nachkommen verheiratet, und die Sache war schiefgegangen. Einer weniger konventionellen Zeremonie würde vielleicht eine haltbarere Ehe folgen.

Und dann kam alles doch ganz anders!

O mia bella Venezia!

Doch zuerst kam mein Geburtstag. Ein runder diesmal. Runde Geburtstage machen aber nur Spaß, solange man unter dreißig ist, danach wird es kritischer. Bis dahin war man jung, plötzlich wird man »reif«. Noch schlimmer ist es, wenn man doppelt so alt wird. Über Nacht gehört man zu den Senioren und hat Anspruch auf einen Platz im Altersheim. Sämtliche Statistiken, Meinungsumfragen und was es sonst noch an Erhebungen gibt, ziehen bei 60 eine Grenze. Bis 59 wird gestaffelt, ab dann heißt es »60 und darüber«, wobei die Skala nach oben immerhin offen bleibt.

Runde Geburtstage erfordern von den nicht unmittelbar Betroffenen erhöhte Anstrengungen. Vor allem braucht man ein besonderes Geschenk – eben weil es ein runder Geburtstag ist. Heraus kommt meistens etwas, mit dem der Beschenkte wenig anfangen kann und nur auf eine passende Gelegenheit wartet, die Gabe wieder loszuwerden, was spätestens bei der Sammelaktion für das alljährliche Schulfest der Fall ist. Die für den Flohmarkt Verantwortlichen nehmen alles!

Ich erinnere mich noch genau an jenen Tag, an dem Sven seinen ersten runden Geburtstag feierte und wir uns tagelang den Kopf wegen des besonderen Geschenks zerbrochen hatten. »Ich habe damals zu meinem Zehnten einen Atlas bekommen«, hatte Rolf sich erinnert, »ein wunderbares Geschenk. Stundenlang bin ich mit dem Finger über die Meere gefahren, habe mich durch Urwälder gequält und sämtliche hohen Berge bestiegen. In Geographie hatte ich auch immer eine Zwei.«

Das glaube ich ihm gern. Auf diesem Gebiet ist er wirklich fit. Als ich unlängst wissen wollte, wo die Kapverdischen Inseln eigentlich liegen, konnte er es mir sofort sagen. Ich hatte sie ganz woanders gesucht.

In der Erwartung, sein Erstgeborener würde seine Interessen teilen, kaufte der stolze Vater seinem Sohn ebenfalls einen Atlas, sogar einen besonders großen. Sven freute sich auch scheinbar darüber, schrieb in der nächsten Erdkundearbeit eine Vier und erwiderte auf die sanften Vorwürfe seines Vaters, er habe sich natürlich schon intensiv mit dem Atlas beschäftigt, nur nicht gerade mit der Oberrheinischen Tiefebene, und eben die sei drangekommen.

Wenige Tage darauf wagte ich mich wieder einmal in sein Zimmer – das tat ich nur dann, wenn ich richtig gute Laune und dadurch auch eine höhere Toleranzschwelle hatte –, hob als erstes den auf dem Boden liegenden aufgeschlagenen Atlas hoch und wußte endlich, auf welche Weise Sven sich mit dem teuren Stück beschäftigte. Den australischen Kontinent hatte er mit lauter Känguruhs und Koalabären verziert, in Afrika tummelte sich eine ganze Menagerie, Amerika war von Indianern, Cowboys, Pferden, Büffeln und Koyoten bevölkert, doch in Asien schien es nur schlitzäugige Menschen zu geben. Aber vielleicht war er mit der Besiedlung nur noch nicht fertig geworden, die angefangene Miniaturzeichnung eines Tigers ließ hoffen. Über den Nordpol spazierten Eisbären, am Südpol saßen Pinguine, und weil es ja zwischen den Kontinenten viel Wasser gibt, man kleinere Fischarten aber so schwer auseinanderhalten kann, hatte Sven sich auf Wale und Robben beschränkt. Über die freien Flächen fuhren Schiffe jeder Größe.

Lediglich Europa schien ihm Kopfzerbrechen zu machen. In Frankreich entdeckte ich zwar Asterix und Obelix, in Deutschland einen bärtigen Germanen mit Keule, doch die übrigen Länder waren noch nicht bevölkert. Vom Vater zur Rede gestellt, erklärte der Knabe, Atlanten sähen immer so langweilig aus, und er habe seine Bilder nur dorthin gemalt, wo es keine großen Städte gäbe. »Die müssen wir immer auswendig lernen. Die Namen von langen Flüssen kommen ja öfter vor, und die kleinen brauche ich sowieso nicht. Du mußt doch zugeben, Papi, daß es jetzt richtig Spaß macht, in dem Atlas zu blättern.«

Papi gab es zu, meinte jedoch, er hätte lieber einen kleineren kaufen sollen, in dem nicht jedes Land zwei Seiten umfasse.

Soviel zu den »besonderen Geschenken«. Als ich fünfzig wurde, erschöpfte sich die Phantasie meiner Nachkommen noch in einer selbstgebackenen, sehr liebevoll dekorierten Torte, auf der auch die richtige Anzahl von Kerzen prangte. Nur war die Torte ein bißchen zu klein geraten, die Lichtlein steckten sehr eng nebeneinander, durch die Hitze verbogen sie sich, das Wachs tropfte munter auf die Glasur, und erst nachdem wir die oberste Schicht abgekratzt hatten, konnten wir den Kuchen essen.

Nun stand mir wieder so ein Jubeltag bevor, und ich ahnte, daß ich diesmal nicht so glimpflich davonkommen würde. Nicht umsonst hatte ich mit einiger Besorgnis die Fotos in Hannes' Büro beguckt, aufgenommen am 60. Geburtstag seiner Mutter. Da war eine Blaskapelle in der Halle aufmarschiert, der dritte Bürgermeister war zum Gratulieren erschienen, und auch sonst hatte sich so einiges getan, was an normalen Geburtstagen unüblich gewesen wäre.

Ein Geschäft führe ich nicht, wir sind auch nicht in der vierten Generation hier ansässig, und der hiesige Posaunenchor kommt freiwillig immer erst dann, wenn man achtzig wird. Aber man kann ihn auch mieten!!! (Später habe ich erfahren, daß mir noch Schlimmeres bevorgestanden hätte: Hannes hatte bereits den Dudelsackpfeifer angeheuert gehabt, der sonst in der Heidelberger Fußgängerzone tutend herumspaziert. Er bleibt nie stehen, was ja auch verständlich ist, denn bewegliche Ziele sind schwerer zu treffen!)

Nun hatte ich ohnehin beschlossen, dem zu erwartenden Auftrieb durch rechtzeitige Flucht zu entgehen. Mehrmals hatte ich zu spätabendlicher Stunde, wenn die Gefahr etwaiger Mithörer gebannt war, mit Irene konferiert, und gemeinsam hatten wir nach einem Asyl gesucht, das nicht zu entfernt, doch immer noch weit genug weg sein würde, um mögliche Überfälle von Gratulanten auszuschließen. »Wie wäre es mit Italien?« hatte sie gemeint.

»Um diese Jahreszeit kann man im Mittelmeer doch noch nicht baden.« Was soll man sonst in Italien machen außer Chianti trinken?

»Ich hatte eigentlich mehr an den Norden gedacht, Toskana

oder das Veneto. Ein bißchen Kultur, ein bißchen Shopping ... Warst du schon mal in Venedig?«

»Nein.«

»Siehste, ich auch nicht. Als ich geheiratet habe, hatten wir für eine Hochzeitsreise kein Geld, da sind Kochtöpfe und Bettbezüge wichtiger gewesen. Später wollten wir immer mal hin, doch irgendwie ist nie etwas daraus geworden.«

»Bei uns auch nicht. Zweimal sind wir schon dicht dran gewesen, haben quasi vor den Toren Venedigs gestanden, aber reingekommen bin ich nicht. Frag mich nicht, warum, ich weiß es nicht mehr. Allerdings bin ich nie den Verdacht losgeworden, daß Rolf nur deshalb immer einen Bogen drumherum gemacht hat, weil er nicht mit dem Wagen hinfahren durfte.«

Schweigen. Dann ein verhaltenes Glucksen. »Auf *den* Gedanken bin ich noch gar nicht gekommen, dabei ist er doch so naheliegend. Was hältst du davon, wenn wir beide Venedig einfach nachholen?«

Ich hielt das für eine glänzende Idee.

»Wir fliegen nach Mailand, mieten uns dort einen Wagen und gondeln gemütlich durch die Gegend. Vicenza, Padua und was sonst noch so am Wege liegt. Als Abschluß dann Venedig. Könntest du dich mit dieser Route anfreunden?«

»Und ob!«

»Dann ist ja alles klar«, sagte Irene und versprach, die ganze Sache in die Hand zu nehmen. »Du brauchst nur mit deinem Koffer pünktlich am Flugplatz zu sein.«

Jetzt mußte ich lediglich den günstigsten Zeitpunkt abpassen, um Sippe nebst Anhang von meiner »feigen Flucht« (Kommentar Hannes) zu unterrichten; früh genug, um kulinarische Vorbereitungen zu verhindern, aber doch so spät, daß ich mir die zu erwartenden Proteste nicht wochenlang anhören mußte. Sechs Tage vor dem Abflug ließ ich die Bombe platzen. Die Wirkung war durchschlagend.

Das sei nicht fair, ich könnte ihnen allen doch nicht die ganze Freude verderben, was ich mir eigentlich dabei gedacht hätte, und so weiter. Offenbar hatte niemand berücksichtigt, daß es ja *mein* Geburtstag war. Jedes Jahr hatte ich einen Teil meines Ehrentags in der Küche verbracht, literweise Kaffee gekocht, kalte Platten fabriziert, Sonderwünsche nach Pfefferminztee oder Weizenbier erfüllt, am Tag vorher Kuchen gebacken, am Tag danach die Spuren der Fete beseitigt, und nun nahm man es mir regelrecht übel, daß ich diesmal einfach nicht wollte. Nur Steffi brachte ein bißchen Verständnis auf. »Dann laßt sie doch ziehen! Wenn sie uns nicht haben will ... Irgendwie ist es ja begreiflich. So'n Geburtstag mit 'ner Null hintendran ist wirklich ätzend. Wenn ich mir vorstelle, daß ich in ein paar Monaten dreißig werde ... Es ist schon ein komisches Gefühl, daß man vom nächsten Tag an auf die Vierzig zugeht!«

Richtig einverstanden waren sie nicht, doch sie sicherten mir zu, sich abwechselnd um ihren Vater zu kümmern. »Sonst holt er sich ja doch wieder jeden Tag so'n Gummiadler vom Hähnchenwagen.«

Noch zehn Minuten länger diese versteckten Anklagen, und ich bekäme ein schlechtes Gewissen. Bis jetzt hatte ich noch keins. »Wenn ich zwei Wochen lang auf ›Dichterlesung‹ bin, macht ihr nie solch einen Aufstand. Nun will ich nur sechs Tage weg, und schon stellt ihr euch an, als würde ich die Ausrottung der gesamten Familie planen.«

»Das ist ja auch ganz was anderes«, kam es im Chor zurück.

Wieso eigentlich?

Italienisches Wetter ist auch nicht mehr das, was es mal gewesen war! Als wir aus dem Flieger stiegen, regnete es. Kalt war es außerdem. In Erwartung südlicher Temperaturen hatte ich aber nur eine Jacke mit und fror erbärmlich. Zu allem Überfluß funktionierte die Heizung im Wagen nicht richtig. »Hättest du nicht ein anderes Auto mieten können?«

»Einen Panda klaut wenigstens niemand«, sagte Irene gleichmütig. »Du mußt auch höchstens noch zwei Stunden durchhalten, dann kannst du dich im Thermalbad aufwärmen.«

Drei Tage lang würden wir in einem Kurort wohnen, nach ihrer Ansicht der strategisch günstigste Ausgangspunkt für die geplanten Besichtigungen. Daß ein Botanischer Garten dazugehörte, war einleuchtend, nicht umsonst beschäftigt sich Irene mit Blumenzwiebeln.

Nur als sie wissen wollte, ob ich mit Palladio etwas anfangen könnte, war ich erst mal überfragt. Maler? Dichter? Bauwerk? Vielleicht so eine Art Kolosseum? Nach ein paar sehr schweigsamen Minuten kam mir doch noch die Erleuchtung! Palladio war ein Mann gewesen, vor etwas mehr als vierhundert Jahren geboren oder auch gestorben, das wußte ich nun wirklich nicht mehr, aber ich konnte mich erinnern, daß man im Jubiläumsjahr ihn und seine Werke in der Presse gewürdigt hatte. Offenbar hatten sie mich nicht sonderlich interessiert, sonst müßte ich jetzt nicht krampfhaft überlegen, worin sie denn bestanden hatten. Hätte er Gemälde hinterlassen oder bedeutende Dichtungen, dann hätten wir ihn schon in der Schule durchgekaut, hatten wir aber nicht. Als Komponist war er mir auch nicht bekannt. Womit, um alles in der Welt, hatte sich Herr Palladio denn sonst einen Namen gemacht? Besser gefragt, wovon hatte ich am wenigsten Ahnung? »Wahrscheinlich liege ich völlig schief«, tastete ich mich vorsichtig an die Sache heran, »aber hatte der nicht im weitesten Sinn was mit Architektur zu tun?«

»Gut geraten«, sagte Irene lachend, denn ihr war mein Zögern natürlich nicht entgangen. »Hier in der Gegend gibt es ein paar ganz bekannte Villen von ihm, die sollten wir uns mal ansehen.«

»Na klar, machen wir!« Villen stehen meistens inmitten von Gärten, und wenn Irene einen sieht, der größer ist als ihr eigener, muß sie rein. Und solange ich nicht in ihnen Unkraut ziehen muß, habe ich gegen schöne Gartenanlagen nichts einzuwenden.

Unser Hotel war groß, gepflegt, angenehm beheizt und eine Spur zu vornehm. Das merkte ich schon, als wir das Foyer betraten und die Gäste elegant gewandet bei ihren Cocktails sitzen sahen. In einer knappen Stunde würde das Abendessen serviert werden.

»Du hättest mir wirklich sagen können, daß ich das kleine Schwarze mitnehmen muß«, sagte ich vorwurfsvoll, während ich in der Tasche nach »Bakschisch« für den Kofferträger fahndete, »meine Garderobe ist mehr auf Freizeit ausgerichtet.«

»Solange du Bügelfalten in der Hose und einen Seidenschal um den Hals hast, bist du salonfähig.« Mit dem Kopf deutete Irene auf zwei Seniorinnen, die ähnlich ausstaffiert waren.

»Trotzdem werde ich mir erst einen Badeanzug anziehen und ein bißchen schwimmen. Seit einem Vierteljahrhundert lebe ich in Schwaben, und da lautet die Devise: Des hemmer zahlt, des müsse mer au ausnütze!«

Wir waren die einzigen, die sich noch in dem herrlich warmen Wasser tummelten, aus der Halle ins Außenbecken schwammen und die mit Liegestühlen betüpfelte parkähnliche Anlage bewunderten. »Ich glaube, wenn morgen früh die Sonne scheint, kriegst du mich hier nicht weg«, prophezeite ich.

Sie schien noch nicht, aber wenigstens regnete es nicht mehr. Nach dem opulenten Frühstück suchten wir erst mal unser Auto, das vom Wagenmeister in der hintersten Ecke geparkt worden war, wo es das Gesamtbild der aufgereihten Nobelkarossen am wenigsten störte, und dann fuhren wir los zur ersten Palladio-Villa. Im nachhinein bin ich meiner Freundin dankbar für das Kulturprogramm. Es blieb natürlich nicht bei der einen Villa, wir haben ein halbes Dutzend besucht, doch jede ist sehenswert gewesen – einmal wegen der Säulen, zum anderen wegen der Symmetrie, wobei ich zugeben muß, daß mir zwar die Säulen aufgefallen wären, nicht aber die Harmonie des Ganzen. Begeistert haben mich allerdings die Fresken im Innern der Villen. Was man sonst nur in großen Museen bewundern kann, ziert hier Wände und Decken – Werke von Veronese, Tiepolo, Zelotti und anderen. Palladio muß hervorragende Beziehungen zu den namhaften Künstlern seiner Zeit gehabt haben. *Mir* hätten Picasso oder Chagall bestimmt nicht mein Schlafzimmer ausgemalt, selbst wenn ich sie hätte bezahlen können, doch ob sie es für einen wohlhabenderen Geschäftsmann wie z. B. Herrn Oetker getan hätten, möchte ich auch bezweifeln. Vor vierhundert Jahren muß so etwas jedoch gebräuchlich gewesen sein, Hauptsache, die Kasse hat gestimmt. Allerdings werden die Honorare damals etwas bescheidener ausgefallen sein als heute, wo manche zeitgenössischen Maler beim Verkauf ihrer monumentalen Werke offenbar einen Quadratmeterpreis zugrunde legen.

Wie üblich hatte sich Irene auf unsere Reise gründlich vorbereitet, und so habe ich eine Menge gelernt. Nicht nur über Architektur, vor allem über Gärten. Ich kann jetzt sogar auf Anhieb einen Renaissance-Garten von einem englischen Garten unterscheiden. Diese Kenntnis ist nicht lebenswichtig, doch es schadet auch nichts, wenn man ein bißchen was darüber weiß. Bis dato waren Gärten für mich Rasenflächen gewesen mit Büschen am Rand, ein paar Beeten mittendrin und viel Löwenzahn dazwischen.

Daß wir immer erst dann in eine Stadt kamen, wenn uns der Hunger dorthin trieb, hat uns eine Menge Geld erspart. Beim anschließenden Schaufensterbummel standen wir nämlich jedesmal vor verschlossenen Türen. Ihre Siesta lassen sich die Italiener nicht nehmen, sie dehnen sie sogar beliebig lange aus. Vor sechzehn Uhr wird kaum ein Laden geöffnet, manchmal sogar noch später, und vor allem Padua scheint im Mittagsdauerschlaf zu liegen. Dafür hätte ich mir die tolle Bluse aber noch abends um zehn kaufen können (o bella Italia, du glückliches Land ohne Ladenschlußgesetz!), nur lagen wir um diese Zeit gewöhnlich schon in unseren Betten. Pflastertreten macht müde!

Nach drei Tagen hatten wir genug Villen besichtigt, genug Gärten durchwandert, und die zauberhafte Landschaft des Veneto kannten wir jetzt auch ein bißchen. Sogar Petrus hatte ein Einsehen gehabt und Sonne geschickt. Ich stieg auf T-Shirt und Bermudas um.

Über Venedig gibt es tonnenweise Literatur, jeder Dichter, der mal dort gewesen ist, hat sich darüber ausgelassen, »Tod in Venedig« ist in der elften Klasse Pflichtlektüre gewesen, »Wenn die Gondeln Trauer tragen« war ein Film, den man angeblich gesehen haben *mußte*, sogar James Bond ist mal durch die Kanäle gebrettert und hat dabei ziemlich viel Kleinholz hinterlassen – ich werde also nicht auch noch von den Sehenswürdigkeiten schwafeln.

Venedig betritt man zu Fuß. Reist man mit dem Auto an, dann muß man sein Spielzeug auf einem der riesigen Parkplätze abstellen und kann nur hoffen, daß man es erstens überhaupt wiederfindet und zweitens in demselben Zustand, in dem man es verlassen hat. Beides kann sein, muß aber nicht.

Sodann besteigt man einen der schwimmenden Omnibusse, sofern man nicht das schnellere (und wesentlich teurere) Wassertaxi bevorzugt oder – je nach Hotelkategorie – auf einen eigenen Zubringerdienst zurückgreifen kann. Da Irene der Ansicht gewesen war, zu einem runden Geburtstag und erst recht zu Venedig gehöre auch ein bißchen Luxus, hatte sie uns im bekanntesten und vermutlich auch ältesten Hotel einquartiert, einem ehemaligen Palazzo, direkt an der großen Lagune gelegen. Ein Teil der Prominenz dieses Jahrhunderts hatte hier auch schon genächtigt: Pablo Casals und Hemingway, Gunther Sachs, Maria Callas, die Begum, und angeblich soll in einer der prächtig ausgestatteten Suiten Richard Burton seine Liz verdroschen haben. In Rom gibt es ja ebenfalls ein Hotel, das mit ähnlich pikanten Histörchen aufwarten kann, was mich nicht weiter wundert, denn trotz fortschreitender Emanzipation sind die meisten Italiener immer noch Machos und tolerieren Gleichgesinnte.

Doch die Zeiten haben sich geändert, die Prominenz trifft sich woanders, und selbst renommierte Hotels müssen sich jetzt mit Reisegruppen oder ganz normalen Mittelstandsbürgern zufriedengeben. Die vielen mandeläugigen Damen und Herren, die uns im Lift, in der Lounge und im Waschraum begegneten, gehörten nämlich nicht zum Hofstaat des Tennos, sondern zu einem japanischen Elektronikkonzern. Damit sie nicht den ebenfalls tagenden Autoherstellern in die Quere kamen, trugen alle Abgesandten verschiedenfarbige Sticker auf den Revers ihrer ausnahmslos dunklen Anzüge bzw. Kostüme. Leider habe ich nicht herausbekommen, ob es sich bei diesem Massenauftrieb tatsächlich um geschäftliche Meetings handelte oder ob die jeweiligen Firmenchefs nicht doch für jungverheiratete Mitarbeiter so eine Art Sammel-Flittertage organisiert hatten. Freiwillig nehmen die doch keinen Urlaub, und irgendwie muß sogar ein japanischer Boß seine Leute bei der Stange halten! Die schon etwas älteren Herrschaften werden dann wohl besonders verdiente Angestellte mit einem jahrelangen Feriendefizit gewesen sein. Die fernöstlichen Gäste hatten ihre eigenen Aufenthalts- und Speiseräume, und wenn man ihnen begegnete, schienen sie immer auf dem Weg von oder zu ihrem Rudel zu sein.

Am zweiten Morgen wartete ich im Frühstückszimmer eine halbe Stunde lang auf Irene, rief mehrmals in ihrem Zimmer an, fragte am Empfang nach und sah sie schon gemeuchelt in einem der unzähligen Kanäle schwimmen, als sie endlich auftauchte. »Tut mir leid, aber ich habe mich verlaufen. Als ich schließlich merkte, daß ich bei den Japanern frühstücke, war ich bereits fertig.«

Eingetroffen waren wir am späten Nachmittag, also zur Rush-hour, wenn die Tagesausflügler zu den Anlegestellen hasten, ein halbes Dutzend Dampfer die Bummelanten zusammentuten und man vor lauter Menschen nicht mal mehr die Steine vom Trottoir erkennen kann.

»Venedig sehen und sterben«, murmelte Irene. »Ich weiß nicht, wer das gesagt oder geschrieben hat, wahrscheinlich sind es seine letzten Worte gewesen, bevor er totgetreten wurde.«

»Eigentlich bezieht sich das auf Neapel«, sagte ich sofort. Endlich wußte ich mal etwas, das Irene nicht wußte. Sie stritt es auch sofort ab. »Dann muß es sich um einen Übersetzungsfehler handeln. In Neapel bin ich schon gewesen. Da war es nie so voll!«

Eine Stunde später sah alles schon ganz anders aus. Immer noch wimmelte die Stadt von Besuchern, doch die mußten Venedig nicht an einem einzigen Tag besichtigen und ließen sich Zeit. Ohnehin hatten wir uns vorgenommen, die üblichen Touristenpfade zu meiden, um Museen und Katalogempfehlungen einen Bogen zu machen, uns statt dessen einfach treiben zu lassen und abzuwarten, wohin wir gelangen und was wir entdecken würden.

Als erstes entdeckten wir den Markusplatz, weil er nur wenige Schritte von unserem Hotel entfernt war. Außerdem gehört er nun wirklich zum Pflichtprogramm, und wenn man vorher noch nie in Venedig gewesen ist, *muß* man in einem der Cafés seinen Cappuccino trinken, die schwarzgrauen Fassaden der Alten Bibliothek bewundern und sich vorstellen, wie phantastisch sie ausgesehen haben müssen, als sie noch weiß gewesen sind. Man sollte jedoch darauf achten, an welchem Tisch man sich niederläßt. Wären wir ein paar Schritte weiter nach rechts zum nächsten Café gegangen, dann hätten wir die Geige etwas leiser und das Klavier pianissimo gehört und uns sogar unterhalten können; billiger wäre es auch gewesen, aber in Venedig muß man sowieso aufhören, seine Lire zu zählen, sie verschwinden von allein aus dem Geldbeutel. Es gibt nur *eine* Möglichkeit, sie zu retten: Man läßt sich von einem vertrauenswürdigen Ortskundigen auf kürzestem Wege aus der Gefahrenzone bringen, und das mit verbundenen Augen, sonst erwischt es einen doch! Ich rede nicht von Taschendieben, sondern von der Shopping-Meile.

Außer dem Kellner hatten wir noch keinen Venezianer kennengelernt, und der hatte uns nicht gewarnt. Genützt hätte es sowieso nichts, denn die Arkaden rund um den Markusplatz beherbergen die wohl schönsten Geschäfte von Venedig. Leider auch die teuersten!

Den Souvenirläden konnte ich am leichtesten widerstehen, schwieriger wurde es schon bei den Schaufenstern mit den verspielten, völlig überflüssigen und gerade deshalb so reizvollen modischen Accessoires. Von den Auslagen mit in allen Farben leuchtenden Erzeugnissen venezianischer Glasbläserkunst mußte Irene mich mit Gewalt wegziehen.

»Laß doch mal! Was, glaubst du, wird diese grüne Schale kosten? Ist die nicht herrlich?«

Sie warf einen abschätzenden Blick auf das Objekt. »Viel zu zerbrechlich, die kriegst du nie heil nach Hause!«

Also gut, keine Schale, aber wenigstens die hübsche Kette aus Murano-Glasperlen, irgendwas muß man ja zur Erinnerung an Venedig mitnehmen.

Mein Wunsch nach einer gründlicheren Inspizierung der Boutiquen wurde von Irene ebenfalls abgelehnt. »Warum darf ich nicht? Immerhin hast *du* uns in diesem Nobelschuppen untergebracht! Da genügen die Bügelfalten in der Leinenhose nun wirklich nicht mehr!«

»Zum Frühstück allemal, und sonst sollten wir auf die gastronomischen Angebote des Hauses verzichten. Oder bist du gewillt, dreiundzwanzig Mark nur für eine Tasse Hühnerbrühe auszugeben?«

»Sie werden für jedes Huhn einen eigenen Betreuer haben, und Personal ist nun mal nicht billig.«

In einer Seitenstraße entdeckten wir ein kleines Restaurant mit nur fünf Tischen davor. Sofort steuerte Irene den einzigen noch freien an. »Hier sind wir richtig! Keine viersprachige Speisekarte, keine Schunkellieder im Hintergrund, kein sogenanntes Touristen-Menü mit Schnitzel, Pommes und Salat, statt dessen nur italienische Gäste. Komm, wir gucken mal, was es an Vorspeisen gibt.«

Diese ganz versteckt liegende Trattoria wurde unser Stammlokal. Jeden Abend haben wir dort gegessen, jedesmal etwas anderes, und immer hat es phantastisch geschmeckt. Daß die Rechnung wesentlich niedriger ausfiel als an den Futterstellen der Touristenmeile, war eine angenehme Überraschung.

Es war schon nach zehn, als wir auf dem Weg zum Hotel erneut den Markusplatz überquerten. Noch immer herrschte reger Betrieb, noch immer waren die meisten Caféhausstühle besetzt, dazwischen traten sich Porträtmaler, Gaukler, fliegende Händler und Straßenmusikanten gegenseitig auf die Füße, und noch immer ließen unzählige Tauben im Flug so einiges fallen, was im ungünstigsten Fall in den Haaren oder sogar im Ausschnitt landet. Mich traf es auf der rechten Schulter.

»Das mußt du gleich mit warmem Wasser auswaschen, sonst hast du eine bleibende Erinnerung an die Colombini di San Marco. Das Zeug ätzt dir unter Umständen ein Loch in die Jacke.«

»Dann hätte ich wenigstens einen Grund, mir eine neue zu kaufen«, sagte ich sofort, »die hier hat mir nie so richtig gefallen. Vorhin habe ich mich gleich in die dunkelblaue verliebt, du weißt doch, in dem Laden direkt neben dem Juwelier, wo diese hübsche Nadel ...«

Am Ärmel zog mich Irene hinter sich her, bis wir in einem ruhigen Winkel standen. »Jetzt gibst du mir sofort deine Kreditkarte!« forderte sie kategorisch. »Du sollst dir Venedig *ansehen*, nicht kaufen!«

Erst war ich verblüfft, dann fing ich an zu lachen. »Du hast ja recht, aber sei doch mal ehrlich zu dir selbst! Hätte ich dich vorhin nicht zurückgehalten, dann würdest du jetzt in einer eleganten Lacktüte diese sündhaft teure Seidenbluse mit dir herumtragen.«

Weil wir uns nicht einigen konnten, ob wir unser Plastikgeld unter der Matratze deponieren oder – völlig unerreichbar – in den Hotelsafe legen sollten, hatten wir es weiterhin ständig dabei, und nur deshalb bin ich zum Entsetzen der Zwillinge zu Hause schon mit silbernen Lederslippern herumgelaufen, obwohl sie in Deutschland erst im darauffolgenden Jahr zum sommerlichen Modehit wurden.

Die blaue Jacke habe ich mir auch noch gekauft, und schuld daran war Irenes Geburtstagsgeschenk: eine Anstecknadel in Gestalt einer venezianischen Maske, mit der ich schon tags zuvor geliebäugelt hatte. Auf blauem Hintergrund kam sie am besten zur Wirkung. Weil nun aber die braune Handtasche überhaupt nicht mehr dazu paßte und Lederartikel in Italien sowieso billiger sind (ausgenommen in Venedig!), mußte ich natürlich die Gelegenheit nutzen. Der Verkäufer war übrigens reizend. Immer wieder lobte er meine exzellenten Sprachkenntnisse, die ich mir vor dreißig Jahren mal angeeignet, seitdem nie wieder gebraucht und zum größten Teil vergessen hatte, na ja, und einen blauen Gürtel hatte ich schon lange haben wollen. Daß das Seidentuch genau die Farbe meiner Augen hatte, mußte der nette junge Mann am besten beurteilen können. Als er mich schließlich dorthin führte, wo die Aktenköfferchen – von Büffel bis Krokodil – nebeneinander aufgereiht standen, fühlte ich mich natürlich geschmeichelt; offenbar hielt er mich für eine Karrierefrau, die zwischen zwei Geschäftsterminen mal eben ein bißchen shoppen geht. Hätte Irene mich nicht mit Gewalt aus dem Laden gezerrt, hätte ich mir mit ziemlicher Sicherheit auch noch so ein Statussymbol gekauft, ohne zu wissen, was ich damit eigentlich anfangen soll. – Nur eine Kreditkarte ermöglicht es einem kurzfristig, so zu leben, wie man möchte.

Der Gondoliere wollte allerdings Bares sehen. Als Irene mir sagte, daß sie für sieben Uhr abends eine Gondel bestellt habe, damit wir meinen Geburtstag würdig beschließen könnten, war ich alles andere als begeistert. Ich finde, dieses Relikt einer vergangenen Epoche paßt nicht mehr in unsere Zeit. Es sieht auch ein bißchen seltsam aus, wenn sich so eine Gondel mühsam ihren Weg bahnt zwischen Linienschiffen, Lastkähnen und Motorbooten. Mit einer Gondelfahrt verbindet man Ruhe, Beschaulichkeit, vor allem jedoch Romantik; ich konnte mir nur nicht vorstellen, was daran romantisch sein sollte, den Canale Grande entlangzuschaukeln und den Duft von Dieselöl zu inhalieren.

»Venedig ohne Gondelfahrt ist wie Paris ohne Eiffelturm«, sagte Irene. »Außerdem ist es jetzt sowieso zu spät. Wir werden vom Hotel abgeholt und fahren auch nicht die übliche Route, sondern dort entlang, wo nicht jeder hinkommt.«

»Wer behauptet denn das?«

»Der Gondoliere.«

Er war auf die Minute pünktlich, sah frisch gewaschen und gebügelt aus, trug sogar den runden Strohhut mit flatterndem Band, auf den schon viele seiner Kollegen verzichteten, und seine Gondel hatte er auch noch ein bißchen saubergemacht. Außer in der Lautstärke, mit der sie auf Kundenfang gehen, konkurrieren die Gondolieri lediglich durch die Ausstattung ihrer schwimmenden Wohnzimmer. Da gibt es mit Brokat überzogene Sitze oder sogar seidene Polster, schon leicht zerschlissen, doch immer noch prächtig anzusehen. Andere wieder dekorieren die Bänke mit von Gattin oder Mamma reich Besticktem, auf dem der gelbe Mond hinter dem Campanile versinkt und sich vorne eine Gondel auf den Wellen wiegt. Was allerdings in keiner fehlen darf, ist die angeschraubte Blumenvase aus Porzellan. In den fünfziger Jahren klebte in fast jedem bundesdeutschen Auto auch so ein Ding, gleich links neben dem Handschuhfach, aber irgendwann kamen sie aus der Mode. Die nicht mehr verkäuflichen wurden mit Plastikblümchen gefüllt und dann nach Venedig exportiert!

Ob wir gerne Musik hören würden, wollte unser Fährmann wissen, dabei auf ein kleines Transistorradio deutend. Singen könne er auch, nur würde das extra kosten. Wir verzichteten auf musikalische Untermalung, machten es uns auf dunkelrotem Samt bequem und warteten auf den ersten Zusammenstoß. So eine Gondel ist nämlich ganz schön lang und in Kurven reichlich sperrig. Weshalb der Gondoliere immer hinten steht, weiß ich nicht. Ich finde das auch gar nicht gut, man fühlt sich ständig beobachtet. Deshalb könnte ich mir vorstellen, daß vor allem Liebespärchen daran Anstoß nehmen.

Anfangs habe ich die Brücken noch gezählt, unter denen wir durchgefahren sind, manchmal mit reflexartig eingezogenem Kopf, weil sie so niedrig sind, doch nach der sechsundzwanzigsten habe ich es aufgegeben. Wir glitten durch Kanäle, kaum breiter als Bettlaken, und erst dort sieht man das ganze Ausmaß der Zerstörung: Häuser, deren Untergeschosse schon halb verfault sind, Palazzi, trotz ihres frischen Anstrichs dem unaufhaltsamen Verfall preisgegeben, plötzlich zwischen all dem Moder ein zauberhafter kleiner Garten, dann die nächste Brücke und dahinter die nächste Ruine. Was muß Venedig für eine wunderschöne Stadt gewesen sein – damals, als es noch keine Industrie gegeben hat, keine Motorboote und keine Touristenscharen, denen die ohnehin sehr mangelhafte Kanalisation nicht mehr gewachsen war. Die meisten Kanäle sind zu Kloaken verkommen und stinken ganz erbärmlich. Und trotzdem wohnen in den anliegenden Häusern Menschen, sitzen auf den kleinen, wie Schwalbennester an die Wand geklebten Balkonen, aus den offenen Fenstern klingt Musik … doch über allem liegt der Geruch von Fäulnis und Verwesung. Eine sterbende Stadt, und doch so voller Leben.

»Guck mal, da drüben hat Guussie logiert.« Irene zeigte auf ein unscheinbares Haus, an dem eine Bronzetafel auf den früheren Bewohner hinweist. Den Namen konnte ich allerdings nicht mehr entziffern, aber wir waren schon an Marco Polos ehemaligem Domizil vorbeigekommen, hatten gesehen, wo Tizian gelebt haben soll und Bellini – immerhin bekannte Namen –, doch wer, um alles in der Welt, ist Guussie gewesen?

»Du kennst Guussie nicht?« staunte Irene. »Hast du etwa auch noch nie was von Skeiler gehört?«

»Nein, zum Kuckuck noch eins! Muß ich denn jeden Hansl kennen, der mal seinen Fuß in diese Stadt gesetzt hat? Ich bin doch kein wandelndes ›Who is Who‹!«

»Guussie und Skeiler kennt jeder!« Richtig vorwurfsvoll klang Irenes Stimme, als hätte sie mich bei einer unentschuldbaren Bildungslücke ertappt. »Sogar die Amerikaner! Erst vorigen Sommer habe ich zwei typische Vertreter der Gattung ›Europe in thirtythree days‹ erlebt. Kurze Hosen, Turnschuhe, breite Hüte, Sonnenbrillen, in einer Hand die Kamera, in der anderen einen Reiseführer, so standen sie in Weimar vor dem Theater und beguckten sich das Denkmal. »Which one is Guussie, dear?« – »The older man, honey. The other guy is Skeiler.« – »Oh, really? They are father and son, aren't they?«

Ich prustete los. »Jetzt würde ich noch ganz gern wissen, wie unsere zwei Geistesheroen auf italienisch heißen.«

»Schil-ler e Goethe«, sagte der Gondoliere, und dann fing er ganz freiwillig an zu singen: »Ich weiß nicht, was soll es bedeuten ...«

Heine kannte er also auch.

Unsere Fahrt näherte sich dem Ende, denn wir erreichten wieder belebtere Gegenden, wo sich die Gondeln gegenseitig in die Quere kamen. Die Sänger auch. Doch statt *O sole mio* oder *Funicoli Funicula* hörten wir, je nach Nationalität der Fahrgäste, Kostproben ausländischen Liedguts. Der *Yankee-Doodle* war genauso vertreten wie *The Last Rose Of Summer* und *C'est si bon*. Was er denn so im Repertoire habe, wollte ich von unserem Steuermann wissen, denn mit der Loreley war er nur bis zur zweiten Zeile gekommen. Viele Lieder, meinte er, und fing auch gleich an: »Ein Schiff wird kommen ...« Dann mußte ihm wohl eingefallen sein, daß wir für die Gesangseinlagen gar nicht bezahlt hatten, und beendete abrupt seine Darbietung.

»Und jetzt gehen wir in die Kirche«, bestimmte Irene, nachdem wir wieder festen Boden unter den Füßen hatten.

»Warum denn das?« Mir stand der Sinn mehr nach einem Glas Wein in einer netten Trattoria oder ein bißchen Herumschlendern durch die schmalen Gassen, am allerwenigsten jedoch nach sakralem Ambiente. Kirchen hatten wir genug gesehen bei unserem ziellosen Umherstreifen, die meisten nur von außen, weil sie verschlossen gewesen waren, doch es hatte auch andere gegeben, protzigere, die in ihrem Innern wenigstens *ein* namhaftes Gemälde aufweisen können. Das jeweilige Kunstwerk fällt einem selbst dann sofort ins Auge, wenn man sich mit italienischen Malern nicht so gut auskennt. Es kann nämlich beleuchtet werden. Vorausgesetzt, man wirft eine Münze in die an der Wand hängende Sparbüchse. Sofort flammen die Scheinwerfer auf, doch während man noch den Faltenwurf von Jakobus' Mantel bewundert oder die niedlichen Schafe im Hintergrund, macht es klick, und man sieht überhaupt nichts mehr. Aus naheliegenden Gründen befinden sich die sehenswerten Gemälde immer in der dunkelsten Ecke, und daß hundert Lire nicht mal reichen, um auch nur einen flüchtigen Eindruck des Ganzen zu ermöglichen, kriegt man sehr schnell mit. Mich wundert nur, daß man diese relativ problemlose Methode des Geldeintreibens noch nicht nach Deutschland exportiert hat, aber vielleicht liegt es auch nur daran, daß wir nun mal keine Tizians, Giottos, Tintorettos etc. gehabt haben. Ob das auch mit ein Grund ist, weshalb die Kirchen hierzulande immer leerer werden?

Irene wollte allerdings keine Gemälde bewundern, sie wollte endlich die Markuskirche von innen sehen. Die hatten wir bisher nämlich ausgespart. Tagsüber war sie ständig überfüllt gewesen und abends zu. Jetzt war sie nicht nur offen, sondern sogar hell erleuchtet. »Wahrscheinlich findet eine Messe statt«, vermutete Irene, das Portal ansteuernd.

»Dann bleibe ich am besten draußen«, sagte ich sofort, »ich bin doch nicht katholisch.«

»Na und? In Israel bist du doch auch in Synagogen und Moscheen gegangen, obwohl du weder Jüdin noch Mohammedanerin bist.«

»Na ja«, gab ich zu, »doch irgendwie war das auch etwas anderes. Außerdem hatte kein Gottesdienst stattgefunden.« Erst zögernd, dann schon mutiger stiefelte ich hinter Irene her.

Ein eifriger Kirchgänger bin ich nie gewesen, und was mich bei einer katholischen Messe erwarten würde, wußte ich schon überhaupt nicht. Wahrscheinlich viel Zeremonie und vor allem viel Weihrauch. Noch heute wird innerhalb meiner Familie die Geschichte zum besten gegeben, wonach ich in einem Tiroler Urlaubsort am Sonntagmorgen meine einheimische Spielgefährtin in die kleine Dorfkirche begleitet und plötzlich geschrien haben soll: »Ganz schnell raus hier, da vorne brennt's! Feuer!«

Erinnern kann ich mich daran nicht mehr, aber diese Weihrauchschwaden sind mir auch jetzt noch suspekt. Gegen allzu intensives Parfum habe ich schon immer was gehabt.

Um welche Art Gottesdienst es sich an diesem Abend gehandelt hat, weiß ich nicht, ist auch egal, doch er hat mich beeindruckt. Nicht wegen des Bischofs, der mit großem Gefolge einzog, erst recht nicht wegen des ganzen Prunks und Pomps, der offenbar immer dazugehört, sondern wegen der Atmosphäre: die herrliche Kirche, deren Schönheit ich endlich in aller Ruhe bewundern konnte, die erstaunlich schlichte Zeremonie, doch vor allem die Musik. Hier gab es keine Gemeinde, die falsche Töne produzierte und der Orgel grundsätzlich zwei Takte hinterherhinkte, sondern einen aus Seminaristen bestehenden, geschulten Chor, der über zum Teil erstaunliches Stimmaterial verfügte. Nun fühlt sich ja jeder zweite Italiener als verkannter Caruso, und manch einer ist es vielleicht auch, doch unter diesen Sängern hier waren bestimmt einige, die sich sogar auf einer Opernbühne behauptet hätten.

Erst, als die Gläubigen zum Abendmahl gerufen wurden, verließen wir die Kirche und standen nun, zwar im Geiste gestärkt, doch mit knurrenden Mägen, auf der Piazza San Marco.

»Was jetzt?« fragte Irene. »Gehen wir noch was essen?«

»Ja, aber nur eine Kleinigkeit. Wenn ich mir um diese Tageszeit noch ein komplettes Menü reinziehe, kriege ich morgen den Reißverschluß nicht mehr zu!«

»Dann essen wir eben nur einen Salat.«

»Und zum Salat ein Baguette und danach vielleicht doch noch ein ganz kleines Muschelragout, dazu natürlich einen Rosé, und hinterher ...«

»Hör auf, ich gebe mich ja geschlagen!« sagte sie lachend. »In der Parallelstraße habe ich einen Schnellimbiß gesehen, da holen wir uns irgendeinen Snack.«

»Nicht irgendeinen, sondern einen ganz bestimmten!« Wir steuerten eine der Gassen an, von der wir annahmen, daß sie die richtige ist. »Seit fast einer Woche sind wir jetzt in Italien und haben noch nicht einmal Pizza gegessen!«

»Warum auch?« konterte sie sofort. »Die besten Pizzabäkker sind doch inzwischen alle in Deutschland.«

Ob Scampi dick machen, weiß ich nicht, auf jeden Fall machen sie satt; meine Pizza habe ich nicht mal zur Hälfte geschafft, doch aus welchem Meer die *Frutti di mare* stammten, hätte ich sehr gerne erfahren. Sie bestanden nämlich nur aus Riesengarnelen.

Langsam schlenderten wir zurück zum Hotel. Es herrschte noch immer erstaunlich viel Betrieb, was nicht zuletzt der warmen Witterung zu verdanken war, also einen letzten (und viel zu teuren) Espresso in einem der Straßencafés, ein letzter Blick auf den malerisch angestrahlten Uhrenturm ... die schönen, ungebundenen Tage waren vorbei, morgen um die Mittagszeit mußten wir wieder in Mailand sein. Und noch immer hatten wir diese verflixte Seufzerbrücke nicht gefunden! Auf unzähligen Postkarten hatten wir sie gesehen, in nachgemachter Bronze an den vielen Souvenirbuden belächelt, doch in natura war sie uns nicht untergekommen. Wir konnten doch nicht in Venedig gewesen sein, ohne einen Blick auf dieses touristische Muß geworfen zu haben! Immerhin war schon Casanova über diese Brücke gegangen, also würden wir natürlich auch mal ...

»Sie *muß* hier irgendwo im Dreh sein!« behauptete ich zum wiederholten Mal. »Ich weiß, daß sie vom Dogenpalast in das danebenliegende Gebäude führt, ich weiß bloß nicht, an welcher Stelle.«

»Na, auf jeden Fall dort, wo unten drunter Wasser ist«, folgerte Irene ganz richtig, »sonst hätte man ja keine Brücke gebraucht«.

»Vielleicht stehen wir gerade drauf und wissen es nicht.« Das war natürlich Unsinn, denn diese Brücke war viel zu breit und verband den Markusplatz mit dem Kai vor der großen Lagune. Ein nicht endender Menschenstrom schob sich tagsüber hier entlang, doch jetzt waren nur noch wenige Nachtschwärmer zu sehen. Ich beugte mich über das Geländer und spuckte ins Wasser. Ein Stück weiter hinten spiegelte sich in der dunklen Brühe etwas Helles. Ich hob den Kopf und – »Ich glaub's einfach nicht! Da isse ja!!!«

Unauffällig und nur wenige Meter lang klebt die Seufzerbrücke zwischen zwei dunklen Mauern. Nun wunderte es mich gar nicht, daß wir sie vorher nicht gesehen hatten. Der Blick dorthin war uns immer von fotografierenden Touristen, aufgebaut in Dreierreihen hintereinander, versperrt gewesen. Ein bißchen enttäuscht war ich schon, denn ich hatte mir dieses berühmte Bauwerk doch etwas monumentaler vorgestellt. Und drüberlaufen kam auch nicht in Frage. Dieses Brücklein mit seinem filigranen Mauerwerk ist vermutlich kurz nach Casanova gesperrt worden, sonst wäre es längst in den Kanal gefallen. Außerdem ist seinerzeit wohl niemand auf einen Spaziergang über die Brücke erpicht gewesen, denn sie soll ja direkt zu den berüchtigten Bleikammern geführt haben. Jetzt verbindet sie zwei museale Touristenziele, die man zu ebener Erde viel bequemer erreicht.

Befriedigt darüber, nun endlich auch diese Sehenswürdigkeit abhaken zu können, lud ich Irene zu einem Nachttrunk in die Hotelbar ein; mein Geburtstag dauerte ja noch genau zwanzig Minuten, danach würde ich wieder zwei Jahre brauchen, um mich an mein neues Alter zu gewöhnen. »Weißt du«, sagte ich nachdenklich zu meiner Freundin, »daß ich jetzt zu den Senioren gehöre, würde mich weniger stören, wenn man endlich mal Achtung vor mir bekäme, aber heutzutage ist doch eher das Gegenteil der Fall. Niemand hat ja mehr Respekt vor dem Alter.«

»Doch«, antwortete sie sofort, »sobald es in Flaschen abgefüllt ist.«

Am nächsten Morgen hielt Venedig noch eine ganz besondere Überraschung für uns bereit. Schon beim Betreten des direkt unter dem Dach gelegenen Frühstücksraums hatte ich mich gewundert, daß er zu dieser frühen Stunde bereits bis zum letzten Tisch besetzt war, und das am Sonntag! Da steht man ja nicht mal im arbeitswütigen Deutschland auf, wenn man nicht unbedingt muß! Noch verwunderlicher war allerdings, daß sich die meisten Gäste – Kaffeetasse in der einen Hand und Croissant in der anderen – vor den großen Panoramafenstern zusammendrängten. Sicher, man hatte von hier einen herrlichen Ausblick auf die Lagune, doch den hatte es gestern und vorgestern auch schon gegeben, und niemand hatte sich sonderlich darum gekümmert. Was war denn heute da unten los?

Auf alten Stichen, die das frühere Venedig zeigen, findet man als Motiv gelegentlich auch die Regatta, offenbar ein Spektakel mit langer Tradition, denn unter dem, was sich in der Lagune tummelte, war ungefähr alles vertreten, was schwimmen kann. Am dekorativsten natürlich die Gondeln, wobei ich nicht einmal sagen kann, wer prachtvoller aussah – die geschmückten Barken oder ihre Besitzer in den alten Trachten. Dazwischen dümpelten ordinäre Ruderkähne, Schlauchboote mit Außenbordmotor oder bloß mit Paddel, ein Vierer ohne Steuermann, ein Sechser mit, aber vielleicht war es auch ein Achter, bei dem noch jemand fehlte – das alles wuselte kreuz und quer durcheinander und bot ein buntes, aber irgendwie konzeptionsloses Bild. Bei einer normalen Regatta stehen die Boote bei Punkt A nebeneinander aufgereiht, werden mit einem Startschuß ins Rennen geschickt, und wer zuerst bei Punkt B ankommt, hat gewonnen. Hier schaukelte aber alles durcheinander, es gab weder eine Startmarkierung noch ein erkennbares Ziel, und trotzdem schossen ab und zu ein paar Boote los, wurden durch Zurufe angefeuert und jubelnd begrüßt, sobald sie das Tempo verminderten. Nach dem Geschrei zu urteilen, mußten sie wohl am Ziel angekommen sein.

»Die Spielregeln kapiere ich nicht«, sagte Irene, die gerade einen neuen Film in die Kamera zog, »aber so viele verschiedene Farbtöne habe ich noch nie auf einem einzigen Foto gehabt. Und das alles unter diesem unwahrscheinlich blauen Himmel! Wahnsinn!«

Das Ende dieser Veranstaltung haben wir leider nicht mehr mitbekommen, deshalb bezweifle ich auch, ob dieses ganze Spektakel nicht weniger eine sportliche Herausforderung als vielmehr ein Riesenspaß für alle Beteiligten gewesen ist. Ein farbenprächtiges Schauspiel war es auf jeden Fall.

Hatte in Venedig noch die Sonne geschienen, so wurde es immer dunkler, je mehr wir uns Mailand näherten. Kälter war es auch wieder geworden. Allem Anschein nach hatte sich das

Wetter in dieser Gegend seit unserer Ankunft nicht verändert. Zu Hause mußte es so ähnlich aussehen. Rolf hatte etwas von verspäteten Eisheiligen gejammert und von Geranien, die er gekauft und auf die Terrasse gestellt hatte, wo sie erst ersoffen und danach erfroren sein sollten, und ob es möglich wäre, daß der Ölstandmesser nicht richtig anzeige. Die Heizung sei nämlich ausgegangen, obwohl die Skala noch bei 20 über Normalnull stehe. »Von wem kriegen wir eigentlich unser Öl?«

Wen wundert es also, daß ich gar nicht so böse war, als Irene in einen Stau hineinfuhr. So was ist höhere Gewalt, und wenn man deshalb seinen Flieger verpaßt, kann man das Ticket bestimmt umtauschen. Gegen einen Tag in Mailand hätte ich nichts einzuwenden gehabt!

»Italienisch ist wirklich eine äußerst klangvolle Sprache«, teilte ich Irene mit, dabei halblaut die Reklameschilder lesend. »Du mußt doch zugeben, daß *cartolini ondulata* viel melodischer klingt als Wellpappe.«

»Das ist richtig.« Sie nickte zustimmend. »Und bombastischer hört sich das meiste auch an! *Cinquanta mille Lire*« – sie ließ die Silben förmlich auf der Zunge zergehen – »klingt das nicht nach Riesenerbschaft oder Lottogewinn? Aber was kriegste dafür? Wenn du Glück und ein sparsames Auto hast, gerade mal eine Tankfüllung bleifrei normal.«

»Sei nicht immer so gräßlich realistisch!«

»Im Augenblick bleibt mir gar nichts anderes übrig! Guck mal auf die Benzinuhr!«

Ich tat es und erschrak. »Meinst du, es reicht noch?«

»Sofern wir in diesem Tempo weiterzockeln, ja.« Immerhin hatten wir in den letzten zehn Minuten ebenso viele Meter zurückgelegt. »Ich glaube aber, da vorne wird es wieder zweispurig.« Sie trat kräftiger aufs Gaspedal. »Wenn wir von der Polizei nicht wegen Falschparkens rangekriegt werden wollen, müssen wir die Geschwindigkeit ein bißchen steigern.«

Probehalber klopfte ich gegen die Scheibe des Benzinanzeigers. Die Nadel zuckte nicht mal. »Was du machst, ist genauso idiotisch wie das, was die uns immer im Fernsehen vorführen«, schimpfte meine Freundin. »Da streiten sich zwei am Telefon, einer legt wütend den Hörer auf, und der andere hämmert wie besessen auf der Gabel herum in der Erwartung, das Gespräch sei wider alle Vernunft und wider alle physikalischen Gesetze doch nicht unterbrochen!«

Sie hatte recht. Mir war das auch schon aufgefallen. »Kannst du mir das mit der Physik mal erklären?«

Aus dem Stadtbummel in Mailand ist dann doch nichts geworden. Das Benzin hatte gereicht, die Maschine nach Frankfurt war noch nicht mal aufgerufen worden, als wir mit hängender Zunge zum Counter rasten, und Sightseeing bei Nieselregen ist ja nun auch nicht so doll. Außerdem war Irene schon früher mal in Mailand gewesen. Ich übrigens auch, allerdings nur querdurch mit kurzem Halt vor dem Dom zum Fotografieren. Mit zwei quengelnden Kleinkindern auf dem Rücksitz und einem ebenfalls quengelnden Ehemann hinterm Steuer sollte man sich kulturelle Ambitionen abschminken.

Drei Stunden später befand sich Irene bereits im Flieger nach Berlin, während ich noch eine ganze Weile auf meinen Abholer warten mußte. Rolf hatte doch tatsächlich geglaubt, wir würden erst morgen zurückkommen!!! Weshalb, zum Kuckuck, waren wir nicht *doch* noch in Mailand geblieben?

Es wird ernst

Kaum zu Hause, ging alles Schlag auf Schlag! Trudchen war auf den Badezimmerfliesen ausgerutscht, gegen die Wanne gefallen – es konnte aber auch die Toilette gewesen sein, das ließ sich später nicht mehr genau rekonstruieren – und hatte zwei Rippen sowie den rechten Daumen gebrochen. Nachdem sie sich, heldenhaft die Schmerzen ignorierend, aufgerappelt und Halt am Waschbecken gefunden hatte, war ihr schwarz vor Augen geworden, sie war umgekippt und in der offenstehenden Duschkabine gelandet, wo sie vorsichtshalber liegengeblieben war. Dort hatte sie wenig später Lebensgefährte Karl gefunden. Die Brötchentüte endete im Lokus, die Packung mit dem frischgemahlenen Kaffee fiel in die Badewanne, Karl stürzte zum Telefon und alarmierte den Rettungswagen. »Aber höchstens für eine Woche!« soll Trudchen gerufen haben, als der Arzt die Einweisung fürs Krankenhaus unterschrieb. »Dann muß ich den Monatsabschluß machen.«

Den erledigte der Steuerberater. Hannes behauptete, keine Ahnung zu haben, und Steffi weigerte sich. »Natürlich hätte ich mir das zugetraut«, verriet sie später, »aber hätte die Abrechnung nicht auf den Pfennig gestimmt, dann hätte mir Trudchen das ewig aufs Butterbrot geschmiert. Sie prophezeit doch sowieso schon den Konkurs der Firma, sobald sie sich aufs Altenteil setzen würde.«

Aus den von ihr genehmigten sieben Tagen wurden dann doch ein paar mehr, denn außer den zwei gebrochenen Rippen waren noch zwei andere angeknackst gewesen, und die schon seit einiger Zeit rebellierende Bandscheibe war nun endgültig verrutscht. Trudchen würde erst mal eine längere Kur machen müssen, und danach würde man weitersehen.

Das war ungefähr der Stand der Dinge, als ich mit einem Koffer dreckiger Wäsche und den Kopf voller Reiseeindrücke nach Hause kam. Noch am selben Abend rief Steffi an. »Sitzt du?«

»Ja, das heißt, eigentlich nein, ich gieße gerade Tee auf, aber wenn du einen Moment wartest, kann ich mich ja wieder hinsetzen. Du willst sicher wissen, wie es in Italien …«

»Das auch«, kam es etwas zögernd zurück, »doch ich glaube, meine Neuigkeiten sind im Moment wichtiger!« Sie holte tief Luft, und dann sprudelte es heraus: »Wir heiraten nämlich schon in zwei Monaten und auch nicht auf Jamaica, sondern hier.«

Jetzt mußte ich mich wirklich erst einmal setzen. Als einzige Möglichkeit bot sich die Tischkante an. »Warum denn so plötzlich?« Dämliche Frage! Dafür konnte es logischerweise nur *einen* Grund geben!

»Nein, ich bin nicht schwanger«, kicherte Steffi durchs Telefon, als habe sie meine unausgesprochene Frage vorausgesehen, »aber Hannes' Mutter fällt bis auf weiteres aus, ob sie überhaupt noch mal in die Firma kommt, ist im Augenblick fraglich, jetzt muß *ich* ihren Job machen, Bankvollmacht habe ich schon, soll aber auch Prokura kriegen, bloß nicht unter meinem jetzigen Namen, und außerdem sagt Hannes, auf Dauer spart es Zeit, wenn er mich den Vertretern und auch den Kunden als seine Frau und nicht als seine *zukünftige* Frau vorstellen könnte. Darüber hinaus würden wir uns die spätere Umschreiberei beim Notar ersparen. Wir hängen schon draußen.«

»Ihr hängt? Wo denn? Und warum?«

»Beim Standesamt! Und seitdem kriegen wir täglich Post von Versicherungen, Einrichtungshäusern und Banken, die uns Anschaffungsdarlehen offerieren. Können wir uns aber nicht leisten, wir haben schon ein paar hunderttausend Mark Schulden«, sagte sie fröhlich.

Jetzt begriff ich gar nichts mehr. »Können wir das Gespräch nicht auf morgen vertagen? Anscheinend hat mich die Reise doch ein bißchen mitgenommen, jedenfalls bin ich nicht mehr aufnahmefähig. Ich habe eben was von hunderttausend Mark Schulden verstanden.«

»Nicht hunderttausend«, gluckste sie, »ich sagte, *mehrere* hunderttausend! Hannes hat nämlich eine Wohnung gekauft! – So, und nun lasse ich dich in Ruhe. Am Wochenende kommen wir mal vorbei. Gute Nacht und schlaf schön!«

Als Rolf mit Otto von der abendlichen Pipirunde zurückkam, hockte ich noch immer auf dem Tisch und versuchte, das eben Gehörte in einen Zusammenhang zu bringen.

»Du siehst aus, als hättest du ein Gespenst gesehen«, stellte mein Ehemann fest, befreite den Hund von der Leine und holte sich eine Flasche Bier aus dem Kühlschrank. »Was ist denn passiert?«

»Gar nichts«, sagte ich halblaut. »Ich habe nur eben erfahren, daß deine Tochter ganz schnell heiraten muß, weil sie Prokura haben will, während dein künftiger Schwiegersohn bis über beide Ohren verschuldet ist. Kann man ihr die Hochzeit nicht verbieten, auch wenn sie schon draußen hängen?«

Jetzt war es Rolf, der nicht eben intelligent aussah. »Wovon redest du eigentlich?«

»So ganz genau habe ich das nicht verstanden, irgendwas mit schnell heiraten müssen, bei den Vertretern Schulden machen und mit der Bankvollmacht eine Wohnung kaufen. Oder so ähnlich«, fügte ich kleinlaut hinzu, denn was ich da eben zusammengestottert hatte, klang doch reichlich idiotisch. »Weißt du, was das alles bedeutet?«

»In erster Linie, daß ich nicht nach Jamaica fliegen muß«, sagte mein Ehemann mit zufriedener Miene, »und zweitens, daß Hannes nichts Besseres tun konnte, als eine Wohnung zu kaufen. Schulden sind steuermindernd.«

»Hochzeiten auch?«

Er überlegte einen Augenblick. »Vielleicht, wenn sie als abzugsfähige Spenden anerkannt werden. In alten Zeiten wurden Opfer am Altar dargebracht – ein Brauch, der auch heute noch gepflegt wird.«

Da gab ich es auf und ging ins Bett.

»Also die Wohnung ist ganz toll!« sagte Steffi, den dritten Halb-und-halb-Knödel auf ihren Teller balancierend. »Zweiter Stock, folglich niemand mehr da, der uns auf dem Kopf herumtrampeln könnte, herrlicher Balkon und vor allen Dingen fast fertig, aber noch nicht *sooo* fertig, daß man nicht noch etwas ändern könnte.«

»Was denn zum Beispiel?« wollte Rolf wissen. Unsere neugebackenen Grundbesitzer (immerhin gehörten ihnen ja achtkommaundetwas Prozent Baugrund) hatten sich zum sonntäglichen Mittagessen eingefunden und nur zögernd die Baupläne weggeräumt, als ich schon die Klöße aus dem Wasser fischte. »Könnt ihr nicht endlich mal den Tisch decken?«

»Und genau *da* kommt das Bad hin«, erläuterte Hannes noch und tippte mit dem Finger irgendwo links oben auf ein kleines Rechteck. »Drei Zimmer genügen uns, deshalb wird aus dem vierten ein richtig schönes Bad mit Whirlpool, Sauna und extra großer Dusche.«

»Und das geht so einfach«, wunderte sich Rolf eingedenk der endlosen Debatten mit unserem Klempner, als der Geschirrspüler angeschlossen werden sollte; seinerzeit mußte in der Küche die halbe Wand aufgestemmt werden.

»Na ja, begeistert ist die SüdBau nicht gewesen«, räumte Hannes ein, »andererseits ist sie damit hausieren gegangen, daß Änderungswünsche berücksichtigt werden. Nun sollen sie sich mal den Kopf zerbrechen, wie sie das hinkriegen.«

»Wann ist denn Einzugstermin?«

»Am ersten Oktober.«

»Also könnt ihr hoffen, das Weihnachtsfest eventuell schon im eigenen Heim zu feiern!« Ich jedenfalls habe im Freundes- und Bekanntenkreis noch keinen Bauherrn erlebt, dessen Handwerker termingerecht fertig geworden wären. Mal war das schlechte Wetter an der Verzögerung schuld gewesen, dann wieder war der Installateur wegen Krankheit ausgefallen oder die Dachziegel waren nicht pünktlich geliefert worden. Wenn die gestreßten Hausbesitzer sechs Wochen später als vorgesehen endlich mit dem Möbelwagen vor der Tür standen, schraubte der Elektriker die letzten Steckdosen an, und der Maler klebte noch Tapeten.

»Die *müssen* fertig sein«, frohlockte Steffi, »das haben wir schriftlich. An dem Tag wird nämlich meine neue Küche installiert.«

»Sag mal, habt ihr 'ne Bank überfallen oder so was Ähnliches? Das alles muß doch ein Heidengeld kosten?« Ob sich das junge Paar nicht doch etwas übernommen hatte? Hannes behauptete, nein, er habe das mit seinem Steuerberater genau durchkalkuliert, ein bißchen was auf der hohen Kante habe er schließlich auch noch, und überhaupt beabsichtige er, nur ein einziges Mal zu heiraten, Scheidungskosten und spätere Unterhaltszahlungen plane er erst gar nicht mit ein.

»Apropros Hochzeit«, griff ich das Thema auf, »wann soll die eigentlich stattfinden? Bis jetzt weiß ich nur, daß ihr nicht bis Januar warten und auch nicht auf Jamaica heiraten wollt. Warum nicht?«

»Der frühere Termin hat rein administrative Gründe«, sagte Hannes, »und die Karibik kommt deshalb nicht in Frage, weil meiner Mutter so ein langer Flug vorläufig nicht zuzumuten ist. Andererseits wäre sie tödlich beleidigt, würden wir ohne sie heiraten.«

»Dafür habt ihr jetzt neunzig weitere Gäste!« erinnerte ich an seine damalige Prophezeiung. »Will jemand einen Espresso?«

»Kommt nicht in Frage!« protestierte Steffi, während sie die Teller zusammenstellte. »Wir machen ...«

»Ich hätte gern einen!« sagte Rolf, und Hannes echote: »Ich auch bitte!«

»Daß man in diesem Haus aber auch nie einen Satz zu Ende reden kann!« Mit Nachdruck knallte Steffi den Geschirrstapel auf den Tisch. »Geht in die Spülmaschine noch was rein? – Nein, eine Massenabfütterung wird es nicht geben. Wir planen einen Polterabend, zu dem kann kommen, wer will, doch die Hochzeit findet lediglich *en famille* statt. Zum Glück hat Hannes nur *einen* Bruder, während ich mit 'ner ganzen Sippe aufmarschieren muß. Da sind Katja und Tom, Nicki und Jo, Sven und – wie heißt seine Tussie? Na ja, eben die, dann Sascha und ... Ach so, hat der eigentlich schon eine Neue? Keine Ahnung, aber irgendwen bringt er bestimmt mit, dann ihr beide – da ist doch schon das halbe Restaurant voll!«

»Du hast die Trauzeugen vergessen!«

»Im Gegenteil«, sagte sie lachend, »wir suchen ja noch einen.« Und als sie mein verständnisloses Gesicht sah: »Ach so, du weißt ja noch nicht, daß sich Margit und Jürgen getrennt haben.«

Na endlich! Den Kerl hab' ich sowieso nicht leiden können.

»Margit bleibt mir natürlich erhalten, aber Hannes hat jetzt keinen, der ihm in seiner Schicksalsstunde zur Seite steht.«

»Warum nimmt er nicht seinen Bruder?« Das wäre doch eigentlich naheliegend.

»Familie will er nicht, und bis jetzt ist ihm noch niemand anders eingefallen.«

Das war schließlich nicht mein Problem, und im Laufe der nächsten acht Wochen würde sich wohl jemand finden lassen. Notfalls blieb immer noch der Pförtner vom Standesamt oder der Geschäftsführer vom Drogeriemarkt um die Ecke, vorausgesetzt, wenigstens einer von beiden hat seinen Personalausweis dabei.

Drei Stunden später – wir waren schon bei Kaffee und Kirschtorte angekommen und debattierten seit zweieinhalb Stunden das modische Outfit des Brautpaares (Hannes war der Ansicht, sein dunkler Anzug, den er zum letztenmal vor vier Jahren anläßlich der Beerdigung von Onkel Wilhelm getragen hatte, würde völlig ausreichen) – kam mir die Erleuchtung. »Warum nehmt ihr denn nicht Schorsch als Trauzeugen?«

»Wer ist Schorsch?« fragte Rolf sofort.

»Na, der Jüngling mit Brille und Hang zu intellektuellen Blondinen«, erinnerte ich, »der damals zum Straßenfest mit seinem rollenden Schlafzimmer gekommen ist.«

»Kenne ich nicht!« behauptete mein Ehemann, und das sogar mit Recht, denn er hatte diesen ereignisreichen Tag ja fern des heimischen Herdes verbracht. Während Steffi ihren Vater über Schorsch aufklärte, wollte Hannes von mir wissen, wie ich denn ausgerechnet auf ihn gekommen sei. Sicher, man würde sich beim Taucherstammtisch treffen, natürlich nicht regelmäßig, auch mal zum Squash, doch als engen Freund würde er ihn eigentlich nicht bezeichnen.

»Aber er war dabei, als du Steffi kennengelernt hast, und diesen dämlichen Schlumpf hat er mindestens zu einem Drittel mitbezahlt. Nun sollte er auch für das gradestehen, was er in weitestem Sinne mit angezettelt hat.«

»Stimmt!« sagte Hannes nach kurzem Überlegen. »Eigentlich hätte ich auch selber darauf kommen müssen. Kann ich mal telefonieren?«

Nachdem Schorsch davon überzeugt worden war, daß er im Falle einer Scheidung nicht zur Verantwortung gezogen werden könne und auch nicht verpflichtet sei, die sitzengelassene Gattin seinerseits zu ehelichen, erklärte er sich zur Unterschriftsleistung bereit.

Die ganze Zeit schon hatte mich Steffi so seltsam angesehen, nun kam sie endlich mit der Sprache heraus. »Wie kommst du eigentlich auf den Gedanken, ich hätte Hannes erst auf dem Straßenfest kennengelernt? Das stimmt doch gar nicht! Wir kennen uns seit über vier Jahren – genaugenommen seit dem Tag, an dem ich zum erstenmal beim Stammtisch war.«

»Tatsächlich?« staunte ich. »Und dann habt ihr so lange gebraucht, bis ihr euch, hm, nähergekommen seid?«

Die beiden sahen sich an und grinsten. »Eigentlich nicht«, gab Steffi zu. »Geknistert hat es schon immer zwischen uns, aber wir waren doch beide mit anderen Partnern fest verbandelt, und das haben wir respektiert – trotz aller Sympathie. Ich gebe ja zu, daß ich vielleicht immer noch mit Horst Hermann zusammen wäre, wenn Hannes seinerzeit nicht auf der Terrasse gesessen hätte, aber das wäre dann bloß Bequemlichkeit gewesen oder Gewohnheit oder wie man das nun nennen will.« Sie kuschelte sich in seine Arme. »Ich wollte sowieso schon immer fragen, weshalb du damals überhaupt gekommen bist.«

Er küßte sie auf die Nasenspitze. »Weil Katja mich eingeladen hatte.«

»Das stimmt nicht so ganz«, schaltete ich mich ein, »schuld ist nämlich die Badewanne gewesen ...«

»Ich treffe mich nachher mit Steffi in Mannheim«, teilte uns Katja beim Mittagessen mit. »So allmählich müssen wir uns mal um das Brautgewand kümmern. Wieviel rückst du denn raus, Papi?«

»Wieso ich?« fragte der geplagte Vater, dem ich erst vor zwei Tagen den Scheck für die halbe Sauna aus dem Kreuz geleiert hatte (die andere Hälfte des Hochzeitsgeschenks wollte Trudchen übernehmen), »ich brauche seit Jahren nicht mehr für ihre Garderobe aufzukommen!«

»Das Brautkleid ist auch heute noch Sache der Eltern«, behauptete Katja, »aber da Steffi ja nicht in Weiß heiraten will, wird's bestimmt nicht so teuer.«

»Das gibt's nicht«, knurrte Rolf. »Alles, was mit Hochzeiten zu tun hat, ist inzwischen so kostspielig geworden, daß bald der Tag kommen wird, an dem der Braut*vater* in der Kirche steht und heult.«

»Also gut, dann geht das Kleid auf meine Rechnung«, versprach ich im Hinblick auf die Tatsache, daß er ja in absehbarer Zeit noch zwei weitere Töchter würde verheiraten müssen. Zur Zeit war davon zwar keine Rede, doch so was passiert manchmal schneller, als man denkt! »Wann wollt ihr euch denn treffen?« wechselte ich das Thema. »Es ist doch schon zwei Uhr, und ehe du in Mannheim bist ...«

»Määm, heute ist Schlado!« erklärte Katja mit gottergebener Miene. »Wir haben also Zeit genug.«

»Was ist denn das nun schon wieder?« begehrte der Vater zu wissen, denn er geht selten zum Einkaufen und niemals nach sechzehn Uhr. Da ist es ihm zu voll, und die Kassiererinnen haben keine Zeit zum Flirten.

»SCHeiß-LAnger-DOnnerstag!« sagte Katja, die diesen Stoßseufzer noch aus ihrer Kaufhauszeit kannte. »Also rechnet nicht zu früh mit mir. Sollten wir wirklich schon beim erstenmal fündig werden, was ich stark bezweifle, dann gehen wir hinterher noch was essen. Das heißt«, meinte sie nach kurzem Überlegen, »das tun wir auf jeden Fall, und sei es auch nur aus Frust.«

Sie müssen sehr frustriert gewesen sein, denn Katja kam erst kurz vor elf nach Hause. »Na ja, einen Rock haben wir ja gefunden und eine passende Bluse, doch nun fehlen immer noch der Blazer, Schuhe, Tasche und der ganze andere Kram, aber Steffi hatte keine Lust mehr.«

Ich konnte mir auch denken, warum. »Steffi und Rock? Das paßt doch nicht zusammen.«

»Unsinn«, widersprach ihre Schwester, »irgendwann muß

sie doch mal erwachsen werden und von den ewigen Hosen runter!«

»Ach? Das sagst ausgerechnet du mit deinen zwei Dutzend Jeans im Kleiderschrank und dem einen einzigen Rock, den du meines Wissens auch nur ein einziges Mal getragen hast!«

Sie grinste. »Erstens habe ich nur noch achtzehn Jeans, und zweitens soll man nicht mit Steinen schmeißen, wenn man selber im Glashaus sitzt! Wieviel Röcke hast *du* denn?«

An diesem Punkt der Unterhaltung schickte ich sie ins Bett, goß mir eine Tasse Tee auf, schaukelte diese ins Wohnzimmer und setzte mich in meinen Lieblingssessel. »Ihr Männer habt es gut«, teilte ich meinem Ehemann mit, der mit einem Auge in die Illustrierte auf dem Tisch schielte und mit dem anderen eine nur mit durchsichtigem Négligé bekleidete Dame auf dem Bildschirm verfolgte. »Was guckst du denn da?«

»Keine Ahnung, aber die Kleine sieht wirklich schnuckelig aus.«

Na ja, mit Konfektionsgröße 36 und noch weniger Lebensjahren konnte ich natürlich nicht konkurrieren. »Das Leben ist ungerecht«, philosophierte ich halblaut. »*Ihr* braucht bloß einen dunklen Anzug nebst passendem Hemd, und kein Mensch kann sehen, ob das gute Stück acht Jahre oder erst acht Tage alt ist«, nahm ich den Faden wieder auf, »bei uns Frauen geht das nicht. Soweit ich mich erinnere, trug man 1988 großgeblümt, in diesem Jahr ist aber Glitzerndes angesagt oder nabelfrei. Was wäre dir denn lieber?«

»Nabelfrei natürlich!« sagte mein Mann sofort. »Die hat doch eine tolle Figur!«

»Ich rede nicht von diesem Fernsehpüppchen, sondern von mir!«

Völlig entgeistert sah er mich an. »Du willst dir was kaufen, wo der Bauchnabel zu sehen ist?«

Von meinem Monolog hatte er nur die Hälfte mitgekriegt, und dann auch noch die falsche, aber zumindest schenkte er mir endlich seine Aufmerksamkeit. »Ich will dir ja nicht vorschreiben, was du anziehen sollst, aber findest du nabelfrei nicht etwas gewagt?«

»Wieso? Eben hat's dir doch noch gefallen.«

»Na gut, am Strand vielleicht oder meinethalben zu Hause im Garten …«

»Ich brauche kein Strandkleid, ich brauche etwas für die Hochzeit.«

»Mit Löchern vorne drin?« schrie er entsetzt.

Ich setzte ein mokantes Lächeln auf. »Wären sie dir hinten herum lieber?«

Weshalb, um alles in der Welt, war ich nicht schon früher darauf gekommen? Plötzlich hörte mein Mann mir nicht nur zu, nein, er war sogar unaufgefordert bereit, gleich morgen mitzukommen und mir bei der Auswahl eines passenden Outfits behilflich zu sein. So viel Entgegenkommen wollte ich aber gar nicht! Spätestens nach der vierten Anprobe findet er nämlich alles todschick, was ich gerade anhabe, nach der sechsten guckt er schon gar nicht mehr hin, und wenn ich dann die nächste Boutique ansteuere, geht er Kaffee trinken. »Weißt du was«, schlug ich ihm vor, »notfalls kann ich immer noch das Schwiegermutterkleid anziehen, das ich mir seinerzeit zu Saschas Hochzeit gekauft habe.«

Damit war er sofort einverstanden, denn in diesem Jackenkleid war ich mir vorgekommen wie meine eigene Großmutter. Die Zwillinge hatten es damals allerdings sehr passend gefunden, weil ich darin so richtig seriös ausgesehen hätte und die Engländer doch alle furchtbar konservativ seien. Allerdings hatte Rolf keine Ahnung, daß ich das gute Stück längst in der Kleiderstube vom Roten Kreuz abgeliefert hatte. Vielleicht zu voreilig, denn jetzt gehörte ich ja altersmäßig zu den Senioren und war mehr oder weniger verpflichtet, langweilige Jackenkleider zu tragen. Man braucht sich doch nur mal in einem ganz normalen Kaufhaus umzusehen oder eine Verkäuferin zu fragen, wo man denn etwas Festliches findet. Da wird man entweder erst zur Abendgarderobe geschickt, also zu Schwarz mit Pailletten am Hals und stäbchenverstärkter Büste, oder man landet in der Abteilung Zweigeteiltes. »Hier, gnä' Frau, hätte ich ein ganz entzückendes Jackenkleid, wie für Sie gemacht!«

Abgesehen davon, daß es zwei Nummern zu groß ist, was jeder normale Mensch auf den ersten Blick sehen kann, besteht das entzückende Teil aus grauer Seide mit Edelweißstickerei am Saum und kleinen Straßknöpfen auf den Revers. »Dazu gehört natürlich noch eine festliche Bluse«, versichert die Verkäuferin und hat auch schon was Passendes in Lindgrün zur Hand. Die Rüschen, aus denen der Kopf wie aus einer Blumentopfmanschette ragt, reichen bis zur Unterlippe, die Ärmel sind viel zu lang, aber »das fällt unter der Jacke gar nicht auf«, meint die Verkäuferin und zupft so lange herum, bis der Knopf abspringt. »Das lasse ich natürlich sofort in Ordnung bringen«, sagt die Gute, greift zur Bluse und verschwindet. Genau das ist der Zeitpunkt, an dem man das gleiche tun sollte.

Nein, diesmal würde ich ganz allein losziehen und mir etwas aussuchen – ohne Ehemann und erst recht ohne Töchter. Allenfalls mit Steffi, die offenbar als einzige begreift, daß ich mich für den gängigen Oma-Look einfach noch ein paar Jahre zu jung fühle.

Sie war auch sofort einverstanden und beorderte mich für den kommenden Montag nach Heidelberg. »Momentan ist Saure-Gurken-Zeit, da kann ich schon mal mittags Schluß machen. Am besten holst du mich in der Firma ab!«

Nach längerem Suchen fand ich sie in dem kleinen Kabuff, wo die Druckerei installiert ist. Unter Ludwigs Anleitung druckte sie Kranzschleifen. Ludwig ist ein in Ehren ergrauter langjähriger Mitarbeiter, quasi schon zum Inventar gehörig. Er weiß als einziger, in welchem der vielen Kellerräume der Karton mit den teilweise schon schwanzlosen Dekorations-Hühnern steht, die man im letzten Jahr nicht losgeworden war, oder wo man nach der Kundenkartei von 1964 suchen muß. Ludwig ist Mädchen für alles und uneingeschränkter Herrscher über die Druckerei.

»So jeht det nich, Meechen«, hörte ich ihn erklären, »erst mußte ausrechnen, wie ville Buchstaben du brauchst, und denn mußte die so plazieren, det man den Text später ooch lesen kann. Du weeßt doch, wie die det immer im Fernsehn machen, wenn se bei Staatsbesuchen diese riesigen Kränze vor irjendwelche Denkmäler ablegen lassen. Wenn det Jrünzeuch uffjebaut is, denn jehn se hin und zuppeln so'n bißken an der Schleife rum, damit man ooch sieht, wat druffsteht. Die jängigsten Texte habe ick mir schon als so 'ne Art Matrize zusammenjebaut, also *Als letzten Gruß* oder *In Liebe* und so weiter, und denn kommt bloß noch *Tante Paula und Onkel Edi* drunter oder wat eben bestellt worden is.« Er wies auf mehrere Zettel, die über der Maschine an einer Pinnwand hingen. »Jetzt nehmen wir mal den Ruderclub! Die brauchen ihre Vereinsfarben, also Jrün-Weiß.« Aus den im Regal gestapelten verschiedenfarbigen Bändern suchte er das richtige heraus und schnitt die erforderliche Länge ab. »Wenn ick demnächst Zeit habe, denn schreibe ick die janzen Vereine, Kommunen und wat sonst noch seine eijenen Farben hat, mal uff. Ick brauche so 'ne Jedächtnisprothese ja nich mehr, nach zwanzig Jahren hat man det allet im Kopp. – Nee, Stefanie, so wird det nischt! Die Buchstaben immer spiegelverkehrt einsetzen! Siehste, jetzt haste den Salat! Den Text kann doch keener entziffern.« Während er den Fehler ausbesserte, nuschelte er vor sich hin: »Vielleicht sollte man det einfach mal so lassen! Denn könnten sich die Trauerjäste während der feierlichen Ansprachen doch 'n bißken mit Rätselraten beschäftigen.«

Von Ludwigs mitunter etwas makabrem Humor hatte ich erst neulich eine Kostprobe bekommen. Daß er die Tageszeitung grundsätzlich von hinten nach vorn liest, ist verständlich, denn anhand der Todesanzeigen kann er ungefähr abschätzen, wieviel Zeit er jeweils zum Schleifendrucken veranschlagen muß. Es kann sich aber auch mal folgender Dialog ergeben:

Hannes: »Ist die Firma XYZ eigentlich zur Konkurrenz abgewandert? Frau Y. ist doch schon seit Monaten nicht mehr hiergewesen!«

Ludwig: »Die hab ick jesehn.«

Hannes: »Tatsächlich? Wann denn?«

Ludwig. »Die kommt nich mehr.«

Hannes: »Und warum nicht?«

Ludwig: »Die steht heute inne Zeitung.«

Eine ganze Weile beobachtete ich meine Tochter, wie sie mit verbissener Miene und heraushängender Zungenspitze an der Maschine herumfuhrwerkte, doch endlich zischte es kurz, und dann präsentierte sie ihrem Lehrmeister stolz die grün-weiße Schärpe.

»Is schon ville besser! Wenn de det Band nu noch jrade einlegst und für den weißen Unterjrund nich unbedingt silberne Buchstaben nimmst, die keener erkennt, denn könnte man det schon beinahe als perfekt bezeichnen!«

»Wann, sagtest du, willst du in Urlaub gehen? Im März?«

Ludwig nickte. »Natürlich haste noch jenuch Zeit zum Üben, aber 'n Dreivierteljahr jeht ooch ziemlich schnell vorbei. Nu zitter aber erst mal ab, sonst schlägt deine Mutter hier noch Wurzeln.« Er schob Steffi zur Tür hinaus und begrüßte mich. »Ick weise sie ja nich als Urlaubsvertretung ein, Hannes kann ooch drucken, aba als künftige Chefin muß se doch von allem 'ne Ahnung haben.«

»Ich wasche mir nur noch schnell die Hände, dann können wir losfahren!« rief Steffi, bevor sie Richtung Kellertreppe verschwand. »Sag doch inzwischen Lissy guten Tag.«

Die Floristin dekorierte gerade einen Tischleuchter mit Maiglöckchen und blaßblauen Kerzen. Vier gleichartige, doch bereits fertige standen schon auf dem Tisch. »Im Dutzend billiger?« fragte ich.

»Von wegen! Die müßten doppelt so teuer sein wie normal!« schimpfte sie. »Wegen Geschmacksverirrung! Aber die Großmutter des Täuflings wollte das so haben, und folglich kriegt sie's auch! Doch der Clou kommt erst noch!« Aus einer Schachtel zog sie an biegsamem Draht befestigte Plastikbabies und setzte jeweils eins davon mitten zwischen die Maiglöckchen. »Ist das nicht entzüüückend???«

»Ganz reizend!« bestätigte Stefanie, ungeduldig mit den Autoschlüsseln klappernd. »Aber solltest du auf die Idee kommen, den Blumenschmuck auf unserer Hochzeitstafel ebenfalls mit solchen niedlichen Sachen zu dekorieren, dann wird meine erste offizielle Tätigkeit in dieser Firma das Kündigungsschreiben für dich sein! – Du mußt nämlich wissen, Määm, daß es diese sinnigen Figürchen auch als Brautpaar gibt, als Jubelgreise mit Goldkränzchen auf dem Silberhaar, als Konfirmanden, als schnäbelnde Täubchen für den Valentinstag ... dem Kitsch sind keine Grenzen gesetzt. Bloß als Sarg haben wir sie noch nicht gekriegt! – Können wir jetzt endlich fahren?«

Erst unterwegs ging mir auf, was Steffis hingeworfene Drohung bedeutete. Wollten die wirklich den ganzen Blumenschmuck für die Hochzeit aus den eigenen Beständen zusammenstellen? Sicher, Reklame muß sein, Lissy würde sich bestimmt viel Mühe geben, und wesentlich preiswerter würde es auch werden, aber künstliche Moosröschen auf dem Tisch und vielleicht noch seidene Orangenblüten aus Taiwan im Brautstrauß? »Sag mal, Steffi«, begann ich vorsichtig, »werden bei euch eigentlich viele Tischdekorationen geordert?«

»Haste denn die fünf Leuchter nicht gesehen? Manchmal ist es auch nur ein flaches Gesteck für die Mitte vom Tisch oder es werden ein paar ganz kleine bestellt, aber eigentlich wird so was mehr im Winter verlangt, wenn frische Blumen langsam unbezahlbar werden.«

Verständlich. Aber jetzt hatten wir Juni, und deshalb … »Ihr wollt doch hoffentlich nicht auch auf euren Warenbestand zurückgreifen? Es gibt bestimmt noch andere Möglichkeiten, eventuelle Ladenhüter loszuwerden.«

»Aber nicht so viele auf einmal«, antwortete meine Tochter mit todernster Miene. »Wenn ich da schon allein an das Büfett denke! Zwischen den ganzen Schüsseln und Platten muß doch auch ein bißchen Dekoration sein, und da sind künstliche Gewächse viel hygienischer. Oder findest du es vielleicht appetitlich, wenn aus der Margerite eine Raupe kriecht und dutzendweise Wespen um die Blumen schwirren? Wie schnell landen ein paar davon in der Suppe. – Nee, wir nehmen lieber die künstlichen Anemonen, die sind schön klein, und davon haben wir sowieso zu viele eingekauft.«

Statt auf die Straße zu stieren, hätte ich lieber mal Steffi ansehen sollen! Nur mühsam konnte sie sich das Lachen verbeißen, und als ich dann doch endlich einen Blick zu ihr hinüberwarf, zuckte es um ihre Mundwinkel, bis sie schließlich losprustete. Erst als sie Schlangenlinien fuhr und aus dem Wagen hinter ihr wütend gehupt wurde, beruhigte sie sich etwas. »Dich kann man ja noch besser auf die Rolle nehmen als Trudchen!«

»Sooo furchtbar abwegig war meine Befürchtung nun wirklich nicht.« Immerhin hatte ich Hannes schon mehrmals erlebt, wie er beim Betreten eines Restaurants als erstes die Dekorationen musterte und noch vor dem Blick in die Speisekarte einen längeren auf die Blumentöpfe warf, mit denen die meisten Fensterbretter bestückt sind. Waren die Gewächse echt, interessierten sie ihn nicht mehr, bei künstlichem Grünzeug jedoch wurde jeder Stengel genau in Augenschein genommen, der vermutliche Lieferant debattiert und schließlich festgestellt, daß die eigene Ware natürlich viel besser sei. »Langsam gewöhne ich mich ja selber an das Zeug!«

Das war auch kein Wunder. Seit kurzem hatten wir nämlich selbst etwas größeres Grünes im Wohnzimmer stehen, made in Hongkong. Angefangen hatte es damit, daß der anderthalb Meter hohe Cissus – es war der dritte dieser Sorte – mal wieder die Blätter abzuwerfen begann und ich genau ausrechnen konnte, wann das letzte fallen würde. Direkt neben der Terrassentür fühlen sich derartige Gewächse im Sommer recht wohl, weil immer irgendein Fenster und häufig noch die Tür offensteht. Im Winter kommt dann der tägliche Kälteschock. Schließlich muß man gelegentlich lüften, der Hund will raus, und das Außenthermometer hat Rolf seinerzeit so dämlich angebracht, daß man es von innen nicht ablesen kann. Jedes Jahr gelobt er bei den ersten Minusgraden, daß er das Ding im nächsten Frühling sofort umhängen wird, und ebenso regelmäßig ist davon nicht mehr die Rede, sobald es wieder warm wird.

Den ersten Winter überlebt das Grünzeug (abwechselnd Cissus, Philodendron, Dieffenbachia und was es sonst so an dekorativem Gemüse gibt) gerade noch, fängt jedoch an zu kränkeln, und irgendwann zwischen Herbst und Weihnachten ist meistens was Neues fällig. Natürlich könnte man den Standplatz wechseln oder sich auf weniger sensible Fensterpflanzen beschränken, aber ersteres geht nicht, weil es keinen anderen gibt, und gegen die Azalee, umrahmt von Begonie und Zimmerhafer, gekrönt von den Zipfeln der Häkelgardine, habe ich nun mal was!

Steffi war gerade dagewesen, als ich die kläglichen Überreste des Cissus auf Biotonnengröße zerschnippelte, und wenige Tage später hielt ein grüner Lieferwagen vor der Tür, aus dem Lucky etwas Langes auslud.

»Schönen Gruß von Hannes, und der hier geht bestimmt nicht ein!« sagte er, lehnte das Lange an die Hausmauer, stellte einen größeren Terrakottatopf nebst einem Sack Seramis daneben und machte Anstalten, wieder in seinen Wagen zu klettern.

»Halt! Hiergeblieben!« brüllte ich los. »Ich habe nichts bestellt! Was ist da überhaupt drin?«

Das Lange war nämlich mit einer Art Sackleinwand verhüllt und zugeschnürt, und es wird ja immer davor gewarnt, die Katze im Sack zu kaufen.

Lucky grinste. »Was soll da schon drin sein?«

»Mit Sicherheit kein Bechstein-Flügel«, bestätigte ich, »aber könnten Sie mir das Ding nicht mal reinbringen und beim Auswickeln mithelfen? Sie kriegen auch eine Tasse Kaffee und selbstgebackenen Kuchen.«

Das half! Mit einer Schweinshaxe hätte ich Lucky nicht ködern können, aber Süßem kann er nicht widerstehen. Er gehört übrigens auch zur Firma und ist für den Außendienst zuständig. Natürlich heißt er nicht Lucky, doch seinen richtigen Namen kann kein Mensch aussprechen. Der fängt mit Lu an und endet mit -rszky; in der Mitte kommen aber noch drei zungenbrechende Silben. Geboren wurde Lucky in Dortmund, was den Schluß nahelegt, daß seine Vorfahren zu jenen osteuropäischen Einwanderern gehört hatten, die im vergangenen Jahrhundert von den Zechenbesitzern angeworben worden waren.

Nachdem das Lange aus seinem Kokon geschält worden war, entpuppte es sich als fast zwei Meter hoher Bambusbaum, dessen Zweige erst einmal auseinandergebogen werden mußten. Der Stamm und die Äste sind »echt«, und diesem Umstand verdankt das Gewächs sein natürliches Aussehen. Als es endlich im Blumentopf stand, den wir erst mit einigen soliden Feldsteinen beschwert und dann mit diesen kleinen rotbraunen Kügelchen gefüllt hatten, war der Baum wirklich nicht mehr von seinen lebenden Artgenossen zu unterscheiden, zumal Katja später noch zwei Blätter abrupfte und sie auf den

Topfrand legte, als seien sie herabgefallen. Das endgültige »Echtheitszertifikat« stellte jedoch Frau Ranitz aus: Gerade noch rechtzeitig konnte ich sie daran hindern, diesem Prachtstück mit der gefüllten Gießkanne zu Leibe zu rücken. Wasser ist nun mal das einzige, was mein Bambus nicht verträgt!

Jetzt bin ich schon wieder meilenweit vom eigentlichen Thema abgekommen! Das ist bereits in der Schule immer mein Problem gewesen, wenn ich zum Beispiel bei dem seinerzeit so beliebten Aufsatzthema »Was wollte uns Lessing sagen, als er ...« auch brav zwei Seiten lang die Skrupel des Majors von Tellheim nachzuvollziehen versuchte und plötzlich bei den sanitären Verhältnissen des 18. Jahrhunderts angekommen war, weil die mich viel mehr interessiert hatten.

Bleiben wir also lieber beim Einkaufsbummel! Im ersten Geschäft und gleich nach der Besichtigung mehrerer Blazer gab Steffi zu, daß sie den neulich gekauften Rock entsetzlich fände, die Bluse habe ihr auch nicht so richtig gefallen, und eigentlich habe sie die Sachen nur deshalb genommen, damit Katja endlich Ruhe gäbe. »Ich habe mich darin überhaupt nicht wohl gefühlt.«

»Hast du denn keine eigene Meinung?«

»Du weißt doch, wie überzeugend Katja sein kann! Und häßlich war's ja nicht, was sie da rausgepickt hat, sie selbst würde blendend darin aussehen, nur *ich* bin mir die ganze Zeit irgendwie verkleidet vorgekommen. Warum kann ich denn nicht einen Hosenanzug nehmen oder wenigstens eine schicke Kombination?«

Eben! Warum nicht? Schließlich war sie meine Tochter und offenbar erblich belastet.

Im wievielten Geschäft wir endlich etwas fanden, das nicht nur die Verkäuferin zufriedenstellte, sondern auch Stefanie, weiß ich nicht mehr, ich sah nur gewisse Schwierigkeiten voraus, zu diesem Anzug die Accessoires zu finden. Was, um alles in der Welt, paßt zu Vanillepuddinggelb? Das ist diese langweilige Schattierung, wenn man darauf verzichtet hat, in den fertigen Pudding noch ein Eidotter zu rühren. Anderthalb Jahre später wurde dieser Farbton unter der Bezeichnung *Champagner* ein Hit, doch im Sommer '94 kannte ihn kaum jemand. Die Lederwarenindustrie hatte ihn jedenfalls noch nicht entdeckt, denn als Steffi Tage später endlich ein Paar akzeptable Pumps fand, waren es alte Ladenhüter, die man schon dreimal im Preis herabgesetzt hatte. Aber die Farbe stimmte.

Im übrigen gefiel sie mir in diesem Anzug großartig. Ihre dunklen Haare bildeten einen aparten Kontrast zu dem hellen Stoff, und nachdem wir auch noch eine schicke Seidenbluse gefunden hatten, paradierte sie zufrieden vor dem Spiegel auf und ab. »Siehste, Määm, sooo hab ich mir das vorgestellt! Damit kann ich mich identifizieren, aber nicht mit diesem komischen Kräuselkrepprock. Der hat ausgesehen wie dauergewellt.«

Während die herbeizitierte Schneiderin Stefanie mit Nadeln spickte, weil die Hosen zu lang waren und der Knopf versetzt werden mußte, beguckte ich mir das, was da noch so an Hosenanzügen aufgereiht war. Und plötzlich sah ich doch tatsächlich ...

Die Stecknadeln reichten nicht, denn bei mir mußten auch noch die Ärmel gekürzt werden, aber als dann alles auf die erforderliche Länge abgesteckt war, sah mir aus dem Spiegel eine Frau entgegen, deren Outfit mir ausnehmend gut gefiel. Bis auf die Schuhe! Zu diesem hellen Glencheckanzug sollte ich statt der ausgelatschten und deshalb äußerst bequemen Treter wohl doch besser etwas Eleganteres mit hohem Absatz anziehen! Seit meinem Oberschenkelbruch vor etlichen Jahren gehe ich nicht mehr so gerne auf Stelzen, doch ein paar Stunden Hochzeit würde ich wohl durchhalten können, zumal man die meiste Zeit sitzen kann.

»Was machen wir denn jetzt?« fragte Steffi ratlos, als wir wieder auf der Straße standen. »Ich hab' doch nicht damit gerechnet, daß wir so schnell fertig sind. Nicht mal Tüten müssen wir abladen gehen.«

»Wenn du nichts Besseres vorhast, dann könntest du mir eigentlich mal eure künftige Wohnung zeigen«, schlug ich vor, denn neugierig war ich natürlich, »oder geht das jetzt nicht?«

»Warum soll das nicht gehen? Hannes fährt jeden Tag mindestens einmal hin. Der Bauleiter kriegt schon die Krise, wenn er ihn bloß von weitem sieht.«

Das konnte ich mir lebhaft vorstellen. Mein Schwiegersohn ist ein netter und hilfsbereiter Mensch (wenn er will), höflich und entgegenkommend zu seinen Kunden (wenn er sie leiden kann), sogar verständnisvoll, wenn jemand mal Mist baut, aber wehe, man will ihn für dumm verkaufen. Dann ist er gar nicht mehr höflich, und was er von dem jeweiligen Kontrahenten hält, kriegen die Nachbarn auf der anderen Straßenseite auch noch mit. Anscheinend war es mal wieder soweit.

»Dreimal habe ich gesagt, wo die Mauer hin soll«, hörten wir ihn brüllen, »zusätzlich habe ich es aufgezeichnet, und wo steht sie jetzt??? Zehn Zentimeter zu weit links. Soll ich vielleicht ein Stück von der Sauna abhacken, oder wie haben Sie sich das gedacht? Das ist doch alles millimetergenau geplant!«

Wer sich was gedacht beziehungsweise nicht gedacht hatte, blieb unklar, denn wenig später kam Hannes aus der Tür geschossen und hätte uns beinahe über den Haufen gerannt. »Diese Idioten! Jetzt ist die Badewanne schuld, daß sie die eine Wand von der Duschkabine an der falschen Stelle hochgezogen haben. – Hallo, ihr beiden, habt ihr denn schon das ganze Geld ausgegeben?«

»Wieso Badewanne?« wollte Steffi sofort wissen. »Die ist doch noch gar nicht da.«

»Eben drum! Wenn die Wand schon dort steht, wo wir sie haben wollen, können sie angeblich die Wanne nicht mehr installieren.«

»Und deshalb haben sie …?« Ungläubig sah Steffi nach oben, wo hinter den zwei großen Dachfenstern ein lauter Wortwechsel zu hören war.

»Jawoll, genau deshalb haben sie die Wand da hochgezogen, wo es ihnen angebracht erschien.«

«Und was jetzt?«

»Wird sie versetzt!« sagte Hannes gleichmütig. »Herr Warnke hat sich davon überzeugen lassen, daß wir ja keinen Swimmingpool haben wollen, sondern nur eine etwas größere Badewanne, die selbst dann einzubauen wäre, wenn die Dusche doppeltes Ausmaß hätte. – Geht ihr noch rauf?«

»Das hatten wir eigentlich vor«, sagte ich, »jetzt bin ich nämlich richtig neugierig geworden.«

»Ich komme aber nicht mehr mit«, lehnte Hannes ab, »sonst könnte es passieren, daß ich dem Warnke doch noch an die Gurgel gehe. Sehen wir uns nachher noch?«

»Natürlich. Mein Wagen steht doch bei euch auf dem Parkplatz.«

Ganz egal, wo man sich in einem Neubau aufhält – es zieht! Selbst dann, wenn schon alle Fenster drin sind und nur noch die Zimmertüren fehlen. Überall knirscht es unter den Schuhen, auf den Heizkörpern liegt fingerdicker Staub, und die Toilette kann man auch noch nicht benutzen. Als besonders nachteilig empfand ich den fehlenden Fahrstuhl – ganz im Gegensatz zu Steffi, die etwas von unfreiwilliger Gymnastik faselte und daß Treppensteigen bekanntlich sehr gesund sei.

»Aber nicht mit fünf Kilo Kartoffeln in der einen Hand und einem vollen Einkaufskorb in der anderen.«

»Du vergißt, daß ich demnächst einen Ehemann habe!«

»Also gut, dann zehn Kilo Kartoffeln!«

Die Wohnung selber gefiel mir, auch wenn ich mich in erster Linie auf Steffis Erklärungen verlassen mußte. »Geradeaus ist das Wohnzimmer mit Eßecke, sehr praktisch, weil gleich neben der Küche, und am anderen Ende geht's auf den Balkon. Geh ruhig mal raus, aber paß auf, die Bodenplatten sind noch nicht verfugt. Du mußt dir das vorstellen, wenn da erst mal die Markise dran ist und Blumenkästen hängen … jedenfalls kann uns keiner reingucken, wir können uns ganz ohne sonnen!«

Nach Besichtigung des Schlafzimmers und des danebenliegenden Raumes, der noch keine feste Bestimmung hatte, führte mich Steffi in das künftige Bad. »Na, ist das nicht toll?«

Was genau ich nun so toll finden sollte, wußte ich nicht, denn außer unzähligen Rohren, die überall aus der Wand ragten, und mindestens genauso vielen elektrischen Kabeln war ja noch gar nichts zu sehen. Unter dem einen Fenster befand sich ein großes Loch im Fußboden, angefüllt mit leeren Bierflaschen, Zeitungen und sonstigem Abfall, und gegenüber stand der Stein des Anstoßes, nämlich eine zwei Meter hohe gemauerte Wand.

»Doch«, sagte ich zögernd, »schön groß ist der Raum wirklich. Andere Leute wären froh, wenn sie so viel Platz im Kinderzimmer hätten.«

»Määm, das *ist* das Kinderzimmer«, stöhnte sie, »ich dachte, das hätte Hannes dir schon längst verklickert. Wir brauchen doch keins, aber unser Traum ist nun mal ein richtig großes Bad mit allen Schikanen. Da hinten soll die Sauna hin«, sie deutete in die rechte Ecke, »die Wand, wenn sie denn erst mal an der richtigen Stelle steht, gehört zur Dusche, weil wir uns eine richtig große mauern lassen mit seitlichen Düsen und einer extra Schwallbrause (was war das nun schon wieder?), und wenn wir Glück haben, kriegen wir unter das zweite Fenster noch 'ne Sonnenbank.«

»Wirklich beeindruckend«, mußte ich zugeben. »Und die Mülldeponie gleich im Raum ist sicher auch praktisch, aber an eurer Stelle würde ich das Loch doch lieber zumachen lassen.«

Steffi grinste schmerzlich. »Ob die Wanne bis zum Einzug überhaupt schon da ist, bleibt noch ein großes Fragezeichen. Irgend jemand hat die Bestellung verschlampt. Jetzt sollen wir auch noch schuld daran sein, weil wir uns nicht an die im Bauplan vorgesehenen Installationen halten, sondern eine Extrawurst braten. Na und? Muß ich denn unbedingt ein weißes Waschbecken nehmen, wenn es die auch in anderen Farben gibt? So viel teurer sind die gar nicht.«

»Was habt ihr euch denn ausgesucht?«

»Bahamabeige«, sagte Steffi stolz.

»Oh nein! Welcher Werbefuzzi hat sich denn diesen schwachsinnigen Namen ausgedacht? Meine balibraune Toilette kann ich ja noch verstehen, die Südseebewohner sind fast alle dunkelhäutig, aber bahamabeige? Ich denke, die Bahamas liegen in der Karibik, und dort gibt es meines Wissens keine Wüste, sondern im Gegenteil eine recht üppige Vegetation. Mit der Farbe Beige verbindet aber jeder vernünftige Mensch Sand, also was soll der Quatsch?«

»Findest du Gobigelb vielleicht klangvoller?« kicherte sie.

Wir besichtigten gerade die im Bauplan als Bad ausgewiesene, viereinhalb Quadratmeter große Dunkelkammer ohne Fenster, in der später von der Waschmaschine bis zum Bügelbrett all das verschwinden sollte, wofür man sonst nie genug Platz hat, als wir vor der nur angelehnten Wohnungstür Stimmen hörten. »Ihr könnt ruhig reinkommen, da ist jetzt niemand mehr!«

Bevor Steffi hinauslaufen konnte, erwischte ich sie noch am Arm, hielt ihr den Mund zu und schüttelte den Kopf. Eng an die Wand gedrückt, beobachteten wir drei Personen, die schnurstracks ins Badezimmer marschierten. »Nun seht euch das mal an!« sagte die Stimme von vorhin. »Wozu werden denn bloß die ganzen Rohre gebraucht? Und die elektrischen Leitungen? Ich hab' mit dem einen Handwerker geredet, der hat mir gesagt, daß hier ein Bad reinkommt. Könnt ihr mir mal sagen, wozu zwei Leute so ein Riesenbadezimmer haben müssen?«

Offenbar konnte das niemand, denn die Stimme räsonierte weiter: »Eine Badewanne kriegen sie auch nicht, sondern so'n neumodischen Wörlpuhl und 'ne Sauna und denn noch 'ne Dusche, wo vier Leute drin Platz haben ... da stimmt doch was nicht!«

»Was soll denn nicht stimmen?« sagte etwas Weibliches. »Ich wünschte, wir könnten auch auf ein Zimmer verzichten und statt dieser winzigen Naßzelle ein richtiges Bad bekommen; leider brauchen wir den Raum.«

»Wenn's nur die Veränderungen hier wären, würde ich ja noch gar nichts sagen«, hob die erste Stimme wieder an, »aber ihr müßt euch mal die anderen Zimmer ansehn! Überall kommen Steckdosen hin, wo gar keine vorgesehen sind, besonders in der Küche ... Aber das wird ja sowieso keine!«

»Was denn sonst?« Diese Stimme klang tiefer, mußte also jemand anders gehören.

»Na, was wohl?« kam es herablassend von Nummer eins. »'n Massageraum oder so was Ähnliches, ich kenn' mich da nicht so aus.«

Steffi bekam ganz große Augen, doch bevor sie losprusten konnte, hielt ich ihr schnell wieder den Mund zu. »Sei bloß ruhig«, wisperte ich, »das ist ja schöner als Kino!«

Eine Zeitlang wurden noch die verschiedenen Möglichkeiten erwogen, weshalb man ausgerechnet hier eine Lichtquelle und dort gleich drei Steckdosen nebeneinander brauchen würde, bis schließlich die erste Stimme im Brustton der Überzeugung feststellte: »Is doch ganz klar, hier kommt 'n Privatpuff rein, getarnt als Schönheitssalon oder Fotostudio. – Na, wenn das erst mal feststeht, dann kann sich die Hausverwaltung aber auf was gefaßt machen! Das lasse ich mir doch nicht bieten!!!«

Der mit der tiefen Stimme lachte nur. »Mich stört es nicht, was sich in Haus B tut, ich wohne in C.«

Das Triumvirat zog wieder ab, doch im Hinausgehen hörten wir die Frauenstimme noch seufzen: »Um das Bad beneide ich sie trotzdem.«

Wie lange wir in dem kleinen Kabuff auf dem staubigen Boden gesessen und gelacht haben, weiß ich nicht mehr, aber es hat eine ganze Weile gedauert, bis wir wieder im Auto saßen. »Weißt du, wer das gewesen sein könnte?«

»Ich glaube, den mit der größten Klappe kenne ich«, überlegte Steffi, »jedenfalls habe ich die Stimme schon mal gehört, und wenn mich nicht alles täuscht, ist das sogar unser künftiger Nachbar. Wer die anderen waren, weiß ich nicht.«

»Was glaubst du wohl, wie enttäuscht die sein werden, wenn statt der erwarteten Damen ein zwar leicht überkandideltes, aber doch ganz honoriges Ehepaar in die Wohnung zieht.«

Von Steffi kam keine Antwort, aber wenn sie die Stirn in Falten legt und immer wieder die Zungenspitze herausstreckt, dann brütet sie etwas aus. Sie kurvte auch schon auf den Parkplatz, als sie endlich den Mund aufmachte. »Warum sollen wir sie eigentlich enttäuschen? Bieten wir ihnen doch das, womit sie rechnen!«

Ich löste den Sicherheitsgurt, stieg aus und drückte die Tür zu. »Jetzt spinnst du wirklich!«

»Wieso?« Sie schloß den Wagen ab und drehte sich zu mir um. »Wenn sich die Zwillinge mal so richtig übertrieben schminken und ein paar schrille Klamotten anziehen ... Margit spielt bestimmt auch mit, dann haben wir garantiert einen Abend lang viel Spaß! In die Lampen kommen rote Glühbirnen, damit man schon von unten sieht, was hier los ist, und als Freier müssen eben Sven, Tom und Jo herhalten.«

»Ein Glück, daß ich da altersmäßig nicht mehr reinpasse«, sagte ich erleichtert.

»Wer behauptet denn so was?« Steffi grinste hinterhältig. »Ich denke, jedes anständige Bordell hat eine Madame?«

Polterabend

Es ist erstaunlich, wie schnell ein Monat vorbeigeht, wenn ein größeres Ereignis bevorsteht. Zwar behauptete Sven, rein statistisch gesehen würden weltweit in jeder Minute zweikommaundetwas Ehen geschlossen, so daß Hochzeiten aufgrund ihrer Häufigkeit noch weit vor Hurrikans, Zwillingsgeburten, Vulkanausbrüchen und Blinddarmoperationen rangierten und folglich nicht als »größeres Ereignis« zu werten seien. Für die Brautmütter sind sie es aber mit Sicherheit. Für die Väter natürlich auch, nur unter einem anderen Gesichtspunkt. Was hatte Rolf doch erst vor ein paar Tagen seiner Tochter Katja auf die Frage geantwortet, wie teuer es denn sei, wenn man heiratet? »Weiß ich nicht«, hatte er gesagt, »ich zahle noch!«

Dabei würde er bei der ganzen Sache relativ preiswert wegkommen. Sein Schwiegersohn in spe hatte nämlich früher mal Hockey gespielt – sogar in der Bundesliga. Und da seine ehemaligen Vereinskameraden »im Gegensatz zu mir alle etwas Vernünftiges geworden sind« (Originalton Hannes), gehören zu seinem Bekanntenkreis unter anderem drei Ärzte, praktischerweise aus verschiedenen Fachrichtungen, zwei Anwälte, ein Steuerberater, ein Schreinermeister, dem die späteren maßgeschneiderten Einbauschränke zu verdanken waren, ein Kfz-Meister mit eigener Reparaturwerkstatt und last but not least der Inhaber eines Party-Service. Und eben dieser würde den Polterabend ausrichten. Natürlich nicht mit Bier und Bockwurst, der allgemein üblichen Grundlage einer solchen Veranstaltung, sondern mit einem kalt-warmen Büfett zum Selbstkostenpreis. Für wieviel Personen? Irgendwo zwischen achtzig und hundert? Kein Problem, beim Parteitag neulich waren es fünfmal soviel. Wann und wo? Am Sechzehnten auf dem Firmengrundstück, also dort, wo sonst die ganzen Autos parken? Geht in Ordnung, der Rest ist Routine. Vom Sonnenschirm bis zum Kinderstühlchen wird alles angeliefert, aufgebaut, zwei Köche und zwei Hiwis sollten eigentlich genügen, und wenn dann auch noch das Wetter mitspielt, kann überhaupt nichts schiefgehen. Und falls es nun doch regnet? Auch kein Beinbruch, nur könnte es zeitlich ein bißchen eng werden. Das Zelt wird nämlich am Fünfzehnten noch in Köln gebraucht, und man weiß ja, was am Wochenende immer auf den Autobahnen los ist.

Für die eigentliche Hochzeit fühlte sich Trudchen zuständig, ausgenommen natürlich den amtlichen Teil, aber der war ja ohnehin nicht so wichtig. Viel wichtiger war die Tatsache, daß das zuständige Standesamt in einem ehemaligen Schloß untergebracht ist, was nicht nur ein stilvolles Ambiente garantiert, sondern auch ermöglicht, daß man später im dazugehörigen Park lustwandeln kann, während der auf solche Feierlichkeiten spezialisierte Fotograf das gestreßte Brautpaar erst unter den Torbogen plaziert, weil der sich als Hintergrund immer so gut macht, bevor er es zu der großen Eiche schleppt und dann zur Mauer mit dem Efeu. Das Grün ist so schön neutral, wenn man um die beiden Hauptpersonen auch noch die Trauzeugen und – leider nicht ganz unvermeidlich – ein bißchen Verwandtschaft gruppieren muß, deren Garderobe in den seltensten Fällen farblich harmoniert.

Das spätere Festmahl sollte in jenem Restaurant eingenommen werden, in dem Trudchen schon ihren Fünfundsechzigsten gefeiert hatte und sehr zufrieden gewesen war. Die Tafel würde im Wintergarten aufgebaut werden, wo man bei geöffneten Türen schon beinahe im Garten sitzen und trotzdem ein Dach über dem Kopf haben könnte, was sowohl bei Sonne als auch bei Regen wünschenswert sei. Lediglich über die Speisenfolge herrschte noch Uneinigkeit. Trudchen hätte gern Rehrücken gehabt, aber Steffi nicht, die ißt keine Bambis, und die Kalbsmedaillons hätte Hannes allenfalls mit Nudeln akzeptiert statt mit Reisbällchen, er haßt Reis in jeglicher Form, doch da hatte wieder Steffi protestiert. »Bloß keine Teigwaren! Die nehmen doch immer Bandnudeln. Da rutscht mir garantiert eine von der Gabel, fällt zurück auf den Teller, und dann habe ich die Soße auf der Bluse.«

»Dann eßt doch Erbseneintopf!« hatte Truchen gefaucht und die Sache erst mal vertagt.

Parallel zu den Hochzeitsvorbereitungen kostete auch die ständige Kontrolle der Handwerker Zeit und vor allem Nerven. Das meiste davon bekam ich nur telefonisch mit, wenn Steffi abends ihren Frust bei mir ablud. »Ob du's glaubst oder nicht, Määm, aber morgen wird die Wand von der Dusche zum drittenmal versetzt, besser gesagt, sie wird neu gemauert, denn noch mal umsetzen geht nicht, dann fällt sie zusammen.«

»Aber warum denn? Ich denke ...«

»Haben wir auch gedacht! Der Maurer ebenfalls, nur leider das Verkehrte.«

»Verstehe ich nicht!«

»Ist aber ganz einfach«, erklärte meine Tochter. »Nachdem die Wand zehn Zentimeter zu weit links hochgezogen worden war, wurde der Fehler am nächsten Tag behoben. Am übernächsten sollten die übrigen Wände fertiggestellt werden, nur hatte man dafür einen anderen Maurer abkommandiert. Der guckte in den noch nicht wieder korrigierten Bauplan, stellte fest, daß die Wand nicht da stand, wo sie scheinbar hingehörte, und änderte das sofort. Jetzt sind wir wieder genauso weit wie zu Beginn der ganzen Aktion. Hannes hat gesagt, er bleibt morgen so lange neben den Handwerkern stehen, bis die Mauer fertig ist. Dann kann er das Notwendige gleich mit dem Nützlichen verbinden und die Schlitze fertig klopfen.«

»Er kann w a s ?«

»Du weißt aber auch gar nichts!« stöhnte meine Tochter, die selber noch vor gar nicht langer Zeit fünf Zwischenstecker gebraucht hatte, um zwei Geräte an *einer* Steckdose anschließen zu können. »Bei Hannes müssen doch sämtliche Strippen für Fernseher, Musikanlage, Nebenanschlüsse vom Telefon und so weiter unter Putz gelegt werden, weil er diese Kabelknäuel haßt, aber um die Leitungen verstecken zu können, muß man erst mal die Möglichkeit dazu schaffen. Ich hab' mir das vorhin angesehen. Unsere Wohnzimmerwände sehen aus wie der Querschnitt durch einen Termitenhaufen. Lauter übereinanderliegende Gänge!«

Drei Tage später: »Heute hätte es beinahe einen Mord gegeben«, erzählte Steffi, »und für den Täter mildernde Umstände.«

»Ist etwa schon wieder die Dusche …?«

»Nein, die ist fertig, da kann man jetzt bequem einen ausgewachsenen Ochsen drin abschrubben, aber Hannes hätte um ein Haar den polnischen Hilfsarbeiter erwürgt!«

Bevor ich nach den näheren Umständen fragen konnte, sprudelte sie schon los. »Einen halben Vormittag und drei Abende lang hat Hannes diese dämlichen Schlitze geklopft, sogar für jeden ein eigenes Telefon am Bett hatte er vorgesehen, und als wir vorhin in der Wohnung noch was ausmessen wollen, kommen wir gerade dazu, wie ein Handwerker die letzten Zentimeter Wand spachtelt. Der hat doch tatsächlich die ganzen Schlitze wieder zugekleistert!«

»Aber weshalb denn?«

»Genau das hat Hannes auch gefragt!« kicherte Steffi. »Und weißt du, was er zur Antwort gekriegt hat?«

Woher sollte ich das wohl wissen?

»Habe ich geguckt in Zeichnung«, improvisierte sie, »habe ich da nicht gesehen lange Löcher in Wand. Habe ich gedacht, jemand schlechte Arbeit gemacht. Nun wieder alles in Ordnung für Maler. Kommt morgen für Tapete.«

Es fiel mir schwer, nicht laut loszulachen. »Was passiert denn jetzt?«

»Kommt Maler für Tapete nix morgen, kommt erst polnisch Mann und macht mit Hammer und Meißel schöne glatte Wand wieder kaputt. Und dann kommt Elektriker, und erst danach kann Maler machen Tapete an Wand.«

»Siehste«, sagte Rolf, als ich ihm zusammen mit dem Abendessen die letzten Meldungen von der Baustelle servierte, »genau *deshalb* habe ich mich nicht in die Phalanx der Häuslebauer eingereiht. Wenn das Eigenheim endlich fertig ist, hat man einen Haufen Schulden am Hals und ist darüber hinaus entweder reif für die Psychiatrie oder für den Scheidungsanwalt, sofern man nicht schon vorher einen Herzinfarkt gekriegt hat.«

Also *das* ist der Grund, weshalb wir immer noch einem weniger sensiblen Hausbesitzer jeden Monat Miete zahlen?

Anruf von Hannes: »Deine Tochter sagt, ich muß mir zur Hochzeit einen neuen Anzug kaufen. Muß ich das wirklich?«

Zum Glück konnte er nicht sehen, daß ich heftig nickte. »Ich habe zwar noch nie in deinen Kleiderschrank geguckt, andererseits habe ich dich aber auch noch nie in einer anderen Aufmachung gesehen als in Jeans und was obendrüber, wobei sich letzteres selten durch Eleganz ausgezeichnet hat.«

Schweigen. Dann, etwas zaghaft: »Geht nicht ein Smoking?«

»Vormittags um elf auf dem Standesamt?«

»Geht also nicht, nein?«

»Nein, geht nicht!« behauptete ich kühn, obwohl ich mir da nicht so ganz sicher war. Schade, daß Tante Lotti nicht mehr lebte, jene entfernte Verwandte aus den »gehobenen Kreisen«, die es mit der Etikette immer sehr genau genommen hatte und in ihrer Jugendzeit, also so um die Jahrhundertwende herum, sogar bei Hof vorgestellt worden war. Tante Lotti ist letzte Instanz gewesen, wenn wir nicht wußten, ob man zu einer hochoffiziellen Einladung die Blumen selber mitbringt oder vorher ins Haus schicken läßt. Tante Lotti hatte genau sagen können, wer eine Exzellenz, eine Eminenz oder bloß ein Hochwürden war, und als ich in ihrer Gegenwart jemanden am Telefon mit »Herr Graf« anredete, wurde ich hinterher sofort getadelt. »Nur Untergebene sprechen ein Mitglied des Adels mit seinem Titel an. Auch wenn du nicht gleichgestellt bist, so ist ein simples ›Graf Sowieso‹ absolut korrekt.« (Sie hat nie erfahren, daß ich mit dem keineswegs blaublütigen Inhaber der Autowerkstatt telefoniert hatte, der schlicht und einfach Erwin Graf geheißen hatte.)

Als absolut unentschuldbar galten für Tante Lotti Verstöße gegen die Kleiderordnung. Nicht umsonst besaß sie Vormittags- und Nachmittagskleider, die sich nicht nur in den Farbtönen unterschieden (morgens hell, nachmittags gedeckt), sondern auch in der Machart. Vormittags hochgeschlossen, am Nachmittag durfte es schon mal mit Ausschnitt sein, aber nur mit kleinem, weil ein großes Dekolleté einzig und allein der Abendgarderobe vorbehalten ist. Daß ich seinerzeit überhaupt kein Abendkleid besaß – wann hätte ich so etwas in unserem damaligen Grüne-Witwen-Getto denn anziehen sollen? –, hatte Tante Lotti sehr gewundert. Mein kleines Schwarzes hatte zwar Gnade vor ihren Augen gefunden, doch als ich es – ohne schmückendes Beiwerk – zu einer Trauerfeier anzog, hätte sie doch beinahe die Contenance verloren. Wie konnte ich nur??? Und dann auch noch mit schwarzen Strümpfen, wo doch dieses Accessoire nur den Angehörigen zusteht! Genau wie der Schleier am Hut.

Hatte mal wieder ein Erbprinz die passende Braut gefunden und sie in der Kapelle von seinem Stammschloß geehelicht, dann konnte Tante Lotti anhand von -zig Fotos in allen einschlägigen Regenbogenblättchen genau aufschlüsseln, wer von den hochadligen Gästen über wieviel Ecken mit wem verwandt war. Dabei konnte es auch passieren, daß sie mit hochgezogenen Augenbrauen auf eine Randfigur zeigte: »Was fällt dir denn bei diesem Herrn auf, mein Liebes?«

»Seine Säufernase«, sagte ich prompt, »und daß die Schleife schief sitzt.«

»Das auch«, nickte Tante Lotti zustimmend, »aber er dürfte gar keine tragen!«

»Wieso denn nicht? Zum Smoking paßt doch gar nichts anderes.«

»Das ist richtig, doch ein Smoking paßt nicht zu einer Hochzeit, denn da trägt man Cut oder allenfalls einen Frack. Jedenfalls in der guten Gesellschaft!« Der weniger guten billigte sie den dunklen Anzug zu, empfand jedoch Bodenlanges bei den Damen als degoutant. Derartiges sei lediglich der Braut und ihren Jungfern vorbehalten.

Nun ist zwar mit der Generation von Tante Lotti auch die starre Kleiderordnung gestorben, doch ein Smoking ist nun mal ein Abendanzug und sollte es auch bleiben. Im übrigen bezweifelte ich, daß Hannes überhaupt noch hineinpaßte. Er hatte sich das gute Stück anläßlich des hundertjährigen Firmenjubiläums zugelegt, und seitdem waren einige Jahre mit vielen nahrhaften Ham-, Cheese- und sonstigen Burgern vergangen. Mein Vorschlag, sich bei einem Herrenausstatter in die Hände eines geschulten Verkäufers zu begeben, wurde abgelehnt. »Die kriegen doch alle Umsatzprovisionen! Ich brauche aber keinen Seidenanzug oder eine Kombination aus englischem Kammgarn und Kaschmir. Was zieht Steffi eigentlich an?«

»Hör doch mit diesen plumpen Überrumpelungsversuchen auf! Du weißt genau, daß ihre Garderobe bei Margit hängt, dort wird sie sich auch fertigmachen, und zu sehen bekommst du deine Braut erst vor dem Standesamt.«

»Ist das auch wieder so ein blödsinniger Aberglaube wie die Geschichte mit der blauen Unterhose und dem alten Taschentuch?«

»Wie bitte???«

»Was das bedeuten soll, weiß ich ja auch nicht genau. Ich habe nur so ein Getuschel mitgekriegt von wegen blau und alt und geborgt oder so ähnlich.«

Du liebe Zeit, sollten sich die so aufgeklärten, selbstbewußten und emanzipierten jungen Frauen von heute doch noch ein kleines bißchen Romantik bewahrt haben und an den alten Bräuchen festhalten, die angeblich eine glückliche Ehe garantieren? Danach soll nämlich eine Braut an ihrem Hochzeitstag etwas Neues tragen, etwas Altes, etwas Geliehenes und etwas Blaues, wobei letzteres immer das meiste Kopfzerbrechen bereitet. Brautkleider sind nun mal größtenteils weiß, wo soll man da ein bißchen Blau unterbringen?

Als ich nach einer Viertelstunde endlich den Hörer auflegte, hatte ich meinen Beinahe-Schwiegersohn davon überzeugt, daß er zum Ankauf seiner Hochzeitsgarderobe nicht etwa einen männlichen Begleiter wählen dürfe, sondern einen weiblichen. »Männer beurteilen die Paßform eines Anzugs danach, ob der Hosenbund nicht kneift und die Jackenknöpfe bequem auf- und zugehen, Frauen gucken wenigstens noch, wie das Ganze von hinten aussieht.«

Die Zwillinge hatten es rundheraus abgelehnt, ihren künftigen Schwager modisch zu beraten, obwohl sie doch die meisten Voraussetzungen dafür mitbrachten, ich wollte nicht, und Trudchen sollte nicht. Schließlich erbarmte sich Margit. Und weil Hannes nun ebenfalls darauf bestand, sich seiner Braut erst auf dem Standesamt in vollem Wichs zu präsentieren, nahm Margit auch seine Sachen mit nach Hause. So kam es, daß des Brautpaars neue Kleider schon lange vor dem großen Tag eng nebeneinander im Schrank der Trauzeugin hingen.

Am Poltermorgen galt mein erster Blick dem Fenster, hinter dem sich schon kurz vor sieben ein wolkenlos blauer Himmel zeigte. Auch der Radiomensch verkündete gleich nach der Meldung, daß auf der Autobahn A 6 Richtung Mannheim einige Kühe herumirrten, es sei mit Tagestemperaturen bis 32 Grad zu rechnen, jedoch könnten gegen Abend einzelne Gewitter örtlich etwas Abkühlung bringen. Leider sagte er nicht, wo *örtlich* denn sein würde. Mit der Wettervorhersage ist das ja sowieso eine Sache für sich: Sie stimmt zu oft, als daß man sie ganz in den Wind schlagen könnte, andererseits aber doch nicht oft genug, um sich darauf verlassen zu können.

Mein Angebot, die Erfahrungen von mindestens fünfunddreißig Kindergeburtstagsfeiern und zwei Dutzend Teenagerparties einzubringen und bei den Vorbereitungen mitzuhelfen, wurde abgelehnt. »Wir haben wie üblich bis siebzehn Uhr geöffnet, und erst, wenn der letzte Kunde weggefahren ist, kann aufgebaut werden, aber das macht Otto mit seinen Mannen ganz allein«, teilte Steffi mit.

»Wer ist Otto?«

»Na, wer wohl? Der Partyservice natürlich.«

Nun gibt es in unserem wirklich nicht kleinen Verwandten- und Freundeskreis nur ein einziges Mitglied namens Otto, und das ist mein Hund. Deshalb vergesse ich immer wieder, daß auch Menschen so heißen können.

»Wann soll der Rummel heute abend eigentlich anfangen?« Mit der Zeitung unterm Arm steuerte Rolf die Terrasse an in der Erwartung, einen gedeckten Tisch vorzufinden einschließlich Frühstücksei und Kaffee in der Thermoskanne. Er würde vergeblich danach suchen.

»Gibt's denn heute nichts zu essen?« tönte es Sekunden später.

»Du kämpfst doch angeblich immer um deine Gleichberechtigung, jetzt hast du sie! Du darfst dir ganz allein dein Frühstück machen! Ich habe nämlich einen Friseurtermin.«

Der dauerte bis halb elf. Danach mußte ich noch den Wochenendeinkauf erledigen, eine sehr zeitraubende Angelegenheit, weil viele andere Leute dieselbe Idee gehabt hatten, und als ich zur schwäbischen Mittagszeit (Punkt zwölf Uhr!) meinen Ehemann um Mithilfe beim Hereintragen der Saft- und Sprudelkästen bat, bekam ich nur ein unwilliges Brummen zur Antwort. »Ich denke, du bist emanzipiert! Selbst ist die Frau!«

Na warte! Die Kisten blieben im Kofferraum, die fürs Mittagessen vorgesehenen Koteletts kamen in die Kühltruhe, statt dessen legte ich eine gefrorene Pizza auf den Küchentisch und erklärte dem Herrn des Hauses, daß ich im Hinblick auf die zu erwartende Freßorgie bis zum Abend fasten würde. »Auf der Packung ist genau angegeben, wie lange du die Pizza im Ofen lassen mußt«, sagte ich noch, bevor ich mich aus der Gefahrenzone entfernte. Es wurde sowieso Zeit, daß ich meiner Nachbarin endlich den geliehenen Preisetikettenentferner zurückbrachte, jene Flüssigkeit, mit der man die klebrigen Reste mühelos wegkriegt, ohne die neugekauften Gläser mit einem Küchenmesser bearbeiten zu müssen. Ich habe mal für unsere Garderobe metallene Kleiderbügel gekauft, auf denen die Peisschilder so fest saßen, daß ich alles zusammen erst mal zum Abweichen in einen Eimer mit Wasser gesteckt hatte. Nach einer Stunde ließen sich die Aufkleber ablösen, nur war jetzt von oben, wo die Haken sitzen, Wasser in die Hohlräume der Bügel gedrungen. Es hat eine ganze Weile gedauert, bis ich dahintergekommen war, weshalb sich die Jacken im Schulterbereich immer so feucht angefühlt hatten.

Als ich anderthalb Stunden und zwei Tassen Kaffee später zurückkam, lag die Pizza immer noch auf dem Küchentisch. Rolf war verschwunden, dafür war Katja gekommen. »Thanks God, it's friday!« begrüßte sie mich. »Ich bezweifle langsam, daß zwei Tage Wochenende ausreichen, um sich von fünf Tagen Schulstreß zu erholen. Sagt doch heute so ein Rotzlöffel aus der Sechsten zu mir: ›Ich werde später auch mal Lehrer! Die arbeiten doch nichts, die zwingen doch bloß uns zum Arbeiten!‹«

»Es ist noch gar nicht so lange her, da hast du eine ähnliche Ansicht vertreten«, erinnerte ich sie. »Weißt du, wo dein Vater ist?«

»Wahrscheinlich in der Imbißbude. Ist die Pizza da das einzige, was du als Mittagessen zu bieten hast?«

»Keineswegs. Du kannst auch noch Frühlingsrolle haben, Reispfanne India, Brokkoli-Käse-Plätzchen …«

»Sag doch gleich, daß es bloß Tiefkühlfutter gibt.« Sie schälte die Pizza aus der Verpackung und schob sie in den Backofen. »Waren das noch Zeiten, als wir aus der Schule kamen und ein richtiges Mittagessen auf dem Tisch stand!«

»Das muß damals gewesen sein, als ihr auch noch alles gegessen habt, was ich auf den Tisch gestellt habe«, gab ich zurück. »Und bist nicht überhaupt du diejenige, die es immer ablehnt, zweimal am Tag warm zu essen?«

»Wieso? Ist heute abend was Besonderes los?«

Sollte sie den Polterabend tatsächlich vergessen haben? Sie schrieb sich doch sonst jede Kleinigkeit auf. Es gibt ja spezielle Lehrerkalender (die heißen wirklich so), bei denen jeder Tag in einzelne Stunden aufgeteilt ist, und selbst das ist für Katja noch zuwenig. Da findet man zum Beispiel an einem ganz normalen Wochentag folgende wichtige Eintragungen: 9.45 Uhr kleine Pause, Milchgeld einsammeln, 11.25 Elterngespräch (Vater von Christoph ist Choleriker), 13 Uhr Busaufsicht, 14.35 Tom anrufen wegen Oma, 16–17 Uhr Schuhe abholen, Lottozettel wegbringen, Briefmarken, Geburtstagsgeschenk Claudia, evtl. Hamster?, 20 Uhr: Wahrscheinlich Wette verloren. »Vielleicht solltest du mal deine Gedächtnisprothese zu Rate ziehen!«

»Die ist im Ranzen, und der liegt oben. Nun sag schon, was los ist! Etwa Heldengedenktag, weil ihr schon wieder ein Jahr länger verheiratet seid? Oder weil … halt, ich ahne es! Du hast deine Abrechnung gekriegt und lädst uns zum Abendessen ein!«

Sie schien wirklich nichts zu wissen! »Hast du tatsächlich vergessen, daß deine Schwester heute poltert?«

Mit nachsichtigem Lächeln sah sie mich an. »Määm, das ist morgen! Polterabende finden immer samstags statt!«

»Aber nicht, wenn das Polterpaar am Samstag selber eingeladen ist.«

»Scheiße!« Sie raste zum Telefon. Ich hinterher. »Du brauchst keine Bestätigung. Ich habe vorhin mit Steffi telefoniert, und sie hat gesagt ...«

»Ich glaub' dir's ja, aber ich muß Tom Bescheid geben. Der denkt doch auch, daß der Auftrieb erst morgen ist, und hat für acht Uhr den Squashcourt gemietet.« Sie tippte die Zahlen ein. »Kannste mal die Pizza aus dem Ofen nehmen?«

»Die ist doch noch gar nicht gut.«

»Muß sie auch nicht. Oder glaubst du, ich esse jetzt Fertigfutter, wenn ich mich nachher in die Schlacht ums Büfett stürzen kann? – Hier ist Katja«, meldete sie sich, »kann ich mal Tom ... sag doch gleich, daß du selber dran bist! Du, ich habe da was verwechselt! Der Polterabend ist nämlich ...«

Ich hatte den Herd abgeschaltet und stand nun etwas ratlos mit der halbgaren Pizza da. »Was soll ich denn jetzt mit dem Zeug machen?«

»Biologisch entsorgen!« empfahl meine Tochter. »Nein, nicht dich!« rief sie ins Telefon. »Du wirst doch noch gebraucht.«

Als taktvoller Mensch begab ich mich außer Hörweite auf die Terrasse, wo mir Otto freudig wedelnd einen leicht maroden Rinderknochen vor die Füße legte. Beifallheischend sah er mich an. »Nanu, wo hast du den denn her?« wollte ich von ihm wissen, denn in letzter Zeit hatte ich ihm derartige Leckerbissen nicht mehr mitgebracht. Gelegentlich bricht bei Otto nämlich so eine Art Eichhörnchentrieb aus, und er legt sich ein Vorratslager an. Dagegen wäre ja auch nichts einzuwenden, wenn er sich nicht gerade den toten Winkel zwischen Schuhschrank und Garderobe dafür aussuchen oder, wie unlängst, seine Beute ganz hinten unterm Sofa verstecken würde. Bei hochsommerlichen Temperaturen machen sich solche Depots doch recht unangenehm bemerkbar.

Diesmal wieselte Otto in die äußerste Ecke des Gartens, wo Sven die in einer Sperrholzkiste ausgesäte Petersilie abgestellt hatte. Dank der fünf Birken wächst bei uns außer Moos und Unkraut nämlich nichts von dem, was andere Gärten in verschwenderischer Pracht hervorbringen, aber Küchenkräuter sollen ja sogar in ganz normalen Blumenkästen gedeihen. Die Petersilie war auch schon mindestens vier Zentimeter lang geworden, nur mußte Otto wohl noch vor der Aussaat in der schönen weichen Erde seine Eiserne Ration gebunkert haben. Ein Blick auf mein umgewühltes Kräuterbeet überzeugte mich, daß ich auch weiterhin meine Petersilie im Supermarkt würde kaufen müssen.

Gegen drei Uhr fuhr Katja nach Heidelberg, weil ausgerechnet das, was sie heute abend anzuziehen gedachte, bei Tom im Schrank hing, und außerdem wollte sie noch mindestens eine Ladung Wäsche durch die Maschine jagen. »Seitdem er vor vierzehn Tagen eine rote Wollsocke bei sechzig Grad mitgewaschen hat, trägt Tom zur Zeit fast nur rosa Klamotten. Was meinst du, Mami, kann man da jetzt noch was mit Entfärber machen?«

»Keine Ahnung«, sagte ich wahrheitsgemäß, denn die Ära der lindgrünen BHs und der weißen Oberhemden mit unbeabsichtigtem Blauschimmer ist bei mir schon lange vorbei, »aber was hast du gegen rosa T-Shirts?«

»Gar nichts«, sagte sie, »sofern *ich* sie trage.«

Kaum war Katja weg, da tauchte Rolf endlich auf. Sein Mittagessen schien er in überwiegend flüssiger Form zu sich genommen zu haben, weshalb er auch den Wunsch äußerte, sich vor dem anstrengenden Abend noch etwas auszuruhen. »Du kannst mich ja gegen halb sechs wecken!«

Um fünf Uhr startete ich den ersten Versuch, alle weiteren folgten im Zehnminutentakt. Als uns Sven kurz vor sechs abholen wollte, lag Rolf immer noch im Bett. »Na, dann probieren wir eben mal wieder die bewährte Methode«, sagte Sven grinsend, holte ein paar Hundecracker aus dem Schubfach und begab sich nach oben. Während er seinen mißgelaunten Vater gestenreich begrüßte, verteilte er unauffällig die Kekse unter Kopfkissen und Decke, und dann rief er Otto. Das nachfolgende Duell zwischen Herr und Hund ist inzwischen Legende und endete damit, daß Rolf den ganzen Abend in blauweiß gestreiften Strandsandalen herumlaufen mußte, weil er mit seinem geschwollenen Zeh in keinen festen Schuh mehr hineinkam. Bei seiner Flucht aus dem Bett hatte er im wahrsten Sinne des Wortes die Kurve nicht gekriegt und war an der Kommode hängengeblieben.

Viel später als geplant hielten wir vor dem kleinen Hotel, in dem wir irgendwann zwischen Mitternacht und Morgen schlafen gehen sollten. Am Rand des Industrieviertels gelegen, beherbergte das Haus meistens Vertreter, die freitags nach Hause fuhren und dem Inhaber dieses Etablissements ein ungestörtes Wochenende ermöglichten. Trotzdem muß er wohl ganz froh gewesen sein, als Hannes vorsichtshalber das halbe Hotel reservieren ließ, ohne sich auf eine bestimmte Zimmerzahl festzulegen. Auch unter den Gästen eines Polterabends gibt es Antialkoholiker beziehungsweise Ehefrauen, die zu absoluter Abstinenz verdonnert werden, damit sie später Mann und Auto heil nach Hause bringen können. Die meisten Besucher wohnten ohnedies in der Nähe, und Taxifahrer wollen schließlich auch leben!

Wir stellten unsere Köfferchen ab und nahmen mit dem Hausschlüssel auch die Mitteilung entgegen, daß es Frühstück nur von montags bis freitags gebe, weil jetzt kein Personal da sei. Außerdem wollte der Wirt wissen, wer denn für die Rechnung aufkommen werde.

»Wir natürlich!« und »Schicken Sie die meinem Schwiegersohn, ich bin ja nicht freiwillig hier!« riefen wir unisono, was bei dem Mann hinter der Theke ein gewisses Mißtrauen auslöste. Er gab sich erst zufrieden, nachdem ich die Anmeldung ausgefüllt und zusätzlich eine Visitenkarte an das Formular geheftet hatte.

Unter Aufbietung aller Kräfte schaffte es Rolf tatsächlich, die ungefähr vierhundert Meter zum »Festplatz« zu Fuß zurückzulegen, wobei er so ziemlich jeden Schritt mit heftigem Stöhnen begleitete. »Morgen gehst du zum Arzt!« sagte ich, Mitgefühl vortäuschend, aber Sven setzte noch einen drauf. »Morgen erst? Bis dahin könnte schon eine Amputation erforderlich sein! Hannes soll besser gleich den Notarzt anrufen!«

Das wollte der Patient nun doch nicht. »Am Ende kommt ein Gynäkologe!«

Schon von weitem vernahmen wir Stimmengewirr, Gelächter und lautes Klirren, unüberhörbarer Beweis dafür, daß wieder ein Gast seinen Eintritt bezahlt hatte. Bei meiner Suche nach Poltergeschirr war ich erneut in Versuchung geraten, die Fragmente von Schwiegermutters Limoges-Service auf diese bequeme Weise zu entsorgen, und vielleicht hätte ich es sogar getan, wenn Rolf nicht dabeigewesen wäre. So aber hatte ich nur auf einige Keramikbecher zurückgreifen können, Mitbringsel von urlaubenden Nachbarn als Dank fürs Blümchengießen (man weiß hinterher immer genau, wo sie gewesen sind: Die Tasse mit dem Enzian drauf stammte aus Österreich, die mit den Hochhäusern aus New York, doch am schönsten war die aus Bangkok mit der goldenen Pagode vorne und der Tänzerin auf der Rückseite). Sven keuchte unter der dickbauchigen Bodenvase, die ich ihm in letzter Minute noch aufgehalst hatte. Vor Jahren hatte ich sie mal als Ersatz für die schlichte Porzellanvase gekauft, die Saschas sportlichen Ambitionen zum Opfer gefallen war. Wie er es damals geschafft hatte, den Fußball statt geradeaus ins angedeutete Tor halblinks durch die nur spaltbreit geöffnete Terrassentür zu schießen und dann auch noch genau die Vase zu treffen, ist uns allen und am meisten ihm selbst ein Rätsel gewesen.

Die neue Vase hatte mir so lange gut gefallen, bis ich sie zum erstenmal benutzen wollte und feststellte, daß ich dazu mindestens fünfundzwanzig Liter Wasser brauchte. Das Einfüllen ging noch relativ einfach, immerhin reichte der Gartenschlauch bis ins Wohnzimmer, problematisch wurde es erst, als die Gladiolen verwelkt waren und das Wasser sehr intensiv roch. Detaillierte Schilderungen meiner vergeblichen Versuche, die Vase auf die Terrasse zu befördern, ohne daß der Inhalt vorher auskippte, erspare ich mir; es sei nur soviel gesagt, daß ich mich schließlich an den Chemieunterricht in der Schule erinnerte, als wir Flüssigkeiten von einem Gefäß in das andere mit Hilfe eines Schlauches leiten sollten, nur mußte man sie dazu erst ansaugen, und das geht bei einem zwanzig Zentimeter langen Gummischlauch von Bleistiftstärke entschieden leichter als mit circa drei Meter solider Wertarbeit Marke »Goldschlange«. Endgültig ausgedient hatte die Vase allerdings erst, nachdem der Vater und seine zwei schon fast erwachsenen Söhne gemeinsam versucht hatten, dieses unhandliche, bis zum Rand mit Blumenwasser gefüllte Ungetüm zum Zwecke des Entleerens auf die Terrasse zu schleppen. Seit diesem Tag besitzen wir ja auch einen Naßstaubsauger für Teppichböden.

Nun konnte die Vase endlich sinnvoll entsorgt werden, aber Sven war doch etwas enttäuscht, weil sie überhaupt keinen Krach machte, sondern nur mit einem dumpfen »Plop« in drei Teile zerfiel. Auch die Keramikbecher gaben nicht viel her, Limoges wäre bestimmt viel melodiöser kaputtgegangen.

Von dem Brautpaar, das doch eigentlich die Scherben zusammenkehren müßte, war nichts zu sehen. Zwar lehnten an dem großen Container in der Ecke zwei Besen, nur schien vorläufig niemand die Absicht zu haben, sie auch zu benutzen. Hannes denkt ja immer ökonomisch: Wenn schon gearbeitet werden muß, dann sollte es sich auch lohnen.

Im übrigen war der sonst so langweilige Parkplatz nicht wiederzuerkennen. Mit zwei quergestellten Lastwagen hatte man ihn zur Straße hin so abgeschottet, daß nur ein schmaler Durchgang freigeblieben war, und über dem baumelte mit ausgebreiteten Armen der lilagrüne Straßenfest-Schlumpf. Eine um seinen Bauch gewickelte Beerdigungsschärpe trug die Aufschrift: *Ich bin schuld!* So ganz stimmte das ja nicht, aber es wäre sicher zu umständlich gewesen, eine ganze Badewanne aufzuhängen!

Gleich neben dem Eingang stand Lissy hinter einem Tapeziertisch und begrüßte jeden Gast mit einem Glas Sekt. Den gemütlich aussehenden Herrn neben ihr kannte ich nicht. Wahrscheinlich gehörte er zum Partyservice, sofern er nicht Chef Otto selber war, denn im Entkorken von Sektflaschen schien er trainiert zu sein. Erst viel später erfuhr ich, daß er Winfried hieß, Lissys Ehemann war, im normalen Leben lieber Bier trinkt und beruflich was mit Autos zu tun hat.

»Na endlich! Wo bleibst du denn so lange? Ich dachte schon, du bist verlorengegangen!« Steffi zerrte mich am Arm hinter sich her. »Die anderen sind schon alle da. Sascha auch. Der hat sich einen Weihnachtsengel mitgebracht.«

»Was hat er?«

»Warte, bis du sie selber siehst! Nastassja heißt sie, und den Mund kriegt sie überhaupt nicht auf. Hannes behauptet allerdings, er habe sie schon mal reden hören.«

Unter bunten Sonnenschirmen waren kreuz und quer Tische aufgestellt, große und kleine, drumherum Stühle oder gleich ganze Bänke, Windlichter warteten auf die Dunkelheit, und wenn man nicht so genau hinguckte, konnte man die vielen blühenden Bäume durchaus für echt halten, auch wenn sie alle in Töpfen standen. Sven, mit der Botanik besser vertraut als die meisten Anwesenden, bemängelte sofort, daß ein Mandelbäumchen nicht zur selben Zeit blüht wie der Weißdorn, aber ich hätte dieses stachelige weiße Zeug in überhaupt keine Jahreszeit einordnen können. Jedenfalls sah alles sehr bunt und sehr fröhlich aus.

»Die Sippe sitzt da drüben!« Steffi deutete auf einen etwas abseits stehenden Tisch. »Aber geh erst mal zum Büfett, sonst sind die besten Sachen weg. Laß dir was von der Lachspastete geben und von dem Geflügelsalat. Ich kann leider nicht bleiben, man hat ja so seine Verpflichtungen!«

»Kennst du denn die ganzen Leute hier?« Etwa fünfzig Personen saßen oder standen kauend herum, wenn sie nicht gerade einen Teil der Schlange bildeten, die sich an den im Hintergrund aufgebauten Tischen vorbeischob.

»Höchstens zehn Prozent!« griff Steffi meine Frage auf. »Viele sind doch wegen Trudchen gekommen. Seit über vierzig Jahren ist sie die Chefin hier in dem Laden, kennt Gott und die Welt, und genaugenommen ist diese Fete mehr eine Abschiedsparty für sie als ein Fest für uns. Ist ja auch egal, die meisten Gäste sind Kunden und Lieferanten, und die werden uns hoffentlich auch weiter gewogen bleiben. – Jetzt muß ich aber wieder nach vorne. Also bis irgendwann später!« Weg war sie.

Ein Büfett ist der Treffpunkt von Leuten, die sich, weil sie sonst nichts zu sagen haben, den Mund vollstopfen. Offenbar handelte es sich bei den meisten, die in der Schlange vor mir standen, schon um den zweiten Durchgang, denn sie fragten nicht mehr, was denn das für grüne Röllchen sind und ob das mit den Nüssen da drin wirklich Käse ist oder nicht doch ein Pudding. Sie hielten vielmehr ihren Teller hin und zeigten auf das, was sie haben wollten. Genau das tat ich auch, und zwar wählte ich nur, wovon noch am wenigsten da war, weil das erfahrungsgemäß das Beste ist. Die Lachspastete war sowieso schon alle.

Auf dem Weg zum Familientisch kam mir Rolf entgegen. »Da sieht man mal wieder, wo du die Prioritäten setzt! Anstatt zuerst das künftige Familienmitglied zu begrüßen, denkst du an so was Profanes wie Essen. Ich habe nämlich den Eindruck, die nächste Hochzeit steht uns schon ins Haus.«

»Bloß nicht! Eine pro Jahr reicht! Und außerdem ist er noch gar nicht geschieden!« Nachdem ich allerdings die junge Frau an Saschas Seite gesehen hatte, war mir klar, weshalb er sie nicht mehr von der Leine lassen wollte: So was sieht man eigentlich nur als Model im Modekatalog. Konfektionsgröße zwischen 34 und 36, wobei die Standardmaße von Mannequins garantiert noch unterboten wurden, ein ebenmäßiges Gesicht, in dem die grünen Augen dominierten, und darüber eine Fülle von blonden Locken. Steffis Vergleich mit einem Weihnachtsengel war gar nicht so abwegig, nur pflegen die auf Bildern (und bei Krippenspielen) immer nachthemdähnliche Gewänder zu tragen, während sich Nastassja für Minirock und Seidentop entschieden hatte. Alles in allem sah sie großartig aus, und das fanden die meisten männlichen Gäste wohl auch. Hannes erzählte uns später, er sei dauernd gefragt worden, wer diese »aufregende Blondine« denn gewesen sei und ob die zu seiner Verwandtschaft gehöre.

Nun kann man Sascha zwar auch nicht gerade als unattraktiv bezeichnen; er ist groß und schlank, kokettiert mit den ersten grauen Haaren, die ja bei den meisten Männern ganz dekorativ wirken (bei uns Frauen werden sie als »Alterserscheinung« bezeichnet!), aber der unbekümmerte Sunnyboy von einst war er nun doch nicht mehr. Und außerdem war er ja auch schon gebraucht, also quasi ein Second-Hand-Man.

»Das ist Nastassja!« sagte er mit Blick auf seine blonde Seitendeckung, nachdem er mich erst umarmt und dann mit einem angedeuteten Kuß auf die Wange begrüßt hatte. Ich kam mir ein bißchen wie in einem TV-Familiendrama, dritte Fortsetzung, vor und wartete nur noch auf ein gemessenes »Mama (Betonung auf der zweiten Silbe!), darf ich dir meine zukünftige Frau vorstellen?« Statt dessen bekam ich zu hören: »Glaub nicht, daß sie schüchtern ist, das sieht jetzt nur so aus. Ich habe sie zwar vorbereitet, aber zwischen Verwandtschaft auf Fotos und der Realität in Gestalt von drei neugierigen Schwestern besteht eben doch ein Unterschied!«

Das stimmt! Ein Neuling, gleich welchen Geschlechts, hat es immer schwer, in unserer Familie Fuß zu fassen. Er muß ja nicht nur mit seinem(r) Partner(in) klarkommen, sondern auch mit den Geschwistern und deren Anhängseln, und die alle unter einen Hut zu bringen, ist gar nicht einfach. So manche große Liebe hatte ein vorschnelles Ende gefunden, wenn der Kandidat wegen Humorlosigkeit oder mangelnder Spontanität bei den übrigen Familienmitgliedern durchgefallen war. Wie Nastassja abschneiden würde, blieb zumindest an jenem Abend noch offen. Vorsichtshalber sagte sie so gut wie gar nichts und selbst das nur sehr leise.

Unser Tisch wurde bald zu klein, wir mußten einen zweiten dazustellen. Margit war gekommen und Schorsch, eine längst Verflossene von Hannes und dann noch eine, beide inzwischen verheiratet und jeweils mit zweifachem Nachwuchs gesegnet, der unter den Stühlen herumkroch und mit den Einkaufswagen Rallye Monte Carlo spielte, bis einer in die Scherben fiel und verarztet werden mußte – kurz, es ging recht turbulent zu.

Gegen zehn Uhr lichteten sich die Reihen. Übrig blieb der harte Kern, bestehend aus Familie, Mitarbeitern, engen Freunden, dem ehemaligen Hockeyclub und ein paar Unentwegten, hinter denen Steffi Kunden vermutete, während Hannes glaubte, es handele sich um Bekannte von Stefanie. Wer genau sie gewesen waren, hat sich nie feststellen lassen.

Schon ein paarmal hatte das Brautpaar mit Hilfe der von Ludwig zusammengenagelten zwei Besen den vorderen Teil des Platzes gekehrt und damit bewiesen, daß es auch gemeinsam zu produktiver Arbeit fähig war, doch als einige Scherzbolde den halbvollen Container wieder ausgekippt hatten und die Scherben überall verteilt lagen, platzte Hannes der Kragen. Er lief weg und tauchte kurze Zeit später mit einem halben Dutzend Besen auf, die normalerweise zum Kehren der Halle dienen. »Am besten bildet ihr euch ein, das seien Hockeyschläger«, empfahl er den Übeltätern und drückte ihnen die Besen in die Hände. Die nahmen das etwas zu wörtlich, jedenfalls landete ein Kaffeekannenhenkel in der Fensterscheibe vom Büro, worauf das Turnier Mediziner gegen Handwerk abgebrochen wurde.

Danach sollte gesungen werden. Ludwig hatte gedichtet und verteilte nun Zettel mit dem hektographierten Text. Der war sehr lang, hatte sich auch hinten immer gereimt, nur war die vorgegebene Melodie den wenigsten bekannt, und die anderen hatten keine Lust zum Singen. Vor der dritten Strophe gab auch Ludwig auf, die zweite hatte er sowieso schon allein geschmettert. Die Zettel durften wir behalten.

Plötzlich stand noch ein später Gast auf dem Hof, den nun wirklich niemand kannte. Er sah auch gar nicht sehr freundlich aus. »Wem gehört denn der Porsche da draußen, der so weit weg vom Randstein geparkt ist?«

Alle drei Ärzte sprangen auf, aber der eine setzte sich gleich wieder. »Ich vergesse immer noch, daß ich seit sechs Wochen einen Ferrari habe.« Es war übrigens der Orthopäde. Seit der Gesundheitsreform können sich Allgemeinmediziner so ein Auto ja nicht mehr leisten. Dabei hören und lesen wir doch dauernd, daß sich Wirtschaftsflaute, Arbeitslosigkeit, Inflation und Benzinverteuerung nur dann bekämpfen lassen, wenn sich jeder einen neuen Wagen kauft und zu Fuß geht.

Bei dem Crash draußen vor dem Tor schien es sich nur um einen unbedeutenden Blechschaden gehandelt zu haben, den die Versicherungen bereinigen würden. Nach dem Tausch der Visitenkarten hatte sich nämlich herausgestellt, daß der Schadensverursacher (so heißt das im Behördendeutsch) ein Zahnarzt war, und unter Kollegen erledigt man solche Bagatellsachen ohne viele Worte. Der Herr Doktor nahm sogar die

Einladung zu einem Glas Sekt an (»Aber nur halb voll!«), trank noch ein zweites (ganz voll) und fuhr viel freundlicher davon, als er gekommen war.

Ich wollte auch gerade meine Lieben zusammensuchen, auf daß wir uns gemeinsam auf den halben Kilometer Weg zu unserem Nachtquartier machen, als Trudchen ächzend einen großen Karton auf den Tisch stellte. »Mir ist vorhin eingefallen, daß wir noch von letztem Silvester eine Menge Feuerwerk im Lager haben. Jetzt schießen wir einfach die ganzen Raketen hoch!«

Das hielt Hannes für keine gute Idee. »Es ist nach Mitternacht!« Doch Trudchen – nicht mehr so ganz nüchtern – gab nicht nach. »Wer soll sich hier im Industriegebiet darüber aufregen? Der Nachtportier von gegenüber? Der wird höchstens wach, und das muß er ja sein.«

Lucky hatte ein paar leere Sektflaschen aus dem Container geholt, Ludwig – auch nicht mehr nüchtern – munitionierte sie und steckte nacheinander die Zündschnüre an. Das klappte nicht auf Anhieb und vor allem nicht immer. Als er die dritte Rakete zünden wollte, stieg die erste bereits hoch und so knapp an seinem Kopf vorbei, daß er vor Schreck auf seinen Allerwertesten plumpste und nach hinten fiel. Eine gewisse Ähnlichkeit mit einem gestrandeten Maikäfer war ihm nicht abzusprechen. Dann rappelte er sich wieder auf, nicht gewillt, seine Aufgabe als Pyrotechniker zu delegieren. Allerdings schoß er die Raketen nur noch einzeln ab und hielt die Flasche in der weit ausgestreckten rechten Hand.

»Jetzt sieht er aus wie die Freiheitsstatue«, wisperte Steffi, »bloß nicht so monumental.«

Nach der letzten Garbe, die in Form von roten Sternchen genau über der Autobahn herunterkam, war endgültig Schluß. Der Sekt war sowieso alle, Bier wollte niemand mehr, und der Pfälzer Weißwein schmeckte nur, wenn er die richtige Temperatur hatte. Otto und seine Mannen waren jedoch unter Mitnahme des Kühlwagens schon um elf Uhr abgerückt. Müde waren wir alle, hinzu kam noch die bleierne Hitze, denn »örtlich« mußte doch woanders liegen, von den Gewittern hatten wir jedenfalls nichts abgekriegt.

Plötzlich hatten wir es alle eilig, ins Bett zu kommen. Hannes orderte telefonisch ein halbes Dutzend Taxis, denn auch die Herren der medizinischen Fakultät diagnostizierten gegenseitig einen Blutalkoholspiegel von mindestens …, wenn nicht sogar das Doppelte, und als das erste Taxi vorfuhr, machten wir uns auch auf den Weg. Zu Fuß. Nicht mal Rolf meckerte, denn aufgrund seiner Blessur hatte er eine Menge Leute kennengelernt. »Wenn du einen Gesprächspartner suchst – trage einen Verband!« hatte er gesagt, als wir uns zufällig vor der Toilettentür getroffen hatten. Danach hatte ich ihn nur gelegentlich aus der Ferne gesehen.

»Diese Margit ist wirklich ein sympathischer Mensch«, teilte er mir mit, als er schon, einen kalten Waschlappen um den lädierten Zeh gewickelt, im Bett lag. »Ich habe mich lange mit ihr unterhalten.«

»Ich weiß«, gab ich zurück, »fast eine halbe Stunde.«

Überrascht richtete er sich auf. »Bist du etwa eifersüchtig, weil es mir immer noch gelingt, mit jungen Frauen zu flirten?«

»Keineswegs. Mich hat lediglich beeindruckt, daß du so lange den Bauch einziehen konntest.«

Die große Stunde naht

Ein Ehemann, der nicht nur androht, sich aus dem Berufsleben zurückziehen zu wollen, sondern es auch tatsächlich tut, ist nicht mehr der, den man mal geheiratet hat. Damit meine ich nicht die schütter werdenden Haare und den Rettungsring in der Taillengegend, sondern in erster Linie die Bequemlichkeit. Was hatte Rolf nicht alles tun wollen, wenn er erst mal die Zeit dazu haben würde! Fotos einkleben (das Urlaubsalbum endet mit den Bildern aus Holland, und damals gingen die Zwillinge noch in die Grundschule), Dias sortieren (nur muß er dazu erst mal die Rähmchen wiederfinden, die er vor sieben bis elf Jahren gekauft hatte), den Dachboden aufräumen (da müssen bibliophile Kostbarkeiten zum Vorschein kommen wie das Album mit den Zigarettenbildern. Es fehlen zwar welche, aber auf einem ist sogar Ohm Krüger drauf), und vor allem wollte er endlich den Garten auf Vordermann bringen. »Es muß doch möglich sein, hier mal was zum Blühen zu kriegen!« hatte er im Frühling gesagt. »Der Boden braucht bloß die richtige Vorarbeit und natürlich Dünger.«

Das Schönste an der Gartenarbeit ist, daß es zu spät dafür wird, wenn man sie nur lange genug hinausschiebt. Ich weiß nicht mehr, ob das Frühjahr nun zu naß gewesen ist oder zu trocken, jedenfalls hatte es immer einen Grund gegeben, weshalb Rolf den Rasen nicht vertikutieren und danach den bereits seit Monaten im Keller lagernden Dünger nicht ausbringen konnte. Plötzlich war es Mai geworden, und das einzige, was bei uns blühte, war der Löwenzahn. Die anderen Blumen konnte ich nur in den Katalogen bewundern, von denen ungefähr zwei Dutzend im ganzen Haus verteilt lagen. Das ist diese bunte, auf Hochglanzpapier gedruckte Winterlektüre aus der Gruppe der Science-fiction-Bilderbücher, die von Versandgärtnereien, Baumärkten und Geräteherstellern kostenlos ins

Haus geschickt wird. Rolf hatte sich ja auch recht intensiv damit beschäftigt und angekreuzt, was er bestellen wollte, nur hätten wir dafür einen Garten von den Ausmaßen eines Neun-Loch-Golfplatzes gebraucht. Und weil er sich nicht entscheiden kann, auf welche Pflanzen er verzichten will, grübelt er noch heute.

Manchmal, wenn ich Kartoffeln schäle oder Rouladen wickle, obwohl ich viel lieber an meinem Schreibtisch säße, denke ich wehmütig an die erste Zeit meiner Ehe zurück. Damals hatte Rolf trotz seines Berufs immer wieder Zeit gefunden, seine junge Frau in die Grundkenntnisse der Kochkunst einzuweihen (nach Ansicht meiner Mutter hätte ich seinerzeit sogar das Teewasser anbrennen lassen), hatte heroisch angebranntes Gemüse hinuntergeschluckt oder klaglos drei Tage lang Reis gekaut, weil ich die Rezeptanweisung »eine Tasse pro Person« großzügig aufgerundet hatte, und wenn ich wieder einmal etwas völlig Undefinierbares (und meistens auch Ungenießbares) zusammengerührt hatte, waren wir zum Italiener gegangen und hatten *Spaghetti alla carbonara* gegessen, das war am billigsten gewesen.

Aber heute, wo er doch genügend Zeit hätte, seinem angeblichen Hobby zu frönen und endlich mal die Rezepte auszuprobieren, die er schon vor zwanzig Jahren angefangen hatte zu sammeln, ist davon keine Rede mehr. »Wo soll ich denn hier frische Zuckererbsen herkriegen?« heißt es, oder: »Wenn du mir sagst, welcher von unseren vier Läden Merlanfilets führt, stelle ich mich gern mal wieder an den Herd.«

»Es muß ja nicht gleich etwas Exotisches sein. Wie wär's denn für den Anfang mit einem ganz simplen Gulasch?«

»Meine Güte«, sagte mein Mann angewidert, »das solltest du nun wirklich schon allein können!«

Kürzlich ist mir aber doch mal der Kragen geplatzt. Ich war beim Wäscheaufhängen und jagte gerade quer durch den Garten Otto und der geklauten Socke hinterher, während Rolf grinsend von seiner Lieblingsliege aus den ungleichen Wettlauf verfolgte, als es klingelte. Ein junger Mann wedelte mit einem Fragebogen und behauptete, er mache eine Meinungsumfrage, die in erster Linie Ruheständler beträfe. Dabei sah er mich, die ich keuchend vor ihm stand, fragend an. Ich führte ihn in den Garten und deutete auf die Liege. »Wir sind kein Ehepaar im Ruhestand. Wir sind ein Mann im Ruhestand und seine Frau!« Abends ging Rolf freiwillig mit dem Hund raus und nahm sogar die Mülltonne mit nach vorne.

Diese Gedanken und noch viele andere gingen mir durch den Kopf, während ich meine Haare so hinzufönen versuchte, wie es der Friseur immer macht. Es klappte nicht. Wieso auch? Der hatte das ja drei Jahre lang gelernt, ich war bloß Amateurin und keine besonders talentierte. Und überhaupt war es gar nicht wichtig, ob meine Frisur vorbildlich war oder nicht, die Hauptperson heute war Steffi, und die saß schon seit acht Uhr im Frisiersalon. Kurz vorher hatte sie noch angerufen. »Weißt du, Määm, mir geht's überhaupt nicht gut. Ich habe miserabel geschlafen und war schon zum drittenmal auf dem Klo.«

»Das ist normal«, beruhigte ich sie, »es wird höchstens noch schlimmer.«

»Es ist ja nicht so, daß ich Hannes nicht will, ganz im Gegenteil, ich liebe ihn doch, aber Heiraten ist so was Endgültiges!«

»Das stimmt allerdings. Außerdem ist die Ehe das einzige Meer, für das es noch keinen Kompaß gibt.« Das hatte ich mal irgendwo gelesen und sogar behalten, weil es mir gefallen hatte.

»Wenigstens bin ich seefest«, erwiderte meine Tochter. »Nicht umsonst habe ich damals als einzige den Segeltörn auf der Nordsee durchgestanden, ohne über der Reling zu hängen.« Da war sie sechzehn gewesen! »Na ja«, meinte sie schließlich, »man soll zwar am Hochzeitstag nicht an Scheidung denken, aber es ist doch beruhigend zu wissen, daß es so was gibt. – Jetzt muß ich los. Also tschüß bis nachher!«

»Weißt du, wo meine Manschettenknöpfe sind?« brüllte Rolf aus dem Nebenzimmer. »Ich kann sie nirgends finden.«

»Wann hast du sie denn zum letztenmal getragen?« schrie ich zurück.

»Keine Ahnung, das muß Jahre her sein. Es gibt doch kaum noch Hemden mit Doppelmanschetten.«

»Dann suchst du sie am besten dort, wo du schon seit Jahren aufräumen willst, also zwischen deinen Aquarellfarben oder den unbeantworteten Briefen und vielleicht noch im Regal mit den Gartengeräten.« Ich stellte den Fön ab und besah mich im Spiegel. Na ja, besser als vorher sah ich nicht aus, aber wenigstens auch nicht schlechter. Ein zweites Gesicht schob sich neben meins. »Hast du nicht auch Manschettenknöpfe?«

»Natürlich, aber sie sehen anders aus als die für Männer.«

»Glaubst du, das fällt im Zeitalter der T-Shirts und Polohemden noch jemandem auf?«

Während ich die Perlmuttknöpfe (trägt man so etwas heutzutage überhaupt noch?) in die wie immer viel zu kleinen Knopflöcher fummelte, verlas der Radiosprecher den Wetterbericht. Demnach würde es ein sonniger, wolkenloser Tag werden mit Höchsttemperaturen um dreiunddreißig Grad, in der Rheinebene noch etwas darüber. Na bravo! Von mir wollte ich ja gar nicht reden, und die Männer waren daran gewöhnt, aber Steffi würde sich in ihrem Hosenanzug totschwitzen.

Das Telefon klingelte. Katja wollte wissen, ob sie ihre blauen Slipper vergessen hätte, ich solle doch bitte mal im Schuhschrank nachsehen. Mit dem Knochen in der Hand stiefelte ich abwärts und ließ mir dabei erzählen, daß Tom sich doch gestern tatsächlich noch einen Blazer gekauft habe und nun richtig elegant aussähe. »Eigentlich wollte ich ja Hosen anziehen, aber bei dieser Hitze gehe ich doch lieber im Rock. Hast du die Schuhe gefunden?«

»Nein.« Vorsichtshalber räumte ich schnell den ganzen Schrank aus, denn manchmal rutschen welche hinten runter. Richtig, da lag tatsächlich was. »Weißt du, was ich eben entdeckt habe? Deine weißen Leinenschuhe.«

»Tatsächlich? Ich dachte, die hätte ich längst weggeschmissen. Und die blauen sind bestimmt nicht da?«

»Nein, verflixt noch mal!«

»Dann müssen sie oben in meinem Zimmer sein. Könntest du schnell mal ...«

War sie es nicht gewesen, die erst unlängst behauptet hatte, ich müsse wenigstens einmal pro Woche ins Fitness-Studio gehen? In meinem Alter sei das wichtig wegen mangelnder Bewegung und so weiter. Dabei trabte ich jetzt erst mal vierundzwanzig Stufen aufwärts, würde sie gleich wieder hinunterlaufen müssen und das ganz bestimmt nicht zum letzten Mal.

Wir besitzen ein digitales Fieberthermometer, dito eins fürs Zimmer, ganz abgesehen von diesem niedlichen wassergefüllten Spielzeug, in dem immer Bällchen auf- und absteigen mit Zahlen dran, nur wissen wir bis heute nicht, welches das mit der richtigen Temperatur ist – wir haben vom elektrischen Eierkocher bis zum batteriebetriebenen Dosenöffner alle technischen und meist völlig überflüssigen Geräte, bloß einen simplen Kilometerzähler, der auch Höhenunterschiede anzeigt, hat mir noch niemand geschenkt, obwohl ich oft genug den Wunsch danach geäußert habe. Wahrscheinlich haben sie alle Angst, mein tägliches Laufpensum im Dienste der Familie würde ihr Gewissen zu sehr belasten.

Nach längerem Suchen fanden sich Katjas Schuhe. Unter dem Bett. »Ja, wo denn sonst?« fragte sie ganz erstaunt, offenbar in völliger Unkenntnis der Möglichkeit, derartige Sachen auch woanders abzustellen. »Vergiß bloß nicht, mir die Treter mitzubringen. Bis dahin muß ich Turnschuhe anziehen, andere habe ich nicht hier.«

Es wurde wirklich Zeit, daß dieser doppelte Haushalt endlich aufhörte. Jeden Tag warteten die Zwillinge auf Nachricht vom Oberschulamt. Mit Beginn der Sommerferien endete auch ihr Referendariat, und noch immer wußten sie nicht, ob überhaupt und falls ja, an welche Schule sie abkommandiert würden.

Inzwischen hatte ich mich so weit bekleidet, wie es der Anstand erfordert, falls es an der Haustür klingelt und man öffnen muß. Leider würde ich in Kürze die neuen Hosen anziehen müssen, Strümpfe (nur bis zum Knie, mehr war nicht nötig) nebst unbequemen Schuhen. Die Seidenbluse würde nur während der ersten drei Minuten das Gefühl von Kühle erwecken, und dann gehörte zu dem ganzen Outfit ja noch die Jacke. Weshalb, um alles in der Welt, hatte ich mir bloß einen Hosenanzug ausgesucht, wo es doch so schöne leichte Sommerkleider gibt? Meinetwegen auch großgeblümt und mit Rüschen.

Rolf spazierte schon festlich gewandet herum, allerdings noch mit offenem Kragen und ohne Krawatte. »Welche soll ich denn nehmen?« Er hatte ein größeres Sortiment über dem Arm hängen und sah mich fragend an. »Die silbergraue?«

»Hast du die nicht schon zu *unserer* Hochzeit getragen?«

»Kann sein«, meinte er gleichmütig, »aber sie ist noch so gut wie neu.«

»Dann heb sie auf, sie wird bestimmt bald wieder modern.«

Mit Krawatten ist das auch so eine Sache. Früher hatte ich Rolf oft welche mitgebracht, einfach nur, weil sie mir gefallen hatten. Ehemänner sind ja daran gewöhnt, daß man sie an Geburtstagen oder zu Weihnachten mit den SOS-Liebesgaben beglückt (Socken, Oberhemd und Schlips), nur sorgten bei uns schon Mütter und Tanten dafür, so daß für mich immer bloß die Schlafanzüge übrigblieben. Jedenfalls besaß Rolf so um die fünfzig Krawatten, von denen er aber nur ein knappes Dutzend benutzte. Und die stammten samt und sonders aus den späten Siebzigern, als es noch sehr avantgardistisch war, einen gestreiften Binder zu einem karierten Jackett zu tragen. Mir war das nie so richtig aufgefallen, bis Sven sich mal von seinem Vater einen Kulturstrick leihen wollte. Nachdenklich betrachtete er die drei Reihen gepünktelter, gestreifter oder mit einem dezenten Muster versehenen Krawatten, dann schüttelte er den Kopf. »Bevor ich mir einen dieser fossilen Lappen umwürge, gehe ich lieber ohne. Oder hättest du vielleicht einen Schal für mich, Määm?«

Als ich das nächstemal mit den Zwillingen auf textiler Einkaufstour war, durften *sie* für ihren Vater Krawatten kaufen, denn ich sah mich dazu außerstande. Seitdem besitzt er auch welche mit wilden Mustern von Pink bis Kanarienvogelgelb, und auf einer tummeln sich sogar lauter japanische Schriftzeichen. Vielleicht sind es gar keine, aber sie sehen genauso aus.

Aus diesem Sortiment sollte ich jetzt etwas Passendes zum dunkelgrauen Anzug heraussuchen. Blau mit grün? Nein, zu trist. Beige mit Kringeln? Auch nicht, sieht doof aus. Am besten würde sich die Hellviolette eignen, nur erinnert mich das Dessin immer an das geblümte Sofakissen von meiner Großmutter. Egal, außer mir hat es ja keiner gekannt.

Rolf schob den Binder in die Tasche, hängte das Jackett über die Stuhllehne und leitete damit die tägliche Suche nach den Autoschlüsseln ein. Diesmal fand er sie ziemlich schnell auf dem Fensterbrett in der Gästetoilette. »Ich fahre den Wagen doch besser noch durch die Waschanlage. Bis wir in Heidelberg sind, wird davon zwar nichts mehr zu merken sein, aber wenigstens ist es dann frischer Staub.«

Er war kaum weg, als Sven vorfuhr. Auch sein Auto hatte endlich mal wieder Seifenwasser gesehen, das erste seit Monaten. Normalerweise stellt er sein schon ziemlich bejahrtes Vehikel einfach in den Regen und entschuldigt diese arbeitssparende Methode damit, daß nach zu gründlicher Reinigung die Roststellen so auffallen würden. Freundin Tanja, ein blasses Wesen mit langen dunklen Haaren und langen dunklen Fingernägeln, hatte ihr Kleid auf die Wagenfarbe abgestimmt. Sie trug etwas Schlabbriges in Grün, bei dem ich im ersten Moment glaubte, hinten sei der Saum ein Stück abgerissen. Bei näherem Hinsehen merkte ich aber, daß der Rock rundherum zippelte, also mußte das wohl so sein. »Fahrt ihr mit uns oder separat?«

»Separat natürlich«, sagte Sven. »Wir wollen doch heute abend noch nach Mannheim zu dem Open-air-Konzert.«

Stimmt, er hatte unlängst so etwas erwähnt. Warum auch nicht, im Gegensatz zu den meisten Hochzeiten würde die heutige bereits am frühen Nachmittag enden. Dann nämlich wollte das Brautpaar mit unbekanntem Ziel in seine zweieinhalb Flittertage verschwinden. Nicht einmal Steffi wußte, wohin es gehen würde; Hannes hatte ihr lediglich verraten, daß er ein Zimmer in einem Romantik-Hotel gebucht habe. Die Flitter*wochen* würden erst in genau siebzehn Tagen beginnen, wenn nämlich die Maschine nach Jamaica startete. Mit an Bord Trauzeugin Margit und Schwiegermutter Evelyn. Endlose Debatten hatten vorher stattgefunden, denn sowohl Margit als auch ich hatten diese Reise natürlich stornieren wollen. Als wir sie Anfang des Jahres gebucht hatten, war sie als Urlaub gedacht gewesen und nicht als Honeymoon! Und dabei kann man nun wirklich keine Freundin gebrauchen, selbst wenn es die beste ist, und erst recht keine Schwiegermutter! »Ich mache mich doch nicht lächerlich!« hatte ich protestiert.

»Schwiegermütter sind ohnehin schon beliebte Witzblattfiguren, aber eine Schwiegermutter, die mit auf Hochzeitsreise geht, wäre vermutlich ein Novum und ein gefundenes Fressen für die Karikaturisten.«

»Stimmt gar nicht«, hatte Steffi gesagt, »oder hast du Loriots ›Ödipussy‹ nicht gesehen? Da hat seine Mutter zum Schluß doch auch mit im Auto gesessen.«

»Dort könnte man sie ja notfalls unterwegs rausschmeißen, im Flieger geht das schlecht.«

Hannes, der eigentlich am meisten Betroffene, war schließlich energisch geworden. »Was stellst du dir eigentlich unter Flitterwochen vor?« hatte er gefragt und mich süffisant angegrinst. »Deine Tochter und ich leben seit einem Dreivierteljahr zusammen und das keineswegs in getrennten Zimmern! Also hör jetzt auf mit diesem dummen Gequassel von wegen trauter Zweisamkeit und so weiter, das mag ja zu deiner Zeit noch gepaßt haben, als man bis zum Hochzeitstag einen Anstandswauwau brauchte und nach der Trauung mit der Dampfeisenbahn an den Gardasee reiste.«

»Wie kommst du auf Eisenbahn? Wir sind noch mit der Postkutsche gefahren!« Seine Argumente hatten mich jedoch so lange nicht überzeugen können, bis Steffi schließlich sagte: »Ich weiß gar nicht, was du hast? Jeder wohnt in seinem eigenen Bungalow, und damit ist doch die Privatsphäre gesichert. Außerdem sehe ich lieber dir beim Essen zu als Familie Meier aus Leverkusen oder dem Ehepaar Huber aus Altötting, das beim Frühstück seine Verdauungsprobleme erörtert. Haben wir ja alles schon gehabt, nicht wahr?«

Die gemeinsame Hochzeitsreise war also eine beschlossene Sache, aber wenigstens die Flittertage würde das frischgebackene Ehepaar allein verbringen dürfen!

Da wir alle aus verschiedenen Richtungen kamen, hatten wir vereinbart, uns vor der Firma zu treffen und dann gemeinsam zum Standesamt zu fahren. Bis dahin würde hoffentlich jemand rausgekriegt haben, wo es überhaupt lag. Steffi sollte von Margit gebracht werden, und Hannes mußte die für diesen Tag geliehene Nobelkarosse erst mal selber hinfahren.

Sascha war offensichtlich schon eine ganze Weile vor uns eingetroffen, denn er hatte bereits Zeit gehabt, sich eine halbe Tasse Automatenkaffee über den Anzug zu kippen. Am linken Hosenbein wischte Nastassja herum, am rechten Lissy, während Trudchen das Büro auf den Kopf stellte. »Hier *muß* noch irgendwo der alte Fön sein! Der Junge kann doch nicht mit nassen Hosen herumlaufen!«

Der Fön fand sich nicht, statt dessen kam sie mit dem Elektroöfchen an, einem Relikt aus jenen Zeiten, als das Büro aus Sparsamkeitsgründen nur während der Wintermonate beheizt worden war. Außerkalendarischen Frosteinbrüchen war man stundenweise mit diesem musealen Gerät begegnet. »Setzen Sie sich mal davor!« befahl Trudchen. »Aber nicht zu dicht, sonst fangen Sie Feuer.«

»Ihr habt doch noch 'ne jute Stunde Zeit, bis der janze Rummel anfängt. Soll er doch die Hose ausziehen und hinten im Hof übern Zaun hängen. Da scheint die Sonne schon voll druff!« Ludwigs Vorschlag klang am erfolgversprechendsten, und Sascha, dem die allgemeine Aufmerksamkeit sichtlich unangenehm war, trabte ab.

Jetzt hätte ich endlich Zeit gehabt, mich ein bißchen um Nastassja zu kümmern, doch das war gar nicht notwendig. Diese Aufgabe hatte bereits Rolf übernommen, und das offenbar sehr gründlich. Ich kenne nämlich den höflich-gelangweilten Blick seiner Gesprächspartner, wenn er sie mit einem seiner zwei Lieblingsthemen unterhält! Das eine ist Angeln und das zweite moderne Kunst. Ich habe von beidem nicht viel Ahnung, und Nastassja schien es so ähnlich zu gehen.

Räder knirschten draußen auf dem Kies, begleitet von Svens asthmatischer Hupe, und gleich darauf fuhren auch Nicki und Jo vor. Rolf sah sich genötigt, Tochter nebst Begleitung zu begrüßen, und diese Gelegenheit benutzte Nastassja zur Flucht. Ich konnte es ihr nicht verdenken. Ein Mann ist so jung, wie er sich fühlt, bloß nicht so bedeutend!

Lissy verteilte zu kunstvollen Schleifen gebundene Tüllfähnchen, die wir an den Antennen unserer Autos befestigen sollten. Angeblich müssen sie dort so lange hängenbleiben, bis sie von selber abfallen, sonst bringen sie Unglück. Das hatte ich nicht gewußt, sondern mich nur immer gewundert, weshalb so viele Leute diese dreckigen Fetzen nicht endlich entfernen. Bei Rolfs Wagen gab es von vornherein Schwierigkeiten. Seine Antenne verschwindet nämlich irgendwo im Blech, sobald er das Radio ausschaltet. Außer an der Stoßstange sah ich keine Möglichkeit, dieses unerläßliche Tribut eines Brautpaar-Begleitfahrzeugs anzubringen. Sven befestigte es schließlich am Außenspiegel, aber während der Fahrt machte Rolf das Herumgeflatter so nervös, daß er das Band abnahm und in die Brusttasche steckte. Ein Teil davon hing später während der ganzen Trauungszeremonie heraus.

Als letzte kamen Tom und Katja. Hübsch sah sie aus in dem gestreiften Rock und dem dunkelblauen, kurzärmeligen Leinenblazer, nur die Turnschuhe paßten dazu wie die »Faust aufs Auge«. Turnschuhe ...? Himmel noch eins, ich hatte die Slipper vergessen! Dabei hatte ich die Tüte doch extra an die Haustür ... »Katja, mir ist da was ganz Dummes passiert.«

»Das kannst du mir nachher erzählen. Jetzt gib mir bloß schnell meine Schuhe, ich komme mir nämlich vor wie der gestiefelte Kater. Wo sind sie? Noch im Auto?«

»Nein. Die hängen zu Hause an der Türklinke!«

»Waaas???«

»Na ja«, fing ich an zu stottern, »zum Schluß ging alles so schnell wegen der Krawatte und weil der Wagen noch gewaschen werden mußte ... es tut mir wirklich leid.«

»Was glaubst du, wie leid *mir* das tut?« fauchte sie los. »Was soll ich denn jetzt machen?« Sie sah auf ihre Uhr. »Wenn's nicht so spät wäre, würde ich schnell in die Stadt reinfahren und mir ein Paar kaufen, aber das schaffe ich nicht mehr. *So* gehe ich jedenfalls nicht ins Standesamt!« beharrte sie.

»Dann lauf doch einfach barfuß«, empfahl ihre Schwester, »das würde weniger auffallen als diese Botten.«

»Denkste! Die Ära der Blumenkinder ist schon lange vorbei.« Wütend bohrte sie mit den Füßen Löcher in den Kies. »Wenn ich schon mal jemanden um was bitte ...«

»Is was?« Rolf kam herangeschlendert, Hände auf dem Rücken, fragend hochgezogene Brauen. »Warum brüllt ihr euch denn so an?«

»Ich brülle überhaupt nicht, ich bin bloß sauer!« sagte Katja. »Mami hat meine Schuhe vergessen, und mit diesen Tretern komme ich nicht mit!«

»Dann zieh doch andere an!«

»Haha, sehr komisch!« erwiderte seine Tochter. »Und wo soll ich die jetzt hernehmen?«

»Aus der Tüte.« Hinter dem Rücken zog er sie hervor, die vergessen Geglaubte mit dem Logo unseres Fischgeschäfts und dem Weihnachtsbaum vorne drauf. »Ich dachte mir schon, daß die gebraucht werden!«

»Paps, du bist wirklich der Beste!« Jubelnd fiel ihm Katja um den Hals, während sie mich nur giftig ansah. »Eine andere Verpackung hast du wohl nicht gefunden? Bestimmt riechen sie jetzt nach Kabeljau.«

Zehn Minuten später waren wir abfahrbereit. Sogar Saschas Hose war noch trocken geworden und sah nur in der Kniegegend ein bißchen zerknittert aus. Der Konvoi formierte sich. Vorneweg Karl und Trudchen, die als einzige den genauen Weg kannten, danach der Firmenwagen mit den Mitarbeitern und zwei riesigen Kühltaschen, und dann folgten in lockerem Abstand wir anderen. Bereits nach der zweiten Ampel hatten wir den Anschluß verloren und nach der vierten die Orientierung. In einer Sackgasse sammelten wir uns. »Wenn jemand die Straße weiß, ist das kein Problem. Ich habe einen Stadtplan«, sagte Jo, im Handschuhfach wühlend.

»Wenn wir die Straße wüßten, könnten wir ja auch danach fragen!« bemerkte Tom ganz richtig.

Sascha hatte einen anderen Vorschlag. »Wie wär's, wenn wir erst mal nach einer Telefonzelle suchen?«

»Willst du etwa auf dem Standesamt anrufen?«

»Nee, aber die Adresse feststellen. Oder hat jemand eine bessere Idee?« Auffordernd sah er uns der Reihe nach an. »Niemand? Also dann los!«

Ich wunderte mich, daß Rolf sich nicht geäußert hatte, denn im Straßenverkehr gibt es niemand Kompetenteren als ihn, wobei es völlig gleichgültig ist, ob es sich um Pannenhilfe handelt (er sucht immer erst nach einer verrußten Zündkerze, und wenn die alle sauber sind, tippt er auf eine defekte Zylinderkopfdichtung; das kann man nicht so ohne weiteres feststellen, aber es klingt so schön fachmännisch!) oder um die Feinheiten der Straßenverkehrsordnung; im Zweifelsfall hat *er* sowieso recht. Ich sah ihn am Ende der Straße, wo er eine treppenwischende Frau von der Arbeit abhielt. Erst hörte sie aufmerksam zu, dann nickte sie und begann ein abstraktes Gemälde in die Luft zu zeichnen. Nun hörte Rolf zu, nickte ebenfalls, bedankte sich mit einer leichten Verbeugung und kam zurück. »Wir sind gar nicht so falsch«, verkündete er, »wir hätten an der dritten Ampel nicht geradeaus fahren sondern links abbiegen müssen. Hinter den Straßenbahnschienen geht es nach rechts, und dann würden wir schon den Parkplatz sehen.«

Ehrfürchtig staunten wir ihn an. »Du hast also doch den Straßennamen gewußt?« moserte Sven.

»Nein, ich habe lediglich gefragt, wie ich am schnellsten zum Schloß komme.«

Das fanden wir dann auch wirklich, nur Parkplätze fanden wir nicht. Die waren alle besetzt, weil nämlich Markttag war. Und in genau sieben Minuten sollte die Trauung beginnen! »Es hilft nichts, jeder muß selbst sehen, wo er einen Parkplatz findet«, schrie Rolf. »Wir treffen uns vor dem Standesamt.«

Wir hatten Glück. Eine Mutter mit zwei Kindern und zwei Einkaufstaschen steuerte einen kleinen Fiat an. »Fahren Sie weg?« erkundigte sich Rolf.

»Wenn ich es schaffe, die Einkäufe hinten ins Auto zu laden, bevor die Zwillinge vorne wieder ausgestiegen sind, dann ja!« sagte sie lakonisch. Keine Frage, daß sie es schaffte, sie hatte ja doppelte Hilfe! Rolf hatte schon seinen Wagen abgeschlossen, als ich ihn an die Krawatte erinnerte. »Muß ich das Ding wirklich umbinden?«

»Natürlich mußt du! Ich ziehe ja auch meine Jacke an.«

»Selber schuld!« Vor dem Kosmetikspiegel hinter der Sonnenblende, den er immer als überflüssigstes Zubehör im ganzen Auto bezeichnet hatte, fummelte er den Schlips zurecht. »Den Erfinder dieses Henkerstricks hätte man an demselben aufknüpfen sollen! Wozu taugt er denn sonst? Er beengt einen am Hals und stört beim Essen. Wenn er nicht in der Suppe hängt, spritzt Bratensoße drauf oder Schokoladeneis.«

»Deshalb trägt der kluge Mann ja auch eine Fliege.«

»Bevor ich mir so einen Propeller unters Kinn schnalle, lasse ich mir lieber einen Vollbart wachsen!« Sprach's, überquerte die Fahrbahn und lief genau seinem Schwiegersohn in die Arme, der an seiner perfekt gebundenen Schleife herumzupfte. »Donnerwetter, siehst du scheißvornehm aus!« entfuhr es ihm. »Entschuldige, das ist mir so herausgerutscht!«

Hannes nickte gnädig. »Ich komme mir ja selber verkleidet vor.«

Er trug einen erstklassig sitzenden nachtblauen Anzug, dazu ein Hemd mit Stehkragen und – ich traute meinen Augen nicht – einen Kummerbund. »Wegen der abhanden gekommenen Taille?« fragte ich hinterhältig.

»Nee, wegen Margit! Die hat mich regelrecht dazu gezwungen.« Suchend sah er sich um. »Wo ist denn die restliche Sippe?«

»Auf Parkplatzsuche. Da drüben kommen sie ja.« Ich deutete auf die gegenüberliegende Seite. »Wo steht denn euer Wagen?«

»Na hier!« Direkt neben uns parkte ein feuerrotes BMW-Kabriolett mit einem großen Rosenbukett auf der Kühlerhaube und einem kleineren auf dem Heck. »An den Schlitten könnte ich mich gewöhnen.« Er tätschelte den Kotflügel wie die Flanke eines Trabrennpferdes mit guten Siegeschancen. »Leider ist er nur geliehen.«

Inzwischen waren auch die anderen herangekommen. »Wieso stehen wir hier eigentlich noch rum?« Aufgeregt tippte Nicki auf ihre Uhr. »Nach meiner Zeit müßte Hannes schon längst ja gesagt haben. Wo ist überhaupt die Braut?«

»Die wartet oben«, sagte der Bräutigam, »und Zeit haben wir genügend. Vor uns muß noch ein Paar verheiratet werden, das die irgendwie vergessen haben.« Er schmunzelte. »Jetzt ist ihnen der ganze Zeitplan durcheinandergekommen.«

Gemessenen Schrittes, wie in Standesämtern und vor allem auch in Schlössern üblich, schritten wir die Treppe zum ersten Stock hinauf, und dort, umrahmt von Schwiegermutter und den Trauzeugen, stand Steffi und strahlte überhaupt nicht. »Der linke Schuh drückt!« flüsterte sie mir ins Ohr, als ich sie umarmte.

»Macht nichts, du kannst ja gleich sitzen!« wisperte ich zurück, bevor ich einen Schritt zurücktrat und sie von Kopf bis Fuß betrachtete. Doch, sie sah großartig aus. Ein bißchen fremd zwar, aber das lag wohl an der ungewohnten Frisur, bei der sich der Meister des Haarsprays etwas zu sehr verkünstelt hatte. Der Anzug saß perfekt, und was Steffi im Arm hielt, war ein Traum aus hellgelben, fast weißen Rosen, aus dem vereinzelte Blüten wie absichtslos herabfielen. Lissy hatte sich selbst übertroffen.

»Also ganz klar, neu ist alles, was du anhast, und alt das Taschentuch, das Mami aus der tiefsten Ecke ihrer Raritätenschublade gekramt hat«, konstatierte Katja. »Geborgt hast du dir die Anstecknadel auf dem Revers, die habe ich nämlich schon mal bei Margit gesehen, aber wo ist das Blaue?«

»Brüll doch nicht so!« Ein vorsichtiger Blick überzeugte Steffi, daß sich kein Mann in Hörweite befand, dann öffnete sie verstohlen den obersten Blusenknopf. »Es wird ja nirgends vorgeschrieben, daß man alles *sehen* muß.«

»Meine Güte, wie unerotisch!« kicherte Katja. »Ich dachte, am Hochzeitstag trägt man schwarze Spitzenunterwäsche oder so was in der Art, aber keinen blauen BH.«

»Es ist ja noch nicht aller Tage Abend«, sagte Steffi, hastig ihre Bluse zuknöpfend, denn ein Jüngling in dunklem Anzug verkündete, daß nunmehr das Brautpaar X und Y an der Reihe sei.

»Das sind ja wir!« rief Hannes erschrocken. Dann zupfte er ein letztesmal an seiner sowieso schon schiefsitzenden Schleife und baute sich neben Steffi auf. »Noch kannst du es dir überlegen!« flüsterte er.

»Du auch!« gab sie zurück. »Aber denk daran: Das Essen für zweiundzwanzig Personen müssen wir auf jeden Fall bezahlen!« Worauf Hannes schallend zu lachen anfing, seiner Braut einen flüchtigen Kuß auf die Nase drückte und Arm in Arm mit ihr durch die Tür ins Trauzimmer schritt.

»*Kraft des mir verliehenen Amtes …*«

Irgendwie ähneln sich diese Trauzimmer alle. Dominiert werden sie von einem großen Möbel, das trotz auf Hochglanz polierter Oberfläche und Blumenschmuck immer ein bißchen wie Schreibtisch aussieht. Jener Tisch, vor dem ich seinerzeit auf Rolfs Jawort gewartet hatte (weshalb werden eigentlich die Männer immer zuerst gefragt?), war mit dunkelgrünem Leder bezogen und rundherum mit akkurat 94 Messingknöpfen verziert gewesen. Ich weiß das deshalb so genau, weil ich sie immer wieder gezählt hatte: Fünfzehn an der Schmal- und zweiunddreißig an der Längsseite mal zwei ergibt wieviel? Richtig! Man mag daraus ersehen, wie sehr mich die Ansprache des Standesbeamten berührt hatte. Und Rolf erzählte später, der Beamte habe Kuhmist unter der linken Schuhsohle gehabt.

Vor dem Tisch stehen gepolsterte Lehnstühle – mindestens zwei, manchmal auch vier, wenn die Trauzeugen der Zeremonie hautnah beiwohnen sollen. Unsere mußten damals hinten bleiben. An der dem Schreibtisch gegenüberliegenden Wand befinden sich die Zuschauerplätze. Sie bestehen aus harten Stühlen und werden größtenteils von der Verwandtschaft belegt. In der Regel bleiben die meisten Sitzgelegenheiten frei, wenn nämlich die standesamtliche Trauung nur eine unerläßliche Formalität ist und der große Auftrieb erst am nächsten Tag in der Kirche stattfindet. Anders sieht es aus, sobald sich das Brautpaar auf die amtliche Zeremonie beschränkt. Nicht nur die Eltern, auch Onkel, Tanten, Paten und nicht zuletzt die Freunde wollen die entscheidenden Minuten miterleben (und genau aufpassen, ob nicht einer der beiden Ehekandidaten einen Sekundenbruchteil zögert, bevor er seine Freiheit endgültig aufgibt).

Gleich beim Betreten des Trauzimmers war uns klar, daß die Stühle niemals reichen würden. Getreu der Devise »Frauen und Kinder zuerst« durften die weiblichen Anwesenden die elf Plätze unter sich aufteilen, die übrigen bauten sich daneben und dahinter auf. Margit setzte mir noch schnell Nili auf den Schoß, bevor sie sich neben der Braut niederließ. Schorsch, nervös an seiner Krawatte zupfend, saß bereits neben dem nicht minder nervösen Bräutigam. Nun hatten wir anderen Muße und Gelegenheit, vier Rücken zu betrachten und vier verschiedene Frisuren von hinten zu vergleichen. Margit hatte die längsten Haare und Hannes die wenigsten.

Der Standesbeamte war ein im Dienst ergrauter Staatsdiener kurz vor der Pensionierung. Vielleicht hatte er sich aus diesem Grund keinen neuen schwarzen Dienstanzug mehr zugelegt (oder das Finanzamt hatte eine derartige Anschaffung nicht als steuermindernd anerkannt, weil man dunkle Anzüge ja auch privat tragen kann!) – jedenfalls war das gute Stück schon etwas aus der Mode und darüber hinaus viel zu warm. Schweißperlen glitzerten auf der Stirn des Mannes. »Wir sind hier zusammengekommen«, begann er, »um Helmut Burmeester und Karin Fritsche in den Bund der Ehe zu geben. Dieser Schritt …«

»Das stimmt nicht!« sagte Hannes sofort.

»Was stimmt nicht?« Irritiert blickte der Mann in die vor ihm liegenden Papiere. »Sie wollen doch heiraten? Oder etwa nicht?«

»Das schon, aber kein Fräulein Fritsche.«

»Wieso? Ich verstehe nicht …«

Jetzt griff Schorsch ein: »Es handelt sich bestimmt nur um eine Verwechslung. Wieviel Hochzeiten haben sie denn heute?«

»Noch drei«, sagte der Beamte, »aber ich begreife trotzdem nicht … Herr Kuhn!« brüllte er plötzlich, worauf sich sofort die Tür zum Nebenraum öffnete und der Jüngling von vorhin auf der Schwelle stand. Mit ergebenem Blick hörte er sich an, was sein Vorgesetzter – jetzt nur mehr im Flüsterton – zu sagen hatte, nickte schuldbewußt und meinte: »Das ist nur wegen der vergessenen Trauung passiert. Ich habe mich nach der Uhrzeit gerichtet, und danach ist jetzt das Paar Burmeester/Fritsche dran. Wie heißen Sie denn?« wandte er sich an Hannes.

Der nannte seinen Namen, worauf Herr Kuhn enteilte und mit einer neuen Akte wiederkam. Er legte sie auf den Tisch und zog sich diskret zurück.

Nun hatte der Standesbeamte offenbar den Faden verloren. Oder vielleicht hatte er ja auch mehrere Ansprachen parat, jedenfalls begann er plötzlich mit der Aufzählung, wie oft jeder Mensch auf seinem Standesamt registriert werde, dreimal insgesamt, doch nur einmal käme er selber, und das sei anläßlich seiner Hochzeit. Die letzte Meldung dagegen, nämlich die seines Todes, müßten schon wieder andere vornehmen, aber mit dem Tode werde die Akte geschlossen, die bei der Geburt angelegt ...

In dieser Tonart ging es weiter, bis Trudchen nach einigen Minuten unüberhörbar flüsterte: »Sind wir denn hier auf einer Beerdigung?«

Der Beamte zuckte zusammen und kam nun endlich zur Sache. »Sind Sie gewillt, Hans-Peter ...« Da beide gewillt waren, dauerte es nur noch Sekunden, bis sie kraft des ihm verliehenen Amtes zum rechtmäßig verbundenen Ehepaar erklärt wurden. Hannes zückte seinen Füller, die Zuschauer scharrten schon mit den Stühlen, als der Beamte noch einmal um Ruhe bat. »Bevor das Brautpaar und seine beiden Trauzeugen die notwendigen Unterschriften leisten müssen, werde ich den genauen Wortlaut des in das Register einzutragenden Textes vorlesen.« Und dann fing er an: »Vor mir sind erschienen und haben sich durch ihre Reisepässe ausgewiesen der Großhandelskaufmann ...« Erst kam das, was in jeder Geburtsurkunde steht, danach folgten die aktuelleren Daten, wobei Körpergröße, Autokennzeichen und das Datum der letzten Grippeschutzimpfung offenbar nicht bedeutsam genug waren, um amtlich festgehalten zu werden. Doch als wir schon aufatmeten, weil nun endlich alles gesagt zu sein schien, ging das ganze Spiel von vorne los, nur waren diesmal die Trauzeugen dran. »Desgleichen sind erschienen und haben sich ausgewiesen Herr Diplomingenieur Georg ... hier steht bloß Dipl. Ing. und nichts weiter. Was für einer sind Sie denn?«

»Elektronik«, sagte Schorsch. »Ist denn das so wichtig?«

»Ordnung muß sein.« Der Herr Beamte griff zu Hannes'

Füller und ergänzte seine Aufzeichnungen, dann las er weiter.

Schon zweimal hatte Herr Kuhn durch die Tür gelinst, jetzt öffnete er sie zum drittenmal. »Entschuldigen Sie, aber wir sind weit über die Zeit. Draußen warten schon zwei andere Paare.«

»Wir sind gleich fertig. Wenn Sie jetzt bitte hier unterschreiben wollen …«

Nachdem auch das geschehen war, hatte es der Beamte plötzlich eilig. Kaum hatte er dem frischgebackenen Ehepaar gratuliert, als er uns alle aufforderte, möglichst umgehend den Raum zu verlassen, damit die nächste Trauung beginnen könne.

»Und wann werde ich endlich die Ringe los?« Noch immer umklammerte Schorsch das Etui, das er bereits nach der Trauformel aus der Tasche gezogen, mehrmals auf- und wieder zugeklappt hatte und nun einsteckte, bevor es im Gewühl verlorengehen könnte. Das Ehepaar nebst Anhang drängte hinaus, ein Brautpaar nebst Anhang drängte hinein, und erst, nachdem wir uns auf dem Treppenabsatz zusammengefunden hatten, konnten wir den etwas zerrupft aussehenden Eheleuten gratulieren.

»Bloß raus hier!« Hannes wischte sich mit einer Hand die Schweißtropfen von der Stirn, mit der anderen öffnete er den obersten Hemdenknopf. »Noch ein paar Minuten länger, und ich wäre explodiert! Für alles gibt es Bücher mit passenden Texten, egal, ob man ein Schiff taufen muß oder seiner Erbtante zum achtzigsten Geburtstag gratulieren will, bloß an die armen Brautpaare, denen ein vertrottelter Standesbeamter Grabreden hält, hat noch niemand gedacht.« Er drehte sich zu mir um. »Kannst du da nicht mal was tun? Bei Abnahme von mindestens zwei Exemplaren pro Behörde ergäbe das bei einem Preis von sagen wir mal … weiß jemand, wie viele Standesämter es in Deutschland gibt?«

Draußen war es brüllend heiß geworden. Jeder einzelne, der aus dem kühlen Schloß in die Mittagshitze trat, begann mit seinem ganz persönlichen Striptease. Die Männer zogen ihre Jacken aus, lockerten Krawatten und ganz verstohlen auch mal den Hosenbund, wir Frauen probierten aus, wie weit man eine Bluse aufknöpfen kann, ohne Anstoß zu erregen. Nur Margit hatte Pech, ihr schickes rotes Kleid hatte einen Reißverschluß. Auf dem Rücken!

Weit entfernt, also in ungefähr 60 – 70 Meter Luftlinie (bei über dreißig Grad zählt jeder Schritt dreifach!) stand eine uralte, dichtbelaubte Kastanie. Rustikale Bänke gruppierten sich um den dicken Stamm, und genau dort warteten Lissy, Lucky und Ludwig auf uns. Und mit ihnen die beiden großen Kühltaschen. Noch ein ganzes Stück von der schattenspendenden Oase entfernt hörten wir schon die Korken knallen, sahen den Sekt in die Kelche fließen und leckten uns die Lippen.

»Wer auch immer diese hervorragende Idee gehabt hat, man sollte seinen Namen in die Rinde ritzen!« sagte Sven, griff nach einem Glas und hätte es vermutlich in einem Zug hinuntergestürzt, wenn ihm Sascha nicht in den Arm gefallen wäre. »Warte wenigstens auf das Brautpaar!«

»Warum? Ich habe doch jetzt schon Durst!«

Auch Ludwig sah nicht gerade glücklich aus. Da hatte er nun so eine schöne Rede vorbereitet, sie größtenteils auswendig gelernt, und jetzt wollte sie keiner hören. Aber den Toast durfte er wenigstens ausbringen! Wir tranken auf das Glück, die Gesundheit und den eventuellen Nachwuchs des Brautpaars, und als Margit auch noch auf das neue Heim anstoßen wollte, fiel Lucky etwas ein. »Du, Hannes, da hat heute früh jemand von der Baugesellschaft angerufen und wollte wissen, wann die Badewanne kommt. Vorher könnten sie nämlich nicht tapezieren.«

»Und warum nicht?«

»Das habe ich auch gefragt«, sagte Lucky grinsend, »aber den Grund wirst du nie erraten!« Er trank einen Schluck und sah uns, die wir interessiert zuhörten, erwartungsvoll an. »Weil es doch so staubt.«

»Was soll stauben?« Auf Hannes' Stirn bildeten sich schon wieder Falten. »Die Badewanne? Hast du das Handy dabei?«

Lucky deutete auf die Bank, doch bevor Steffi zugreifen konnte, hatte Hannes den Apparat schon in der Hand. »Es dauert nur einen Augenblick, aber ich bin jetzt gerade in der richtigen Stimmung!«

Obwohl er einige Schritte zur Seite ging, hörten wir ihn wenig später mit verdächtig ruhiger Stimme sagen: »Würden Sie mir bitte erklären, weshalb nach Ihrer Ansicht erst meine Badewanne installiert werden muß, bevor die Maler das Schlafzimmer tapezieren können.«

Die Antwort bekamen wir natürlich nicht mit, doch sie kann nicht sehr überzeugend gewesen sein. »Ich habe mir im Laufe meines Lebens schon die idiotischsten Ausreden anhören müssen, aber Ihre übertrifft wirklich alles bisher Dagewesene. Glauben Sie denn, wir tragen die Wanne erst durch die ganze Wohnung? Wenn am Montag abend nicht sämtliche Tapeten an den Wänden kleben, könnte ich möglicherweise etwas laut werden!« Er reichte Lucky den Apparat zurück. »Entschuldigt bitte, aber bei so viel Dummheit in einem einzigen Kopf kriege ich die Krise! Jetzt ist die Badewanne schon wieder schuld, daß die Maler angeblich nicht weiterkommen.«

Nicht nur daran, dachte ich im stillen.

»Wer will noch was trinken?« Lissy winkte mit einer angebrochenen Flasche. »Die hier muß leer werden.«

»Ich kriege noch ein bißchen!« sagte Trudchen, ließ ihr Glas nachfüllen und kam zu mir. »Wo wir doch jetzt quasi verwandt sind, können wir auch du zueinander sagen. Ich heiße Gertrud! Prosit!« Unsere Gläser stießen aneinander, ich bekam rechts ein Küßchen und links eins, murmelte meinen Namen und hörte hinter meinem Rücken Hannes flüstern: »Mit Karl mußt du aber nicht!«

»Mit dem bin ich auch nicht so plötzlich verwandt geworden!« flüsterte ich zurück. Rolf ist der Verbrüderung übrigens entgangen; er hatte sich auf die Suche nach einem stillen Örtchen gemacht und sich dabei gründlich verlaufen. Verständlich, wenn man bedenkt, daß es so etwas in Schlössern nicht gegeben hatte – jedenfalls nicht in alten. Und nachträglich eingebaute Toiletten sind selten dort, wo man sie vermuten könnte. Deshalb ist Rolf ja auch auf keinem Hochzeitsbild zu sehen. Er war einfach verschwunden gewesen, und der Fotograf hatte nicht länger warten können, weil das nächste Brautpaar schon auf der Treppe gestanden hatte.

Drei Bilder mit Familie vor der Mauer mit dem Efeu, dann durften wir uns wieder aufknöpfen und zurück unter die Kastanie, während die Hauptpersonen des ganzen Spektakels mit frisch gebundener Fliege und in der Hitze vor sich hinwelkendem Brautstrauß die gewünschten Positionen einnahmen. »Schau mir in die Augen, Kleines«, vor dem Rosenspalier, seelenvoller Blick schräg nach rechts oben, im Hintergrund drei Meter bröckelnde Mauer, Hand in Hand mitten zwischen Gänseblümchen (ein Stück Wäscheleine mit Strampelhöschen war später auch auf den Bildern, wurde jedoch wegretuschiert), eine Aufnahme natürlich vor dem Schloßportal und zum Schluß noch ein Foto im Hochzeitsauto. Zu diesem Zweck mußte die Braut allerdings über die Tür hineinklettern, da der Bräutigam die Schlüssel bereits Schorsch ausgehändigt hatte.

An dieser Stelle sei gesagt, daß mir die Einzelheiten zu dieser Fotoserie nur deshalb bekannt sind, weil Sven mit der Videokamera hinterhergetrabt ist und all das gefilmt hat, was sich drumherum abgespielt hat. Von diesem Film sind später mehr Kopien bestellt worden als von den Fotos!

Endlich war auch dieser Programmpunkt abgehakt. Die Service-Brigade räumte eilends Flaschen und Gläser zusammen, denn das noch vorhin an der Firmentür angebrachte Schild HEUTE AUSNAHMSWEISE ERST AB 13 UHR GEÖFFNET erforderte den sofortigen Aufbruch der drei Mitarbeiter, und wir anderen begaben uns auf die Suche nach unseren Autos.

»Wir warten hier auf euch«, sagte Hannes. »Allein findet ihr das Restaurant sowieso nicht.«

Leichter gesagt, als getan! Brautwagen dürfen direkt vor dem Eingang parken, sie sind ja auch unschwer an ihrem Blumenschmuck zu erkennen, doch davor und dahinter herrscht absolutes Halteverbot. Was also tut man als nichtberechtigter Autofahrer? Man fährt so lange um den Pudding, bis sich auch der letzte Teilnehmer des vorgesehenen Konvois eingefunden hat. Jedesmal wenn ich wieder an dem roten Kabriolett mit seinen grinsenden Insassen vorbeifuhr, hatte sich die Schlange meiner Anhänger um einen weiteren Wagen verlängert, doch erst, als wir bereits die Aufmerksamkeit einer uniformierten Knöllchenkleberin erweckt hatten, trudelte Sven als letzter ein. Er war dann auch der erste, der irgendwo auf der Strecke verlorenging.

Nun erfordert es ja der Brauch, daß man laut hupend durch die Straßen fährt. Das ist schon im Winter, wenn die meisten Wagenfenster geschlossen sind, ziemlich nervtötend, doch im Sommer bei heruntergekurbelten Scheiben ist dieses Getute einfach eine Zumutung, und das nicht nur für die Insassen. Speziell Saschas Hupe gab recht eigenartige, irgendwie asthmatisch klingende Geräusche von sich, bis sie nach halber Fahrt endlich verröchelte.

Vor dem Restaurant sammelten wir uns erst wieder, bevor wir in geschlossener Formation einmarschierten. Außer dem Personal war allerdings niemand da, der diesen bühnenreifen Auftritt hätte würdigen können. Begrüßung, Gratulation, das obligatorische Glas Sekt auf Kosten des Hauses, sodann Besichtigung der Festtafel (mit echtem Blumenschmuck!) dito des Büfetts.

»Sieht gut aus!« stellte Sascha mit Kennerblick fest. Na ja, er mußte es ja wissen, schließlich hatte er in seinem früheren Leben in der gehobenen Gastronomie gearbeitet und gelegentlich unsere unvollkommenen Tischmanieren verbessert. Die Mädchen hatten doch tatsächlich nicht gewußt, wie man einen Hummer ißt (beziehungsweise das, was davon überhaupt eßbar ist!), während ich beim Zerteilen einer Forelle immer etwas falsch gemacht hatte. Ich weiß zwar nicht, *was*, doch ich muß zugeben, daß diese Prozedur bei ihm wesentlich eleganter ausgesehen hat!

Beim Anblick der so dekorativ aufgebauten Speisen lief mir das Wasser im Munde zusammen, andererseits verlieren Markklößchensuppe und Tournedos Rossini bei über dreißig Grad im Schatten ihren Reiz. Nach Prinzeßkartoffeln stand mir auch nicht der Sinn, doch es gab ja noch Töpfe mit nicht immer zu identifizierendem Inhalt. Das war seinerzeit in Kenia besser organisiert gewesen. *Afrikanische Nacht* hatte sich der Auftrieb genannt, wenn wir statt im Speisesaal unter freiem Himmel essen und uns das Menü selber zusammenstellen mußten. Vor jedem Topf und vor jeder Schüssel hatte ein Schild mit genauer Bezeichnung des Inhalts gestanden, im Prinzip eine gute Idee, nur wußte dann doch niemand, daß *viazi* Kartoffeln heißt und *mayai* Eier. Wer spricht schon Suaheli?

Nachdem ich mehrere Deckel angehoben und meistens eine Ladung Dampf ins Gesicht bekommen hatte, kam ich an eine Terrine mit grünlichem Inhalt, der mal nicht qualmte. »Sascha! Was ist das?«

Er warf einen Blick in den Topf. »Gazpacho.«

»Das weiß ich auch. Aber woraus besteht sie?«

»Woher soll ich das wissen? Vielleicht aus Spinat. Probier doch einfach mal.«

Das tat ich, stellte fest, daß sie nach Gurken schmeckte, und kalte Gurkensuppe ist nicht jedermanns Sache. Zumindest nicht meine.

Die Suppen hatte ich hinter mir gelassen, jetzt kamen die Salate, und die sahen allesamt sehr appetitlich aus. Außerdem standen sie größtenteils auf Eis. Das hatten die anderen Hungrigen aber auch schon mitgekriegt, und so kam es, daß innerhalb kürzester Zeit Salate und kalte Platten restlos geräumt waren, während fast alles, was auf Rechauds warm gehalten wurde, nahezu unberührt geblieben war. Gelindes Entsetzen bei Bräutigam und Wirt, kurze, jedoch lebhafte Debatte mit dem herbeigerufenen Koch, sodann neu ausbrechende Betriebsamkeit in der Küche. Die hatte in Anbetracht der geleisteten Vorarbeit und der zufrieden vor sich hinkauenden Gäste schon auf Sparflamme geschaltet. Wenig später neue Platten mit Spargel und was Drumrumgerolltem, neuer Aal (jetzt vermutlich die hintere Hälfte) in Aspik, frischer Waldorfsalat. Das auch schon ziemlich geplünderte Dessertbüfett wurde ebenfalls neu bestückt. Statt der vorher wunderschön dekorierten und bis auf einen kläglichen Rest abgetragenen Eisbombe kamen jetzt ganze Schüsseln mit Eis auf den Tisch, es gab frischen Obstsalat und frische Karamelcreme, doch als zum Schluß die Hochzeitstorte hereingebracht wurde, hörte man nur allgemeines Stöhnen. »Jetzt noch Kuchen? Ohne mich!« Oder: »Ist die etwa echt?« Sie wanderte zum späteren Verzehr zurück in den Kühlschrank, wurde prompt vergessen, und wenn sie nicht doch noch jemand verspeist oder wenigstens dem nächstgelegenen Seniorenheim gespendet hat, dann kühlt sie immer noch still vor sich hin.

Zu erwähnen seien auch die unerläßlichen Reden, die jeder, der sich dazu verpflichtet fühlte, natürlich schon vorbereitet hatte und trotzdem so tat, als sei er völlig überrascht und müsse nun improvisieren. Karl fing an. Da Hannes' Vater schon seit zwei Jahrzehnten nur mehr mit der Gießkanne besucht wurde, hatte Trudchen eine schöne Ansprache entworfen, die nun Karl zu Gehör brachte. Von »nicht Sohn verloren, sondern Tochter bekommen« war die Rede (das hörte ich hier nicht zum erstenmal!), und von »Firma nun schon der vierten Generation übergeben«, Glück, Erfolg und sonst noch so allerlei wurde gewünscht, und dann mußten wir die Gläser erheben und auf das Wohl des Brautpaares trinken.

Danach zog Rolf den Krawattenknoten wieder ein Stück höher, räusperte sich und stand auf. Auch er wünschte dem jungen Paar alles das, was man bei derartigen Gelegenheiten vorbringt, doch dann wandte er sich an Trudchen. Man solle nicht vergessen, daß sie quasi den Grundstein zu der heutigen Feier gelegt habe, denn ohne sie gäbe es ja keinen Hannes. Daß es ohne mich auch keine Stefanie gegeben hätte, war logisch und wohl deshalb nicht weiter erwähnenswert, aber wenigstens schloß der Toast, den Rolf ausbrachte, auch mich mit ein. »Und deshalb bitte ich alle, zusammen mit mir auf das Wohl der beiden Mütter zu trinken und mit ihnen zu hoffen, daß sie bald Großmütter sein werden.«

Wieder scharrten die Stühle, wieder wurde nach den Gläsern gegriffen, doch dann ertönte plötzlich Hannes' Stimme: »Auf die künftigen Omas! Aber wende dich diesbezüglich bitte an deine anderen Kinder, lieber Schwiegervater, du hast ja noch vier!«

»Aber keine verheirateten!«

»Apropros heiraten«, meldete sich Schorsch, »wollt ihr nicht doch mal eure Ringe haben?« Er stellte das Etui auf den Tisch, und dann endlich schob Hannes seiner Frau den Platinreif über den Finger. Umgekehrt gab es Schwierigkeiten, die damit endeten, daß der Ehemann seinen Ring ins Etui zurücksteckte mit dem Vorsatz, am Montag als erstes beim Juwelier vorzusprechen. »Verstehe ich gar nicht. Als wir die Ringe gekauft haben, hat meiner noch gepaßt. Ob er durch das Gravieren enger geworden ist?«

Nun hätte sich eigentlich noch der Bräutigam mit geziemenden Worten für die vielen guten Wünsche bedanken müssen, aber der dachte gar nicht daran. Er sei darauf nicht präpariert, sagte er, habe schon damals in der Schule keine Gedichte vortragen können, außerdem sei genug geredet worden, und mit Kaffeetassen könne man sowieso nicht anstoßen. Damit hatte er zweifellos recht, sie klingen nämlich nicht.

Müdigkeit machte sich breit. Das üppige Essen, die Getränke, dazu die Hitze ... irgend etwas mußte geschehen, sonst wäre in Kürze mit den ersten Schnarchern zu rechnen. Hatte nicht Trudchen erzählt, als schönste Beigabe ihres vorverlegten Ruhestandes empfände sie das tägliche Mittagsschläfchen? Vielleicht könnte man ein bißchen durch den Garten lustwandeln? Er schien ziemlich groß zu sein, sogar ein Bächlein mit zwei Enten drauf murmelte vor sich hin, nur lag die ganze Pracht in der prallen Sonne, und schon bei ihrem Anblick wurde mir sehr warm – nein, nicht nur ums Herz, sondern überall. Dann fiel mir aber doch noch etwas ein, womit man in diese träge herumhängende Gesellschaft wieder etwas Leben bringen könnte.

»Steffi, wann willst du eigentlich den Strauß werfen?«

»Muß das sein?« klang es wenig begeistert.

»Natürlich muß das sein!« sagte Hannes sofort. »Oder willst du dir die Rosen später als Trockengemüse übers Bett nageln?«

»Ich weiß ja, daß das nicht geht, da hängt immer noch der doofe Wimpel von 1860 München«, konterte sie. »Aber eins sage ich dir: In der neuen Wohnung verschwindet der Lappen, oder ich klebe mein Poster von Bob Marley daneben.«

Nachdem Sascha erzählt hatte, daß Vicky seinerzeit ihren Brautstrauß konserviert und dann in einer Vase hatte vor sich hintrocknen lassen, bis er beim geringsten Luftzug erst in Staubwolken verschwand und schließlich auch in solche zerfiel, war Steffi gewillt, sich von ihrem Bukett zu trennen.

Normalerweise geschieht das nach einem ganz bestimmten Ritual, und das wiederum kennen wir zur Genüge aus amerikanischen Filmen. Dort finden ja die meisten Hochzeiten zu Hause statt, besser gesagt, in dem dazugehörigen großen Garten, wo auf der riesigen Rasenfläche für die Gäste weiße Stühle und für die Braut ein Torbogen aufgestellt werden, durch den sie am Arm ihres Vaters (er natürlich im Cut!) zum Altar schreitet. Dort wartet der immer blendend aussehende Bräutigam (selbstverständlich im Cut), und dann kommt meistens der Kameraschwenk zu den Komparsen auf ihren Stühlen, bis er im Vordergrund bei der gerührt eine Träne abtupfenden Brautmutter endet. Zu bemerken wäre noch, daß bei solchen Hochzeiten grundsätzlich schönes Wetter herrscht.

Wie der Film dann weitergeht, hängt von seinem Tiefgang ab, doch unweigerlich kommt die Szene, in der die Braut – bereits umgezogen und jetzt in ein todschickes Kostüm gekleidet – oben auf der Treppe zum Garten steht (im Film finden Haustrauungen nie in Bungalows statt, die haben nämlich keine Treppen!) und ihren Strauß schwungvoll in die unten versammelte Menge wirft. Dabei fällt auf, daß diese Menge aus mindestens zwanzig Mädchen besteht, die ja gemäß ihrer Rolle alle unverheiratet sein müßten. Ich bin schon Gast auf diversen Hochzeiten gewesen, aber so viele ledige Frauen sind mir noch auf keiner untergekommen!

Hier bei uns waren es auch nur vier, die sich nebeneinander aufreihten, nämlich die Zwillinge, Trauzeugin Margit und nach längerem Zureden auch Nastassja, die behauptete, mit über dreißig schon viel zu alt zu sein. Hätte sie nichts gesagt, würde niemand sie für älter als fünfundzwanzig gehalten haben. Eine Treppe gab es natürlich nicht, nicht mal eine Stufe, und so blieb Steffi nichts anderes übrig als ein paar Schritte Abstand zu gewinnen, sich umzudrehen und den Strauß rückwärts über die Schulter zu werfen. Beim erstenmal blieb er an der Lampe hängen und beim zweiten, weniger kraftvollen Wurf kam er zu kurz und fiel Nicki genau vor die Füße. »Gilt das denn auch? Ich hab ihn ja nicht direkt gefangen.«

»Natürlich gilt das!« behauptete Sascha. »Du hast ihn aufgehoben!«

Ein lautes Aufatmen war zu hören. Es kam von Tom, der die ganze Zeit mit der Hand vor den Augen dagesessen und auf das Ende des Spektakels gewartet hatte. »Du bist ein richtiges Ekel!« giftete Katja, als sie sich wieder neben ihn setzte. »Mußt du deine Erleichterung so deutlich zeigen?«

Bevor sich Tom verteidigen konnte, hatte Trudchen schon das Wort ergriffen. »Und jetzt der Hochzeitstanz!« Sie gab dem Wirt einen Wink, und sofort erklangen die ersten Töne der schönen blauen Donau.

»Kommt nicht in Frage!« schrie Steffi entsetzt, und: »Ohne mich!« fiel Hannes ein. »Außerdem ist hier viel zuwenig Platz zum Tanzen!«

»Dem kann man ja abhelfen!« Ein paar Stühle wurden weggeräumt, zwei Tische zur Seite geschoben, und wenn der so gewonnene Platz auch jedem Profitänzer nur ein müdes Lächeln entlockt hätte, so müßte er für zwei blutige Amateure, um nicht zu sagen Anfänger, ausreichen. Steffi hatte mal beiläufig erzählt, Hannes und sie hätten sich bei einem Tanzkurs für Ehepaare angemeldet (»daß wir noch keins sind, sieht man uns ja nicht an, oder?«) und sogar die ersten Stunden durchgezogen, doch dann war Hannes durch einen Hexenschuß außer Gefecht gesetzt worden, in der folgenden Woche hatte sich Steffi beim Squash den Fuß verstaucht, und dann hatten die beiden auch auf die restlichen Unterrichtsstunden verzichtet. Übrigens ohne sonderliches Bedauern.

Die schöne blaue Donau hatte inzwischen Budapest erreicht, und noch immer weigerte sich das Brautpaar beharrlich, wenigstens ein paar Runden zu drehen. »Walzer hatten wir ja noch gar nicht!« jammerte Steffi. »Und überhaupt tritt Hannes mir immer auf die Füße. Ab Schuhgröße 44 sollte Tanzen verboten werden!«

Es half nichts, sie mußten trotzdem ran! Bevor Sven seine Kamera ausgegraben hatte, war die Donau am Schwarzen Meer angekommen und die Musik verstummt. Nur deshalb ist dieser unwiederbringliche Moment nicht festgehalten worden, als sich die beiden Tänzer nicht über die Richtung einigen konnten, erst mit den Köpfen und dann mit Tür zusammenstießen und zum Schluß beinahe auf dem Fußboden landeten, weil Hannes mit beiden Füßen auf Steffis Schuhen stand.

»Lachen kann jeder«, tadelte Trudchen. »Könnt ihr es denn auch besser machen?« Auffordernd sah sie uns der Reihe nach an. Darauf wollte es dann doch niemand ankommen lassen. Nicki hatte angeblich die falschen Schuhe an und Margit einen zu engen Rock, Sascha konnte nur das tanzen, was nach 1980 modern geworden war, Katja hatte ihren Bänderriß mit Gipsbein gehabt, als im Tanzkurs Walzer dran gewesen war, und Rolf als Tanzpartner ist eine Zumutung. Er kann nur Foxtrott, und nicht mal den richtig.

»Meine Güte, was seid ihr doch alle für lahme Enten!« sagte Trudchen, als die schöne blaue Donau zum zweitenmal ertönte und noch immer niemand bereit war, sich öffentlich zu blamieren. »Komm her, Karl, wir zeigen dem jungen Volk mal, wie man Walzer tanzt!«

Vergessen waren die gerade erst wieder zusammengewachsenen Rippen und die lädierte Bandscheibe, vergessen Rheuma und Rückenschmerzen – Karl und Gertrud walzten über das Parkett, daß es eine helle Freude war. Sie hielten sogar durch bis zum Schluß und ließen sich erst nach dem letzten Takt völlig außer Atem, aber triumphierend auf die Stühle sinken. Den Beifall sowie unsere wortreich geäußerte Bewunderung hatten sie sich wirklich verdient. Nach dieser imponierenden Vorführung hatte auch niemand mehr den Mut, es vielleicht doch mal selber zu versuchen.

Schon ein paarmal hatte Hannes verstohlen auf die Uhr gesehen und Steffis Blick gesucht, doch sie hatte es gar nicht bemerkt. Jetzt zupfte er sie am Ärmel. »Wenn wir uns noch umziehen wollen, müssen wir in spätestens einer Viertelstunde weg!« hörte ich ihn wispern. »Ich glaube, wir sollten allmählich das Ende der Party einläuten.«

»Wie sollen wir das denn machen? Wir können sie doch nicht einfach alle rausschmeißen!«

»Sind für subalterne Aufgaben nicht die Trauzeugen zuständig? Soll sich doch Schorsch darum kümmern.«

Dazu hatte der jedoch keine Zeit, weil er das Brautpaar erst nach Hause und dann zum Bahnhof fahren mußte, bevor er den Leihwagen wieder abgeben würde. Mit dem Problem konfrontiert, meinte dieser Gemütsmensch bloß: »Sagt einfach, ihr habt den Raum bloß bis halb vier mieten können, weil ab vier Uhr ein Klassentreffen vom Jahrgang '34 stattfindet. Oder auch '29, dann sind die alten Damen noch ein bißchen älter und brauchen viel Platz für Hütchen, Täschchen, Regenschirm. Zusammenrücken ginge also nicht. Außerdem wissen wir doch alle, daß ihr flittern wollt, und das tut man in der Regel allein.«

Wer den allgemeinen Aufbruch einläutete, weiß ich nicht mehr, aber er verlief geordnet und dauerte keine zehn Minuten. Offenbar war überall schon vorher abgeklärt worden, wer später den Wagen nach Hause fahren würde, und wie nicht anders zu erwarten, waren es ausnahmslos die Frauen. Rolf besteht in solchen Fällen auch immer auf Arbeitsteilung: Er fährt hin und ich zurück. Zweieinhalb Gläser Sekt innerhalb von vier Stunden auf der Grundlage eines kalorienreichen Essens und sonst bloß Mineralwasser mit Zitronenkernen drin sollte meine Fahrtüchtigkeit eigentlich nicht beeinträchtigt haben. Wir sind ja auch heil nach Hause gekommen!

Die große Abschiedsorgie begann. Küßchen hier und Küßchen da, augenzwinkernd vorgebrachte Anspielungen, flapsige Bemerkungen, Gekicher, Gelächter ... milde betrachtet von einem vorbeikommenden Ehepaar. »Guck mal, Paul«, sagte der weibliche Teil, »eine Hochzeit. Wie klug von dem Mädchen, in einem Alter zu heiraten, wo sie noch nicht weiß, was für eine Dummheit sie da macht.«

»Dabei ist sie so eine hübsche Braut«, erwiderte Paul und streifte Nicki, die den eroberten Strauß in der Hand hielt, mit einem wohlwollenden Blick.

Erneutes Gelächter, das erst endete, nachdem die richtige Braut im Wagen saß. Hannes hatte gerade neben ihr Platz genommen, als plötzlich Hagelkörner auf die beiden herunterprasselten. Bei näherer Betrachtung entpuppten sie sich zwar als Reis, aber der war viel unangenehmer, weil beständiger. Schnee schmilzt bekanntlich.

»Seid ihr denn wahnsinnig geworden!« brüllte Schorsch, der gar nichts abgekriegt hatte. »Wo soll ich denn einen Staubsauger hernehmen? Ich kann das Auto doch nicht in diesem Zustand abliefern!«

»Wieso Staubsauger?« Trudchen guckte böse. »Den Reis werdet ihr schön aufsammeln und verbrauchen. Vor dem Kochen muß er doch sowieso gewaschen werden!«

»Bin ich Aschenputtel?« schimpfte Schorsch, die Körner vom Fahrersitz wischend. »Dazu haben wir doch sowieso keine Zeit mehr. Wer war überhaupt das Rindvieh, das auf diese idiotische Idee gekommen ist?«

»Kein Rindvieh, ein Nashorn!« sagte Margit und hielt Nili in die Höhe.

»Man sollte dieses Vieh endgültig ersäufen!«

»Nützt nix, es kann schwimmen.« Extra für die Hochzeit hatte Nili lange Hosen bekommen sowie ein Jeanshemd in Babygröße 62, hatte mit an der Tafel sitzen dürfen und äußerte jetzt den durch Margit ausgesprochenen Wunsch, das Brautpaar auf seinem Kurztrip zu begleiten.

»Wir haben lediglich ein Doppelzimmer gebucht und nicht auch noch den ganzen Swimmingpool!« sagte Hannes, schmiß das lila Stofftier aus dem Wagen und forderte Schorsch auf, endlich loszufahren.

»Nicht, bevor ich nicht weiß, wie ich die Reisplantage aus dem Auto kriege!«

»Mit dem Staubsauger natürlich.« Steffi drückte ihn zurück auf den Sitz. »Wir lassen dir den Schlüssel zu unserer Wohnung da, dort findest du nicht nur einen Hoover, sondern auch noch dreißig Meter Verlängerungskabel! Die reichen bis zur Straße. Und jetzt tritt endlich aufs Gas, sonst verpassen wir doch noch den Zug!«

Wir winkten dem Wagen hinterher, bis er um die Ecke bog, dann sammelte Margit ihr Nilpferd aus dem Staub und stellte aufatmend fest: »Na also, meine Idee war doch gar nicht so schlecht!« Sie sah uns, die wir verständnislos um sie herumstanden, lachend an. »Irgendwie mußten wir doch an den Wohnungsschlüssel herankommen! Da ist uns das mit dem Reis eingefallen.«

»Wer ist denn *wir?*« fragte ich.

»Na, Schorsch und ich, und ich finde, er hat seine Rolle nur ein ganz kleines bißchen übertrieben.«

»Also war das alles eine abgekartete Sache? Was habt ihr denn überhaupt vor?«

»So genau wissen wir das noch nicht«, kicherte sie, »aber ungeschoren kommen uns die beiden nicht davon! Die Sache damals mit Nilis angeblicher Geburtstagsfeier ist nämlich noch nicht verjährt!«

Richtig, die Pizzaschachteln, die vielen leeren Sektflaschen und die getürkten Rechnungen.

Wie zu erwarten, waren die Meinungen über das geplante, jedoch noch nicht genau zu definierende Vorhaben geteilt. Trudchen war generell dagegen, Karl meinte, solange nichts kaputtginge, solle man die Freunde doch gewähren lassen, und das restliche Jungvolk beschloß sofort, sich an der Aktion zu beteiligen. Außer Sascha natürlich, der mit der Weisheit des fortgeschrittenen Alters auf seine anderthalb Köpfe kleinere Nastassja herabblickte und beruhigend meinte: »Laß sie doch! Sie werden bestimmt keine Gelegenheit haben, ähnliche Spielchen auch mit uns zu treiben.«

Nanu, was sollte denn das heißen? Es klang so merkwürdig prophetisch, so, als würde uns die nächste Hochzeit schon ins Haus stehen. Als sich die beiden verabschiedeten, weil sie noch vor dem einsetzenden Wochenendverkehr die Autobahn erreichen wollten, stellte Sascha ihren baldigen Besuch in Aussicht. »Leider hatten wir kaum Gelegenheit zum Reden, und überhaupt solltet ihr Nastassja näher kennenlernen können. Und sie euch! Aber wenn es geht, nicht wieder alle auf einem Haufen!« Sprach's, öffnete seiner immer noch reichlich schüchternen Begleiterin die Beifahrertür, war ihr beim Einsteigen behilflich, schloß die Tür wieder, setzte sich hinters Steuer, winkte noch einmal und schoß mit einem Kavalierstart davon.

»Flegel!« sagte Rolf, den aufgewirbelten Staub von seinen Hosenbeinen reibend, bevor er mich zweifelnd ansah. »Was hältst du denn von seiner Blondine?«

»Woher soll ich das wissen? Ich habe ja kaum drei Sätze mit

ihr gewechselt. Aber sie ist hübsch und bis über beide Ohren in Sascha verliebt. Sie himmelt ihn doch regelrecht an.«

»Siehst du, eine kluge Frau lernt eben beizeiten, ihren Mann zu bewundern!«

Es war genau zehn Minuten nach sieben Uhr morgens, als am darauffolgenden Montag das Telefon klingelte. Steffi war am Apparat. »Sag mal, hast du was davon gewußt?«

Nun ist es sowieso schon eine Zumutung, zu dieser unchristlichen Zeit irgendwo anzurufen, doch dann auch noch nebulöse Fragen zu stellen, ist schlichtweg eine Frechheit. Jahrzehntelang war ich in diesem Haushalt als erste aufgestanden, um unwillige Kinder aus den Betten zu scheuchen, Schulbrote zu schmieren, Suppenteller mit Cornflakes zu füllen, die vorbeigepladderte Milch wegzuwischen, Turnschuhe, unterschriebene Elternabendeinladungen und verbummeltes Strickzeug vom Handarbeitsunterricht zusammenzusuchen und zwischendurch immer wieder endlose Streitereien zu schlichten. Jetzt konnte ich endlich selber entscheiden, ob ich überhaupt, und wenn ja, *wann* ich aufstehen wollte. Und nun wagte es tatsächlich jemand, mich im Morgengrauen mit unverschämt munterer Stimme zu fragen, ob ich »was davon gewußt« hätte.

»Kannst du nicht erst mal guten Morgen sagen?«

»Tschuldigung, aber ich bin wie üblich schon seit sechs Uhr auf und habe bereits eine wenig ergiebige Unterhaltung mit unserem Bauleiter hinter mir. Den habe ich übrigens auch aus dem Bett geholt. Aber deshalb rufe ich ja gar nicht an. Ich wollte bloß wissen, *wer* an dieser netten kleinen Überraschung beteiligt gewesen ist.«

»Woher soll ich das wissen? Ich weiß ja nicht mal, wovon du redest.« Richtig munter war ich noch immer nicht, aber zumindest fiel mir wieder ein, daß ich meine Tochter seit der Hochzeit nicht mehr gesprochen hatte. »War's schön? Wo seid ihr denn überhaupt gewesen?«

»In Baden-Baden, aber das ist doch jetzt nebensächlich. Ich will wissen, wem wir den arbeitsintensiven Ausklang unseres Flitterwochenendes zu verdanken haben.«

Jetzt endlich wurde mir klar, wovon sie eigentlich redete. »Mißtrauisch bin ich schon geworden, als uns Frau Schleitz gefragt hat, ob wir in unserer Wohnung einen Wintergarten hätten«, fuhr Steffi fort, »denn vier Personen mit Gießkannen ...«

»Wer ist Frau Schleitz?« unterbrach ich sie.

»Die wohnt unter uns. Wir haben sie vor dem Haus getroffen, als wir gerade aus dem Taxi gestiegen waren. Jedenfalls meinte sie, wenn vier Leute mit großen Gießkannen anrücken, nur um die Balkonblümchen zu bewässern, dann sei das schon etwas merkwürdig.«

»Und was haben sie wirklich begossen?«

»Nicht be-, sondern vollgegossen!« schimpfte Steffi, wobei sie das Lachen aber doch nicht ganz unterdrücken konnte. »Angefangen hatte es ja schon vor der Wohnungstür. Da hing nämlich ein Fläschchen mit Baldrian. Daneben ein Zettel, auf dem so was Ähnliches stand wie: ›Einmal kriegen wir euch doch! Nehmt lieber ein paar Tropfen, Ihr werdet sie brauchen!‹ Wir haben dann ganz vorsichtig aufgeschlossen und im Flur Licht gemacht, aber da war alles in Ordnung. Das dicke Ende kam ja auch erst!« Sie holte tief Luft. »Gezählt haben wir sie nicht, aber es müssen insgesamt sechs- bis siebenhundert Pappbecher voll Wasser gewesen sein, die in jedem Zimmer aufgereiht standen. Auch das wäre noch nicht so schlimm gewesen, wenn diese Spaßvögel nicht vorher alle größeren Behälter, in die man Wasser hätte schütten können, auf den Balkon gestellt hätten. Sogar den Mülleimer und die Blumenübertöpfe. Wir mußten uns erst einen Weg zur Balkontür freikippen, um an die Eimer heranzukommen. Kannst du dir das vorstellen? In jeder Hand zwei volle Pappbecher, und dann ab ins Bad zum Waschbecken, der einzigen Möglichkeit, das Wasser loszuwerden!«

»Wie spät war's denn da?«

»Irgendwo zwischen elf und Mitternacht. Im Bett gelegen haben wir sowieso erst gegen zwei, denn während der ganzen Planscherei ist natürlich einiges danebengegangen. Bei dieser Gelegenheit habe ich auch festgestellt, daß Hannes nicht nur weiß, wo er Schrubber und Scheuerlappen findet, sondern sogar damit umgehen kann!«

»Und diese Erkenntnis ist dir erst jetzt gekommen? Ihr lebt doch schon seit fast einem Jahr zusammen.«

»Das schon, aber du vergißt unsere Frau Kellermann! Die hat doch Hannes bereits vor dreißig Jahren heimlich die Hosen geflickt, wenn er mal wieder einen Dreiangel reingerissen hatte und seine Mutter das nicht wissen durfte. Frau Kellermann würde nie zulassen, daß ihr Goldjunge so etwas Unmännliches tun müßte wie Fußboden wischen oder Fenster putzen. Und da sie mich durchaus richtig einschätzt und ahnt, daß ich ihn ohne Gewissensbisse zu solch subalternen Arbeiten verdonnern würde, sorgt sie dafür, daß es erst gar nicht soweit kommt. Früher kam sie einmal pro Woche, jetzt ist sie jeden dritten Tag da. Und sie wäre garantiert auch gestern nacht aufgekreuzt, wenn sie gewußt hätte, was hier los war.« Sie kicherte. »Im nachhinein hört sich das alles ja ganz ulkig an, aber noch vor ein paar Stunden hätte ich jedem den Hals umgedreht, der in meine Nähe gekommen wäre. – Weißt du wirklich nicht, wer die Wassermänner gewesen sind? Außer Schorsch natürlich.«

Wider besseres Wissen behauptete ich, von nichts eine Ahnung zu haben, was genaugenommen aber nur zur Hälfte geschwindelt war. Alle hatten mitmachen wollen, übriggeblieben waren anscheinend nur vier, doch wer die gewesen sind, wußte ich nun wirklich nicht.

»Na gut, ich werd's bestimmt irgendwann rauskriegen, aber die Betreffenden können sich schon heute freuen! Auch sie werden ja mal heiraten! – By the way: Die nächste Hochzeit ist sowieso schon programmiert.«

Mit einemmal war ich hellwach. Bekanntlich erfahren Geschwister die wichtigsten Neuigkeiten oft noch vor den Eltern. »Wer heiratet? Doch nicht Sascha?«

»Nein, aber Karl und Trudchen. Und das nach fast zehn Jahren wilder Ehe!« Ihr mokantes Grinsen konnte ich direkt vor mir sehen. »Lohnt sich der Aufwand dann überhaupt noch? Andere Paare lassen sich nach solcher Zeitspanne schon wieder scheiden!«

»Das kann dir doch nun wirklich egal sein!«

»Ist es aber nicht. Hannes und ich sollen nämlich Trauzeugen werden. Und weißt du, wann? Im Januar, und zwar auf Jamaica!!!«